물의 자흔을 쫓는다

4

물의 자흔을 쫓는다

Remember the river of the day

4

신여리 장편소설

물의 자흔를 쫓는다 4

지은이 신여리
펴낸이 이형기
펴낸곳 도서출판 가하

초판인쇄 2015년 11월 13일
초판발행 2015년 11월 20일
출판등록 2008년 10월 15일 제 318-2008-00100호

주소 서울 영등포구 양평로 67, 1209 (당산동5가, 한강포스빌)
전화 02-2631-2846 **팩스** 02-2631-1846

www.ixbook.co.kr

ISBN 979-11-295-8741-1   04810
      979-11-295-8737-4   04810(set)

값 12,000원

copyright ⓒ 신여리, 2015

열세 번째 장

왕의 자질

그런 적이 있다.

알렉시스가 물었다.

'어떤 왕이 현명하고 훌륭한 왕일까?'

'백성을 사랑하고, 백성의 고통을 감싸줄 수 있는 왕이 훌륭한 왕이겠지요. 하지만 모든 백성을 살피는 것은 왕으로서도 힘든 일일 겁니다.'

'숙부님이…… 참 좋은 왕이셨는데 말이야.'

에사렛타가 아들을 일찍이 순산하지 못한 것만 아니라면 유스카리는 분명 좋은 왕이 될 수 있었을 것이다. 그러나 후사를 제대로 세우지 못한 것만으로도 그는 모자란 왕이다.

'감정에 휘둘리면 좋은 왕이 되지 못합니다.'

'그게 네가 생각하는 좋은 왕의 자질이라는 건가?'

'아니라 생각하신다면 알렉시스 님은 어떤 자질을 지닌 사람이 왕이 되어야 한다 생각하시는지 말해보십시오.'

알렉시스는 꽤나 생각에 골몰한 표정을 지었더라. 끝은 씁쓸한 웃음이었다. 그가 그런 얼굴을 할 때면 대부분 결과가 좋지 않다는 것을 알아, 무슨 생각을 하느냐 묻지는 않았다.

그런데 지금, 왜 그날이 생각나는지 모르겠다.

레피스는 아르노만과 알렉시스가 이야기를 나누고 있는 응접실 바깥을 지키고 있었다. 저택 바깥은 소란한데, 그들이 머무는 공간은 유리된 듯 고요했다. 곧 아르노만이 화가 난 사람처럼 사나운 기세로 문을 박차고 나왔다. 아르노만의 부리부리한 눈매에 잠깐 머뭇거리는 사이 그는 레피스를 지나쳐 저편으로 사라졌다.

방 안으로 들어간 레피스는 알렉시스의 단단한 등을 응시했다.

늘 그가 따라온 사람이었다. 그러나 오늘의 뒷모습은 어쩐지 낯설다.

"설마 각하께서 회군을…….."

알렉시스가 뒤돌아보지 않은 채 고개를 저었다.

"그럴 일 없어."

"예?"

"괜찮아. 우리 모두를 위한 길이라는 걸 그 또한 알 테니."

어딘지 맥없는 음성이었다.

"무엇을 미끼로 내거신 겁니까?"

긴장한 레피스의 물음에 알렉시스는 대답 대신 희미하게 웃으며 자리에서 일어섰다.

아르노만을 필두로 한 피노제의 사병 군단은 소겔가드의 저택을 떠나지 않았다. 얼마 지나지 않아 선왕 유스카리의 세력 잔당들이 소겔가드로 모이기 시작했다는 소식도 잇따라 전해졌다.

왕도의 혼란은 밤이 되자 기세가 한풀 꺾였지만 왕성 안은 이미 쑥대밭이었다. 손톱을 물어뜯으며 산만히 왔다 갔다 하는 뉘사나의 앞에 조로록 앉은 이들은 아무 말도 못 하고 고개만 조아렸다.

"미친 건가, 기트로! 내 분명 그대에게 소겔가드의 경비에 주의하라 일렀는데! 대체 그대는 뭘 하고 있었어!"

주위는 이미 찢긴 보고서와 나뒹구는 필기구들로 너저분했다. 뒤늦게 성을 방문해 뉘사나를 찾은 체자스 공은 긴 한숨을 내겼다. 소겔가드를 수호하는 데에 투입되었던 병사는 사실 차고 넘쳤다. 아르노만의 피노제 사병들이 들고 일어나지 않았다면 오늘 일은 일어나지 않았을 터. 피노제의 훈련받은 정예병들은 베이하크의 세력과 더불어 산발적으로 모여들어 손쉽게 소겔가드를 거머쥐었다. 그리고 그곳에 알렉시스가 나타났다.

"제피언은, 아니, 베다시아는 대체 어찌 된 거야!"

체자스가 침착한 목소리로 답했다.

"베다시아 헨로 경은 현재 소식이 닿지 않습니다."

"그 자식이이이!"

"금군 대장과 베다시아 헨로를 한 우리에 밀어 넣는 짓은 모험이라 하지 않았습니까. 이미 수호 가문 키이브의 병력은 주요 계획에서 차선으로 미뤄두었으니 그리 큰 문제가 되지는 않을 겁니다. 다만…… 금군 대장이 북으로 향했으니 기다리시면 그에 관한 낭보가 올 것입니다."

사실 그 역시도 그다지 낙관할 수 없는 상황이었다. 이미 나아시온의 투입도 실패했다. 나아시온은 왕실에서 비공식적으로 운용하는 최정예 암살 부대. 왕도에서 가장 은밀하고, 가장 소리 없이 움직일 수 있는 병사들이었다. 그런 그들도 철통같은 경비에서 허점을 찾아내지 못하고 척후만 잃고 돌아왔다. 알렉시스 테피온이 전 나아시온 소속이었다는 것을 간과한 결과였다.

'멀리 보지 못했군.'

알렉시스 테피온이 왕성을 등한시하고 소겔가드로 쳐들어가리라는 것을 예상한 이는 없었다. 설사 예상했다 하더라도 소겔가드를 버리면 알렉시스의 세력은 그 자리에서 와해된다.

'그분은 대체가 제정신인지…….'

사실 아르노만의 세력까지 등에 업었다면 전면전을 걸어올 법도 했는데 알렉시스는 소겔가드의 저택에 들어앉아 꼼짝도 않고 있었다. 어찌 보면 공정한 일이다. 먼저 인질극을 시작한 건 이쪽이었다.

"소겔가드로 모인 적이 몇이라고?"

"달이 뜨기 직전 알아본 바로는 1만이 넘어가고 있었습니다. 더 모여들 것 같습니다. 그보다 지금은 이 상황을 이상하게 여길 백성들의 동요를 진정시키는 게 중요합니다. 어째서 피노제가 그들을 돕고 있는지에 대한……."

"지금 그딴 게 중요한 게 아니잖아!"

뉘사나가 분을 참지 못하고 제 가슴을 쾅쾅 쳤다.

"지금 당장이라면 그 1만밖에 안 되는 적을 제압하기는 충분하다. 하지만, 그건 안 돼. 그 안의 후작가 사람들의 목숨을 보존하면서 그들을 제압할 방법이 없나?"

처음엔 퀸시오로 숨더니, 이제는 리안의 저택에 숨어버렸다.

'이 미꾸라지 같은 새끼가!'

제 몸 사릴 곳만큼은 기가 막히게 잘 찾아가는 녀석이라는 걸 부정할 수 없었다.

"쇼하인의 목을 걸어."

"협박의 선에서 이쪽의 의도가 통한다면 다행이지만 그 일을 실행하게 되면 다릅니다. 저쪽이 이쪽의 의도대로 움직이지 않아 결국 쇼하인 공을 살해하게 되면 숨죽이고 그의 귀환을 기다리는 쇼하인의 군사들이 움직이게 될 겁니다. 아시다시피, 밀러 헤센은 만만한 자가 아닙니다."

"전부 잡아 와 감금해라. 더 이상 허튼짓 하지 못하게 해. 특히나 피노제가 에사렛타와 마르티사가 내 손에 있는데도 저리 나왔다는 것은."

무언가가 있다는 말과 일맥상통했다.

체자스 공이 먼저 와 자리하고 있던 다른 측근들을 내보낸 후 조용히 권했다.

"왕하, 안색이 좋지 않으시니 식사라도 하시고 잠시라도 좀 쉬시는 것이."

"마지막 발악이라 이거지. 마지막 발악이라. 그래, 이번에 그놈을 사로잡으면 몸 성히 죽이지는 않을 거다."

진정되지 않은 그의 숨이 파르르 떨렸다. 리안은 지금 아이를 밴 채였다. 두어 달이 지나기도 전에 출산을 하게 되리라. 그녀가 이 상황에 놀라 잘못되지는 않았을지, 혹 알렉시스가 허튼짓을 하지는 않았을지. 상상만으로도 그는 미칠 지경이었다.

늘 생글거리며 그의 꼬리를 잡고 늘어지던 동생을 향해 전에 없던 증오가 솟아올랐다.

"현명해지십시오, 왕하."

차마 그에게 '최악의 상황'엔 소겔가드를 포기해야 한다고 말할 수가 없었던지라 체자스 공은 착잡하게 말을 맺었다. 다른 방도를 찾아야 했다. 소겔가드 후가 함께 억류되어 있으니 어떤 식으로든 이 일에 대한 돌파구가 생기리라 믿지만 그때까지 뉘사나가 제정신을 차릴지가 미지수였다.

그리고 그날 밤, 한 통의 서신이 날아들었다.

소겔가드로부터 도착한 서신이었다.

이튿날 동이 트기도 전에, 왕도를 가로지르는 대군을 발견한 백성들은 혼란에 빠졌다. 카르시타의 수호자를 자처한 뉘사나가 왕성 밖으로 나와 4,000의 금군을 이끌고 소겔가드의 저택으로 향한 것이다. 엄숙하고 딱딱한 분위기 속에서 시장 상인을 비롯한 보따리 상인, 그리고 늘 엘올라를 뛰어다니던 아이들마저 자취를 감추었다.

뉘사나는 해가 막 성벽 위로 떠오를 즈음, 성난 걸음으로 기사 다섯을 대동하고 소겔가드의 저택 안으로 들어갔다.

나른하게 앉아 있던 알렉시스가 차를 홀짝이며 밉살스럽게 웃었다.

"오랜만입니다, 형님."

뉘사나는 사나운 기세로 그의 건너편에 앉아 그대로 탁자 위에 놓인 찻주전자와 티스푼과 찻잔을 쓸어버렸다. 와장창창. 자기 깨지는 소리와 함께 놀란 병사들이 문을 열고 들어왔다. 알렉시스는 여유롭게 손을 흔들어 그들을 내보냈다.

"괜찮으니 나가 있어라. 원래 이런 분이니까."

"내놔라."

뉘사나가 쥐고 있던 서신을 쾅 소리가 나게 내려놓았다.

"뭘 그리 화를 내십니까? 피차 이런저런 일, 산전수전 다 겪으면서 살아오지 않았습니까."

"헛소리는 치워라. 어디 있어. 리안도 봐야겠다."

뉘사나의 얼굴이 험악하게 일그러지는 것을 가느다란 눈으로 응시하던 알렉시스가 들고 있던 잔을 내려놓으며 자세를 바로 했다.

"나 참, 그렇다고 진짜로 이리 달려오시다니."

"닥쳐라. 네가 지금 어디에 목을 들이밀고 이리 어깃장을 놓는지 모르는구나."

"형님이야말로 지금 어디에 있는지 잊으신 모양입니다."

묘한 신경전이 이어졌다. 알렉시스는 어깨를 으쓱하며 말했다.

"조카와 형수님은 제가 잘 모시고 있습니다."

"넌 지금 내가 어떤 기분으로 널 만나러 왔는지 모르겠지. 알았다면 그리 잘난 낯짝을 들이밀고 실실 웃지 못했을 거다."

"압니다."

"네가 뭘 알아."

"이 치졸한 짓은 형님이 먼저 시작했습니다."

알렉시스가 탁자를 쾅 소리가 나게 내리치며 몸을 뉘사나 쪽으로 기울였다.

"무슨 생각이셨습니까? 이리 너저분하게 만들지 않고도 사이좋게 해결할 수 있었을지도 모를 일이었습니다. 무턱대고 저지르고 왕도를 혼란으로 빠뜨린 건 형님입니다. 차라리 세드로를 죽여버렸어야지."

알렉시스의 음성에 밴 여실한 분노에 뉘사나가 헛웃음 지었다.

"너는 정말 동정 하나 없구나. 그 핏덩이 같은 것을 그리 잡아 죽이고 싶었다면 네가 하지 그랬나."

"동정 하나 없었더라면 제일리의 목부터 땄겠지요. 볼모는 사실 형수님과 배 속의 아이만으로도 충분하지 않습니까."

알렉시스는 어떻게 해야 뉘사나가 화를 내는지 잘 아는 사람이었다. 말없이 주먹을 쥐고 앉아 있던 뉘사나가 몸에 힘을 풀고 비릿하게 웃었다.

"그래, 이번엔 내가 졌다. 네 얼굴 더 들여다보고 있고 싶지 않으니 당장 약조를 지켜."

"모처럼인데 이야기라도 더 나누지요. 형수님은 어찌 될지 모르겠지만 오늘 돌아가실 때 제일리는 안겨드릴 테니."

"정신 나간 새끼."

뉘사나가 참지 못하고 욕지거리를 내뱉었다.

"왜 세드로를 살려두어 이 꼴을 냈는지나 들어보고 싶은데요. 숙모님의 환심을 사기 위한 게 아니란 건 잘 알겠습니다. 숙부를 시해한 순간 호의는 물 건너갔다는 걸 누구보다 잘 아실 테지요."

알렉시스는 덤덤히 말을 맺었다. 조금 못된 마음이 있다. 뉘사나가 세드로를 죽여버렸더라면 제르의 분노는 그에게 향할 터였고, 자신은 선한 사람인 체 그녀의 옆에 남을 수 있었을 것이다. 내내 그런 생각을 떨칠 수가 없었다. 차라리 뉘사나가 세드로를 죽였더라면 훨씬 행복했을 거라는 생각.

"네가 알 바 아니다."

"숙모의 소재를 알고 있습니다."

막 사납게 쏘아붙이려던 뉘사나가 멈칫하며 물었다.

"……네놈, 왕도에는 어떻게 들어왔지?"

"글쎄요. 그럼 하나씩 서로 묻고 답하기로 하는 게 어떻습니까. 형님이 원수를 한배에 태웠으니 뱃전에 구멍이 나는 거지요."

"베다시아로군."

뉘사나가 이를 갈며 중얼거렸다. 복수에 미친 놈이 기어코 일을 친 것이다.

"그러면 이번에는 형님이 답할 차례입니다. 저는 최대한 피를 보지 않는 선에서 해결하고 싶은데, 앞으로 어찌하실 생각입니까?"

"입 닥쳐."

"루덴 공작이 북상하고 있습니다."

"어차피 그는 세드로를 따르는 자다. 아르노만이 어째서 네게 협조했는지는 모르겠지만 결국 그자가 데바람의 군대를 끌어들이면 내 목만 달아날 것 같으……."

알렉시스가 웃음으로 그의 말허리를 베어냈다.

"아직 모르셨습니까? 그는 제 사람입니다. 그자가 적자에 얼마나 미쳐 있는지는 어렴풋 아실 테지요."

예상치 못한 데에 허를 찔린 사람처럼 뉘사나의 얼굴이 하얗게 질렸다 이내 안색을 되찾았다. 만족스러운 듯 그를 응시하던 알렉시스가 능청스레 고개를 주억거리며 이었다.

"숙부의 장례식은 잘 치르셨습니까? 꼭 오고 싶었는데, 이유가 있어 못 오게 되었지 뭡니까."

"……넌 지금 나와 대체 무얼 하자고 이리 시건방지게 구는 거냐. 넌 무슨 수로 아르노만을 움직였지? 에사렛타와 마르티사의 소재를 안다고 해도 아직은 내 수중에 있다. 그 노인네가 쉽사리 네 사탕발림에 넘어갈 이가 아닌 건 너도 알고 나도 알고 있지."

아르노만은 뉘사나가 유스카리를 죽인 후 에사렛타를 빼앗겼다는 걸 알자마자 그대로 침묵을 선택했다. 알렉시스가 수작을 부리지 않았다면 그는 에사렛타와 세드로의 안위를 확보하지 않는 한, 움직이지 않았을 터였다. 제 딸의 실각을 막기 위해 전 카르시타를 기만하는 일조차 서슴지 않았던 이었으므로.

"생각하면 화가 올라오니 그 얘긴 그만두죠."

"네가 승리하면 세드로를 가장 먼저 죽일 게 뻔한데 그 늙은이가 아무 이유 없이 너를 도와? 그럴 리가 없지."

"일단은 형님을 공공의 적으로 인지한 상황이라 생각해주십시오."

그 말을 끝으로 침묵하던 알렉시스가 얕은 한숨을 내쉬었다. 그 덕에 팽팽하던 긴장감 일부가 누그러졌다.

"형님, 소겔가드 후도 저희의 손에 있습니다. 비록 소겔가드의 대군이 있다 한들 단기간 수복은 어려울 겁니다. 솔직하게 말하면 원래 왕위는 제 것이었습니다. 숙부께서 그 자리에 앉으시긴 했지만 그 자리의 주인은 본디 저였습니다. 이쯤 해서 깨끗하게 물러나시는 게 어떻겠습니까."

"죽 쒀서 개 주라는 말을 아무렇지도 않게 하는 걸 보니, 네놈도 제정신은 아닌 모양이구나."

그의 비난은 신랄했지만 알렉시스는 불쾌한 기색 없이 혼잣말처럼 수긍했다.

"죽 쒀서 개 준다라…… 하긴, 꽤 비참한 거죠. 그거."

뉘사나는 차분히 굳어진 알렉시스의 붉은 눈동자를 노려보았다. 도대체 그가 무슨 생각을 하고 있는지, 어떤 수작을 부리려는 것인지 면전에 두고도 짐작하기가 어려웠다.

알렉시스가 탁자를 짚은 손에 힘을 실어 기대며 말했다.

"아시겠지만 형님, 형님이 소겔가드를 버리면 저는 도망칠 곳 없이 이곳에서 사로잡히게 될 겁니다. 그러면 이 지겨운 술래잡기도 홀가분하게 끝낼 수 있겠죠. 대신 귀한 제 목숨 가지는 대가로 당연하지만 형님도 잃으셔야 합니다. 소겔가드 후? 뭐, 형님이 그를 썩 존경한다는 건 알지만 그다지 타격이 크지는 않겠지요. 제일리는 제가 오늘 돌려드리기로 했으니 그렇다 치고……. 그래, 그래. 제 목숨과 형수님의 목숨을 바꾸는 게 가장 합리적이겠군요."

노골적인 도발이었다. 그러나 부정할 수 없는 사실인지라 뉘사나는 이만 바득바득 갈았다. 면전에 두고도 잡아 죽일 수 없는 적을 마주한다는 건 참기 어려운 고문이었다.

"기회를 드리죠. 지금 당장 군사에게 명해 소켈가드의 저택을 점거한 국왕 시해자를 죽여버리라고 하십시오."

무덤덤한 목소리는 진심과 거짓조차 드러나지 않을 만큼 침착했다.

"그리고 저들이 저택의 대문 너머로 들어오면 저는 소켈가드 후작을 죽이겠습니다."

"너."

"저들이 저택의 안으로 한 발자국이라도 들어온다면 바로 형수님께 달려가겠습니다."

"그 입……."

"그들이 저택의 위로 향하는 계단을 밟으면 형수님의 배 속의 아이를 제 칼로 난도질해 세상에 내던져주고."

"닥치지 못……."

"그들이 제 앞에 이르면 그때까지 살아 비명을 지를 형수님의 목을 칼로 뜯어 창밖으로 내던질 수 있겠지요. 이 얼마나 추한 죽음입니까."

뉘사나의 주먹이 바들바들 떨렸다. 그가 잔인한 남자라는 건 잘 알고 있었다. 잔인하지 못하면 살아남지 못하는 곳이 그들이 디딘 세상이었다.

"네가……."

"못 할 것 같습니까. 형님? 제가 어떤 놈인지 잘 아시지 않습니까. 기본이 글러먹은 놈인데 이미 국왕 시해 배후로 낙인찍힌 마당에 뭔들 못 할까."

한다면 한다. 뉘사나는 그리 말하는 알렉시스를 부정하지 않았다. 더 이상의 대화는 무용하다 판단한 뉘사나가 입술을 꾹 다물고 일어섰다.

알렉시스가 종줄을 당기자 곧 제일리를 안아든 한 시녀가 벌벌 떨며 방 안으로 들어왔다. 뉘사나가 미친 사람처럼 달려가 제일리를 끌어안아 품에 가두었다.

"아빠, 아빠아."

우는 아이가 품 안에서 바르작거리는 것을 살갗으로 느낀 후에야 뉘사나의 떨리던 몸이 멎었다.

"오늘은 약조대로 이 녀석만 데리고 돌아가지만 다음번엔 네 머리다."

"제가 오늘 한 말, 잘 생각해보십시오."

제일리를 꽉 끌어안은 채로 사납게 그를 노려보며 씹어 뱉듯 욕지거리를 내뱉은 뉘사나가 경계를 헤치고 저택 밖으로 향했다. 얼마 지나지 않아 저택을 에워싸고 팽팽하게 대치하던 금군이 물러났다.

알렉시스는 낮은 창문 저편으로 멀어지는 뉘사나를 바라보았다. 그는 이내 썰물처럼 빠지는 병사들 속으로 사라졌다.

곧 뉘사나가 물러갔단 소식을 들은 레피스가 찾아왔다.

"알렉시스 님, 대부분의 병력이 되돌아간 걸 확인했습니다."

"그래."

"그리고 에드하인다로 갔던 제이하이 왕하의 시종과 동행도."

페이랑과 르니아가 도착한 모양이었다. 전할 이야기도, 해결할 상황도 산더미처럼 많이 남아 있었지만 당장 의욕이 나지 않았다. 어린 아이를 안고 뒤돌아서는 뉘사나의 뒷모습이 제법 진득하니 눈에 박혀서, 알렉시스는 반쯤 눈을 내리깐 채로 중얼거렸다.

"내 형님이 저리 될 줄은 몰랐는데."

'부정(父情)이라…….'

인간은 제 새끼를 위해 뭐든 한다지만 알렉시스는 그 본보기가 되어줄 부모를 기억하지 못했다. 배우지도 못했다. 소겔가드 하나로 뉘사나의 숨통을 잡아 뜯을 수 있다는 건 솔직히 조금 실망스러운 일이기도 했다.

이젠 여상한 일상처럼 자연스럽게 생각나는 사람이 있었다.

제르. 그녀 역시 그가 이해할 수 없는 방식의 사랑에 집착하는 여자였다. 사랑할 줄 모르는 여자가 아니라, 너무 큰 사랑을 품어 빈자리가 남지 않은 여자. 문득 알렉시스는 자조했다. 뉘사나는 자신과 비슷한 사람이었다. 때문에 그가 꺾인다면 그건 리안이 낳은 죄악 때문이리라는 걸 확신한다.

"뭐, 내력인가."

알렉시스가 얕은 한숨을 내쉬며 설핏 웃었다. 그를 비웃기에는 자신역시 엉망진창이 아니던가.

"돌아갔나 보군."

"그렇습니까."

소겔가드 후, 타라히엔은 마치 남 일이라는 듯 흘려 중얼거렸다. 아르노만은 타라히엔과 나란히 앉아 티타임을 가지고 있었다. 인질과 가해자의 위치였지만 그들은 이런 상황쯤은 녹록히 여길 수 있을 만한 '살아남은 자들'이었다.

"올리비에 왕하는…… 미쳤다고 생각은 했지만, 감당키 어려울 정도군."

"대공께서도 두려우신 모양입니다."

소겔가드 후작은 자신의 앞에 놓인 차를 홀짝이며 말했다. 아르노만은 부정하지 않고 턱을 내렸다.

"그래, 두려울 정도네. 타라히엔, 이제 그대는 어찌하려는가?"

"무사히 구출되는 것까지는 바라지도 않습니다. 버림 패가 될 것이 불 보듯 자명하니 미련은 없습니다, 대공."

"그런가?"

"지렁이도 밟으면 꿈틀하는 법인데, 하물며 구렁이야."

저택 주위를 서성이던 나아시온들마저 자취를 감추었다. 짧은 교전이 벌어졌다고는 들었지만 희망적이지는 않았다. 설상가상 오늘은 뉘사나 홀로 찾아와 제일리만 데리고 나갔다 하니 그야말로 인질을 빼낼 방법이 요원하다는 말이다.

빈 찻잔을 내려다보던 타라히엔이 아쉽다는 듯 입맛을 다시다가, 찻잔을 한편으로 치우며 물었다.

"후회 없으십니까?"

"무엇이?"

"양자를 들인 것 말입니다. 그러지 않았더라면 유스카리 전하가 그리도 서둘러 데바람에까지 손을 뻗칠 일이 없었을 것이고, 시간이 흐르면 자연스럽게 알렉시스 테피온 왕하와 뉘사나 왕하 중 한 사람에게 왕위가 전해졌을 테지요. 왕위 다툼을 이리 만든 것은 따지고 보면 전하와 함께 작당한 공가의 수장들이라 보입니다만."

아르노만의 주름진 밑으로 진한 그림자가 드리워졌다.

"내 욕심이 과했던 것은 인정하지."

욕심을 부렸다. 제 딸아이가 상처받아 밀려나는 것을 보고 싶지 않았고, 제 가문이 지지하는 유스카리의 대가 끊어지길 원하지 않았다.

타라히엔의 말처럼 세드로가 에사렛타의 아이로 입적되지 않았더라면 유스카리가 무리해서 외세를 끌어들일 이유도 없었고, 자연스럽게 뉘사나와 알렉시스 둘 중 한 명에게 왕좌가 돌아갔을 것이다. 물론 유혈 사태가 벌어질 가능성이 있었지만 지금보다 복잡하지는 않았을 것이다. 모두가 미쳐 있었다. 에사렛타는 불안으로, 자신은 수치심으로, 유스카리는 동정심으로, 그 여자는 살아남기 위한 광기로.

아르노만은 애써 생각을 지웠다.

"하지만 그대도 딸을 자규에게 내어준 것부터가 충분한 과욕이라 여겨지는데?"

"저는 제 딸아이가 보는 눈을 믿었을 뿐입니다. 그 과정에서 가문이 득세한다면 더 바랄 것이 없었겠지요."

"무리 없다 생각했겠지."

"그분이 왕위에 오르시는 것은 무리가 없습니다. 이미 왕위의 혈통에 관한 것은 제누바시스께서 서거하시며 한 번 비틀렸다는 걸 잘 아시지 않습니까. 그 과정에서 가장 득세한 것이 피노제였고."

"꽤 오래전 이야기를 하는군."

"비슷한 이윱니다. 저는 제 가문이 위태로워질 리가 없다 여겼던 것뿐입니다."

소겔가드는 변경에서부터 깊이 뿌리박아 왕도까지 세를 뻗쳐, 기어코 왕도의 귀족으로 군림한 군사 가문이었다. 소블란이 재력으로 모든 장애물을 치워버리는 것처럼, 소겔가드는 군사력으로 장애물을 치워버리는 데에 무리가 없던 유서 깊은 가문. 그도 이런 상황을 예상하진 못했을 터였다. 아르노만 본인도 알렉시스가 소겔가드로 향한다는 말에 웃어버리지 않았던가.

타라히엔이 담백하게 물었다.

"알렉시스 님이 무슨 대단한 미끼를 던졌기에 지금 이리 제 앞에 계신 건지 물으면 답 주실 수 있습니까?"

"아마도."

다시금 떠오르는 기억에 아르노만은 내키지 않는 표정을 지었다. 타라히엔은 주름진 턱을 어루만지며 혼잣말했다.

"썩 그럴듯한 미끼를 던졌겠지요."

"그래도 죄책감이라는 것은, 마음을 언짢게 하는군."

"호랑이가 이빨이 빠졌다는 말이 사실인 모양입니다. 죄책감이라니."

"나이는 사람의 인생을 돌아보게 하니까 말이지."

"인생이라…… 우리가 벌써 그럴 나이였던가요."

오후의 티타임은 조용하고 평화롭게 흘러갔다.

푸른 눈을 한 솔개 한 마리가 피투성이 부리를 한 채로 루덴 공의 어깨 위로 내려앉았다. 사냥을 하고 온 모양이었다. 루덴 공은 솔개의 부리를 손수건으로 부드럽게 닦아준 후 다시 하늘로 날려 보냈다.

데바람으로부터 돌아오는 여정은 순탄했다. 쇼하인의 밀러가 있는 에르크 일대를 경유하는 바람에 시일이 지체되긴 했지만 장애물 없이 이동하는 것이 가장 중하다는 데에 부정할 이는 없다. 데바람의 원군 또한 출병했다는 소식을 전했다.

엘올라로 향하는 그의 어깨는 훨씬 가벼워졌다. 이곳에서 엘올라까지 최단 거리를 계산한다면 약 열흘 남짓이 소요된다. 군사들의 수가 많아 지체될 수는 있지만 하루 이틀을 넘기지 않을 것이다.

소겔가드의 대군은 이미 한참 전부터 그들을 기다리고 있었다. 루덴 공이 되돌아올 것을 경계한 자규의 안배였다. 사실 소겔가드와 부딪치는 것은 작지 않은 문제라 그들은 소겔가드를 우회하려는 계획을 세운 상황이었다.

그러나 전황은 또다시 예상치 못한 방향으로 뻗어나갔다. 백병장의 휘하 척후병이 되돌아와 보고를 올렸다.

"소겔가드의 군사들이 엘올라를 향해 북상하는 것이 확인되었습니다. 그리고 히나 백작령으로부터 베이하크 님의 전령조(傳令鳥)가 당도했습니다."

왜 레피스가 그들과는 관계없는 히나 백작령에서 연통을 보낸 건지는 모르겠지만, 내용은 짧고 간결했다. 알렉시스와 그들이 왕도로 돌아간다는 것이었다. 그들은 왕성 탈환이 아닌 소겔가드의 침략안을 내었다.

'호오.'

루덴 공은 의외란 듯 서신을 읽어 내렸다. 확실히 지나치게 왕도를 오랫동안 비워두는 것은 장기적으로 패인이 될 수 있으므로, 왕도로 돌아가는 선택은 옳았다.

그리고 소겔가드를 점령하겠다는 것 또한 상황을 보니 좋은 쪽으로 잘 마무리된 모양이었다.

그러나 지금 알렉시스가 왕도에서 자유자재로 운용할 수 있는 세력이 있던가? 루덴 공은 회의적으로 상황을 가늠해보았다. 아르노만이 침묵하고 있다 해도 알렉시스만으로는 소겔가드를 무사히 점거하기 어려울 터였다. 설마 제 목숨을 걸고 도박을 하지는 않았을 테니 무언가 자신이 모르는 게 있다는 뜻이다. 상황이 상황이다 보니 정보가 더딘 것이 몹시 답답했다.

'그러고 보니 지스카르 님은…….'

그는 무사히 베제스의 목을 취했나. 그 또한 알 길이 없었다.

"함정일까요?"

소겔가드가 점거당한 일은 무시할 수 없는 사건일 터다. 소겔가드군이 일제히 왕도로 향하기 시작하는 것 역시 관계있을 터.

"아니, 직선 육로로 진로를 돌린다. 대신 정찰병의 간격을 좁히고 조금 더 넓은 범위로 매복을 경계하라 전해라."

"예."

알렉시스의 세력이 엘올라 내부에 거점을 두는 데에 성공했다면 농성전은 벌어지지 않을 것이다. 그렇다면 걱정해야 할 것은 알렉시스의 안위뿐이었다. 소겔가드의 군이 왕도로 돌아가 정비할 시간을 주어선 안 된다.

"전군, 전속력으로 소겔가드의 군대를 쫓는다."

루덴이 마속을 높이며 명령했다. 군사들은 잔뜩 지쳐 있었지만 지체할 수는 없었다.

몰래 빠져나가는 데에 마차는 거추장스럽다는 이유로 제르는 테일런의 말에 함께 올랐다. 베다시아는 알렉시스의 군사 없이 단신으로 테일런과 함께 약속 장소에 찾아온 제르를 한참이나 빤히 바라보다가 길을 앞장섰다. 약 쉰 명의 기사들은 그들은 미리 매수해놓은 이들을 통해 북문 밖으로 빠져나오는 데에 성공했다.

말을 타고 가는 내내 몇 번이나 테일런의 옷자락을 쥐고 숨을 고르기 위해 애썼는지 모를 일이다. 그때마다 테일런은 마속을 낮추어 그녀의 어깨를 더 단단히 붙잡아주었다. 북해에 가까워질수록 제르는 긴장과 초조함에 얼어붙고 그는 그녀를 붙잡아 녹여주는, 그런 반복이었다.

북해로 가장 빠르게 통한다는 이름 모를 숲을 지나 얼마쯤 달리니, 베다시아의 등 뒤로 따라붙던 기사들 반 이상이 뒤돌아갔다. 달리는 와중 의아해 고개를 돌렸지만 제대로 보이는 것은 없었다.

얼마간 그리 달려 숲을 빠져나가 평지가 나오자 베다시아가 마속을 낮추었다. 제르가 지친 음성으로 물었다.

"그들은?"

"임무를 다하러 갔으니 곧 돌아올 겁니다."

지친 제르가 말없이 숨만 고르고 있으니 테일런이 그녀를 더 단단히 끌어 앉히며 베다시아를 향해 말했다. 정수리 위로 울리는 음성, 정작 이리 말을 달려온 그는 숨찬 기색도 없어서 제르는 새삼스레 우울해졌다.

"주군께서는 좀 쉬셔야 합니다."

"……곧 도착할 겁니다."

"난 괜찮아, 클로이스 경."

그는 식은땀을 흘리는 제르를 눈동자만 내려 응시한 후 완고하게 말했다.

"괜찮지 않으십니다. 르니아 양도 없는데 쓰러지시면 곤란합니다. 곧이 1, 20분이 아니란 건 엘올라 출신인 저도 잘 압니다. 헨로 경, 어차피 뒤에 있는 기사들이 이곳으로 향하는 길목을 봉쇄할 테니 시간이 그리 촉박한 것도 아니지 않습니까."

제르는 미처 예상치 못한 이야기였다. 다시 왕도로 되돌아가려나 싶었는데.

베다시아가 빤히 제르의 창백한 낯빛을 응시하더니 타협안을 내밀었다.

"그러면 이 앞으로 조금만 더 가면 물가가 나올 겁니다. 그곳에서 잠시 쉬도록 하죠. 말도 쉬어야 하니."

그들 일행은 얼마간 더 걷자 나타난 좁은 냇가에서 전진을 멈추었다.

가까스로 수맥을 이어가는, 한 걸음에라도 훌쩍 뛰어넘을 수 있을 것처럼 가느다란 냇물이었다. 제르의 그런 담백한 감상을 알아차린 사람처럼 베다시아가 말했다.

"이 냇물은 쭉 따라가면 데바람의 국경까지 이어지죠. 제법 깁니다."

테일런은 그녀의 허리를 안아 말에서 내리게 한 뒤, 그녀를 시원한 나무 그늘 안으로 데려갔다. 불만스럽기는 했으나 제르 역시 이미 충분히 지친 후라, 투정을 부릴 수가 없었다.

베다시아는 말에서 내리지 않은 채로 엄폐물 없이 훤한 평지 저편을 응시했다. 저 평지를 지나고 나면 바로 만이었다.

제르는 힘들지도 않은지 꿋꿋이 서서 주위의 위험을 살피는 테일런의 장딴지를 통통 때렸다. 딱딱했다.

"왜 그러십니까?"

"앉아."

"괜찮습니다."

"손 아프다. 앉아."

제르가 답지 않게 엄살을 부리는 기색을 보이자, 테일런이 엷은 미소를 지으며 그녀의 옆에 앉았다.

"고생이 많아, 자네도."

"엘보르트 경만 하겠습니까."

"왜 다들 아스난만 그리 고생이라 하는지 모르겠네. 아스난보다는 내가 더……."

막 투덜거리려던 제르가 말을 멈추었다. 테일런이 감히 헤아릴 수 없을 만큼 넓은 밤 같은 눈으로 그녀를 들여다보고 있었다.

"이번이 주군의 힘겨운 여로의 마지막이 되었으면 합니다."

순간 이유 없이 왈칵 눈물이 날 것 같아 제르가 고개를 돌렸다. 한참 후에야 제르가 입술을 열었다. 처음으로 불러보는 그의 이름은, 아기가 옹알이에 버거워하듯, 그리 들렸다.

"……테일런."

팔을 내려뜨리고 있던 테일런이 주먹을 둥글게 쥐었다.

"아스난이 내게 그러더구나. 기사들의 이름이나 제대로 알고 있냐고."

"주군은 기사들의 이름을 외울 필요가 없으신 분입니다."

"그리 생각하나?"

"예. 그래도, 조금은 기쁩니다."

"좌천당해 내 옆으로 떠밀려 왔을 때부터 알았지만 참, 한결같이 바보 같아. 그리고 날 바보 취급해. 내 비록 보잘것없는 계집이지만."

"소중한 분이십니다."

잠깐 제르가 말문이 막힌 듯 침묵했다. 그래, 늘 테일런은 그녀가 소중한 사람이라 그녀의 고독한 가슴을 얼러주곤 했었다.

"그래, 그렇다고 하자. 어쨌든 그런 나지만 너희의 이름은 다 안다. 테일런, 아스난, 셀파, 페이랑, 렐딘. 난 심지어 나를 떠난 이들의 이름도 알아. 던함 경이 소우로였던가? 그리고 그 빡빡하게 굴던 녀석. 로렌."

"기억력이 좋으십니다."

뭘까. 이상하게 이 녀석에게 어린아이 취급당하는 기분이었다. 잠깐 유치한 생각이 들어 입술을 삐죽 내밀었다가 제르는 자신의 상태가 다시 한없이 편안해졌다는 것을 깨닫고 헛웃음 지었다.

그녀의 눈이 멀리서 다가오는 베다시아에게 머물렀다.

"……저치는 왜 저러는지 아나?"

"베다시아 헨로의 이야기라면 왕도 내에서는 유명합니다. 제가 있을 적에 벌어진 일이었으니까요."

타인의 좋지 않을 것이 분명한 과거를 캐물어도 되는가 잠깐 고민하는데, 테일런이 덤덤히 설명을 이었다.

"자세히는 몰라도 저분 또한 사랑하는 사람을 잃으셨습니다. 그래서 몇 년 전까지만 해도 저분은 엘올라 사교계에 얼굴도 보이지 않으시던 은거자였습니다."

"……끔찍하겠구나."

제르는 이제 제 곁에 없는 동생들을 상상했다. 단 몇 마디의 말만으로 그를 이해한다 할 수는 없지만 비슷한 상실의 기억을 떠올리기는 어렵지 않았다.

'……세드로.'

제르는 애써 부정적인 생각을 떨쳤다. 베다시아가 지척까지 다가왔다는 것을 알아차린 테일런이 희미하게 웃으며 먼저 몸을 일으켰다.

"주군은 가치 있는 사람입니다. 만일 알렉시스 님께서 마지막까지 주군을 위해 헌신한다면."

알렉시스. 테일런이 입에 담는 알렉시스의 이름이 왜 저리도 서글픈지, 제르는 이유도 모른 채 조심스레 손으로 제 가슴을 지그시 눌렀다.

"주군의 마음이 가리키는 대로 가십시오. 더는 다른 사람을 위해 살지 마시고."

"……너, 왜 갑자기 그런 말을."

"주군께서 행복하시기를 바라고 있습니다. 저희 모두."

"테일런."

괜스레 가슴이 먹먹해지며 이유 모를 거부감이 들었다. 갑자기 떠나기라도 할 사람처럼 그리 말하면. 테일런이 서서히 질려가는 제르의 얼굴을 내려다보다가, 그녀의 앞에 한쪽 무릎을 꿇었다.

"저는 당신의 기사입니다, 주군."

"너."

"무슨 일이 벌어질지 몰라 미리 드리는 말씀입니다."

그런 말 마라. 그리 말했어야 했는데, 제르는 이성이 속삭이는 음성에 고개를 숙이고 말았다. 그의 말이 맞았다. 누구도 목숨을 보장하지 못하는 시태였다. 심지어 르니아도, 페이랑도, 알렉시스도, 각 공가의 수장들마저 오늘 내일을 점치지 못하니.

"아무 데도 못 간다. 너희는."

테일런이 빙긋 웃었다.

"내가 파직하기 전까지 너희는 모두 내 기사다."

"파직하셔도 못 떠납니다. 이미 맹세하지 않았습니까."

"사실 그런 말 몇 마디 믿어 너희를 내 곁에 둔 거 아니야."

"압니다."

"좌천당해 내 옆으로 떠밀려 온 너희 같은 녀석들을 거둬줄 수 있는 건 나뿐이다."

"영광입니다."

"능청스러워졌어."

"주군 곁에서 버티려면 어쩔 수 없습니다."

"내가 뭘."

"정말 모르시는 겁니까?"

"……말 안 하련다."

제르가 입술을 삐죽이며 몸을 일으켜 세웠다. 테일런이 그녀의 팔을 붙잡아 부축해주었다. 문득 제르는 그가 잡은 제 가느다란 팔뚝을 내려다보았다. 벌써 이리 되었구나. 처음엔 호의도, 접촉도 그리 끔찍했는데, 벌써 이리 마음 귀퉁이가 열렸다. 아니, 마음의 문 구석이 망가지기라도 한 게다. 그녀는 스스로 열어준 적이 없으니.

"이제 슬슬 가시지요."

베다시아가 다가와 냉랭하게 일렀다. 다시 제르를 말 위에 번쩍 들어 앉힌 테일런이 따라 올랐다. 다그닥. 다그닥. 무엇도 없는 평야로 그들은 말을 몰아 달렸다.

여름의 녹음이 울어 물든 갈빛 나뭇잎들이 그들이 머물던 자리로 흐드러지듯 떨어져 내렸다.

숲과 평지의 경계선 위로 선선한 바람이 불었다. 누군가가 놓고 간 마음 위로 마른 나뭇잎들이 겹겹이 덮였다. 바람은 눈을 감았다.

침묵에 잠긴 왕성의 공기는 사성처럼 가라앉았다. 모두의 만류를 물리치고 소겔가드 저택으로 혈혈단신 들어갔다 돌아온 후, 뉘사나는 제일리의 옆을 한시도 떠나지 않았다. 적의 손아귀에서 데려온 하나뿐인 딸이 얼마나 귀했겠느냐마는 그럴 때가 아니었다. 뉘사나를 따르던 귀족들은 불안에 휩싸였다.

그런 와중 소겔가드의 대군이 왕도와 나흘 거리인 파블러스 일대까지 돌아왔다는 전갈이 당도했다.

오늘도 어김없이 뉘사나는 제일리의 방에 있었다. 체자스 공은 고민에 빠졌다.

'이대로 올리비에 왕하를 내버려두면, 왕도에서 무의미한 살육전이 벌어진다.'

소겔가드의 군대 바로 뒤에는 루덴 공작의 대군이 따라붙고 있다.

루덴 공이 알렉시스 쪽으로 완전히 등 돌린 것이 확인된 지금 그는 가장 위험한 인물이었다. 만일 왕도 안팎에서 전투가 벌어질 경우엔 소겔가드의 군대는 뒤로는 루덴 공의, 앞으로는 피노제와 베이하크의 연합에 양쪽으로 압박을 받게 될 것이다.

"왕하, 이젠 어찌할 것인지를……."

잠이 든 제일리가 깰까 손가락을 들어 입술을 가린 뉘사나가 나직이 중얼거렸다.

"생각 중이다."

"시간이 촉박해졌습니다. 루덴 공이 국경을 넘어 돌아오고 있다 합니다."

뉘사나는 제일리의 손가락을 매만지며 입술을 꾹 깨물었다. 방도가 없었다. 알렉시스가 했던 말처럼 소겔가드를 버리면 그는 바라던 자리에 오르게 될 것이다. 그러나 소겔가드를 버리면 리안을 잃는다. 그건 그의 반을 잃는 것과도 마찬가지였다. 몰래 빼올 수도 없었고, 알렉시스를 소겔가드 밖으로 끌어낼 만한 구실도 없었다. 무엇 하나 놓치고 싶지 않았다.

"왕하. ……알고 계시지 않습니까. 지금은 이리 정에 휘둘리실 때가 아닙니다."

결국 체자스 공은 내키지 않는 말을 꺼냈다.

"빌어먹을 놈."

그럴싸한 대답 대신 뉘사나는 씹어 뱉듯 욕지거리를 토했다.

알렉시스와 뉘사나가 무엇을 논했는지는 모르겠지만 알렉시스가 뉘사나의 성미를 돋우는 법을 잘 알고 있다는 것만은 확실했다. 뉘사나와 알렉시스는 몹시 다른 듯하면서도 닮은 구석이 많았다. 타인은 이해하지 못하는 그들의 일면을, 그들은 서로 이해해왔으므로.

"소겔가드 식솔의 안위를 최우선으로, 돌파 작전을 세우시는 것은……."

"이미 나아시온의 정찰병들이 무혈 잠입은 불가능하다고 했다. 알렉시스 그 빌어먹을 놈이 죽기 싫어 악바리처럼 그곳에 숨어 있던 걸 비웃었던 내가 어리석었다. 설사 약간의 군사들로 시선을 돌린 후 잠입하는 데에 성공한다 해도 리안과 소겔가드 후를 둘 다 무사히 데리고 나오긴 불가능하다. 리안은 곧 만삭이야."

"뛰어난 이들을 보내겠습니다."

"그랬다가 리안에게 변고라도 생긴다면 네 목으로 대신 사죄할 텐가?"

체자스 공은 완고한 뉘사나의 태도에 난감한 듯 눈을 내리깔았다. 리안이 다치지 않는다고 해도 자칫 유산이라도 한다면 그녀의 목숨도 위태로워질 것이다. 사실 그 역시도 리안과 소겔가드 후를 무사히 구출해 오리라는 데에는 회의적이었다. 그러나 소겔가드를 향한 뉘사나의 집착은 생각보다 강력했고 소겔가드가 뉘사나에게 꼭 필요한 존재 중 하나라는 것도 잘 알았다. 군사적으로, 정신적으로 소겔가드는 뉘사나의 지지대와 같았다.

"소겔가드 후는 각오했을 겁니다."

"지금 생각 중이다."

"그들은 자규 왕하를 위해 이제껏 목숨 바친 노력을 아끼지 않았던 사내입니다. 리안 님 또한……."

"지금 생각 중이라고!"

언성을 높인 뉘사나가 으르렁거렸다. 제일리가 화들짝 놀라 눈을 뜨더니 뉘사나의 품에 안겨들었다. 제일리를 품에 안은 뉘사나가 일거에 심사를 가라앉힌 사람처럼 낮게 말했다.

"에사렛타는 어찌 되었나."

연거푸 좋지 않은 이야기를 전해야 하는 체자스 공의 표정도 한층 딱딱해졌다.

어딘가로 사라진 베다시아와 더불어, 북해로 향했던 제피언마저 아직 돌아오지 않았다. 이쯤 되면 왕비의 신변에 문제가 생겼거나, 문제가 생길 가능성에 제피언이 수습을 하고 있다 봐도 무방했다.

그들이 가졌던 패가 소겔가드를 빼앗기는 것을 시작으로 하나둘 씩 그들의 손에서 빠져나간다. 적들의 심장은 바로 지척에 있었고, 손만 뻗으면 쥘 수 있지만 그들의 왕은 어떤 희생도 용납하지 않겠다는 듯 완고했다.

알렉시스는 느른하게 무거운 몸으로 소겔가드 저택의 중앙 화원에 자리를 잡았다. 넓은 저택의 울타리 밖으로는 두껍게 깔린 군사들이 지천이었다. 언제고 저택을 진압할 수 있도록 방비를 흐트러트리지 않고 저리 있은 지도 벌써 닷새째였다. 매일같이 꼭 같은 행동을 반복하는 군사들을 보고 있으려니, 이젠 이게 평화인가 싶었다. 안팎으로 위태로운 시국이긴 하지만 이럴 때 잠깐의 휴식조차 누릴 수 없다면 진한 회한에 잠길 것이다.

더운 가을의 미지근한 바람에 알렉시스는 나른하게 기지개를 켜며 의자의 등받이에 팔꿈치를 대고 손으로 머리를 받쳤다. 얼마 떨어지지 않은 곳에서 리안이 시종의 부축을 받아 산책을 하고 있는 광경이 비쳤다. 매일매일 거르지 않는 산책은 건강한 아이를 위해서라고 했던가.

리안은 새삼스럽지만 강한 여자였다. 첫날 벌어진 저택 내 참극에 아직도 곳곳에 핏자국이며 미처 장례를 치르지 못한 시체들이 뭉쳐져 있는데도 기운을 잃기는커녕 더 꼿꼿해졌다. 그녀가 충격을 받아 잘못되거나 하는 경우를 방지하기 위해 지난 며칠 소겔가드의 주치의와 '임산부에게 필요한 것이 안정이냐, 움직임이냐.' 하는 것에 대해 작은 설전을 벌였던 자신이 바보 같아질 정도였다.

알렉시스는 현기증이 일었는지 멈춰 서서 꼼짝도 않는 리안을 물끄러미 바라보다가, 테이블을 짚고 일어서 그녀에게 다가갔다.

"형수님, 그늘에서 잠시 쉬시지요."

"⋯⋯왕하."

리안이 경계하듯 그를 돌아보았다. 문득 알렉시스는 그녀의 눈빛에서 친숙함을 느꼈다. 그녀에게도 있었다. 그의 마음속을 죄 헤집고도 끝끝내 등 돌리는 여자와 비슷한 어떤 강인함. 의지라고 해야 할까. 간간이 예의상의 인사치레만 건네며 지낼 때는 미처 의식하지 못했는데, 리안 역시 휘어지기보다는 부서져 망그러질 사람이었다.

가을 햇볕이 제법 따가웠던지라, 리안은 시종과 알렉시스의 부축을 받아 조금 전 알렉시스가 앉아 있던, 그늘이 드리워진 테이블 의자에 앉았다.

그녀의 맞은편에 자리 잡은 알렉시스가 시종에게 간결하게 명했다.

"다과를 내와라."

"달지 않은 것으로. 그리고 차는 내 직접 탈 것이다."

알렉시스의 명령에 돌아가는 하인의 뒤통수에 대고 리안이 덧붙였다. 알렉시스가 한숨 같은 웃음소리로 웃었다.

"하아, 참…… 걱정도 많으십니다."

"적진에서 아무렇지도 않게 주는 것을 마시는 것을 입에 넣는 것은 현명하지 못하지요."

"형수님이 죽으면 저희도 죽습니다. 그리고 말은 바로 해주셨으면 좋겠습니다. 적진에 있는 것은 제가 아닙니까."

"그렇다면 적진에서 이리 다과를 즐기려는 왕하는 무슨 생각을 하고 사시는 분인가요?"

리안은 도도하게 말했다. 스스로의 안위가 보장되었다 여겨서는 아닐 터다. 처음부터 그녀는 알렉시스에게 굽히지 않았으므로.

"불편하신 건 없습니까?"

"없어요. 제 아버지를 만나고 싶은데."

"언젠가는 다시 만날 수 있게 되길 바랍니다."

리안의 눈이 가늘어졌다.

"이 와중에도 겁박인가요?"

"그리 느끼신다면."

"인질이 되어 뉘사나의 발목을 잡고 제 가족도 만나지 못하게 되니 차라리 저들 앞에서 자진하는 게 낫겠군요. 왕하께서 제 길동무가 되어주시겠죠."

"홑몸도 아니신데, 듣겠습니다."

알렉시스가 흘끔 그녀의 불룩한 배를 눈짓하자 그녀가 입술을 삐죽 내밀며 화두를 돌렸다.

"……그래, 뉘사나는 건강하던가요?"

지난번 알렉시스의 도발에 뉘사나가 제일리를 데려가기 위해 직접 찾아왔을 때, 그녀는 감금 상태였다.

"다음 방문 때는 제 목을 가져가겠다 으름장을 놓고 가셨으니, 건강하신 것이겠지요."

얼마간 침묵하던 리안이 긴 숨을 내쉬었다. 한숨이라기보다는 숨을 고르는 듯한 모양새였다.

"계속 이런 대치 상태가 이어진다면 종국에는 결국 이쪽은 버려질 겁니다. 왕하께서 어떤 방도를 획책하셨는지는 모르겠습니다만, 제가 왕하의 목숨을 살려달라 간청해볼 테니 이쯤 해서 그만두시는 것은 어떻겠습니까."

"고마운 말이군요."

"감히 짐작하건대, 왕하께서는 왕좌에 관심도 없지 않으십니까?"

짐작이라고는 했지만 확신에 찬 음성이었다. 리안은 마치 제법 오래 전부터 그를 꿰뚫어 보고 있었던 것처럼 굴어 알렉시스를 불쾌하게 했다.

물끄러미 그녀를 응시하던 알렉시스가 막 입술을 떼려는 찰나 시종이 다과 쟁반을 들고 돌아왔다.

깨진 불쾌감을 뇌리에서 밀어낸 알렉시스는 테이블에 놓인 부드러운 직사각형의 빵 조각 위로 시선을 옮겼다.

"원래 자신의 것에는 크게 탐욕을 둘 필요가 없는 법입니다. 많은 사람이 가진 나쁜 버릇이죠."

"누가 그 자리가 왕하의 것이라 했지요? 이미 지난 대에 혈통은 비틀렸습니다. 이번 또한 비틀리지 말라는 법은 없습니다."

"한 번 비틀렸으니, 다시 반대로 비틀어 원래대로 돌리겠다는 겁니다.”

“미련입니다.”

“맞습니다.”

알렉시스가 딱 부러지게 수긍하자 리안은 할 말을 잊은 눈치였다. 그녀는 곧 이번엔 진짜 한숨을 내쉬며 한결 목소리를 풀었다.

“뉘사나가 과거 왕하께 못되게 군 것도 알고 있습니다. 하지만 사이가 그리 나쁜 것만은 아니었잖아요?”

“저를 못살게 굴 때 좀 말려주시지 그러셨습니까?”

“옆에서 말리면 뭐합니까. 왕성으로 돌아와서 왕하가 다시 뉘사나의 속을 뒤집어놓는 장난질을 치고 가시는걸요.”

시종이 찻주전자에 손을 대려 하자 리안이 막았다. 그녀는 무거운 몸을 조심스레 일으키더니 직접 차를 우리기 시작했다.

“왕하께서도?”

“영광으로 여기지요. 무리는 마십시오.”

“임산부를 뭐라고 생각하는 건가요. 환자가 아닙니다. 하여간 제대로 알지도 못하시고는.”

리안이 작게 투덜거렸다. 가타부타 말없이 찻잔으로 조르르 흐르는 뜨거운 물줄기를 응시하던 알렉시스가 고개를 돌렸다. 중앙 화원에는 무르익은 가을의 마른 나뭇잎들이 흩어져 날리고 있었다.

그는 리안이 자리에 앉자 다시 원래의 화두로 되돌아갔다.

“하지만 그때와 지금은 제 상황 역시 꽤 많이 바뀌었습니다, 형수님.”

“뭐가 달라지셨나요.”

“저도 그 자리가 썩 절박하게 필요하게 되었습니다.”

"왕하는 왕재가 아닙니다."

리안이 딱 잘라 부정했다. 누구나 그가 적법한 왕의 자격을 지닌 자라 말했다. 많은 이들이 그를 믿고 따르고 있는 상황에서 리안의 저런 부정은, 그를 비롯한 그의 사람들 모두를 괄시하는 일이었다.

알렉시스의 미간이 슬며시 좁아졌다.

"왕하는 분명 대단한 분이지만 많은 사람들을 헤아려 책임지실 수는 없을 겁니다. 성정이. 물론 이건 왕하께서 능력이 없다는 건 아닙니다. 그러지 않으실 거란 걸 아는 것뿐이에요."

"제법 저에 대해 많이 고민하셨나 봅니다. 형님이 질투하시겠어요. 열등감에 사로잡혀 왕이 되고 싶어 한 형님과, 왕비가 되자고 가문을 통째로 형님께 바친 형수님이 그리 말씀하시니 몸 둘 바를 모르겠군요."

"비꼬지 마세요. 그리고 저는 왕비의 자리 따위에는 관심도 없습니다. 저는 그저 뉘사나의 부인으로서 힘닿는 대로 그를 도와주고 싶었던 것뿐이에요. 그래요. 제가 제 가문을 그에게 내어주었습니다. 그게 무슨 문제가 됩니까? 알렉시스 님이 그리 자랑하시는 혈통도 따지고 보면 '가문'을 등에 업은 것이나 마찬가지일 텐데요. 불충하지만 구태여 말을 더하자면 선왕의 가문을 업고서 소겔가드를 업었다며 비난하시는 건 몹시 조악하게 느껴집니다."

말 한 마디를 지려 하지 않는 리안을 물끄러미 바라보던 알렉시스가 낮게 웃었다. 어째서 뉘사나가 리안에게 꼼짝도 못 하는지 알 것도 같았다.

그는 찻잎이 충분히 우러난 찻잔을 들어 입술로 가져다 댔다.

"그래서 형님은 왕재고, 저는 왕재가 아니다?"

"뉘사나는 좋은 지아비이며, 좋은 아버지예요. 또한 누구보다 카르시타를 아끼고 사랑해주리라 믿음에 의심은 없습니다."

리안의 말을 듣고 있자니, 뜨거운 찻물이 목구멍을 긁고 내려가는 것 같았다.

"그리고 그는 카르시타의 백성들을 가족보다 사랑해줄 것이니, 왕재입니다. 그러니 왕하께서 물러나세요."

재미있는 궤변이었다. 알렉시스는 곰곰이 리안의 말을 곱씹었다.

'이제 보니…… 모르는 건가.'

리안은 오죽이나 의심이 많은 건지 다과에는 손도 대지 않고 차만 홀짝거렸다. 알렉시스의 입가에 슬며시 미소가 피어올랐다.

"부정 같은 그런 추상적인 것으로 왕의 자질을 재단하지는 않았으리라 생각합니다. 솔직하게 말해보시죠. 형수님께서는 왕의 자질이 무엇이라 생각합니까? 정이 많은 것? 많은 귀족들을 거느릴 수 있는 사람? 혈통은 아니라 하셨으니 보기에서 제하고."

리안이 그를 비웃었다.

"공명정대하여 스스로를 헌신하는 사람입니다. 이리 말하기는 그렇지만 백성들이 그들의 왕이 누구인지 신경이나 쓰겠습니까? 그저 자신들을 평안하게 하는 자가 좋은 왕이다, 그리 여기지 않습니까. 그말은 결국 왕하가 그리도 훈장인 것처럼 내세우는 적통이 아니라도 누구나 할 수 있다는 겁니다. 뉘사나 또한 할 수 있는 일이지요."

알렉시스는 가만히 그런 리안을 바라보며 물었다.

"진짜 모르시는군요. 공명정대하여 스스로를 헌신할 수 있는 형님이 숙부님을 시해하고 제게 뒤집어씌운 것도 모자라 지금 왕비 전하와 세드로를 억류하고 있다는 건."

리안이 당혹한 표정으로 입술을 떨었다.

"안, 안 믿습니다, 당신의 말은."

"믿지 않아도 사실입니다. 제가 어떻게 피노제를 얻었겠습니까."

아르노만까지 거론되고 나자 리안은 크게 혼란한 듯 잠자코 침묵했다. 알렉시스는 쟁알쟁알 떠들던 그녀의 입이 자발적으로 다물어지자 썩 만족스러운 기분을 느꼈다.

그리고 얼마 지나지 않아, 레피스가 다가와 두 사람의 대화는 완전히 중단되었다.

"왕하."

"실례하지요."

알렉시스가 몸을 일으키며 짧게 인사했다. 리안은 그때까지도 꼼짝도 않고 굳어 무릎 위에 얹은 손을 꽉 맞잡아 쥔 채였다. 무심히 그녀를 뒤로한 채 걷는 알렉시스를 뒤따르던 레피스가 보고했다.

"데바람 군사의 출병 소식이 전해졌습니다. 아마 머지않아……."

"그래?"

"헌데, 그들의 도움을 받는다면 후에 문제가 생기지 않겠습니까."

"형님은 트란실 인들을 종용해 쇼하인을 묶었다. 이미 정당함 같은 건 사치다."

"그저 수단으로 사용하는 것이라면 그렇지만, 제 우려는 만일 데바람이 마음을 바꾼다면……."

"글쎄, 그러기엔 저들도 막 양위로 인해 혼란할 테니 카르시타와의 전쟁을 불사하지는 않을 것이다. 루덴 공의 대비가 없더라도 어차피 그들이 엘올라를 점령해봐야 무용지물이야. 이곳에서 버티고 있을 방도가 없을 놈들이니. 지스카르가 그런 판단을 할 머리가 없다면 오히려 기쁠 거다.”

레퓌스는 그래도 영 찜찜하다는 표정을 지었지만 마지못해 수긍했다. 그는 곧 다른 이야기로 넘어갔다.

“그리고 지스카르 헨솔이 카르시타에서 발견되었다는 전갈입니다.”

알렉시스가 걸음을 멈추었다.

“발견되었다고? 함께 출병했다가 아니라?”

“출병과 별개로 지스카르 헨솔이 적은 수의 기사들을 이끌고 카르시타의 국경을 넘어 지금 북해로 향하고 있다 합니다.”

“……왜?”

데바람 역시 어수선한 와중이었다. 그런데 카르시타로 올 정신이 있다고?

“누군가를 추격하고 있다 합니다.”

“누굴?”

“자세한 것까진 전해 듣지 못했습니다.”

순간 거북스러운 기분이 전신을 집어삼켰다. 분명 카르시타 북해는 넓고 제르가 향한 규젤 만은 그중 일부일 뿐이었다.

‘설마.’

지스카르는 이미 한 번 제르를 납치까지 해 간 전적이 있었다. 제르가 북해로 향한 것이 애초에 예정에 없던 일이었던 만큼 가정 자체가 말이 되지 않긴 하지만, 그녀에 관한 일이라면 논리적으로 생각할 힘 따위 잃어버린 지 오래였다. 만일 지스카르가 제르의 소재를 알지 못하는 상황이라도, 그녀와 마주치게 되면 어찌 되는 건가.

알렉시스는 붙박인 듯 서서 한 손으로 이마를 덮었다. 땅 꺼질 듯 긴 한숨이 흘러나왔다.

널찍하게 펼쳐진 규젤 만은 크기에 비해 많이 발달한 항구는 아니었다. 그런 인적 드문 만의 서쪽 바위 뒤편으로 각양각색의 배들이 정박되어 있었다. 깃발은 북서해의 재패자라 불리는 로마탄 그레온의 깃발. 로마탄 그레온 해적단의 거대 함선들을 필두로 좌우로 주욱 늘어선 20여 척의 자잘한 배들은 얕은 파도에 흔들흔들 부유했다. 같은 깃발을 인 배들이 대형 함선을 중심으로 대칭을 이루어 새파란 바다에 질서정연하게 떠 있는 모습은 장관이었다.

하지만 그 장관을 만끽할 여유도 없이 제르는 초조한 눈으로 가까워지는 해적기를 응시했다.

얼마 후, 수많은 배들을 지나쳐 그레스완 호 아래 멈춘 베다시아가 제르에게 손짓했다. 베다시아의 말에 의하면 왕비와 왕자가 탄 배는 이 그레스완 호에 머물고 있다고 했다. 퀴네도사이 역시 그레스완 호에서 그들을 발견하고 내려왔다. 퀴네도사이가 진두지휘하는 해적선은 시모레 호라는 것을 생각하면 이상했지만 사정은 늘 바뀌기 마련이니.

해적선 위의 몇몇 해적들이 그녀를 알아보고 휘파람을 불며 소리쳤다.

"반펠트 님도 오셨어요?"

말에서 내린 제르는 그들의 말을 무시했다. 곧 발판 아래로 내려온 퀴네도사이가 그들을 향해 사근하게 웃어 보였다.

"젠, 어서 와."

베다시아는 퀴네도사이와 제르가 구면이라는 것에 놀란 듯 두 사람을 번갈아 보았다. 제르는 누가 말릴 새도 없이 퀴네도사이에게 다가갔다. 그러곤 손속을 두지 않고 그의 뺨을 올려붙였다. 매서운 따귀 소리와 함께 퀴네도사이가 휘청했다.

"헉."

갑판의 난간에 기대어 그들을 구경하던 해적들은 일동 기함했다. 별안간 벌어진 상황에 베다시아 역시 놀라긴 마찬가지였다. 테일런은 혹시 모를 불상사를 대비해 검 자루를 움켜쥐었다. 그러나 불같이 화를 낼 줄 알았던 퀴네도사이는 휙 돌아간 자신의 뺨을 어루만지며 불쾌한 기색 없이 인사치레를 맺었다.

"만나자마자 따귀라니, 건강히 잘 지냈냐고 물을 필요는 없겠네?"

"왕비와, 왕자…… 가 이곳에 있다고? 내가 네게 이딴 짓을 하지 말라는 경고의 의미로 락혼에게 사실을 전하라 했을 터다. 로도의 락혼이 알리지 않은 건가?"

"아아아, 확실히 들었어. 그런데 알고서 저지른 게 아니라, 이미 저지른 다음에 알게 된 거라 선택의 여지가 없었어. 화는 좀 가라앉히지?"

입안이 터진 건지 몇 번 뺨 안쪽을 혀로 짓이기듯 문지르던 퀴네도사이가 제르를 찬 눈으로 응시했다.

"그리 보지 마라. 나는 왕비와 왕자에게 아무 짓도 안 했고, 앞으로도 아무 짓도 안 할 거니까."

"이 어리석은 놈."

"너만 할까."

제르와 퀴네도사이 사이로 사나운 기류가 흐르기 시작하자 베다시아가 곤란한 표정을 지어 보였다. 퀴네도사이는 제르의 앞을 가리고 서는 테일런을 노려보더니 천행 별 문제를 일으키지 않고 화두를 돌렸다.

"일단 들어갈까. 그런데 린은 어딨어?"

"르니아는 왕도에 있다. 락혼은?"

"데바람에서 연락이 올 때까지, 저쪽 숲 근처에 거처를 두고 지내겠다고 하기에. 그러라고 했지."

퀴네도사이가 숲 저편을 턱짓했다. 제르의 시선이 잠깐 따랐다가 거두어졌다.

"클로이스 경, 들어가자."

그녀는 그대로 퀴네도사이를 지나쳐 배에 올랐다. 베다시아는 마치 선주처럼 한 치의 두려움 없이 해적선에 오르는 제르를 물끄러미 응시했다.

제르는 승선 후, 바로 퀴네도사이의 선장실로 향했다. 그레스완 호의 선장실은 밝은 갈색의 안료로 칠 된 단조로운 방이었다. 시모레 호에서 으레 보이던 화분이나 하는 것들 없이 칼이나 작살 같은 것들이 벽에 걸려 있는 걸 보니 선장실의 느낌이 났다.

'……'

제르는 선장실의 탁자에 앉아 퀴네도사이가 들어오기를 기다렸다. 문 앞에 멈춰 서서 베다시아와 이야기를 나누던 퀴네도사이가 5분 후쯤 방으로 들어왔다. 제르는 퀴네도사이가 자리에 앉아 무슨 말을 하기도 전에 대뜸 명령했다.

"그들을 풀어줘라."

"안 돼."

너무나도 쉽게 떨어지는 대답에 제르의 표정이 찌푸려졌다.

"지금 네가 자규의 편으로 돌아섰다는 건가?"

"누구 편, 누구 편, 그런 건 나는 모른다. 우리는 대륙인들의 왕위 다툼에 끼어들 생각이 없으니까. 데려가고 싶으면 네가 알아서 데려가. 막지도 않을 거고 잡지도 않을 테니까."

"그들은 어디 있지?"

퀴네도사이가 어깨를 으쓱하며 말을 돌렸다.

"그 기사나리, 너를 이리 데려온 것을 보면 주인을 물어뜯고 도망친 모양인데. 그럼 우리 보수는 어떻게 되는 건지 혹시 아나?"

퀴네도사이가 시큰둥하게 중얼거리며 책상 한가운데 놓여 있는 나침반을 가지고 장난을 치기 시작했다.

"장난할 시간 없다."

"이런 상황에서 내가 무슨 장난을 했다고."

퀴네도사이가 흘깃 문 너머를 바라보았다.

"오랜만에 만났으니, 손님 대접은 해야겠지. 일단 좀 쉬고 저녁에 같이 회포라도 푸는 것이 낫겠군."

"그런 건 필요 없어. 당장 내놔라. 베다시아는 어디 갔지?"

"아니, 그래도 모처럼 이 타지에서 만났는데…… 객 대접은 해야지. 선장은 나니까. 여기까지 오느라 가뜩이나 약한 몸 부서지진 않았을까 걱정이네."

그는 제멋대로였다. 제르는 이 갑갑한 상황에서 홀로 홀가분해 보이는 퀴네도사이를 이해할 수가 없었다. 그는 조금쯤 자신을 이해하리라 생각했고, 그녀 역시 조금쯤 그를 이해했다고 생각해왔지만 지금은 모든 것이 헛상상인가 싶었다.

제르의 사나운 눈빛에 턱을 괴고 시선을 내려 흔들거리는 나침반을 내려다보던 퀴네도사이가 지팡이를 들어 문을 툭툭 쳤다. 말단 선원으로 보이는 험상궂고 땅딸막한 남자가 선장실 안으로 고개를 들이밀었다.

"예, 선장."

"아게곤 불러와."

얼마 지나지 않아 아게곤과 한 명의 덩치 큰 해적이 방 안으로 들어왔다.

"왜?"

"알지, 이 여자? 귀한 분이 여기까지 오셨으니 오늘은 신나게 노는 날이다. 거기 펠치가 준비하고, 시모레 호에 있는 녀석들 중에 할 일 없는 놈들은 전부 그레스완 호로 건너오라고 해. 아게곤은 제르와 기사 놈팽이들에게 객실을 안내해줘. 제르도 너라면 불편하지 않겠지."

"지금 이리 멋대로 구는 저의가 뭐냐."

"아게곤 처음 보는 건 아닐 테고."

퀴네도사이는 완벽하게 제르의 말을 무시했다. 아게곤만 난처한 표정이었다. 과거 퀸시오에서 몇 번 퀴네도사이의 옆에 있을 때 그녀를 보긴 했지만 그녀가 그를 기억할 것 같지는 않았다. 지금도 제르는 그 따위는 안중에도 없이, 당장이라도 노성을 터뜨릴 것 같은 얼굴로 퀴네도사이만 노려보고 있었다.

'지금 뭐 하려는 거야.'

무슨 대화가 오갔는지는 모르겠지만 딱 보아도 화가 머리끝까지 나 있는 여자를 두고 저 홀로 태연한 퀴네도사이를 이해하지 못하기는 아게곤도 마찬가지였다.

"르니아는?"

"왕도에."

퀴네도사이가 짤막히 말했다. 르니아가 오지 않았다니 그나마 다행이었다. 만약 르니아가 이런 퀴네도사이를 보았다면 다시 도끼를 들고 달려들어 온 배를 난장판으로 만들었을 테니까.

"저…… 가시겠습니까?"

예법이라거나, 정중하게 누군가를 접객하는 데엔 익숙하지 않았던지라 아게곤은 최대한 다정한 목소리를 냈다. 효과가 있었던 건지, 아니면 신경도 쓰고 있지 않는 건지.

"곧 만나게 될 거야."

제르는 뚫어 죽일 것 같은 눈으로 퀴네도사이를 노려보다가 자리에서 일어났다.

아게곤은 잠시만 선실에 들어가 있으면 곧 소식을 알려주겠다는 변명으로 어설프게 제르를 달랜 후, 퀴네도사이에게 돌아갔다. 그는 아까 나갈 적과 마찬가지로 선실 의자에 앉아 지팡이를 딸깍거리고 있었다. 허리를 짚은, 근육으로 다져진 그의 팔뚝에 힘줄이 불거졌다. 훤히 드러난 위협스럽게 불거진 팔뚝은 퀴네도사이의 낭창한 체형과는 사뭇 대조적이었다.

입이 찢어져도 먼저 설명을 할 생각이 없는 모습이라, 결국 아게곤이 불만스러운 얼굴로 퉁명스레 운을 뗐다.

"무슨 생각이야?"

"뭐가?"

웃음기 어린 음성이 되돌아왔다. 그러나 표정만 살피자면, 그는 마치 가면이라도 뒤집어쓴 사람처럼 속내를 알 수가 없었다. 원래 알기 어려운 놈이라 생각은 했지만 이번 일은 심했다.

"왕자와 왕비였다고?"

"그래."

"카르시타의?"

퀴네도사이가 쥐고 있던 지팡이를 노닐듯 돌리며 고개를 살짝 끄덕였다.

"반펠트가 도끼 들고 쫓아올 거라고 한 게 이것 때문이냐. 저 여자는 무슨 관계가 있는 건데."

"각별한 관계. 그 이상은 묻지 마."

"……저 여자가 반펠트가 목숨 걸고 따르는 여자란 걸 잊었나?"

"그럴 리가. 하지만 일 터진 후라 어쩔 수가 없었다고만 해두자. 게다가 젠이 멍청하게 저 기사랑 같이 올 거라고는 생각 못했지."

저 기사라면 베다시아였다. 문득 생각난 사람처럼 아게곤이 짧게 깎은 뒷머리를 헝클듯 문지르며 물었다.

"……그러고 보니 그 기사는 어쩌려고? 출항을 요구했다는 얘기가 들리던데."

사실이었다. 무조건 왕비와 왕자를 보호만 하면 된다더니, 베다시아는 그들과 함께 규젤 만을 떠나기를 원했다. 목적지가 있는 것도 아니었다. 단순히 카르시타의 함대가 닿지 않을 곳이면 된다고 말하는 베다시아는 어찌 보아도 크게 일을 칠 사람처럼 위태로워 보였다.

"그건 무시해라. 어찌 돌아가는지도 모르는 이 상황에서 왕자와 왕비를 데리고 출항하는 일 따위는 없을 테니까. 왕비와 왕자를 볼모로 뭐 어떻게 해보려는 것 같은데. 뻔히 알고도 이용당할 필요는 없지. 애초의 약속에도 없던 요구였다."

"……그럼 아무것도 안 할 거라고? 어떻게든 도와야 되는 거 아냐?"

"왜?"

"반펠트가 뒤집어지는 걸 보고 싶어?"

퀴네도사이는 지팡이 끝을 들어 아게곤의 가슴팍을 꾸욱 눌렀다.

"린이 오면 네가 날 지켜줘야지. 넌 내 일등 항해사잖아?"

"난 항해사지 싸움고래가 아니라고……. 내 목숨 아까운 줄 나도 안다. 너희 남매싸움에 끼어들었다가 좋은 꼴 본 놈 못 봤다."

퀴네도사이는 의자째로 빙글 몸을 돌렸다. 선장실의 반쯤 열린 널찍한 창문으로 수많은 배들이 떠 있는 것이 보였다. 그 너머로는 하늘과 맞닿은 수평선이 보였다. 가만히 지팡이를 뻗어 창문을 가린 커튼을 걷어내던 퀴네도사이가 한층 갈앉은 음성으로 중얼거렸다. 그건 뇌까리는 것처럼 들리기도 했다.

"이리 된 이상, 우린 상황 흐르는 대로 따르면 돼."

"지금 우리가 데리고 있던 그 여자랑 꼬맹이가 카르시타의 왕비와 왕자라고 소문이 났어. 난리가 났다고. 추격대도 있을 거라던데 뭘 어쩌려는 건데?"

이런 중요한 사안을 지금까지 숨겨온 것도 화가 나는데, 퀴네도사이는 사태에 적극적으로 나설 낌새조차 없었다. 아게곤은 불안을 감추지 못하고 채근했다.

한참을 굳은 얼굴로 멀디먼 수평선을 바라보던 퀴네도사이의 입가에 서늘한 미소가 번졌다.

"무슨 일이 벌어지든 내버려둬. 우리가 젠을 위해 목숨을 걸 필요는 없어."

제르에게 맞은 따귀가 아직까지도 얼얼했다. 퀴네도사이는 아릿한 통증이 살아나는 뺨을 매만지며 나른하게 눈을 감았다.

퀴네도사이는 베다시아와 제르에게 큰 잔치를 베풀어주었다. 말이야 베푼 것이지 당사자들이 바라지 않았으므로 강요에 가까웠다. 제르는 해적들이 부대끼며 노는 갑판 한편에 자리를 잡았다. 테일런은 그녀의 바로 대각 옆자리였다. 곧 그들을 만나게 될 거라 말한 퀴네도사이는 정작 갑판 위에 모습을 보이지 않아 이 상황에 불만을 표할 데도 없었다. 술이 가득한 오크 통이 갑판 위에 한 무더기 쌓여 있고 그 주위로는 먹을 것과 마실 것에 취해 걸걸하게 노래를 부르는 해적들로 붐볐다. 시끄러웠다.

얼마 지나지 않아 귀해 보이는 술병을 든 베다시아가 그녀의 건너편에 앉았다.

"대체 이게 뭐 하는 짓인가."

불편한 듯 가부좌를 하고 앉은 베다시아는 대답 대신 험악한 해적들을 응시하고 있었다. 제르는 침묵으로 돌아오는 대답에 착잡한 숨을 내키며 일어섰다. 그 순간 베다시아가 그녀를 멈춰 세웠다.

"꽤 오래 그자를 알아오셨다고요."

제르가 다시 자리에 앉았다. 그러자 베다시아가 그녀의 앞으로 술잔을 끌어다놓았다.

"어차피 지금 우리가 할 수 있는 게 없으니, 잠시 긴장을 풀고 있는 것도 좋겠습니다. 왕하야 그렇다 치지만 왕하의 기사도 많이 지쳐 있을 테니."

그의 말이 맞았다. 오는 내내 제대로 먹지도, 마시지도 못한 건 테일런도 마찬가지였다. 제르는 차분함을 가장하고 묵묵히 앉아 있는 테일런을 향해 마지못한 음성으로 말했다.

"……테일런, 일단 자네도 좀 배를 채워두게."

"괜찮습니다."

"아냐. 그리 해."

그녀의 여지없는 명령에 테일런은 마지못해 고개를 끄덕이며 술과 음식에 손을 뻗었다. 해적들의 너저분한 음식들은 그에겐 그다지 혐오감을 일으키진 않았다.

제르가 베다시아가 내준 술잔을 한입에 털어 넣으며 말했다.

"시국이 긴급하다는 것을 알면서도 이리."

"해적선 위에서 선장의 기분을 거스를 만큼 어리석지는 않습니다. 못 배운 자들이 가끔은 배운 사람들보다 더 무서우니까요."

"추격당할 거라고 하지 않았나."

"오는 길에 길목을 막아두었으니, 그리 바로 쫓아오지는 못할 겁니다. 그리고 칼시단이……."

그가 차분히 제 잔을 채워 입술에 가져다 대며 이었다.

"쫓아온다면 이 자리에서 죽일 테니까."

베다시아의 온몸을 둘러싼 살의는 제르에게까지 닿을 정도였다.

"내가 알던 자네의 얼굴은 가면이었군."

"왕하 역시 마찬가지리라 여겼는데요. 물론, 오랜만에 뵈니 전보다

독기는 좀 빠지신 듯합니다만."

"……."

"아이베흐 백의 손을 찔러 혈서를 쓰실 때는 저 또한 질겁했었습니다."

제르는 그 자리에 베다시아가 있었다는 것을 생각해냈다.

"그리 하여 얻는 게 뭔가. 무얼 잃었든 돌아오지 않을 터인데."

그녀 역시 데바람을 증오했다. 그러나 복수로 가득 찬 마음 같은 건 하나도 중요하지 않았다. 그녀에게 가장 중요한 것은 세드로였다. 복수가 불가능하기 때문일지도 모르지만, 그녀는 부질없는 복수에 생을 태울 여력이 없었다. 스스로를 견고히 하는 것만으로도 버거워서.

"저에 대한 소문을 들으셨습니까?"

"조금은."

"……얼마나 아시는지는 모르겠지만 저는 이제 와 다시 되찾고 싶지 않습니다. 이미 제가 예전의 제가 아니니, 그때와 같은 사랑 같은 거 못 할 거 같거든요."

베다시아의 혼잣말 같은 음성을 듣는 건, 그의 마음을 훔쳐보는 것 같은 기묘한 불편함을 주었다. 제르는 연거푸 베다시아가 건네는 술을 홀짝였다. 베다시아는 중간에 테일런의 잔에도 술을 따라주었다. 이것 또한 인연이라며. 착잡하니 말을 잇는 베다시아를 응시하던 테일런이 술잔을 비웠다.

"그럼?"

"혼자만 망가지는 게 억울하니까?"

"유치하고 조악한 이유지만 납득할 만하다."

"궁금하십니까."

몇 잔 마신 것 같지도 않은데 묘하게 정신이 잠기는 기분이었다. 그로 인한 제르의 침묵을 제멋대로 해석한 베다시아가 말을 늘어놓았다.

"제 연인은 칼시단가의 혈연이었습니다. 아시는지는 모르겠지만 저희 키이브와 칼시단은 애초부터 돈독한 관계는 아니었죠. 그런데 제 피언에게는 여지조차 없었는지."

그가 잠깐 말을 끊었다 덧붙였다.

"이런저런 식으로, 제법 무섭게 몰아가더군요. 결론만 말하자면 제 연인은 자살했습니다."

베다시아는 오랜만에 뵙습니다, 하고 안부를 건네듯 나긋한 목소리로 끔찍한 진상을 읊었다.

"피도 통하지 않은 사람이 죽었다고 전부 내던지나?"

"……왕하는 누군가를 사랑해본 적이 없으시군요."

제르는 빈잔 위로 기울어지는 술병을 물끄러미 내려다보다가 가볍게 인정했다.

"그런 것 같다."

테일런이 얕은 한숨을 내쉬는 소리가 들렸다.

"사실 그래서 자네가 어리석어 보여."

"……뭐, 됐습니다. 원래 이해하고 이해하지 못하는 일들로 뒤섞인 세상 아니겠습니까. 저도 왕하의 미친 행동들을 이해하지 못하니까요."

새까만 그녀의 눈동자가 베다시아의 눈을 응망했다. 말 한 마디, 한 마디에 스며 있는 증오는 그녀에겐 참 익숙한 것이었다. 제르는 한 번도 궁금하다 여긴 적 없는 그의 사연에 흥미가 생겼다. 물론 그걸 그대로 입 밖으로 내뱉을 만큼 관여하고 싶은 마음은 없었다.

베다시아는 문득 착잡한 얼굴로 빈잔을 응시하고 있는 테일런을 발견하더니 고개를 저으며 웃었다.

"왕하께서는 주위를 좀 둘러보실 필요가 있겠습니다."

"왜?"

"사내 여럿 아프게 하실 분처럼 보여서."

제르가 이해할 수 없다는 표정을 짓고 있으려니, 베다시아는 능청스레 미소 지으며 팔을 뻗어 테일런의 잔을 채웠다. 테일런은 목이 타는 사람처럼 그대로 털어 넘겼다.

곧 테일런이 취기라도 오른 사람처럼 어깨를 늘어뜨리자 베다시아가 빙그레 웃으며 제르를 돌아보았다.

"저는 사실 올리비에 왕하도 믿지 않습니다. 이미 배반당했으니까요."

"현명한 듯도 들리는구나."

"제가 사라진 것을 알아차렸을 테니 이제 자규의 손이 더 빨리 닿겠지요. 왕하만 이렇게 덜렁 따라오실 줄은 몰랐습니다. 겨우 기사 하나에……."

"자규의 손이 뻗칠 거라면 이러고 있을 때가 아닐 텐데."

조급해지는 그녀의 음성과는 달리 침착하게 술병을 매만지는 베다시아의 눈길이 한층 짙어졌다.

"왕하께서 세드로 저하의 친모이시라는 이야기는 들었습니다."

"……."

"사연까진 여쭈지 않겠습니다. 서로 그럴 만한 관계도 아니니까요. 하지만 제가 이리 절박한 이유를 조금은 이해해주셨으면 합니다. 저는 이제 배반에 배반을 거듭한 배반자가 되었고 이 왕위 다툼이 어찌 끝나든 제 손에 남는 건 없습니다. 미련 없습니다. 제피언 그놈만 제가 있는 이 바닥까지 끌어내릴 수 있다면."

그들의 이야기가 자꾸만 멀어진다. 독주인 듯 느껴지지도 않았는데 서너 잔 마시고 나니 정신이 가물가물했다. 테일런은 문득 술잔 아래 가라앉은 침전물을 발견하고 눈을 끔뻑였다.

깜빡. 깜빡.

사고 회로가 뻣뻣하게 끊길 듯 이어졌다.

어서, 어서! 야, 인마, 내기는 지켜야지. 다이빙 한다며! 너 술 버렸지! 웃기는 소리!

"이런 일에 휘말리게 된 것은 유감입니다."

문득 테일런이 고개를 들어 베다시아의 잔을 응시했다. 그의 잔은 첫 잔이 비워진 후로 내내 저 빈 상태였다. 그는 다시 제르에게 술병을 기울이고 있었다. 테일런이 거의 자동 반사로 베다시아의 손목을 탁하고 움켜쥐었다.

"뭡니까?"

갑작스레 뻗쳐온 팔에 놀란 제르가 고개를 돌려 그를 응시했다. 테일런은 본능적인 직감으로 말했다.

"그만하는 게 좋겠습니다."

혀가 얼얼했다. 베다시아는 제르를 대할 때와는 사뭇 다른 쌀쌀맞은 투로 명했다.

"손 치워라."

"주군, 일어나시지요."

"클로이스 경?"

테일런이 아무런 이유 없이 그럴 리가 없었다. 제르 역시 뒤늦게 따라오는 불쾌감을 깨닫고 잔을 응시했다. 투명한 침전물이 그녀의 술잔 바닥에 떠다니고 있었다. 그리고, 술 내음에 감춰졌던 기묘하게 달큼한 향기도.

"……왜."

제르가 싸늘하게 굳은 눈빛으로 베다시아를 노려보았다.

"……유감이라 말씀드렸지요."

그가 테일런의 팔을 확 쳐냈다. 테일런은 평소의 그답지 않게 힘없이 떨어져 나가 갑판 바닥을 짚고 간신히 숨만 헐떡거렸다. 제르가 혀끝에 남은 기묘한 향을 어르다가 자조했다.

"타테나의 독인가."

"……. 왜 왕하께는 효과가 돌지 않는지 모르겠습니다만, 일단은 충분합니다."

테일런이 비틀거리며 일어나 그녀의 앞에 있던 술잔을 발로 걷어차듯 밀어낸 후 제르를 등 뒤로 끌었다.

"주군, 제 뒤로 오십시오."

놀란 해적들이 웃고 떠들기를 멈추고 갑작스레 대치 상태에 들어간 세 명의 뭍사람을 응시했다. 케퍼가 렌자르의 허리를 쿡쿡 찔렀다. 저긴 또 왜 저런다냐?

휘청거리는 테일런의 어깨를 붙잡은 제르가 입술을 꾹 깨물었다. 눈치 채지 못하다니. 어리석었다. 타테나는 독이라기보다는 수면제에 가까운 효과를 지닌 약초로 과도하게 접하게 되면 정신을 잃기도 했다.

"대체 왜."

"전 지금 아무도 못 믿겠습니다. 왕도도 못 믿습니다. 저 해적도 못 믿겠습니다. 그러니, 제 식대로 할 겁니다."

끝까지 힘주어 서 버티던 테일런이 끝내 휘청이며 앞으로 고꾸라졌다. 테일런이 이를 갈며 베다시아를 노려보았다. 베다시아는 그의 앞에 쪼그리고 앉아 그에게만 들릴 만큼 작게 속삭였다.

"네 잘못은 아니다. 지키지 못할 때도 있는 거야. 그건 우리 잘못은 아니지."

곧 갑판 한구석에서 저들끼리 모여 있던 베다시아의 기사들이 약속이라도 한 듯 다가왔다. 그중 한 명이 기어코 일어서겠다는 듯 팔에 힘을 주는 테일런의 뒷머리를 구둣발로 짓누르고, 나머지 세 명은 제르의 팔을 움켜쥐었다. 놀란 제르가 비명에 가까운 고함을 지르며 악을 썼다.

"놔, 놔! 손대지 마!"

그녀의 비명은 끊일 줄 몰랐다. 해적들이 외려 경계심을 세우고 기사들을 노려보기 시작할 정도였다. 결국 그녀를 움켜쥔 손을 놓은 기사가 난처한 듯 베다시아를 응시했다.

제르의 겁먹은 눈동자를 응시하던 베다시아가 짤막히 말했다.

"왕비와 왕자 저하도 한 번 만나보셔야죠. 마지막이 될지 모르니 인사 정도는."

어둠이 내려앉은 배 위의 횃불들이 일렁거리고, 그 빛을 반사하는 바닷물 위로 새빨간 악마 같은 불빛이 비쳤다.

갑판보다 한층 더 높은 조타실 앞의 난간에 기대어 상황을 내려다보고 있던 퀴네도사이의 입가가 비틀렸다. 자리를 떠나기 전, 베다시아는 싸늘한 눈으로 그를 굽어보는 퀴네도사이를 발견하고 빙그레 웃으며 무언의 인사를 건넸다.

몸을 돌린 퀴네도사이가 중얼거렸다. 역겨워. 제르를 위해 로마탄 그레온이 위험을 감수할 필요는 없지만, 그래도 심사가 꼬이는 것만큼은 어쩔 수 없었다.

흥청망청 놀다 말고 벌어진 이해할 수 없는 사태에 눈을 끔뻑이며 퀴네도사이를 바라보는 해적들 사이를 비집고, 아게곤이 달려왔다.

"저걸 그대로 두고 볼 거야?"

"내버려둬."

"이봐, 에스펠라. 너, 반펠트의 귀에 이 일이 전해지면."

"두 번 말하게 마라."

퀴네도사이가 습관처럼 지팡이로 바닥을 통통 두드리며 서늘하게 대꾸하자 아게곤도 별수 없었다. 우왕좌왕하며 서로를 두리번대는 선원들에게로 잠깐 시선을 옮긴 퀴네도사이가 몸을 돌렸다.

"입단속 시켜."

애초에 그녀는 수십 가지의 독을 먹고도 살아남은 여자였다. 내성이 생긴 것도 이상할 일이 없어 개의하지 않았으나, 약효가 아예 없는 것은 아니었는지 귓가로 이명이 떠돌았다. 강제로 끌려가는 내내 악을 쓰고 비명을 지르며 몸부림치는 그녀를 어찌하지 못하고 버벅대던 기사들은 끝끝내 그녀를 한 조그마한 선실 안에 떠밀고 문을 잠갔다.

아이러니하게도 내동댕이쳐진 후에야 떨림이 가라앉아, 제르는 한참이나 멍하니 닫힌 문만 올려다보아야 했다.

퀴네도사이가 이를 꾸몄다 보지는 않겠지만 이걸 모르고 있을 리도 없었다.

치미는 분노를 이기지 못하고 쾅쾅 닫힌 문을 두드렸다.

"에스펠라를 불러!"

절박하게 소리쳤지만 대답은 돌아오지 않았다. 그녀의 어깨에서 힘이 쭉 빠졌다. 테일런은 어찌 된 거지. 그의 걱정이 먼저 들었다. 처음부터 퀴네도사이를 믿지는 않았지만 이렇게 되는 것을 방관할 거라곤 생각지 못했다. 속이 뒤집어지는 기분에 현기증이 일고 뱃가죽이 당기는 통증이 일었다. 문을 짚고 기대어 있던 그녀가 미끄러지듯 엎드려 숨을 몰아쉬었다.

"베다시아, 네놈이…….."

그는 대체 뭘 바라는 건가. 대체 무엇을 위해. 그가 느꼈을 분노를 이해는 하지만 이 상황을 받아들이고 싶지는 않았다. 그러던 중 제르는 문득 등 뒤에서 느껴지는 자그마한 기척에 몸을 굳혔다. 갇힌 이 방에 또 다른 누군가가 있었다. 순간 굳어진 몸이 다시 사시나무 떨리듯 떨리기 시작했다.

"우웅……?"

아이의 옹알거리는 듯한 미성이었다. 우물거리는 듯도 한, 어린…….

"누그야?"

조곤조곤 울리는 천진한 어린아이의 목소리.

전신을 휩쓰는 소름에 제르가 숨을 멈추었다.

"……엄마?"

뒷목이 굳어진 듯했다.

베다시아, 그가 무어라 했더라. 바로 조금 전의 기억이 흐릿해졌다.

'왕비와 왕자 저하도 한 번 만나보셔야죠. 마지막이 될지 모르니 인사 정도는.'

두근거리기 시작한 심장이 점차 속도를 높였다.

돌아보지 말자. 돌아봐라. 두 가지의 유혹이 그녀를 잡아 찢는 기분이었다. 결국 그녀는 애써 용기를 내었다. 고개를 든 그녀의 시선 끝에 든 것은 초췌한 얼굴의 한 여인이었다.

"어엄마."

서너 살쯤 되어 보이는 어린아이가 여자의 품에 안겨 꾸물거리고 있었다. 어린아이. 삐딱하게 돌린 고개. 보송한 뺨과 앙큼하게 다물린 입술을 응시하던 제르의 눈이 서서히 아이의 눈에 맺혔다.

보랏빛이다. 청아하게 맑아 신비스럽기까지 한 보랏빛이었다. 그건 체렌시와만큼이나 아름다운 눈동자였다.

그녀는 비로소 알았다. 저 아이가 친근하게 안기는 여자가 그 여자라는 걸 알았다.

'에사렛타.'

제르는 쓰러지지 않기 위해 가까스로 찬 바닥을 짚고 버텼다. 에사렛타 또한 제르를 발견하고는 멍하니 입술을 벌렸다.

"혹……."

제르가 신음이 날 것 같은 입술을 다물고 세드로를 응시했다. 세드로의 관심은 오직 에사렛타에게만 있었다. 제르의 손이 힘없이 들렸다가, 이어지는 목소리에 떨어졌다.

"……왜 구대? 저거 누구야?"

어린아이의 자그마한 손가락이 제르를 가리켰다. 에사렛타가 거의 본능적인 당황을 감추며 세드로의 손을 끌어당겼다. 그러고는 떨리는 손으로 세드로의 눈을 가리고 품 안으로 당겨 안았다. 아이는 바동거리더니 끝끝내 에사렛타의 품에서 벗어나 재차 말했다.

"저 여자, 누그야?"

이상한 일이었다.

울컥하던 감정이 모두 가라앉고, 괴었던 눈물마저 말라붙었다.

르니아가 이를 바드득 갈았다.

'퀴네도사이, 이 미친놈이.'

그놈이 분명 사고를 칠 거라는 생각은 했지만 이런 식일 줄은 몰랐다. 알렉시스의 심복인 레피스는 페이랑과 르니아에게 에드하인다의 군사를 몰래 준비시키고 왕도에서 대기할 것을 권했지만 왕도 따위 알바 아니었다. 페이랑 역시 스스로의 소임을 잘 알고 있었다. 아스난이 그를 보낸 건 에드하인다를 이용해 알렉시스를 도우라는 이유가 아닌, 제르의 신변을 지키고 그녀를 위해 움직이라는 뜻이었다.

사실 르니아가 저리 화를 내기 전까지만 해도 페이랑은 오히려 안심하기도 했다. 로마탄 그레온이라면 르니아의 오라비가 선장위에 있는 대해적 집단이었다. 그러나 르니아는 안도는커녕 오히려 불같이 화를 내기 시작했다. 이해는 가지 않았지만 르니아가 문제라 말하면 무언가 문제가 있는 것일 터다.

오는 내내 티격태격했던 페이랑과 르니아는 처음으로 뜻을 맞춰 그대로 소겔가드를 박차고 나와 에드하인다에서 몰래 움직일 수 있는 기사들을 최대한 긁어모아 출발했다.

미친 자식. 대체 무슨 생각이야. 이 정신 나간 놈이. 정말. 이 정신 나간 놈이. 오는 내리 그런 욕지거리를 듣다 보니 이젠 정말 페이랑도 심각해졌다.

"하, 하지만 르니아…… 네 오빠잖아. 주군과도 잘 아는 사이고. 근데 별일 있을까?"

"하! 이 순진해 빠진 놈! 농담도 그런 멍청한 농담 하지 마. 해적들의 의리는 해적들에게만 한하는 거야. 외부의 득실에 관해서는 누구보다 철저하고 이기적인 놈들이라고! 그런 놈들을 믿을 수 있겠어?"

페이랑은 '너도 해적이었잖아.'라고 말하려던 것을 삼켰다.

"그놈은 차르 후보자도 납치해서 갖다 팔겠다고 했던 놈이야. 그 속모를 놈이 벌일 일은 상상도 하기 싫어. 아니, 대체 왜 거기 끼어 있는 거야, 그놈이?"

르니아가 이를 갈며 주먹을 꾹 쥐었다.

꽤 오래 달린 듯한데도 숲은 끝이 없었다. 말들이 서서히 지쳐가며 속도가 느려지자 어김없이 르니아의 꾸짖음이 돌아왔다.

"더 빨리 달려요! 뭣들 하는 거야!"

르니아가 사납게 기사들을 말 다루듯 채찍질했다. 물론 고함으로.

"내가 달리는 게 더 빠르겠다!"

처음에는 반발하는 듯하던 기사들도 이내 그녀의 마속을 따라잡지 못하고 계속 뒤처지는 자신을 회의적으로 돌아보며 수긍하기에 이를 정도니, 말 다했다. 페이랑은 저쪽은 갑옷을 입고 있어 속도가 더딜 수밖에 없다 몇 번이나 변명을 해주려 했지만, 르니아의 이글이글 타는 눈과 마주치자마자 무슨 말을 해도 소용없으리란 걸 알았다. 아마 갑옷을 핑계 댔다면 그 자리에서 벗어버려! 하고 소리쳤을 거란 데에 손목이라도 걸겠다.

페이랑과 친분이 있는 에드하인다가의 기사 중 일대의 지리를 잘 아는 이가 있어 천행 그들은 지름길을 찾을 수 있었다. 인적이 그리 많지 않은 숲은 넓었지만 사람과 말이 달릴 수 있는 다져진 길은 얼마 되지 않았는데, 다져졌다고는 해도 구불구불한 길을 지나는 건 썩 힘들었다. 그러나 르니아는 지친 기색이 없었다. 기사들이 혀를 내두를 정도로 빠르게 달려가는 그녀를 쫓는 게 더 힘들 정도였다.

"어느 쪽이에요!"

길잡이보다 앞서 달리다 몇 번이나 급히 말을 멈춰 세우며 고함을 치는 르니아는 감히 말 붙이기 어려울 정도로 흥분해 있었다.

하지만 그 탓에, 아니, 그 탓이라기엔 뭣하지만 미친 듯이 르니아의 고함에 채찍질당해 달리던 그들은 앞서 출발했던 제피언의 금군들과 마주쳤다. 어쩔 수 없다면 어쩔 수 없는 일이었다. 숲의 길목이 온통 쓰러진 나무들로 막혀버린 것이다. 얼마나 교묘하게 나무며 바위들을 옮겨 막아두었는지 말을 탄 채 뛰어넘어 그냥 지나갈 수 있는 수준이 아니었다.

가장 먼저 금군을 알아본 에드하인다의 기사가 거리를 두고 멈춰 섰다. 등 뒤에서 울리는 말굽 소리에 제피언을 필두로 길을 트기 위해 안간힘을 쓰고 있던 금군들 역시 하던 일을 멈추고 그들을 주시하고 있었다.

사정을 모르던 르니아는 길목을 막은 기사들을 향해 사납게 고함쳤다.

"당장 비켜!"

페이랑 역시 금군을 알아보고 황급히 르니아에게 달려가 그녀의 말 고삐를 뒤로 끌어당겼다. 곧 몰려 있던 금군 기사들 사이로 제피언이 걸어 나왔다.

그러나 르니아의 눈은 금군 대장인 제피언이 아닌, 갈라진 금군들 사이로 빽빽이 들어찬 장애물들에 번뜩였다.

막 베인 듯한 나무와 마르지 않은 흙이 뒤덮인 바윗덩이. 단기간 내에 이리 된 것이 명백했다.

"너희 뭔데 지금 여길 다 막는 거야!"

페이랑이 당황하며 작게 속삭였다. 상대는 저리 쉽게 말해도 될 자가 아니었다. 무려 금군 대장 제피언 란다마이어였다.

"당장 원상복구 못 해!"

그러나 후미로 걸어나온 제피언은 분노로 응수하는 대신 묵묵히 상황을 살폈다. 그는 먼저 무리의 숫자를 가늠하듯 쭉 눈으로 훑은 후, 에드하인다가의 기사복 위에 시선을 주었다가, 선두로 튀어나와 쟁알 거리는 르니아와 그 옆에 들러붙어 쩔쩔매는 페이랑을 바라보았다. 그의 눈동자가 곧 가늘게 접혔다.

"……너희는."

제피언이 느리게 말을 몰아 그들의 앞을 막아섰다. 서늘한 시선이 베일 듯이 위협적이었다.

살기를 감지한 르니아의 숨이 서서히 낮아졌다. 그녀가 나직하게, 속삭이듯 물었다.

"……저거 뭐 하는 놈이랬더라?"

"금군 대장이라고 몇 번을 말해!"

"저자, 강해?"

"아스난 형이랑 호각이야. 우리한텐 버거울 거라고."

"어…… 어떡하지, 그럼? 그냥 죽이고 가긴 어려울 거 아냐."

"너 진짜!"

뒤늦게 침착을 되찾은 르니아가 속삭이자 페이랑이 복장이 터진다는 듯 소리쳤다. 에드하인다가의 기사들 중 몇몇은 이 상황에 난처한 듯 머뭇거렸다. 그들 중 가장 나이 많은 기사가 앞서 나섰다.

"오랜만에 뵙습니다."

"아아, 오랜만이군, 헤이너 경."

"이리 뵙게 된 것이 굉장히 면구하지만, 지날 수 있겠습니까."

면식이 있는 듯 구는 두 사람을 경계심 어린 눈초리로 바라보던 르니아와 페이랑이 침을 꿀꺽 삼켰다. 그러나 제피언의 서늘한 눈초리는 기사에게서 떠나 르니아와 페이랑에게 머물렀다.

이윽고 묵직한 침묵 끝에 그의 허스키한 그의 음성이 울렸다.

"그때, 마차 바퀴가 고장이 났다고 성문 병사들에게 고초를 겪게 했던 놈들이군. 생각났다. 꼬마, 너는 아스난의 뒤를 졸졸 쫓아다니던 그 어린 기사……."

"지금은 제적당했습니다만 일단은 한때 에드하인다의 기사였던 적이 있는 건 맞습니다."

등줄기가 저릿한 기분에 페이랑이 쩔쩔매는데 르니아는 도리어 이를 드러냈다.

"그런데요? 지금 그게 중요해요? 누가 지금 잡담이나 하자고 여기까지 온 줄 아나."

으아아아. 르니아아아. 페이랑은 절망에 가까운 신음을 내며 르니아의 등을 벅벅 긁었다. 하지만 르니아는 되레 그에게 신경질을 부리며 간지러워! 하고 그를 쳐낼 뿐이었다. 제피언은 화내는 대신 생각에 잠긴 듯한 표정을 짓더니 이내 서늘한 웃음을 터뜨렸다.

"아아…… 그러면 다 각본이었다? 병사들의 시선을 돌려 베이하크를? 에드하인다, 아스난이 알렉시스 테피온에게 붙었나? 아니면 설리번?"

에드하인다의 기사가 다소 굳어진 음성으로 꼿꼿이 말했다.

"언사가 약간 지나치신 듯합니다."

제피언은 더 말을 늘이지 않고 고개를 돌려 그때까지도 머뭇머뭇하고 있던 금군들에게 명했다.

"길을 내는 데에 집중해라."

르니아가 짧게 아하, 중얼거렸다. 그러니까 이놈들이 길목을 막고 있는 게 아니라, 이미 누군가가 막고 있는 길을 뚫고 있는 거였다. 그렇다면 부딪칠 필요가 없었다.

"누구에게 붙었느냐면 페이랑은 시나와 님한테 붙었고요. 저도 시나와 님 사람이고."

"시나와? 그 요부 같은 데바람의 여자 말인가?"

"너 죽고 싶어?"

'……죽자……. 그래 여기서 죽으면…….'

페이랑은 거의 유체 이탈 직전까지 이르러 마음 같아선 당장 기절이라도 하고 싶었다. 아스난이 단단하고 곧게 강직한 사람이라면 제피언은 냉철하고 사나운 가시 달린 강자였다. 그에게 부드러움이란 찾을 수 없었다.

"너희가 뭔데 이 길을 지나려 하나?"

"저희는……."

"저 앞엔 해적단이 있다."

제피언의 떠보는 듯한 음성에 페이랑은 뭐라 답해야 할지 몰라 에드하인다 기사와 눈짓을 교환했다. 어떻게든 자연스럽게 마찰 없이 이 상황을 무마해야 했다. 이곳에서 금군과 싸우느라 시간을 보낸다는 건 정말 미친 짓이었다. 게다가 그는 제피언을 이길 자신도 없었다. 하지만 르니아는 달랐다. 그녀는 등 뒤에 차고 있던 도끼를 소매 걷듯 가벼운 동작으로 꺼내 들며 목을 풀었다.

"그런데?"

"너희 대답 여하에 따라 처분할 것이다. 뭐, 딱히 묻지 않아도 상관은 없을 것 같다만."

"우리 대답이 마음에 안 들면 막으시겠다?"

"그, 금군 대장, 저희는……!"

"철없는 오빠 새끼 조지러 간다!"

르니아의 음성이 쩌렁쩌렁 울렸다. 너무나도 뜻밖의 대답에 제피언의 고개가 살짝 기울어졌다.

"오빠?"

"너희들이 가서 무슨 짓을 하건 알 바 아냐. 나는 퀴네도사이를 족치러 가는 거니까 비켜. 그러니 너희 허락 받을 필요 없어. 해볼 테면 해봐. 다 죽이고라도 지나갈 테니."

'패기가 보통이 아니군.'

제피언은 쥐방울만 한 여자의 몸에서 흘러나오는 두려움 없는 살기에 어처구니가 없다는 듯 웃었다. 겁먹어 사태를 회피하려는 허세가 아니라 진심이었다. 게다가 오빠라. 문득 그는 그녀의 차림이 대륙의 범상한 여자들의 옷차림이 아니라는 걸 알아차렸다.

낡은 옷을 대충 둘러 묶고, 다리를 훤히 드러내고, 베스트 같은 짧은 가죽조끼가 전부인 여자.

'해적……?'

해적이라기엔 해적들 특유의 그 사나운 바다 냄새는 나지 않았지만 하는 행실이나 언사를 보니 분명 훈련받은 기사도, 대륙의 보통 아가씨도 아니었다. 파랗게 죽어가는 페이랑의 얼굴에 코웃음 친 제피언이 말 머리를 돌렸다. 어차피 사람이 부족하던 차였다. 이 숲을 빠져나간 후에 잡아 죽여도 될 일을 구태여 이 좁은 곳에서 피를 볼 필요는 없었다.

르니아는 손가락 사이로 두껍고 무거운 도끼를 마치 펜 돌리듯 휘휘 놀리며 천진하게 웃었다.

"비킬래? 아니면 해볼래?"

제피언은 말 머리를 돌려 경계 태세에 접어든 일부 사병들을 제지한 후 말했다.

"그러면 목적은 같군. 길을 여는 것을 도와라, 에드하인다."

퀴네도사이는 선수에 놓인 옆으로 긴 의자에 걸터앉아 짠 내가 흐르는 바람에 열을 맡겼다. 구름마저 가려져 으슥한 어둠이 배 위로 자욱이 내려앉았다. 해적들의 떠드는 소리도 아까보다 훨씬 작아져 있었다. 그는 지팡이를 다리 사이에 곧게 세운 후 흰 장갑 낀 양손을 손잡이 위에 얹고 몸을 기댔다.

화가 나는데 누구에게 화가 나는 건지 알 수가 없었다. 할 수 있는 건 침묵으로 이 더러운 기분이 가시길 바라는 것뿐이었다. 곧 부스럭거리는 소리가 났다. 퀴네도사이의 눈꼬리가 서늘히 올라갔다.

"여."

멀지 않은 곳에서 아게곤이 머뭇거리며 그를 향해 걸어오고 있었다.

"왕비와 왕자가 감금된 것도 모자라 르니아가 따르는 여자와 기사에게 저런 일 벌어진 거, 애들이 불안해 해."

퀴네도사이는 지팡이를 짚은 손에 이마를 기댄 채 혼잣말처럼 중얼거렸다.

"별일 없을 거라고 해……. 젠은?"

"그 기사가, 왕비와 아들이 있는 방에 데려갔다더군. 기사는 격리되어 있고."

퀴네도사이는 몸을 바로 세웠다. 그의 시선에, 상부 조타실의 벽을 방패 삼은 해적들의 머리가 층층이 쌓은 장작마냥 빼꼼히 그들을 훔쳐보고 있는 모습이 들었다. 아게곤은 태연자약한 퀴네도사이를 빤히 바라보다가 이내 불퉁하게 중얼거렸다.

"너랑 말도 하기 싫어, 지금."

"근데 왜 왔어?"

"저놈들이 떠미니까."

아게곤이 엄지손가락으로 그 등 뒤를 가리키며 한숨을 쉬었다.

"어떻게 하려고 내버려두는 거야."

퀴네도사이의 얼굴은 평소와 다름없이 태연했지만 즐거운 기색은 없었다. 아게곤은 내심 추측해냈다. 하기야, 그리고 데바람 시절부터 인연을 가져왔던 여자를 배신하고 싶지는 않을 것이다. 아게곤이 허리에 차고 있던 술병을 그에게 건넸다. 반쯤 빈 술병을 흔들던 퀴네도사이가 장갑을 벗고 뚜껑을 열며 말했다.

"일을 벌였으면 수습을 하는 게 당연하잖아?"

"방관이 수습의 방법은 될 수 없을 거라 생각하는데."

"나는 책임져야 할 게 많으니까 어쩔 수 없어."

"재미없는 변명이다, 그거."

퀴네도사이가 지팡이로 바닥을 쳤다.

탁탁탁.

멀리서 그들을 훔쳐보던 해적들이 퀴네도사이의 지팡이 소리에 수군거리던 입을 다물었다. 퀴네도사이가 아게곤의 등 뒤로 보이는 해적들을 향해 지팡이 끝을 겨누었다.

"당장, 제자리로 돌아가지 않으면 매 맞을 줄 알아."

조용히 울리는 음성에 해적들은 숨통 졸린 신음 같은 소릴 내며 재빠르게 흩어지기 시작했다. 그들이 뿔뿔이 흩어지는 모습을 혀를 차며 바라보던 아게곤이 퀴네도사이의 옆에 엉덩이를 걸쳤다.

"대충만 봐도 곤란한 상황이란 건 알겠다."

"이만저만 한 게 아니지."

퀴네도사이가 아게곤이 건네었던 술병의 술을 벌컥벌컥 들이켰다.

"……뭐, 대충 짐작은 한 것 같으니 이해도 해라. 지금 우리는 에사렛타 왕비를 인질 삼았으니, 저 꼬맹이가 왕이 된다고 해도 그들을 감금한 것에 분노를 피할 수 없을 것이고, 자규라는 자가 왕이 되어야 우리가 무사히 발을 뺄 텐데 중개하던 기사가 배반했으니 자규라는 자에게도 곱게 보이지 않을 거고. 상황 돌아가는 꼴이 아주 우습게 됐어."

"이쪽이 직접 그 자규라는 왕자한테 왕비랑 왕자를 넘기면 되지 않나?"

"새로 줄을 이을 동안 베다시아 헨로가 그걸 가만히 두고 볼 리가. 그리고 젠이."

거기까지 말한 퀴네도사이가 돌연 피식피식 웃었다. 아무리 생각해도 어이가 없었다.

'멍청한 계집애 같으니라고.'

"그나마 피해가 없이 끝나려면 나머지 왕위 후보, 방랑벽으로 유명한 그자가 왕이 되어야 할 텐데, 소문으로는 그가 국왕 시해의 배후라고 했으니 어찌 될지도 모르는 일이고."

퀴네도사이의 설명을 듣기만 해도 골이 지끈거렸다. 이리 복잡하게 하나하나 수 따져가며 생각해야 하나. 아게곤은 혼잣말처럼 투덜거렸다.

"게다가 발 빼겠답시고 출항해버리면 일평생 카르시타의 함대에 쫓길 거다. 누가 왕이 되건 간에 저 꼬맹이가 왕이 되는 게 아니라면 화근의 싹을 잘라내려고 안간힘을 쓸 테니 추적을 멈추지 않을 테지. 극단적인 가능성이지만 그들이 이한의 함대를 빌어 우릴 멸살하려 한다면 그보다 곤란한 건 없어. 그렇다고 저 꼬맹이를 이쪽에서 죽이자니……."

"반펠트가 화낼 거다."

"그 녀석이 화내겠지."

긴 한숨을 연거푸 내쉰 아게곤이 뒤통수를 긁적이며 퀴네도사이의 옆얼굴을 응시했다.

"근데 뭐, 네가 우리 중 제일 똑똑하고 무서운 놈인 건 알지만……

너 말이다. 가끔 네가 해적이라는 걸 잊는 것 같다. 뭐 그리 복잡하게 생각해?"

퀴네도사이가 어쩔 수 없잖아, 자라길 그리 자란걸, 하고 중얼거리며 어깨를 으쓱했다. 그의 말을 부정할 생각은 없었다. 분명 몸으로, 힘으로, 배로 부딪쳐 살아남는 해적들과 꼭 같아질 수는 없었다. 그리도 싫어하는 데바람의 시커먼 승냥이들에게 물들어버려서.

"왕실에 쫓긴다고 해도 그들이 두렵나? 카르시타는 우리를 쫓을 만한 함대가 없어. 이한이 도울지도 모른다는 말은 지나친 걱정이잖아."

"그 작은 가능성도 무시하긴 어려워. 카르시타가 해상국은 아니지만, 비단 스게이로가 아니더라도 카르시타의 왕실 함대 또한 무시할 수 없고. 한평생 뭍을 밟지 않을 각오가 아니라면 그런 짓을 했다간 최악의 결과만 남을 거야."

아무리 카르시타가 해군 양성을 등한시하는 대륙의 3분지 1을 차지한 대륙국이라지만 그들의 분노는 무시할 바 못 되었다.

"단순히 생각해서, 저 기사들을 여기서 죽이면?"

"아무 생각 없이 이리 나온 건 아닐 터다. 추격대가 붙을 거라고 본인 입으로 말한 걸로 봐서 또 뒷수작을 부리고 있겠지. 발 빼는 게 상책이야. 기울지 마라, 아게곤."

"하지만 그 여자만큼은……."

아게곤은 르니아가 죽고 못 사는 그 여자가 진심으로 걸리는 모양이었다. 생긴 것답지 않게 순수한 우려에 잠긴 그의 눈동자를 바라보던 퀴네도사이의 연갈빛 눈동자가 반쯤 웃는 눈꺼풀 속으로 숨었다.

"아게곤, 의리만으로 도박을 하라는 거야? 젠이 군사라도 데려왔다면 또 모르겠지만 그 녀석은 단신으로 왔다. 그 멍청한 계집이 제 새끼에 눈이 멀어서는.”

“너를 믿어서일지도 모르잖아.”

“젠과 나는 그런 사이가 아니야. 그 녀석들이 여기서 죽게 되더라도 우리는 모르는 일이다.”

아게곤이 내키지 않는 음성으로 마지막 제안을 건넸다.

“상황이 그렇다면 차라리 다 뒤로하고 다시 나가자. 그들을 배에서 내리게 하고 우리끼리 출항하면.”

퀴네도사이가 턱을 괴었다.

“……이미 너무 깊이 들어왔어.”

아닌 듯 완고한 태도를 고집하는 퀴네도사이를 바라보던 아게곤이 고개를 젖혀 하늘을 올려다보았다. 대륙의 하늘은 바다의 하늘과는 또 다른 아름다움이 있었던지라. 미련을 버린 눈동자가 허공에 걸렸다.

그가 한숨과 함께 중얼거렸다.

“반펠트가 진짜 화낼걸.”

“이해를 바라지 않아. 린은 하나만 보는 녀석이지만, 나는 너희 전부를 돌아봐야 하는 사람이니까.”

“이런 때만 선장인 척하지 마라. 생각해보면 일을 이렇게 만든 건 네 장난 때문이야.”

“그래서 지금 책임지려고 하는 거잖아.”

희미한 미소를 지어 보인 퀴네도사이가 쥐고 있던 지팡이의 손잡이를 비틀어 돌렸다. 달칵 하는 소리와 함께 제법 긴 시간 잠들어 있던 세검이 은빛 날을 드러냈다. 아게곤이 빤히 바라보다 물었다.

“그건 왜?”

"안 들려? 뭔가 오잖아."

몸을 일으킨 퀴네도사이가 한 손에는 지팡이의 몸체를, 한 손에는 얇은 세검을 든 채 저벅저벅 선수 끄트머리에 올라서서 숲 언저리를 응시했다. 저 멀리로 불그스름한 빛들이 일렁거렸다. 뒤따라온 아게곤의 눈이 커졌다.

때마침 보고가 잇따랐다.

"선장! 저쪽에서 왕실의……."

머지않은 곳에서 익숙한 여자의 고함이 들렸다.

"퀴네도사이이! 미친 자식아아아!"

"……말씀하신대로 다른 기사들이…… 그리고 저런 고함이 계속…… 반펠트 님인…… 것 같은?"

이 미친놈아아아아! 목소리는 1초, 1초마다 가까워졌다. 퀴네도사이가 낮은 웃음소리와 함께 고개를 저었다. 이럴 줄 알았지. 아게곤이 이마를 탁 치며 신음했다.

"야, 어이, 선장, 어디 가. 나가려고?"

퀴네도사이가 세검을 흔들며 고개를 끄덕였다. 그러고는 조금 전 그에게 달려와 보고를 올린 선원을 향해 태연한 음성으로 명령을 내렸다. 감미롭게까지 들리는 차분한 목소리였다.

"가서 전원, 하선하라 해."

아게곤이 어쩔 수 없다는 듯이 빠르게 다가가 퀴네도사이의 어깨를 붙잡아 세웠다.

"반펠트가 화났잖아."

"그러니 막아야지. 저 녀석도 로마탄 그레온이다. 모든 권리를 포기하긴 했지만 끼어들게 둘 수는 없어. 저 녀석이 위험해지는 것은 내키

76　　　77

지 않으니까.”

“그렇다면 내가 간다.”

아게곤의 목소리에 퀴네도사이가 의외라는 듯이 눈을 크게 떴다.

“무슨 심경의 바람이야? 남매싸움엔 끼어들기 싫다고 노랠 부르더니.”

머지않아, 숲을 헤치고 나오는 백여 기의 기사들을 발견한 아게곤이 퀴네도사이에게 나직이 말했다.

“어쩔 수 없잖나. 너희 지겨운 남매싸움 꼴 보기 싫어서 대신 간다.”

“막을 자신이 있나? 린이 아무래도 너보단 든든한데. 그 녀석 눈 돌아가면 너도 죽을지도 몰라.”

“부정 타는 소리 마. 반펠트가 설마 나를 죽일까.”

너면 모를까. 이어지는 아게곤의 중얼거림에 퀴네도사이가 피식 웃었다. 아게곤은 재빠르게 난간을 짚고 아래로 뛰어내렸다. 끔찍하게 높은 높이였지만 그는 밧줄을 타고 유유히 아래로 내려갔다.

명령을 받고도 이해하지 못한 것처럼 멍청하게 서 있던 선원이 눈을 깜빡였다. 퀴네도사이가 고개를 비스듬 기울이며 느른하게 물었다.

“뭐해?”

“아, 아니…… 전부 하선시키란 말입니까?”

수백 기가 넘어 보이는 기사들은 이미 만 아래로 함선과 일정한 거리를 두고 포진하고 있었다. 그들을 곁눈으로 흘긴 퀴네도사이가 싸늘하게 입꼬리를 올렸다.

“어, 그레스완 호의 선원은 전부, 하선이다.”

당연한 일이지만 막힌 숲길을 내기 위해 힘을 합쳤던 에드하인다의 사병들과 금군들은 숲을 나오자마자 사나운 신경전을 벌이며 질주하기 시작했다. 평야 저편으로부터 짠 내음이 밀려왔다. 제피언은 재빠르게 말을 달리며 그들의 짧은 우정의 종지부를 찍었다.

"저들을 제압해라."

만까지 이르는 것은 자신과 금군들이어야 했다. 쓸데없는 불청객들은 변수만 될 뿐이니 애초에 일이 벌어지기 전에 마무리해야 했다.

그들을 막아 진로를 방해하기 시작하는 금군들을 제치고 에드하인다가의 나이 든 기사가 소리치며 검을 들어 올렸다.

"뚫고 간다!"

금군은 호락호락하지 않았다. 제피언은 이미 저 멀찍이 달려가고 있는데 금군들이 계속해서 길목을 막아서며 검을 들이대니 비교적 뒤를 따르던 에드하인다가의 사병들과 르니아, 그리고 페이랑은 한참이나 뒤처져 있었다.

이 상황을 미리부터 경계하고 있었던 르니아와 페이랑이 눈을 마주친 후 말없이 고개를 끄덕였다.

'그냥 달려.'

'저 새끼 조질까?'

분명 의사소통의 장애였다.

페이랑이 재빠르게 자세를 낮춰 금군 기사들의 옆을 바람처럼 스쳐 지나가고, 르니아 역시 훌쩍 뛰어 그들 사이를 요리조리 피해 달렸다. 광풍을 일으키며 지나가는 그들을 막는 이는 아무도 없었다. 이윽고 제피언과의 간격이 어느 정도 좁아지자 페이랑은 재빠르게 길을 탐색했다. 제피언과 마주치지 않고 그를 지나쳐 갈 수 있는 방향. 규젤 만, 이제 배가 큼직이 보였다. 파도 소리도 선명했다.

'배로 최단으로 달려갈 수 있는 길……. 주군이 어느 배에 있는지만이라도…….'

그러나 그때였다. 르니아의 허리에 걸려 있던 가죽으로 만든 수통이 순식간에 페이랑의 옆눈을 스쳐 지나 화살처럼 날아갔다.

뻑. 소리가 남과 동시에 앞서 달리던 제피언이 휘청이며 멈춰 섰다.

"나보다 먼저 도착하게 보낼 거 같냐! 넌 빠져!"

제피언은 제 뒷머리를 강타하고 마개가 터진 수통에 담긴 물로 흠뻑 젖어 살의를 불태우며 말 머리를 돌렸다.

"으아아아아! 왜 잠자는 사자의 코털을 건드려, 너어어언!"

결국 페이랑이 양 뺨을 감싸며 미칠 듯한 비명을 질렀다. 제피언의 선득한 눈동자가 질주하는 르니아를 죽일 듯 노려보고 있었다. 뚝뚝 떨어지는 물기에 젖은 머리칼 사이 드러난 분노가 하늘을 찌를 듯했다.

"감히. 천한 해적 년이 이 몸이 누구인 줄 알고……."

제피언이 검을 꺼내어 들어, 당장이라도 르니아를 향해 달려들 듯 눈에 힘을 주었다. 르니아는 그를 향해 질주했다. 제피언이 검을 쥔 손에 힘을 주었다. 여자의 기세가 진심으로 살인적이라 전투에 잔뼈가 굵은 그조차도 긴장하지 않을 수 없었다. 게다가 그녀가 쥔 커다란 도끼가 가장 걸렸다. 검으로 도끼의 휘어진 넓은 날을 정확히 받아내는 건 상당한 집중을 필요로 했으므로.

'온다.'

르니아는 그리고 쌩, 제피언을 스쳐 지나며 배를 향해 소리쳤다.

"퀴네도사이이!"

제피언이 어이없는 얼굴로 순식간에 제 옆을 스치고 지나간 르니아를 돌아보는 사이 재빠르게 달려온 페이랑이 "죄송합니다아아아!" 하고 소리치며 창대를 가로로 눕혀 그를 말에서 떨어뜨렸다.

둔탁한 소리가 나며 노호가 울렸다. 네놈들이이!

페이랑은, 멈춘 말에서 떨어졌으니 크게 다치진 않으셨을 거야, 하고 식은땀을 닦아내며 중얼중얼 르니아를 뒤쫓았다.

그러나 제피언은 다시 말에 올라 엄청난 속도로 그들을 쫓았다. 그러는 사이 작은 접전을 치르는 에드하인다가의 기사들과 금군 기사들 역시 천천히 배 쪽으로 전선을 이동시켰다.

그러나 결국 해적들이 바글바글 모여 있는 배 아래에 가까워졌을 때, 페이랑은 뒤따라오는 제피언과의 마찰을 피할 수 없음을 깨닫고 신음했다. 르니아는 이미 정신이 나가 퀴네도사이를 외치며 처음 보는 배를 향해 달려가고 있었다. 여기저기서 반펠트 님! 반펠트 님이다! 하고 때맞지 않게 환호성이 들렸지만 르니아의 고함이 더 컸다. 그새끼 어딨어!

결국 당장 제피언을 막는 역할은 그밖에 할 수 없었다. 페이랑은 재빠르게 말을 멈춰 세웠다. 반동에 휘청하는 사이 금세 제피언이 지척까지 다가와 있었다. 페이랑이 그대로 창끝을 휘둘러 그의 앞을 막아세웠다.

"하, 하, 하하하. 란다마이어 경…… 조금만 진정해주시면 안 되겠지요?"

"아스난 녀석의 뒤꽁무니를 따르던 녀석이 감히 내게 명령하는 건가?"

제피언은 제 바로 목 앞에서 멈춘 페이랑의 창끝을 내려다보며 검을 고쳐 쥐었다.

'으……'

자신이 제피언을 이길 수 있을 리는 없지만, 어떻게든 되겠지 싶은 자포자기의 심정이 더 컸다.

그러나 이번엔 제피언의 마음이 조급해졌다. 해적선에 가까워지니 곳곳에서 수호 가문 키이브가의 기사들이 눈에 띈 것이다. 조금 전까지만 해도 저 천한 해적 계집을 잡아 죽이지 않으면 성이 풀리지 않을 것 같은 기분이었는데. 그는 공사 구분은 확실한 사람이었다.

'베다시아 헨로.'

그의 이가 부드득 갈렸다. 그 소릴 들은 페이랑이 울 것 같은 얼굴로 침을 꼴깍 삼켰다.

"페이랑! 잘 막고 있어라!"

멀리서 잠깐 멈춘 르니아가 뒤를 살피더니 속 편한 소릴 올렸다. 페이랑은 울분에 찬 음성으로 답을 되돌렸다.

"너 지금 남 일이라고 그렇게 막말 하냐!"

"네가 그러고도 기사야! 목숨 걸어!"

"지금은 기사 아니거든!"

르니아와 페이랑이 큰 소리로 때맞지 않게 투닥거리기 시작했다. 제피언의 눈은 배 아래 짙게 깔린 해적들에게 향해 있었다.

해적들 사이를 가로질러 달려가던 르니아는 금방이라도 오줌을 지릴 사람처럼 잔뜩 움츠러든 페이랑을 보며 약간의 걱정과 약간의 미안함과 대부분의 한심함으로 한숨을 내쉬었다. 확실히 쉬운 상대는 아닐 테지만 지금 그를 상대하고 있을 시간이 없었다. 그가 무슨 짓을 하려고 하는 것이든 간에 금군 대장이라면 제르를 끌어내리고 세드로의 목숨으로 도박을 건 뉘사나의 사람이었다. 제르의 안위가 확실해질 때까지 최대한 바깥 사람들이 시간을 끌어줘야 했다.

르니아는 다시 정면으로 시선을 집중시켰다. 그레스완 호의 해적들이 모두 하선해 있는 것을 보니 저 배에 뭔가 있는 것이다. 여기저기서 반가움 반, 걱정 반으로 그녀를 환호하는 이들을 무시한 그녀의 움직임이 선체 아래 이르기 무섭게 돌연 뚝 멎었다. 아슬아슬하게 그녀의 앞에 쿵 소리를 내며 떨어진 거대한 물체가 있었다.

그때 공교롭게도 등 뒤에서 페이랑이 우는소릴 하는 게 들렸다. 으아, 찔렸어! 아파!

"그 입부터 좀 찔러요!"

너 죽을래!

페이랑의 장난 같은 협박에 피식피식 웃던 르니아도 서서히 긴장하며 도끼를 바로 쥐었다. 그녀의 앞에 뚝 떨어진 건 아게곤이었다.

"……."

아게곤은 그대로 말 아래로 뛰어들어 그녀가 타고 있던 말의 복부를 세게 걷어찼다. 놀란 말이 히히힝 울며 난폭하게 날뛰는 바람에 르니아는 바닥을 데굴데굴 굴러야 했다. 세 바퀴 정도 흙바닥에 뒹군 그녀가 벌떡 일어나 으르렁거렸다.

"뭐 하는 짓이야, 아게곤!"

그러나 르니아가 정신을 차릴 새도 없이 아게곤이 달려들어 그녀의 손목을 뒤로 꺾고 그대로 발목을 후려쳤다. 여파로 몸이 붕 뜬 르니아는 앞으로 고꾸라졌다. 아게곤은 틈을 놓치지 않고 그녀의 뒷목을 팔뚝으로 짓눌렀다.

"너, 너, 이 새끼가 정신 나갔어? 날 왜 잡아!"

"좀만 참아주라, 반펠트. 응? 나도 이러기 싫단 말이야. 너 무섭다고."

르니아를 향해 한숨을 길게 내쉰 아게곤이 저 멀리서 페이랑을 지나쳐 달려오는 제피언을 향해 손까지 흔들며 소리쳤다.

"왕실 기사님, 우리 해적들은 끼어들지 않겠다는 선장님의 명령입니다! 일 보십셔. 배는 아껴주시고요!"

곧 페이랑을 따돌린 제피언이 합류한 금군 기사들 몇몇과 함께 쏜살처럼 그들을 스쳐 지났다.

한참을 바둥거리던 그녀의 눈에 핏발이 섰다. 그녀는 우선 페이랑 쪽을 살폈다. 절뚝절뚝 일어나는 것이 목숨에 지장은 없는 모양이었다. 그리고 그보다 더 멀리는 금군들 중 일부에게 둘러싸여 발이 묶인 에드하인다가의 기사들도 보였다.

머리끝까지 치밀어 오른 천열을 이기지 못하고 씩씩거리던 르니아가 돌연 움직임을 멈추더니, 순식간에 큰 부상을 피하기 위해 땅을 짚었던 반대쪽 팔의 팔꿈치를 세워 휘둘렀다. 그녀를 짓누르며 바짝 붙어 있던 아게곤이 거세게 관자놀이를 직격하는 그녀의 팔꿈치에 휘청이며 나동그라졌다. 르니아는 그가 떨어진 것을 확인하자마자 재빠르게 기어가듯 바닥에 떨어진 도끼를 주워들었다.

바닥에 주저앉아 있던 아게곤이 한쪽 옆통수를 꾹꾹 누르며 아연했다.

"진짜 죽겠네."

"어, 아게곤. 너 내가 일만 끝나면 퀴네도사이랑 쌍으로 죽기 직전까지 패줄 줄 알아!"

곧 페이랑이 다시 말에 올라 그들을 향해 달려왔다. 상처는 대충 가는 천으로 묶었는데 혈흔을 보니 그리 심하게 다친 건 아닌 듯했다. 예상치 못하게 해적들이 방해하는 상황에 황당한 얼굴로 그녀를 돕기 위해 달려오는데, 르니아가 소리쳤다.

"멍청아! 난 알아서 할 테니까, 저놈 쫓아가!"

"반펠트의 친구 기사님."

아게곤은 해적들 사이에 둘러싸여 혹시나 르니아처럼 공격당할까 잔뜩 경계를 늦추지 않는 페이랑을 향해 말했다.

"검은 머리 아가씨의 기사님은 갑판에서 바로 선실 쪽으로 내려가는 곳의 두 번째 방에 있고, 검은 머리 아가씨와 왕비 전하는 그 선실의 복도 끝 오른쪽 방에 있수. 아마 아직 거기 있을 거요."

'이 상황 대체 뭐야.'

르니아를 붙잡은 해적의 담담한 설명에 페이랑이 르니아와 눈을 마주쳤다. 르니아는 막 자세를 바로 하고 으르렁거리고 있었다.

"반펠트, 너는 못 보낸다."

"미친 거야, 아게곤?"

"일이 어떻게 되든 우리 해적은 빠지는 거야."

"나는 해적 아니야!"

씩씩 숨을 몰아쉬던 르니아는 멀찍이 사라지는 제피언의 뒷모습을 발견하고 씹어뱉듯 소리쳤다.

"페이랑, 먼저 가!"

아게곤이 한숨을 내쉬며 너털웃음 지으며 그를 위안했다.

"죽으면 내가 죽었지, 반펠트보다 제 걱정을 좀 해주십쇼, 기사님."

페이랑이 주먹을 꾹 쥐더니 곧 자리를 떴다.

쾅. 르니아가 도끼를 내려찍었다. 재빠르게 다리를 벌리지 않았더라면 어디 하나 다리가 잘려 나갔을 만큼 손속 없는 도끼질이었다. 아게곤이 하얗게 질려 선체를 올려다보았다. 피식. 역광에 가려져 그림자밖에 보이지는 않았지만, 난간에 걸터 앉아 있는 퀴네도사이가 비웃고 있는 모습이 눈에 훤했다. 아게곤은 그를 무시하고 달려가려는 르니아에게 몸을 던져 그녀의 발목을 움켜쥐었다.

르니아는 추진력을 이기지 못하고 그대로 도끼를 내려찍으며 앞으로 엎어졌다. 그 바람에 코가 부딪친 건지 코피가 줄줄 흘러나왔다. 르니아가 헛웃음을 지으며 비틀비틀 일어섰다.

"와, 진짜."

르니아가 코피를 스윽 닦아내며 헛웃음 지었다. 와. 진짜. 정말. 아게곤. 너. 그녀는 말조차 제대로 잇지 못하고 한 음절, 한 음절 끊어 말했다.

'진짜 화났다.'

비스듬 고개를 돌린 르니아의 눈빛이 살기로 형형했다. 퀴네도사이를 향했던 그 분노가 고스란히 제게 돌아오자 아게곤은 뒤늦게야 괜한 짓을 했나 후회했다. 하지만 그는 포기하지 않고 몸을 바로 세워 옆이 두툼한 검을 꺼내 들었다.

"퀴네도사이가 시켰다고?"

"여어…… 여어…… 반펠트. 좀 그냥 얘기를……."

"그놈이 네가 어디 하나 못 쓰게 되길 바란 거지? 항해사에 한 자리 날 것 같으니 대기 타라, 너희들."

르니아가 그녀와 아게곤을 둘러싸고 숨죽이고 있는 다른 해적들을 향해 도끼를 쭈욱 겨누며 서늘히 웃었다.

"야, 여, 얘들아. 반펠트 좀 잡아. 말려봐. 나 진짜 죽어."

아게곤의 헛헛한 음성에 하선한 그레스완 호의 선원들이 서로의 눈치를 보며 조금씩 거리를 좁혀 오기 시작했다. 그러나 그전에 르니아의 도끼가 다시 한 번 휘둘러졌다. 아게곤은 재빠르게 뒤로 굴러 바짝 몸을 세운 후 눈을 굴렸다. 르니아에게서 허점을 찾기란 퀴네도사이의 머릿속을 들여다보는 것만큼이나 어려웠다.

다가오는 포위망에 르니아가 눈을 옆으로 흘깃하는 순간, 아게곤은 죽기 아니면 까무러치기의 심정으로 르니아에게 달려들었다. 그러나 역시나, 르니아는 무릎으로 그의 복부를 거세게 차올리며 도끼 자루로 그의 등을 그대로 찍어버렸다. 아게곤은 내장이 짓이겨지는 기분에 컥컥 기침하는 것과 동시에 놓치지 않고 그녀의 팔뚝을 움켜쥐었다. 르니아의 도끼가 멈추었다.

"지금 잡아!"

그의 고함에 해적들이 우르르 몰려들기 시작했다. 그러나 르니아는 그대로 아게곤의 머리를 발로 찍어 밟은 후 펄쩍 뛰어 올랐다. 앞으로 고꾸라진 아게곤의 뒷머리를 짓이긴 르니아가 바투 다가온 이들을 향해 이를 드러냈다.

그녀는 어쩔 줄 모르고 서 있는 케퍼를 발견하고 소리쳤다.

"케퍼, 퀴네도사이를 데려와."

그 순간이었다. 엎어진 아게곤이 팔을 뻗어 그대로 르니아의 한쪽

다리를 휙 뒤로 끌어당겼다. 르니아가 휘청하는 사이 그는 전심전력을 다해 옆으로 굴러 그녀의 오금을 팔꿈치로 후려친 후 넘어진 그녀의 몸 위로 올라탔다. 재빠르게 르니아의 양팔을 뒤로 끌어당겨 더 이상의 반항을 하지 못하도록 그녀의 명치를 짓누른 그가 바로 옆에 떨어진 도끼를 꼴도 보기 싫다는 듯 내던지며 소리쳤다.

"그거, 그거, 빨리 치워버려!"

"렌자르, 그거 안 가져와!"

"렌자르, 너 지금 내 시체 보고 싶어 그러냐! 버려. 바다에 던져버……!"

"이게 진짜……."

아까 르니아에게 맞았을 때 갈빗대가 한두 대쯤은 나간 것처럼 격통이 이어졌지만 아게곤은 꾹 눌러 참으며 온 힘을 다해 그녀를 짓눌렀다. 그리고 이러는 게 즐거울 리가 없었다. 이번 사건은 르니아가 죽자고 따르는 그 여자와 관련된 것이었다. 퀴네도사이가 한 번 마음을 정한 이상 번복할 가능성은 희박했고, 퀴네도사이 또한 아무 이유 없이 그러는 게 아닌 만큼 르니아와 맞부딪치게 하고 싶지는 않았다.

그가 신음처럼 절박하게 애원했다.

"반펠트, 네 정신 나간 오라비를 좀 이해해줘라. 그 여자한테 그러는 거 퀴네도사이도 기분 좋지 않았어."

르니아가 발악하며 소리쳤다.

"지금 무슨 개소리야? 시나와 님한테 무슨 짓을 했어!"

"아무 짓도 안 했어. 우린 진짜 아무 짓도 안 했다고. 뭔 짓을 한 건 그 대륙의 기사라고."

제단엔 그녀를 진정시킬 변명이랍시고 했는데 효과는커녕 역효과만 났다. 르니아의 발악이 뚝 멎더니, 그녀가 짓눌린 목을 우드득 소리가 날 만큼 고집스럽게 비껴 돌리며 아게곤을 노려보았다. 시뻘건 안광이 번쩍이는 것 같았다.

'망했다.'

이번에 르니아를 놓치면 진짜 죽거나 어디 하나 망가지겠구나. 아게곤은 최대한 침착을 유지하며 그녀를 움켜쥔 손에 배는 식은땀에 탄식했다.

"아게곤……, 너 그러다가 진짜…… 죽어?"

서늘히 입가를 끌어올린 르니아의 갈색 눈동자가 진득한 살기로 격렬히 휘몰아쳤다. 왜 이럴 때만 퀴네도사이랑 판박이 같은지.

줄곧 고대해왔다. 그 아이를 마주하기를. 줄곧……. 줄곧, 매일매일 자신을 죽여가며 그리 기다려왔다.

말해주고 싶었다. 제 사랑이 얼마나 깊었는지. 미워서 떠나보낸 것이 아니었다고, 버린 것이 아니라 어쩔 수 없었다고. 아이의 생김조차 몰라 우연히 마주쳐도 알아보지 못했을 테지만 그녀는 알아볼 자신이 있었다. 상상했다. 보랏빛 눈이라 하였다. 제 가문의 피를 받은 보랏빛 눈이니 체렌시와와 닮은 아이일지도 모른다. 아니, 어쩌면 눈 빼고는 유스카리를 닮았을지도. 저를 닮아 까만 구석이 있길 바랐지만 없길 바라기도 했다. 다른 생김 때문에 오해를 사는 일이 없었으면 했으니까. 모순적인 마음이었다.

"어엄마? 왜 우러?"

에사렛타의 눈에 눈물이 차오르자 아이는 갸륵하게도 폴짝 뛰어 에사렛타의 뺨을 고사리 손으로 감쌌다. 제르의 눈에서 툭 눈물이 떨어졌다.

체렌시와를 닮았구나. 상냥하고 의젓한 것이, 그 아이를 닮았구나. 아이의 작은 뒷모습에 그려진 지난 기억에 왈칵 쏟아지는 눈물이 이내 투둑투둑 떨어져 내렸다. 힘없이 뻗쳤던 손은 갈 곳 잃고 떨어져 그대로 입가로 되돌아왔다. 눈물로 흥건한 얼굴을 쓸어내며 제르는 낮게 웃었다.

사랑스럽다.

사랑스러웠다.

사랑으로 충만했다.

"당신이……."

"그 아이가…… 세드로입니까."

혀로 얽는 이름이 이 세상의 것 같지 않게 낯설었다. 누군가 지어준 제 자식의 이름이라. 제르는 슬픔인지 절망인지 기쁨인지 모를 온갖 감정에 잠겨 갈기갈기 갈라진 음성으로 물었다.

"유스카리의 아이입니까."

새까만 머리칼에 까만 눈, 에사렛타 역시 누구인지 짐작해내지 못할 수가 없었다. 유스카리로부터 들었다. 세드로의 친모가 꼭 저이와 같은 모습을 했다고. 가녀리고 가녀려, 금방이라도 바스러질 듯 연약했더라고 그 여자를 동정하지 않을 수 없었다고.

"당신이십니까."

에사렛타가 되물었다.

그러나 서로 답 따위는 필요 없다는 것을 알고 있었다. 세드로의 친

모인 제르는 에사렛타가 늘 부러워했던 여자였다. 아들을 갖지 못한 그녀와는 달리 너무나 쉬이 유스카리에게 그를 닮은 아이를 안겨준 저 여자는. 세상 모든 사람이 다 그녀를 가련하다 말한다 해도 에사렛타의 부러움이었다.

어쩔 수가 없었다. 에사렛타는 이를 악물고 세드로를 더욱 세게 끌어안았다. 눈물이 아이의 마른 머리칼 위로 후드득 떨어져 내렸다. 제르의 절망으로 구겨지는 가슴을 알고도 그럴 수밖에 없었다.

"어엄마? 울지 마아."

"아닙니다, 왕자. 울지 않아요."

에사렛타가 떨리는 음성으로 말하며 제 눈물에 젖은 세드로의 머리칼을 조심스레 감싸 덮었다. 그녀의 손등 위로 계속해서 눈물이 흘러내렸다.

"세드…… 로."

"저 여자야아? 저 여자 머야."

세드로는 에사렛타의 옷자락을 꽉 움켜쥔 채로 바득바득 고개를 돌려 제르를 노려보았다. 그 한 치의 주저도 없는 적의를 마주하고 나니 제르는 외면했던 현실의 벽 앞에서 부서지는 자신을 느꼈다. 눈물도 멎었다.

이게 현실이었다.

알렉시스가 그리 말했듯이.

'세드로 그 녀석이 네 존재를 알기나 하나?'

가슴에 돌덩이가 하나 내려앉았다. 차곡.

'그런 식으로 대충 대답하지 마. 너 그거, 집착이라고.'

또다시 보다 커다란 바위가 짓눌러온다. 차곡.

알고 있었다. 당연한 일이었다. 하지만 그래도 알아주길 바랐다. 제가 쏟아부은 사랑 고스란히 되돌아오지 못하리라는 것을 알더라도 제 친어미를 알아봐주기를 바랐다.

네가 내 인생의, 남은 유일한 목표였던 만큼.

'진짜 불쌍한 집착처럼 보인다고.'

알아주길 바랐다. 지독하게 불쌍한 집착이었다. 멎었던 눈물이 둑 터진 듯 쏟아져 내렸다. 간헐적으로 숨을 떨며 내가 네 어미다 그리 말해보고 싶었지만 혀가 굳어져 꺽꺽거리는 것처럼 괴상한 소리만 났다.

"……이상해…… 엄마."

그런 제르를 뚱하게 올려다보던 세드로가 옹알대며 에사렛타의 허리를 더 꽉 끌어안았다. 아이가 안기고 아이를 안는 그림이 무척이나 자연스러웠다. 제게는 환상이었지만 그녀에겐 일상이었으리라.

'나는 무슨 착각에 빠져 살았던가.'

제르는 가슴을 움켜쥐고 울었다.

제 아이와 자신의 사이 거리는 다섯 걸음 남짓이었다.

"어…… 흑…… 흐…….'

세드로를 조심스레 등 뒤로 숨기듯 앉힌 에사렛타가, 소리 없이 오열하는 그녀의 앞으로 다가와 무릎을 꿇었다.

"미안합니다…….'

그녀가 울먹이며 제르의 손을 움켜쥐었다. 그녀도 저처럼 떨고 있었다.

알았다. 그에게 정녕 자신은 존재조차 않는 어미였다. 핏줄을 기억하는 기적 따위는 일어나지 않으리라. 그럼에도 말하고 싶었다.

아니다. 너는 나의 보배 같은 아이다.

"흐으…… 세드로……."

"부디."

에사렛타가 울먹이는 음성으로 그녀의 손을 꽉 움켜쥐었다. 다시 그 위로 누구의 것인지 모를 눈물 한 방울이 톡 떨어졌다.

"……유스카리가 남긴 마지막 아이입니다. 부디…… 제발, 이 아이에게는…… 아무 말도……."

"내……."

무엇을 더 말해야 할까. 버렸다지만 살리겠단 이유였다. 제 살 뜯어내어 보낸 아이. 목숨 다해 살려준 어미도 알아보지 못하는 아이였다. 제 울음 따위 닿지 않는, 닿아선 안 될 아이였다.

세드로가 고개를 갸우뚱하며 눈썹 끝을 시무룩 내려뜨린 채 뒤뚱뒤뚱 다가와 에사렛타와 제르 사이에 얼굴을 들이밀었다.

"왜 우러어?"

다시 한 번 아이의 눈동자와 눈을 마주치는 순간 제르는 그대로 아이의 손을 움켜쥐었다. 자그마한 손이 놀라 움츠러들었다. 따뜻했다. 작고 앙증맞고 보드라웠다. 아이가 겁먹은 것처럼 확 손을 빼더니 에사렛타의 등 뒤로 숨었다. 에사렛타의 절박한 애원이 멀어지는 듯했다.

"부디, 이 아이를 생각해서라도……."

"……너, 너는…… 나…… 나는……."

이해할 수 있지 않을까. 자신이 자신을 밝힌다면, 이해할 수 있지 않을까. 내가 너를 낳았다. 그리 말하면 진정이냐 감격하여 달려와주지 않을까.

제르의 입가에 눈물 젖은 비소가 어렸다.

헛꿈이다. 억장과 함께 무너져 내린 희망은 한없이 영롱하게 반짝이는 아이의 눈에 머물러 있었다. 새하얀 머릿속, 무슨 말을 꺼내야 할지. 어떻게 해야 아이가 놀라지 않을지. 고르고 골라보지만 다 집착이라. 제가 한 선택이 이리 아픈 것일 줄 모르지 않았지 않은가.

세드로.

한 번만 더, 아이의 이름을 불러보고 싶었다. 제 목소리에 귀를 쫑긋 세우는 것을 눈에 담아 새기고 싶었다. 없는 사람이 아닌 존재하는 사람으로서.

그러나 눈물 젖은 입술을 비집고 나오는 물음은 달랐다.

물에 잠긴 음성이 물었다.

"……사랑해주셨습니까?"

그래, 그랬으리라. 사랑해주었으니 저리도 그녀의 곁을 떠나지 못하고 맴도는 것일 터다. 고작 열 달 배 속에 품어준 사람 죄 잊어버리고.

"……이리 만나게 되어…… 미안합니다."

저처럼 우울하면 어쩌나, 저처럼 외로우면 어쩌나.

"많이…… 아껴주셨습니까?"

"미안합니다. 정말, 미안합니다."

늘 그 걱정에 잠 못 이루던 밤들이 자박자박 소리 내어 멀어진다.

아이는 사랑으로 충만해 보였다. 비록 제게 향한 사랑은 아니라 할지라도, 불안함 없이 깨끗하고 밝고 용기 있었다.

떨리는 음성을 가다듬기 위해 목과 가슴 사이 언저리를 묵직이 짓누르고 얕게 숨을 내쉰 제르는 허무하게 웃었다.

"……이리 된 것을 용서하세요."

에사렛타의 사과에 가슴이 바늘 찔린 듯 아파왔다. 미웠다. 그녀가 미웠다. 제 손으로 포기했음에도 빼앗긴 듯해 미웠다.

아이에게 가까워졌던 한 걸음, 다시 멀어졌다.

"……니다."

나는 늘 당신이 부러웠습니다.

"……에사렛타."

나는 늘 당신을 걱정했습니다.

"……아껴주셔서, 고맙습니다."

하지만 괜한 걱정이라 마음 놓일 만큼, 그만큼 사랑해주어서 고맙습니다.

아이가 버림받았다는 것을 알고 우울해할까 늘 생각해왔던 말이 있었다. 내 사랑이 이만큼 깊었노라고, 너를 미워하여 떠나보낸 것이 아니었노라고, 너는 내 모든 것이었노라고.

하지만 그게 무슨 소용이었을까.

바랐던 대로 아이는 사랑받았으니.

되었다.

"고맙습니다…… 왕비 전하. 고맙습니다. 그저, 고맙습니다."

홀로 무너지는 마음 움켜쥐고, 그리 감사할 따름이었다.

고맙습니다.

94　　95

열네 번째 장

끝의 시작

알렉시스는 소겔가드 저택의 꼭대기 층에 위치한 다락 창가에 기대어 멀디먼 북쪽을 응시했다. 까마득히 멀어 보이지도 않았지만 저곳 어딘가에 제르가 있을 거란 생각에 이루 말할 수 없이 기분이 착잡해졌다. 시선을 아래로 내리니, 심상찮은 움직임을 보이는 체자스의 사병들과 금군들이 보였다. 확실히 베다시아가 배신을 하긴 제대로 한 모양인지 수호 가문의 문장을 걸친 병사들은 없었다. 그 부분은 그나마 안심이 되었다.

레피스가 그를 찾아 다락까지 올라왔다.

"체자스 공이 저 앞에 있습니다. 전열을 갖추는 게 심상치 않은데요."

"형님이 그럴 리가 없으니, 저쪽에도 그나마 강단 있는 놈이 있는 모양이네."

"루덴 공이 회군한 소식이 이미 도처에 다 깔렸으니 저들도 초조해졌을 겁니다."

알렉시스는 가라앉은 눈동자로 물끄러미 울타리 너머에 득시글한 병사들을 내려다보았다.

"만일의 사태에 소겔가드 후작과 리안을 빼돌릴 방법은?"

"사위가 다 포위되어 있긴 합니다만 감시가 약해 보이는 쪽문이 있습니다. 교전이 벌어진다면 그사이에 그쪽으로 병력을 집중해 돌파할 수 있습니다."

"소겔가드는 살려두면 불편할 텐데, 여기서 죽이고 가면……. 역시 형수님의 정신 상태 때문에 안 되겠지."

"우선은 저쪽이 움직이기 전에 이쪽이 먼저 움직이는 게 낫겠습니다."

"그런가."

알렉시스가 무심한 음성으로 중얼거렸다. 여전히 시선은 저 멀찍이 북쪽에 머문 채였다.

"……그런가, 라고요? 그냥 그 한마디로 끝낼 만한 상황입니까? 지금이? 알렉시스 님, 제 말 들은 것은 맞습니까?"

"근데 사실 말이야, 지금 마음으로서는 형수가 이대로 죽어도 상관은 없을 것 같다. 어차피 형수가 죽으면 장담컨대 형님도 당분간은 제정신이 아니게 될 거야. 제정신이 아닌 자를 왕위에 올릴 만큼 멍청한 놈이 과반수라면 문제가 되겠지만 체자스가 그리 얼간이는 아니지 않나. 결국 선택지는 형님이 여길 버리고 나를 얻느냐 마느냐, 형님이 저들에게 버림받고 저들이 나를 얻느냐 마느냐. 둘뿐이니."

그의 말은 그른 것이 없었다. 리안은 그들에게 있어 방파제인 한편, 언제 부서질지 모를 방파제. 저들 중 누군가는 지금 당장 알렉시스를 잡으러 가야 한다 주장하고 있을 터고, 아마 뉘사나 혼자만이 소겔가드를 보호해야 한다 목청이 터져라 외치고 있을 것이다. 부질없는 반목이었다. 그 반목의 끝은 뉘사나가 동의를 했건 하지 않았건, 소겔가드를 수복하는 데에 있으리라.

"왕비 전하와 왕자 저하는……."

제르가 먼저 베다시아와 떠난 후, 페이랑과 르니아 역시 에드하인다의 군사들과 함께 북으로 향했다고 들었다.

레피스는 루덴 공의 군사들만큼이나 에사렛타와 세드로를 기다렸다. 아르노만의 움직임으로 혼란에 빠진 이들에게 에사렛타와 세드로를 구해 오는 알렉시스의 용기를 보이는 것은, 오명으로 더러워진 그의 이름을 정화하는 것과 동시에 민심도 구하기 쉬웠다. 그리 되면 뉘사나는 재기하기 어려워질 것이다.

군사로 밀어붙이려 한다고 해도 루덴 공과 데바람의 지원이 당도하면 뉘사나는 손도 쓸 수 없게 된다.

문제는 그때까지 왕도를 떠나지 않고 버텨내야 한다는 것이다.

"세드로…… 라."

알렉시스는 입안을 맴도는 씁쓸함을 삼켰다.

"레피스, 지스카르 헨솔은?"

"북해 인근의 국경을 넘었다는 소식이 바로 그제 아침 도착했으니 아마 국경을 넘은 지는 이레가 넘었을 겁니다. 방향이 북해라는 것을 제외하고는 행적에 관한 보고는 아직 없습니다만."

지스카르 헨솔에 관한 보고를 들은 이후로 줄곧 알 수 없는 불안감이 알렉시스를 휘감고 있었다. 무언가를 예견하거나 예상하는 것은 아니었다. 하지만 넋을 놓고 제르와 지스카르를 떠올리는 일이 잦아졌다. 질투라면 정말이지 스스로조차도 용납하기 어려운, 꼴사나운 질투였다.

"……님, 알렉시스 님, 제 말 듣고 있습니까?"

"아, 뭐라고?"

"……쇼하인 공작이 왕성에 붙잡혀 있다는 전갈에 헤센 경이 돌아오고 있다 합니다, 라고 말씀드렸습니다."

알렉시스가 어깨를 으쓱했다.

"쇼하인령의 군권은 페닌이 잡혀간 그 순간부터 밀러에게 일임된 것이나 마찬가지야. 하지만 큰 기대는 마라. 에사렛타가 사로잡혀 아르노만이 손도 쓰지 못했던 것처럼, 페닌의 안위가 확인될 때까지 밀러는 섣불리 움직이지 못할 테니까."

비록 지금은 에들렌이 아라산의 대리 공작놀이를 하고 있긴 하지만 결국 쇼하인의 후계자는 밀러 헤센이다. 그리고 아라산을 제외한 모든 권한은 밀러와 페닌이 가지고 있으므로, 사실상 지금 당장은 밀러가 쇼하인 공작과 동등하다 해도 이상할 것이 없었다.

"지스카르를 따른다는 이들은 몇이나 된다고 했지?"

"서른 명 남짓으로 보고받았습니다."

"엘올라에 지스카르의 간자가 몇이나 있을까?"

"……알렉시스 님, 데바람의 왕이 신경 쓰이십니까?"

레피스의 새파란 눈동자가 의심에 젖어들었다. 북쪽 저편에서 시선을 떼지 못하고 중얼중얼 묻던 알렉시스가 한쪽 눈살을 찡그렸다.

"왜?"

"지스카르 헨솔이 제이하이 왕하가 있는 북쪽으로 향했다는 보고 이후로 쭉 이상한 상태인 거 아십니까?"

"아, 그랬나?"

"지금 그럴 때가 아니라는 걸 모르시지는 않을 텐데요. 그리고 북쪽은 넓습니다. 우연히 만난다면 우연이 아니라 운명이겠죠. 그러니 쓸데없는 신경 끄세요."

제법 뼈 박힌 빈정거림에도 불쾌한 기색 없이 침묵하던 알렉시스가 뜬금없는 말을 툭 내뱉었다.

"레피스, 세드로를 파적해 제르에게 돌려주고 싶은데."

레피스의 얼굴이 험상궂게 일그러지는 것을 발견한 알렉시스가 능청스럽게 미소 지었다.

"역시 어려우려나."

"정에 휘둘리는 자규가 왕재가 아니라 빈정거렸던 주둥이는 누구 주둥이었습니까? 내내 그 생각 하고 계셨던 겁니까?"

"나 참, 아무도 없다고 막말하기 시작하는 것 봐라."

"말이 되는 소리를 하셔야죠. 그냥 뚫린 입이라고 아무런 말이나 내뱉으시는 것도 자질 부족입니다."

알렉시스가 그 말에 팔짱을 끼고, 좁다란 다락의 먼지 앉은 벽에 몸을 기댔다.

"옷이 더러워지십……."

"아르노만은 찬성했다. 찬성이라기보단 될 대로 되라는 식이었던 것 같지만."

"이건 또 무슨 소릴…… 알렉시스 님, 설마."

무언가 소리치려던 레피스가 문득 크게 얼굴을 구겼다. 아르노만이 알렉시스와 무엇을 작당했는지는 모르겠지만 단순히 그것만으로 움직일 리는 없었다. 세드로를 에사렛타에게서 빼앗아서 제르에게 돌려주는 것은 그에게 이득 될 것이 없다. 또 무슨 뒷이야기가 있을 법한데.

"그게 전부입니까."

"아니."

"그럼 이참에 말해주시겠습니까?"

"극비라."

알렉시스는 또 얄밉게 입을 다물었다.

레피스는 더 캐묻기를 포기하고 긴 한숨을 내키며 또박또박 상황을 정리했다.

"세드로 저하건 자규 왕하건 어차피 한 하늘 아래 살아남기 어려운 분들입니다. 세드로 저하께 악감정이 있는 건 아니지만 정 주지 마십시오. 그 여자도 신경 끄시고. 피노제의 대공 각하 또한 이 일이 끝난 후엔 쳐내야 할 늙은 가지일 뿐입니다. 그와 어떤 약속을 했건 간에 왕이 되신 다음 그것을 이행하실 의무는 없습니다."

레피스의 주장엔 한 치의 망설임도 없었다. 죄의식도 없었다. 알렉시스는 물끄러미 그를 바라보다가 개구지게 웃었다.

"말로리가 너를 떠나지 않는 게 희한하단 말이야. 뭐, 둘 다 비슷한 것들끼리 만나서 그런 거겠지만 그래도."

"알렉시스 님 알 바 아닙니다. 그보다, 그 일은 나중에 이야기하고 일단은…… 알렉시스 님?"

레피스가 답답하다는 듯 미간을 누르며 창 밖으로 시선을 돌린 알렉시스의 단단한 턱을 응시했다. 매끄러운 콧잔등으로 떨어지는 붉은 태양의 파편이 지독히도 잘 어울리는 얼굴이었다. 나른한 듯 날카로우면서, 교묘하게 매혹적인 붉은 눈동자는 늪이다.

정신을 차린 테일런은 주위를 둘러보았다. 좁고 낡은 선실이었다. 누군가 생활하고 있는 건 아닌지 침구며 가구며 깨끗하게 정리되어 있었다. 그는 저절로 감기는 눈에 힘을 주었다. 다행스럽게도 독은 아닌 모양이었다.

'다행이 아닌 건가.'

무기는 빼앗겼고, 여전히 몸엔 힘이 들어가지 않았다. 가까스로 고개를 드니 선실의 둥그런 창 밖에선 한 병사가 보초를 서고 있었다.

제르는 이곳에 없었다. 그녀를 다른 곳으로 격리했다는 데에 사고가 이르자 테일런은 반사적으로 몸을 일으키려다 휘청하며 주저앉았다.

'빌어먹을.'

그는 턱에 힘을 주며 엎드린 채 손끝으로 바닥을 짓눌렀다 .손톱이 안쪽으로 역으로 파고드는 고통스러운 감각에 비로소 정신이 조금 더 깨는 기분이었다. 그의 눈에 탁자 위에 놓인 작은 등불이 비쳤다. 그는 그대로 등불의 뚜껑을 열어 그 불길을 제 손에 움켜쥐었다. 살이 타들어가는 감각과 냄새에 밀려오던 잠이 달아났다. 그의 손에서 꺼져버린 불은 굳은살 박인 손 안쪽으로 깊은 화상을 남겼다. 화끈거리는 고통에 그는 온전히 정신을 차렸다. 그는 그대로 문을 열고 보초병의 얼굴을 그대로 반대쪽 벽으로 처박았다.

"벌써 일어났……."

놀라 몸을 돌려 검을 꺼내려던 보초병은 쾅 소리와 함께 뒤통수를 벽에 박고 희게 뜬 눈으로 정신을 잃고 주르륵 미끄러졌다. 그는 보초병의 검을 빼앗은 뒤, 화상을 입지 않은 손바닥으로 그것을 세게 움켜쥐었다.

손바닥이 화상으로 타들어가는 기분이었지만 그것만이 지금 그를 지탱해주는 고통이었다. 그는 눈에 힘을 주고 주위를 둘러보았다. 제르. 찾는다. 그녀를 찾아야 했다. 바깥에서 무슨 소란이 난 건지 요란한 소음이 벽을 울렸다. 그 때문인가. 좁은 선실 복도를 오가는 이들은 없었다.

얼마간 그리 비틀거리며 걷던 그의 눈에, 복도 끝에 우르르 모여 있는 한 무리의 기사들이 들었다. 베다시아의 기사들이었다.

모퉁이에 몸을 숨긴 그가 이를 악물었다. 어림잡아 일곱이었다. 이 좁은 곳에서 이 몸 상태로 저들을 제압하는 건 무리였다. 그러나 제르가 저곳에 있다면 그는 멈출 수 없었다.

그러기 위한.

그러기 위한 그녀의 기사였다.

숨을 깊이 몰아쉬며 벽에 뒷머리를 기대고 눈을 감았다 뜬 테일런이 이를 악물고 막 몸을 돌리려는 찰나, 기사들 중 셋이 복도의 다른 모퉁이 쪽으로 흩어졌다. 그리고 한 남자가 느긋하게 걸어 나왔다. 더 물러설 데는 없었다. 테일런이 힘겨운 걸음을 뗐다.

갑판에서 내려온 퀴네도사이는 하선하는 대신 갑판 아래의 선실로 내려갔다. 그는 복잡한 복도를 헛걸음 한 번 없이 유유히 가로질러 기사 여덟의 경호를 받는 제르와 에사렛타, 그리고 세드로의 선실에 들어갔다. 팔짱을 끼고 삐딱하게 문가에 선 그는 눈물바다를 이룬 선실 안의 풍경에 헛웃음지었다.

"······상봉은 좋은데, 그런 한심한 꼴이라니. 천성은 어디 안 변한다고······."

"에스펠라."

"혹시 몰라 미리 인사라도 하려고."

"네놈이 대체 왜."

제르가 눈을 치켜뜨고 그를 노려보았다.

"네놈이 왜!"

"아무 짓도 안 했어, 나는. 빈말은 않는다. 뭐, 그래. 나도 마음 같아서는 저 왕비랑 왕자를 아무에게나 넘겨주고 발 빼고 싶지만."

그가 거기까지 말했을 때, 그를 주시하던 베다시아의 기사들이 흠칫 긴장하며 검을 빼들었다. 퀴네도사이가 어깨를 으쓱하며 그들을 향해 손사래를 쳤다.

"린 때문에 그러지도 못한단 말이야."

"네놈이⋯⋯."

"네가 여기서 죽게 된다면 넌 그만한 여자밖에 안 된다고 여기고 르니아를 강제로 태워 떠나야겠지. 그 녀석 성미에 얌전히 따라주려나 그게 걱정이네. 한두 놈 죽어나가는 것은 일도 아니겠군. 지금도 내 일등 항해사가 그 녀석 손에 목숨이 간당간당하거든. 가봐야 해."

퀴네도사이의 침착하게 가라앉은 눈빛 위로 조금의 동정이 어렸다. 이 와중에도 겁먹긴커녕 죽일 듯 노려보는 눈빛이 제법 그럴싸했다. 하기야 그 꼴을 보고 데바람에서 도망쳐 나온 독종이었으니 이 정도 일은 무섭지도 않겠지. 하지만 이번엔 일이 정말 심각했다. 대체 베다시아 헨로 그자는 뒤처리도 제대로 하지 않고 무작정 달려온 건지, 다른 왕가의 기사들까지 이곳까지 달려오게 만들었다.

"⋯⋯그런데, 생각보다 내 기분도 더럽네. 이거. 무운을 빈다."

그는 끝까지 냉소적인 태도로 몸을 돌렸다. 제르가 고함을 치는 소리도 그저 마지막 발악처럼 들렸다. 실제로 그리 되리라.

선실을 지키는 이들을 밀치고 밖으로 나와 복도를 몇 걸음 걸어가던 그가 곧 멈춰 섰다.

"적이다!"

그의 등 뒤에서 일제히 검을 빼드는 소리가 들렸다. 제르의 기사였다. 듣자하니 강력한 수면제를 먹였다고 했는데 제르에게 효과가 없었던 것도 그렇고, 저 기사마저 저리 돌아다니는 걸 보니 베다시아가 허술하긴 허술한 모양이었다.

'다 꼬였군.'

거기까지 생각하던 퀴네도사이는 테일런의 축 늘어진 왼손바닥을 바라보며 표정을 찌푸렸다. 다 그슬려 두툼한 물집과 함께 타버린 손바닥과 흘러내리는 식은땀. 저놈은 죽을 셈인가.

테일런을 견제하기 위해 베다시아의 기사들이 퀴네도사이를 제치고 견제에 나섰다.

"퀴네도사이 에스펠라아아! 네놈이이!"

몇 걸음 떨어지지 않은 선실 안에서 들리는 고함이 밤바다처럼 어둔 남빛 머리칼의 기사를 자극한 건 분명했다. 검을 고쳐 쥐는 테일런의 눈을 열없이 응시하던 퀴네도사이가 쥐고 있던 지팡이를 달칵, 비틀어 돌렸다. 그때까지도 테일런에게 온 정신이 쏠려 있던 기사들의 뒷목은 참 허전했다.

퀴네도사이는 그 자리에서 순식간에 검을 빼내어 얇은 검으로 그의 바로 앞에 서 있던 기사의 뒷목을 찔러 비틀었다. 그리고 요요히 피에 젖은 검이 그대로 그의 대각선 옆에 있던 기사의 목을 베고, 막 뿜어 나오는 피에 당황해 그에게서 물러나려던 기사의 벌어진 입안으로 그대로 콱 틀어박혔다.

"이게 무슨…… 컥."

순식간에 세 명이 그 자리에서 검 한 번 휘두르지 못하고 절명했다.

그 즉시 테일런이 달려 들어와 퀴네도사이를 공격하려는 기사의 손목을 그대로 베어냈다.

으아아아! 비명이 울리며 복도 곳곳의 모퉁이에서 대기 중이던 기사들이 일제히 그들에게 달려들었다. 퀴네도사이는 툭, 얇은 세검에 묻은 피를 털어내는가 싶더니 그대로 발을 들어 제게 날아드는 검날의 옆면을 후려친 후 쥐고 있던 검을 역수로 들어 기사의 눈을 찔렀다.

깊이. 죽을 때까지.

그리고 그는 나머지 셋을 가로막고 선 테일런을 뒤로한 채 피투성이가 된 옷을 내려다보며 혀를 쯧 찼다. 그는 두어 번 얇은 검을 흔들어 피를 털어낸 후, 그대로 지팡이 속에 밀어 넣었다.

"네가 죽인 걸로 해, 제르의 기사. 이 정도면 내 의리는 다 했으니. 왕실 기사든, 누구에게든 빼앗긴다면 왕비와 왕자는 죽을 거야. 그 정도 계산은 하실 수 있겠지? 아무리 뇌까지 근육인 대륙 기사 놈들이라도 말이야……. 어쨌건 왕자는 젠의 아들이라 하니까, 기적을 기도해주지."

선실의 온 복도가 피와 비명에 절어들었다. 퀴네도사이는 느긋하게 걸음을 옮기며 고개를 젖히고 한숨을 내쉬었다.

"아, 지저분해졌어."

배 밖에서는 얼마나 크게 고함을 지르고 있는 건지 르니아의 악이 울렸다. 퀴네도사이, 죽여버릴 거야아아!

이쯤 버텼으니 아게곤에게 상이라도 줘야 하나. 영양가 없이 뇌까리던 그는 출구에 이르러 막 진입하는 한 무리의 기사들을 발견하고 반걸음 느리게 물러섰다. 베다시아의 기사는 아니었다. 처음 왕비와 왕자를 이곳에 맡길 때 함께 왔던 남자. 금군 대장이라 했던 기사였다. 기세가 심상치 않은 것이 퀴네도사이로서도 제법 경계할 만한 사내였다.

그는 가파른 함선의 발판 아래 곳곳에서 대치 중인 기사들을 무감정한 눈으로 내려다보며 말했다.

"저 아래 기사가 다른 기사들을 다 죽였습니다. 우린 끼어들기 싫으니 일단 하선하려는데 비켜주시겠습니까?"

퀴네도사이를 노려보던 제피언은 피투성이가 된 그를 의심스럽게 노려보다가 물었다.

"어느 쪽이냐."

퀴네도사이가 턱짓했다.

"갑판으로 올라가 두 번째 입구 아래 선실. 두 번 왼쪽으로 꺾어 들어간 복도."

제피언은 그를 제치고 안으로 달려가기 시작했다. 그리고 그들을 뒤따라오는 건 또 다른 옷을 입은 기사였다. 멀지 않은 해변가에 야영을 준비하러 나갔던 베다시아 역시 금군의 소식을 들은 것인지 우르르 기사들을 몰고 돌아왔다. 퀴네도사이와 눈이 마주치자 베다시아의 눈에 불꽃이 튀었다.

'난장판이군.'

내심 긴 한숨을 내쉰 퀴네도사이가 지팡이를 흔들며 그를 스쳐 지났다.

"저 안에 금군인가 하는 녀석들이 들어갔으니 잘해보십시오. 이기는 편에 붙지요."

"개자식."

"새삼스럽게 그리 말할 것까지야."

더없이 차갑게 중얼거린 퀴네도사이가 발판 아래로 내려갔다. 그러다 문득 멈춰 서서 베다시아의 달리는 뒷모습에 대고 소리쳤다.

"배에는 피해가 가지 않도록 해주시면 고맙겠습니다."

당연한 일이었지만 대답은 돌아오지 않았다.

돌아온 것이라곤 코앞에서 울리는 듯 쩌렁쩌렁한 동생의 고함이었다.

"퀴네도사이이!"

서늘한 공기가 뺨을 스쳤다. 등줄기로 소름이 매끄럽게 타고 올랐다. 조금 흥분되는 것 같기도 했다. 지팡이를 고쳐 쥔 그는 안개처럼 번져오는 피 냄새를 외면한 채 따각따각 소릴 내며 발판을 디뎠다. 그의 입가에 평소와 다름없는 미소가 어렸다.

나른하고 소란스러운 밤이다.

그는 제게 달려들 동생의 분노를 상상하며 자조했다.

어쩌다 일이 이리 되었나?

탁…… 탁…… 지팡이 끝이 낡은 나무를 짓이기는 소리가 적요히 발판을 울렸다.

후회는 이미 늦었다.

락혼은 데바람으로 보낸 사람이 돌아올 때까지 얌전히 기다리라는 이야기에 별수 없이 만에서 얼마간 떨어진 동굴 언저리에 거처를 두고 지내고 있었다. 마음이야 이미 데바람으로 달려가고도 남았지만, 사호가 어디에 있는지 실마리조차 없는 상황에서는 헛걸음만 할 게 뻔해 퀴네도사이가 조금이라도 빨리 소식을 전해주길 기다리는 수밖에 없었다. 훈련을 게을리 하지 않기 위해 밤낮으로 체력 단련을 하느라 매일 밤만 되면 녹초가 되어 곯아떨어지곤 했는데 오늘은 그의 피로한 잠을 깨우는 소리가 요란했다.

이상한 소리가 얕은 동굴을 울리고 있었다. 게슴츠레 눈을 떠 일어나 저편을 바라보니 환한 횃불들이 일사불란하게 뛰어다니고 있었다. 수십 리 밖의 새도 식별한다는 좋은 시력 탓에 상황을 이해하는 게 어렵지는 않았다. 기사들이었다.

'카르시타의?'

기사들에게 공격을 당하는 건가. 퍼뜩 정신을 차린 락혼이 황급히 검을 움켜쥐었다. 만일 해적들이 공격당해 이곳을 뜨기라도 한다면 지난 기다림이 모조리 허송세월이 되는 격이었다. 그는 황급히 동굴을 빠져나가 제법 거리가 되는 만을 향해 달려가기 시작했다.

숨이 턱까지 차오를 때까지 모래를 박차고 달린 락혼은 곧 배들이 정박한 만안가에 이르렀다. 그러나 상황은 그의 예상과는 크게 달랐다. 해적들은 싸우고 있지 않았고, 싸우는 것은 서로 다른 옷을 입은 기사들끼리였다.

벌써 시체들이 여럿 발에 걸렸다. 락혼은 최대한 경계심을 고조시킨 후 그들에게 다가갔다. 누구도 그를 신경 쓰지 않기도 했지만 혹시 모를 일에 대비해 얼마간 인기척을 죽이고 걸어 가장 붐비는 커다란 배 아래 이른 락혼은 깜짝 놀랐다.

한 여자가 짧은 검을 한 남자의 목에 들이밀고 있었다. 이미 남자는 피투성이였다.

"아게곤, 내가 그랬지. 개기지 말라고."

서늘하게 겁박하는 여자는 눈에 익었다. 퀸시오에서 그 여자의 옆에서 트란실 인과 제르 사이의 교류 역을 맡았던 여자였으니 모를 리가 없었다.

'무슨 일이지?'

주위를 빙 두른 해적들은 락혼의 등장에도 별다른 반응 없이 저들끼리 걱정스러운 듯이 술렁거리고 있었다.

"어, 어떡해. 말려야 되는 거 아냐?"

"멍청아, 반펠트 님이 저리 화가 났는데! 우리가 무슨 수로 말려. 아게곤이 미쳤지! 자리가 난다잖아, 오늘!"

"다, 달려들어서 떼어내면 안 되나? 렌자르 저 멍청이는 저 도끼 갖다 치우라고 할 때 치웠어야지, 왜 또 뺏겨서!"

"그럼 네가 먼저 달려가봐. 내가 그다음에 달려갈게."

락혼은 무언가 큰일이 생겼구나 싶은 생각에 묘한 표정을 지었다.

"아, 난 이제 모르겠다."

죽은 건 아닌가 싶었던 피투성이 남자는 자포자기한 듯이 대자로 널브러져 있었다.

그때였다. 탁, 탁, 탁, 또각, 또각. 귀에 익은 소리가 울려 퍼졌다. 락혼이 가장 먼저 이질감을 깨닫고 고개를 돌렸다. 그리고 잇따라 주위를 둥그렇게 에워싸고 있던 해적들도 소리의 근원을 찾아 눈길을 옮겼다.

"이제 충분히 했어, 아게곤."

낯익은 남자의 나른한 미성이 울렸다. 퀴네도사이가 여유롭게 해적들 사이로 걸어나왔다.

"퀴네도사이!"

르니아는 그를 발견하기 무섭게 피떡이 된 아게곤을 내팽개치고 그에게로 달려들었다. 퀴네도사이는 표정 하나 변하지 않고 지팡이째로 날아든 도끼의 이음새를 시계 방향으로 밀어 떨어뜨렸다. 쿵 소리가 났다.

르니아가 땅에 박힌 도끼를 빼기 위해 힘을 주는 사이, 그가 지팡이의 손잡이를 비틀어 돌렸다. 그러자 불그스름하게 피를 먹은 얇은 세 검이 서늘한 쇳소리를 내며 밀려 나왔다. 그의 검은 유연하게 그녀의 어깨와 목 언저리에 살포시 내려앉았다.

르니아의 움직임이 뚝 멎었다.

"린…… 애들한테 불편한 명령 하지 마라. 넌 이미 네 스스로 배를 포기했다."

"너, 너, 너어어! 대체 무슨 꿍꿍이야! 시나와 님을 어떻게 했어!"

퀴네도사이가 주위를 에워싼 해적들과 자신의 거리를 가늠하듯 흘긴 후 중얼거리며 팔꿈치를 들어 올렸다.

"이 와중에도 제르…… 제르…… 제르. 지겹다. 다들 물러나라. 안 그러면 말려들어서 죽어도 모른다."

"그냥 비키라고! 이 미친 자식아!"

다들 주춤주춤 거리를 벌리는데 아게곤만 널브러진 그대로였다. 퀴네도사이가 눈짓하자 렌자르와 케퍼가 슬그머니 르니아의 등 뒤에 누워 있는 아게곤의 양 다리를 한 짝씩 잡아 질질 끌고 가기 시작했다. 아게곤이 신음했다. 으아아, 이 자식들아. 나 갈비 나갔다고. 아아아! 아파, 이 새끼들아!

퀴네도사이가 낮게 웃으며 르니아를 노려보았다.

"제대로 두드려났네. 여어. 아게곤, 너한테는 무리라고 했잖아."

"그래도 죽지는 않았잖냐아! 아프니까 말 걸지 마라! 이스케! 이스케 불러!"

그는 환자답지 않은 울림통으로 선의를 불렀다. 그 정도면 멀쩡하

네. 중얼거린 퀴네도사이가 고개를 좌우로 움직이며 태연하게 단언했다.

"린, 대륙의 일에 이만큼 끼어들었으면 이제 멈출 때다."

"시나와 님은."

"그만 대륙 놈들끼리 알아서 하게 둬."

"……마음이 바뀌었어. 넌 오늘 무슨 일이 있어도 반병신으로 만들어줄 테니."

"……제대로 붙어서 이겨본 적도 없으면서 여전히 입만 살아가지고는."

르니아가 입꼬리를 늘어뜨렸다.

누구의 것인지 모를 핏물이 뚝뚝 떨어지는 머리칼 사이로 익숙한, 불쌍한 오라비가 보였다. 분명 그에게 미안했다. 외면해서 미안했고, 그를 오해해서 미안했다. 그러나 제르와 관계된 일에서 적을 도왔다면 그는 적이었다.

제르는 절대적인 그녀의 주인이었다.

르니아의 건조하게 마른 입술이 열렸다.

"나, 너희 많이 좋아해. 험악하게 생겨서 마음씨 착한 것도 좋아하고. 멍청하게 굴면서도 빠당빠당 대드는 녀석들도 좋아하고. 저 녀석들은 모두 시나와 님이랑은 다른 의미로 내 가족 같은 녀석들이야."

"갑자기 무슨 소리를 하는 거야?"

"하지만 시나와 님은 너희만큼 소중한 가족이고 또 내가 한 몸 바쳐 모시기로 한 내 주인이야."

돌연 침착하게 울려 퍼지는 르니아의 음성에 퀴네도사이가 고개를 삐딱하게 기울이며 웃었다.

"우리도 너를 가족으로 생각하니 이쯤 그만두라는 거다."

"아버지는 돌아오지 않는다고 했지. 그러면 네가 죽으면 네 자리, 내가 다시 가질 수 있나?"

"갑자기 욕심이라도 생겼어?"

"응. 아니…… 사실 아무래도 좋아."

르니아가 서늘히 코웃음 치며 어깨너비로 다리를 벌리더니 그대로 자세를 낮추고 퀴네도사이를 노려보았다.

"시나와 님이 잘못된다면, 널 죽여서라도 로마탄 그레온, 네가 애지중지하는 이 빌어먹을 아버지의 유산을 내 손으로 역사 속에 묻어버릴 테니까."

누가 주인이건 상관없겠지. 뒷말은 듣지 않아도 명백했다.

흘깃 그레스완 호를 곁눈질한 퀴네도사이가 씁쓸하게 중얼거리며 검을 고쳐 쥐었다.

"진짜로…… 기적을 기도해야겠군."

퀴네도사이의 변심에 기사들 반 이상이 죽어나간 덕에 일은 쉬웠다.

"괜찮나……? 클로이스 경, 자네……."

반가움도 잠시, 그의 상태를 알아차린 제르가 아랫입술을 꽉 깨물었다. 그를 뒤덮은 피는 그의 것은 아니었지만 곳곳에 검에 베인 상처가 있었고, 경련을 일으키는 손바닥은 어찌 된 것인지 심한 화상에 벌써 전체가 물집으로 뒤덮여 있었다.

"자네 어찌……."

"설명은 나중에 드리겠습니다. 우선 이곳을 빠져나가는 게 우선입니다. 왕비 전하도, 왕자 저하도 무사히 밖으로 모실 수 있도록 하겠습니다."

제르는 걱정스러운 기색을 지우지 않았다. 무사히 데리고 나가겠다 담담히 말하지만, 정작 그는 서 있는 것만으로도 힘에 겨워 보였다. 에사렛타가 테일런을 바라보며 고개를 비스듬 기울였다.

"그대는…… 혹시 예전에 에드난의……."

"예. 한때 대공 각하의 은혜를 입었던 적이 있습니다. 따라와주십시오."

여전히 경계심을 늦추지 않는 에사렛타를 향해 가타부타 설명 없이 그리 말한 테일런이 제르를 우선 일으켰다.

그러나 막 테일런의 부축을 받아 밖으로 나가려던 제르와 에사렛타, 그리고 세드로를 가로막은 것은 금군의 휘장을 휘날리며 선 제피언이었다. 어찌 된 일인지 흠뻑 젖은 남자의 눈에 가소로운 것들을 내려다보는 듯한 경멸이 어렸다. 그의 등장과 함께 뒤따른 기사들이 퀴네도 사이와 테일런에게 살해당한 수호 가문 기사들의 시체를 딛고 다가왔다.

테일런이 재빠르게 제르를 등 뒤로 숨기며 한 손으로 검을 고쳐 세웠다.

에사렛타가 이를 꽉 물고 그를 향해 명했다.

"비켜라. 금군 대장이라면 끝까지 왕실을 위해……."

"란다마이어."

그 순간이었다. 기사들의 후미에서 전투가 벌어졌다.

날붙이 부딪치는 소리가 커져갈수록 제피언의 목덜미를 겨눈 테일런의 검 끝도 떨렸다.

"그 기사는 한계로군."

가까스로 서 있는 것은 눈대중으로만 봐도 명백했다.

그때, 선실 복도를 뚫고 달려온 베다시아의 검이 순식간에 제피언의 목울대로 겨누어졌다.

"그쪽을 신경 쓸 때가 아닐 텐데."

제피언은 놀란 얼굴을 하더니 눈동자만 움직여 베다시아를 흘겼다.

"어딜 그리 돌아다니나 했더니…… 이리 늦어서야 쓰나. 베다시아 헨로, 이따위 짓을 하고도 자규 왕하께서 너를 가만두실 성싶은가?"

베다시아의 뒤로는 금군들이 그를 향해 검을 겨누고 있었고, 그 뒤로는 미처 돌파하지 못한 그의 기사들이 금군들을 차례차례 도륙하며 안으로 접근하는 상황이었다.

에사렛타와 마르티사, 그리고 제르는 느닷없이 들이닥친 두 기사의 팽팽한 신경전을 넋을 놓고 지켜보았다.

"너야말로 명색이 아직 금군인데 왕성은 어쩌고 예까지 쫓아왔나? 귀하디귀하신 몸이……."

"너 따위에게 둘 신경은 없다. 왕하의 명이었다."

테일런의 등 뒤에 가려져 있던 제르가 가장 먼저 정신을 차리고 조심스레 선실 한편에 놓인 얇은 쇠막대를 움켜쥐었다. 한 걸음씩 다가와 제피언과의 거리를 좁혀 선실 문 앞에 나란히 선 베다시아가 느리게 고개를 돌렸다. 소름 끼치는 광인의 눈동자가 제르를 향했다. 제르는 아랫입술을 안쪽으로 말아 물었다.

"허튼짓, 마십시오, 왕하."

그 순간 허리를 뒤로 숙여 베다시아의 검날의 궤도에서 벗어난 제피언이 검을 꺼내어 들었다. 황급히 옆으로 몸을 피하던 베다시아가 선실 안으로 뒷걸음질 치며 들어섰다. 그는 바로 등 뒤에 선 테일런을 의식하고는 짧게 욕지거리를 내뱉었다. 그러는 와중에도 바깥은 전투 소리로 요란했다.

제피언이 베다시아의 어깨 너머로 보이는 그들을 향해 명령했다.

"이쪽으로 오시겠습니까. 제가 지켜드리겠습니다."

그 말을 믿는 어리석은 자는 없었다. 심지어 어린 세드로마저도 눈을 부릅뜬 채 이 불안한 상황을 노려보고 있었다.

"자네가 금군 대장, 그자인가. 아스난과 절친하다 들었다."

"꽤 친했지요. 지금은 길이 갈린 듯합니다만."

의례적인 미소를 지은 제피언이 제르에게 짧게 시선을 주었다 거두었다. 뉘사나를 망신시켰던 여자였다. 그는 턱이 으스러져라 이를 갈아대는 베다시아와 점차 가까워지는 수호 가문의 기사들, 쓰러지는 금군들을 곁눈으로 훑은 후 말했다.

"올리비에 왕하에게 정보를 팔았나 했는데, 이제 보니 가망도 없는 세드로 왕자 저하에게 붙었나?"

제피언은 가까워지는 수호 가문의 기사들을 피해 천천히 선실 안으로 들어섰다.

"다 물러나도록. 왕명에 따라 왕비 전하와 마르티사 왕자 저하를 모셔가겠다."

"왕이 어디에 있답니까."

"……."

"네가 죽였잖아?"

팽팽하게 당겨진 긴장감. 그 숨 막히는 침묵을 깬 것은 제피언의 등 뒤로 내동댕이쳐지는 한 기사의 단말마였다. 반사적으로 몸을 비틀어 돌린 제피언은 나자빠진 기사가 수호 가문의 기사라는 것을 확인하고 비웃으며 그들을 향해 말했다.

"주제를 모르는 놈. 계획이 바뀌었다. 지금 이 자리에서 너를 죽이고 왕비 전하와 왕자 저하를 구출해 간 후, 왕도로 돌아가 그 즉시 네 가문을 역적의 명단에 올려 카르시타에서 흔적도 없이 지워주겠다."

베다시아가 날렵하게 몸을 돌려 에사렛타의 뒷덜미를 확 끌어당겨 끌어안는 듯한 모양새로 목 앞에 검을 겨누었다.

"해봐. 그 짓도 왕비 전하가 살아 있어야 하겠지. 왕비 전하가 돌아가시면 피노제가 움직인다. 자규고 너고 쉽지는 않을 거다. 그리고 내 이럴 줄 알고 일러두었지. 내가 돌아오지 않는다면 금군 대장이 선왕 시해 주범이며, 그 입막음을 위해 왕자를 사랑하는 왕비를 협박하고도 모자라 선량한 올리비에 왕에게 모든 것을 뒤집어씌우려고 했다는 것, 전부 폭로하라고."

"……미쳤구나."

제피언의 기세가 한풀 꺾이는 것과 동시에 세드로가 베다시아의 다리를 콩콩 때렸다.

"놔! 놔아! 이 악다앙!"

다가서기만 해도 베일 것 같은 분위기에 제르가 세드로를 끌어당기려 했다. 그러나 베다시아는 세드로를 발을 걸어 넘어뜨린 후, 어린아이의 등을 지그시 밟아 눌렀다.

에사렛타의 눈에 경멸과 뒤섞인 혼란이 배어들었다. 숨죽인 공기 속에서 제르가 이를 갈았다.

"그 발, 치우지 못하겠나."

"왕하, 제가 지금 이것저것 가릴 처지였다면 감히 왕비 전하께 검을 들이대는 짓도 하지 않았을 겁니다."

제피언은 세심하게 걸음을 움직여 조금씩 거리를 좁혔다. 세드로는 죽어주는 것이 좋지만 에사렛타는 살아 있어야 했다.

"지체 높은 분들께 못 하는 짓이 없군."

"네가 한 짓에 비하면."

"네가 이런 놈이라는 것을 케이슬린이 알았어야 정나미가 떨어져 널 버렸을 텐데 말이야."

그 말에 베다시아의 팔뚝에 힘이 들어갔다. 그 짧은 찰나 제피언의 왼발이 비스듬 비껴 서더니 칼을 쥔 베다시아의 손등을 파죽지세로 횡으로 내리쳤다. 흡. 숨을 들이켜는 에사렛타의 발가락 바로 앞으로 베다시아의 검이 떨어져 박혔다. 거의 그와 동시에 그들의 시야 밖에 벗어나 있던 제르가 쥐고 있던 얇은 쇠막대를 들어 그대로 베다시아의 뒷덜미를 내려쳤다.

"으윽!"

제르의 팔이 후들후들 떨렸다. 전후방의 공격에 베다시아가 휘청 하며 에사렛타를 놓치자 제피언은 기다렸다는 듯이 에사렛타를 끌어당겼다. 아니, 끌어당기려고 했다.

"그분, 못 건드리십니다."

추이를 살피던 테일런이 그대로 에사렛타를 밀치고 제피언의 앞을 가로막았다.

"죽고 싶어 용을 쓰는……."

그 순간, 피를 흠뻑 뒤집어쓴 한 청년이 피투성이가 된 검 끝을 제피언의 뒷목에 겨누었다.

붉은 와인빛 머리칼과 그와 엇비슷한 색을 띤 눈동자가 재빠르게 선실 안을 훑더니 혼잣말처럼 탄식했다.

"히야, 진짜 아슬아슬했네요. 에드하인다 기사들과 르니아도 지금 밖에 와 있습니다."

검을 들고 제피언의 뒷목을 겨누고 있었다.

"페이랑?"

"네놈."

제피언은 피를 뒤집어쓰고도 그다지 달라진 것이 없어 보이는 페이랑을 곁눈으로 흘기며 헛웃었다.

'과연…… 아스난의 수하답군.'

절뚝거리는 모양새가 이곳까지 오기 쉽지 않았을 터다.

"나는 지금 이분들을 무사히 왕도까지 모셔가기 위해 왔으니, 검을 치워주겠나?"

제르의 검은 눈동자가 흔들렸다. 페이랑이 큰 소리로 물었다.

"영주님, 그러라는데, 그래도 됩니까?"

"농 칠 때냐, 페이랑."

"안 된답니다."

페이랑이 단호하게 말하며 천천히 제피언을 선실 깊숙한 곳까지 몰아 들어왔다. 제피언은 고요한 선실 복도를 의식하고 물었다.

"밖의 기사들은 어찌 되었지?"

"살아남은 이들은 베었습니다. 상태가 이런 관계로, 정정당당하게 겨루지는 못하였지만. 저들끼리 싸우느라 정신이 없더라고요."

"기사란 왕국의 평화를 위해 검을 드는 자다. 아스난이 그리 가르치지 않던가."

"저 지금 기사 아닌데요? 은혜 갚으러 온 달동네 촌뜨깁니다."

페이랑은 제르를 향해 씨익 웃었다. 제르는 때 아닌 천진함에 저도 모르게 쭛 하고 혀를 찼다.

상황이 이렇게 되자 그 역시도 난감해졌다. 아직도 바깥에서는 교전이 벌어지는 소리가 들렸다. 금군들이 그들을 제압하고 들어와준다면 승산이 없는 것은 아니지만, 반대로 베다시아의 기사들이 들이닥치기라도 한다면 그야말로 낭패였다. 미간을 찌푸린 제피언은 제르에게 뒷목을 얻어맞고 나자빠져 경련을 일으키는 베다시아를 흘겼다.

베다시아가 나동그라지고, 페이랑이 제피언을 선실 구석까지 모는 데 성공하자 입구는 비워졌다. 페이랑과 눈짓을 나눈 테일런이 천천히 복도 바깥을 살핀 후 제르와 에사렛타, 그리고 세드로를 한 명 한 명 내보냈다.

세드로까지 무사히 선실 밖으로 나갔는지 확인하려는 듯 눈길을 돌린 페이랑의 신경이 후미로 분산된 순간, 제피언이 비스듬 고개를 돌리며 그대로 페이랑의 목을 향해 검을 찔러 넣었다. 순간 놀란 페이랑이 급히 허리를 젖히다 엉덩방아를 찧고 그대로 뒤로 굴러 일어섰다.

정신을 차린 베다시아가 핏줄 터진 눈으로 으르렁거리며 일어섰다.

"이…… 놈들이……."

페이랑은 돌연 움직이기 시작한 베다시아와 당장이라도 그를 향해 달려들 듯한 제피언을 번갈아 보며 난색을 표했다.

그때였다. 테일런의 손이 그를 확 끌어내었다.

"어엇!"

"세닉 경은 주군과 왕비 전하, 왕자 저하를 모시고 나가라."

그 순간 달려든 베다시아의 검이 테일런의 옆구리를 찌르고 들어왔다. 왈칵 피를 토해낸 테일런이 눈을 부릅뜨며 페이랑을 밀쳤다.

"어서!"

피투성이가 된 복도에서 그 광경을 지켜보던 제르의 얼굴이 하얗게 질렸다. 테일런은 화상의 고통조차 잊은 사람처럼 양손으로 검을 움켜쥐었다. 베다시아와 제피언 모두가 테일런을 노려보고 있었다.

"클로이스 경, 무슨 소리냐. 상처가⋯⋯! 페이랑! 어서 테일런을⋯⋯!"

"당장 주군을 뫼시지 않고 뭘 하나!"

테일런답지 않은 노성에 그때까지도 얼이 빠져 있던 페이랑이 이를 꽉 깨물었다.

"클로이스 경! 상처가 너무 깊다! 세닉 경, 어서 테일런을!"

제피언이 어이가 없다는 듯 웃으며 피인지, 물인지로 다 젖어버린 제 머리칼을 쓸어 넘겼다. 그가 매서운 살기를 내뿜으며 검을 고쳐 쥐었다. 페이랑이 다급히 말했다.

"테일런, 안 돼. 내가 남을 테니 네가⋯⋯."

테일런은 지금 서 있는 것도 버거워 보였다. 베다시아 역시 그 위명 자자한 수호 가문의 남자. 게다가 또 한 명은 아스난과 호각을 이루는 제피언이었다. 둘이 다 달려들어도 한 놈 제압할까 말까 한 거물들인데 어쩌려는 건지 불안만 무거워졌다.

"테일러언!"

피를 왈칵왈칵 토해내는 테일런을 향해 제르가 달려가려 하자 페이랑이 그녀의 어깨를 움켜쥐고 얼굴을 일그러뜨렸다. 금방이라도 인질이 될 수 있는 제르와 에사렛타, 세드로가 있으면 죽도 밥도 안 된다. 당장은 이들을 피신시키는 게 옳았다.

그러나 저리 두고 가면 목숨을 보장할 수도 없었다.

'미치겠네. 미치겠네. 르니아는 뭐해. 이 기운만 넘치는 계집애가!'

어찌 판단을 내리지 못하고 굳어 있는 사이 베다시아가 고함을 지르며 온 선실 안을 난장판으로 만들었다. 그가 제멋대로 휘두르는 검에 탁자며 침구가 순식간에 으스러지고 구멍이 났다. 외부 창을 가리고 있던 남루한 커튼도 지이익 소릴 내며 찢겨 내려왔다. 기름이 담긴 등불도 산산조각 나며 깨졌다.

그러자 빠른 속도로 천으로 된 침구에 불이 옮겨 붙기 시작했다. 기름을 먹은 불길이 순식간에 타오르기 시작하자, 연기가 일시에 선실을 채우기 시작했다. 베다시아마저 멈칫 하고 숨을 멈추었다. 선실 입구를 막은 테일런은 꿋꿋했다.

"어서 주군을 뫼시고 나가!"

기세 좋게 피어오르는 연기가 순식간에 복도 밖으로 새어나왔다. 벌건 불길이 점차 크게 너울 쳤다. 제피언과 베다시아가 잔기침을 토하며 검을 쥔 손을 꽉 쥐었다. 팽팽한 긴장감에 등 돌리면 베일까, 경계하는 이들 누구도 커지는 불길을 막지 못했다.

"페이랑, 엘보르트 경의 군사들이 밖에 있다 하였으니 너와 르니아 양을 믿겠다. 주군과 왕비 전하를 모셔라. 어서."

피 섞인 기침과 함께 터지는 음성은 완고했다. 그의 검을 쥔 손에 힘이 들어갔다. 테일런이 한 걸음, 불길 솟구쳐 뜨거운 화기가 덮쳐오는 매캐한 선실 안으로 걸음을 내디뎠다.

제르가 비명처럼 소리쳤다.

"그만두고 나와아!"

제피언과 베다시아 둘 다 짙어지는 연기 속에서 서로를 견제하며 선실 밖으로 피신할 기회를 찾았다. 제피언이 더 빠르게 움직였다. 그러나 돌연 검의 궤도를 바꾼 베다시아가 제피언의 앞을 가로막았다.

"어딜, 쿨럭, 가시나."

그대로 미동 없이 문 안쪽에 선 테일런을 바라보던 페이랑이 입술을 짓씹으며 그에게 절뚝절뚝 달려갔다.

"가. 내가 저들을 막을 테니까, 네가 주군을……."

"테일런, 당장 나와. 저들은 무시해. 일단 나와! 페이랑 너도!"

제르의 절박하기까지 한 노호에 테일런의 입가에 흐린 미소가 번졌다.

"주군, 바깥의 금군과 키이브 가문의 기사들은 수장을, 잃고 나면 와해될 겁니다. 그때를 노려, 도망치십시오."

테일런의 간헐적으로 끊기는 목소리에 페이랑이 드물게 언성을 높였다.

"이게 지금 무슨 개폼 잡는 짓이야? 내가 대신 막을 테니, 넌 어서……!"

"페이랑, 에드하인다의 군사권을 쥔 것은 너다. 그리고…… 넌 이제 기사가 아니니 목숨을 걸 필요는 없다."

"일단 네가 나오라고! 무슨 수로 금군 대장이랑 키이브 가를 막겠단 거야! 그리고 군사권은 에드하인다의 기사들 모두 이미 상황을 아니……."

테일런이 그의 말을 가로막았다.

"넌, 너를 기다리는 부인이 있잖나."

페이랑의 입술이 작은 침묵을 뱉었다. 테일런이 가까스로 말을 이었다.

"나는, 쿨럭, 이들을 처리하고 나가겠다."

"명령이야! 당장 나와! 내 말이 안 들리나!"

"불복하겠습니다."

"죽고 싶어!"

"최대한 살아보겠습니다. 그리고 왕비 전하, 뵙게 되어 영광입니다. 대공께도 감사한다 전해주십시오. 이렇게나마 은혜를 갚게 되어 다행스럽습니다. 페이랑, 주군과 왕비 전하를 부탁한다."

죽음이 두렵지도 않은가.

그의 음성은 더없이 평온했다. 페이랑이 이를 악물고 몸을 돌려 재빠르게 에사렛타와 제르와 세드로를 이끌고 복도 반대편으로 달려가기 시작했다. 연기가 너무 짙었다. 이곳에 있다간 전부 다 개죽음이었다.

페이랑이 뚝 저도 모르게 눈물을 떨어뜨리며 입술을 끌어 문 후 크게 소리쳤다.

"안전한 곳에 모셔다드리고 바로 돌아올게! 너도 뻗대지 말고 가능한 한 바로 나와!"

끝까지 뒤도 돌아보지 않는 테일런의 다 타버린 손이, 선실의 문고리를 잡았다.

그리고 드르륵, 문이 닫혔다.

페이랑에게 질질 끌려가는 제르가 오열을 토하며 소리쳤다.

"세닉 경, 놔라! 클로이스 경, 감히 네놈이 나를 거슬러! 네놈이!"

곧 제르의 비명 같은 고함이 멎었다. 페이랑이 그녀를 기절시킨 것이다.

테일런은 침착하게 전방을 주시했다. 베다시아의 난장에 깨진 창틈

사이로 연기가 빠져나갔지만 그보다 더 빠르게 타오르는 불길은 그들을 잡아먹을 듯했다. 입과 코를 틀어막은 제피언이 그대로 몸을 돌려 베다시아를 걷어찬 후 입구로 달려가려 했다.

베다시아의 검은 등을 보인 제피언의 뒷덜미를 놓치지 않았다. 제피언의 무릎이 꺾인 사람처럼 고꾸라졌다. 베다시아의 웃음소리가 울렸다.

하하하하. 하하하하…….

광소.

미친 웃음.

곧 베다시아의 발길질이 날아들어 제피언의 목 언저리를 걷어찼다. 나동그라진 제피언이 미친 듯이 기침을 토했다. 베다시아 또한 기침을 연거푸 토해내더니 희열 젖은 눈빛으로, 괴로운 음성을 토했다.

"……생각을 바꿨습니다."

콜록콜록, 제피언이 간헐적인 기침을 토해내며 검을 쥔 손에 힘을 주었다.

기침과 더불어 역류하는 피를 이기지 못한 제피언이 괴로운 듯 주먹을 움켜쥐었다. 베다시아의 음성이 끊길 듯 이어졌다.

"제가 알기론, 이 아래층에, 쿨럭…… 화약고가 있습니다. 어차피 목조 함선이니…… 이 방이 다 타버리고, 불길이 아래까지 번지면 폭발하겠지요. 시체를 찾지 못해 장례조차 치르지 못할 겁니다."

저자는 어디까지 미쳐 있는가. 당장이라도 정신을 잃을 것 같은 위태로움 속에서 테일런이 눈에 힘을 주었다. 숨이 가빴다.

"당신을 죽이고 나가, 당신의 시체가 불타 수장되는 것을 이 눈으로 봐드리지요."

눈을 벌겋게 뜬 제피언이 매운 연기에 숨을 참으며 달려들어 베다시아의 배를 들이받았다. 와장창 소리와 함께 베다시아가 힘없이 불가로 넘어졌다.

쿨럭, 쿨럭. 누구의 것인지 모를 기침 소리가 끊임없이 흘러나왔다. 제피언이 그 즉시 비틀거리며 일어서서 입구를 향해 몸을 돌렸다.

테일런이 말했다.

"……시체가…… 불타 수장되는 것은 못 보실 겁니다. 베다시아 소수 호위, 그리고 금군 대장. 이 방에서는."

두 광인에게 사형이 언도되었다.

"아무도, 못 나가십니다."

불길은 바닷바람에 더욱더 세를 올렸다. 창 밖으로 뭉게뭉게 피어나가는 검은 연기, 열기 속에서 베다시아는 미친 듯이 웃어젖혔다.

테일런은 제 몸을 잠식하는 연기에 연거푸 기침을 토하면서도 끝까지 선실의 문고리를 잡은 손을 놓지 않았다. 이미 화상으로 뒤덮인 손, 고통도 느껴지지 않았다.

삶의 끝을 목전에 둔 자들이 으레 그렇다 하듯, 그 역시 많은 기억을 떠올렸다. 문득 담아두었던 마음이 아프게 목구멍을 찔러왔다. 거뭇거뭇한 연기에 눈이 매운 탓인지 눈물이 떨어져 내렸다. 그러나 적들을 주시해야 하기에 눈도 감을 수 없었다.

방 안은 검은 것과 뒤섞인 붉은 불빛으로 가득했다. 좋아하지 않는 붉은 빛이다. 어느 한 사내의 타오르는 눈동자가 생각이 나서, 꼭 저만큼 거센 질투심을 불러일으키는 그자가 떠올라서.

'사랑.'

했다.

‘사랑했습니다.’

이제야 스스로 인정할 수 있었다. 이제야.

‘주군을 사랑했습니다.’

그러나 그녀는 몰라도 괜찮을 사랑이었다.

괜찮다. 페이랑을 믿고, 르니아를 믿는다. 먼 곳에서 지금도 그녀를 지키고 있을 아스난을 믿었다. 꽤 떳떳하게 살다 가는 인생, 이 정도면 충분했다.

“……제르.”

그는 단 한 번도 불러본 적 없는 이름을 혀끝으로 읊어보았다.

화마를 이기지 못하고, 연기를 토해내지 못한 적들은 하나둘 쓰러졌다. 문고리를 쥔 채로 테일런은 주르륵 미끄러졌다. 왈칵 터지는 피와 질식할 듯 폐부를 채우는 연기에 미친 듯이 기침이 터져 나왔다. 이제는 도망칠 힘도 없었다.

부끄럽다고만 여겼던 한 소년의 노랫가락이 머릿속을 맴돌았다.

차가운 땅도 당신과 함께라면
따스한 봄 햇살에 녹아버린답니다.

그랬다. 그랬던 것 같다. 그녀의 곁에 머무는 동안에는 퀸시오도 그다지 춥지 않았다.

가녀린 당신의 뒷모습은
오오, 밤하늘의 별처럼 아름다워요.
당신의 곁에서라면 두려울 건 아무것도 없습니다.

뜨거운 깃발이 휘날리는 이곳에서,

차가운 대지가 초록빛으로 물들 때까지.

해줄 수 있는 것이 없으니, 그저 바랐다. 그녀가 행복해지기를.

오오, 나의 별 같은 아가씨.

가끔은 뒤를 돌아 이 뜨거운 시선을 느껴주세요.

나는 당신이라는 사랑에 빠진

당신만의 기사랍니다.

기사로서 이보다 더 떳떳한 삶을 살 수 없으리라는 것을 알아 입가에 때 아닌 웃음이 번졌다.

희미해지는 정신을 어루만지는 듯한 다정한 음악 가락이 귓전을 맴돈다. 들릴 리 없는 사금 소리가 섞여들어, 거짓말처럼 마음이 평온해졌다.

가끔은 뒤를 돌아 이 뜨거운 시선을 느껴주세요.

나는 당신이라는 사랑에 빠진

당신만의 기사랍니다.

단 하나의 거짓이다. 그녀가 뒤돌아보지 않아 다행이라. 그리 생각한다. 무작정 손을 뻗어 달아오른 쇠붙이로 배의 상처를 지지던 테일런은 이내 느리게 팔을 떨어뜨렸다. 밤바다처럼 푸르스름한, 그리하여 드리워진 그녀의 밤 그림자를 떠나지 못한 사내의 눈이 감겼다.

은색 마차를 쫓던 그 어린아이가, 당신의 마차를 쫓았던 그 짧은 시간.

그것은 짧기에 더 아름다운 것이었을 터다.

요크 반도의 쇼하인령, 아라산이 때 아닌 트란실 전사들의 기습에 고전을 면치 못한다는 소식은 이미 한참 전부터 들려온 이야기였다. 그들에게는 기사들의 상식이 통하지 않는 어마무지한 힘이 있었다. 그들은 원하는 것을 베어 가고 약탈했으며, 끊임없이 병사들을 도륙하며 차근차근 아라산을 갉아먹고 있었다.

퀸시오로 내려와 있던 트란실 전사들이 아군 측에 합류해주는 것으로 적들과 의사소통에는 문제가 없어진 모양이지만, 아라산의 바로 등 뒤에 있는 뉘사나의 세력과 파죽지세로 들이닥치는 트란실을 동시에 견제해야 하는 아라산은 동과 서로 나뉘어 매우 곤혹스러운 투쟁을 이어가고 있었다.

제르는 그들이 왕국이 되리라 점쳤다. 왕국. 아스난은 보고서를 덮으며 이마를 지그시 매만졌다. 폐쇄적인 그들이 아무런 이유 없이 서침을 할 리가 없었다. 왕국이란 주변국의 인정이 필요하다. 그렇다면 역시, 지금 시점에서 그들이 들고 일어난 것은 카르시타에서 수를 쓴 것이다. 알렉시스의 세력을 공격해 쇼하인의 대군을 묶었으니 아르노만 혹은 뉘사나. 둘 중 하나이리라.

'이리 되면 퀸시오까지 내려오는 것도 지나친 억측은 아니겠군.'

마지막 보고서는 그들이 쇼하인과 퀸시오를 잇는 인근 지역까지 침탈하기 시작했다는 내용을 담고 있었다. 어깨가 무거웠다. 제르가 없는 동안 모든 일들은 자신의 소관이었다. 만일 저들이 아라산을 뚫고 퀸시오에 이른다면 퀸시오의 병력으로는 턱도 없다. 그 사태를 어떻게든 막고자 있는 인력들을 죄 긁어모아 아라산에 보내지 않았나.

아스난은 자리에서 일어섰다. 산책이 필요한 시점이었다.

"저…… 저, 저기."

막 집무실을 벗어나려던 아스난은 익숙한 얼굴의 소년병을 발견했다. 에노디였다. 테일런이 자주 옆에 두었던 소년의 얼굴을 알아본 아스난이 고개를 갸우뚱했다. 에노디는 어설프게 오른 주먹을 가슴께로 가져다 대며 고개를 꾸벅 숙였다.

"이, 인사드립니다! 엘보르트 님!"

"무슨 일이지?"

복잡다단한 심경에 어린아이의 투정까지 받아들이긴 어려워 아스난은 건성으로 답하며 걸음을 옮겼다. 못 본 새 키가 부쩍 자란 소년이 허둥거리며 뒤따라왔다.

"치안이 엉망이 되고 있, 있습니다!"

그의 뒷모습을 향해 에노디가 외쳤다. 아스난의 걸음 역시 절로 멈췄다. 구태여 듣지 않아도 알 수 있는 이야기였다. 퀸시오의 치안은 병사들이 대거 아라산령으로 빠져나간 지금 일당백이 되어야 할 만큼 위태로웠다. 도둑질을 하는 이를 잡아도 감옥엔 충분한 간수가 없으며, 좋지 않은 사건이 생겨 윗님의 판결이 필요할 때 그것을 전해줄 병사조차 귀했다. 밤이 되면 성벽을 돌볼 병사가 부족했고, 낮이면 한산한 성 안을 드나드는 이들을 검문할 이마저 몸이 열 개라도 모자랄 정도였다.

고작 천여 병을 가까스로 넘긴 작은 퀸시오에서 반 이상을 차출해 아라산으로 보냈으니 어쩔 수 없는 현상이었다.

"그래서?"

"저, 저희도 돕고 싶습니다!"

아스난이 한숨을 삼켰다.

'소년병단.'

테일런은 저들을 그리 불렀다. 그러나 아스난의 눈엔 여전히 어린 길거리 고아들의 집단이었다. 응당 치안에 관한 것은 배운 것도 없고, 검술이라거나 공정한 판결에 대한 윤리라거나 하는 의식조차 없을 터였다. 일손이 부족해서 잠도 제대로 자지 못하는 판국이긴 하지만 그렇다고 아무것도 모르는 어린아이들을 병사들처럼 함부로 굴릴 수는 없었다.

"너희들의 손마저 빌려야 할 만큼 위태롭지는 않다."

"하, 하지만, 조금이라도 보탬이 되, 되고, 되고 싶습니다!"

"치안에 대해 알고 있나? 무얼 어떻게 해야 하는지 내가 일일이 가르쳐야 한다면, 미안하지만 지금은 그럴 시간조차 없다. 마음은 갸륵하지만."

"할 수 있습니다!"

에노디가 다부지게 소리쳤다. 제법 강단이 있는 어투라 아스난은 조용히 몸을 돌려 에노디를 응시했다. 에노디가 말했다.

"저희는 아시다시피 이미 뒷골목에서 굴러먹다가 소년병단장님과 영주님께 운 좋게 구제받은 아이들입니다. 나쁜 어른들이 어떻게, 어디로 숨는지 잘 알고 있고 어떻게 해야 하는지도 알고 있습니다. 저희가 이곳을 더 잘 지켜내면, 기사님들이 야만족들이 내려오지 못하도록 마음 놓고 싸우실 수 있을 거라고 생각합니다! 클로이스 경께서 계셨다면 찬성해주셨을 거예요!"

트란실의 소문은 이미 자자했으니 놀랄 것도 없었다. 그러나 테일런이 찬성했을 거라는 말만큼은 동의할 수 없다. 아마 자신보다 더 쇠고집을 부리며 반대하면 반대했을 것이다. 테일런은 자신 못지않게 융통성이 없는 기사니까 말이다. 하지만 그것을 굳이 지적할 생각은 없었다.

"하지만 너희는 아직 미흡하고 어리다."

"저흰 겨울 나는 준비의 노역에도 참여했었고, 집도 지을 줄 압니다. 매일매일 훈련받았고, 소년병단장님이 자리를 비우신 지금도 훈련을 게을리 하지 않고 있습니다! 게다가 새, 생각해보면 영주님은 이런 때를 위해서 저희에게 먹을 것과 입을 것을 주신 거라 생각합니다!"

테일런은 참으로 번거로운 아이들을 잘도 참아 기르고 있었구나 하는 생각에 아스난이 한 손으로 자신의 턱을 만졌다.

"너희들의 책임자는 지금 누구지?"

"저…… 제가, 지금 소년병단장님 대신에……."

"몇 명이나 되지?"

"지, 지난달 모집 인원까지 백여 명이 대기 중입니다!"

백여 명. 이 땅에 가엾은 아이들이 그리 많았던가. 아스난은 가슴 한편이 짠하게 무거워지는 것을 느끼고 되물었다.

"모두의 의견인가?"

"너무 어린 아이와, 계집아이를 제외한 모두의 의견입니다!"

에노디는 꽤나 군기가 든 목소리로 크게 소리쳤다. 아스난은 웃고 말았다. 기특하긴 하다. 어린아이들이 겁먹지 않고 솔선수범 나서서 돕겠다고 하는 것은 칭찬할 만했다.

"그렇다면 위험한 일은 않는 선에서는 허락하겠다. 네 개 조로 나누어 각 조의 책임자를 뽑아 나를 찾아와라."

에노디가 반색하며 몸을 돌려 후다닥 멀어졌다. 몇 달 전에는 갑옷이 꽤나 헐렁거렸던 것으로 기억하는데 이젠 어느 정도 꼭 맞는 모양새였다.

누구도 신경 쓰지 않을 길거리의 비렁뱅이들에게 살아남을 수 있는 권리와 선택을 준 것은 이 차가운 땅의 주인과 그 기사였다. 참 희한한 데에 재주가 있는 두 남녀다. 말도 안 되는 논리로 사람을 속 터지게 하고 인간관계는 꽝인데도 밉지가 않은 여인과, 남이 뭐라 하건 제 신념만 곧이 바라보는 융통성 없는 기사.

아스난은 저 멀리 남서쪽의 엘올라가 있을 방향을 가늠했다.

'……부디 무운을 빕니다.'

그가 곧 다시 바쁘게 걸음을 옮겼다. 이러고 있을 시간조차 아까웠다.

그들이 웃으며 돌아왔을 때, 그들을 웃으며 맞이할 수 있도록.

제르의 보금자리를 지키기 위해.

퀴네도사이가 답지 않게 난처한 표정을 지어 보였다.

"린, 꼭 그렇게까지 해야 하나? 너무하다는 생각 안 들어?"

"나는 너희를 믿었어. 난 너희를 믿었는데 너희가 지금 나를 배신하고 있는 거야. 나는, 지금 가족에게 배신당한 거야."

핏발 선 눈동자를 부릅뜬 르니아가 도끼를 쥔 주먹을 떨었다.

"가족?"

"내가 배를 포기해도 너희는 영원히 내 가족일 거라 생각했다. 비록 함께하진 못하더라도 너희도 나와 같은 마음으로 도와줄 거라고 여겼어. 너희도 나를 그리 생각한다고 믿었어!"

"우리도 너를 가족이라 생각해. 그러니까 지금 너를 막고 있는 거고."

그러나 상냥한 듯 울리는 음성과는 정반대로 퀴네도사이의 지팡이는 르니아의 왼 팔뚝을 후려쳤다. 르니아는 거센 지팡이의 타격에 신음하더니 즉시 우에서 좌로 무거운 도끼를 휘두르며 퀴네도사이에게 돌진했다. 그녀가 일격을 가하기 위해 도끼를 치켜들자, 퀴네도사이가 자연스레 위해 몸을 비껴 섰다. 그의 얇은 검이 르니아의 도끼날을 캬르륵 소릴 내며 훑어 내려가 그녀의 팔뚝 안쪽을 찔러들어갔다. 그러나 르니아는 피하지 않고 그대로 그의 세검을 받아내며 도끼를 휘둘렀다.

놀란 퀴네도사이가 먼저 검을 회수하고 물러섰다.

르니아의 도끼가 정확히 그의 가슴팍 바로 앞을 스치고 지났다.

단추 두어 개가 뜯겨나간 것을 발견한 퀴네도사이가 나직이 중얼거렸다.

"……젠이 아니라 우리가 네 가족이라면, 이제는 물러나라, 르니아 반펠트 엘 로만. 너 또한 로만이다."

르니아는 잠시도 지체하지 않고 발로 그의 허벅지를 걷어찬 후 재빠르게 뒤로 몸을 굴렸다. 르니아의 행적을 쫓던 퀴네도사이의 세검이 땅바닥에 맥없이 부딪쳤다가 캥 하는 소릴 내며 다시 튕겨 올라왔다.

"시나와 님은 내 한평생 지키겠다고 목숨 건 소중한 분이야. 너희는 그분을 위험에 빠뜨리는 것에 일조했다. 나르카, 제이미, 라카, 호엘, 케퍼, 렌자르, 그리고, 아게곤 너까지!"

르니아가 눈에 들어오는 선원들의 이름을 읊으며 울분에 찬 음성으로 고함을 내질렀다.

"내가 그분을 어떻게 생각하는지 모르는 것도 아닌 네놈들이!"

멀찍이서 숨죽이고 지켜보던 선원들이 시무룩한 음성으로 한 명 한 명 목소리를 높이기 시작했다.

"선장, 그냥 우리가 도와주면 안 돼?"

"선장도 그 여자랑 데바람에서 잘 알던 사이였고……."

선원들로서도 이 상황이 몹시 불편했다. 생긴 것은 험해도 자연과 마주 싸워온 때 묻지 않은 사내들이라. 그들의 술렁임을 알아차린 퀴네도사이가 비어버린 지팡이의 끝으로 바닥을 탁탁탁 내리쳤다. 웅성거리던 선원들이 일순간 약속이라도 한 듯이 입을 다물었다.

"한평생 뭍을 밟고 싶지 않은 자는 멋대로 움직여라."

선원들의 낯빛에 난감함이 떠올랐다.

케퍼와 렌자르에게 질질 끌려가 겨우 남매 싸움의 장외로 벗어나 드러누워 있던 아게곤은 고개만 살짝 들어 그들을 답답한 듯 노려보았다.

그런데 그때 숨을 돌리던 르니아의 눈이 크게 뜨였다. 그레스완 호 위로 솟아오르는 검은 연기가 남빛 하늘을 뒤덮기 시작한 것이다. 바람을 타고 흘러오는 매운 연기를 알아차린 퀴네도사이도 곁눈질로 그레스완 호를 살피며 한숨을 내쉬었다.

"배에는 피해 없이 해달라고 부탁했는데 말이지."

"너…… 너어어!"

르니아가 아랫입술을 꾹 깨물었다.

'제길, 제길, 제기랄!'

도저히 길이 보이지 않았다. 큰소리를 치긴 했지만 그의 말처럼 르니아는 단 한 번도 퀴네도사이를 제대로 이겨본 적이 없었다. 전투 불능 상태로 만들거나 기절시킨다는 건 거의 가능성이 없는 이야기였다. 게다가 작정을 하고 달려든다 해도 단시간 내에 싸움이 끝날지조차 미지수였다. 그사이에 제르에게 무슨 일이 생길지도 모른다. 주저하는 선원들은 물론이거니와 그나마 믿음직했던 아게곤마저도 그녀를 막아서기 위해 반쯤 목숨을 걸었으므로 평화적인 해결 방법도 없었다.

치밀어 오르는 울분을 이기지 못한 르니아가 도끼를 떨어뜨렸다.

퀴네도사이의 눈빛에 이채가 어렸다. 르니아는 무릎을 꿇고 엎드려 울먹이는 음성으로 소리쳤다.

"제발, 제발 도와줘! 도와주지 않을 거라면, 비켜줘…… 제발."

일순간 이루 설명하기 어려운 침묵이 선원들의 머리 위를 훑고 지났다.

반펠트 님…… 여기저기서 탄식과 한숨 비슷한 소리가 흘러나왔다. 그럼에도 그녀의 앞을 막아선 퀴네도사이에게 선뜻 말을 거는 이는 없었다.

고개를 치켜든 르니아가 다시 한 번 절박하게 애원했다.

"도와주지 않을 거면 제발 비켜달라고! 제발, 제발 부탁이야, 오빠!"

로마탄 그레온, 자신이 나고 자란 배에서 제르가 어떤 일을 겪고 있을지 모르는 상황이었다. 무기력했다. 결국 참지 못한 눈물이 뚝뚝 떨어지기 시작했다.

그녀가 흐느끼기 시작하자 선원들이 일제히 숨을 흡 들이켰다. 냉랭한 얼굴의 퀴네도사이는 세검을 내린 후, 지저분해진 제 옷매무새를 정리했다. 그의 손끝이 느릿느릿 떨어져 나간 단추의 빈자리를 맴돌다가 아래로 떨어졌다. 누구도 입을 열지 못하는 상황이 지루하리만치 지속되고, 르니아의 울음 같은 애원만 높아갈 무렵 바닥에 대자로 드러누워 있던 아게곤이 큰 소리로 중얼거렸다.

"하아, 나는 굳이 뭍이랑 바다를 선택하라 한다면, 바다만 있으면 되는데."

고요한 하늘을 울리는 바다사내의 노곤한 목소리였다. 그에 주위 선원들이 서로의 눈치를 보더니 하나둘 옳소, 옳소! 맞장구치기 시작했다. 그러나 여전히 퀴네도사이에겐 반항 한마디 하지 못하는 채 저들끼리 떠드는 정도였다.

아게곤이 다시 큰 소리로 중얼거렸다.

"성격이 저렇긴 하지만 우리 꽃 같은 귀염둥이 아가씨의 눈물을 보고도 멍청이처럼 서 있는 거냐, 이 한심한 놈들아. 근데 선의는 언제 오냐? 내 갈비 좀 어떻게 해봐."

용기라도 얻은 건지 선원들이 산발적으로 움직일 낌새를 보였다. 아게곤을 노려보던 퀴네도사이가 다시 지팡이로 바닥을 쳤다. 탁탁탁. 해적들이 움직임을 멈추고 숨을 죽였다.

아게곤은 갈비뼈 언저리를 조심스레 감싸며 케퍼의 부축을 받아 상체를 일으켰다.

"아, 진짜 구질구질하게 만드는구만, 이 남매. 어차피 뭍을 밟는 것이야 그리 중요한 것이 아니잖아."

돌아오는 퀴네도사이의 침묵에 아게곤이 힘겹게 고개를 돌려 큰 소리로 외쳤다.

"누구, 우리 아가씨의 눈물을 대신해 싸워줄 가족은 없나? 지금 우리가 아가씨를 배신했다고 믿잖아!"

주먹을 꾹 쥐고 기사들을 노려보는 해적들이 속속 눈에 띄었다. 그러나 여전히 퀴네도사이의 눈치만 보고 있을 뿐이었다. 아게곤은 긴 한숨을 내쉬다 으아아! 장난 같은 신음을 토한 후 "진짜 쓸데없이 군기만 잘 잡혀가지곤." 하고 투덜거렸다.

르니아는 눈물이 그렁그렁 맺힌 눈으로 아게곤을 멍하니 쳐다보고 있었다. 미안함과 고마움이 뒤섞인 눈물을 뚝뚝 떨어뜨리는 그녀의 얼굴을 불편한 듯 바라보던 아게곤이 괜스레 투덜거렸다.

"반펠트, 나중에 보상하라고, 나중에. 그렇게 낯부끄럽게 쳐다보지 말고."

퀴네도사이가 입을 뗐다.

"……그래도 너희는 좋다는 거냐?"

"네가 미친 걸 알고도 널 선장으로 따르는 놈들이다. 제정신으로 생각하는 놈이 있겠어? 너도 그러고 싶잖아. 그리고 이런 말까지는 않으려고 했지만, 우리들 중에서 뭍에 연연하는 건 너랑 반펠트뿐이야. 어째 성격은 정반대인 연놈 둘이 뭍에 저리도 집착하는지. 왕실 함대의 추격? 해보라고 해. 우리 악명만 높아지는 거니까 나쁠 것도 없지. 우리 목숨 책임지겠답시고 개폼은 왜 잡냐? 우리 목숨은 우리가 알아서 챙겨. 같잖아서리."

퀴네도사이는 어느새 연기가 두껍게 치솟는 그레스완 호를 향해 몸

140　　141

을 돌렸다. 선체 아래엔 죽어버린 기사들의 시체와 아직 가까스로 살아남아 대치하고 있는 기사들이 드문드문 보였다.

퀴네도사이가 한눈을 파는 사이, 르니아가 눈물을 닦아내고 재빠르게 그를 뛰어넘어 그레스완 호를 향해 내달렸다.

퀴네도사이는 미동도 없이 그녀의 뒷모습을 바라보았다. 그때, 그들의 뒤에서 그 상황을 바라보고 있던 락혼이 긴 한숨을 쉬며 앞으로 나섰다.

"네 여전사가 눈물까지 보이며 부탁하는데도 내버려둘 생각인가? 의리 없는 놈들이었군."

불이 난 걸 짐작한 락혼은 허리에 차고 있던 수통을 열어 머리 위에 끼얹었다.

"퀸시오의 저 여자들에게는 나도 빚이 있으니, 가서 돕겠다. 대륙 놈들만 한심한 줄 알았더니, 바다 놈들도 별거 없군. 무릎까지 꿇은 자존심을 건 부탁에도 눈치만 보느라 움직이지 못하는 네놈들은 대륙 놈들보다 더 한심하다."

퀴네도사이를 지나친 락혼이 일침을 놓으며 성큼성큼 걸었다. 턱. 은빛 막대기가 락혼의 어깨 위로 놓였다. 퀴네도사이의 지팡이였다. 락혼이 '뭐냐?' 하는 표정을 지으며 그를 돌아보았다.

퀴네도사이는 물이 뚝뚝 떨어지는 트란실의 전사를 빤히 바라보더니, 이윽고 입을 열었다.

"야만인 새끼는 빠져라."

락혼이 당장이라도 달려들 듯 사납게 표정을 굳혔다. 퀴네도사이는 아랑곳 않고 조금 크게 말을 이었다.

"전원 경청. ……그레스완 호가 불탄다."

퀴네도사이는 살아남은 기사들과, 거침없이 달려가는 르니아의 뒷모습을 물끄러미 바라보았다. 그의 짧은 침묵. 해적들은 침을 삼키며 귀를 기울였다. 퀴네도사이가 명령을 기다리는 강아지마냥 눈을 반짝이고 있는 선원을 쭉 돌아본 뒤 더할 나위 없이 확실한 목소리로 말을 맺었다.

"그레스완 호가 불타는 지금 이 시점부터, 대륙의 기사들이 해적선을 공격한 것으로 간주한다. 다시는 육지를 밟지 않아도 좋다는 각오가 있는 자들은, 카르시타의 기사들 전부를 제압해."

잠시간의 침묵 끝에 주저 없는 그의 명령이 떨어졌다.

"와아아아! 육지고 나발이고 다 뒤집어엎고 바다로 나가렵니다!"

"기사라고 으름장 놓는 거 꼴 보기 싫었는데 잘됐지!"

"반펠트 님을 괴롭힌 대륙 놈들은 다 뒈질 줄 알아라!"

백 명을 상회하는 로마탄 그레온, 그레스완 호의 선원들이 괴성을 지르며 일제히 달려가기 시작했다. 그제야 만족한 듯이 아게곤은 몇몇 해적들에게 밟혀 인상을 찌푸리며 호쾌하게 외쳤다.

"그래, 젠장 대가리 굴리는 짓은 집어치우자고, 선장! 으하하하아아악! 아파 죽겠다! 이스케에 빨리 안 와!"

락혼은 여전히 멈춰 서 있었다. 그는 무뚝뚝한 표정으로 제 어깨 위에 얹혀 섬뜩히 빛나는 은빛 지팡이를 응시했다.

그 무렵 퀴네도사이는 그레스완 호의 발판 아래로 모습을 드러낸 인영들을 가느다란 눈으로 바라보고 있었다.

락혼이 그를 따라 시선을 돌렸다.

퀴네도사이를 가까스로 따돌리고 그레스완 호의 발판 근처로 다가
갔을 때, 르니아는 그녀를 향해 들이치는 기사들의 공격을 가까스로
막아내며 막 승선하려 하고 있었다. 어찌 된 일인지 해적들이 달려들
어 기사들을 막아서고 있었다. 고마워할 새도 없이 르니아는 주행에
박차를 가했다. 시간이 너무 지체되었다. 안개 같은 연기가 새어나오
고 있는 함선의 입구로 달려올라가던 르니아의 발이 낯익은 그림자들
을 발견하고 멈추었다.

"르니아!"

"페, 페이랑?"

페이랑의 한쪽 어깨에는 세드로가 들쳐 메여 있었고 반대쪽 팔에는
기절한 제르가, 그리고 뒤로 비틀거리는 에사렛타가 따라 나오고 있
었다.

르니아는 즉시 제르를 부축해 안았다. 제르의 목 언저리에 손가락을
대는 르니아의 표정이 불안으로 물들었다.

"시나와 님, 괜찮으세요?"

"연기를 마셨어. 르니아, 주군을 안전한 곳으로."

선원들은 "반펠트 님을 울린 대륙 놈들은 피눈물을 뽑게 해주마!"
하고 울부짖으며 기사들과 화려한 몸싸움을 벌이고 있었다. 그들 중
한 명이 막 배에서 나온 페이랑과 일행을 돕기 위해 발판 위로 올라왔
다. 제르를 안고 있던 르니아는, 어색하게 웃으며 미안해 눈도 마주치
지 못하는 케퍼가 세드로를 안아 드는 것을 보고 눈물을 참기 위해 숨
을 크게 들이쉬었다.

"고마워, 케퍼."

"돼, 됐습니다. 울지나 마세요, 반펠트 님. 다 때려 부수자고요."

세 세력의 기사들을 다 합쳐도 그 머릿수가 해적들의 반밖에 안 될 것 같은 어마무지한 싸움은 어느 모로 보나 해적들의 승리로 끝이 날 것이 자명했다. 해적들의 도움을 받아 제르를 옮기려던 르니아는 다시 발판 위로 몸을 옮기려는 페이랑을 덥석 붙잡았다.

"페이랑, 어디 가!"

"다시, 다시 들어가야 해."

배에서 피어오르는 연기의 양으로 보아 이미 갑판 아래의 모든 선실과, 조타실, 화실, 창고 등을 다 채워버렸을 터였다.

"위험해. 들어가긴 어딜 들어가!"

퍼엉! 그때였다. 배의 선수 언저리에서 작은 폭음이 들렸다. 르니아는 뭉게뭉게 피어오르는 작은 불구름을 발견하곤 페이랑의 손목을 꽉 쥐었다.

"화약 처리가 된 배라 그리 크게 사고는 나지 않을 거야. 불은 해적들에게 끄라고……."

"르니아, 일단 놔. 아직 테일런이……!"

르니아가 당황한 사람처럼 주위를 느리게 시선으로 훑더니, 곧 눈을 크게 떴다.

"……테일런 님이, 어딨는데?"

페이랑의 표정이 일그러짐과 동시에 발판이 퍼엉! 하는 대포 소리처럼 우렁찬 폭음과 함께 크게 흔들렸다. 휘청한 페이랑이 이를 악물고 몸을 돌렸다.

"금군 대장이라는 자, 아스난 님만큼 세다고 했잖아. 그 사람은 어

144　　145

떻게 된 거야……?"

떨리기 시작하는 르니아의 목소리에 페이랑이 주먹을 꾹 움켜쥐었다.

"서…… 설마."

"내가 들어가서 데려올게."

마치 죄인처럼 어깨를 늘어뜨린 페이랑이 몸을 돌렸다.

"페이랑! 너는 이 배에 대해 잘 모르잖아!"

"이러고 있을 시간 없어. 이러는 동안에도 테일런은!"

그때, 발판을 딛고 선 르니아의 어깨를 툭 치는 한 사내가 있었다.

"린의 말대로, 해적선에 대해 알지도 못하면서 멋대로 뛰어 들어가면 죽기 딱 좋지. 해적선의 화재이니 해적이 해결한다."

퀴네도사이였다. 연이어 락혼과 그레스완 호의 선의인 이스케가 나타났다. 특히나 이스케는 물에 적신 옷가지와 붕대 등 이것저것 잔뜩 끌어안은 채로 그들 뒤를 따르고 있었다.

르니아가 말을 잊고 입술을 작게 벌렸다. 상상도 못 할 인물들이었다.

평소라면 저 미친놈이 또 갑자기 무슨 심경의 바람이 불어서 저러나 싶었을 테지만 지금은 그럴 때가 아니었다.

"……오라버니?"

"그 기사는 내가 데려오지. 죽었다면 시체라도 찾아 올 테니까 넌 오지 마라. 대륙인들은 누가 누구 편인지 몰라 닥치는 대로 쥐어박으라 했으니 네가 알아서 해."

"오, 오라버니!"

퀴네도사이가 르니아를 무시하고 이스케와 락혼을 이끌고 승선했다.

"너 조심해! 조심하라고!"

등 뒤에서 외치는 르니아의 음성에 퀴네도사이는 연기를 피해 코와 입을 손으로 가리며 긴 한숨을 내쉬었다. 그와 이스케는 당연하다는 듯 연기로 어두운 통로에서 방향을 잡았다. 갑판 쪽이 아니라 더 깊숙한 하부 쪽이었다. 길도 모른 채로 그들을 따라 움직이던 락혼이 의아한 듯 물었다.

"어디에 있는지 알고 가는 건가?"

"내 배는 아니지만 구조 정도는 알지. 갑판 쪽으로 가는 건 연기가 너무 심해서 불가능하다. 반대편으로 돌아 가는 환풍구와 가까운 비밀 통로가 있어. 비밀 통로 쪽은 오가는 길도 일직선이다. 더 빠르고 안전해. 화약실로 불길이 번지기 전에만 데리고 빠져나가면 된다."

락혼은 그러냐 하며 미간을 찡그렸다. 알다가도 모를 사내다.

"그리도 요지부동이던 마음이 왜 변했지?"

대답은 간단했다.

"그 녀석은 미우나 고우나 내 동생이야. 우는 건 못 본다."

한 번도 제 앞에서 그리 무릎 꿇고 눈물을 보인 적이 없었다. 솔직히 망치로 한 수백 대는 얻어맞은 충격이었다. 차라리 언제나처럼 서로 죽일 듯이 빈정거리며 헐뜯고 칼과 무기를 휘두르며 싸우는 거라면 낫겠다. 그 편이 마음이 편했으리라.

"그래도 선장이 직접 움직일 필요는 없을 텐데."

퀴네도사이가 피식 웃었다.

"해적들은 바다와 자신만 믿고 사는 사내들이다."

"네 동생은 다르던데."

146   147

"그 녀석이 특이한 거야. 그러니까 거친 사내놈들이 녀석에게 꼼짝도 못 하는 거고."

락혼은 점차 짙어지는 연기에 최대한 말을 짧게 잘랐다.

"모르겠군. 네놈들이 각박하다는 것만 알겠다."

"그거면 됐어, 야만인."

락혼은 턱을 내밀며 불편한 표정으로 퀴네도사이의 뒤통수를 노려보았다. 퀴네도사이는 성큼성큼 어둔 연기 속으로 걸어 들어갔다.

'아르노만, 당신은 지금 무얼 지키려고 하시는 겁니까?'

가문? 당신의 핏줄? 지금까지 쥐었던 권력의 계승?

이름 모를 낙엽들이 찬 바람에 즈려 밟히는 계절이 가까워졌다. 소겔가드의 사저 곳곳에서는 곰삭은 피 냄새가 악취를 풍겼다. 응접실에 앉아 곰곰이 생각에 잠겨 있던 아르노만이 옷자락을 여미며 눈을 느리게 내리깔았다. 계절과는 다른 이유로 서늘한 공기에 뒤덮인 왕도. 왕도를 뒤덮은 건 어찌 보면 파멸을 두려워하는 이들의 입김이라 말할 수도 있겠다.

애초에 길이 달랐던 이들이 의중을 속이고 엉켜 살았던 곳이었다.

아침의 도시라 불리는 찬란한 이름을 가지고 있지만 꼭 그만큼 짙은 밤을 억누르고 있던 땅. 이런 일이 벌어져도 이상하지는 않았다. 일이 벌어졌을 때 가장 먼저 구속당한 쇼하인 공과 공교롭게도 당시 왕성에 있던 몬테인 공 역시 어찌 되었는지 알 도리가 없었다. 바로 몇 달 전,

유스카리의 어명에 따라 데바람 쪽 국경으로 출병했던 루덴을 제외하고 그나마 자유로운 것은 자신과 이래도 좋다 저래도 좋다 늘어져 제 영지만 돌보기 바빴던 드레크마 공뿐이다.

창 밖을 굴러다니는 갈음에 무심코 시선을 준 아르노만이 느리게 소매를 걷어 올리며 턱수염을 매만졌다.

'소겔가드와 루덴이 북상 중이라…… 꼬리잡기라도 하시려나.'

일단은 알렉시스와 손을 잡은 지금, 쇼하인 공의 세력이 묶인 것은 그에게도 많이 아쉬운 일이었다. 몬테인 공은 애초에 검보다는 머리로 사는 자였으니 그렇다 치고, 그 둘은 당장의 병력으로 보기보다는 모든 혼란이 끝난 사후 처리를 위한 병력으로 남겨두는 것도 나쁘지는 않을 것이다.

'살아남는다면 말이지.'

사실 뉘사나와 리안이 제법 사이가 좋았다는 건 알았다. 하지만 이리 오래도록 리안이 그들에게 효율적인 인질이 되어주리라는 것은 예상하지 못했으므로 뜻밖의 수확이었다. 그러나 시간이 지날수록, 소겔가드군이 되돌아온다는 소식과 함께 뉘사나를 따르던 이들이 체자스를 중심으로 독자적으로 움직이기 시작했다. 그들 또한 그들이 왕으로 내건 말이 합리적이지 못한 부분이 있다는 것을 인정한 것이다.

'제가 제시한 이야기보다 더 당신을 움직일 수 있는 게 있습니까? 말하십시오.'

불그스름 떨어져 내리는 낙엽들이 유독 눈에 든다.

'하나, 둘, 셋. 다 잃은 뒤 후회하는 건 당신답지 않다 생각합니다.'

'이미 완성된 합의입니까?'

'믿느냐 마느냐. 당신에게 걸었습니다.'

잊었던 정열이 떠올라 괜스레 작아지는 기분이었다. 일생을 높은 자리 위에서 내려다보고만 살았던 그가 새삼 아직도 누군가가 위에 있다는 것을 깨닫게 되는 어떤 감지. 그는 매정하게 놓아버리지 못했다.

에사렛타. 아들을 보지 못했다는 이유로 늘 가시방석이어야 했던 그 아이를 위해 다른 여자의 아이를 빼앗아 안겼다. 그리 울면서도 어여쁘다 아이를 안아 보듬는 모습에 죄책감마저 사라졌다는 건 부정하지 않으리. 그건 아버지가 제 딸에게 해줄 수 있는 마지막 헌신이었다. 제 핏줄이 아닌, 얼굴 한 번 본 적 없는 여자의 아들이 왕통을 잇게 된다는 것은 그에게는 그런 의미였다.

그러나 이제 한계였다. 이런 결과를 예상했어야 할지도 모른다. 아니, 상상쯤은 해본 적 있었다. 세드로의 정체가 드러나는 순간 뿌리째 흔들릴 가문과 제 딸을. 그러나 버틸 수 있으리라 여긴 건 그들의 뒤에 유스카리가 있었기 때문이다.

'허어……. 어찌 그리 쉬이 가셨습니까.'

유스카리의 잘못은 아니었다. 십수 년 동안 믿고 곁에 두었던 제피언이 배반하리라는 것을 그가 어찌 알았을까. 유스카리는 믿음이 깊은 자였다. 제 사람에겐 모든 것을 내어주는 다정한 남자였다. 그래서 적통 왕자를 포기하고 에사렛타를 선택했다. 감사한다는 말 몇 마디로는 표현할 수 없을 만큼 커다란 충의가 그의 속엔 움터 있었다.

유스카리는 카르시타를 위해 헌신했고, 그 또한 카르시타를 책임질 의무를 느끼고 있었다. 어떤 결과가 되든 이제는 자신이 보답하기 위해 딸아이를 놓아야 할 때가 다가온 것인지도 모른다.

'이 능구렁이들 사이에 저 혼자만 두고 가시면 어찌합니까…….'

보랏빛 눈을 댕글댕글 굴리며 해사하게 웃던 어린아이가 가엾고 미웠다. 사랑스럽기도 했더라. 제 딸아이가 그리도 사랑하는 이유를 알겠더라. 그래서 사실 카르시타로 넘어오자마자 죽여 없애려던 여자를 내버려두었다. 제 가문에 눈물을 그치게 해주었으니 숨죽이고 산다면 그것으로 되었다. 그러나 불안을 떨칠 수 없어 테일런을 보내기도 했다.

완전히 꼬이기 시작한 건 어디서부터인가. 지금에 와서 엉킨 실타래의 시작점을 찾아 더듬어본다 한들 늙어버린 머리는 복잡다단한 속을 꿰뚫지 못한다.

'저는 제 선택은 책임집니다. 아르노만은 책임을 위해 어디까지 하시겠습니까?'

알렉시스의 천성은 보아 알고 있었다. 전대인 제누바시스는 그러지 않았는데 알렉시스는 제누바시스와 꼭 정반대의 개성만 모아 빚어놓은 조각 같았다. 아르노만은 알렉시스를 싫어하지는 않았다. 누구나 그렇듯 그를 딱하게 여겼다. 뉘사나가 다른 이들의 헛바람에 저리 되었다면 알렉시스는 그가 원하지 않는 상황 속에 그대로 내던져져 불평 없이 버틴 것뿐이다. 평소 그의 떠도는 성정에도 불구하고 그의 주위에 사람이 많은 것은 그가 허투루 말을 뱉지 않는다는 것을 다들 알고 있기 때문이라.

다만 문제는 그 주위 사람들이다. 모든 일이 끝난 후 또다시 아르노만 자신과 알렉시스 사이의 '이 문제'를 두고 카르시타가 혼란에 빠질 수도 있었다.

거기까지 생각하던 아르노만이 너른 창 안으로 쏟아져 들어오는 가을 햇살을 피해 벽의 가장자리를 짚고 섰다.

'아직도 나는 욕심을 버리지 못했는가.'

타라히엔은 이기적이고 계산적인 남자지만 그만큼 정확했다. 지금 이 나라를 통째로 혼란의 도가니에 밀어 넣고 있는 건 제각각의 대의를 지닌 낭만주의자들이라. 군사들이 어딘가로 달려가는 발소리가 귀를 어지럽혔다. 백성들의 침묵 속에 벌어진 칼들의 잔치. 저택의 너른 창 저편으로 간소한 무장을 갖추고 저택의 거대한 철문을 향해 걸어가는 알렉시스의 뒷모습이 보였다.

누군가 그에게 달려와 아뢨다.

"각하, 소겔가드의 대군이 왕도의 지근거리에 도착했다는 첩보입니다."

이제 태풍의 눈은 감겼다.

"슬슬 설리번의 낯짝이나 보러 가야겠군."

아르노만은 느릿느릿 뒷짐을 진 채 걸음을 옮겼다.

소겔가드가 왕도의 지척에 이르렀다는 보고는 제일리에게 혼이 빠져 있던 뉘사나에게도 전해졌다. 비록 알렉시스의 농간에 넘어가 진퇴양난의 상황에 처하긴 했지만 그 역시 더는 지체할 수 없었다. 베다시아는 종적을 감추었고 제피언 또한 귀환하지 않았다. 제일리는 눈을 뜨면 어미를 찾아 울며 매달리고 한 시간에도 서너 번씩 오가는 보고는 온통 그를 절망에 빠뜨리는 것들뿐이었다. 도박을 해서라도 리안을 되찾아오지 못하면 이 교착 상태를 벗어나지 못하리라는 것을 그역시 아주 잘 알았다.

살을 떼어내는 심정으로 제일리를 침대에 내려놓고, 뒤도 돌아보지

않고 회의장으로 향한 뉘사나는 적요한 왕성의 기류에 신경을 곤두세
웠다. 이상했다. 이쯤 다가가면 이래저래 언성을 높이며 논쟁을 벌이
는 이들의 목소리가 들려야 하는데 회의장의 코앞에 이르기까지 쥐새
끼 한 마리 지나는 소리가 나지 않았다.

　회의장 안으로 들어선 뉘사나가 문을 닫고 멈춰 섰다. 너저분한 지
도와 보고서들, 필기구들로 어수선한 회의장은 텅 비어 있었다.

　텅. 뒷목을 타고 오르는 기묘한 불안.

　끼이익.

　문이 열리며 낯익은 땅딸막한 사내가 모습을 드러냈다.

　"왕하."

　"메린하프."

　메린하프 백은 어울리지 않은 무장을 한 채로 조심스레 그의 앞에
한쪽 무릎을 꿇었다.

　"소겔가드의 군과 합작하기 위해 체자스 공작 각하를 필두로 한 상
비군이 현재 소겔가드의 저택으로 진격 중입니다. 올리비에 왕하의
거점이 된 소겔가드 저택을 토벌하고, 최대한 리안 님과 소겔가드 후
를 안전하게 구출하고 나아가 국왕 시해자를 체포하기 위한 작전입니
다. 체자스 각하께서 추후 문책을 받겠다는 전갈을 남기셨습니다."

　멍하니 회의장 천장에 양각된 황금 독수리 상을 올려다보던 뉘사나
의 입가에 헛웃음이 어렸다. 가늘게 이어지던 웃음은 곧 멎었다.

　무언가 무너지고 있었다. 권위? 아니다. 믿음? 아니다.

　한참이나 허공을 올려다보던 그가 몸을 돌렸다.

　무너지는 건 자신이었다.

저택을 향해 밀려들기 시작한 체자스의 군대는 파죽지세로 그들을 몰아붙이고 있었다. 하기야 보름이 넘도록 그들을 내버려두었으니, 이것만으로도 그들은 오래 참았다 치하받을 만했다. 아마 저들을 더 조급하게 만든 것은 북상하는 루덴 공일 터이고, 그보다 더 그들의 자신감을 끌어올린 것은 루덴 공보다 먼저 엘올라에 이를 소겔가드의 사병들일 터다. 그들을 막기 위해 저택 밖으로 빠져나가는 군사들을 제외한 나머지는 계획대로 리안과 소겔가드 후를 마차에 실었다.

"절대로 빼앗겨서는 안 된다."

"목숨 걸고."

"맡긴다."

리안은 끝까지 잡아 둔다. 중립파가 침묵하고 남은 두 세력이 맞부딪치는 이 시점에서 국왕 시해자로 오인받은 그들이 내밀 수 있는 카드는 저 여자밖에 없었다.

레피스는 치열한 전투가 벌어진 정문이 아닌 후문과 정문의 북동쪽의 허물어진 담벼락 너머로 떠나는 마차를 불안한 듯 바라보았다. 어찌 저찌 체자스 가문의 깃발을 세워 보내니 적들의 눈을 피할 수는 있겠지만 자칫 아군의 오인을 살까 저어되는 마음은 끝내 떨칠 수 없었다. 하지만 이제 더 이상 할 수 있는 것이 없었으므로 레피스는 재빠르게 알렉시스가 있는 저택 밖으로 말을 타고 달려 나갔다.

저택으로 이르는 대로변은 온통 아비규환이었다. 기세가 제법 대단해서 보자마자 눈살이 찌푸려질 정도였다. 저택으로 들어와 구출 작전을 펼치려는 것보다도 살육에 집중된 상황으로 미루어 보아 뉘사나의 명령은 아닐 것이다.

그는 곧 멀지 않은 곳에서 한 기사의 옆구리를 그대로 걷어차 고꾸라뜨리는 알렉시스를 발견할 수 있었다.

"왕하."

반사적으로 검을 후미로 돌려 그를 베어낼 듯 뻗던 알렉시스가 간발의 차로 움직임을 멈추었다. 알렉시스는 무표정한 얼굴로 노엘의 직인이 새겨진 검 자루 가장자리를 꾹 눌러 팔을 내렸다.

"마차는?"

"우선 무사히 밖으로 나갔습니다."

알렉시스가 짤막히 상황을 말했다.

"더 몰려든다. 얼추 대중해 받은 보고로는 3,000명이 넘는다더군."

"자규 왕하의 계획은 아닌 듯합니다."

"아닐지도. 아니면 미쳤거나."

서늘하게 퍼지는 음성은 귀 따가운 쇠붙이들의 비명 속에서도 선명히 울렸다. 레피스는 표정 하나 없는 알렉시스의 선득한 홍채를 응시하다 천천히 길목을 돌파하는 피노제의 군사들을 향해 시선을 옮겼다. 알렉시스는 더 움직이지 않았다.

"릴카인 그 느려 터진 놈이 올 때까지 버티지 못하면 우리는 거점을 왕성 밖으로 옮겨야 해."

"최대한 버텨보도록 하겠습니다."

"농성이 벌어지면 그야말로 끝장이다. 언제까지 리안을 에드하인다에 숨길 수 있을지 모르니. 그나마 다행인 건 저놈들도 왕도 파괴까지는 가지 않았다는 건가."

이 와중에도 뭘 지키겠다 저러는 건지.

'체자스도 아닌 체하지만 물러 터졌군.'

검을 늘어뜨린 알렉시스가 반쯤 잠긴 음성으로 실소했다. 하지만 그나마 다행이라 할 수도 있었다. 최대한 민가의 피해를 줄이기 위해 밀집해 움직이는 군대들의 행동 범위는 상상 이상으로 좁았다. 저들이 수적으로 우세하다고 해도 한꺼번에 들이치지 못한다면 결국 선봉과 선봉의 마찰로 그칠 뿐이다.

가느다랗게 눈을 뜨던 알렉시스의 입가에 살의가 어렸다.

"저기, 체자스다."

그는 레피스가 무어라 반응하기도 전에, 막 치열한 교전으로 뒤엉킨 군사들의 머리를 뛰어넘어 최전선으로 질주했다.

"왕하! 왕하께서는 피노제 대공 각하와 합류를……!"

당장 안 멈춥니까! 등 뒤로 레피스의 고함이 뒤따랐지만 그의 귀에 각인되기 전에 바람에 떠밀려 사라졌다. 살면서 그 역시 많이 죽임을 당할 뻔했지만, 그 과정 속에서 그도 꼭 그만큼 많은 이들을 죽이고 살아남았다. 그러나 오랜만에 이리 다시 숨 앗는 일에 나선 것은 생각보다 기분이 좋은 건 아니었다. 냄새는 역했고, 보고 있으면 혐오스러워 배 속이 꿀렁거렸다. 꾸역꾸역 먹은 아침을 죄 토해내버리고 싶은 심정은 때에 맞지 않는 걱정까지 더해져 더 고조되었다.

'진짜 미쳤어.'

뉘사나가 미쳤나 보다 하며 비꼴 때가 아니라는 게 새삼스러운 자괴를 불러일으켰다. 지금 이 상황만큼이나 커다랗게 그의 뇌리를 잠식한 것은 북부로 떠난 이들의 무소식. 무소식이 희소식이라지만 상대는 로마탄 그레온이라고 했다. 르니아라는 제르의 시종이 전 로마탄 그레온의 선원이었다고는 하지만 그건 믿을 만한 보험은 아니었다.

지금까지 그들은 순조롭게 버텨왔다. 이번 공습이 비교적 이른 시일이라 낙관하기만은 어렵지만 그래도 충분했다. 일부 에드하인다의 호위로 옮겨 간 군사들을 제외하고 아르노만이 내어준 여타 병력들은 소겔가드의 왕도 입성을 저지할 것이다. 물론 3만이 넘는다 알려진 소겔가드의 사병들을 고작 1만을 상회하는 수로 막아낸다는 것은 어렵다. 그래서 그들은 도박에 기한을 두었다. 루덴 공이 정지된 소겔가드 사병의 뒤를 칠 수 있을 만큼 가까워질 때까지만. 보고에 의하면 루덴 공의 군은 오늘 해가 떨어지고 달이 기울기 전에 소겔가드의 후미에 이를 것이다.

소겔가드의 저택 따위 이제 아무래도 좋았다. 정 붙을 만큼 오래 머물지도 않았다. 아니, 애초에 태어나고 자란 왕성에도 정이란 게 붙어 있나 의심스러울 정도인데 하물며 뉘사나의 처가 사저야.

불안하긴 하지만 두렵지는 않았다. 다만 그가 바란 건 본격적으로 시작되기 전에 제르의 소식을 듣는 것, 그것 하나뿐이었다. 마음 같아서는 지금 길목을 막는 이들을 죄 치워버리고 그대로 달려가고 싶었다.

'보고 싶네.'

스스로도 알고 있었다. 드러내 보이지 않은 시커먼 욕망을 더는 감출 수 없으리라는 것을.

'지금이라면 네 쓴소리라도 반가울 것 같다.'

툭툭 뱉어내는 독설들이라도 간절할 만큼 그는 그녀의 소식에 애가 달았다. 이런 자신의 속내를 알아차린다면 레피스가 그대로 제 뒤통수를 방패로 후려칠지도 몰랐다.

그 순간 웬 칼날 하나가 그의 왼 목덜미를 스치고 흐느적거리며 요란한 소릴 내면서 떨어졌다. 놀라 뒤돌아보니 레피스가 그의 뒤에 서 있던 기사의 가슴팍을 찔러 말 아래로 떨어뜨리고 있었다.

　"알렉시스! 뒤 좀 신경 쓰라고! 이번엔 앞 좀 봐!"

　퍼뜩 정신을 차린 알렉시스가 거의 무의식에 가까운 반응으로 허리를 숙였다. 그의 머리 위로 두꺼운 방패가 강풍을 일으키며 스쳐 지났다. 알렉시스는 그대로 몸을 일으켜 방패를 등으로 밀어낸 후 검을 역수로 돌려 쥐어 기사의 뱃가죽을 감싼 갑옷의 이음새 사이로 쑤셔 박았다. 커컥, 피를 토하며 고꾸라지는 이름 모를 기사를 냉한 시선으로 노려보던 그가 레피스를 돌아보며 너털웃음 지었다.

　"아무리 급해도 그렇지 말이 짧다, 너?"

　"지금 그게 문제입니까! 너 지금 이럴 때가 아니라고, 요!"

　체자스의 사병과 금군을 차근차근 밀어내어 길을 트는 군사들로 인해 두 사람의 주위는 서서히 정리가 되고 있었다.

　물끄러미 고개를 돌려 북쪽 어딘가를 바라보던 알렉시스가 말 머리를 돌리며 물었다.

　"지스카르는 소식이 없나?"

　"데바람의 군사들은 루덴 공의 군사들이 도착한 후에야 충원 날짜를 정확히 알 수……."

　"그거 말고. 규젤 만 소식 말이야."

　레피스가 무심코 답하려다 멍청한 표정을 지으며 그를 바라보았다. 때마침 알렉시스가 그를 발견했듯, 체자스 공 역시 알렉시스를 발견한 건지 그들을 향해 진로를 틀어 군사들을 헤치고 있었다. 순간 다급해진 레피스가 더듬거렸다.

"이 상황에 무슨 말을, 지금 무슨 생각을."

"제르 소식은……."

"정신 못 차리냐, 너 이 새끼!"

"건방진 말투는 봐줄게. 그리고 제르의 안위가 에사렛타와 세드로의 안위랑도 직결되어 있으니 못 물어볼 걸 물어본 건 아니잖아."

알렉시스는 그답지 않게 말을 길게 늘여 변명처럼 중얼거렸다. 알렉시스에게 대신 답해준 것은 어느새 지척까지 달려온 체자스 공이었다. 그는 주위로 열 명이 넘는 기사들을 둥글게 포진시킨 후 그대로 전선을 돌파해 그들의 코앞까지 이르러 있었다.

"왕하, 북쪽에서 벌어지는 일을 어찌 아셨는지는 모르겠으나, 희소식은 기대하지 마십시오."

알렉시스와 레피스의 주위에서도 흐트러져 있던 피노제의 기사들이 서로 등을 맞대며 경계를 강화하기 시작했다.

"여어, 체자스. 백전노장이 따로 없습니다 그래."

"국왕 시해자를 체포하는 데에 직접 공로를 세울 수 있어 기쁠 뿐입니다, 왕하."

"소겔가드는?"

"두 번째 문제입니다."

알렉시스가 바람 빠지는 웃음소리를 내며 체자스 공 주위를 에워싼 기사들을 하나하나 훑었다. 레피스가 잔뜩 긴장한 듯 숨소리가 거칠어진 것이 느껴졌다. 그러나 이 상황에서도 알렉시스는 이렇다할 감정을 느낄 수가 없었다. 어차피 제 한 몸 건사하는 것쯤이야 충분하고, 시간 벌이라면 이대로만 가도 작전대로 된다.

"……왜 희소식을 기대하지 말라는 건지 물으면 답해주겠나?"

레피스가 검을 반대로 쥐는 기척이 느껴졌다. 여차하면 알렉시스라도 찔러버릴 기세였다. 그러나 알렉시스는 꿋꿋하게 무시하며 조금 더 말을 앞으로 몰아 체자스 공에게 다가갔다. 체자스 공은 담담히 다가오는 알렉시스의 시선을 똑바로 받아치며 들으란 듯 말했다.

"굳이 아시고 싶으시다면야 어려울 것 없지요. 금군 대장이 기사들을 이끌고 규젤 만으로 향했습니다. 그러니 희소식은 기대하지 마시란 조언이었습니다."

"이쪽이 더 빨랐을 것 같은데."

"빠르고 늦고가 중요합니까? 로마탄 그레온이 이쪽에 붙었는데. 그들을 모르지 않으시겠지요."

'……역시.'

알렉시스의 몸에 힘이 들어갔다. 뼈저린 추회였다. 그녀를 홀로 보내는 것이 아니었다. 이 자리에 금군 대장인 제피언이 보이지 않는 것이 왕성 경호 탓일지 모른다 여겼던 자신의 한심함에 그저 헛웃음만 새어나왔다.

레피스는 고조되는 불안감을 이기지 못하고 잇새로 짧은 탄식을 내뱉었다. 알렉시스는 굳은 채 꼼짝도 하지 않았다. 서늘한 늦가을의 바람에 알렉시스의 진한 혼란이 배어든 것 같았다.

한참 후에야 언제고 서로를 물어뜯을 기회를 찾기 위해 바뜩 이를 드러낸 사람들 사이의 긴장감을 깨고 알렉시스가 말했다.

"말도 안 되는 소리인 건 아는데 말입니다……. 잠깐 휴전은 어렵겠지요?"

"알렉시스 님, 지금 무슨……!"

그 순간 한 병사가 기사들을 뚫고 달려와 알렉시스에게 달려들었다.

순식간에 진형이 흐트러지며 멈추었던 검들이 궤를 달리해 움직였다. 그러나 그들이 혼란하게 맞부딪치기 전, 알렉시스는 그대로 군화 굽으로 병사의 검면을 밀쳐낸 후 내려뜨리고 있던 검을 올려 쳐 병사의 얼굴을 베었다.

흠칫 하고 달려들기 위해 앞으로 나섰던 이들 모두 굳어졌다. 체자스 공이 눈을 가늘게 떴다.

"무엇 때문에?"

"알렉시스 님! 지금 뭐 하시는 겁니까!"

레피스가 참지 못하고 끼어들어 소리쳤다. 가만히 알렉시스의 사그라진 기세를 살피던 체자스 공이 설핏 웃으며 일갈했다.

"예, 여전히 이상한 소리를 하시는군요. 올리비에 왕하는 국왕 시해자다. 체포해라."

이번만큼은 체자스 공의 말에 크게 공감한 레피스는 재빠르게 판단을 바꾸어 강제로 알렉시스의 말고삐를 쥐고 말 머리를 돌려 달리기 시작했다. 그들이 빠져나온 길목을 피노제와 베이하크의 군, 기사들이 메워 체자스 공의 추격은 없었다. 정신 나간 소리를 터진 대로 지껄이는 알렉시스를 참을 수 없었던 레피스는 저택을 향해 되달려갔다.

지금은 이럴 때가 아니었다. 이럴 때가 아닌데. 마음은 초조한데 제 마음만 이런가 싶었다.

"지금, 뭐하시는 겁니까! 저런 도발에 넘어가시다니요!"

"넘어간 거 아니야."

"지금 그럼 대체 정신을 어디다 두고!"

그의 윽박에도 알렉시스는 침착하게 답했다.

"이미 알고 있었다."

그게 더 레피스의 힘을 빠지게 했다. 말을 잊은 레피스는 절박하게 그를 바라보았다.

"……알았는데. 아아…… 제피언 그놈부터 목을 따야 하는데."

　저런 알렉시스를 본 적이 없었다. 늘 자기 본위의 판단으로 주위를 들쑤시고 정리하던 남자였다. 그는 그렇기에 완벽하게 강한 사람이었다. 하지만 지금 당장 들이닥친 소겔가드와 체자스보다도, 저 멀리 규젤 만으로 향했다 하는 제피언의 목을 잡아 뜯지 못한 것을 후회하는 알렉시스는…….

　저택에서 지근거리에 이르러 레피스는 다시 한 번 말을 멈추었다. 아직까지 적들의 입김이 닿지 않은 저택 안에서 교전이 벌어지고 있던 것이다. 마지막까지 저택을 지키고 있던 피노제의 기사들이 뉘사나의 상비군과 맞부딪쳐 싸우는 광경은 그를 아연하게 했다. 하얀 말 덮개로 무장한 말을 타고 정원을 가로질러 미친 사람처럼 핏대를 올려 리안을 찾아 헤매고 있는 뉘사나를 발견한 레피스가 이를 꽉 깨물었다.

　알렉시스 역시 예상치 못한 뉘사나의 등장에 놀란 얼굴이었다.

"알렉시스! 리안을 어디다 빼돌렸나!"

'후문이 돌파당했나.'

　알렉시스는 저택 뒤쪽에서 들려오는 격렬한 교전 소리에 얕은 한숨을 내쉬었다. 뉘사나는 기사들도 뿌리친 채 거침없이 그들을 향해 질주해왔다. 검이 아니라 멱살을 쥐어뜯을 듯한 얼굴로. 알렉시스는 흐트러진 뉘사나의 모습에 새삼 자조했다. 그를 비난할 자격도 없었다. 서로 주거니 받거니 하는 인질극이었으므로 누가 더 악랄하다 할 수도 없었다.

알렉시스가 검을 고쳐 쥐며 고개를 갸우뚱 기울였다.

"형님, 겁대가리를 상실하셨습니까?"

"어디 있나!"

"예까지 들어오셨으니 찾아보시지요."

뉘사나의 거친 검격이 날아들었다. 카르시타의 최고 대장장이가 주조했다는 그의 섬뜩한 칼날은 스치기만 해도 몸이 송두리째 잘려나갈까 저어될 만큼 날카로웠다.

"물러서 있어. 형님의 호위들을 막아라."

유연하게 그의 검격을 흘려낸 알렉시스가 거리를 벌리며 명했다. 그러나 레피스는 그들을 호위하던 기사들에게 적들을 견제할 것을 명한 후 망부석처럼 서서 알렉시스의 뒷모습만 바라보고 있을 따름이었다.

뉘사나는 죽일 기세로 달려들고 있었다. 애초에 뉘사나 역시 얕잡아 볼 수 없는 검투사. 둘 다 제정신이 아니라는 걸 알아 저 두 사람의 합이 어찌 끝날지 가늠할 수 없었다.

'저놈만, 저놈만 잡으면 끝난다.'

돌연 레피스가 알렉시스를 밀쳐내고 뉘사나에게 검을 휘둘렀다. 놀란 알렉시스가 휘청이며 다시 균형을 잡았을 때, 이미 레피스는 죽을 각오로 뉘사나를 향해 달려들고 있었다. 그러나 데바람의 수대장장이었던 노엘의 강철 검조차 망가뜨리는 뉘사나의 검격은 레피스가 쉬이 감당할 만한 것이 아니었다. 한 함, 한 합이 바윗덩이를 메다꽂는 것처럼 강력했다.

"어디 있냐! 당장 말해!"

"자규 왕하는 제가 막겠습니다. 불안에 빠진 자는 무너뜨리기 쉽습니다. 당신이 제게 한 말입니다."

"베이하크, 고작 네놈 따위가! 비키지 못해! 리안은 어디다 숨겼어!"

뉘사나의 검을 안간힘을 써서 밀어낸 레피스가 그대로 등 뒤에 메고 있던 방패를 꺼내어 들었다. 레피스가 숨을 헐떡이며 사납게 검 끝을 뉘사나의 가슴팍을 찌를 듯 뻗자 뉘사나가 재빠르게 몸을 비껴 피한 후 거리를 벌렸다. 벌겋게 충혈된 눈동자가 레피스에게 섬뜩한 소름을 끼얹었다.

레피스가 마지못한 사람처럼 징글맞은 이름을 씹어 뱉었다.

"……알렉시스 님."

알렉시스가 아랫입술을 꾹 깨물었다.

"가서 왕비 전하를 모셔 오십시오. 오해 마십시오. 왕비 전하를 모셔 오라 보내드리는 겁니다. 어차피 곧 소겔가드 저택을 버려야 하니 이쪽은 제게 맡기시고, 피노제의 각하에게는 제가 따로 사람을 보내겠습니다."

결연한 그의 음성에 알렉시스가 여직 제게서 송곳 같은 눈을 떼지 못한 뉘사나를 한 번 돌아보았다.

"너 죽는다?"

"농담할 기분 아닙니다. 말이 씨가 된다 했습니다. 부정 타는 말 작작 지껄이고 이 자리에서 꺼져주시죠."

도대체 나라가 어떻게 되어먹으려고 이러는 것인지, 이놈이고 저놈이고 왕재라는 것들이 하나같이 여자에 미친 건가. 혈통에 그런 내력이라도 있는 건가 의심스럽다.

"루덴 공이 올 때까지만 버텨. 죽지 마라."

"말로리도 못 본 지 오래입니다. 이번 일이 정리되면 진심으로 낙향하렵니다."

"가긴 어딜 가? 마음에도 없는 소리는."

"가십시오. 호위를 붙여드릴 수는 없습니다. 알아서 살아남으십시오."

선뜻 발이 떨어지지 않는 사람처럼 등 뒤로 벌어지는 혈전과 코앞에 들이닥친 뉘사나와의 교전 상황을 훑으며 입술을 그러 물던 알렉시스는 결국 뉘사나를 노려보며 말 머리를 돌렸다.

"어딜 도망가나! 알렉시스!"

뒤돌아선 알렉시스의 뒤통수에 대고 레피스가 한 마디 얄궂게 덧붙였다.

"이곳에서 제가 자규 왕하의 검에 살아남으면, 제일 먼저 알렉시스 님 뒤통수를 좀 후려갈겨도 되겠습니까?"

알렉시스가 쓰게 웃었다.

"한 번이라면 기꺼이 맞아주지."

"위험한 짓을 하시면 두 대입니다."

알렉시스는 난전이 펼쳐진 정문 밖으로 향하지 않고 저택의 가장자리를 향해 달려가기 시작했다.

레피스는 알렉시스를 따라가려 말고삐를 후려치는 뉘사나를 향해 달려들어 그의 얼굴을 검면으로 가로막았다. 그것은 뉘사나의 바로 코끝을 스치고 멈췄다.

"왕하께 늘 무시당하긴 했지만 지금만큼은 이쪽에 집중해주셨으면 좋겠습니다."

야수의 포효처럼 등골이 섬뜩한 뉘사나의 고함이 잇따랐다.

"베이하크으으으!"

레피스는 착잡한 마음을 애써 달래며 검을 바로잡았다.

베제스는 쉬지 않고 말을 재촉했다. 얼마나 오랫동안 도망자의 신세로 지냈는지 헤아릴 정신도 없이 다급하게. 그가 넘기 위해 고전한 국경을 지스카르는 너무나도 손쉽게 따라 들어왔다. 등 뒤에서 척후가 돌아오는 소리가 날 때마다 이번엔 또 그 자식이 어디까지 쫓아왔다는 소식이 들릴 것인지 두려워 귀를 막아버리고 싶은 심정이었다. 미칠 듯한 추회. 그놈을 죽여버렸어야 하는데, 그놈이 돌아오는 날 그대로 목을 쳤어야 하는데.

돌이킬 길은 하나뿐이었다. 이한. 이한은 대륙과 좁은 해협 하나를 사이에 둔 국가였다. 재위 중에도 빈번한 교류를 통해 이한과 나름의 친교를 나눠웠던 터라 그에겐 이한의 손길만이 희망이었다. 데바람의 바다를 통째로 넘겨줘도 좋다는 미끼는 분명 그들에게 먹힐 것이다. 그것만이 이 사태를 해결할 유일한 희망이었다. 나라를 죄 팔아먹어도 좋다. 살아남아 재기하면 언제고 잃은 건 되찾을 수 있다.

'케나르! 시르시아……!'

아직도 그 뼈저린 배신에는 이가 갈렸다. 그들이 그를 배반하지 않았더라면 질 리가 없었다. 카르시타 역시 용서할 수 없었다. 벌건 눈으로 질주하던 베제스의 말이 돌부리에 걸려 고꾸라졌다. 베제스는 그대로 내동댕이쳐졌다. 놀란 호위들이 말 머리를 돌려 그에게 되돌아왔다.

바닥에 엎어진 베제스의 눈에서 눈물이 뚝뚝 떨어졌다.

'어머니.'

다 버리고 왔다. 왜 이리도 지금 그녀가 떠오르나. 홀로 남은 궁에 앉아 하염없이 창 밖만 응시하던 어미가 떠올랐다. 많은 것이 쌓이고 쌓여 이룬 관계. 애증으로 그녀를 속박해 팔과 발을 꺾어 유폐시켰던 어머니였다. 그리 냉랭했음에도 끝까지 자신을 포기하지 않았던 어머니. 차가운 흙바닥에 얼굴을 처박은 채 베제스가 입술을 안쪽으로 그러 물며 몸에 힘을 주었다.

"전하!"

"괜찮으십니까."

그녀가 지금 제 꼴을 보면 몹시도 비웃으리라. 내 그리 말하지 않았더냐, 하며. 하지만 지금 당장은 그 비웃음이라도 간절했다. 믿을 것이 아무것도 없었다. 사실 그는 지금까지 따라와준 호위들마저 언제 제 등에 칼을 꽂을지 모른다는 불안감을 떨칠 수가 없었다. 약한 모습을 보이면 도태된다. 그가 벌떡 일어나 고꾸라진 말을 일으켜 세웠다. 침을 질질 흘리며 헐떡이는 말의 갈기를 쥐고 다시 말 등에 오른 그가 얼굴에 묻은 흙을 훔쳐내는 체 눈물을 닦았다.

다시 되돌아가면, 다시 되돌아가면. 다시 그녀를 만나게 되면……. 생각은 거기서 끊겼다. 사실 무엇을 어찌해야 할지도 모르는 채로 그는 고삐를 후려쳤다. 말이 비틀거리며 내달리기 시작했다. 그러나 얼마 지나지 않아 말들은 하나둘씩 쓰러졌고, 그들은 커다란 숲에 이르기도 전에 말을 버려야 했다. 베제스는 걸음을 멈추지 않았다. 이한의 비호 아래 들어가면 카르시타도, 데바람도 쫓아오지 못한다. 이한은 멀지만 강한 나라. 바다에서 무적함대를 앞세운 이한을 거스를 수 있는 이는 거의 없다.

그리 미친 사람처럼 걷고 또 걸었다. 숲의 청량한 향기에 섞인 짠 바

166   167

다 내음이 났다. 등줄기를 오싹하게 하는 파도 소리도 아득히 먼 곳에 서부터 그를 전율시켰다. 목적지가 코앞이었다. 이 숲을 빠져나가면 카르시타의 북해, 규젤 만이었다. 그는 부디 이한이 시간에 맞추어 도착해 그들을 기다리고 있길 바랐다.

말도 없이 달려가 숲을 헤쳐 길을 만드느라 초주검이 된 기사가 넝마 꼴로 되돌아와 소리쳤다.

"연기가 피어오르고 있습니다, 전하!"

얼마간 따라 걷자 그가 말한 연기가 베제스의 눈에도 보였다. 숲이 끝나고 해변이 시작되는 지점. 만의 모퉁이 저편에서 검은 연기가 뭉게뭉게 피어오르고 있었다. 그건 떠오르는 여명마저 집어삼킬 만큼 어둡고 위협적이었다.

이한인가? 베제스의 얼굴에 화색이 돌기 시작했다. 더 지체할 것도 없었다. 그의 걸음이 빨라졌다.

"어서, 어서 가자!"

"베제스 전하, 하지만 저 연기는……."

쓰러진 척후를 일으켜 세우며 그를 뒤따르던 또 다른 기사가 의구심을 거두지 않고 말했다. 함선들이 불을 피워 위치를 알리는 경우가 왕왕 있긴 하지만 어딘지 모르게 예감이 좋지 않았던 터였다. 그러나 환희에 찬 베제스에게는 아무것도 들리지 않았다.

"헨솔이 쫓아오기 전에 어서 가야 한다!"

그의 생존 욕망에 새삼 탄복한 기사들은 곧 의문을 거두고 묵묵히 그를 따랐다. 어차피 이제 그들도 도망치는 데에 한계였다. 지스카르가 말을 타고 쫓아오고 있다면 어차피 그들은 이 만을 지나기도 전에 사로잡히게 될지도 몰랐다. 어디서 그런 힘이 난 건지 뒤도 돌아보지 않고 만을 향해 달려가는 베제스를 따라 절뚝대는 기사들 또한 마지막 힘을 짜냈다.

그리고.

"드디어……! 드디어! 드디어……!"

드넓게 펼쳐진 규젤의 항만이 모습을 드러냈다.

"드디…… 어……?"

미친 사람처럼 뇌까리며 가장 먼저 뛰어 나갔던 베제스의 걸음이 뚝 멎었다. 탁 트인 바다와 인접한 아름다운 항만은 그다지 특별한 풍경은 아니었다. 하지만 무언가 특별하게 느껴졌다. 듬성듬성 정박된 배들은 먼 곳으로 갈수록 빼곡하게 정박되어 있었고 인적은 드물었다. 어디선가 탄 내음이 흘러들었다. 베제스의 입이 멍청하게 벌어지며 갈려나간 절망이 흘러나왔다.

"뭐, 뭐냐, 이건……."

뒤따라 달려오던 기사들도 베제스와 같은 것을 발견하고 믿을 수 없다는 듯 입술을 벌렸다.

베제스가 미친 사람처럼 눈을 비볐다. 꿈. 꿈이어야 했다. 지금 이건 말도 안 되는 상황이었다.

'꿈, 꿈이다. 이건.'

그러나 눈을 비비고 아무리 세게 깜빡여보아도 풍경은 고스란히 압정으로 박힌 듯 그의 눈에 박힌 그대로였다.

"……이게 뭐야아아!"

바람이 크게 불자 늘어져 있던 깃발이 휘날렸다. 그건 그의 유년을 악몽으로 만드는 데에 일조했던 해적들의 것이었다. 로마탄 그레온.

그들은 약속이나 한 듯이 눈앞으로 들이닥친 살풍경한 전경에 넋을 놓았다.

　동이 틀 무렵, 로마탄 그레온의 대형 함선 중 하나인 그레스완 호가 갑판의 반 이상을 집어삼킨 불길의 폭음과 함께 폭발했다. 불은 금방 꺼졌지만 배는 위태로웠고, 열기와 재는 꽤 오랫동안 만 일대를 장악했다. 잔재를 피해 몸을 웅크린 해적 선원들의 곁에는 수십 명의 기사들이 고초를 면치 못한 상태로 기절당해 묶여 있었다. 뒤엉킨 싸움 중 베다시아의 기사는 대부분이 궤멸했고, 그나마 아직 십수 명 이상이 살아남은 금군은 제피언을 삼켜버린 불길에 전의를 잃었다. 공교롭게도 에드하인다의 기사들조차도 해적들에게 꽁꽁 묶여 꼼짝도 못 하는 상황이었다.

　중지만 한 길이의 앙증맞은 망원경으로 불타는 그레스완 호를 바라보던 퀴네도사이는 재 가루로 뒤덮인 옷깃을 신경질적으로 털어냈다. 저 멀리 만으로 이어지는 바다 한가운데에 정박시켜둔 시모레 호와 그의 새끼 함선들이 폭발한 그레스완 호에 놀라 끝없이 신호를 보내고 있었다.

　퀴네도사이의 시선은 곧 가까스로 숨만 붙어 있는 기사에게로 시선을 옮겼다. 수호 가문의 남자와 금군 대장, 카르시타의 거물 둘이 자신들의 배 위에서 타 죽었다. 저 바보 같은 기사는 불길과 먼 통로 쪽에 기대어 있었기에 시체를 끌고 나와 르니아를 기겁하게 하는 불상사는 없었다. 테일런을 선의에게 맡긴 락혼 역시 더 이상은 테일런에게 관심이 없는 사람처럼 불타는 함선만 무표정하게 응시하고 있었다.

사소한 변심으로 제르의 기사를 구해 오긴 했지만 남은 것은 저자의 운명이었다. 하지만 꼴을 보아하니 낙관적이지는 못했다.

해적들 중 일부는 처참한 배의 몰골에 땅을 치며 울고 있었다. 본디 그레스완 호의 선장이었던 티반은 이미 눈을 허옇게 까뒤집고 넘어간 후였다.

쿼도사이가 정신없이 뛰어다니는 아게곤에게 명령했다.

"왕도에서 다른 군대가 오기 전에 출항할 준비 해라. 그레스완 호의 선원들은 다 나눠서 시모레 호와 홀 호로 우선 옮겨 태우고."

"……이 사람, 못 살릴 것 같은데. 안 돼. 지금으로서는……."

선의 이스케가 고갤 절레절레 저었다. 테일런은 거의 시체와 흡사한 모양새였다. 옷과 피부는 그을음으로 물들었고, 흉강 운동도 미미했다. 몸 어디 한구석 멀쩡하게 깨끗한 곳이 없을 만큼 그슬린 데다 연기를 많이 마신 탓에 입술 색마저 바뀌었다. 죽은 듯이 기절해 있으니 마취제는 필요 없겠지만 깨어나지 않을 확률이 컸다.

"이스케! 네가 어떻게 좀 해봐!"

기절한 제르의 상태가 위험하지 않다는 것을 확인한 즉시 테일런을 살려내라 아집을 부려대는 르니아를 마주한 이스케는 이 상황이 난감하기만 했다. 응급처치를 하긴 했지만 신이 아니고서야, 죽을 사내를 살릴 수는 없었다. 사실 그의 눈에는 저 기사가 지금 숨이 붙어 있다는 게 신기할 지경이었다. 연기를 많이 마셨을 테니 뇌사 가능성도 배제

할 수는 없는 상황. 게다가 몸의 반 이상이 심한 화상을 입은 채였다. 그나마 다행인 점을 굳이 짚으라면 이 기사는 완전히 정신을 잃기 직전 스스로 상처를 불로 지졌는지 과다 출혈은 면했다는 것 정도일까.

"지금 여기서는 아무것도 못 해, 르니아."

페이랑이 울상으로 고개를 수그렸다.

배들과 조금 떨어진 곳에서 이스케의 멱을 쥐고 흔드는 르니아와 그런 르니아를 말리는 선원들, 그리고 넋 놓은 기사들을 바라보며 응급처치를 받고 있던 에사렛타의 시선 또한 참변 속에 잠겼다.

그들을 위해 목숨을 바친 기사를 알고 있었다. 어째서 그가 세드로의 친모와 함께 있었는지까지는 모르지만, 에드난이 늘 불평을 늘어놓았던 그자였다. 에사렛타는 사정 모르고 쌕쌕 숨을 몰아쉬며 곤히 잠든 세드로의 검댕이 묻은 뺨을 엄지손가락으로 문질러 닦아냈다. 다른 이의 불행 또한 가슴을 저미지만 이젠 세드로와 제 명운이 어찌될 것인지. 그것만 생각해도 눈앞이 캄캄했다.

이스케가 어떻게든 해보라 행패를 부리며 죽일 기세로 달려드는 르니아를 피해 도망치려다 나자빠지고, 르니아는 그런 이스케의 멱을 뒤고 마구 흔들어댔다. 환자가 그뿐이 아닌지라, 다른 해적들이 선의를 구하기 위해 르니아를 뜯어 말렸다. 조금 전의 그 상황들이 모조리 잊힌 것처럼 적요한 시간, 우울함만이 만안을 뒤덮었다. 페이랑은 갑갑한지 고함 같은 욕지거리를 내뱉으며 제 가슴을 쾅쾅 때렸다.

테일런은 부상이 심해 섣불리 옮기기도 어려웠다. 제대로 된 치료를 받게 하고 싶어도 왕도로 가는 도중에 숨을 거둘 확률이 컸다. 그렇다면 퀴네도사이의 입장에서는 그냥 여기 버리고 가는 게 더 나아 보였다.

선원들이 마련해놓은 의자에 앉아 우아하게 다리를 꼰 퀴네도사이가 한 팔을 등받이에 걸쳤다. 이 와중에 무슨 여유냐 하겠지만 그에겐 이미 다 지난 일, 그다지 조급할 것도 초조할 것도 없었다. 부서진 배야 다시 다른 배를 주조하면 될 일이고 죽은 이들은 어쩔 수 없다. 당분간 카르시타의 북해 언저리 활동을 자제하면 카르시타 또한 이번 일을 잊을 것이다.

하지만 여유롭다는 말이 즐겁다는 말과 동의어는 아니다. 타버린 선체 아래에 망연히 서서 고향 잃은 이처럼 절망하는 이들을 보니 그의 심기도 심히 불편했다. 게다가 그레스완 호의 선장은 썩 배를 아꼈던 자였다. 망원경을 들고 무심히 초점을 맞추던 퀴네도사이는 문득 이번에는 제르의 주위를 서성이며 금방이라도 울음을 터뜨릴 듯한 르니아를 돌아보았다. 정신을 잃은 제르의 곁에서 어쩔 줄 몰라 하며 발을 구르는 모습은 익숙했다.

'……더 이상은.'

사실 뭍에 가장 집착하는 것이 자신과 르니아 남매라는 아게곤의 말은 반은 틀리고 반은 맞았다. 그는 어린 시절의 오랜 시간을 뭍에서 보냈다. 스스로에 대한 정체성이 정립되기도 전부터 도켄이 내건 볼모로서. 추억을 그리지 않는 이는 없을 터였다. 그러나 르니아는 달랐다. 구태여 르니아가 뭍을 사랑한다 한다면 그녀의 뭍은 제르였다. 제르가 하늘에 있다면 하늘로, 바다에 있다면 바다로, 산천을 가리지 않을 제 동생은 그런 의미에서 제르와 똑 닮아 있었다. 그래서 내버려두었다.

그래서.

그랬더니 어느 순간 르니아는 제 본질을 잊었다. 스스로가 해적이 아니라며 주장하고, 뭍사람이라고 믿는 것처럼 군다. 조금 자란 후 데 바람으로 들어온 르니아의 경우에는 이미 해적선 위에서 어린 시절의 정체성을 모두 확립했다. 르니아가 자유분방한 것도 그 탓이었다. 지금도 바다와 뭍 어디에도 속하지 못하고 오직 제르만 따라다니는데, 저리 두었다간 언젠가 도태될 것이다. 언제까지고 제르가 르니아를 곁에 둘지도 모를 일이 아닌가.

'안 되겠군.'

가늘게 뜬 눈으로 르니아를 응시하던 퀴네도사이가 고개를 돌려 바람의 방향을 가늠했다. 역풍이다. 그러나 몇 시간 지나지 않아 다시 바람의 방향이 바뀔 것이다.

아게곤이 다가와 털썩 그의 의자 옆 땅바닥에 엉덩이를 붙였다.

"만족하나?"

"글쎄? 네놈들 남매싸움은 더 이상 보지 않아도 된다는 것은 일단 만족스럽군. 이렇게 될 줄 알았으면 처음부터 배 째라고 기사들을 다 죽이고 도망가는 게 나을 뻔했다. 그랬다면 그레스완 호도 잃지 않았을 텐데."

"후회 같은 건 쓸모없다."

"알아. 그치만 며칠 전 일도 아니고 바로 몇 시간 전 일이라고. 잠깐 정도는 하게 둬라, 선장. 이럴 때까지도 야박하게 굴긴."

주위를 둘러보던 퀴네도사이가 고개를 갸웃했다. 해적들의 시력은 트란실 인만은 못하더라도 굉장하다. 먼 바다 끝까지 살펴야 하기 때문이다. 하지만 그는 그가 발견한 것에 약간의 의구심을 품으며 아게곤에게 말했다.

"망원경 줘봐라."

아게곤은 뜬금없는 그의 물음에 고갤 갸웃했다.

"왜? 너 지금 들고 있잖아?"

"더 좋은 걸로."

"왜 그러는 건데?"

그리 말하면서 아게곤은 지나가는 망루병을 불러 세운 뒤, 그가 지니고 다니는 낡은 망원경을 빼앗아 퀴네도사이에게 건네었다. 퀴네도사이는 아게곤이 건넨 망루병의 망원경을 왼쪽 눈에 가져다 대며 어딘가를 살피기 시작했다. 아게곤의 고개가 갸우뚱 기울었다. 퀴네도사이가 보는 방향은 바다가 아닌 서쪽의 숲이었다.

"뭐라도 있어?"

대답은 당연하지만 돌아오지 않았다. 말을 말지. 붕대로 친친 감긴 가슴팍을 살살 매만지며 투덜거렸다. 곧 퀴네도사이가 망원경을 아게곤의 무릎 위로 툭 던지더니 어깨를 떨기 시작했다.

뭐야? 고개를 돌린 아게곤은 이내 미친 사람처럼 웃기 시작하는 퀴네도사이를 당황스럽게 바라보았다. 그가 소리 내어 웃는 건 거의 연례행사에 버금가는 드문 일이었다. 게다가 조금 전 그들이 자랑하는 대형 범선 하나가 뼈대도 못 추릴 만큼 작살이 난 상황을 고려하면 지금 이 웃음은 그를 불안케 하기 충분했다.

'이놈이 진짜 미친 건가.'

혹시나 하는 기우에 퀴네도사이가 던진 망원경을 들어 숲 언저리를 바라보는 아게곤의 입가에 의문이 어렸다. 빽빽한 나무 사이 걸린 숲의 어둠, 그것 말곤 딱히 보이는 것이 없었다. 아니, 없었다.

"……뭐야?"

아게곤이 막 망원경을 눈에서 떼려는 순간, 숲 가장자리에서 움직이는 어떤 그림자들이 그의 눈에 들었다. 언뜻 보이는 문양은 명백히 카르시타의 것이 아니었다.

퀴네도사이가 허리를 숙여 배를 움켜쥐며 온몸을 떨었다. 하하하. 웃음소리가 배 속이 간지러워 몸을 비트는 사람처럼 크고 호쾌했다.

"……대단해! 지루할 틈새가 없어!"

느닷없이 울려 퍼지는 퀴네도사이의 웃음소리에 만 언저리에 모여 있던 이들의 시선이 그에게로 미끄러졌다. 퀴네도사이는 그들의 시선을 고스란히 무시하며 자신이 본 것을 되새겼다. 아주 익숙한 사람이었다. 얼굴만 봐도 짜증이 치미는.

'……그놈도 끝장이 난 거군.'

어느 날 갑자기 들고 일어난 나하르 때문에 데바람이 내란으로 앓고 있다는 이야기는 들었다. 이상할 것도 없다. 그나저나 너무 경박하게 웃었군. 뒤늦게야 웃음을 그치고 잇새로 비어져 나오는 웃음을 삭이던 퀴네도사이가 입가를 매만지며 매끄럽게 입꼬리를 올렸다.

그가 몇 걸음 떨어지지 않은 곳에 선 락혼의 뒤통수를 향해 외쳤다.

"어이, 야만족."

"결투라도 하고 싶은 건가. 카르시타에서 쓰는 야만족이라는 말이 좋지 않다는 의미라는 것쯤은 안다. 자꾸 그리 부르지……."

"투정은 안 받는다. 됐고."

퀴네도사이가 고개를 젖혀 곁눈으로 서쪽의 암암한 숲에 한 번 눈길을 준 후, 흰 이를 드러내며 웃었다.

"데바람에서 아직 전갈은 도착하진 않았다만 어차피 가능성은 희박하다 한 거 기억하지? 그래서 말인데…… 그보다 더 좋은 걸 발견했는데 어떤가?"

다리를 꼬고 앉아 거만하게 잇는 음성에 락혼의 눈이 가늘어졌다. 그 말을 끝으로 잠깐 곰곰이 제 관자놀이를 톡톡 건드리던 퀴네도사이가 나른하게 중얼거렸다.

"아니지, 아니지. 일단…… 젠이 눈을 뜨면 그 화를 좀 풀어줘야겠지. 선물로는 제격이겠군."

그때까지도 숲 언저리에서 언뜻 보인 그림자의 정체를 아리송하게 살펴보던 아게곤이 고개를 돌렸다. 퀴네도사이가 즐거워하는 걸 보니, 누군지는 모르지만 운이 나쁜 놈인 게 분명했다.

"귀한 손님이 오셨어. 옛정을 떠올리니 환대하지 않을 수가 없군."

탁. 탁. 탁. 습관처럼 지팡이를 몇 번 바닥에 부딪친 퀴네도사이의 고함이 포효처럼 울렸다.

"전원, 하던 일을 중단해라!"

고함은 충분히 위협적이었다. 부서진 파편 중 쓸 만한 것이나 물자 물품들 중 타지 않은 것이 남았는지, 그레스완 호의 옆에 매인 작은 새끼 함선들의 상태를 살피고 물과 장작을 열심히 옮겨 나르던 해적들이 일동 경직하고 그를 돌아보았다. 근처의 중소형 함선에 올라 있던 선원들 역시 퀴네도사이의 노성 같은 고함에 갑판 아래를 내려다보았다.

퀴네도사이가 곧 언제 소리쳤냐는 듯 매끄러운 미소를 지으며 지팡이를 들었다. 지팡이의 끝이 가리키는 방향은 서쪽 끝의 숲이었다.

"데바람의 망나니가 저 숲에 있다."

영문을 몰라 하는 선원들과 대륙의 기사들, 그리고 락혼과 르니아까지. 한데 집중된 시선 속에서, 거역할 수 없는 서늘한 목소리의.

"잡아 와."

명령이 떨어졌다.

그때 만과 바다의 사이 한가운데에 정박해 있던 로마탄 그레온의 최고함선 시모레 호의 돛 위로 붉은 깃발이 올랐다. 만안의 망루병들마저 뭍을 바라보고 있던 순간, 그것을 눈치 챈 이들은 없었다.

턱 막혔던 숨통이 트이는 것과 동시에 제르는 마비되었던 감각이 되살아나는 것을 느꼈다. 무감초를 먹었을 때와는 조금 다른, 온몸이 물먹은 듯 늘어지는 느낌. 손끝, 발끝에 힘 한 조각 줄 수 없는 절박함. 세상은 깜깜했고, 머리 위로는 부산스러운 진동이 울렸다. 곧 자신이 정신을 잃었다는 것을 깨닫고 눈을 뜬 제르는 숨과 함께 참아냈던 기침을 토하며 엎드렸다. 누군가가 그녀의 어깨를 붙잡았다. 걱정스러운 듯 부르는 것 같기도 했다. 소란스럽다. 그녀는 이유도 모른 채 덜덜 떨리는 몸뚱이를 버티기 위해 양팔에 힘을 주었다. 구역질이 치밀어 오르고 금방이라도 숨이 넘어갈 것 같은 현기증이 일었다. 어째서인지 뒷목이 얻어맞은 듯 아팠다.

얻어맞은 듯이.

그 순간 조각난 기억이 되살아나 그녀의 가슴을 찔렀다.

'무슨 일이.'

그녀의 입술이 작게 벌어졌다. 고개를 들자 르니아가 바로 그녀의 옆에 무릎을 꿇고 앉은 게 보였다. 어깨에 얹힌 손의 주인은 르니아였다.

"시나와 님! 괜찮으세요? 괜찮아요? 이스케! 아니, 아니. 아무나……!"

제르의 눈이 힘겹게 주위를 훑었다. 한데 몰려 있는 해적 선원들이 부산스레 오고 있는 풍경이 가장 먼저 들었다. 그다음으로는 단단히 묶여 있는 뒤섞인 적의 기사들. 그들 중 에드하인다의 갑옷을 입은 이들의 꽁꽁 묶은 밧줄을 풀어내는 페이랑의 뒷모습. 조금 더 멀리로는 새까맣게 타버려 형체조차 온전하지 않은 골조만 남은 거선이 가느스름한 연기를 피워 올리는 것이 보였다.

"르…… 르니아…… 어떻게…… 된."

"세드로 님은, 지금 왕비 전하랑 같이 저쪽에서 쉬고 계시고요. 두 분 다 무사하세요."

르니아는 일부러 테일런에 대한 것을 생략했다. 그것을 알지 못한 제르는 가까스로 정신을 추스르며 숨을 골랐다. 세드로가 안전하다는 것만으로도 바짝 신경독이 올랐던 가슴이 폭삭 가라앉는 기분이었다. 다행이다. 잃지 않았다. 잃지 않는다. 페이랑과 테일런이 구해주지 않았더라면 어찌 되었을지 생각만 해도…….

거기까지 사고를 잇던 제르의 얼굴이 굳어졌다.

그녀가 르니아의 손목을 붙잡아 물었다.

"……경은?"

"예?"

"테일런, 테일런은…….."

조금 더 진정한 후에 이야기하려고 했지만 제르는 절박하리만치 사

납게 그녀를 채근했다. 르니아는 아무 대답도 하지 못한 채 눈시울만
붉혔다. 제르의 손에서 힘이 빠졌다. 대답은 충분했다.

체렌시와가 죽었을 때도, 그 소식을 알리던 이들은 꼭 저런 표정이
었다. 엔사의 사형을 언도하던 이들도 꼭 저런 얼굴로 그녀에게 소식
을 전하고 물러났다. 르니아는 제르의 얼굴에 떠오른 두려움을 읽어
내고 눈치 빠르게 덧붙였다.

"시나와 님, 아니에요. 진정하세요. 테일런 님도 배에서 나오셨어
요. 오라버니와 락혼이 도와줘서…….."

뒷말은 차마 잇지 못했다. 르니아가 전한 희망적인 소식에 제르가
다시 고개를 들어 물었다.

"무사, 무사한 거냐. 리니. 그는 어디 있어. 내 지금 당장 봐야겠다.
그놈을 내 지금 당장……."

결국 울음을 터뜨리고 만 르니아가 무작정 제르를 끌어안았다.

"죄송해요. 죄송해요…… 죄송해요. 저희 때문이에요."

제르는 르니아가 제게 안겨 용서를 구하는 음성에 명한 눈동자로 타
버린 거선의 거무틱틱한 망루를 올려다보았다. 그녀의 검은 눈동자
면 위로 드리워지는 참괴한 사건의 증거. 그녀의 눈에서 툭 눈물이 떨
어져 내렸다.

"살아는 계신데, 그런데요, 지금 상태가 많이 좋지 않으세요. 제가
멍청했어요…… 제가. 시나와 님, 죄송해요."

아아.

르니아의 등 위로 힘없이 덮였던 제르의 손이 주룩 미끄러져 내렸
다.

아아.

"아······."

그녀의 입술 사이로 신음인지, 부름인지 모를 자그마한 소리가 흘러나왔다.

"아아아······."

무력했다. 제르가 눈물마저 멎은 초점 잃은 눈동자로 허공을 응시했다. 남빛 밤하늘은 물러나고 어느새 동녘을 밝힌 햇빛에 눈이 부셨다.

"살아는 있는 거지."

빨간 토끼 눈을 한 르니아가 코를 훌쩍이며 고개를 끄덕였다. 제르는 모든 감정을 갈무리한 듯이 단정하게 가라앉은 얼굴로 르니아의 얼굴을 뒤덮은 눈물을 소맷자락으로 대신 닦아준 후 다리에 힘을 주어 일어섰다.

"내······ 가서 그를 보겠다."

"보지 않으시는 게."

"내 눈으로 직접. 내······ 직접."

제르의 끊길 듯 이어지는 고집스러운 음성에 르니아가 아랫입술을 그러물며 그녀를 부축해 세웠다. 생각보다 잘 감정을 추스른 제르가 다행이다 싶은 한편, 아직 테일런의 모습을 보지 못해 그런 건 아닌가 싶은 우려에 당장이라도 발길을 되돌리고 싶었다.

르니아는 조심스레 에사렛타와 세드로가 앉아 있는 해변 가장자리로 제르를 안내했다. 그곳은 만 한복판에서 벌어진 일과는 유리된 세계처럼 침착한 공기로 둘러싸여 있었다. 페이랑 역시 테일런의 옆에 널브러지듯 앉아 연신 한숨만 내쉬고 있었다. 등 뒤로 드리워지는 그림자를 알아차린 에사렛타와 페이랑이 동시에 고개를 돌려 그들을 올려다보았다.

제르와 눈을 마주친 페이랑이 황급히 고개를 숙였다. 제르는 페이랑에게 시선을 주었다가 시체처럼 누운 사내를 향해 시선을 돌렸다. 낯선 해적의 치료를 받으며 누워 있는 남자는 낯선 해적보다 더 낯설었다.

목 언저리가 온통 벌건 화상으로 뒤덮여 있었고, 그 아래 왼팔 또한 다 타버린 제복에 눌어붙은 화상으로 익어 있었다. 옷자락을 걷어 올린 복부는 검댕인지, 타버린 살인지 구분할 수 없을 만큼 흉측하게 짓이겨진 살투성이였다.

심장이 서서히 소리를 죽였다.

제르는 눈 하나 깜빡하지 않고 그를 눈에 담았다. 새겼다.

정신을 잃은 와중에도 고통스러운 듯 경련하는 신경을 진정시키기 위해 이스케가 무던히도 애를 써보지만 허사였다. 살 수 있겠느냐 묻는 것이 도리어 어리석은 짓이라는 것을, 이 자리에 있는 모두가 알았다.

말을 잃은 듯 입술을 다문 제르의 눈치를 보던 페이랑이 결국 대신 흐느꼈다.

"송구합니다. 송구합니다, 영주님. 제가 대신 남았어야 했는데."

같은 무게였다. 그녀에게는 이들이 같은 무게로 그녀를 지탱해준 이였다. 누구 하나 더하지도 덜하지도 않은, 그녀가 입술을 꽉 끌어당기고 주먹을 쥐었다.

"……세닉 경. 그대는 잘해주었다. 수고했다. 고생, 했다."

이미 겪을 만큼 겪었다 생각했다.

세드로 하나만 살아남으면 세상 따위 어찌 되든 좋다고, 모질게 각오를 다지며 연명했다. 그러나 익숙해져도 좋을 이 상실감은 도저히 익숙해지지 않는 크기로 그녀를 짓눌렀다. 그녀의 몸이 무너지듯 테일런의 옆자리로 내려앉았다. 반대편에 웅크리듯 엎드려 테일런의 숨결을 살피던 이스케가 눈을 굴리더니 조심스레 그의 몸에서 손을 뗐다.

"자상이 깊고 화상도 심합니다. 다행스러운 것은 출혈을 아마도 본인이 직접 불로 지져서 멈추었는지, 상처의 크기에 비해 아직 목숨은 간신히 이어가고 있습니다만⋯⋯."

마지막이 될지 모를 이 순간에 그다지 듣고 싶은 이야기는 아니었다. 제르가 손바닥을 들어 이스케의 말을 막았다.

그녀는 이스케가 들고 있던 손수건을 대신 쥐고 테일런의 팔 언저리에 묻은 모래를 털어냈다. 아프겠구나. 중얼거리지만 답은 돌아오지 않았다. 아프겠지. 신음이라도 내어주었더라면.

이대로 가나, 그대.

제르의 고개가 결국 슬픔의 무게를 견디지 못하고 떨어졌다. 그녀의 이마가 그의 뺨에 맞닿았다.

정녕 이대로 가는가, 테일런.

"⋯⋯기사 놈이 사람 죽이는 짓만 잘하면 될 일이지, 왜 이리 멋대로 굴어!"

제르의 손이 테일런의 팔뚝을 움켜쥐었다.

"누가 이런 짓을 하라고 했어! 그저, 그저, 네놈들은 시키는 일이나 하고 사람이나 죽이면 될 일인데, 무엇하러⋯⋯ 대체 왜⋯⋯ 왜애애!"

처음으로 저를 거역한 결과가 이거였다.

"왜⋯⋯ 시키는 것만 할 줄 알던 얼간이 같은 놈이, 대체 왜⋯⋯. 내가 파직하기 전까지 너는 내 기사다. 내 분명, 그리 말했거늘!"

제르의 흐느낌이 길어지자 더는 못 버티겠는지 페이랑이 도망치듯 자리를 떠났다.

"선의."

"……예."

"……내, 마지막으로 어리석은 질문, 하나 하겠다. 네 명예를 걸고 대답해라."

놓지 못했다.

아직 그녀는 또 다른 이의 시신을 딛고 일어설 각오가 되어 있지 않았다. 더 잃고 버틸 각오가.

"테일런은 정말 가망이 없나. 정말 죽음 말곤 없나."

포기할 수 없었다. 지금 이 순간은 세드로도, 에사렛타도 보이지 않았다.

만에 하나라도 살아날 수 있다면 그 작은 가능성에 걸고 매달려 애원하고 싶을 만큼 그녀는 절박했다. 이스케는 섣불리 대답하지 못하고 눈만 내리깔았다. 이건 단순한 선의의 응급처치만으로는 어찌할 수 없는 수준이었다.

정신을 잃은 상황에서도 고통을 느끼고 경련하는 것을 생각하면, 차라리 편히 죽여주는 것이 도리일 터였다.

"나는 아직 포기 못 한다. 살아라. 살아 돌아와."

제르가 테일런의 경련하는 손을 조심스레 감싸 쥐며 잠긴 음성으로 명령하듯 말했다. 한기 밴 음성이 살 저리게 귓불을 타고 올랐다.

"……내 땅에 있는 그 많은 아이들은, 자네의 아이들은 어찌하려고?"

그가 거두었던 수많은 아이들이 차게 먼 땅에서 아비를 기다리고 있을 터였다. 기린처럼 목을 길게 빼고, 눈을 말갛게 뜨며 언제쯤에나 그가 돌아올까 시린 손을 녹이고 있을 텐데.

"숨, 붙여."

제르는 자리에서 일어섰다. 이스케가 결국 우는 소리로 그녀의 뒷모습을 향해 말했다.

"이대로는 고통을 이기지 못하고 괴롭게 죽을 테니, 출혈은 멎었고 화상도 어찌해볼 수는 있지만 고통 때문에 죽을 수도 있습니다. 차라리……."

고통 속에 죽는다.

"고통 때문에 죽는다…… 고."

그러니 차라리 죽이라.

모두가 죄인이었다. 그의 목숨을 대가로 살아남은 자신과 왕비와 왕자, 그를 대신해 밖으로 나와 목숨을 건진 페이랑과 돕지 못한 르니아. 모두가 죄인이었다. 죄 갚음으로 할 수 있는 것이 사형이라면 이 세상은 정말로 비틀려 있는 것이다.

그녀는 아직 포기하지 못했다.

그들과 함께했던 시간, 돌이켜보니 제법 길었다. 가끔 투닥거리고, 의견 차이로 언성을 높이고, 때때로 잔꾀도 부리고, 심술궂게 굴기도 했다. 그사이에 부서진 마음의 귀퉁이로 이 사람들이 녹아들었다. 인정했다.

그리고 자신의 어리석음을 인정했다. 불쌍한 집착, 알렉시스가 말한 그 불쌍한 집착에 빠져 주위를 외면했던 자신은 우자였다. 그것 말고는 길이 없다 스스로에게 뇌까리며 제 등 뒤에 서 있는 이들의 노력과 뒷받침을 머릿속에 담고 살았다.

'……주군은, 한평생 혼자 사실 생각이십니까?'

그녀는 그를 걱정해본 적이 없었다.

'주군은 가치 있는 사람입니다.'

그들은 자신을 똑바로 바라보고 있는데 제 눈엔 그들이 보이지 않았다. 얼마나 이기적인 인생을 살아온 건가. 제르의 시선이 에사렛타에게 향했다. 손에 잡히지도 않을 아이만을 그리워하면서. 정작 묵묵히 제 곁에 있어주는 이들에게 그 비슷한 일편의 마음이라도 준 적이 있었던가.

따뜻한 말 한 마디 한 기억이 없음이다. 그저 비수 같은 말만 지껄였던 자신의 입술이라.

"차라리 편하게 해주는 것이……."

르니아가 숨을 들이켜는 소리가 났다. 무너지지 마라, 르니아. 나는 아직 포기하지 않았다. 제르가 눈을 부릅뜨고 테일런을 내려다보았다. 애초에 자신은 늘 그런 여자였다. 집착하고, 집착하고, 집착해서.

죽을 만큼 아파도 살아라.

내 그리 살아보니 살아지더라.

제르가 말없이 테일런을 노려보았다. 눈물은 없었다.

죽을 만큼 아파도 살아.

"푸링귀, 가지고 있지, 르니아."

가까스로 갈라진 목소리를 끌어 모았다. 가슴이 미어져도 참아낼 수 있다. 그녀는 이보다 더 고된 시련과 역경도 딛고 일어섰다. 다른 산 목숨 딛고 서는 것은 이만하면 충분하지 않은가.

"고통 때문에 죽을지 모른다면, 고통을 느끼지 못하게 하면 그만이다."

놀란 르니아의 눈동자가 흔들리기 시작한다. 무감초는 극약이었다. 멀쩡한 사람도 해독이 어려운 독약을 저런 상태의 테일런에게 준다면 정말 결과를 점칠 수 없었다.

"어서."

제르의 눈동자 위로 괴인 물기를 올려다보던 르니아가 제 입을 틀어막았다.

"시나와 님……."

테일런의 몸이 저 극악한 독의 약효를 버텨낼 수 있을까. 아마 영원히 눈을 뜨지 못할지도 모른다. 그러나 제르는 각오한 것이다. 그 독한 약을 이제껏 제 입으로 삼켜왔던 여자가 그리 말했을 때는 그의 고통을 이해한다는 것이다.

르니아가 주저하며 이스케를 향해 물었다.

"이스케…… 괜찮을까?"

"……정신을 잃었어도 고통은 고통입니다. 차라리 그렇게 해서라도 편하게 하는 것이 더 좋은 방법일지도 몰라요."

내내 상황을 말없이 바라보던 에사렛타 역시 자리에서 일어섰다. 이런 보잘것없는 비극도 비극이라. 르니아가 품속에서 제르를 위해 가지고 다니는 무감초의 정제액이 담긴 병을 꺼냈다.

그녀가 절망적으로 뇌까렸다.

"……살아날 수 있는 건데 우리가 실수하는 거면?"

이스케는 말없이 고개를 숙였다. 연고도 없는 반 시체 같은 남자를 둘러싼 이 비참한 공기에, 절로 고개가 숙연히 수그러들었다.

"시나와 님…… 어떡해요. 저는…….”

결국 약병을 내려놓은 르니아의 얼굴이 슬픔으로 일그러졌다.

자칫 자신의 손으로 그를 죽이는 것이 될까 봐. 그것이 너무나도 두려웠다. 혹시나 살아남을 수 있는 이에게 독약을 먹여 영원히 눈뜨지 못하게 할까, 그게 가장 두려웠다.

"내게 다오.”

르니아를 이해하기에 제르는 대신 몸을 돌려 그녀에게서 약병을 빼앗아 들었다. 그녀가 테일런의 머리맡에 무릎을 꿇고 앉아 툭 떨어지는 눈물을 내려다보았다. 아직은 잃지 않았으니 울 때가 아니다. 제르는 약병의 뚜껑을 열었다.

한두 방울을 희석해서 마시는 것만으로도 독한 약을 일부 그의 입술 사이로 욱여넣는 것은 경건한 예식의 한 부분처럼 침착했다.

약효가 돌고 나면 그는 아프지 않게 될 것이다.

그리고 아주 오랜 시간, 긴 시간을 잠들게 될 것이다. 이 눈, 다시 뜨이지 않을지도 모른다. 그것이 실감이 나서일까. 이윽고 약병을 내려놓고 조심스레 그의 입술을 닦아준 제르는 엉망이 된 남빛 머리칼을 부드럽게 쓸어 넘기며 허리 숙여 그의 이마에 입을 맞추었다.

"마지막 임무다. 테일런, 내 말이 들린다면 살아서…… 돌아와라.”

언뜻, 테일런의 눈꺼풀이 움직이는 듯했으나 이내 경련에 섞여 사라졌다.

제르는 테일런의 경련이 멎을 때까지, 약효가 돌아 그를 평온으로 이끌 때까지 하염없이 그의 머리맡에 앉아 있었다.

남빛 하늘은 바다 저편으로 도망쳐 흔적조차 보이지 않고, 떠오른 붉은 빛만 아름답다. 포근한 밤하늘 같던 사내를 제 손으로 떠나보냈다.

　퀴네도사이는 테일런이라는 기사 주위에 드글드글 모여 있는 대륙인들을 못마땅하다는 듯 바라보며 중얼거렸다.
　"어차피 저놈, 죽을상이었다."
　그러자 아게곤이 정 없는 녀석…… 하고 중얼거리며 되레 쓴 표정을 지었다.
　퀴네도사이는 숲 저편에서부터 우와아아 환호성을 지르며 몰이사냥이라도 하듯 도처를 헤집고 다니는 선원들의 소리로 관심을 되돌렸다. 베제스가 어디로 도망가든 이 근방에서는 제 손바닥 안이었다. 부서진 배를 생각하면 아직도 심기가 뒤틀렸지만 베제스를 떠올리니 절로 흥이 났다. 지팡이를 빙빙 돌리던 퀴네도사이는 덤덤히 합장하며 죽은, 아마 죽을 기사를 향해 조의를 표하는 락혼을 발견하고 코웃음 쳤다.
　락혼이 눈치 빠르게 퀴네도사이를 가는 눈으로 흘겼다.
　"명예로운 죽음이었다. 비웃지 말도록. 자랑스러워할 만하다."
　"난 그놈을 비웃은 게 아니라 널 비웃은 거야. 죽지도 않은 걸 죽었다고 조의까지 표하는 걸. 죽길 바라는 것 같잖아?"
　팔뚝에 힘줄이 돋을 만큼 세게 힘주어 주먹을 쥐던 락혼이 이내 살기가 짙어지는 퀴네도사이를 외면했다. 그는 요란하게 흔들리는 숲의 나무와 간간이 들리는 환호 같은 고함에 불퉁하게 물었다.
　"헌데 지금 너희 선원들은 갑자기 뭘 하는 거냐? 데바람의 망나니는 뭐냐."

"왕."

"왕?"

"그래."

"왕이라니?"

퀴네도사이는 더는 부연하지 않았다. 이놈에게 먼저 내어주는 것보다 제게 화가 단단히 났을 제르의 속을 달래주는 것이 더 우선이었다. 제르는 또다시 무언가를 잃었다. 그녀가 잃은 것들은 손으로 꼽을 수 없을 만큼 많았다. 저쯤 되면 저 계집의 팔자가 저렇구나 동정하는 것마저 아까울 정도로.

이윽고 그의 시선이 제르의 뒤에 서서 어깨를 축 늘어뜨린 르니아에게 향했다. 르니아의 어깨가 떨리는 것이 썩 눈살을 찌푸리게 했다.

그가 지나가던 선원을 향해 사정 묻지 않고 짧게 명했다.

"이스케를 불러 와."

퀴네도사이는 울 것 같은 얼굴의 선의를 내려다보았다.

"죽었어?"

이스케가 고개를 저었다.

"아뇨. 하지만 상처가 너무 심하고 고통스러워해서…… 푸링귀를 먹였습니다."

"……치사량? 안락사인가?"

"그 정도는 아니지만."

퀴네도사이가 눈을 가늘게 떴다. 제 탓도 아닌데 괜스레 마음이 찜찜해졌다.

"그래, 뭐, 그 방법밖에 없다고 판단했다면 맞는 거겠지. 홀 호로 데려가. 그래도 주인 구하자고 목숨 바쳐 사지로 뛰어든 용기는 가상했으니 최대한 상처를 봐줘라. 저 꼴로 죽는 것보단 낫겠지."

"예."

뒤돌아 뛰어간 이스케가 몇몇 선원들을 이끌고 테일런을 옮기기 위해 다가가자, 멀찍이 망부석처럼 앉아 있던 제르가 거칠게 반항하는 소리가 들렸다. 이스케가 르니아와 제르를 붙잡고 설득이라도 하듯 간곡히 무언가 이야기를 하자 제르의 움직임도 같이 멎었다.

얼마 지나지 않아 제르가 퀴네도사이에게 다가왔다. 마음은 좀 추슬렀는지, 아니면 이제 저 정도 상실은 짧은 충격 정도밖에 되지 않는 건지 담담하게 해갈된 낯빛이었다. 하지만 울었구나. 눈물 자국만큼은 감출 수 없었다.

"에스펠라."

퀴네도사이가 대답 대신 슬쩍 고개를 돌려 제르를 응시했다.

"……테일런을 데리고 나와준 게 너와 락혼이라고 들었다. 감사한다. 로도의 락혼, 고맙다."

락혼이 고개를 까딱했다. 그는 우쭐하지도, 그렇다고 겸손하지도 않은 듯한 얼굴로 이내 숲을 돌아보았다. 제르의 인사보다도 퀴네도사이가 한 왕이라는 말이 마음에 걸리는 모양이었다.

퀴네도사이는 무릎에 팔꿈치를 대고 턱을 괴며 물었다.

"고맙다고? 젠, 진심이냐?"

"……."

"너답지 않네."

"……."

"나한테 화를 낼 줄 알았는데."

담담한 체하는 제르를 보니 괜스레 심사가 꼬였다.

"탓하지 않는다. 애초에 너와 내가 그런 관계였다는 걸 나도 잘 아니까. 하지만 이해한다는 건 아니다. 네게 어떤 사정이 있었건 간에."

차라리 화를 내는 게 더 나을 뻔했다. 그는 약하게 나오는 저 두 여자에게 약했다. 꺾으려고 기를 써도 안 꺾이던 걸 꺾고 나니, 아차! 싶은 그런 기분이라고 해야 할까. 스윽 흘러내린 머리칼을 쓸어 넘긴 퀴네도사이가 얕은 한숨을 내쉬었다.

"뭐, 좋아. 이쪽 피해가 만만찮긴 했지만 나도 네게 조금은 미안해하고 있다. 사과의 의미로 준비한 게 있어."

"……?"

"아주, 아주 재미있는 거."

의미심장하게 울리는 퀴네도사이의 음성에 제르의 눈이 가늘어졌다.

"무슨 소리를 하는 거냐."

그때였다. 어디선가 돼지 멱 따는 소리가 들리는가 싶더니 숲 속으로 우르르 몰려갔던 해적들이 우르르 돌아왔다. 헹가래를 하듯 팔을 위로 뻗친 그들의 머리 위에는 밧줄에 돌돌 묶인 몇 명의 사람들이 올려져 있었다. 그리고 그들 위로 줄줄이 엮여 딸려오는 기사들. 수호 가문의 기사나 금군의 잔당이 숨어 있었는가 생각하며 무심히 시선을 돌리던 제르의 눈동자가 서서히 커졌다.

"선장! 이 자식 뭐예요? 계속 헛소릴 하는데?"

반쯤 입을 틀어막힌 사내가 몸부림치며 업혀서 오고 있었다. 숨을 껄떡이며 몸을 애벌레처럼 튕겨대는 다 큰 성인 남자는 그들과 가까워질수록 뱉지도 삼키지도 못한 신음 소리를 높였다. 제르의 팔이 툭 떨어지자 퀴네도사이가 지팡이에 체중을 싣고 의자에서 일어나며 그녀를 돌아보았다.

"젠, 네게 복수가 뭔지 보여줄 테니 잘 봐라."

섬뜩한 미소를 남긴 퀴네도사이가 양팔을 벌리며 해적들에 의해 배달되어 오는 사내를 향해 다가갔다.

"이거, 전하, 오랜만이다?"

그런 그를 바라보는 제르의 몸이 사시나무처럼 떨리기 시작했다.

선원들이 가까워질수록, 그들과 함께 나타난 사내의 얼굴도 가까워졌다. 식별이 가능할 만큼 가까운 거리에 이르렀을 때 제르는 그녀도 모르게 휘청하며, 퀴네도사이가 앉아 있던 의자의 등걸이를 짚었다.

"……무슨."

"재갈을 빼."

퀴네도사이의 음성이 멀게만 느껴진다. 제르는 무의식적으로 힘 빠진 손을 배 위로 얹었다. 두근, 두근, 두근.

"감히! 이 천박한 놈들이 내게…… 놔아! 놓으라고오오! 내 명이 들리지 않느냐아아!"

초점이 흐려지더니 돌연 끔찍한 소름이 등줄기를 타고 올라왔다. 정수리까지 저릿한 기분에 숨이 가빠지기 시작했다.

퀴네도사이가 확인 사살하듯 뒤돌았다.

"여어, 젠. 좀 더 가까이서 볼래? 너도 꽤 오랜만인 거 아닌가?"

퀴네도사이의 등에 가려졌던 사내의 낯짝이, 비껴 돌린 그의 몸 옆으로 선명히 보였다.

지난 과거의 악몽이 되살아났다.

이것이 현실인가. 꿈인가.

그러나 이 추위, 이 고통, 이 공포, 이 절망 모든 것이 현실이었다. 쥬세를 닮은 갈색 머리칼과 어두운 난폭함을 담은, 꼭 썩은 나무껍질처럼 거무튀튀하던 눈동자. 그녀를 알아본 베제스의 눈에 섬뜩한 불꽃이 튀었다. 제르가 본능적으로 뒷걸음질 쳤다.

그때, 성큼성큼 다가온 퀴네도사이가 제르의 손목을 낚아채더니 그녀를 바짝 끌어당겼다.

"이 녀석, 널 위해서 잡아 왔어."

얼어붙은 여자의 귓가에, 악마가 속삭였다.

당장 급한 일대 수습 작업마저 다 멈추고 무얼 하나 했더니만, 뜬금없이 데바람의 도망친 왕을 사로잡았다는 소식에 살아남은 금군이며 수호 가문의 기사며 에드하인다가의 기사 너나 할 것 없이 기함했다.

선실까지 테일런을 옮기는 걸 돕겠다며 따라갔던 르니아 역시, 하선하기 무섭게 고래고래 고함을 치는 웬 낯익은 사내를 발견하고 경직했다.

'베제스?'

르니아가 엄청난 속도로 달려갔다. 제르는 퀴네도사이에게 붙잡혀 꼼짝도 하지 못하고 있을 때였다.

"네놈드을! 당장 이 밧줄 풀지 못해애!"

"이 녀석이 저쪽 숲 언저리에서 염탐질을 하는 걸 보고 기쁘게 잡아

왔지. 안 그래? 베제스. 살금살금 저기서 뭐 하고 있던 거야?"

"이 해적 놈이! 그리고 저 계집년은 아직도 살아서 돌아다닌단 말이……."

그 순간 달려온 르니아가 그대로 베제스의 머리통을 빡 소리가 나게 후려쳤다. 지휘하듯 그의 눈앞에서 지팡이를 마구 현란하게 놀리던 퀴네도사이마저 깜짝 놀랄 만큼 손속 없는 발길질이었다.

"이 개새끼가! 이 개새끼, 네가 왜 여기에 있어!"

르니아가 그대로 베제스의 턱을 반대쪽 발로 한 번 더 가격하자 으드득 하는 소리가 났다.

"커…… 커헉!"

"이 개자식아…… 또 무슨 짓을 하려고! 또 무슨 짓거리를 벌이려고!"

르니아에게 얻어맞는 고통을 상상해보듯 눈동자를 위로 올리던 퀴네도사이가 양 미간을 좁히며 "우우." 하고 그답지 않은 과장된 제스처를 보였다. 그러나 그도 잠시, 그는 여전히 굳어 꼼짝도 못 하는 제르의 어깨 위로 팔을 걸치며 속삭였다.

"오랜만에 만나니 어때?"

제르가 뻣뻣이 굳은 고개를 강제로 돌려 그를 응시했다. 코끝이 맞닿을 만큼 가까운 거리에서도 퀴네도사이는 그 특유의 오만한 미소로 눈썹을 살짝 들었다 놓을 뿐이었다.

"린, 적당히 해. 전채 요리에 배 불릴 셈이야?"

거의 초장부터 눈이 까뒤집힌 터라, 저러다 곧 죽겠네 싶은 생각에 퀴네도사이가 지팡이를 뻗어 르니아와 베제스의 사이를 갈랐다.

"말리지 마…… 이 자식은……!"

"젠이 가만히 있는데, 왜 네가 나서?"

퀴네도사이의 서늘한 일갈에 르니아가 퍼뜩 정신을 차린 사람처럼 제르를 향해 달려왔다.

"시나와 님, 괜찮으세요?"

쿨럭쿨럭 기침하며 몸부림치던 베제스가 르니아가 멀어지기 무섭게 이를 드러내며 눈을 부릅떴다.

"내 기필코 풀려나면 네 동생 년 계집부터……."

퀴네도사이의 지팡이 끝이 베제스의 머리를 후려쳤다.

"데바람에서야 왕자니 뭐니 해서 어지간히 봐줬잖아. 여기선 그 입을 예쁘게 놀려야지?"

퀴네도사이는 바닥에 내동댕이쳐진 베제스를 비웃었다. 그리 얻어터지고도 베제스는 전혀 기죽지 않고 바락바락 악을 쓰며 덤벼들기 위해 몸을 들썩였다.

"네놈들, 풀려나기만 하면 당장에 죽여버리겠다!"

하기야 저쯤 배짱이 있으니 제 일가를 참살하고도 발 뻗고 잤을 터.

"……후환이 두렵지 않나! 해적 나부랭이! 내가 누, 누, 누군지 알면서도!"

"꼴을 보아하니 내전에서 지고 꽁지가 빠져라 도망친 거 아닌가. 하필이면 내가 있는 곳으로 오다니…… 운도 없지."

제르가 퍼뜩 정신을 차렸다.

'내전에서…… 져?'

"내 기필코 복권하여 네놈들을 모조리 씨를 말릴 거다. 퀴네도사이 에스펠라아! 넌 왜 끝까지 내 앞길을 막아! 이 빌어먹을 해적 놈아아아!"

유년의 수년 동안 멍울 맺힌 가슴의 한이 터져 나오는 듯했다. 퀴네도사이는 제법 위협적인 그의 고함에 어깨를 으쓱하며 지팡이로 그의 이마를 꾹꾹 눌렀다.

"여기로 온 건 너잖나."

베제스는 흘깃 제르를 흘긴 후 다시 피로 범벅된 벌건 잇몸을 드러내며 퀴네도사이를 향해 소리쳤다.

"지금 당장 나를 놓으면 다 용서해주마. 놔라. 놔!"

정신없이 이랬다가 저랬다가 지껄이는 그를 응시하던 제르는 제게서 떠난 그의 시선에, 기묘한 노여움을 느꼈다. 무시. 그건 무시였다.

그녀는 단 한 순간도 저자를 잊지 못했는데, 원망이 썩어 문드러질 때까지 누르고 눌러가며 평생 감내해왔는데. 그는 알아봤으되 무시했다.

제르가 떨리는 입술을 그러 물었다.

"시나와 님, 괜찮아요. 안전해요. 저 개자식은 이제 아무 짓도 못 해요."

어찌 네가 나를 무시해.

"명령만 하세요. 저 자식 죽여버려요. 저게 제 무덤을 찾아 왔네요. 시나와 님, 괜찮아요."

노여움으로 눈앞이 안개 낀 듯 흐려졌다. 일생 다시 보지 못할 이라, 복수 따위에 매달리기엔 그저 숨 잇는 것만으로도 바빠 안고 살았다. 그런데 어찌 네가 나를.

베제스는 잊은 거다. 제겐 잊히지 않을 기억을 남기고.

그녀는 문득 고개를 돌려 저편을 바라보았다. 상황을 주시하고 있는 카르시타의 기사들 사이로 에사렛타와 세드로가 서로를 부둥키고 있는 것이 보였다. 순간 쫓기듯 급박해졌던 눈동자가 평온에 잠겼다.

돌연 웃음이 났다.

"……시나와 님?"

갑작스레 입술을 가리고 헛웃음을 흘리는 제르를 걱정스레 바라보던 르니아가 불안하게 눈을 깜빡였다. 그러나 아무래도 좋았다.

아아, 이겼다. 저놈은 기어코 제 핏줄의 씨를 말리려 들었지만 살아남은 아이가 있다는 것만으로도, 다시는 저놈이 손댈 수 없는 위치에 있다는 것만으로도. 그것만으로도 만족했다. 두려울 것 없었다. 세드로는 저편에, 그리고 자신은 이곳에.

"이자가 진짜로 데바람의 왕인가? 좀…… 엉망이군, 내가 생각했던 모습과는 상당히 다른데."

기묘하게 흘러가는 상황 속에서 여직 홀로 말없이 베제스를 샅샅이 살피던 락혼이 물었다. 베제스는 또다시 나타난 트란실 인에 기겁하며 숨을 헉 들이켰다. 마지막으로 데바람에서 보았던 두 트란실 연놈이 떠오른 탓이다.

『머리이이이!』하며 외치던 그놈들은 분명 차르 쟁탈전의 선출자였다.

'이, 이놈은 뭐지…….'

이놈도 머리 사냥을 나온 트란실 인이라면 일이 더 어려워진다. 퀴네도사이는 구워 삶아볼 시도라도 하겠지만 머리 사냥을 나온 트란실 인이 상대라면 말이 달라졌다. 베제스가 갑작스러운 락혼의 물음에 머뭇거리고 있으려니 퀴네도사이가 고개를 까딱이며 들으란 듯 말했다.

"자, 모두 눈 뜨고 잘 봐라. 이 사람이 바로 데바람의 미친 망나니 베제스 왕이니까. 이런 구경이 쉽지는 않지?"

퀴네도사이가 놀리듯이 지팡이 끝으로 베제스의 뒤통수를 꾹꾹 눌렀다.

일이 이리 잘 풀려도 되는 건가? 너무 뜬금없다 보니 직접 듣고도 실감이 나지 않아 칼자루만 쥐락펴락하던 락혼이 상황을 이해하고 다가왔다.

"……그렇다면 이 머리, 내가 가져가도 되나?"

끼아아악! 베제스의 입에서 가늘게 찢어지는 것 같은 신음이 터져 나왔다. 창피하고 말고 할 새도 없었다. 이쪽도 머리 사냥꾼이었다. 그리 보기 드문 트란실 인이 가는 곳마다 있는 것도 복장이 터지는데, 만나는 족족 머리 타령을 해대는 놈들이니 미칠 지경이었다.

앞에서는 퀴네도사이의 공포스러운 얼굴이, 바로 그 뒤쪽에서는 르니아 반펠트가, 좌로는 락혼이 칼을 쥐고 다가오고 있었다. 오금이 저려 자신을 도울 만한 이를 눈으로 물색해보지만 있을 리가 없었다. 이미 그를 보호하던 기사들까지 함께 사로잡힌 마당이었다.

이한, 이한은 어찌 되었나.

"갑작스럽지만 이리 넝쿨째 굴러 들어왔으니 머리만 양보해줬으면 좋겠다."

락혼은 무서운 말을 정중하게도 했다.

"팔을 자르건 다리를 자르건 머리를 자르건 상관없지만, 순서는 기다려라. 아직 네 차례가 아니니까."

그리 말한 퀴네도사이가 제르를 돌아보았다. 그의 눈동자가 음험하게 빛나고 있었다.

"젠, 여태까지 우리가 살면서 이런 날이 오리라는 거 상상이나 해봤어?"

퀴네도사이의 지팡이가 다시 한 번 베제스의 머리통을 휘갈겼다. 빡 소리가 날 정도로 손속을 두지 않은 그 타격에 주위에서 구경하던 해적들의 표정이 더 아연해질 정도였다. 베제스는 그대로 고꾸라져 거칠게 신음을 토했다. 퀴네도사이의 구둣발이 그의 뒷목을 짓이겨 주우욱 앞으로 밀었다.

"커헉! 그, 그, 그마안!"

바닥에 벗겨지는 뺨에 힘을 주고 가까스로 고개를 든 베제스의 얼굴이 한 여자의 발치까지 떠밀려 왔다.

"나는 아주 예전부터 이렇게 한 번, 지스카르건 베제스건 밟아 으스러뜨려보고 싶었는데."

제르는 제 그림자 아래 드리워진 그의 겁먹은 눈동자를 무심히 내려다보았다.

"너는 어때?"

제르의 입가에 서느런 웃음이 번졌다 사라졌다.

"……그 정도로는, 불충분해."

그러자 아주 재미있는 일이 벌어졌다. 베제스의 모든 관심이 제르에게로 돌아온 것이다. 그는 제르의 치맛자락을 이를 세워 끌어 물며 거칠게 말했다.

"저 정신 나간 종자랑 붙어먹은 거냐! 네년은 데바라네였다. 네년은 데바람 왕가의……!"

베제스의 음성에도 눈 하나 깜빡하지 않은 제르가 조그맣게 물었다.

"내가 누구인지, 이름이 뭔지는 기억하니? 베제스."

"네년은 내 아비의 첩년……!"

아아, 모든 화가 가라앉았다. 애초에 그에게 자신은 아무것도 아닌 존재였다. 나약하고 눈꼴 시어 그저 짓밟고 터뜨리고 괴롭히는 한 마리 벌레 같은 존재였던 것일 터다. 사실 생각해보면 그랬다. 이미 왕태자로 지지받는 지스카르가 있는 상황에서 어린 첩실이 아이 하나 뱄다고 왕국이 뒤집어지는 건 아니었다. 그런데도 마치 그녀를 죄인 취급하며.

베제스에게 그녀는 아무 의미 없는 사람이었다.

자신도 그랬더라면 좋았을 것이다. 하지만 그러지 못했다. 왜였지?

'아아……. 이자가 뤼민느를 데려갔었지…….'

그날의 기억에 잊었던 악이 되살아났다.

"그 눈깔, 뽑아버리기 전에 깔아."

르니아가 한 걸음 다가와 그의 얼굴을 발로 짓누르자 베제스가 벌레처럼 꿈틀거리며 비명을 내질렀다.

"으아아! 아악! 저리 가! 오지 마라! 에스펠라! 해적의 아들! 나를 도우면 내가 복권한 후 데바람 왕실의 함대장의 자릴 주겠다! 그러니!"

퀴네도사이의 바람 빠지는 웃음소리가 났다.

"나, 나, 내가 네년을 죽이지 않고 살려줬잖아!"

베제스, 너도 이런 기분이었나?

벌레처럼 꿈틀꿈틀 기어 다니는 모습이 몹시 눈에 찼다. 유치한 희열이라 해도 그르지 않을 터다. 그가 발아래 머리를 대고 애걸하는 모습이 꽤 달았다.

르니아가 강제로 베제스의 멱살을 잡아 세우며 날을 세워 으르렁거렸다.

"말은 바로 해, 개자식아. 네가 살려준 게 아니라 네가 우릴 못 죽인 거지. 오스와르 그 새끼가 아무 말도 안 했나? 카르시타에 갈 때는 조심하라고. 아, 그래, 내가 병신으로 만들었지? 그 개자식은 잘 지내니?"

과거 네반 플라무냐에 사절로 왔던 오스와르 에반켈 하장군이 손목과 발목의 힘줄이 모조리 잘려나가고 혀가 잘려, 전신 불구가 되어 돌아온 일이 있었다. 베제스가 입을 떡 벌렸다.

"네, 네가!"

그 유명한 사건에 대해 조금이라도 들어본 적 있는 이들은 모두 놀라 눈을 휘둥그렇게 떴다.

그러나 르니아는 주변인들의 반응은 개의치 않는다는 듯이 베제스를 향해 속사포처럼 말을 이었다.

"그때 내가 그 자식의 힘줄을 하나씩 따내면서 무슨 생각을 했는지 알아, 베제스? 네 혀, 네 목덜미, 네 관절, 네 성기까지 다 그렇게 뜯어버리는 상상을 했어. 제법 즐겁더라고. 쥬세야 이미 뒈졌으니 그렇다 치더라도 말이야. 응……? 그런데 이게 무슨 횡재야? 직접 이렇게 여기까지 행차해주시니. 귀한 몸께서."

한 마디, 한 마디에 박힌 톱날에 귀가 긁혀나가는 듯했다. 진심이라는 것을 깨달은 베제스가 비명을 지르며 몸부림치기 시작했다.

"나, 나를 죽이면 너희도 성치 못할 것이다! 으아아! 놔라! 놓으라고! 너는 데바라네다! 그래, 너는 데바람 왕가의 여자로서 의무를 다할 필요가 있……!"

거의 백안을 까뒤집고 제르를 향해 애걸하는 베제스를 내려다보는 락혼의 표정이 떨떠름해졌다. 언제까지 저 소릴 듣고 있어야 하나 하는 듯한 태도였다.

제르가 입을 열었다.

"베제스."

베제스가 악다구니를 쓰며 몸부림쳤다.

"당장 나를 풀어, 네년, 내 말을 듣지 않으면 어찌 되는지 잘 알……!"

"하나 묻겠다."

문득 묻고 싶었다. 제르는 무의미하게 흔들리는 마음을 다잡았다.

"너는."

나직이 흘러나오는 제르의 음성에 피범벅이 된 베제스가 충혈된 눈을 부릅떴다.

"네가 내게 저질렀던 그 많은 악행에 후회는 하나……?"

"네년과 저 해적 연놈들을 다 잡아 죽이지 못한 게 후회다! 당장 이걸 풀지 못해에에!"

"네가 죽인 내 핏줄들은 기억하나?"

싸하게 가라앉은 분위기에 모두가 침묵하는 가운데, 베제스가 기세를 누그러뜨리지 않고 미친 사람처럼 웃으며 소리쳤다.

"그런 거 일일이 기억하다간 정신이 남아나질 않지, 대체 넌 지금 내게 뭘 묻는 거냐!"

르니아가 더 참지 못하고 달려들어 베제스의 머리를 땅바닥에 처박았다. 콰득, 소리가 났다.

"이게 뚫린 입이라고!"

미동 없이 서 있던 제르가 손을 들어 르니아를 제지했다.

"괜찮아, 르니아."

낮게 잠긴, 안개 같은 음성이었다.

차라리 잘되었다. 이제 되었다. 되돌아간 시간 속에서 늘 그를 마주

할 적의 자신은 겁에 질려 있었다. '이번엔 또 무엇을 앗아 갈까.' 무서워서, 두려워서 그리 몸을 낮추고 움츠리곤 했다.

"그는."

하지만 더 이상 뺏길 리 없으니 더없이 평온한 분노만이 남아 있었다.

"살아서는 못 돌아갈 테니까."

제르는 담담히 발끝에 닿은 그의 머리를 툭 치워냈다.

베제스가 흠칫 놀라며 방향을 바꾸어 퀴네도사이에게로 반쯤 기어갔다. 그러는 와중 풀린 밧줄이 느슨해져 그가 풀려났다. 그러나 오죽 정신이 없는 건지, 풀려나면 당장 르니아부터 죽여버리겠다 호언했던 그는 르니아를 죽이러 달려가기보다 퀴네도사이의 바지 자락에 매달리기를 선택했다.

"이, 이봐. 다, 다, 다시 생각해봐라. 나, 나는 데바람의 왕이다. 내가 못할 것은 없……."

"지저분해지니 만지지 마."

퀴네도사이가 그의 손을 더러운 것이라도 되는 것처럼 털어냈다.

베제스의 붉으락푸르락해진 얼굴에 공포와 분노가 뒤섞인 괴이한 표정이 떠올랐다.

"젠이 널 죽이겠다잖아. 살고 싶다면 젠을 설득해봐."

모두의 시선이 제르를 향했다. 퀴네도사이는 재미있는 구경이라도 기대하는 사람처럼 나른하게 의자를 끌어다 앉았다.

"베제스, 너 지금 살고 싶어 미치겠잖아. 응? 젠한테 가서 살려달라고 빌어봐. 기어서 재롱이라도 떨어보든가."

베제스의 얼굴이 모욕으로 일그러졌다.

"살…… 살려…… 나를 살려주면…… 내가 반드시…… 보, 보답을……."

퀴네도사이가 그대로 베제스의 얼굴을 구두 바닥으로 걷어찼다.

"다시."

"사, 사…… 살려주면…… 잊지 않고……."

또다시 베제스는 퀴네도사이의 발길질에 나동그라졌다.

제르는 표정 하나 변하지 않은 채로, 눈 한 번 깜빡이지 않고 인형처럼 그들의 행위 하나하나를 눈에 담았다.

"살려줘……. 살려줘. 살려달라고오어어헉!"

또다시 나동그라졌다.

"다시. 이제 슬슬 지겨워지려 하는데."

섬뜩하게 울리는 퀴네도사이의 음성과 함께 지팡이 속에 숨어 있던 피 먹은 검이 끌려 나오는 소리가 캬랑캬랑 울렸다. 분위기가 심상찮아지자 베제스는 도리어 악에 받친 사람처럼 소리쳤다.

"나, 나를 죽이면 너희도 곤란해질 거라고!"

"예전엔 내 얼굴만 봐도 오줌을 지리던 녀석이…… 개기는 걸 보니 왕좌가 좋긴 좋은 모양이야? 자리가 좋아 주제를 잊게 만든 모양인데."

"내가 지금 빈말을 하는 줄 아나, 내게 손댔다간 너희 모두……!"

"이런 거 재미없어. 베제스……. 다시 기억나게 해줄까? 우리도 이제 다 자란 성인이니, 예전처럼 무르지 않을 거야."

퀴네도사이가 삿대질을 해대는 그의 흙투성이 손을 반쯤 내리깐 눈동자로 응시하더니, 세검을 그대로 그의 팔목에 찍어 땅에 박았다.

으아아아아! 베제스의 비명 소리가 났다. 살려줘, 살려주세요. 제발 살려주세요. 그가 눈물을 줄줄 흘리며 애원했다. 퀴네도사이는 그대로 검을 박은 채 혀로 딱딱 하는 소릴 내며 광기 어린 눈동자를 접어 웃었다.

"여어. 왕자 저하. 아니, 국왕 전하가 됐다가 쫓겨났잖아? 이제 뭐라 불러야 하지?"

"치워어어어어! 흐아아, 흐아아아!"

처절한 남자의 고함이 울려 퍼졌다. 해적들에게 둘러싸인 그를 어쩔 줄 모르고 바라보던 카르시타의 기사들은 창백하게 얼어 있었다. 제르는 무심히 뒤돌아 그들을 바라본 후, 다시 베제스를 돌아보았다.

"살고 싶다면, 무엇이든 하겠다……?"

베제스는 손목에 박힌 퀴네도사이의 검을 처절한 눈으로 바라보며 숨만 헐떡이고 있었다.

"기어봐."

제르와 눈이 마주친 퀴네도사이가 가뿐하게 검을 빼내어 손수건으로 피를 닦아냈다. 그러곤 손수건을 던지며 웃음기 어린 음성으로 말했다. 물어 와. 귀까지 벌겋게 익은 베제스가 턱이 떨릴 만큼 세게 이를 악물더니 데바람의 기사들이 묶여 있는 곳까지 기어가 손수건을 가지고 돌아왔다. 퀴네도사이가 설핏 웃으며 제르를 돌아보았다. 그녀는 여전히 무표정이었다.

"살려달라 빌어봐라."

"살려주십시오. 살려주세요…… 살려…….”

"용서해달라 빌어봐라."

"용서해주십시오…… 제발, 용서를……."

가만히 제 치맛자락에 매달린 베제스의 오른손을 응시하던 제르가 이윽고 자조했다. 그와 같은 짓을 하면 왜 그런 짓을 했는가 이해해볼 수 있을까 하였지만 과한 망상이었다. 가슴에 품었던 칼날이 무뎌진 건지, 그래, 썩 통쾌하여 가슴이 울렁거릴 정도로 흥분하긴 했지만 그게 전부였다.

제 옷자락에 묻어 남은 핏자국, 도리어 불쾌했다.

"……재미없구나. 마음대로 해라. 락혼, 차르가 되는 것, 미리 축하하지."

제르는 등을 돌렸다.

뒤돌아서는 그녀를 향해 베제스가 울부짖듯 절박하게 소리쳤다.

"제르! 저, 저자를 막아! 나를 보호하란 말이다! 살려줘! 살려줘어어!"

그래, 내 이름은 기억하는구나. 이름쯤은 기억해야 수지가 맞지 않겠나. 그녀는 귀를 닫았다. 걸음을 디뎠다. 한 걸음, 한 걸음, 묵직하던 걸음이 점점 가벼워진다. 가슴 깊숙이 얼어 있던 형언하기 어려운 절망이 차츰 먼지처럼 바스러진다. 제 손에 피 묻힐 가치도 없었다.

최후까지 살아남은 것은 자신. 저자의 최후를 똑똑히 가슴에 새길 것이다.

그것이 그와 자신 사이의 마지막 규칙이다.

제르의 허락이 떨어지자 락혼은 칼집 없는 칼을 쥔 손목을 풀며 퀴네도사이에게 눈신호를 건넸다. 퀴네도사이는 에이, 그게 다야? 하며 썩 아쉬운 내색을 감추지 않았지만 르니아는 아니었다.

"죽여버려. 갈기갈기 찢어버려요, 락혼 님."

"아니다. 나는 그냥 머리만……."

"와, 진짜 융통성 없어."

"그보다 마지막으로 확실히 하고 싶은데, 이자가 분명 데바람의 '그' 베제스가 맞는 거겠지?"

퀴네도사이는 답답하단 듯 가슴께를 두드리는 르니아를 힐끗 바라본 후 낮게 웃었다.

"그래. 폭군 베제스로 유명해진 그 녀석. 어릴 때는 썩 데리고 노는 재미가 있었는데 말이야."

"흐이이익! 오지 마! 오지 마아아! 오지 말라고! 오지 마!"

발작하며 소리치는 베제스는 피가 울컥울컥 솟는 손목으로도 잘도 몸을 지탱해 엉금엉금 기어갔다. 그러나 락혼을 피해 도망치는 방향에서는 어쩔 수 없는 죽음을 기다리고 있는 데바람의 기사들이 가로막고 있었다.

묵묵히 그에게 다가가는 락혼의 걸음이 느려졌다. 왕이라면 좀 근엄하고 품위 있는 그런 게 아니던가. 혹 대륙 놈들에게 속아 엉뚱한 놈을 죽이는 건 아닌지 잠깐 걱정이 되긴 했지만 검은 머리 여자는 신뢰할 수 있는 사람이었다.

해적들의 말보다도, 그 여자를 믿었다. 그가 휘어진 칼날을 높게 치켜들었다.

그때였다.

락혼은 제 머리 위로 거대하게 드리워지는 그림자를 깨닫고 고개를 젖혔다. 그림자는 그뿐만이 아닌 퀴네도사이, 르니아, 베제스, 일대에 모여 있는 해적들을 모두 뒤덮고 있었다. 햇빛마저 가려진 창대함. 이윽고 쿠우웅, 묵직한 무게감을 지닌 것이 침몰하는 소리가 났다.

느닷없는 그림자의 정체는 금세 알 수 있었다.

시모레 호가 무작정 밀고 들어와 난파된 그레스완 호의 옆을 파고들어 정박한 것이다. 퀴네도사이의 표정이 일그러졌다.

"무슨 일인지 알아보고 와."

근처에 서 있던 선원 하나가 허둥지둥 시모레 호를 향해 달려갔다.

퀴네도사이가 마른 입술을 핥았다. 시모레 호는 원래 그가 지휘하던 로마탄 그레온의 함대 중 가장 거대하고 훌륭한 배였다. 이 함대가 만 안에 정박할 때까지도 눈치 채지 못했다는 것은 베제스에게 정신이 팔려 있어 그랬다고 친다지만, 일부러 만과 바다 한가운데에 정박시켜 둔 배가 명령도 없이 움직인 것은 의심할 만했다.

파발꾼 노릇을 하며 달려가던 선원이 선체에 이르기도 전, 시모레 호의 선수 위로 한 무리의 해적들이 얼굴을 드러냈다. 아우성이 울려 퍼졌다.

"선장! 선자앙! 큰일 났습니다!"

퀴네도사이의 표정이 굳어짐과 동시에 베제스의 얼굴에 회생의 빛이 떠올랐다. 그제야 퀴네도사이는 망루 끄트머리에 걸린 붉은 깃발을 발견하고 몸을 굳혔다.

"그놈들입니다! 저 앞에서 이미 교전이 벌어졌습니다!"

퍼엉, 펑. 그리고 보니 아주 작게 공기가 진동하는 것이 느껴졌다.

"어서요!"

락혼도, 제르도, 기사들도 이 상황이 뭔지 알 수 없었다. 그러나 하선해 있던 해적들이 일시에 허둥거리며 각각 배로 오르기 시작했다. 르니아 역시 당혹하긴 마찬가지였다.

'그놈들?'

거칠 것 없는 로마탄 그레온의 사내들이 올리는 붉은 기의 의미는 단 하나였다.

"……하아?"

'이건 또 무슨.'

삐뚜름하게 입술을 찡그리던 퀴네도사이가 문득 화색을 띠고 감격으로 몸을 벌벌 떠는 베제스를 발견하고 서늘히 표정을 굳혔다. 그러나 시간이 아깝다. 퀴네도사이의 시선은 이내 배들 사이로 비치는 먼 바다를 향했다.

선원들이 일제히 시모레 호의 갑판 위에서 목청이 터져라 소리를 쳤다.

"……무, 무적함대."

"나타났다!"

"닻을 올려! 선자앙! 명령을!"

흐린 수평선 저 끝에서, 부연 시야를 헤집고 하나둘 나타나는 함선의 그림자들이 물살을 가르며 가까워지는 것이 보였다. 퀴네도사이는 시모레 호와 난파된 그레스완 호의 사이에 자리를 잡고 곧게 섰다. 얼마 지나지 않아 눈에 익은 파란 문양을 새긴 똑 닮은 함선들 수십 척이 선명하게 수평선 위로 늘어섰다.

두 개의 왕관 아래로 늘어진 닻이 그려진 선기. 그것은 이한의 왕령만으로 움직인다고 전해지는 공포의 함대.

"스게이로가 나타났습니다!"

"스게이로! 스게이로다!"

"돛을 펴! 마스트에서 내려와! 스게이로다아아!"

"위벤 선이 격침당했다는 보고가 전해졌습니다아!"

"콴 호도 수몰되어 구조 요청이 왔습니다!"

선체를 올려다보는 퀴네도사이의 얼굴에 난처함이 어렸다.

"아아."

곧이어 만 바깥쪽에 정박된 산하 해적선들의 위로 검은 연기들이 치솟아 오르기 시작했다. 곳곳에서 고동 소리가 울려 퍼지기 시작했다. 그건 곧 만 언저리에 정박한 전 해적선함들로 번져 나갔다.

"······여전히 시작부터 가차 없군."

퀴네도사이가 얕은 한숨을 내쉬며 고개를 돌렸다.

예로부터 카르시타와 데바람을 잇는 레마단 해엔 제 명에 죽고 싶다면 절대로 건드려선 안 된다고 전해지는 세 가지가 있다.

첫째는 레마단의 북해에 서식하는 몸길이가 성채만 한 거대 고래로, 평소에는 순하지만 잘못 건드렸다간 어마무지한 참사를 불러일으킬 수도 있는 괴물이라 알려져 있는 고래종이다. 그리고 둘째는 이한 11국에서 차출한 최정예 군사들로만 이루어진 '스게이로' 무적의 연합해군이며, 셋째는 데바람의 북쪽의 레마단 해의 해적인 로마탄 그레온 해적단이라.

이한은 카르시타와 일부 영해를 공유한 로 해협의 북쪽에 있는 연합 국이었다. 이한의 주된 발전 원동력은 해상무역이었고, 섬이라는 취약점을 보완하기 위한 해군의 발달이 지대했다. 검을 들고 싸우는 기사보다도 해군을 우상시하는 나라. '스게이로' 300여 척의 거대 함선과 강한 화력, 발달한 조선업에 의해 어느 누구도 건드릴 수 없는 철의 함대가 탄생했다. 그들은 주로 대륙의 곳곳과 무역을 했지만 주된 대상은 데바람이었다. 데바람과 척을 진 카르시타와는 필연적으로 데면데면한 관계를 유지할 수밖에 없었다.

그런데 지금 카르시타의 영해 위로 모습을 드러낸 수십 척의 함대 '스게이로'가 순풍을 받으며 아무런 저항 없이 만 안쪽으로 진입하고 있었다. 최전방의 함선 선수장에서는 한 제복 차림의 여자가 망원경으로 만 안을 살피고 있었다.

"4호선 격침당했습니다."

"척후선 역시. 하지만 적선 세 척 또한 현재 행동 불⋯⋯."

"됐어, 됐어. 그런 잔챙이들."

보고를 잘라낸 그녀는 망원경에서 눈을 떼지 않은 채로 만 안쪽에 주욱 늘어선 거대 함선과 그들을 중심으로 대칭을 이루어 줄지어 정박한 로마탄 그레온을 눈여기고 있었다. 그녀는 여왕의 후계자, 솔린 레쉴리였다. 무적함대는 왕령에만 움직이기에 여왕의 권한 중 일부를 위임받은 그녀는 늘 스게이로와 함께 바다를 누볐다.

지금도 마찬가지로 데바람의 패배자, 베제스를 빼내기 위해 전 함대를 직접 움직이는 최고 권위자로서 이 자리에 섰다. 그녀의 어깨에 큼지막한 은실로 수놓인, 쐐기관을 관통한 닻이 새겨진 지휘자의 문장이 있는 것이 증거였다.

"아타니, 저거 봐. 어마어마한데? 한동안 영해가 잠잠하다 했더니 로마탄 그레온이 여기 옹기종기 모여서 파티라도 하고 있었나 봐? 왜 저리 모여들도록 아무도 몰랐던 거야?"

그녀의 혼잣말 같은 질책에 푸른 제복을 입은 해군 부지휘자 아타니가 센 수염을 만지작거리며 바투 다가온 규젤 만을 응시했다.

"다음부터는 척후의 범위를 조금 더 넓히도록 하겠습니다. 그에 따른 예산안 상안은 공주님께서……."

솔린이 새침한 목소리로 중얼거리며 망원경을 아타니에게 건넸다.

"그리 부르지 말라니까."

"사령관님께서."

"그래, 뭐. 재밌는 상황이네. 로마탄 그레온의 배는 몇 척이나 되지?"

"대충…… 지금 눈에 보이는 것만 어림잡아 40척이 조금 안 될 것 같습니다만. 만 바깥쪽에도 포진하고 있다면 그 수는 잘 모르겠군요. 정찰선이 돌아올 때까지 기다리시겠습니까?"

"이럴 줄 알았으면 우리가 함선을 더 동원해 왔어야 했는데."

"솔린 님, 잊지 마십시오. 오늘 소기의 목적은 데바람의 베제스입니다."

그녀의 붉은빛이 도는 갈색 머리칼이 선모 아래로 흘러내렸다. 그녀는 우아하게 흘러내린 머리칼을 귀 뒤로 쓸어 넘기며 웃었다.

"그런데 봐, 저 멍청한 얼간이는 구해달라더니 왜 벌써 저렇게 걸레 같은 꼴이 되어 잡혀 있는 건데? 그것도 로마탄 그레온한테. 로만이랑은 얽히기 싫은데 곤란하게도 됐네. 저 남자 못나도 너무 못난 거 아냐?"

이미 망원경으로 만의 상황을 대충 보았다. 그리고 그녀는 쉬이 결론지었다. 예전부터 생각했지만 베제스는 참 매력 없는 남자다. 사실 그녀가 독단을 내릴 수 있는 위치였다면 베제스의 그런 말도 안 되는 조건을 받아들이지 않았을 것이다. 물론 데바람의 영해를 장악할 수 있는 기회가 주어진다면 그건 놓칠 수 없는 대어였지만 카르시타의 영해에 몰래 숨어든다는 건 위험 부담이 너무 컸다. 심지어 요청 또한 갑작스러워서 치밀하게 계획을 세울 시간도 없었다.

사실 규젤 만에 해적들이 있다는 것을 알아차렸을 때, 그대로 물러설 생각도 했었다. 그러나 그들은 진로를 돌리기 전에 적들에게 발각되었고, 바람의 방향을 볼 때 되돌리는 것은 피해를 키울 우려가 있었다.

이미 만으로 진입하는 과정에서 로마탄 그레온 산하 해적단과 약간의 마찰이 있었다. 만까지 들어왔으니 더는 물러난 수도 없었다.

"우선 대화로 풀어봐야겠지. 오래 머물 수 없으니까."

솔린은 '공격 의사가 없음'을 의미하는 하얀 기를 올린 후 팽팽한 긴장감이 감도는 만 내로 조금 더 깊숙이 진입했다.

그들을 따르는 새하얀 함대, 20여 척의 함대 중 다섯 척을 제외한 나머지 함선들 또한 그녀의 배를 따라 안으로 진입했다. 조금 더 가까워지자 놀란 해적들이 닻을 올리고 돛을 거두어 뱃머리를 돌리며 전투 준비를 하는 것이 보였다.

'요란하긴.'

못마땅한 시선으로 그들을 쭉 훑어보던 솔린은 문득 난파된 거대 함선을 발견하고 고개를 갸웃했다. 가만히 보니 로마탄 그레온의 함대 중 하나인 그레스완 호의 상어 조각상이 새카맣게 탄 채로 간신히 달려 있었다.

"저 배는 도켄이 자랑하던 그 배 같은데, 왜 저 꼴이지……. 아타니, 작은 수송선을 준비해. 어차피 카르시타 영해에 침입한 것은 우리니까 저쪽이 요란하게 군다고 일일이 대응하지 마. 조금은 참아야겠지."

"직접 가시는 건 위험하니 제가……."

"지금 저 배의 미친놈을 몰라서 그래?"

솔린이 웃음을 삼켰다. 어디서 이런 배짱이 나오는지. 호전적인 솔린의 목소리에 아타니가 슬몃 인상을 찡그렸다.

오랜 시간 바다에서 해적들과 싸워온 스게이로의 부지휘자로서 로마탄 그레온의 퀴네도사이가 어느 정도 미쳤느냐 하면…… .그냥 정말 미친놈이라고밖에 말할 수 없는 남자다.

"그러니까 더더욱……."

"그 자존심에 덜렁 부하를 보내서 협상한다고 하면 말을 들을 리가 없지. 그리고 베제스 같은 놈보다는 훨씬 보는 재미가 있다고."

"……본국엔 저런 놈들보다 훨씬 멋진 남자들이 많습니다."

"어머, 누가 뭐래. 어차피 난 제대로 결혼도 못 할 몸인데."

"일단 수송선을 준비해두겠습니다."

뭐가 그리 즐거운지 작게 깔깔대는 솔린의 옆얼굴을 물끄러미 바라보던 아타니가 고갤 저었다. 주변에서 공격 태세를 갖춘 해적선들 위로 새까만 연기들이 오르는 것을 바라보던 솔린이 나른하게 말을 맺었다.

"환영 인사로는 지나치게 암울한 색깔이네. 자, 한 번 가볼까."

스게이로 함대의 등장으로 큰 혼란에 빠진 것은 단연 해적선들이었다. 정박되어 있던 해적선들이 하나둘씩 돛을 펼치는 장엄한 광경 속에서 다가오는 무적함대들. 대륙의 기사들은 뒤늦게 상황을 이해하고 아연했다. 스게이로를 모르는 이는 없다. 로마탄 그레온을 모르는 이가, 레마단 해의 거대 고래를 모르는 이가 없듯 스게이로는 당연한 바다의 제패자였다.

시모레 호를 올려다보던 퀴네도사이는 배에 오르는 대신 저 멀리서 가까워지는 자그마한 수송선을 발견하고 멈춰 섰다.

"여기다! 여기다아아!"

기사들을 뿌리치고 허겁지겁 달려 나온 베제스가 펄쩍펄쩍 뛰며 팔을 흔들었다.

제르는 생전 처음 보는 소문의 스게이로의 위엄에 멍하니 먼바다를 바라보았다. 숲 언저리에서 세드로를 돌보고 있던 에사렛타 또한 스게이로의 함대들을 발견하고 충격에 빠졌다.

로마탄 그레온이야 뉘사나가 수를 쓴 것이니 엄밀히 따지자면 불법 정박은 아니었다. 불법이라 한다 해도 어차피 그들은 국가가 아닌 민간 단체.

그러나 무적함대라면 말이 다르다. 이건 국가적 문제였다.

"이, 이게 무슨……."

놀란 에사렛타가 세드로를 끌어안으며 중얼거렸다.

이건 퀴네도사이로서도 굉장히 곤란한 문제였다. 베제스 이놈이 괜히 카르시타의 북해로 올라온 게 아니었던 것이다. 어째서 이한 연합이 이 덜떨어진 베제스를 구하기 위해 나타난 것인지는 모르겠으나 모종의 거래가 있으리라 예상하는 건 어렵지 않았다.

스게이로의 함선 위에서 펄럭이는 하얀 깃발을 응시하던 퀴네도사이는 아직도 어물대는 선원들을 향해 명했다.

"일단 그레스완 호의 선원들은 시모레 호와 홀 호와 맞춰 거리를 벌려."

뒤늦게 정신을 차린 르니아가 기함했다.

"무슨 일이야, 이게! 왜 저놈들이 카르시타로 들어왔어? 스게이로를 끌어들였어?"

베제스가 미친 사람처럼 웃으며 의기양양한 표정을 지어 보였다. 느릿느릿 거리를 벌리기 시작하는 거대 함선들 사이로 자그마한 수송선이 바람을 타고 흘러 들어오는 게 보였다. 마찬가지로 하얀 깃발을 달고 있었다.

"……저 계집애는 겁대가리 없긴 여전하고. 이한이 작정을 했군 그래."

퀴네도사이가 신경질적으로 베제스의 몸을 걷어차며 씹어 뱉듯 중얼거렸다.

"어차피 기뻐하긴 일러."

"오, 오라버니! 설마 싸울 거야?"

"저쪽이 걸면 피하지는 않겠지만."

덤덤히 말하는 퀴네도사이가 설렁설렁 걷기 시작했다. 르니아의 안색이 시퍼렇게 질렸다. 지금 이 규젤 만에서 해전이라도 벌어진다면 북해와 이 만 일대가 온통 불바다에 휩싸일 것이다. 게다가, 지금은 30척이 조금 안 되어 보이는 배뿐이지만 스게이로가 지원을 요청한다면 전 바다를 피로 물들일 대 해전이 벌어질 것이다.

"오라버니, 미쳤어?"

"새삼스럽게."

게다가 지금은 만 안쪽에 해적들 대부분이 갇혀 있는 모양새. 사태가 어려워졌을 때 도망칠 방법조차 없다.

퀴네도사이가 베제스를 질질 끌고 시모레 호에 오르기 위해 움직이던 찰나, 작은 수송선이 거대한 배들을 요리조리 피하며 만에 다다랐다.

작은 수송선의 맨 앞에는 익히 아는 얼굴이 수많은 해군의 호위를 받으며 조용히 웃으며 앉아 있었다.

베제스는 솔린을 발견하고는 고함을 질렀다.

"여기 있다! 내가 데바람의 왕이다! 어서 이놈들을 박살을 내버려어!"

흘깃 베제스를 흘긴 솔린은 배에서 내리지 않은 채 퀴네도사이에게 인사를 건넸다.

"오랜만이야, 로만. 건강해 뵈네?"

"너야말로. 여기서 볼 줄 몰랐는데?"

"여왕님께서 내리신 명이 있어서 어쩔 수 없이 잠깐 방문했어. 결론부터 말하자면 우린 지금 네 손에 추하게 질질 끌려가는 저걸 받아 가고 싶은데."

솔린이 베제스를 턱짓하며 새침하게 말을 맺자, 베제스의 얼굴이 금세 벌겋게 익었다. 퀴네도사이는 서늘히 웃으며 삐딱하게 고개를 기울었다.

"그다음에는 한판?"

"목적은 너희와 싸우는 게 아니라서. 잠깐 이야기 좀 나눌 수 있을까 하고 온 건데…… 어머? 여기 별일이네, 트란실 사람까지 있고. 무슨 모임이야?"

락혼을 발견하고 묘하게 웃던 솔린은 만 언저리에 선 사람들을 쭉 돌아보더니 제르와 눈을 마주쳤다.

'저 여자 본 것 같은데.'

제르 또한 멀지 않은 곳에서 자신을 바라보는 여자의 무례한 시선에 서늘히 눈을 치켜떴다. 솔린이 재빠르게 표정을 바꾸어 미소 지었다.

"저 여자는 본 적이 있어. 예전에 카르시타의 멋진 왕위 후보자와 데이트 하시던 분 아닌가?"

솔린은 곧 떠올렸다. 엘올라의 봄 축제, 네반 플라무나 행사에 참석했을 때 플라나노이 행진을 멈추게 한 여자였던 걸로 기억한다. 그때 그녀는 우연찮게 후방에서 그들을 지켜볼 수 있었다. 카르시타의 만백성들이 엎드려 복배하던 그때, 카르시타 왕위 후보의 옆에 저 여자가 서 있었다. 붉은 머리의 왕위 후보가 데바람의 사신을 크게 망신 주었기에 잊으려야 잊을 수도 없었다.

'그 남자도 꽤 멋졌지. 알렉시스라고 했던가.'

잡념을 지워낸 솔린이 흘러내린 적갈색 머리칼을 습관처럼 귀 뒤로 쓸어 넘기며 나긋하게 말했다.

"일단 우리는 너희를 쫓아온 게 아니야."

"대충 알 만하다. 하지만 이쪽도 그다지 양보하고 싶지 않아서 말이야. 그리고 지금 카르시타의 영해에서 전투를 벌이게 된다면 곤란한 건 너도 마찬가지일걸."

"그래서 말인데, 더 험한 말 나오기 전에 그 얼간이의 신병을 그냥 좀 넘겨주면 좋겠어. 카르시타가 혼란하니 당장은 문제가 안 되겠지만 말이야. 여왕님의 명령은 해적 말살이 아니었으니까. 오늘은 너희를 눈감아줄게."

마치 적선이라도 베푸는 듯한 투에 퀴네도사이의 눈빛이 진한 어둠으로 가라앉았다. 솔린은 더 약 오르란 듯이 한껏 턱을 치켜 든 채로 미소 지었다.

"어때? 협상 가능할까?"

"미안하지만 결렬이다. 이놈은 오늘 죽을 테니까."

그때, 에사렛타가 나섰다.

"이게 무슨 일입니까?"

솔린은 느닷없이 끼어든 고아한 여자를 물끄러미 바라보더니 서서히 표정을 굳혔다.

"이 여자는……."

"나는 카르시타의 왕비입니다. 어째서 이한 연합이 멋대로 카르시타의 영해로 들어온 것인지 물어도 되겠습니까."

솔린의 낯빛이 순간 크게 흔들렸다. 카르시타의 상황이 좋지 않다는 건 미리 들어 알고 있었다. 하여 베제스만 몰래 빼내어 가는 것도 무리가 아니리라는 판단 하에 여왕은 무적함대를 파견했다. 그러나 카르시타의 왕비라는 여자가 두 눈 똑바로 뜨고 이 상황을 지켜보고 있다는 건 그들의 상황이 상당히 난처해졌다는 의미였다.

"……왕비? 왕비 전하께서 왜 이곳에 계신가요? 증명하실 것이 있습니까?"

에사렛타는 기가 막힌 얼굴로 침묵했다.

어느새 그들의 대화에서 완전히 관심 밖이 되었다는 것을 깨달은 베제스가 허겁지겁 소리쳤다.

"빨리 움직이지 못하고 뭐 하는 거냐! 어서 이 무도한 해적들을 척결하란 말이다!"

퀴네도사이가 신경질적으로 베제스의 머리채를 휘어잡고 바닥으로 내동댕이쳤다. 으악! 베제스가 나동그라지며 단말의 비명을 삼켰다.

"넌 닥치고 있어."

"어머…… 못 본 사이에 더 박력 있어졌네."

능청스레 말하지만 솔린도 이미 뜨끔한 상태였다. 일반 카르시타의 귀족이라면 모를까, 저 여자가 진짜 왕비라면 상당히 곤란했다. 그녀를 호위하던 장교 중 한 명이 조용히 그녀의 귓가에 무언가를 중얼거렸다.

솔린은 곧 고개를 끄덕이며 말했다.

"일단 여기 여왕…… 아니, 왕비 전하라고 하셨지. 상황을 좀 이해해주셨으면 좋겠습니다. 저희는 폐를 끼치지 않고 아주 잠깐만 이곳을 거쳐 가는 거니까요. 이미 작은 교전으로 손실까지 일어난 이상 이대로 물러가기에는 저 또한 낯이 살지가 않아서……. 데바람과 이한의 일을 카르시타의 영해에서 해결해야 한다는 게 몹시 유감입니다."

"이게 대체 무슨 말도 안 되는……!"

그때였다. 상황을 살피던 락혼이 더 이상은 두고 보지 않겠다는 듯이 검을 움켜쥐고, 베제스를 향해 걸어갔다.

"이한이라는 나라에서 왜 온 것인지는 모르겠지만, 저 왕의 목은 내가 가져가겠다."

"오, 오, 오지 마! 오지 마아아!!"

락혼이 무덤덤한 얼굴로 그를 향해 다가갔다.

솔린이 당혹하며 락혼의 뒤를 쫓았다. 퀴네도사이와는 이런저런 상황을 빌미삼아 협상을 해볼 여력이 되었지만 트란실 인은 아니었다.

솔린이 급하게 왼손을 들어 올렸다. 그에 그녀의 등 뒤에 서 있던 해군들이 수송선 위의 화포를 장전하기 시작했다.

갑작스러운 락혼의 행동에 퀴네도사이가 놀라 몸을 돌려 지팡이를 들었다. 그 순간 바람을 가르는 날카로운 소리가 울려 퍼졌다.

"어?"

퀴네도사이는 본능적으로 몸을 비껴 세웠다. 정신을 차리고 보니, 락혼과 베제스 사이의 선체에 조금 전까지만 해도 없던 화살이 박혀 매섭게 진동하고 있었다. 락혼은 느닷없이 날아든 화살에 자세를 낮추고 몸을 돌렸다.

'뭐지?'

등 뒤에는 얼어붙어 서 있는 제르와 경악한 르니아와 몇몇 대륙의 기사들뿐이었다. 그 순간, 락혼에게 몹시 익숙한 언어가 쩌렁쩌렁 울려 퍼졌다.

『그 자식은 건드리지 마라!』

숲을 뚫고 달려오는 말과 뒤따르는 수십의 발소리가 만을 때리기 시작했다.

『그 머리는 내 거다아아아!』

이곳에서 들릴 리 없는 트란실의 언어였다. 락혼과 제르가 동시에 그 목소리의 주인을 바라보았다. 어마무지한 속도로 날듯이 뛰어오는 말 두 필. 락혼의 눈이 크게 뜨였다.

앙칼지고 기개 넘치는 여자의 목소리. 순간 짐작할 수 있는 그 음성의 주인은 한 사람이었다.

'설마.'

칼을 내려뜨린 락혼이 넋 나간 사람처럼 중얼거렸다.

"……사호?"

퀴네도사이는 시모레 호의 선체에 박힌 화살을 꺾어내며 싸늘하게 웃었다.

"이거, 오늘은 손님이 많네."

쏜살처럼 달려온 말은 그대로 제르와 르니아를 아슬아슬하게 스치고 지났다. 커다랗게 부는 바람에 지친 짐승의 열기가 느껴졌다. 휘청하며 물러서 고개를 돌렸을 때 이미 두 필의 말은 락혼과 베제스의 코앞까지 이르러 있었다. 제르는 고함을 지른 여자를 알아보았다.

처음에는 베제스가 나타나더니, 과거 지스카르를 도와 자신을 납치했던 여자가 고함을 지르며 나타났다. 머리를 외치면서.

숲 너머로부터 울리는 발소리들은 아직 끝나지 않았다. 얼마 지나지 않아 또 다른 이들이 모습을 드러냈다. 제르는 그때까지도 이 말도 안 되는 상황이 벌어진 순간 속에 잠겨 있었다. 르니아가 제르를 보호하기 위해 끌어당기지 않았다면 언제까지고 그리 넋을 놓고 있었으리라.

"대체 지금 이 상황이 어떻게 돌아가고 있는 거냐고!"

르니아도 기가 막히긴 매한가지였다. 평생 한두 번 보기도 힘든 트

222   223

란실 인들이 여기저기서 튀어나오는 것은 그렇다 치더라도, 뒤쪽 숲으로부터 다가오는 수많은 인기척. 만일 카르시타의 군사들이라면 사태는 정말 걷잡을 수 없어질 게 뻔했다.

그리고, 새까만 흑마 한 마리가 모습을 드러냈다.

"……세상에. 저게 누구야."

이상하게 흘러가는 상황에 솔린은 망원경을 들어 다가오는 군사들을 살피다 말고 입술을 벌렸다.

다그닥. 다그닥.

무적함대의 수장 솔린과 로마탄 그레온의 두목 퀴네도사이의 대치. 락혼의 움직임, 베제스의 비참한 모습. 여기저기서 오르는 경계령. 그들에게 달려온 두 필의 말. 멍하니 론희를 바라보던 제르는 점차 가까워지는 투박한 말굽 소리를 뒤돌아보지 않고 들었다. 그것은 점점 그녀와 거리를 좁혔다. 먼저 몸을 돌려 말의 기수를 식별해낸 르니아의 얼굴이 새하얗게 질렸다. 이쯤 되면 한평생 놀랄 것을 오늘 하루 동안 다 놀랐다고 해도 과언이 아니었다.

먼저 달려간 트란실의 두 전사를 여유롭게 바라보며 다가선 사내는, 제르의 옆에 멈춰 섰다. 같은 방향을 바라보는 한 필의 말, 곁눈으로 까만 말의 눈동자를 돌아본 제르는 익숙한 기척에 차마 고갤 올리지 못하고 굳어졌다.

이히힝.

숨이 찬 말울음 소리가 귓가를 파고들었다.

"저 덜떨어진 녀석이 왜 카르시타로 넘어왔나 했더니…… 이한을 끌어들였군. 실례하겠다."

예상했지만, 그였다. 제르는 천천히 고갤 들어 말 위의 기수를 올려 다보았다.

"……헨솔……?"

지스카르는 흐트러진 머리칼을 쓸어 올리며 다정하니 쓸쓸한 미소를 지어 보였다.

"오랜만이구나, 제르. 여기서 널 만날 거라고는 생각지 못했는데."

그리고 이어 그의 뒤를 따르던 수십 기의 기사와 병사들이 일제히 베제스가 있는 시모레 호의 주위를 에워싸기 시작했다.

솔린이 입가를 씰룩거렸다.

'와, 이게 뭐야? 뭐 이런 상황이 다 있어?'

카르시타의 왕비가 북해에 떠하니 있지를 않나, 숙적인 로마탄 그레온이 그 일대를 빼곡히 점령하고 있지를 않나, 베제스를 잡아 죽이려고 달려온 게 뻔한, 데바람의 왕이라고 해도 과언이 아닐 지스카르 헨솔이 직접 찾아오질 않나. 보기도 힘든 트란실 인들이 머리 사냥감으로 베제스를 골라 죽자고 달려들기까지.

이 상황이 몹시도 복잡하다는 건 알았지만 순수한 감탄만은 막을 수 없었다. 물론 감탄에는 분노 역시 섞여 있었다.

"와, 대단해, 대단해. 저 얼간이 같은 놈이 대체 우릴 무슨 일에 끌어들인 거니?"

"어찌하실 겁니까?"

사정이 급박하게 돌아가는 것을 지켜보던 호위 장교 한 명이 넌지시 솔린의 귓가에 대고 물었다.

"뭘 어째? 이대로 돌아갈 수도 없잖아."

솔린은 눙쳐 답한 후, 지스카르를 발견하고 새파랗게 질린 베제스를
바라보았다.

"인사는 나중에 하자, 제르."
지스카르는 제르를 조용히 스쳐 지났다.
지스카르가 느릿느릿 말을 몰아 움직였다. 론희는 이미 베제스에게
달려들어 도망치지 못하도록 그의 다리를 칼로 베어버린 후였다. 퀴
네도사이가 정체 모를 트란실의 여전사를 견제하지 않았더라면 베제
스는 론희가 달려드는 순간 죽어버렸을 것이다.
『네가 왜 여기 있나? 넌 로도의 선출자로 기억하는데?』
『사호, 그리고 창운.』
『오랜만이군.』
『설마 너, 지금 내 머리를 가로채려는 건 아니겠지?』
『진정해라. 머리는 도망 안 간다.』
『지금 로도가 내 머리를 죽이려 한 거 너도 봤잖아, 창운!』
『네 머리가 아니라 왕의 머리다.』
『그 머리가 그 머리지!』
『……그건.』
『내가 몇 년을 별러온 일이다. 저 녀석이……!』
『론희, 너도 방금 화살로 죽일 뻔했잖아. 노리고 쏜 게 아니란 건 나
도 알고 너도 알고 로도도 알 거다.』
트란실 인들은 그들끼리 분주했다.

그들을 뒤로하고 길게 늘어선 로마탄 그레온의 함선들을 쭈욱 훑어

보던 지스카르가 함선들 사이의 작은 수송선 위에 서 있는 솔린을 발견하고 나직이 웃었다. 베제스가 카르시타의 북해로 도망친다 했을 때부터 설마, 설마 했지만 정말 제대로 일을 벌여놓은 셈이다.

"이한의 후계자가 직접 데바람의 수치를 맞이하러 나온 건가?"

솔린이 몰려든 데바람의 기사들 수십 기와 그 뒤를 따른 병사들을 당혹스러운 눈으로 바라보다 이내 표정을 갈무리했다.

"오늘은 정말 역사적인 날이네요. 헨솔 님을 직접 보게 되다니. 여왕님께서도 안부를 궁금해 하셨어요."

에사렛타가 놀라 입을 벌렸다. 잠에서 깬 세드로는 그녀의 치맛자락에 매달려 칭얼거리고 있었다.

"꼴 보기 싫은 데바라노가 둘이나. 그나저나 헨솔 너도 이번에 꽤나 수고했더군. 버렸던 왕좌가 다시 탐이 났던 모양이야?"

퀴네도사이가 능글맞게 빈정거렸다. 지스카르는 불쾌한 기색 대신 그를 무시하는 것으로 회답했다.

"이한의 후계자, 이것은 데바람 왕실의 일이다. 베제스가 무엇을 약속했는지는 모르겠지만 물러나라."

"지금 이쪽도 상황이 좋지 않아서 말이지요."

"내가 그보다 더 큰 것을 줄 것을 약조하지. 저 녀석은 포기해라."

그때까지도 얼어 있던 베제스가 화들짝 몸을 움츠리며 뒷걸음질했다.

"안 돼! 안 된다. 빨리 나를……!"

"입 닥쳐. 지금 너 때문에 이렇게 꼬인 거니까."

솔린이 더없이 싸늘하게 일갈했다. 절망으로 얼굴이 일그러지는 베제스를 바라보던 지스카르가 씁쓸하게 웃었다.

"여의치 않을 텐데, 전부 감당하기에는."

솔린은 재빠르게 상황을 둘러보았다. 스게이로의 함선들은 저 끝에서 대기 중이었고, 사위는 해적들로 가득했다. 뭍에는 카르시타의 왕비와 데바람 왕인 지스카르가 버젓이 군사를 끌고 나타나 있다. 이미 왕비가 그들의 무단 침입을 알았고, 함선들 몇 척은 만으로 진입하는 과정에서 파괴되었으며, 코앞엔 숙청해야 하는 해적들이 있었다.

이대로 꼬리를 말고 도망치는 건 그야말로 그녀를 헐뜯을 본국의 승냥이들에게 빌미를 주는 것뿐이었다.

"이런 상황은 정말 당혹스럽네요. 미리 말하자면 우리는 카르시타에 아무런 원한이 없고, 데바람에게도 마찬가집니다. 물론 로마탄 그레온을 숙청해야 하는 의무가 있지만 지금 당장 공격 의사는 없습니다. 데바람 왕실의 일이라 하셨지요, 헨솔. 그러나 우리를 끌어들인 이상 이건 국제 문제입니다. 이쪽도 여왕 전하의 명령으로 온 것이라서요. 저자의 신병을 고스란히 넘겨주면 지금 그대로 문제 일으키지 않고 이 자리를 떠나겠습니다."

솔린의 말에 퀴네도사이가 웃었다.

"여어, 솔린 레쉴리. 나이가 먹더니 귀가 먹었나……? 베제스의 무덤이 여기라고 말했을 텐데?"

"로만, 지금은 네가 끼어들 자리가 아닌 것 같지 않아? 눈감아줄 때 물러나."

"구태여 싸움을 걸어온다면 거절하지 않는다고. 헌데 애당초 이한 너희가 대륙의 일에 끼어드는 것 자체가 어이가 없는 사건 아닌가. 지금 네가 걱정해야 할 건 이쪽이나 베제스가 아니라 카르시타인 것 같은데?"

카르시타? 지스카르가 고개를 돌려 퀴네도사이가 턱짓하는 방향을 돌아보았다. 그곳에는 허리를 꼿꼿이 펴고 솔린을 노려보는 에사렛타가 있었다.

지스카르가 물었다.

"저 여자는?"

이들 사이에서 기가 죽어 내내 침묵하고 있던 에드하인다의 한 기사가 나서서 아뢨다.

"카르시타의 왕비 전하이십니다."

지스카르가 말에서 내려 정중히 인사했다.

"처음 뵙는군요. 지스카르 헨솔입니다. 이번 일을 정리하기 위해 이리 소란을 피우게 됐습니다."

"지스카르라면 이야기는 많이 들었습니다. 데바람의 군사들이 국경을 넘은 것은 눈감겠습니다. 허나."

에사렛타의 서늘한 눈빛이 솔린에게 향했다.

"이한은 용서하기 어려울 듯하군요."

솔린의 표정도 더불어 굳어졌다.

"왕비 전하께선 스스로를 증명하지 못하시지 않나? 저는 썩 믿기지가 않아 말인데요."

솔린의 담담한 목소리에 지스카르는 에사렛타의 노여움이 더 커지는 것을 바라보며 실소했다. 어린 계집애가 모르쇠로 일관하며 몰아붙이려 드니 노여울 밖에.

지스카르는 침착하게 상황을 다시 한 번 뇌리에 각인했다. 바다에서 스게이로와 맞붙을 유일한 해적선인 로마탄 그레온이 이 자리에 있으니 굳이 저자세로 나올 필요는 없지만, 그렇게 된다면 저 자신만만한 해적과 이한 연합 함대가 이곳을 불바다로 만드는 것도 불사할 터였다. 자칫 포환이 잘못 떨어진다면 뭍에 있는 이들도 죽거나 다치게 될 것이다. 그중엔 제르 역시 있다.

"이한의 후계자."

지스카르가 나직이 말했다.

"이 자리에서 네 목숨이 안전하리라는 보장은 않겠다. 그러니 물러나주길 권고하지."

"제게 무슨 일이 생긴다면 맹세코 스게이로는 이 일을 좌시하지 않을 겁니다. 이곳을 불바다로 만드는 것은 물론이거니와 데바람에까지 피해가 갈지도 모를 일이지요."

"카르시타의 땅에서 일어나는 일이야 내 알 바 아니지. 그러다가 베제스 녀석도 같이 그 불바다에 휩쓸려 죽는다면 나쁘지 않은 이야기인데. 그리고 이한은 데바람과 아주 긴밀하지 않았던가?"

"무시해라! 저놈이 지껄이는 말은 무시해! 내가 더 줄 수 있다. 나, 나, 나…… 난……!"

베제스의 절박한 외침은 부질없이 침묵에 삼켜졌다. 그가 비틀거리며 물러나려 하자 재빠르게 눈치 챈 론희가 그의 해진 바지 자락에 가차 없이 칼을 쑤셔 박았다. 자칫 다리가 그대로 잘려나갈 뻔할 만큼 아슬아슬한 일격이었다.

"흐, 흐이아악!"

『네 머리 때문에, 내가 말이야, 얼마나 고생을 했는지. 아, 정말.』

거의 그것과 동시에 퀴네도사이의 지팡이가 론희와 베제스의 사이를 갈랐다.

"여어, 사정은 모르겠지만 못 알아듣는 말로 지껄이니 기분이 더러운데. 차례, 기다려."

그들의 눈에 퀴네도사이는 대륙의 귀족이었다. 베제스의 수하인가? 하는 의심으로 그의 지팡이를 경계하며 창운도 칼을 고쳐 들었다. 만약 끝까지 방해한다면 해치울 생각이었다.

그때까지도 락혼은 꿈쩍도 않았다.

"사, 살려줘."

베제스의 모기만 한 목소리가 가까스로 흘러나왔다. 저 트란실 여자는 데바람 왕성에서 보았던 여자였다. 무섭고 오금이 저렸다.

그러건 말건 베제스를 옴짝달싹못하게 바닥에 고정한 론희가 문득 의아하단 듯 락혼을 돌아보았다.

『넌 왜 가만히 있나?』

『내가 뭘 하길 바라나.』

『머리 사냥을 하러 나온 거 아닌가?』

락혼이 고개를 젓기도 전에 론희가 덧붙였다.

『이자는 내 사냥감이다. 네가 먼저 발견했다고 해도 눈독 들이지 않았으면 좋겠군. 난 동족과 싸우고 싶지 않아. 이자를 죽이기 위해 내가 저 물러 터진 놈의 옆에서 얼마나 속이 터졌는지.』

락혼은 희미하게 웃었다. 애초에 자신의 목적은 달성된 셈이었다. 론희는 그의 기억대로, 소문대로 동포를 아끼는 여자였다. 수많은 이들이 선출자끼리의 결투를 선택할 때, 그녀는 창운 한 명만 데리고 망망대해 같은 대륙으로 나왔다. 솔직하게 락혼은 동포를 아끼고 적륜을 손쉽게 제압하는 그녀가 자신보다 더 차르에 걸맞은 사람일 거라 생각하고 있었다.

그런 그의 속을 모르는 론희가 경계심을 바짝 세우고 대답 없는 락혼을 향해 으르렁거렸다.

『안 들리나. 머리는 내 거다.』

칼을 내린 락혼은 빈손을 들어 보이며 반걸음 물러났다.

『론희 사호, 난 머리 사냥꾼이 아니라, 너를 찾아 나왔다.』

베제스는 알아들을 수 없는 트란실 언어를 들으며 불안에 휩싸였다.

『적륜이 문제를 일으켰다. 일족들을 선동해 전 부락을 전란으로 밀어 넣고 있다.』

『그래, 내 귀도 뚫려 있어 소식은 들었다. 이 머리를 가지고 본국으로 돌아간다. 뭐야, 걱정하냐? 걱정 마. 그 철딱서니 없는 리이사의 새끼 고양이는 한 주먹거리도 안 되니까. 그런데 이 대륙인은 적인가?』

론희가 퀴네도사이의 고급스러운 옷차림을 흘기며 눈을 치켜떴다.

『이상한 바다 놈.』

『그렇군.』

락혼이 물러나자 가만히 그들의 대화를 아닌 체 경청하던 지스카르가 팔짱을 끼며 한마디 더했다.

『뭐 하냐. 얼마나 더 시간을 끌어줘야 하는 건데.』

『저 바다 놈 좀 치워버려.』

마지못한 지스카르가 허탈하게 웃으며 서늘히 눈을 치떴다. 퀴네도사이는 순간 바뀐 지스카르의 분위기에 한쪽 입꼬리를 틀어 올렸다. 그리고 그 순간, 지스카르의 검이 뽑혔다. 놀란 이들이 일제히 몸을 경직시키며 산만하게 흐트러지는 것과 동시에 퀴네도사이의 세검과 지스카르의 검이 맞부딪쳤다.

느닷없는 공격에 퀴네도사이가 제 코앞까지 바짝 들이닥친 지스카르의 검날을 올려다보며 말했다.

"이거, 뭐하는 짓이지?"

"언젠가 다시 만나면 네 머리를 땅에 처박아버리고 싶다 생각했었지. 오랜만에 만났으니 회포나 푸는 셈 치지."

"여전히 성격 더러운 건 변함이 없군."

"네게 그런 소리를 듣다니."

퀴네도사이의 얇은 검이 지스카르가 휘두른 검의 무게를 이기지 못하고 휘어지며 퀴네도사이의 뺨에 긴 상처를 냈다. 반사적으로 르니아가 비명처럼 소리쳤다.

"오. 오라버니!"

그 순간 퀴네도사이가 지팡이의 몸체를 휙 끌어당겨 지스카르의 옆구리를 후려쳤다. 휘청하며 몇 걸음 물러난 지스카르의 검이 그대로 퀴네도사이의 머리 바로 옆 선체에 떨어져 콰드득 소리를 내며 박혔다.

"이건 내 머리를 작살내겠다는 것 같은데."

"어차피 로마탄 그레온과 데바람은 끝난 사이 아닌가?"

"이거…… 못 본 사이에 더 흉악해지셨군?"

그리고 퀴네도사이가 베제스를 막던 지팡이를 거둔 사이, 론희가 달려들어 베제스를 그대로 엎어뜨린 후 능글맞게 웃었다.

『지스칼! 그동안 고마웠다.』

바로 지근거리에서 팔 안에 퀴네도사이의 머리를 가두고 눈싸움을 이어가던 지스카르가 시선을 고정한 채 빙긋 웃었다.

"제대로 처리해. 또다시 놓치는 건 사양이야."

"네놈이라고."

그녀의 칼날이 공포에 떠는 베제스의 목을 향해 쇄도했다. 그와 동시에 솔린의 명이 떨어졌다.

"발포."

으아아악! 뭐하는 짓이야아!

베제스는 론희를 향해 쏘아진 화포 파편에 허리를 맞고 비명을 질렀다. 화포의 굉음에 들고 있던 칼을 놓치고 나동그라진 론희가 재빠르게 몸을 반 바퀴 굴려 일어서며 으르렁거렸다.

『저 계집이 미쳤나. 죽고 싶어 환장했어?』

"뭐라는지는 모르겠으나 저자의 신병은 우리가 확보한다. 움직이면 다시 발포할 거야."

"방해하지 마, 계집!"

"내게 그런 말버릇 마라, 야만인."

솔린이 새침하게 말을 맺었다. 론희의 신경이 온통 솔린과 해군에게로 쏠린 순간, 틈을 보던 베제스가 바닥에 떨어진 론희의 날 선 칼을 움켜쥐었다. 그리고 어디서 그런 힘이 난 건지, 1초의 지체도 없이 그녀의 뒷목을 향해 달려들었다. 해군들의 화포를 주시하고 있던 창운이 놀라 입을 벌렸다.

등 뒤로부터 느껴지는 선명한 살기에 론희가 막 제 무기를 줍기 위해 뒤돌아서려던 찰나.

『피해!』

'늦었다!'

론희는 바로 제 코앞까지 닥친 자신의 칼날에 저도 모르게 엉덩방아를 찧었다. 그러나 칼날은 그녀의 이마 위에서 힘을 잃고는, 툭 하고 이마에 세로로 긴 상처를 낸 뒤 힘없이 떨어졌다. 미친 듯이 박동하는 심장에 숨을 헐떡헐떡 몰아쉰 론희가 주르륵 흘러내리는 피를 닦아낸 후 정면을 응시했다. 그녀를 노려보는 베제스의 얼굴이 주르륵 미끄러졌다. 그의 머리가 흉한 뼈와 근육, 식도와 기도까지의 단면을 고스란히 드러내며 데구루루 바닥으로 굴렀다.

엄청난 양의 피가 그녀의 얼굴 위로 끼얹어졌다. 그 옆엔 락혼이 서 있었다.

"맙소사."

솔린이 순식간에 벌어진 참극에 고개를 비스듬히 돌리며 중얼거렸다.

놀라 달려온 창운이 재빠르게 그녀의 상태를 살폈다. 그러나 한참이나 울컥울컥 피를 뿜어내는 시체의 잘린 목 단면과, 섬뜩하게 뜨인 눈동자로 굴러다니는 목을 번갈아보던 론희는 이를 바드득 갈았다.

그녀가 얇은 칼끝으로 바닥을 짚고 일어섰다.

『로도. 내가 분명, 가로채지 말라고 했다.』

평소만큼이나 포악한 론희의 음성을 들은 후에야 창운이 안도한 사람처럼 투덜거렸다.

『너 방금, 죽을 뻔했.』

『닥쳐! 창피한 말 함부로 지껄이지 마!』

론희가 악을 쓰며 땅을 내리쳤다. 그녀의 이마를 가른 검상에선 피가 멈출 줄을 몰랐다. 악귀의 모습이 따로 없었다. 달려드는 베제스를 어찌하지 못하고 얼결에 그대로 베어 죽인 락혼은 난처한 표정을 지었다. 론희의 분노는 쉬이 가라앉을 것 같지가 않았다.

그러나 뜻밖에도 론희는 곧 깨끗하게 칼끝을 떨어뜨렸다.

『……지난 3년을 허송한 게 되잖아, 이거.』

그녀의 음성이 침울해졌다. 그러나 창운은 격한 감정 없이 심드렁히 중얼거렸다.

『방심한 네 탓이다. 칼을 놓친 네 탓이고.』

『닥쳐.』

『어쨌든 ……. 우리끼리 피 볼 일 없이 선출제는 끝났으니 목적은 어느 정도 이루었다. 우리는 리이사만 해결하면 된다.』

『그래도 화난다고!』

그때, 가만히 그 두 사람을 바라보던 락혼이 허리를 숙여 베제스의 머리칼을 움켜들었다. 그는 그대로 론희에게 다가가 여전히 희번덕 눈을 뜬 베제스의 머리를 내밀었다. 그 괴괴한 풍경에도 놀라지 않고 눈만 깜빡이는 론희의 낯에는 갈무리되지 않은 신경질이 배어 있었다.

『뭡니까.』

그녀가 말을 올렸다.

락혼은 주저 없이 답했다.

『부락의 땅을 밟지는 않았으나, 가장 명예로운 차르의 이름으로 첫 명령을 내리겠다.』

락혼의 말을 알아들을 수는 없으나, 돌아가는 상황을 지켜보던 이들은 일이 묘하게 흘러가는 것을 느꼈다. 락혼은 언제나처럼 덤덤한 얼굴로 말했다.

『차르는 네가 된다.』

"……나 참."

그때까지도 퀴네도사이를 가둬두고 섰던 지스카르가 천천히 물러났다.

"저쪽은 희한하게 끝났군."

그러나 론희가 얻지는 못했다. 지스카르의 조금은 착잡한 눈동자가 처참히 죽은 제 이복동생의 머리 위로 머물렀다.

얼마 떨어지지 않은 곳에서 제르는 한 장면, 한 장면을 놓치지 않고 눈에 담았다. 그리고 그의 떨어져 나간 징그러운 머리가 신성하게 역사상 두 번째로 왕을 베어낸 차르의 손에 쥐였을 때, 그녀는 웃었다.

그건, 분명 악인의 말로라는 이름보다는 완벽한 공평이었다.

지독했던 과거의 한 귀퉁이가 떨어져 나갔다.

트란실 인들은 그들의 대화를 이해하는 사람들에게는 더없이 유쾌한 사람들이었다. 국가적 긴장으로 팽팽한 순간에도 마치 유리된 사람처럼 그들은 언성을 높이기 시작했다. 제게 들이밀어진 베제스의 머리를 징그럽다는 듯 바라보기보다는 화난 듯 노려보던 론희가 락혼의 팔을 쳐냈다.

『지금, 나를 놀립니까?』

락혼이 고개를 저었다.

『나는 사호, 너를 찾아왔다고. 이건 정말 고의가 아니다……. 나는.』

『고의니 고의가 아니니로 결론지을 문제가 아닌 걸 알 텐데!』

론희는 목에 핏대를 세우며 눈을 부라렸다.

『그러니 네게 돌려…….』

『치워!』

락혼은 그녀의 기세에 눌려 황급히 말을 이었지만 그녀는 이미 한 마디도 귀담아듣는 기색이 아니었다.

『그만들 하지? 론희, 로도에 예우를 보여라. 대체가.』

『이놈이 지금 내 자존심을……!』

네가 죽였으니 네 것이다. 론희의 주장은 깔끔하고 명백했지만 락혼 역시 마찬가지였다.

『나는 너를 존경한다.』

그렇게까지 나오니 조금 우쭐해진 건지 론희는 기세를 죽이기 시작했다. 결국, 죽은 베제스의 머리를 집어던지며 싸우던 그들은 론희가 락혼의 얼굴을 걷어차는 것을 마지막으로 의견의 합치를 보았다.

도대체 어째서 그런 마무리가 나오게 된 건지 정말 의문스럽지만 대강 이해한 바, 우선은 트란실로 되돌아가자는 결론이었다.

"하아……, 닭 쫓던 개 되는 거 순식간이라더니, 이게 뭐람?"

솔린이 이마를 가리며 중얼거렸다. 순식간에 벌어진 머리 사냥을 정면에서 보고 나니 왠지 속이 메스꺼운 듯도 했다. 어찌 손써볼 틈도 없었던지라 덧붙일 말도 없었다. 그녀는 불편한 시선으로 바람처럼 멀어지는 트란실의 전사들을 바라보았다. 너무나도 간단히 결론을 내려 떠나버리는 모습에 몸뚱이만 남은 베제스의 몸이 초라하다 못해 불쌍할 지경이었다.

솔린은 베제스의 시신을 눈 밖으로 치웠다. 살아 있는 베제스가 아니라면 의미 없는 일이었다.

이제 문제만 산더미처럼 남은 격이다.

"베제스는 분명 끝을 보았으니, 이제 이한과 남은 이야기를 나눠보아야겠군."

그녀의 긴장을 더 자극하는 건 지스카르였다.

'얄미운 남자라니까. 그런데 이거…… 장난 아니게 곤란하게 됐는데.'

얼굴 거죽 아래로 교차하는 만감을 애써 가린 솔린이 슬며시 미간을 좁혔다.

"너도 이번에 제대로 사고를 치는군, 솔린 레쉴리."

퀴네도사이가 그 특유의, 신경을 긁는 어조로 빈정거리는 소리가 들렸다.

반듯한 낯짝이 비웃음으로 그녀의 신경줄을 살살 갉아내고 있었다. 솔린이 애써 입꼬리를 끌어올리며 그를 향해 말했다.

"로만, 뒈져볼래?"

"거는 싸움은 안 피한다는 거 알 텐데?"

"그러고 보니 지난번 북해에서 벌어졌던 카르시타 함대 격추 건이 너희들 짓이었다던가?"

퀴네도사이의 표정이 굳어지는 것과 동시에 에사렛타의 고개가 퀴네도사이에게로 돌았다. 에사렛타의 시선을 오른 뺨으로 고스란히 받

238　　　239

아낸 퀴네도사이는 모른 체 의뭉 떨었다.

"네가 지금 무슨 말을 하는 건지 잘 모르겠는데."

"아니라고?"

"증거가 있나?"

솔린은 팔짱까지 끼며 유연하게 받아치는 퀴네도사이를 향해 눈을 가늘게 떴다.

그리 시답잖은 대화로 시간을 끌면서 고민을 거듭하던 그녀는 이내 결론 내릴 수밖에 없었다. 역시나 그냥 돌아가는 건 무리였다. 일단은 베제스를 데려가지 못했으니 여왕은 언짢아할 것이다. 게다가 무적함대를 카르시타 만 연안까지 끌고 왔는데 이곳 왕비의 노여움을 샀다.

"……왕비 전하가 맞는다면, 이라는 전제하에, 정말 이쪽을 눈감아주실 생각은 없으신 건가요?"

그녀가 마지막으로 물었다.

"내 맹세코 카르시타를 가벼이 본 이한은 대가를 치르게 될 거요."

에사렛타의 확고한 음성에 솔린은 애써 굳어지려는 입꼬릴 당겼다.

이번 카르시타 만 연안 습격과 관련한 배상 요청은 엄청날 것이다. 피할 수 없는 문제라면 일단 받아들이고 다른 돌파구를 찾는 수밖에.

'이걸 어쩐다…….'

퀴네도사이와 눈을 마주친 솔린의 낯빛이 서서히 펴졌다.

"우선 함대로 돌아가자."

"물러나는 건가?"

지스카르가 삐딱하게 고개를 기울이며 물었다.

"글쎄…… 요? 대륙 사정에서는 발 빼지요."

퀴네도사이는 순식간에 분위기가 변한 솔린을 예의 주시하며 노려보고 있었다. 솔린은 마지막으로 에사렛타를 한 번 흘긴 후 수송선 안쪽으로 도도하게 걸어갔다.

'때마침 바람의 방향이 바뀌고 있다.'

역풍이 순풍이 되면 함대 증원 요청 또한 훨씬 빠르게 가 닿을 것이다.

아무리 외교 문제가 틀어져도, 로마탄 그레온을 잡아 궤멸시킨다면 충분히 덮을 만했다. 카르시타의 영해라는 것이 마음에 걸리지만 어차피 이들은 해적이니 해적 소탕을 빌미로 움직였다고 한다면 유야무야 넘길 수 있으리라. 그녀는 꽤 먼 곳까지 계산을 마쳤다.

그들이 출발한 지 얼마 지나지 않아, 파도가 너울 치기 시작했다.

작은 수송선은 순식간에 밀려든 파도에 다시금 만 안쪽으로 흘러들어갔다. 솔린은 갑작스레 커진 파도에 눈살을 찡그렸다.

'이게 무슨 일이야?'

분명 바람은 순풍으로 바뀌고 있었다.

그 순간, 먼 바다에서부터 폭발음이 울리기 시작했다. 함대의 포 소리였다. 그녀가 획 고개를 돌려 만안을 바라보았다. 그녀는 해전을 명한 적이 없었다. 지금 함대들을 총괄하고 있는 부사령관인 아타니 역시 마찬가지일 터이므로 싸움은 저쪽에서 걸어왔다고밖에 여겨지지 않았다.

"로만 네놈이……!"

그러나 만 가장자리에 서서 해전이 벌어진 바다를 오만상을 찡그리며 바라보는 퀴네도사이를 발견했을 때, 솔린은 본능적으로 무언가 잘못되었음을 예감했다. 또다시 커다란 파도가 그녀가 탄 수송선을 크게 흔들었다.

그들은 순식간에 만 안쪽 깊숙한 곳까지 떠밀려 들어갔다. 포탄 소리는 계속해서 울렸다. 펑. 퍼엉. 펑! 포탄 소리와 함께 흘러가다, 부서진 그레스완 호의 선체에 부딪쳐 반동으로 만까지 맞닿은 솔린이 어처구니없는 얼굴로 따졌다.

"로만! 이게 무슨 일이지!"

"우리가 먼저 공격했을 리가 없지 않나? 네 병사들이 그 잘난 정의감에 시작했겠지."

"너희가 바다의 악이라는 건 잘 아는구나!"

서로를 깎아내리는 무의미한 설전이 이어졌다.

이미 포탄 소리가 들린 순간부터 퀴네도사이도, 솔린도 평화는 포기했다. 스게이로와 로마탄 그레온이 이리 가까이 있는 이상 어쩔 수 없이 생기는 불상사 정도로 치부하는 게 현명했다.

만안까지 밀려 올라오는 파도가 유난히 거셌다. 해전이 일어난 곳은 저 먼 곳인데 왜 이리 파도가 불규칙할까. 포화 소리는 점차 커지고 짧은 간격으로 이어졌다.

달려온 아게곤으로부터 망원경을 건네받은 퀴네도사이가 수평선 너머의 함대들을 눈에 담았다.

'무슨 일이지.'

배들이 빠르게 회전하며 큰 원을 그려 움직이고 있었다.

순간 뒷덜미로 달려드는 섬뜩한 어떤 기억에 느리게 눈동자를 움직여 해수면을 들여다보던 퀴네도사이가 작게 입술을 벌렸다. 솔린 역시 마찬가지로 망원경을 들고 바다 저편을 바라보고 있었다.

해수면이 기괴하게 뒤틀려 하얀 포말을 일으키며 소용돌이치고 있었다.

상황이 묘하게 돌아간다는 것을 알아차린 지스카르가 물었다.

"지금 카르시타의 영내에서 해전을 벌이는 건가?"

말을 잊은 솔린은 불그스름한 입술을 크게 벌렸다.

유독 거무튀튀하게 물든 해수면이 그리는 괴이한 원은 하얀 물거품으로 선명했다. 넘실, 수송선이 또다시 크게 흔들렸다. 넘실. 큰 파도가 몰려오는 빈도가 점차 잦아지고 있었다.

"……아니지? 로만?"

그녀가 독기 빠진 음성으로 퀴네도사이를 향해 물었다.

"아니지. 이거……?"

퀴네도사이가 기가 막힌다는 얼굴로 고개를 돌려 르니아를 물끄러미 응시하더니, 곧 시모레 호의 선체 위를 향해 소리쳤다.

"포격 중지! 당장 포격을 멈추라고 해!"

"예? 하지만 지금 저기……!"

"포격 중지 신호탄을 올려! 안 그러면 전멸이다!"

퀴네도사이는 그답지 않게 다급했다. 얼마 지나지 않아 시모레 호와 작은 수송선 위로 노란 빛의 화포가 치솟아 올랐다. 하지만 포격 소리는 끊이지 않았다.

크게 넘실거리는 검푸른 바닷물을 바라보던 르니아 또한 척추를 훑는 어떠한 예감에 제르의 손을 꽉 잡고 달리기 시작했다.

"르니아?"

"세상에, 세상에. 어서요, 어서!"

르니아의 표정이 새파랗게 질렸다.

"이게 지금 무슨 일이야? 마, 말도 안 돼. 왕비 전하도 어서 배로 오르세요!"

르니아가 앙칼지게 소리쳤다. 놀란 에사렛타가 당황하며 마르티사를 안고 그녀들을 따라 움직였다. 그녀의 고함을 시작으로 서서히 불길한 예감을 알아차린 이들이 서서히 고도를 높이는 해수면을 바라보며 뒷걸음질했다.

페이랑은 테일런을 따라 홀 호로 갔으니 괜찮을 테지만 남은 카르시타와 데바람의 군사들이 문제였다.

솔린이 탄 수송선은 격류에 휘말린 돛단배처럼 흔들리기 시작했다. 우려가 현실이라는 것을 인지한 순간 솔린이 질린 음성으로 소리쳤다.

"돌아가! 어서! 돌아가야 한다!"

그러나 빠져나가지도 못하고 수송선은 다시 거대한 파도에 밀려 떠내려 왔다. 수송선의 작은 마스트를 움켜쥔 솔린의 얼굴이 급격하게 어두워졌다.

르니아는 전신을 휘감는 소름에 그녀도 모르게 몸을 떨었다.

이 규젤 만에서 오늘 전설 같은 일이 벌어질 것이다.

망원경을 내던진 퀴네도사이 역시 시모레 호의 발판을 디뎠다. 그는 쪽배처럼 작은 수송선에서 이리저리 흔들리고 있는 솔린과 선원들을 못마땅한 듯 바라보더니 겨누듯 지팡이를 뻗었다.

"너희들도 살고 싶으면 시모레 호에 올라라. 지스카르, 너도 네 기사들을 내 배로 올리는 것이 현명할 거야. 곧 벌어진다."

"무슨 일이지?"

"설명할 시간 없다."

지스카르의 눈살이 찌푸려졌다.

솔린은 점점 더 드높게 융기하는 시커먼 해수면을 올려다보다가 목을 찢는 심정으로 소리쳤다.

"전원, 수송선을 버리고 해적선에 올라!"

빙글빙글 거세게 휘돌며 솟구치기 시작한 바다는 금방이라도 넘칠 듯했다.

부우우우.

얼마 지나지 않아 대륙인들도 상황을 파악할 수 있었다. 선장실에 모여 바다의 전경이 훤히 드러난 둥그런 창 밖으로 시선을 모은 이들은 배 속까지 울리는 듯한 '부우우우' 하는 소리와 함께 얼어붙었다. 두렵다기보다는 경이로웠다.

거무튀튀한 빛으로 곰삭은 해수면이 거대한 언덕처럼 융기하는가 싶더니, 바다 한가운데에 떠 있던 배들을 해일처럼 커다란 파도 아래로 수몰시켰다. 크게 휘둘러지는 지느러미가 일으킨 소용돌이에 휩쓸린 함대는 스게이로와 로마탄 그레온 산하 해적선을 가리지 않고 난파시켰다. 그것은 북서해에 서식한다 알려진 거대 고래였다. 고래가 완전히 수면 위로 떠오르자 집채만 한 파도가 하얀 물거품을 일으키며 일어섰다.

멀찍이서 넘실거리던 파도는 눈 깜빡할 사이에 만안에 정박해 있던 해적선들을 덮쳤다.

"잡아!"

누군가가 소리쳤다. 배가 요란하게 흔들리는 것과 동시에 안팎에서 고함들이 연이었다.

"꽉 잡아!"

"갑판 아래로! 온다!"

쿠아앙. 파도가 선체를 때리는 어마어마한 소리와 함께 선장실도 충격을 이기지 못하고 크게 기울어 흔들렸다. 파도는 만안의 시체며 전투의 흔적들을 모조리 쓸어버린 후 가라앉았다.

"……."

"……."

파도가 가라앉은 후에도 실내는 침묵으로 적요했다.

한참 후에야 한쪽 벽에 바짝 기대어 앉아 있던 퀴네도사이가 흐트러진 머리칼을 쓸어 올리며 말했다.

"내가 살아서 저놈을 또 보게 되다니."

"……이제 끝난 건가?"

그럴 리는 없었지만 묻지 않을 수 없었다.

"그럴 리가."

창이 깨졌는지, 잘게 난 금 사이로 물기가 새어 들어왔다. 지스카르는 생전 처음 보는, 수평선을 가로막은 검은 고래를 애써 침착한 눈으로 살폈다. 부우우우우. 전신을 잠식하듯 배어드는 울음소리는 낮고도 거룩했다.

곧 아래쪽이 소란스러워졌다.

이미 그레스완 호의 선원들과 지스카르가 데려온 데바람의 80여 기사들, 그리고 솔린을 따르는 30명 남짓한 해군들을 수용하고 있었던 데다가 기존의 시모레 호 선원들까지 전부 갑판 아래 선실들에 밀집되어 있었으므로 어쩔 수 없는 일이었다. 혼란한 기사들과 선원들을 중재하겠다 자청해 갑판 아래로 내려갔던 르니아의 목소리도 언뜻 들렸다. 마음이 조금 놓였다.

조금 전의 여파로 휘청하며 벽에 뒷머리를 약하게 부딪혔던 제르는 정신을 차리자마자 에사렛타와 세드로부터 살폈다. 다행히 그들은 따라 들어온 에드하인다의 기사가 잘 보호하고 있었다. 그 순간, 지스카르가 팔을 뻗어 얼어붙은 제르의 손을 쥐었다.

제르는 제게 닿는 타인의 손길을 멍하니 내려다보았다. 살아 숨 쉬는 그 자체의 자연이 바다 한가운데서 솟아난 것을 본 후라 그런지. 아무런 감각도 없었다.

"괜찮아?"

제르는 내렸던 시선을 들어 다시 한 번 창 밖을 향했다. 온 바다 위로 솟아난 살아 있는 육지를 다시 한 번 눈에 담으니, 심장이 두근······ 두근······ 두근······ 느리게 뛰었다.

그리고 또 한 번, 심장을 울리는 울음소리가 부우우우우 들렸다. 이번에는 제법 길었다. 바다 저편에서 분수 같은 물이 솟구쳐 올랐다. 동물적인 본능이 신호를 올렸다.

선실 아래, 갑판 아래 소란이 숨 앗겼다.

퀴네도사이의 입술이 벌어지는 것, 그게 효시였다.

"또 온다."

그 순간 전에 없이 거대한 수포가 이는가 싶더니 고래의 꼬리가 수면을 후려쳤다. 이제 몇 척의 해군 함선이 파괴되었는지, 몇 척의 해적선이 으스러졌는지 따위 세어볼 필요도 없었다.

이번에는 성채였다.

고개를 꺾어 들어도 올려다볼 수 없을 것처럼 장엄한 해일이 그들을 향해 밀려들었다. 당겨졌던 침묵이 베였다. 아래쪽이 소란스러워졌다.

"다들 대피해! 꽉 붙잡아!"

"잡을 데가 없잖아!"

"그러면 옆에 있는 놈이라도 잡고 버텨!"

입술을 꾹 깨문 지스카르가 제르를 쥔 손에 힘을 주었다. 그러나 제르는 자연스럽게 그의 손을 빼내고 세드로와 에사렛타만을 응시했다.

'……저 아이인가.'

제르를 따라 고개를 돌렸던 지스카르는 겁먹은 보랏빛 눈동자의 소년을 발견하고 쓴 표정을 지었다. 놓쳐버린 제르의 손을 쫓았다. 그러나 마음이 먼 탓에 쉬이 닿지 않았다. 주저하던 지스카르는 눈을 깜빡일 때마다 가까워지는 거대한 물의 벽에 깊게 호흡을 고른 후 제르의 허리를 그대로 제 품으로 끌어당겨 안았다.

"헨솔, 무슨……!"

경직한 그녀가 고개를 돌리는 순간 온 세상이 어두워졌다. 제르의 입술이 열린 채로 굳어졌다. 배가 기울어지고, 뒤엎어지고, 부서지는 소리가 났다.

"괜찮아. 괜찮다. 왕자, 괜찮습니다."

너무나도 커다란 굉음이 모든 소리를 먹어버려 고요한 시간. 한 손으로는 세드로를, 다른 한 손으로는 그녀를 붙잡은 기사를 지탱하는 에사렛타의 위로가 주문처럼 울렸다. 배가 완전히 뒤집힐 듯 기울어 제르의 몸이 쭉 미끄러지려는 찰나, 지스카르가 그녀를 단단히 제 가슴팍으로 끌어다 고정했다.

쿠아앙! 거대한 굉음이 선체를 후려치는 소리가 연이어 들렸다. 몸이 풍랑에 내던져진 거룻배처럼 흔들렸다. 세드로의 울음소리가 기어코 터져 나왔으나, 세상을 집어 삼킬 듯 요란한 폭격음에 파묻혔다.

배가 완전히 수직으로 기울어졌다는 것을 깨달았을 때 제르는 지스카르를 저도 모르게 붙잡고 말았다. 그때까지도 침착을 잃지 않은 퀴네도사이가 경고했다.

"꽉 잡아. 잘못하면 뒤집힌다."

솔린이 틀어쥐고 있던 퀴네도사이의 팔뚝을 놓치려는 찰나, 퀴네도사이가 그대로 손을 뻗어 그녀의 팔을 잡아끌었다.

"이 멍청한 년아, 꽉 잡으라고."

"아, 어. 어…… 뜬다, 뜨…… 꺄악!"

배가 완전히 뒤집혔다는 것을 깨달았을 때, 그들은 이미 아수라장 속에서 엉켜 있었다. 우르르 쏟아진 책과 허공으로 흩날리는 종이더미. 펜과 잉크가 허공을 날고 몸이 뜨는가 싶더니 곧 순식간에 견디기 힘든 압력이 그들을 장애물에 처박았다. 깨진 창으로 물이 밀려들고 결국 제가 잡고 있는 것이 사람인지, 물건인지조차 혼미할 만큼 요란한 순간은 1분이 1년처럼 길었다.

그리고 그리 버티고 버틴 끝에 마지막 파도를 탄 시모레 호는 다시 한 번 뒤집혀서 원래대로 돌아왔다.

그리고 햇빛.

해일이 가라앉은 후에도 한참이나 넋을 놓고 있던 이들은 깨진 창틈으로 스며드는 오후의 햇살에 하나둘씩 정신을 차렸다.

홀연히 규젤 만의 좁은 바다 위로 떠오른 거대 고래는 그 등장만으로 무적함대 스게이로의 함선 열 척을 난파시키고, 만에 모여 있던 로마탄 그레온 산하 해적단의 배 스물한 척을 집어삼켰다. 그날은 북서 해에서 마주치면 안 된다 알려진 세 존재가 한 자리에 모인 역사적인 날로 기록되었다.

그 후로 두 차례의 조금 작은 해일이 있은 후, 바다는 완전히 고요에 잠겼다. 스게이로와 로마탄 그레온의 사이를 가른 고래는 여전히 수면 위에 떠 있었지만 마치 죽은 듯이 꼼짝도 하지 않았다. 그래서 그건 섬처럼 보였다.

"살았다아아!"

좁은 선실과 복도 등 실내에 갇혀 있던 이들은 경계령이 풀리자마자 갑판 위로 뛰쳐나왔다. 꺾인 마스트와 찢긴 돛, 바닷물로 흥건한 갑판 위의 살풍경에 선원들은 우울한 표정을 했지만 기사들은 아니었다. 배수로 빠져나가지 못한 바닷물이 얇은 막처럼 찰박거렸다. 갑판 한 가운데에 앉은 퀴네도사이가 바닷물이 들어간 지팡이의 몸통을 거꾸로 세우며 말했다.

"스패뉴다 호, 홀 호, 싱트 네스턴 호가 무사한지 확인하고 다른 산하 해적선들에게 상황 알리라고 해. 임시 돛이 선체 지하 창고에 있으니, 다른 배들 중에 돛을 잃은 놈들이 있으면 나눠주고. 마스트가 부서진 것들은 어쩔 수 없다. 아예 항해가 불가능해진 배의 선원들 중 살아남은 이들은 각 다른 배로 옮겨.”

그 후로도 그는 부서진 미들마스트에 흘깃 시선을 준 게 전부였다.

처음엔 넋을 놓았던 해적들도 그런 그의 모습에 기력을 되찾아 꾸역꾸역 움직이기 시작했다. 얼마 지나지 않아 곳곳에서 보고가 들어왔다.

“그레스완은 이제 아예 못 쓰게 되어버렸군. 케샤 호는 어째 숲 입구까지 가 있냐. 저거 다시 바다로 옮기는 작업에 애들 보내.”

“예!”

이미 그전부터 난파되어 있었던 그레스완 호는 아예 뭍으로 떠밀려 올라갔다. 물살이 들이치고 다시 빠지면서 다른 배들은 일부 제자리를 찾았지만, 여전히 육지에 걸쳐 있는 배들 또한 많았다. 그나마 더 작은 배들은 이미 완전히 난파되어 원형조차 없이 잔재만 남아 있었다.

해일이 가라앉은 후 갑판 위로 나온 제르가 가장 먼저 한 일은 르니아를 찾는 것이었다. 세드로야 에사렛타가 단단히 지키고 있다는 것을 제 눈으로 보아 안심할 수 있었지만 르니아는 아니었다. 한참을 갑판 위를 헤매며 르니아의 이름을 부르짖던 제르는 얼마 지나지 않아 갑판 밑에서 뛰어 올라오는 르니아를 발견하고 부둥켜안았다.

“걱정했다.”

“저는 괜찮아요. 시나와 님이야말로 괜찮으세요?”

르니아는 제르의 몸 이리저리를 살폈다. 르니아가 무사하단 걸 확인하고 안도하려던 제르는 퍼뜩 드는 생각에 다급히 물었다.

“리니, 테일런은? 테일런이 있는 배는……?”

르니아가 막 고개를 돌려 홀 호를 확인하고 무어라 말하려는 찰나, 등 뒤에서 퀴네도사이의 목소리가 들렸다.

"배는 무사해. 물이 더 빠지고 나면 알아보라 할 테니까 요란 떨지 마. 르니아, 너는 나를 따라와라. 제르는 빠져 있고."

그가 저리 이름을 부를 때면, 그건 꽤 진지하다는 의미였다.

"……오라버니?"

"아직 끝나지 않은 게 있으니."

르니아가 막 올라온 통로 아래로 내려가려던 그는 갑판 위로 나온 후로 한 마디도 하지 않고 저 멀리 고래섬을 바라보고 있는 솔린을 돌아보았다.

선실은 어디 하나 멀쩡한 곳이 없었지만 빠르게 정리가 된 곳은 있었다. 선원들은 퀴네도사이의 명령에 따라 심하게 침수되지 않은 좁은 선실을 회의장으로 삼고, 구색 맞추기로 오크 통처럼 불룩한 탁자를 옮겨다놓았다. 탁자에 둘러앉은 이들은 스게이로의 함장 솔린과 로마탄 그레온의 퀴네도사이, 그리고 퀴네도사이의 명에 따라 엉겁결에 무거운 자리에 참석한 르니아, 그리고 이번 사달의 원흉이 된 데바람의 지스카르였다.

갑판 위의 소란과는 완벽하게 단절된 침착함 속에서 지스카르가 운을 뗐다.

"……스게이로는 이제 어쩔 셈이지?"

거대한 고래가 뛰어 올라와 만과 대해를 잇는 사이를 가로막아버렸다는 것은 자명했다. 그 말인즉, 로마탄 그레온이 만 밖으로 도주할 수 있는 길이 막혔다는 것과 동시에 만 외부에 정박되어 있던 스게이로가 만 안으로 진입할 수 있는 길 또한 요원해졌다는 말과 일맥상통했다.

착잡한 듯 지스카르의 말에 얕은 한숨을 내킨 솔린이 되물었다.

"상황이 공교롭게 되었군요."

퀴네도사이가 끼어들었다.

"우리 이상의 누군가가 스게이로가 그대로 돌아가길 바라는 것 같은데."

분명 몇 년에 한 번 수면 위로 떠오른다 알려진, 아니, 애초에 존재 말고는 아는 것이 아무것도 없는 고래가 깊지도 않은 만안에서 솟구친 데에 어떤 의미를 부여할 수는 있을 것이다. 오랫동안 바다 생활을 한 이들은 이러한 자연 현상에 의미를 두곤 했다. 그러나 솔린은 왕령으로 움직이는 스게이로의 함대장으로서 미신에 멋대로 독단을 내릴 수는 없었다.

"덕분에 살았다는 데에는 분명한 감사를 표하지. 하지만 그냥 돌아가라고? 말도 안 되는 소리. 그건 그거고 이건 이거야. 어차피 저 고래는 한두 시간 안에 다시 수면 아래로 가라앉을 겁니다. 숨을 쉬러 올라온 모양이니 숨주머니를 채우고 나면 사라지겠지요."

그녀가 내뱉은 뻔뻔하기까지 한 말에 퀴네도사이가 의문 없이 실소했다.

"끝장을 보자는 건가? 그냥 빠져 죽게 놔둘 걸 그랬군."

지스카르가 말했다.

"스게이로의 함대 또한 무사하지는 못할 텐데."

"두려울 게 있을까요. 로마탄 그레온의 손괴가 더 크다는 걸 지금 제 눈으로 확인하고 왔는데? 출항한 함대 말고도 스게이로의 해양 정박섬이 바로 코앞이니."

"묻겠다. 베제스가 너희에게 약속한 것이 뭔가?"

지스카르가 그녀의 말허리를 자르며 물었다.

"주시려고요? 놀라실 텐데요?"

"들어는 보겠다. 이 일에 데바람 또한 일부 책임이 있다는 걸 부정할 수는 없으니까. 이한이 데바람의 패배자를 위해 카르시타 영해까지 숨어들어 오는 위험을 감수했다면 분명 작은 미끼는 아니겠지. 스게이로를 낚으려면 그만한 미끼가 있어야 한다는 것쯤이야."

"베제스의 복권에 협조하는 것을 대가로 그가 왕권 수복에 성공했을 때, 이한과의 항해 교역에 있어 데바람의 전 항구 개방, 전면 무관세를 비롯해 데바람 영해와 이한의 영해가 맞닿은 북해 전부를 우리에게 양도하겠다는 것이었습니다."

못마땅히 보고 있던 퀴네도사이가 콧방귀를 뀌었다. 내내 말없이 앉아 있던 르니아마저 기가 막힌 사람처럼 표정을 구겼다. 웃는 건 지스카르뿐이었다.

"하하, 뭐? 그 미친 소리를 믿고 예까지 왔다는 건가?"

"미친놈이 하는 미친 소리는 그다지 불가능하게 들리지 않잖아요?"

지스카르의 입가가 서늘히 굳어졌다. 베제스, 이 정신 나간 새끼. 데바람은 대륙의 북해와 서해를 어우르는 나라. 카르시타와 일부 북해를 나누어 가지고 있기는 하지만 북해를 내놓는다는 건 나라의 영해를 반토막 내는 것과 다름이 없었다.

"넘기지. 우린 들어주지 않을 테니까."

"베제스 그 매력 없는 남자가 죽은 순간 저도 그 부분은 포기했어요. 다른 성과를 내는 걸로 마음을 돌렸죠."

솔린의 시선이 자연스럽게 퀴네도사이에게로 향했다. 그녀의 의중을 알아차린 퀴네도사이가 낮게 웃었다.

"이 상황에서? 진심으로?"

사실 솔린 또한 안전한 상황은 아니었다. 그녀는 고래가 사라질 때까지 본 함대로 돌아갈 수 없었고, 아타니가 계속해서 신호를 주고받아 최소한의 상황을 전달받고 있기는 하지만 그사이 퀴네도사이가 해코지라도 한다면 꼼짝없이 살해당할 터였다. 그러나 애초에 죽는 것보다 본국의 승냥이들에게 물어뜯기는 게 더 두려운 일이다. 비참하게 사느니 장렬하게 죽으라. 스게이로의 유훈을 떠올리며 솔린은 미소를 가장했다.

"어차피 저 고래는 곧 사라져. 그러면 방해되는 것은 없어. 이쪽에 너희도 전력을 모을 대로 모아두고 있던 것 같은데. 무서워?"

"……어째 내 주위의 계집이란 계집들은 다 이렇게 어디 하나 정신이 나간 건지. 아무리 우리의 손실이 크다 해도 네놈들 씹어 먹을 만큼은 된다."

"잘됐네."

힐긋 르니아에게 의미 없이 눈길을 주었던 퀴네도사이가 피로한 듯 고개를 젖혔다 세우며 얕게 한숨을 내쉬었다. 아닌 체했지만 지금 그들은 이미 수습만으로도 버거운 상황이었다. 몇 척의 배가 쓸려 나갔는지 아직 정확히 추산되지도 않았고, 몇 명이 휩쓸려 죽었는지도 모른다. 부상자들만 세어도 세 자릿수를 훨씬 웃돌 것이다. 해전에서 버틸 수 있는 대형 함선인 그레스완 호마저 없는 지금 그들에게 해전은 도박이었다.

퀴네도사이의 그런 속을 읽어내기라도 한 것처럼 솔린은 목소리를 뭉근히 내리깔며 말했다.

"하지만 사실, 나도 덕분에 목숨을 구했으니 은혜 모르는 짓은 하고 싶지 않아. 내가 독단을 내릴 수 있는 위치라면 애초에 너희를 발견했을 때 그만뒀을 거야. 하지만 나도 일개 병졸인 걸 넌 잘 알잖아? 임무 실패에 더해 무적함대의 손괴, 카르시타와의 외교 마찰만으로도 지금 위험한데 로마탄 그레온까지 놓아줬다고 한다면 실각될지도 모른다고. 어차피 우리가 언제까지고 해전을 피할 수는 없잖아?"

"지금 널 죽여버려도 어차피 해전이고, 살려 보내도 해전이라는 거지?"

지팡이를 똑바로 세워 텅, 소리가 나게 바닥을 때린 퀴네도사이가 이를 드러냈다. 미친 여자 보듯 솔린을 응시하던 르니아가 답답하다는 듯이 소리쳤다.

"이봐요. 지금 이 상황에서 해전을 벌이겠다는 건 대체 무슨 미친 생각이에요? 여긴 카르시타의 영해라고요."

"이미 카르시타의 왕비가 우리에게 대가를 치르게 할 거라고 했고, 엎질러진 바닷물을 주워 담느니 새로 퍼내자는 게 내 신조야."

지스카르가 나직이 말했다.

"이한의 후계자, 일이 커지면 대가도 커질 거다. 네가 큰소리칠 입장은 아니라 보는데?"

"그건 추후에 생각해도 될 이야기입니다. 우리와 카르시타의 전쟁은 거의 불가능하다 해도 이상할 것이 없으니 배상과 사과문 정도로 끝이 나겠죠. 아니면 바다 위에서 스게이로를 격파할 수 있는 해군이 카르시타나."

"……."

"데바람에 있나요?"

명백히 그들을 무시하는 말이었지만 사실이었다. 표정 하나 없이 그녀를 노려보던 지스카르는 새삼 베제스를 향한 욕지거리를 삼켰다. 육군의 발달이 주인 대륙 간의 일에 해상국 이한을 끌어들인 것은 명백한 베제스의 마지막 실수였다.

만에 갇힌 로마탄 그레온과 얼마든지 지근거리에서 함대 충원을 받을 수 있는 스게이로가 해전을 벌이게 된다면 로마탄 그레온의 열세는 자명했다. 그걸 알기에 저 계집이 저렇듯 뻔뻔하게 턱을 치켜드는 것일 터.

퀴네도사이가 삐딱하게 웃으며 몸을 일으켜 세웠다.

"그래? 그렇다면 이 자리에서 네 목을 잘라다가 바다에 던져주지."

"오라버니."

"지금 나를 죽이면 너희 해적단은 궤멸이야."

"네가 죽었다는 것을 스게이로가 모른다면 말이 다르지. 너희 부함장은 꽤 소심한 녀석으로 기억하는데, 머리가 잘리고 나면 감히 우리에게 덤벼들 생각은 않겠지."

"내 부관이 계속 그들에게 신호를 보내고 있다. 신호가 끊기는 순간 스게이로는 저 고래 등에 포탄을 박아 넣고 전속력으로 도망칠 거야. 그래, 터놓고 말할까? 베제스를 이미 놓친 이상 난 이 자리에 있는 사람들 전부가 죽어주는 편이 좋아. 우릴 본 카르시타의 왕비 전하를 포함해서."

분위기는 손가락 하나 까딱하기 힘들 만큼 무겁게 얼어붙었다.

"해전을 피할 방법은 없나?"

데바람까지 연루된 상황에서 지스카르는 이들을 말려야 하는 난처한 입장이었다. 새삼스럽게 솔린이 이 자리에 있다는 게 얼마나 다행인가 하는 생각도 했다. 만일 그녀가 함대로 돌아간 후 저 고래가 나타났다면 그녀는 진짜 포탄을 날리고 날뛰는 고래를 뒤로한 채 유유히 본국으로 돌아갔을 위인이었으므로.

"이한의 여왕은 후계자를 잃고 싶어 하지 않을 것 같은데…… 그 고집을 꺾지 않겠다면 널 이 자리에서 죽여버리겠다는 에스펠라도 진심일 거다. 고래를 무기로 사용하겠다는 것은 바꿔 말하면 저 고래가 다시 바다 속으로 사라지는 직후 너는 무방비가 된다는 거 아닌가? 잠시 살려두었다가 후에 죽이는 것도 방편 중에 하나겠지."

"……."

"하면 데바람 쪽이 관대해지기로 하지. 이한과의 해상 교역에 있어 북해의 일부 항구를 이한에게 특정 품목에 한해 무관세로 개방하겠다. 물론 자세한 것은 추후 이한 정부와 조정을 해야 하겠지만. 이 정도론 여왕의 비위를 맞추기 힘든가?"

솔린이 솔깃한 표정을 지었다. 이한은 해상무역으로 먹고 산다 해도 과언이 아닌 연합. 하지만 지스카르의 제안은 작은 것은 아니라 해도 그리 큰 소득도 아니었다. 늘 골머리를 앓게 하던 로마탄 그레온의 궤멸, 관세의 일부 무효화와 저울에 놓고 재보기엔 부족했다.

한참 후에야 솔린이 입을 열었다.

"……그럼 이렇게 할까? 데바람의 베제스가 끌어들인 일을 해결하기 위해 데바람의 왕이 그 정도를 해주는 것은 당연해. 데바람의 약조에 더해 로마탄 그레온의 활동 영역을 축소해 앞으로는 이한의 영해에 얼씬도 하지 않는다는 조건으로."

이한의 영해라면 카르시타와 데바람을 잇는 북해도 포함되어 있었다.

"어차피 데바람이 무관세로 상선을 허용한다고 해도 바다에서 해적들에게 공격당한다면 우리에겐 좋을 게 없어. 너희도 우리가 너희를 얼마나 골칫거리로 여기고 있는지는 알 거야. 너희 중 일부는 그걸 자랑스럽게 생각하기도 하더군. 하지만 네가 우리와 활동 영역을 완벽하게 나누어 더 이상 거슬리는 짓을 하지 않는다고 약속한다면, 여왕님도 충분히 납득하실 거다."

로마탄 그레온은 북해와 서해를 오가는 대해적단이었다. 북해를 포기한다는 것은 그들의 바다를 반 이상 포기한다는 것과도 상통했다. 그녀가 선심 쓰듯 내놓은 조건에 르니아의 표정이 아수라처럼 일그러진 건 당연했다. 지스카르가 얕은 한숨을 내쉬었다.

'교섭은 끝이군.'

입가를 떨며 그녀의 말을 끝까지 경청하던 퀴네도사이가 팔짱을 끼더니 고개를 숙였다. 곧 그의 웃음을 참는 소리가 키득키득 들리는가 싶더니 살의로 번득이는 눈동자가 장애물 없이 그녀에게 쏘아져 박혔다. 솔린이 무의식적으로 움츠러들 정도였다.

"솔린 레쉴리, 난 네가 예전부터 싫었다고 얘기했던가?"

"말로 나누지 않아도 되는, 같은 마음 아닌가, 그건? 그리고 이건 감정적으로 나올 문제가 아닌 것 같은데?"

결국 르니아가 의자를 드르르 밀고 일어서며 서늘히 물었다.

"……저년, 죽여도 돼?"

지스카르가 팔을 뻗어 르니아를 강제로 앉힌 후 분위기를 정리했다.

"스게이로는 이한의 정예 함대. 멀쩡할 때의 전력이라면 로마탄 그레온도 뒤지지 않겠지만 지금 너희는 함선 수십 척을 잃었고, 지금은 해적 소탕을 목적으로 삼는 스게이로가 너희를 존속시키는 조건으로 내건 것이라면 저 정도는 합리적이다. 애초에 대륙 일에 끼어든 해적이니 이대로 발 빼고 물러나는 것이 맞겠지. 자업자득이다."

사납게 지스카르를 쏘아본 퀴네도사이는 노기를 참지 못해 씩씩거리는 르니아를 발견하고 입을 다물었다. 그녀 또한 더 방법이 없다는 걸 알고 있을 터였다. 만일 그러지 않았더라면 애초에 지스카르의 손을 뿌리치고 솔린의 목을 꺾어버렸을 테니까.

카르시타 왕실과도 척을 지게 되었으니 카르시타를 끼고 있는 북해에서 행동반경은 좁아질 것이다. 철마다 옮겨 다니기는 하지만 북해를 포기한다 해도 생존에 치명적인 문제가 생기지는 않았다. 이건 지금 자존심의 문제. 로마탄 그레온이야말로 탐욕의 집단. 사실 스게이로보다 더 노골적으로 득을 위해 움직여왔다. 그야말로 이리 커다란 손해를 입고 아무것도 얻지 못한 채 물러날 수만은 없었다.

"생각할 시간을 줄까?"

평소처럼 빈정거리거나 비웃지 않는 퀴네도사이를 똑바로 바라보고 있던 솔린이 싱긋 웃었다.

상체를 앞으로 기울인 퀴네도사이는 지팡이 손잡이 위로 턱을 괴었다.

"르니아."

평소와 같은 그의 음성이 때맞지 않게 평온히 울렸다. 르니아가 그를 돌아보았다.

"결정은 네가 해라."

"뭐?"

"북해를 포기한다는 조건은 그리 큰 문제는 아니야. 난 기꺼이 스게이로에게 한 수 물러줘도 감내할 수 있다. 하지만 내게도 조건이 있어."

"오라버니, 지금 무슨 말이야?"

지스카르와 솔린의 눈빛에 이채가 떠올랐다.

"……네가 대륙을 떠나 바다로 돌아온다면. 이게 내 조건이다."

그동안 제르는 테일런과 페이랑이 타고 있는 홀 호 또한 무사하다는 소식을 전해 들었다. 마음 깊이 안도한 후에야 비로소 잊었던 것들이 떠올랐다. 내륙 쪽으로 기운 갑판에 기대어 선 제르는 선체의 개폐 발판 수리가 끝나기를 그녀와는 달리 두려움 없이 밧줄을 타고 훌쩍훌쩍 아래로 뛰어내리는 선원들을 대단타 바라보았다. 솔직히 이번 해일을 겪은 후, 저들에 대한 감상이 바뀐 것도 사실이었다. 대단한 바다 사내들이었다.

흘러내린 머리칼을 귀 뒤로 쓸어 넘기던 제르는 문득 선미의 한구석에 다소곳이 앉아 세드로의 얼굴을 씻기는 에사렛타를 발견했다. 그녀는 제르와 눈이 마주치자 슬그머니 시선을 내렸다. 꼬질꼬질해진 자그마한 손으로 에사렛타의 뺨을 보듬는 아이의 뒷모습에 눈물이 찼다.

제르는 차마 고개를 돌리지도, 그들을 계속 바라보고 있을 수도 없어 속눈썹을 내리깔았다.

아직은 일이 전부 끝나지 않았다. 아직은 용기가 없었다.

그리고 얼마 지나지 않아, 쓸려 내려가는 가슴을 가까스로 부둥키는 제르에게 토끼 눈을 한 르니아가 찾아왔다.

⁂

"……리니, 방금 뭐라고?"

제르의 초점 잃은 눈동자가 느리게 깜빡 감겼다 뜨였다. 얼마나 울었는지 통통 부은 발간 눈으로 그녀를 찾아온 르니아가 갑작스레 건넨 건 이별이었다. 르니아는 끅끅대며 말을 이었다.

"시나와 님……. 그래도 어떻게든 가끔 찾아뵐게요. 우리, 완전히 못 만나는 게 아니에요."

이건 무슨 소리인가.

제르는 상의 아닌 이 통보에 어찌 반응해야 할지 몰랐다. 그녀는 해전을 피하고, 상황 정리를 돕기 위해 로마탄 그레온으로 돌아가겠다 말했다.

"우선…… 시나와 님은 일단 하선하세요. 지스카르 님은 이미 내려가실 준비 다 끝냈대요. 바닷물도 다 빠졌고 고래도 사라질 거예요. 모든 게 다 괜찮아질 거예요."

제르의 눈에서 부지불식간에 차오른 눈물이 떨어져 내렸다. 세드로와 에사렛타를 바라보면서도 눌러 담을 수 있었던 눈물이 르니아의 이별 선고에 걷잡을 수 없이 터져 나왔다.

"괜찮을 거예요. 다 괜찮을 거야."

믿을 수가 없었다. 어찌 그리 쉬이 괜찮아질 거란 말을 내뱉나.

네가 떠난다는데.

"시나와 님……. 그리 보지 마세요. 이게 최선이라 그런 것뿐이에
요. 안 그러면 모두가 위험해졌을 거예요. 테일런 님도 홀 호에서 간
병할 사람이 필요할 테니 제가 그 배에 오르기로 했어요. 제가 테일런
님은 잘 돌볼게요."

자신의 표정이 어떤지도 몰랐다. 제르는 발밑이 꺼지는 듯한 환감에
가까스로 다리에 힘을 주고 섰다.

테일런을 돌보기 위해 돌아가겠다. 이 뒤처리를 돕기 위해 돌아가겠
다. 그 말이 전부 거짓처럼 들렸다.

제르의 아랫입술이 참아내지 못한 울음에 끌어올려졌다.

"싫어."

가까스로 내뱉은 소리는 스스로 듣기에도 비참한 애원이었다.

"안…… 돼. 싫어."

제르는 절박하게 르니아에게 매달렸다. 르니아가 없는 제 옆자리는
상상도 할 수 없었다. 그녀는 이 차갑고 혹독한 세계에서 그녀와 함께
풍랑을 헤쳐 온 그녀의 노였고 주춧돌이었다. 제르를 바라보는 르니
아의 눈에 눈물이 그렁그렁 맺혔다.

"나는, 나는 너까지 보낼 수 없어."

"이별 아니에요. 저 원래 자주 돌아다녔잖아요. 다시, 다시 와요. 다
시 와요, 저는."

제르의 눈물투성이 얼굴로 손가락을 뻗어 뺨을 훔쳐준 르니아가 애
써 쾌활하게 말했다.

"시나와 님, 약해지시면 안 돼요. 고작 저 하나 때문에 약해지시면
안 돼요. 시나와 님이 저를 잊지만 않는다면 전 언젠가 반드시 돌아가

요. 그러니 강하게 버텨주세요.”

“르니아! 왜, 왜 네가 가야 해. 에스펠라냐. 그놈이 결국.”

“오라버니의 결정이 아니에요. 알잖아요. 저 퀴네도사이 말 안 듣는 거. 제 선택이에요.”

애써 담담한 체하지만 그녀의 얼굴에 드러나는 비탄의 빛을 놓칠 리가 없었다. 제 가슴만 무너지는 게 아니었다. 르니아 역시 안간힘을 쓰며 버티고 있었다. 눈물을 감출 생각조차 못하고 멍하니 제 얼굴만 바라보는 제르의 손을 잡으며 르니아가 말했다.

“……제가 떠나고 난 후에, 시나와 님은 지스카르 님이 지켜주실 거예요. 약조하셨어요.”

“…….”

“괜찮아요, 시나와 님. 시나와 님 주변에는 좋은 사람이 많아요. 저만 시나와 님을 사랑하는 게 아니에요. 그러니까…… 우리, 살아남아요.”

우리, 살아남아요.

당장 울음이 터져도 이상하지 않을 목소리로 뱉는 말은 숨 막히는 무게로 제르를 짓눌렀다.

“르니아.”

“시나와 님은, 시나와 님이 아끼는 것들을 포기하지 못하시잖아요. 이곳에서 더 이상 아무것도 잃게 하지 않아요. 테일런 님도 제가 책임질게요.”

눈물의 애걸도 소용없으리.

약해지지 말라는 부탁이 어떤 간절함을 담고 있는지 잘 알았지만 제르는 떠올리지 않을 수 없었다. 매번 그녀의 앞에 드리워지던 이별의 그림자는 늘 갑작스러웠다.

르니아의 눈물 젖은 입술이 환한 호선을 그렸다.

"아후, 어차피 또 볼 건데 왜 이렇게 눈물이 나지. 시나와 님, 부끄러워서 말한 적 없지만 시나와 님이 있어서…… 저 정말로 땅이, 뭍이 좋았어요."

나는 네게 아무것도 준 적 없거늘.

"고마워요. ……정말이에요."

돌아오는 감사에 제르의 고개가 떨어졌다.

눈물도 함께 떨어져 그녀의 치맛단 위로 아롱진 원을 그리며 퍼져나갔다.

괴물 고래는 그들의 예상처럼 한 시간여가 지나자 물 아래로 서서히 침몰해 사라졌다. 등장과 달리 잠잠한 퇴장이었다.

고래가 완전히 사라진 것을 확인한 후, 퀴네도사이는 솔린과의 약속대로 북해를 포기하고 떠날 것을 공식 선포했고, 솔린은 본국으로 돌아가기 위해 스게이로의 함대로 떠났다. 뜨겁게 빛나는 태양이 수평선에 잠기고, 순풍이 반대로 불어오기 전 로마탄 그레온은 먼 바다를 향해 출항했다.

멀어지는 배를 바라보는 제르는 더 이상 울지 않았다. 르니아가 선택한 것이라면 말릴 수 없었다. 이미 그녀는 십여 년간 르니아에 의지해 어리광을 부려왔고 이제 놓아줄 때. 르니아는 다시 해적이 되었다. 그녀는 돌아갔다. 원래 그녀가 있었어야 할, 그녀가 태어난 고향으로.

마지막까지 떠나는 그들의 배를 응시하던 그녀는 뒤늦게 소식을 듣고 다가온 페이랑을 돌아보았다. 기묘한 바람이 슬픔으로 가득 찬 가슴을 쓸었다. 르니아를 잃었으니 다 잃은 것이나 진배없는데, 어째서인지 그녀의 뒤엔 여전히 누군가가 있었다.

"……무사했구나."

"예. 죽을 뻔하긴 했지만 무사 귀환했습니다. 테일런도 무사합니다."

"수고했다, 페이랑."

"……영주님."

페이랑이 어찌 말을 꺼내야 할지 모르겠다는 듯 숨을 길게 끌며 말했다.

"……르니아 녀석, 돌아올 거예요. 그 왈패 같은 계집애는 영주님밖에 모르잖아요."

아직도 실감이 나지 않아 제르는 저 대신 울 것 같은 페이랑의 등을 툭툭 두드렸다. 아니나 다를까, 페이랑은 곧 코를 훌쩍이기 시작했다. 그때, 지스카르가 다가왔다. 페이랑이 긴장하는 숨소리가 들렸다.

"제르."

"헨솔."

"로만의 딸에게 너는 내가 책임지겠다고 약속했다."

제르는 마지막으로 이미 손톱보다 작아져 더는 보이지 않는 르니아의 자취를 쫓았다. 르니아의 간절함과는 별개로 지스카르는 그녀가 용납할 수 없는 사람이었다.

"네가 나를?"

그녀의 차디찬 반문에도 지스카르는 불쾌한 내색 없이 다정한 미소로 고개를 끄덕였다. 그가 턱짓하자 기사들이 약속이라도 한 듯이 움직이더니 순식간에 에사렛타와 세드로를 둘러쌌다.

노여움은 제르의 눈에 괴어 있던 슬픔을 씻은 듯이 밀어냈다.

"이게 무슨 짓이냐. 헨솔."

"그 아이를 데려와라."

지스카르가 명하자 데바람의 기사들 몇이 강제로 에사렛타에게서 세드로를 떼어냈다. 어떤 상황에서도 침착을 잃지 않았던 에사렛타가 별안간의 상황에 악 섞인 노성을 내질렀다.

"무슨 짓입니까! 데바람의 왕이 왜!"

곳곳에서 뻗쳐오는 장정들의 손길에 세드로가 그대로 주저앉아 울음을 터뜨렸지만 기사들은 아랑곳 않고 세드로를 번쩍 들쳐 멘 후 지스카르와 제르의 앞에 내려놓았다.

"지스카르 헨솔! 그 아이는 카르시타의 왕자입니다! 대체 이게 무슨……!"

"무례하고 싶지는 않습니다, 카르시타의 왕비. 하지만 데바람의 것을 데바람이 가져가겠다는 데엔 이견이 없으시겠지요."

그의 망설임 없는 폭로에 에사렛타의 입이 거짓처럼 다물렸다.

기사에게 어깨를 붙잡혀 바동거리는 세드로를 멍하니 내려다보던 제르가 떨리는 음성으로 물었다.

"무슨 짓이냐, 헨솔."

"너의 아이라고 들었다."

페이랑의 입이 떡 벌어졌다. 제르는 충격에 빠진 페이랑에게 상황을 설명하는 대신 지스카르를 노려보았다.

"그 아이와 함께, 데바람으로 돌아가자."

그녀의 적의가 순식간에 그의 한 마디에 짓밟혀 꺾였다.

'뭐라고?'

"놓아라! 누가 그 아이를 데바람의 것이라 한단 말입니까. 그 아이는 유스카리의 아이입니다. 그 아이는⋯⋯!"

몸부림치는 에사렛타의 비명 같은 고함이 울렸다.

세드로와 에사렛타를 번갈아, 그리고 끝으로 지스카르를 올려다보는 제르의 눈빛이 감추지 못한 혼란으로 얼어붙었다. 지스카르가 쐐기를 박았다.

"나와 함께, 데바람으로 돌아가면 네가 잃은 것들을 찾아 하나하나네게 안겨주겠다."

엄마아! 세드로가 제 어미를 두고 어미를 찾아 헤맸다. 내 아이입니다. 유스카리의 아이야! 거짓 어미의 비명이 귓가로 감겨들었다.

제르에게 함께 데바람으로 가자 제안하는 지스카르에게서 완전히 백안시되었던 페이랑이 참지 못하고 입술을 뗐다.

"하, 하지만 영주님은 카르시타의⋯⋯."

"기사는 끼어들지 마라."

지스카르가 싸늘하게 일갈했다.

"제르, 나는 데바람의 모든 것을 되찾았고 이젠 네가 되찾을 차례야. 어차피 베제스를 죽이고 너를 찾아 왕도로 갈 계획이었다. 그곳에서 너와 아이를 데리고 데바람으로 돌아가려 했어."

분명 그건 모든 악의마저 꺾여 으스러질 만큼 커다란 유혹이었다.

에사렛타의 비명도, 세드로의 울음도 멀어진다. 이리 사실이 곳곳에서 폭로되었으니 세드로는 실각할 것이고 뉘사나건, 알렉시스건 왕위에 오르면 세드로를 죽여 불안의 싹을 지우려 할 것이다.

하지만 데바람으로 돌아간다?

가슴이 싸늘해졌다.

지스카르가 연이어 설득했다. 보다, 보다 어린 시절 그랬듯 한없이 자상한 목소리였다.

"데바람의 서해엔 로마탄 그레온이 있을 테니 로만이랑도 만나기 쉬울 거야. 돌아가면 가장 먼저…… 알비온과 레리나에게 인사하러 가자. 다 돌이켜보자."

그러지 마세요. 왕하! 제발! 코앞에 들이닥친 상실의 위기 속에서 에사렛타가 울부짖었다. 제가 잃었던 것, 그녀의 것이 되었다. 자신이 되찾는다면 그녀는 잃게 되리라.

'하지만.'

그런 것이 상관이 있나? 테일런도, 르니아도 떠나보내야 했다.

그런 자신인데 아이 하나쯤은 돌려받아도 좋지 않을까.

페이랑의 강아지처럼 큼지막하던 불그스름한 눈동자가 불안하게 좌우로 움직였다.

"영주님……."

제르는 문득 다 저물어가는 붉은 석양을 응시했다. 눈부신 주홍빛이 수평선 위에 물감을 뿌린 듯 번지고 있었다. 소리 없이 그들의 발치로 떨어지는 해울음의 빛. 제르의 검은 눈동자가 회탁하게 지스카르의 입술을 응시했다.

"내가 잃은 것을 돌려주겠다고?"

이상한 일이었다.

'나를 믿어.'

발치에 무릎 꿇는 저무는 햇빛에서 그자의 모습을 떠올렸다. 그냥 문득, 그가 떠올랐다.

제르의 점점 차분하게 냉랭해지는 눈빛을 읽어낸 지스카르가 조금 더 강경하게 말했다.

"나는 이미 너와 함께 가기로 마음을 정했어."

바뜩 경계심을 세운 제르가 뒷걸음질했다.

"이제 돌아가면 달라져 있을 거야. 나는 내 아버지처럼 너를 방치하지 않아. 그리고…… 거절은 내게 의미가 없다. 네게도 달리 방법이 없을 테니까."

제르의 입가에 자조가 어렸다.

"네 아비의 피는 어디 가지 않는 게로구나."

"일단 나와 함께 가자."

그녀가 또 한 걸음 물러서는 순간 지스카르가 제르의 팔뚝을 낚아챘다. 이 자식들!

"영주님!"

급히 막으려 나선 페이랑은 지스카르의 기사 둘에게 붙잡혀 고꾸라졌다. 이 자식들!

팔뚝이 아팠다. 오래전, 섬뜩하게 제 몸뚱이를 움켜쥐던 늙은이의 기억이 순식간에 그녀를 집어삼켰다. 얼어붙은 제르가 전신을 뒤덮는 소름에 입술을 벌려 흐린 숨을 내쉬었다. 그녀의 어쩔 줄 모르고 일그러진 표정에 무의식적으로 팔에 힘을 풀던 지스카르가 돌연 더 세게 그녀를 움켜쥐었다. 싫었다.

"놓……!"

"놔."

제르는 제 귓등을 스치는 나직이 완고하게 울리는 목소리에 크게 눈을 떴다.

이상한 일이었다. 그의 음성을 귀에 담는 순간, 전신을 갉아먹던 두려움이 씻긴 듯 사라졌다. 알렉시스가 그녀의 어깨를 제 뒤로 끌어당기며 지스카르의 코앞에서 멈춰 섰다. 눈높이가 비슷한 두 남자의 눈빛에 희비가 뒤엉켰다.

알렉시스의 희번덕 붉게 빛나는 눈동자에 지스카르는 제르의 팔목을 잡은 손에서 힘을 풀지 않고 입술만 움직여 말했다.

"이렇게 또 보게 되는군."

알렉시스는 인사치레 없이 찬 숨을 고르듯 짧게 내킨 후 삐딱하게 웃었다.

"여."

알렉시스의 거침없는 손아귀가 지스카르의 팔목을 비틀어 올렸다. 그 바람에 제르의 팔목을 쥐고 있던 지스카르의 손에서 힘이 풀렸다.

"제르가 너 싫다잖아. 손, 치우라고."

툭 떨어진 제 손목을 가슴께로 끌어당긴 제르는 멍청하니 알렉시스의 뒷모습을 올려다보았다.

왜 네가 여기에. 그에게 그런 물음은 무용했다.

언제나 그래오지 않았던가. 언제나, 어디에서나 자신을 찾아오지 않았던가. 수평선을 물들이는 석양에 그를 떠올렸다. 아주 잠깐, 떠올렸을 뿐이다. 가라앉은 가슴을 지그시 내리누르며 제르는 조금 인정했다. 그건 약간의 간절함과도 닮아 있었다고.

지스카르가 반걸음 물러나자 알렉시스는 그대로 그녀를 향해 뒤돌았다.

제르는 사슴처럼 커다란 눈망울로 뒤돌아 선 그와 눈을 맞추었다.

바다를 뒤덮은 석양보다 강렬한 붉음이 눈 안으로 밀려들어왔다.

파도처럼 밀려와 그녀의 안에 남아 있던 온갖 잔재들을 휩쓸어간다.

알렉시스가 팔을 뻗어 그녀의 작은 몸을 끌어안았다.

"고생했다."

제르의 팔은 알렉시스의 등허리 언저리로 올랐다가 힘없이 떨어졌다. 울컥 치미는 커다란 감정을 꾹꾹 눌러 숨긴 그녀는 그를 마주 안는 대신 언제나처럼 한 마디 남겼다.

"놔."

그는 하하 하고 낮게 웃었다. 언제나처럼 기분 좋은 웃음소리였다.

뒤따라 카르시타의 기사들이 우르르 몰려들었다. 혹시나 뉘사나의 사람들일까 싶은 우려에 바짝 긴장했던 이들은 피노제 가문의 깃발을 이고 나타난 20여 명의 기사들을 발견하고 반색했다.

"왕비 전하, 무사하십니까!"

"……요제이 경, 무사합니다. 이리 와주다니. 어찌."

"알렉시스 님께서 규젤 만으로 가시는 길에 동행시켜주셨습니다. 왕자 저하는……."

눈에 띄게 안도한 표정을 짓던 에사렛타가 지스카르를 돌아보았다. 제르의 거절, 알렉시스의 등장에 에사렛타 역시 차츰 이성을 되찾을 수 있었다.

뒤늦게 나타난 알렉시스를 못마땅하게 노려보던 지스카르가 딱딱하게 말했다.

"나는 너를 지원하는 대가로 제르와 제르의 아이를 데바람으로 데리고 돌아가도 좋다는 약조를 받았다."

막 제르를 품에서 놓은 알렉시스의 표정이 노골적으로 일그러졌다.

'루덴……'

제 앞을 가로막은 알렉시스를 밀어낸 제르가 나섰다.

"헨솔."

"그래, 제르."

"너와 함께 돌아가는 일은 없을 거다. 이곳이 나의 무덤이다."

여지없이 단단한 답이었다.

제르의 흔들림 없는 음성에 내심 안도한 알렉시스는 틈틈이 등 뒤에서 대치 중인 기사들을 힐끗거렸다. 어쩐 일인지 로마탄 그레온의 배는 없었다. 단지 난파되어 버려진 배의 잔재들만이 보일 뿐이었다.

신음처럼 짧은 숨을 내킨 지스카르가 느리게 운을 뗐다.

"이곳에 있으면 네가 위험하다는 것을 모르지는 않잖나. 데바람에 이제 네가 두려워할 것은 아무것도 없다. 그러니……."

"내 평생, 평온 속에 산 것은 너를 만나기 전의 어린 시절뿐이다. 늘 내 삶은 위태로웠는데 지금에 와서 위험이 두렵겠어."

제르가 세드로와 에사렛타를 돌아보며 장을 끊어내는 기분으로 말했다.

"아이를 돌려받는 것 또한 네가 왈가왈부할 문제가 아니야."

아마 사랑하는 르니아는 그녀가 지스카르와 세드로와 함께 돌아가길 바랐을지도 모른다. 혼란 속 어디서 칼날이 날아올지 모를 카르시타보다 데바람이 더 안전하다는 것은 구태여 묻지 않아도 알 수 있는 일이었으므로.

지스카르가 그녀를 설득하기 위해 다소 급히 말을 이었다.

"나는 이제 왕이고, 너에게 전부를 되돌려줄 수 있다."

"죽은 내 누이와 동생을 되살려낼 수 없다면 감히 내 앞에서 모든 것을 되돌린다고 말하지 말라고 내가 분명히 네게 말했을 텐데. 이 얼간이 같은 놈을 믿는 한이 있어도, 네놈을 다시 믿는 날은 오지 않을 거다."

그러자 묵묵히 듣고 있던 알렉시스가 "호오?" 하며 때맞지 않게 눈을 반짝이는 게 느껴졌다.

"하지만 이곳에 있다가는 너뿐만 아니라, 네 아이도……."

"그 아이는 반절 카르시타의 사람, 유스카리의 아들이다. ……누구도 그건 부정하지 못해."

제르의 시선이 데바람의 기사들과 대치 중인 카르시타의 기사들 뒤에 서 있는 에사렛타에게 잠깐 향했다.

"네가 나를 불신하는 건 잘 안다. 모를 리 없어. 하지만 이건 감정적으로 결단을 내릴 일이 아니다."

제르의 눈꺼풀이 내리깔렸다.

"아까, 거절은 중요치 않다고 했지?"

"……."

"해봐라. 해봐. 네가 내 팔다리를 끊어 가지 않는 이상, 예전처럼 그리 쉬이는 안 될 거다. 시체라도 좋다면 그리 해봐."

음절음절 끊어지는 노여움을 읽어낸 지스카르는 더 말을 잇지 못했다. 그러다 아무렇지도 않게 제르의 정수리에 손을 탁 얹어 개 다루듯 헝크는 알렉시스를 보는 순간 그의 안에 움터 있던 질투가 터져 나왔다.

"나는 저자를 지원하기 위해 달려오고 있을 5만 군사를 다시 돌려보낼 수도 있다. 저자 때문이라면……. 합리적으로 생각해라. 지금 저자가 왕이 된다 해도 저자는 네 아이의 목숨을 보장할 수 없다. 오히려 네게 양날의 검 같은 존재야."

"감정적으로 결단을 내릴 때가 아니라더니, 이리 치졸히 협박하는구나. 마음대로 해라. 이 녀석은 내 알 바 아냐."

제르의 주저 없는 대꾸에 알렉시스가 긴 한숨을 내쉬었다. 그러나 서운한 기색은 없었다.

"제르, 진심으로 나는 내 실수를 바로잡을."

"구질구질하게 언제까지 싫다는 여자한테 매달릴 거냐?"

지스카르가 다시 한 번 제르에게 호소하려는 찰나, 알렉시스가 더는 못 들어주겠단 듯 말을 잘랐다.

"여자가 싫다고 하면 곧이곧대로 듣고 포기할 줄도 알아야지."

그럴 상황이 아니었는데도, 알렉시스의 천연덕스러운 음성에 제르가 헛헛하게 웃었다. 제가 그리 싫다 싫다 할 때 귓등으로도 듣지 않던 놈은 어디 갔나 싶었다.

"네가 할 말은 아니지 않나? 넌 빠져 있어."

"네가 나한테 싫다고 하는 건 튕기는 거잖아. 그리고 지금은 좀 좋아지지 않았어?"

"……그 뻔뻔한 입 좀 닫아라."

"진짜 아니야?"

잠자코 있던 제르는 제 정수리를 멋대로 다독거리는 알렉시스의 손을 쳐내는 걸로 대답을 대신했다. 아쉬운 듯 팔을 내리던 알렉시스는 곧, 그녀의 명백한 거절에도 차마 물러나지 못하고 버티는 지스카르에게로 눈길을 옮겼다.

'참……'

거슬리는 시선이었다. 간절함, 답답함, 애틋함 따위가 뒤섞인 남자의 눈.

남자의 눈.

그래, 그래서 거슬렸다.

'하지만…… 이 정도라면.'

에사렛타와 잠깐 눈을 맞춘 알렉시스는 데바람의 기사에게 붙잡혀 있는 세드로를 빼앗아 마찬가지로 옴짝달싹못하고 있던 페이랑에게 안겨주었다.

"데리고 가라."

제르가 고개를 끄덕이자 페이랑은 세드로를 안고 피노제에 둘러싸인 에사렛타에게 달려갔다. 잠자코 선 지스카르는 끓어 넘치는 감정을 참아 누르듯 주먹을 말아 쥐었다.

제르도, 지스카르도 물러날 낌새 없는 무의미한 신경전을 알렉시스가 정리했다.

"지스카르 헨솔, 정 포기하기 어렵다면 나와 함께 엘올라로 가지. 어차피 데바람의 대군도 엘올라로 오고 있다니 네가 위험할 일은 없을 거다. 제르가 마음이 바뀌어 떠난다고 한다면 그때는 기꺼이 루덴 공작과 네 약조를 존중할 생각이다."

"무슨 헛소리냐. 너희끼리의 약조 따위……!"

즉각 반발하려던 그녀는 끝내는 말을 맺지 못했다.

"괜찮아, 제르. 다 괜찮아질 거야."

떠나버린 르니아가 저를 위로할 적 했던 말을 똑같이 속삭이는, 그의 눈에 갇힌 어떤 깊다란 어둠이 그녀를 마주 보고 있었다.

상황이 유리하지는 않았지만 지스카르로서는 거부하기 어려운 제
안이었다. 그가 동의하자 그들은 이제 다음 문제인 상황 정리를 위해
움직였다. 제르는 다시 바닷가의 젖은 바위에 걸터앉았고, 알렉시스
는 에사렛타와 에드하인다, 그리고 피노제의 기사들 곁으로, 지스카
르는 데바람의 기사들을 재정비하기 위해 향했다.

"……이한이? 그것들이 정신이 어찌 된 모양이군요."

베제스가 국경을 넘어온 이야기, 솔린이 베제스를 구하러 왔던 이야
기, 트란실의 선출자가 나타나 베제스를 죽여 머리를 잘라 간 이야기
등을 전해 듣는 내내 혀를 차던 알렉시스는 결론적으로 이한과 에사렛
타 사이의 일에 기막힌 얼굴을 했다.

그는 솔린 레쉴리의 생김새를 한 번 떠올렸다가, 그다지 마음에 들
지 않았던 여자라는 걸 기억해냈다.

"이한은 분명 혹독히 대가를 치르게 될 겁니다."

비록 서로가 서로를 반길 만한 상황은 아니었지만 알렉시스는 에사
렛타를 위로했다. 다시 왕도로 귀환할 준비를 하던 도중, 알렉시스는
먼저 떠난 것으로 알고 있는 르니아가 보이지 않는다는 것을 알아차렸
다. 그런 그에게, 르니아가 해적으로 되돌아갔다는 것과 제르를 늘 뒤
따르던 눈엣가시 기사가 사경을 헤매고 있다는 얘기를 페이랑이 해주
었다.

그래서인가.

멀거니 어둠 내려앉은 밤바다를 바라보고 있는 제르의 등이 유독 자그마해 보였다.

알렉시스는 그녀의 옆에 나란히 섰다.

"이야기는 들었어. 심심해지겠구나, 네가."

"그다지."

"아예 해적으로 되돌아간 건가?"

"르니아의 선택에 따라 다르겠지."

"북서해의 대경도 나타났다며?"

제르의 고개가 비로소 그에게로 돌았다.

"대경?"

"커다란 고래 말이야. 실제로 있긴 한 거였나 보네. 어땠어?"

제르는 대답 대신 입술을 다물고 그를 직시했다.

"말 안 해줄 거야?"

"……대단했다."

"그게 전부?"

"그래."

지금 와서 되새겨보아도 그 고래를 형언할 수 있는 말은 없었다. 어마어마하다. 거대하다. 어떤 수식을 갖다 붙여도 그녀는 제 감상을 표현할 수 없다는 걸 아주 잘 알았다. 제르가 중얼거렸다.

"……신기한 일이었어. 다투지 말라는 듯이 위태로운 상황에 나타나서."

그리 격렬하게 바다를 뒤집으며 나타난 고래는 처음부터 그 자리에 없었던 것처럼 흔적 하나 남기지 않고 사라졌다.

"위대했다. 그래, 위대했어."

"못 봐서 아쉽네."

"그 자리에 있었다면 그런 생각은 못 했을 거다. 그래…… 헌데, 그것마저 물 속에 잠겼구나."

제르는 오늘 보았던 그 거대한 자연을 남은 생에 다시 볼 날이 없으리라는 걸 잘 알았다.

"내가 너를 볼 때의 마음인가?"

"무슨 소리야?"

"대단해. 너란 여자 대단해 보이는데, 먼저 어떻게 다가가볼 수도 없고 위험해 보이기도 하고."

"……."

"제르, 데바람으로 가지 않는다고 말해서 나는 지금 정말 기쁘다. 이런 일에 일희일비할 때가 아닌데도 정말 기쁘다."

제르의 턱을 조심스레 붙잡은 알렉시스가 엄지손가락으로 그녀의 뺨에 남은 눈물 자국을 모른 체 쓸어내렸다.

"나는 네가 사라져버리려 한다면 지금처럼 선 지키며 두고 보지 않을 거야."

"……지금은?"

"지키고 있잖아, 선. 내가 말했지. 나 하고 싶은 대로 했다간 네가 미쳐 날뛸 거라고."

그랬던 적이 있었다. 안 지 얼마 되지도 않은 녀석이 무턱대고 "키스해버렸을 테니까." 하고 지껄였던 게 새삼 떠올랐다. 꽤 오래전의 일이었다.

"솔직하게 말하면 알아, 네가 그런다고 잡혀줄 위인이 아니라는 것쯤. 그래서 더 애가 타나?"

제르는 그의 마음을 똑바로 마주 보았다.

"그래, 네가 진심일지도 모른다. 네가 여태까지 내가 만나왔던 이들 중 가장 내게 의미 있는 남자가 되었을지도 모른다 생각한다. 하지만 그 때문에 세드로를 사지로 내모는 것을 두고 보지는 않을 거다."

짧은 침묵 끝에 그가 연하게 미소 지었다.

고개 돌린 그녀의 시선이 알렉시스의 어깨 너머로 포물선을 그리며 떨어졌다. 제법 다시 규율이 잡힌 기사들이 보였다. 준비가 끝이 난 것이다.

무심히 고개를 돌리려던 제르는 반대편에 서 있던 지스카르의 뒷모습을 눈에 담았다.

"엘올라로 가나? 왜 헨솔을 끌어들이려는 건지 물어도 되겠나."

"내가 약하니까 어쩔 수 없어."

솔직하게 놀랐다. 제르로서는 처음으로 듣는 그의 겸양이었다. 알렉시스는 빙그레 웃으며 제르의 뺨을 한 번 살짝 꼬집었다. 그러고는 그녀가 얼굴을 찌푸리기도 전에 기지개를 켜며 몸을 돌렸다.

"아, 그래, 좋아. 이제 슬슬 우리도 가자. 루덴 공작이 지금쯤 왕도의 입구에 도착했을 거야. 그리고 이레가 지나지 않아 데바람의 원군이 올 테니, 지스카르 헨솔이 제 역할을 해준다면 그리 비관적이지만도 않을 거야."

'지스카르가.'

문득 지난 기억이 밀려들었다. 어느 어린 시절, 하염없이 그의 등을 바라보며 그가 자신을 돌아봐주기를 기다렸던 지옥의 시간들. 끝끝내 외면하다 도망쳐버린 남자. 이제야 자신을 지키겠다며 입에 발린 소리를 하는 남자. 쥬세를 증오하는 만큼, 베제스를 증오하는 만큼 그 또한 증오했다. 아니, 어쩌면 그를 가장 증오했다. 그러나 지금은 아무래도 좋아 보였다. 아무것도 하지 못했던 자신 역시 그와 진배없었으므로.

그렇기에 그녀는 이번만큼은 아무것도 하지 않을 수 없었다. 무력하게 흘려보낸 것들이 추회가 되어 인생을 갉아먹는다는 것을 이미 배웠기에.

"참으로…… 비슷한 이들이 많구나."

선왕의 아들이 국왕 시해의 오명을 쓰고, 한때 왕태자였던 자는 폐태자가 되고, 왕이 되었던 자는 목이 잘려 달아났다. 삶이란 어디나 비슷한가 하였다.

열다섯 번째 장

종야를 울리는 소리

리이사의 적륜을 필두로 한 트란실 전사들은 야금야금 아라산을 집어삼키며 서진했다. 뉘사나의 영향력이 지대한 룬다령을 뒤로하고 앞으로는 트란실을 막아내려니 매일매일이 살얼음판이었다. 결국 군을 분산시키지 않을 수 없었던 아라산이 할 수 있는 건 트란실의 침략 속도를 늦추는 것뿐이었다.

전쟁이라기에는 작고 잔인한 전투가 끊임없이 벌어지는 상황. 보통 야만인이라 일컬어지는 트란실의 우락부락한 전사들은 춥지도 않은지 가벼운 가죽 한 겹으로 몸을 감싸고 종횡무진하며 아라산의 군사나 민간인을 가릴 것 없이 학살했다. 상대적으로 무거운 갑옷을 입은 데다 날까지 추워 움직임이 둔해진 기사들로서는 미치고도 남을 상황이었다. 게다가 뭐, 이상할 것도 없지만 저들에겐 전략 같은 건 없었다.

내키는 대로 들이닥쳤다가 내키는 대로 빠져나가는 그들은 언제 터질지 모르는 활화산을 연상케 했다. 심지어 에들렌은 놈들이 저녁을 먹기 위해 후퇴하는 것도 보았다. 상황이 이쯤 되다 보니 상시 대기를 하는 아라산의 병력만 갉아먹힐 뿐이었다.

사실 처음에는 협상도 시도해보려고 했었다. 쇼하인령의 군사들은 애초에 알렉시스를 돕기 위해 양성한 군대였다. 국경 수호 의미가 있긴 했지만 트란실이 국경선을 넘어오는 일이란 가뭄에 콩 나듯 했으니 그럴듯한 명분일 뿐.

'하필이면 이때.'

등 뒤에 버티고 있는 룬다령을 무시하고 전군을 집결한다면 저들을 몰아낼 수 있었다. 그러나 그러지 못한 건 트란실이 움직인 시기와 충원 요청을 무시하는 룬다의 행동이 마치 톱니바퀴처럼 엇물리고 있었기 때문이었다. 유스카리가 죽자마자 침략을 시작한 트란실 인.

'아무리 생각해도 이건 우연일 수가 없지.'

그나마 퀸시오에 머물고 있었다는 트란실의 로도 부족민들이 아군에게 갖가지 트란실의 내부 사정을 알려주면서 상황이 조금 호전되긴 했지만 그뿐, 오히려 절망적인 정보도 얻었다. 트란실의 내부 규합만 제대로 된다면 저렇게 기세 좋게 덤벼드는 이들이 수십 배는 더 늘어날 거란 말이었다. 차라리 아라산에 제 형인 밀러가 있었다면 적은 수라도 저들을 쉬이 진압할 수 있었을 것이다. 에들렌은 겁이나 싸움에는 쥐약이었다.

"가죽을 벗겨 죽일 놈!"

깜짝 놀란 에들렌이 고개를 돌리자 그와 함께 망루 아래를 살피는 트란실 인들이 보였다. 칼집도 없는 흰 칼을 허공에다 흔들며 말하는 여자의 음성은 암컷 재규어가 으르렁거리는 것처럼 사납게 들렸다. 아란은 에들렌과 눈이 마주치자 주눅 든 기색 없이 칼을 제 어깨 위로 얹으며 말했다.

"리이사. 미친놈. 걱정 마라."

"아, 아니. 하지만……."

그녀가 곧 떨떠름히 말꼬리를 잡는 에들렌의 뒤통수를 때렸다. 그러곤 보기만 해도 위험천만한 칼날로 스스로의 목을 긋는 시늉을 하며 눈을 번뜩였다.

"리이사. 끝."

솔직히 무서웠다. 트란실 인들에 대한 경계심이 극에 달해 기회만 엿보던 혼테가 이때다 하며 소리쳤다.

"가아아암히이이이! 누구의 뒤통수를 그렇게 파리 잡듯이이이이! 그리고 말이 짧드아아!"

아란은 시큰둥한 얼굴로 혼테를 흘기더니 곧 망루 아래로 내려갔다. 에들렌은 연거푸 한숨만 내쉬며 아란을 뒤쫓아가려는 혼테의 어깨를 쥐고 고개를 저었다. 혼테는 곧 씩씩거리며 새다함과 다우람이라는 이름의 애먼 트란실 남자들을 노려보더니 휙 성으로 돌아갔다.

한참 동안이나 망루의 난간을 한 발로 디디고 귀를 아래쪽으로 기울이던 새다함이 저쪽에서 들리는 고함을 해석했다.

"전사들. 떨어지면 해. 아래로 모인다. 저쪽. 저들 더 위험."

"해가 떨어지면? 저녁 무렵이란 얘기지?"

새다함이 가리키는 방향은 아라산의 남부 평야 미르반이었다. 에들렌이 헛헛하게 웃었다. 애초에 트란실 인에 대해 아는 이들이 거의 없다는 건 저들도 잘 아는 사실일 터다. 하지만 그래도 그렇지……. 자신들의 동선이며 움직임을 전부 고함으로 해치워버리니 이쪽에 트란실 어를 하는 사람이 하나 있다는 것만으로도 천군만마를 얻은 기분이었다.

'그러면 뭐하나.'

에들렌은 소태 씹는 기분을 삭이며 부관에게 소리쳤다.

"미르반의 남쪽으로 다들 재집결!"

그런데 얼마 지나지 않아 성 안으로 돌아갔던 혼테가 한달음에 달려나와 에들렌을 향해 소리쳤다.

"도련니임! 서신, 서신입니다아아!"

막 해가 저물기 시작할 때였다. 긴장을 늦추지 못하고 있던 에들렌은 혼테의 고함에 깜짝 놀라 몸을 돌렸다. 혼테가 마구 서신을 쥔 손을 흔들었다.

"혼테, 보고는 급한 게 아니면 내가 돌아가서…….”

"대애애명문 쇼하인 가아아문의 각하께서!”

서신에 찍힌 인장은 에드하인다의 것이었다. 에들렌은 신경질적으로 혼테의 손에 쥐인 서신을 빼앗아 읽었다. 자잘한 영지 내 일까지 처리할 수가 없었던 터라, 그에게 보고서나 서간 같은 것들을 미리 확인해도 좋다 하긴 했지만 이리 하다니.

'이 건방진 할아방탱이가 감히 왕도에서 온 서신을 먼저 본단 말이야?'

그러나 서신의 글귀를 내려다보던 에들렌의 표정이 차츰 굳어졌다.

"……볼모가 되셨다니이이이! 이 혼테 눈물로 통탄합니다아아!”

단순히 가택 구금이 아닌, 뉘사나의 왕성에 갇힌 후 완전히 소식이 끊겼다는 이야기였다. 그건 그가 이미 죽었을지도 모른다는, 지금이 몹시 위험한 상황이라는 의미도 내포하고 있었다.

자신의 형인 밀러가 아무것도 하지 못했을 리가 없다. 밀러는 군사적으로 누구보다 영민한 자가 아니었던가. 그러나 생각해보면 그 역시 데바람과의 국경선인 에르크 일대를 지키고 있었다. 누님인 말로리가 있긴 했지만 베이하크는 뉘사나가 견제하는 가장 큰 세력이므로 움직일 수 없었던 건지도 모른다. 심장이 바닥으로 내동댕이쳐지는 듯 섬뜩한 기분에 사로잡힌 에들렌이 주먹을 꾹 쥐었다.

설상가상으로 혼테는 엉엉 통곡까지 했다.

"아이고, 주인니이임. 아이고, 우리 큰 주인님 어떻게 되신 겁니까아아.”

"할아범, 조용히 해, 좀!”

"아이고, 우리 큰 주인니임 어쩌면 좋습니까아아.”

에들렌이 입술을 깨물었다. 결정을 내리지 않으면 안 될 순간이었다. 쇼하인령의 군사들은 이미 끝없이 밀고 나오는 트란실의 전사들에게 큰 피해를 입었다. 심지어 그들이 언제 돌아갈지조차 알 수가 없었다. 버티는 것만이 능사가 아니었다. 에들렌이 길게 호흡을 고른 후 서신을 움켜쥐었다.

조금의 충원이라도 있다면 저들을 진압하고 여유를 찾을 수도 있었을 일이다.

'룬다, 이 빌어먹을 놈들.'

아무리 뉘사나의 편이라고는 하지만 국경이 침략당하는데도 제 일 아니니 모르쇠라니.

"……혼테, 지금은 비상시야. 그렇지?"

"그렇습니다아아아! 아이고오오!"

"그러면 내가 좀 멋대로 굴어도 되는 거지?"

"옙?"

혼테가 곡을 뚝 멈추고 눈을 빠르게 깜빡였다. 에들렌은 멀리서 울려 퍼지는 외계의 언어들을 흘려들으며 말했다.

"저 야만족들과 자규를 따르는 룬다에게 사이좋게 떼어먹으라고 해."

"예에?"

"일부를 퀸시오로 보내고 나머지는 남하한다. 주민들은 룬다와 퀸시오로 대피시킨다. 아무리 자규 왕하의 끄나풀이라고 해도 피난마저 막지는 못하겠지."

"예헤에에에?"

누구도 생각하지 못한 대책 없는 판단이었다.

그날 오후, 미르반의 전투를 끝으로 닷새 후, 5,000여 기의 기사들은 퀸시오를 향해 남하. 쇼하인령의 살아남은 1만2,000명의 군대는 왕도 엘올라로 향하기 시작했다. 룬다의 어린 영주는 도의적으로 그들의 요청을 거절할 명분이 없었으므로 반 강제로 영지의 문을 열었다. 쇼하인령의 살아남은 주민들 수천은 기사들의 재빠른 지시에 따라 일주일이 채 걸리지 않아 대부분이 룬다와 퀸시오의 영지로 흘러 들어갔다.

아라산의 성채가 공성이 된 지 얼마 지나지 않아 비웃기 좋은 촌극이 벌어지기 시작했다.

쇼하인령 군사들의 발을 묶기 위해 트란실을 끌어들였던 뉘사나의 계획과 다르게 트란실 인들이 여세를 몰아 룬다로 진격한 것이다.

그건 규젤 만의 전설이라 불릴 역사적인 사건이 있기 보름 전의 일이었다.

알렉시스가 떠난 후 전황은 좋지 않게 흘러갔다. 소겔가드의 사병들은 상상 이상으로 과격하게 그들을 몰아붙였다.

왕도를 떠나 유유자적 살아보려다가 약간의 돈 욕심이 생겨 몇 달만, 몇 달만 하고 버티던 한 남자는 성벽 아래 펼쳐진 참극에 크게 후회했다. 웃기게도 소겔가드의 군사들은 안으로 들어가려 기를 쓰고 있었고, 피노제의 군사들은 끝없이 저항하며 그들을 좁은 성문 밖으로 밀어내려고 애를 썼다. 그 와중에 왕실의 금군들이며 보기만 해도 오금이 저리는 체자스 가문의 기사들이 요란스럽게 숟가락을 얹으니,

그야말로 아비규환이었다.

성문 개폐 임무를 맡고 있던 남자는 뒤늦게 후회했다.

'거기 눌어붙어 있을걸.'

좀 춥더라도 퀸시오가 더 나을 뻔했다. 한 후임 병사가 소리쳤다.

"소우로! 문 닫으라고 하십니다!"

"이걸 지금 어쩌자고……."

소우로는 거대한 도르래의 밧줄을 올려다보며 침통하니 고개를 저었다. 성문 쪽에 바글바글 모여 싸우는 이들 중엔 아는 이도 있었다. 그리고 성문 언저리에는 개국 공신 중 한 명이자 왕비 전하의 아버지인 피노제의 대공 각하도 있었다. 이대로 성문을 내려버리면 못해도 수십 명이 넘게 깔려 죽을 것이 뻔한데, 참 쉽지 않은 결정이었다. 그가 꼼짝도 않고 서 있자 두어 명이 달려들어 문을 닫기 위해 성문 개폐 키를 돌리려 애썼다. 낑낑거리며 키를 돌리는 장정들의 뒷모습을 바라보던 소우로가 결국 긴 한숨을 내쉬었다.

문을 내리면 문 한가운데에 있는 이들은 알아서 피하겠거니. 대충 그는 잡생각을 치우고 키로 다가갔다.

"그렇게 무작정 돌리지 마쇼. 나와봐. 내가……."

그리고 순간 소우로가 키의 윗부분을 잡아당기는 순간, 뚜욱 소리가 나며 도르래와 연결된 개폐 키가 뚝 떨어져 나왔다.

등줄기까지 섬뜩한 소름이 일대를 휩쓸었다.

놀란 후임 병사가 으악 하고 소리치며 황급히 무거운 키를 들어 올리려 했지만 혼자 힘으로는 무리였다. 소우로 역시 당황하긴 마찬가지였다.

"죄, 죄송……."

메린하프의 끄나풀로 늘 그의 심기를 불편하게 했던 상급 병사 한 명이 버럭 소리쳤다.

"네, 네놈…… 네놈! 이 일을 주군께 반드시 아뢸……!"

"그럴 시간 없다. 빨리 수리! 수리해!"

누군가가 재빠르게 우선순위를 정했다. 의도치 않게 성문 위 작은 개폐소마저도 아수라장이 되었다.

'마, 마, 망했다.'

퇴직 연금이라도 한 번 두둑하게 받아보려고 했더니 연금이 아니라 목이 달아나게 생겼다. 망창하니 서 있던 소우로는, 이 상황과 마찬가지로 점점 더 치열해지는 성벽 아래의 풍경을 휙휙 둘러보다가 그대로 줄행랑을 놓았다. 공교롭게도 얼마 지나지 않아 성문의 개폐 키를 수리하기 위해 바동거리던 이들은 어디선가 나타난 피노제의 군사들에게 둘러싸여 더없이 비참한 말로를 맞았다.

'이, 이게 뭔 난리야, 진짜.'

멀찍이서 그 광경을 본 소우로가 혀를 내둘렀다.

'역시 그냥 물 좋고 산 좋은 고향으로 가는 게 낫겠다.'

마구 재빠르게 성벽 아래로 내려가며 그는 결심을 굳혔다. 상황이 이 꼴이니 저 하나 탈주한다 해도 아무도 모를 터다. 그리 마음먹은 그의 눈에 문득 부상을 입고 달려 나오는 금발 청년이 들어왔다.

'팔 한쪽은 어디 두고 오셨나.'

그리고 그의 뒤를 쫓는 건 뉘사나였다.

"리안은 어디로 숨겼어어어!"

소겔가드 저택 안마당에서 벌어진 그와의 대치에 레피스가 할 수 있었던 것은 고작 뉘사나의 허리에 작은 검상을 내는 것뿐이었다. 하지만 그 대가로 팔을 잃었다. 쇼크로 잠시 정신을 잃을 뻔했으나 구사일생으로 다른 기사들의 뒤늦은 엄호를 받아 도망쳐 나올 수 있었다. 그리고 가까스로 지혈을 하고 잠깐 쇼크 상태에 빠졌다가 정신을 차렸을때 뉘사나는 그를 미친 사람처럼 따라오고 있었다. 도저히 지금 그를상대할 자신이 없었던지라 무작정 도망쳤지만 뉘사나는 범인이 아니었다. 온 왕성의 외벽을 다 둘러 도망치며 이 골목 저 골목으로 숨어보았지만 따돌리는 게 불가능했다. 당장이라도 의식을 잃을 것 같은 이상황에서 그나마 다행인 것은 뉘사나가 제정신이 아니라서, 군사들을이용해 몰이사냥을 하는 게 아니라 직접 그를 따라 나오고 있었다는것뿐이다. 붕대로 꽉 감긴 왼팔 아래가 허전했다. 살면서 한 번도 느껴본 적 없는 허전한 감각에 고삐를 쥔 오른손에 힘을 준 레피스는 정신을 잃지 않기 위해 애썼다.

그는 군사들에게 가로막히면서도 닥치는 대로 밀어내고 도망쳤으며, 쫓아오는 뉘사나는 소겔가드, 피노제, 금군 가릴 것 없이 짓밟아쫓아왔다.

결국 소식을 들은 체자스 공이 지휘를 포기하고 그를 말리기 위해쫓아올 정도라.

온갖 가문의 사병들로 뒤엉켜 누가 적이고 누가 아군인지조차 희미한 이곳에서 레피스는 성문을 사수하기 위해 애쓰는 피노제의 기사들사이로 스며들어갔다. 얼마 지나지 않아 레피스는 아르노만을 마주쳤다. 그는 난전 속에서도 침착을 잃지 않고 소겔가드를 맞이하는 군사들을 독려하고 있었다. 그가 레피스의 부상을 발견하고 크게 놀랐다.

"베이하크 백?"

"헉, 헉, 각하, 자규가……!"

그 순간,

"네노오오옴!"

레피스의 등 뒤에서 쩌렁쩌렁한 뉘사나의 노성이 달려들었다. 순식간에 상황을 파악한 아르노만은 최전열에 선 기사들 중 기궁병들을 불렀다.

"활을 당길 여력이 되는 녀석들은 전부 뒤를 겨누어라!"

아르노만의 불호령이 떨어지기 무섭게 소겔가드를 견제하며 치열하게 접전을 벌이던 기사들 중 일부가 고개를 돌렸다. 그들은 약속이라도 한 듯 즉시 활을 꺼내어 뉘사나를 겨누었다.

어차피 이대로 버티기만 하면 소겔가드의 기세는 필경 꺾일 터였다. 좁은 문을 사수해 그들을 막는 것이 왕도 내의 병사들이 할 수 있는 전부. 뉘사나가 제 발로 저리 무장도 완벽히 하지 않고 뛰쳐나왔으니 잡을 수 있다면 시도해보는 것이 좋을 터였다. 아르노만은 잠깐 눈을 가늘게 뜨더니 주위를 한 번 훑었다. 그러고는 한 마디를 남기고는 성문의 왼편을 향해 몇몇 기사를 이끌고 사라졌다.

"위험하니 물러나 상처를 보시게, 베이하크."

그때, 남은 피노제의 기궁병들의 표적이 된 뉘사나를 알아차린 체자스 공이 양쪽으로 들이치는 군대의 틈새를 파고들며 뉘사나의 이름을 부르짖었다.

"자규 왕……!"

그의 말보다 빠른, 한 화살이 뉘사나가 타고 있던 군마의 목덜미를 정확히 꿰뚫었다. 말은 크게 울부짖더니 고꾸라졌다. 낙마한 뉘사나는 미친 듯이 번잡한 군사들 사이에서 비틀비틀 일어서며 검을 고쳐쥐었다. 아르노만이 물러가 쉬라 했지만 물러설 데도, 물러설 상황도 아니었던지라 레피스는 그대로 낙마한 뉘사나를 잡기 위해 내달렸다.

'저놈만…… 저놈만 잡으면 끝난다!'

뉘사나의 뒷덜미를 잡아채는 것은 한 팔로도 충분했다.

그 순간 체자스 공의 검이, 앞으로 뻗은 레피스의 손 바로 한 마디 앞을 내리가르고 지나갔다. 섬뜩한 바람에 놀란 레피스가 황급히 말을 돌려 거리를 벌렸다. 체자스는 연계 공격을 하는 대신 그대로 뉘사나를 감싸듯 그의 앞을 막아섰다.

"왕하!"

체자스 공은 뉘사나가 무사하다는 것을 깨닫자마자 그대로 레피스를 향해 달려들었다. 피노제의 기사들 뒤편에 멈춰 선 레피스는 숨을 헐떡이며 이를 악물었다. 뉘사나는 막 다른 기사로부터 빼앗은 말에 오르려던 찰나였다. 뉘사나를 등지고 체자스 공과 그의 기사들이 달려오는 것을 최대한의 침착을 가장해 노려보던 레피스의 입가에 미소가 어렸다.

동물적인 예감이 날을 세웠다. 순식간에 말을 멈추고 뒤돌아선 체자스 공의 눈에 들어온 것은, 막 말에 올라 고삐를 쥔 뉘사나의 등 뒤로 병사들을 헤치며 달려오는 아르노만이었다.

"자규 왕하! 뒤를……!"

뉘사나 역시 질주하다 말고 제게 향한 체자스 공의 경악한 얼굴에 뻣뻣하게 고개를 돌렸다. 누가 저자를 예순이 넘은 노인이라 말하나. 알렉시스는 체자스 공에게 백전노장이라 놀리듯 말했지만 아르노만이야말로 백전노장. 뉘사나는 황급히 검을 밀어 치듯 올려, 그를 반토막낼 듯 내리꽂히는 아르노만의 육중한 검을 받았다. 캬아앙! 요란한 검성이 울렸다.

체자스 공은 노심초사 뉘사나를 바라보다가, 푸욱 허리 아래로 느껴지는 이질적인 통증에 눈동자를 내렸다.

제 몸을 꿰뚫고 난 것은 명백한 검이었다.

"베이하크…… 네 놈이……."

어느샌가 바짝 다가온 레피스가 그의 등을 찔렀다. 제 몸을 꿰뚫고 비튼 검은 명백한 살기로 뭉쳐 있었다. 일시에 세상이 고요해졌다. 기사들이 무어라 소리치는 소리가 멀어졌다. 내내 그를 괴롭게 했던 피 냄새도 더 이상 느껴지지 않았다.

체자스 공은 고개를 들어 뉘사나와 눈을 맞추었다. 뉘사나의 눈이 서서히 커졌다. 그가 입을 벌려 무어라 말하는 것이 보였다. 체자스 공의 작게 벌려져 있던 입술 사이로 피가 터져 나왔다.

레피스가 숨을 헐떡이며 만족스럽게 웃었다.

"자규 왕하께 팔 하나 내어드린 데에 이제 수지가 맞는군요."

그리고 레피스도, 체자스 공도 말에서 떨어졌다.

"안 돼애애애!"

뉘사나의 절규 같은 고함이 울렸다.

일부 병사들이 그들을 붙잡기 위해 움직이는 동시에, 체자스 공작의 기사들을 따르던 병사들이 일제히 소집되었다. 폐허가 된 민가에 숨어 화살을 쏘아대던 궁수들도 그 모습을 드러내어 움직이기 시작했다. 여기저기서 피가 튀고, 체자스 공작은 흙바닥을 움켜쥐었다. 기사들의 난전을 뚫고, 아르노만은 피노제의 엄호를 받으며 서서히 그 거리를 좁히고 있었다.

"대공 각하, 위험하니 이자는 저희가……."

"생포할까요?"

"아니, 그래도 이 나라의 공작이 되어 나라의 안위를 위해 살았던 자이니 그 죽음에 예우는 해줘야겠지. 어차피 볼모가 된다고 해도 입도 벙긋 안 할 인물이다."

아르노만이 힐긋 그 뒤로 널브러진 젊은 베이하크의 백작을 응시했다.

"거 참, 불나방 같은 젊은이일세. 거기, 지금 당장 전장을 이탈해서 저자를 데려가 치료해라."

자칫 뉘사나에게 죽임당할 것을 알고도 저리 달려든다는 것은 어리석은 선택이긴 했으나, 결과적으로는 다행스러웠다. 젊은 혈기의 무모함이라고 해야 할까, 아니면 굳은 의지의 승리라고 해야 옳을까. 어찌 되었건, 그 덕에 체자스 공작이 몸을 날려 뉘사나를 구하려 들었고, 자신들은 뉘사나를 따르는 메두사 같은 세력의 가장 큰 머리를 베어낼 수 있게 되었다.

레피스가 살아남는다면 이 전장의 일등 공신이 될 것이다. 물론 그대로 뉘사나를 죽여버릴 수 있었더라면 가장 이상적인 흐름이 되었겠지만 그것은 지금으로서는 과욕이다. 아르노만은 그것을 알고 있었다.

체자스 공작가의 기사들은 그들로부터 반쯤 빈사에 빠진 체자스 공작을 구해내기 위해 움직이려 했지만 실패했다. 파리해진 안색의 늙은 전우를 내려다보던 아르노만이 들고 있던 검을 치켜들었다.

"전부 끝이 난다면 가문이 하나 줄겠군."

체자스 공작이 마지막 힘을 쥐어짜 내며 소리쳤다.

"몇 사람의 피로 끝낼 수 있던 왕위 다툼을 피바다로 만들어버린 것은 네놈과 알렉시스다."

그에 아르노만이 귓가를 때리는 소음과 함께, 여기저기에서 튀는 핏물들을 흘긋 바라보았다.

엘올라의 남부 도시는 이미 완파되었고, 체자스 공작의 저러한 말도 그르지 않은 것은 맞다. 알렉시스와 마르티사가 그대로 죽어 사라졌다면, 왕위는 진상이 어찌 되었건 간에 평화롭게 뉘사나가 이어받았을 테니까.

하지만 그 사실을 안다고 해도, 쉽게 물러날 수 있지 않음은 피차 모르지 않는다. 누구에게나 스스로의 목숨과, 자신이 중요하다 생각하는 사람의 목숨이 소중한 법이기에 소를 위한 대의 희생을 선택하게 되는 것이다. 특히나 귀족 사회는 그것의 산 역사.

"욕심을 버리지 못한 것은 무엇이 그리 다르겠나."

아르노만이 검을 고쳐들었다.

"편히 가시게나."

아르노만의 검이 피로 물들었다.

성문으로 쳐들어오는 루덴을 막기 위해 소겔가드군과 함께하던 체자스의 대군이 그 소식에 아르노만을 향해 뒤늦게야 몰려들었지만, 이미 아르노만은 유유히 그 자리를 떠난 후였다.

한밤의 달이 뜬 그 시각, 수장들을 차례차례 잃은 뉘사나의 군대는 혼란에 휩싸여 침묵했다.

뉘사나가 왕성으로 되돌아가고, 체자스의 사병들은 수장의 전사에 기세가 꺾였지만 잠시뿐이었다. 분기탱천한 그들은 더욱더 사납게 되는대로 적 병사들을 죽였다. 그러나 루덴 공이 지근거리에 도착했다는 소식 역시 마찬가지로 피노제와 베이하크 등의 병사들의 사기를 고조시켰다. 필연적으로 전투는 새벽녘에 이른 후에야 소강상태에 접어들었다.

소겔가드의 바이민은 상황이 일부 정리되자마자 즉시 왕성으로 향하고 있다는 레스터벤을 쫓아 달려갔다.

"위제 경!"

체자스의 좌수였던 레스터벤은 체자스의 전사 소식에 가장 재빠르게 현명하게 움직인 남자였다. 재빠르게 왕도 외부 군사 영지로 급보를 띄운 그는 군이 와해되거나 붕괴 상태에 이르지 않도록 차근차근 상황을 되짚으며 조직적으로 움직일 수 있도록 애썼다. 왕도 내로 완전히 진입한 소겔가드의 선봉 바이민은 체자스 공의 죽음에 몹시도 애통해 하며, 안간힘을 써서 루덴의 진격을 저지하는 데 성공했다.

피노제의 군사들과 그들을 따르는 산하의 사병들은 어느덧 거리에서 자취를 감추었다. 소겔가드군은 왕도를 죄 뒤져 그들의 잔당들을 색출해 내는 데에 혈안이 되어 있었다. 그건 그들의 주인을 찾는 일이기도 했으므로 열성적이지 않을 수 없었다.

"어찌 되었습니까?"

"왕도 내 봉기에 동참했던 이들 가문의 사저는 전부 비어 있었고, 군사 수용이 가능한 곳을 집중적으로 탐색해보았지만 없었소. 주군께서는."

"피노제가 왕도 밖으로 나가 루덴 공과 합류했다 들었습니다만 혹 그들과 함께……."

레스터벤은 아르노만이 거론되기 무섭게 표정을 굳혔다. 체자스가 그에게 살해당했다는 소문이 파다한 지금, 바이민은 충분히 이해하는 체 위로했다.

"체자스 공의 시신조차 제대로 거두지 못했다 들었습니다. 유감입니다. ……충원이 도착하면 루덴과 피노제를 역습할 수 있습니다. 우선 자규 왕하를 뵈어야겠습니다."

짧게 주먹을 쥐었다 편 레스터벤이 애써 들끓는 보복심을 억눌렀다.

바이민은 그와 나란히 왕성으로 돌아가며 물었다.

"상황은 어찌 된 겁니까? 왕도 수호군과 금군이 모두 자규 왕하를 따른다고 들었습니다. 헌데 어째서……."

"처음 함께했던 베다시아 헨로는 엘올라의 내전이 벌어지기 직전 사라졌고, 금군 대장 역시 지금 행적이 묘연하오. 아마 그가 불가피한 사정으로 돌아오지 못하게 되었을 경우에 대해서 내 주군께서 일러주시었소."

그의 주군이라면 체자스 공이었다.

"죽었다고요?"

바이민은 이해할 수 없다는 표정을 지었다. 제피언 란다마이어, 금군 대장이 죽었다면 그건 체자스의 죽음만큼이나 커다란 일이었다.

'대체 뭐가 어떻게 돌아가고 있는 건가.'

"베다시아 헨로가 이를 갈았다고 하니 아마 그를 끌어안고 절벽에서 떨어져 죽었을는지도 모르지."

레스터벤은 고 체자스 공이 늘 했던 우려를 기억했다. 원수 둘을 한 배에 태워버린 뉘사나의 과감함은 본받을 만하지만 둘 다를 제대로 다루지 못하면 언제고 문제가 될 것이라. 그리고 지금 상황을 고려할 때 문제는 빠르게 드러난 것처럼 보였다. 세력의 구심이 되던 제피언과 체자스 공이 사라지고, 명분이 되어주던 수호 가문의 남자마저 사라진 지금 그들에게로 기울 듯하던 중립 귀족들은 문을 다시 걸어 잠그고 칩거에 들어갔다.

피로 물든 성벽을 무너뜨려가며 밀고 들어오려 할 게 뻔한 루덴의 군사들을 막을 방도가 무엇이 있나. 도대체 이 내전의 끝에 무엇이 남는가.

왕성 앞에 도착한 레스터벤은 이 자리에 있어선 안 될 남자를 발견하고 멍청하게 얼어붙었다.

왕성의 군사들과 대치 중인 이들은 명백히 쇼하인의 기사들이었다. 그리고 그들의 선봉에 선 회색 망토의 기사는.

'……설마.'

그들 또한 회군해 돌아오는 바이민과 레스터벤을 발견하고 몸을 돌렸다.

대로를 가로지르는 말굽 소리가 유독 커다랗게 울렸다. 다그닥, 다그닥. 성큼성큼 가까워오는 상대를 향해 눈을 부릅뜬 레스터벤이 검을 꺼내어 들었다. 쇼하인의 기사들이 금방이라도 달려들 듯 자세를 낮추었다. 그걸 막은 건 회색 망토의 기사였다.

"쇼하인의 주인을 모시러 왔다."

밀러 헤센. 그가 어떤 경로를 통해 왕도로 돌아왔는가는 이제 중요치 않다. 지난 나절 있었던 전투로 성벽 곳곳이 부서져 함몰되었으므로 길은 있었으리라.

중요한 건 그가 쇼하인의 공식 후계자이자 에르크의 수비 사령관이라는 것이다.

레스터벤은 애써 놀란 내색을 지우며 담담한 체 대꾸했다.

"국경은 어쩌고 예까지?"

"데바람의 5만 군사를 통과시킨 시점에서 국경 수호는 이미 당장은 의미가 없다 판단, 보고를 위해 돌아왔다. 직무 방기에 관한 질책은 후에 듣지."

'뭐……?'

바이민과 레스터벤 모두가 숨을 멈추었다. 데바람의 5만 군사? 이게 무슨 말인가.

"데바람이 무슨……."

"내 용건은."

금방이라도 뒷덜미가 뜯겨 나갈 것처럼 선득한 한기가 느껴졌다. 레스터벤은 그도 모르게 몸을 굳혔다.

"쇼하인의 주인이시다. 자규 왕하께 아뢔라. 쇼하인 각하를 무사히 내어주지 않는다면 이쪽 또한 가만히 있지 않으리라고."

밀러 헤센은 뱉은 말은 지키는 남자라.

레스터벤은 이미 잘 알고 있었다.

체자스 공이 레피스의 검에 찔려 죽는 그 광경을 똑똑히 목도한 순간부터 뉘사나는 반쯤 정신이 나가 있었다. 왕성으로 되돌아온 그는 이어진 보고에 그 자리에서 고함을 지르며 몸부림 쳤다. 트란실 인들을 종용해 붙잡아두었던 아라산의 군대가 아라산을 통째로 트란실에게 내어주고 남하 중이라는 이야기였다.

그는 미친 사람처럼 제일리에게 달려왔다. 제일리는 피투성이 아비를 보고 놀라 빼액 비명을 질렀지만 아무래도 좋았다. 아이를 안은 후에야 가슴이 진정되기 시작했다. 뛰던 심장이 가라앉자 의식하지 못했던 압박감이 그를 옥죄어왔다. 어디서부터 잘못되었나.

모든 것이 명확했다. 베다시아의 증오를 간과했다. 제피언이 조금 더 현명하리라 생각했다. 에사렛타와 세드로를 손아귀에 쥐고 있으면 피노제가 움직이지 않으리라 여겼다. 소겔가드의 대군이 왕도에 이르면 모든 것이 해결될 거라 믿었다. 제일리는 엄마를 찾으며 울었다. 듣고 있으면 귀가 짓이겨지는 듯이 아픈 울음이었다. 리안을 포기했어야 하나? 모두가 그리 말할 것이다. 소겔가드와 리안을 포기했어야 한다고.

'형님은 왕재가 아닙니다.'

저주 같은 말이 자꾸만 귓가에 맴돌았다. 이제 그에게 남은 건 소겔가드 후와 리안뿐이었다. 무엇을 위해 싸우고 있었나. 왕위는 잊혔다. 이제는 남은 것을 잃지 않기 위한 싸움이었다.

"왕하, 체자스 공작 각하의 후임이 왕하를 뵙길 청합니다."

"들어오라고 해."

얼마 지나지 않아 레스터벤이 방으로 들어섰다. 체자스의 곁에 있는 것을 여러 차례 본 적이 있었다. 체자스 공이 아닌 그가 들어서는 순간 뉘사나는 순간 울컥하는 기분을 이기지 못하고 짓씹듯 물었다.

"어찌 되었나."

"전투는 일단 소강상태로 접어들어 재정비 체제에 돌입했습니다. 그리고 왕하."

알렉시스를 죽여버렸어야 했다. 더 어릴 때, 그를 죽였어야 했다.

'그놈만 없었더라도. 그놈만 없었으면.'

제게 시선조차 주지 않는 뉘사나를 향해 잠깐 끓는 숨을 삭인 레스터벤이 말을 이었다.

"밀러 헤센이 나타났습니다. 쇼하인 각하를 내놓지 않는다면 움직이겠다 합니다."

제일리의 겁먹은 얼굴을 피 굳은 손으로 쓸어내리던 뉘사나의 움직임이 뚝 멎었다.

"뭐……?"

"쇼하인의 공식 후계자인 밀러 헤센이 국경을 두고."

순식간에 찬물을 끼얹은 듯 뇌리가 아려왔다. 쇼하인을 내놓지 않으면 움직이리라 했다지만 쇼하인을 내어놓아도 움직일 것이다. 걷잡을 수 없었다. 뭐가 문제였나. 그래, 정에 휘둘린 것이 문제다. 알렉시스를 모반자로 내몰고 백성들의 칭송을 들으며 승리감에 도취된 것 또한 문제였다. 그 미친놈이 죽어도 움직이지 않을 것 같던 아르노만을 움직이게 둔 것이 가장 큰 실책이었다. 이미 왕도의 남부는 피바다.

"다 집어치우라고 해. 알렉시스를 잡아. 그놈만 잡으면 끝난다."

사실 뉘사나도 이제 그게 불가능해졌다는 건 잘 알고 있었다. 그것이 가능했다면 애초에 잡았을 터였다.

"……왕하."

"엘올라 안에 있는 쇼하인의 기사들은 그 수가 피노제에 발끝에도 미치지 못한다. 그러니 왕도 문을 닫는 것을 최우선으로 하고 나머지는 시간을 끌어, 그리고 적들이 전열을 정비하기 위해 물러났을 때, 쇼하인을 쓸어버려. 밀러 그놈도 잡아 와!"

"그는 쇼하인의 사저로 돌아갔습니다. 또 그가 이르기를 데바람의 군사들이 국경을 넘은 것 같……."

레스터벤의 음성이 멀어졌다. 이 와중에 국경을 넘어온 데바람의 군사들이 그에게 좋은 이유로 움직일 리는 없었다. 제일리를 으스러져라 끌어안은 뉘사나가 바둥거리는 딸아이의 이마에 절박하게 입술을 짓눌러댔다.

'어디서부터 잘못되었나.'

"흐에에엥. 엄마아아…… 아빠 엄마아아아……."

뉘사나는 차가운 얼굴로 아이를 떼어내며 몸을 일으켰다.

더는 버틸 수 없었다.

반편의 세계가 와르르 무너져 내리는 소리가 났다.

왕도의 북서쪽에 위치한 에드하인다의 저택은 고요했다. 여전히 험악한 기사들이 그들을 향해 검을 벼리고 있었으나 침묵하는 에드하인다를 섣불리 건드리지는 않았다.

"……수태 중에 이런 일이 있으시니 많이 놀라셨겠습니다."

아넬라는 리안을 위로했다. 한창 조심해야 할 시기에 볼모가 되어 이곳저곳을 힘겹게 옮겨 다니는 리안은 초췌하기 그지없는 꼴이었다. 위명 높은 소겔가드의 딸이자, 카르시탄의 부인의 모습이라고는 상상도 하기 어려울 만큼. 그녀의 건강은 눈에 띄게 상해 있었다. 혈색일랑 하나도 없어 창백한 도화지처럼 희멀겋고, 입술마저 죄 부르터 있었다.

아넬라를 따라 들어와 그녀의 치마 뒤에 숨어 있던 테르테오가 빼꼼 고개를 내밀어 리안의 언덕처럼 부푼 배를 바라보았다.

"저기에 아기가 있어요?"

경계심을 늦추지 않고 아넬라의 말에 침묵으로 응수하던 리안은 천진하게 묻는 소녀를 발견하고 경계심을 조금 누그러뜨렸다. 아넬라가 조심스레 테르테오의 머리를 헝클며 사과했다.

"죄송합니다, 리안 님. 이 아이가 아직 어려서요."

"아닙니다."

아넬라는 조용히 웃고는 아이를 방 밖으로 밀어내며 엉덩이를 때렸다.

"나가보렴, 테르테오."

"예? 어머니, 하지만."

"조용히 있기로 했잖니. 약속을 어긴 것은 너다. 어서 나가봐."

테르테오는 아쉬운 눈길로 리안의 부른 배를 응시하다가, 아넬라의 등쌀에 못 이겨 밖으로 나갔다.

아넬라가 갓 구운 연한 빵처럼 부드러운 미소를 지으며 리안의 옆자리에 앉아 그녀의 손을 조심스레 주물렀다. 바깥에서 얼마나 난리가 났는지 모르지도 않을 터인데, 아넬라는 마치 그 모든 끔찍한 상황에서 유리된 듯 고고했다.

"날이 좀 쌀쌀해졌지요. 난로에 불을 더 지펴드릴까요?"

"……에드하인다는 중립이라 들었는데, 올리비에 왕하의 편이 되셨군요."

"그렇다기보다는 제 부군이 따르는 이가 원하신 모양입니다."

에드하인다의 안주인의 성품에 대해서는 익히 들어왔던지라, 리안은 완전히 경계심을 누그러뜨린 후 한숨을 내쉬었다.

"아무도 내게 상황이 어찌 돌아가는지 이야기를 하지 않는데, 언질을 좀 주시겠습니까? 부인."

"아넬라라 부르세요."

"……아넬라, 상황을 좀 일러주시겠습니까?"

"수태 중에 좋지 않은 이야기를 듣는 것은 아기에게 좋지 않습니다."

"제 집에서 저를 이곳까지 짐짝처럼 내던진 순간부터 대우받으려는 생각은 버렸습니다."

리안의 냉담한 대꾸에도 아넬라는 불쾌한 기색 없이 이불을 한 겹 더 끌어올려 리안의 배를 덮었다.

"……리안 님, 이 다툼은 벌어진 일이고 언젠가 해결이 될 겁니다. 리안 님께서는 몸조리만 생각하세요."

리안의 눈가가 파르르 떨렸다.

"남의 일이라 너무 쉬이 말하십니다, 아넬라. 뉘사나가 나를 포기하게 된다면 이 태중의 아이와 나는 한 줌 흙으로 돌아갈 뿐입니다. 목숨이 걸린 일이니 알 권리도 있다고 생각해요."

아넬라가 간격을 두고 고개를 조아렸다.

"죄송스럽게도 저도 아는 것은 별로 없습니다. 그저 도시 남부 성문을 중심으로 큰 전투가 벌어졌다는 것밖에요. 체자스 공이 돌아가셨다는 이야기는 제 귀에까지 들더군요."

리안의 몸이 바짝 굳어졌다. 체자스의 죽음이라니? 아넬라가 굳어진 리안의 안색에 조심스레 물었다.

"자규께서 포기하실 것이 두려우십니까?"

"……아니요. 포기하지 않을 것이 두렵습니다."

"…….."

"뉘사나에게는 우리를 버리는 것이 지금으로서는 최우선이라는 거 저도 압니다. 애초에 뉘사나는 이런 내란을 원하지 않았습니다. 이 상황을 이리 만든 건 알렉시스 테피온입니다."

가만히 경청하던 아넬라가 씁쓸한 얼굴로 말했다.

"이런 일이 벌어지지 않았다면…… 참 좋았을 텐데요. 자규 왕하께서도……."

"제 부군은 일생 바란 것을 얻기 위해 싸울 뿐입니다. 그에 관해서는 나무랄 것도, 동정할 것도 없습니다, 아넬라."

리안은 과연 그 대단한 능구렁이 소겔가드를 닮은 탓인지 심지가 굳었다. 보고 있는 것만으로도 가슴이 아파서 짧게 침묵을 끌어 물던 아넬라가 말했다.

"그렇지만 슬프지 않은 것도 아니지요. 야망은 참 그렇습니다. 야망은 존재만으로도 대의가 되어 많은 이들을 장님으로 만듭니다. 그래서 때로는 야망 없는 평온한 삶이 아름답다는 생각을 합니다. 제 부군은 지나치게 야망이 없어 뭇 사람들이 한숨을 쉬게 만들었습니다만."

남편의 험담을 하는 하소연처럼 맺어지는 말미에 리안이 설핏 웃었다. 에드하인다 백작 후계인 아스난 엘보르트에 대한 소문은 보통 그런 것이었다. 욕심 없는 위인. 야망 없는 사내. 뼛속까지 기사인 남자. 그는 결국 퀸시오로 좌천되기까지 했다. 많은 이들이 한숨을 쉬게 만들었다는 건 사실이었다.

리안은 더없이 평온한 아넬라의 눈동자를 빤히 들여다보다 말했다.

"아넬라는 그에 만족하는 것 같아 보입니다. 그분은 요크 반도까지 좌천당하셨다 들었는데요. 아, 악의는 없습니다."

"괜찮습니다. 사실인걸요. 하지만 믿고 신뢰할 수 있는 분을 일평생 반려자로 맞은 것만으로도 큰 축복이 아니겠습니까. 앞으로도 그저 무사히, 평온히 지낼 수 있다면 더 바랄 것이 없습니다. 지금은 떨어져 있지만 작위 승계를 마무리하고 나면 돌아오실 터이니 기다림조차도 즐거움입니다."

담담하게 이어지는 음성에 괜히 코끝이 찡해졌다. 뉘사나가 보고 싶어졌다. 아넬라의 말에 공감하는 부분이 전혀 없지는 않지만, 그렇다고 해서 뉘사나와 아스난이 같은 입장이란 건 아니었다.

"부인, 하지만 지금 다투고 있는 이들을 보십시오. 저들은 태어나면서부터 세파에 휘둘려 단 한 번도 평온을 느껴보지 못한 이들입니다. 올리비에 왕하도, 제 부군도 생을 얻은 후 단 한 번도 편히 잠들지 못하는 그런 이들입니다."

"그렇기에 우리의 책임이 막중한 겁니다, 리안 님. 사소한 것에서 마음의 충족을 찾을 수 있도록, 평온히 잠들 수 있도록 그분들을 도울 수 있는 건 마음 나눈 이들뿐입니다. 물론 여자가 바른 소리를 한다는 데에 거북스러워하는 이도 있습니다. 그러나 리안 님이 생각하시기에 옳지 않은 일이 있다 하면 때로는 진심을 다해 그를 설득해야 합니다. 때로는 두려워 머뭇거리는 부군의 등을 밀어주기도 합니다. 때로는 우리가 도울 수 없는 일로 버거워하는 부군에게 이곳이야말로 평화로운 휴식처라는 것을 알려주기 위해 집을 닦아놓아야 합니다."

담담히 이어가는 아넬라의 음성이 마치 질책하는 것처럼 들려 리안은 그녀도 모르게 시선을 내렸다. 그녀보다 십여 해는 더 오래 살았을 여자의 연륜은 무시할 것이 못 되었다. 그녀의 말은 입 밖으로 나오는 족족 전부 옳은 질타였다.

"리안 님을 볼모로 삼은 알렉시스 님이 옳다고는 말씀드릴 수는 없겠지만, 사내들은 늘 자신이 가진 무언가를 지키고자 하지 않습니까. 자규께서는 그런 의미로 훌륭한 부군이십니다."

"훌륭한 부군이지요…… 그는……."

리안이 천천히 자신의 배를 감쌌다.

"그러나 훌륭한 왕의 재목이라고는 말씀드리지 못하겠습니다. 유스카리 전하를 시해하고 세드로 저하와 에사렛타 비전하를 억류하신 것은."

리안이 고개를 들었다.

"그건 거짓입니다."

그녀는 진실로 그리 믿고 있는 듯 보여 아넬라가 도리어 당황스러울 정도였다.

"알렉시스 테피온이 그리 말했습니까? 그자는 국왕 시해자입니다. 제 입지를 위해 무슨 짓이든 하는 이일 테니 그의 입에서 나온 말을 믿지 않으셨으면 합니다."

"……리안 님, 많은 이들이 이미 짐작하고 있는 사실입니다."

리안이 이불을 그러쥐며 돌연 언성을 높였다.

"아니라고요! 뉘사나는 그럴 사람이 아닙니다!"

"진상은 올리비에 왕하와 자규 왕하밖에 모르겠지요. 우선은 제가 섣불렀습니다. 진정하세요."

아넬라의 다독임에 리안은 숨을 크게 몰아쉬며 아넬라의 손을 움켜잡았다.

"뉘사나는…… 그런 사람이 아닙니다."

"좋은 분이실 거라는 거, 잘 압니다."

이 피비린내 나는 혼돈이 빨리 끝나길 바라는 이들은 많았으나, 라니처럼 사소한 이유로 절박한 이는 드물었다.

엘올라의 남부에서 연이은 전투가 벌어지는데 라니는 북쪽 구역에 위치한 소블란의 별장에 숨어 꼼짝도 하지 못한 지 열흘이 넘었다. 일종의 감금이었다. 날이 밝았다 저물고, 다시 해가 떠도 들려오는 소문이란 온통 참혹한 것들뿐. 성벽이 훼손되었다. 시체들이 산처럼 쌓였다. 오늘은 소겔가드의 군사들까지 왕도 앞으로 몰려왔다는 소식에 온 도시가 들썩거려 의자가 덜컹거릴 지경이었다.

라니는 우선적으로 자신이 처한 감금 상태에서 벗어나고 싶었다. 오히려 왜 이 와중에 자신이 감금을 당하고 있어야 하는지도 이해하지 못했다. 아니, 외려, 지금처럼 급박한 시점에 고작 가출로 그녀에게 이런 혹독한 벌을 내리는 아버지를 이해할 수 없었다 하는 게 옳았다.

사실 시기적절하게 왕위 다툼에서 한 발자국 떨어져 추이를 지켜볼 수 있게 된 소블란 후작가의 저택은 복작거렸다. 아니, 소블란 후가 또 다른 전쟁을 치르는 중이었다 해도 과언이 아니라.

"언제까지 여기서 이러고 계실 거예요. 어서 도와주셔야죠! 이러고 있을 때가 아니에요!"

너구리를 연상시키는 휘어진 콧수염을 매만지는 소블란 후의 입 끝이 축 처졌다. 라니를 보는 눈빛은 한심함 그 자체였다.

　말도 없이 가출을 하더니 불쑥 돌아온 라니는 그를 졸졸 따라다니며 알렉시스를 도와야 한다고 소리치고 있었다. 상황이 이리 심각해지기 전부터도 소블란은 일련의 보고들을 하나도 빠짐없이 들었다. 가장 최근 소식에 의하면 소겔가드군이 합류했다는 것. 수적 우위는 명실상부 뉘사나가 점하고 있었다. 게다가 알렉시스 테피온은 대외적으로 유스카리 시해의 배후가 아닌가?

　그런데 이 와중에 무작정 그를 도우라니. 철이 없어도 너무 없다.

　"올리비에 왕하는 선왕 유스카리의 시해 배후다. 그리고 우리 가문을 기둥째 뽑아 간 자인데 무슨 의리로 그를 도와!"

　"테피온이 이길 거라니까요! 테피온의 속이 얼마나 시커먼지 잘 아시잖아요!"

　그건 그렇지. 무심코 고개를 끄덕이던 소블란 후가 꽥 소리쳤다.

　"시끄러우니 나가 있어!"

　"그리고 테피온이 약속했어요. 잘만 되면 우릴 잘 봐주겠다고! 좋은 혼처도 알아봐준다고 했고⋯⋯!"

　라니가 알렉시스 테피온으로부터 서명받은 계약서를 내밀었다. 얼빠진 표정으로 그걸 바라보던 소블란 후는 새삼 멍청한 딸을 둔 자신의 운명에 통탄했다. 어쩌면 이렇게 단순하고 하나밖에 모르는지. 제 어미는 그래도 여우같은 구석이 있었는데 말이다.

　급기야는 제 딸의 머리가 사실은 머리가 아닐지도 모른다는 의심이 들었다.

　"이 돌대가리야! 국왕 시해자 낙인이 찍혔는데 그것이 어떤 의미인지를 모르는 거냐! 이 전쟁통에 지금 네 혼처가 문제냐. 도대체 너는 머리가 있는 거냐, 없는 거냐! 누굴 닮은 거야!"

"아버지를 닮았죠! 이럴 때가 아니라, 정말로 테피온을 도와야 한다니까요! 그리고 국왕 시해 배후라니 말이 돼요? 테피온이 그럴 사람이 아니라는 건 아버지도 알고 저도 알잖아요!"

골머리가 지끈거렸다. 일찍이 어미를 여읜 금지옥엽 외동딸이라 어여쁘다, 어여쁘다, 오냐오냐 하며 키운 탓인가. 세상 돌아가는 이치도 하나 모르는 딸아이는 한여름의 매미처럼 달라붙어 땡깡을 놓았다. 알렉시스가 국왕 시해자이다, 아니다는 지금 시점에선 하나도 중요치 않았다. 흐름을 꿸 줄 아는 이들 중 그것을 문제 삼는 이는 오직 뉘사나의 세력들뿐이었다.

"우리가 믿고 안 믿고는 안 중요하다!"

"그럼 뭐가 중요해요!"

라니는 미미한 힘의 백성들이 얼마나 큰 사달을 일으킬 수 있는지 모른다. 비록 지금 백성들은 세드로의 외조부인 아르노만이 알렉시스와 발을 맞추고 있다는 이야기에 묶여 침묵하고 있지만 결국은 세드로의 편이었다. 아르노만이 왜 알렉시스를 돕는가. 그 난제가 해결되면, 혹은 해결되지 않더라도 불씨는 이미 충분했다.

"뭐가 됐든. 이 멍청한 것아!"

결국 전에 없는 노성을 지르고 말았다. 라니는 흠칫하더니 곧 얼굴을 붉히며 눈물을 글썽거리기 시작했다. 소블란 후는 순식간에 약해지는 마음을 애써 단단히 굳혔다. 평소라면 모르나 지금은 정말 한 마디도 그녀의 의견을 수용해줄 수 없었다. 아직은 줄을 설 때가 아니었다. 아르노만과 알렉시스가 뉘사나를 공공의 적으로 규정했다고 해도 누가 최후에 살아남을지를 골라내기에는 상황이 묘연했다.

사실 소블란과 뉘사나는 예로부터 그다지 사이가 좋은 편이 아니었으므로 아르노만, 혹은 알렉시스가 승리하는 편이 더 좋았다. 그러나 아르노만이냐, 알렉시스냐. 소겔가드 저택이 점거된 후, 급변한 사태 속에서 알렉시스의 위치가 몹시 올라가긴 했지만 그건 아르노만의 조력 탓이었다. 현실적으로 지금의 적통인 세드로를 따르는 백성들도 많으니…… 그의 마음은 사실 아르노만에게 기울어 있긴 했다. 마음만.

'중요한 것은 누가 살아남느냐.'

이 상황은 단순히 잠시 발을 디뎠다가 뺄 수 있을 만큼 녹록한 것이 아니었다.

"뭐가 문제예요! 따져봐도 테피온이 보위에 오르는 게 제일 맞잖아요! 테피온은 원래 자리로 돌아가려는 것뿐이라고요!"

"적통은 세드로 저하도 마찬가지다!"

대체 알렉시스 테피온은 무슨 짓을 했기에 제 딸을 저리 맹신하게 한 건가. 아니…… 인정하기는 싫지만.

'내 딸이 멍청이라니.'

소블란 후의 눈가에 깊은 수심이 어렸다. 그러나 뒤이어지는 라니의 말에 소블란 후는 벼락 맞은 듯 숨을 멈추었다.

"아니에요! 세드로 저하는 서거하신 전하의 핏줄은 맞지만 왕비 전하의 친자식이 아니라고 말하는 거 들었어요. 아버지, 이리저리 재보실 것도 없어요. 테피온을 도와야 해요!"

라니가 확신에 차 소리쳤다. 늘 멍청하다는 취급을 당하기는 했지만 바보는 아니었다. 알렉시스와 제르와 함께 왕도로 이르는 동안 많은 이야기를 못 들은 체 들어왔다. 그것들만으로도 얼추 상황을 이해할 수 있었다. 제 기준의 잣대에 마구잡이로 끼워 넣은 것과 비슷하긴 하지만.

그녀의 왕족 모독에 가까운 발언에 소블란 후가 눈을 호두 껍질만 하게 떴다.

"뭐? 그게 무슨 말이냐?"

"자세히는 모르지만 그렇다고 했어요!"

"누가?"

"올리비에 왕하가요!"

소블란 후는 주위도 돌아보지 않고 입이 터진 대로 지껄이는 제 돌 대가리 같은 딸을 아연한 얼굴로 바라보았다. 친자식이 아니라니? 금 시초문이었다. 귀 얇은 딸아이가 헛소리를 듣고 와 동네방네 떠들고 다니는 것일 가능성도 배제할 수 없었다. 그렇지만 순간 어떤 가정이 떠오른 것도 사실이었다. 그는 내내 왜 뉘사나가 세드로를 그대로 죽 이고 알렉시스에게 뒤집어씌우지 않았을까 의문해왔다. 유스카리의 적자인 세드로가 살아 있다면 뉘사나가 왕이 되는 길은 요원해지는 게 당연했다.

'친자식이 아니라니……?'

한 번 생각을 전환해보니 이상한 게 한두 가지가 아니었다. 십수 년 동안 아들을 보지 못하고 석녀가 되었다 암암리에 손가락질당하던 에 사렛타가 어느 날 갑자기 아들을 낳았다고 했다. 그녀가 임신했으리 라 여겨지는 기간 동안 그녀가 수태한 모습을 본 이도 없었다. 그저 낳 았다 하니 낳았구나, 왕자의 탄생이라며 떠들썩하게 즐거운 분위기에 편승해 넘어갔던 의문이었다.

만일 라니의 말이 사실이라면? 혈통을 명백히 할 증거가 없다면 세드로의 실각은 기정사실이었다. 그 말은 뉘사나가 직접 죽이지 않아도 결국 전 백성을 기만한 죄목으로 인해 성히 살아남지는 못할 거란 말이다. 의심해볼 여지는 충분했다.

"제 귀로 똑똑히 들었다니까요! 퀸시오에서 여기 오면서 테피온이랑 제이하이 왕하가 얘기를 했는데, 막, 뭐라 했더라. 제이하이 왕하에게 유스카리 전하를 사랑하냐고 물어보고……."

"……라니, 너 어디 다른 데다 그런 왕족 모독 발언 떠들고 다닌 건 아니겠지?"

"제가 무슨 바본 줄 아세요! 아무튼 진짜라고요!"

새빨갛게 달아올라 방방 뛰는 라니를 멀거니 바라보던 소블란 후작이 입을 다물었다.

이튿날 오후, 뉘사나의 강제 징집령이 떨어지기 시작할 무렵부터 그런 소문이 돌기 시작했다. 알렉시스가 에사렛타와 세드로를 납치해서 피노제의 아르노만을 협박했다는 이야기. 그때까지도 피노제가 알렉시스와 함께 뉘사나에 대적하는 것을 이상하게 생각하던 백성들의 의심을 순식간에 불식시키는 말이었다. 루덴 공의 군사들이 밀려왔다는 이야기에 더해 데바람과 아라산의 병력까지 집결해서 뉘사나를 압박하고 있다는 이야기. 특히나 백성들은 원수국에 가까웠던 데바람까지 끌어들인 사실에 몹시 분노했다. 뉘사나의 강제 징집령까지 떨어졌으므로 소문은 실재의 힘을 얻었다.

물론 훈련받지 않은 민간 백성들은 쉽게 징집에 응하지 못했으나 몇

몇 혈기 넘치는 청년들은 완전히 반파된 남부 엘올라의 상황을 설파하며 다른 청년들을 선동했다. 백성들의 불길은 처음에는 작은 불씨처럼 작았으나 곧 엘올라의 동부와 서부로 번져나가기 시작했다. 그들의 망설임에 도화선이 된 것은 이튿날 저녁 알렉시스 테피온이 에사렛타와 세드로를 이끌고 루덴 공과 합류했다는 소식이 전해지기 시작하면서부터였다. 도대체 저런 정보를 누가 가져오는 것인지, 어떻게 된 상황인지도 알지 못한 채로 엘올라의 수천 명의 청년 장병들이 일어섰다.

결국 소겔가드의 저지선은 뚫지 못했고, 왕도 내의 세력들은 대부분 밖으로 도망치거나 떠밀려 나온 상황이었다. 알렉시스는 전황 보고에도 불구하고 유서 깊은 왕도의 무너진 성벽만 무표정하게 바라보고 있었다. 문의 개폐부에 문제가 생겼다더니 그게 사실인지, 양측의 교전이 중지된 후에도 문은 닫히지 않았다. 지금으로서는 저 열린 문만이 희망이었다. 농성을 피할 수 있다는 건 큰 이점이다.

'그나저나……'

몰릴 대로 몰린 뉘사나가 민간인들까지 징집하기 시작했다고 하는 것은 차치하더라도 스스로 들고 일어난 백성들에 대한 이야기는 곤혹스러웠다.

얼추 약 반만에 가까운 수라고 했다. 결국 알렉시스는 모든 군사들에게 성문 밖으로 재집결할 것을 명령했다. 청년 장병들이 들이닥친다면 그건 군과 민간인들 사이의 학살만 벌어질 뿐이라는 걸 잘 알았다. 최소한의 폭력으로 그들을 진압한다고 해도 진상이 밝혀지기 전까지 백성들의 분노는 꺼지지 않으리라. 백성들과의 전투 아닌 학살이 이어지면 알렉시스는 자연스럽게 정말로 명분마저 잃을 것이다. 백성들을 모조리 죽일 수는 없었다. 무지몽매하여 뉘사나에게 속고 있는 어리석은 이들이지만 결국 그들의 터전을 파괴하고 싸우는 것은 자신의 군대와 뉘사나의 군대이다.

'……곤란하군.'

어차피 백성들은 전투라는 것을 잘 모르는 이들. 직접 전쟁에서 제 이웃과 가족이 죽어나가는 것을 본다면 그 사기가 순식간에 바닥을 치고 도망칠 이들이었다.

'이제 정말 끝장을 보자는 거지요.'

그리고 오늘 오전 뉘사나는 강제 징집령을 내리는 것과 동시에 소겔 가드를 언급했다. 더 이상 정에 이끌려 국왕 시해 배후를 좌시하지 않겠다는 의미는 명확했다. 체자스까지 죽고 가진 패란 패는 죄 잃어버리고 나니 정신이 번쩍 든 것일 터. 물론 뉘사나의 선언으로 인해 에드하인다가 무사하다는 것은 잘 알겠다. 그러나 그들은 곧 뉘사나로 인해 강요받을 것이다. 따를 것이냐. 아니면 죽을 것이냐.

"그런데 베이하크는?"

"그게, 지금 어디 계신지…….."

"대공은 어디 있지?"

"문 안쪽의 카랄프 외곽 장원에서 일대를 정리하고 계십니다."

북구의 마니랄프, 남구엔 카랄프가 있었다. 두 곳은 엘올라의 대표 빈민가이다. 그 외곽에 위치한 낡은 땅은 죽은 시체와 병사들의 시신을 일시적으로 수습하기에 가장 적합한 장소였다. 하지만 그보다도.

'레피스도 그곳에 있나.'

레피스를 마지막에 등졌던 것이 마음에 걸렸다. 뉘사나는 만만히 봐도 좋을 이가 아니었다.

"아르노만에게 잠깐 보자 해."

군사들을 쉬게 해야 했다. 백성들까지 들고 일어난 이 상황은 알렉시스와 아르노만에게 선택을 강요하는 갈림길에 이르게 한 것과 진배없었다.

"왕하, 그러면 소켈가드는…….."

"인질로서의 가치는 없어진 거로군. 밀러가 왕도로 돌아왔다 들었는데?"

"쇼하인 공작 각하와 몬테인 각하의 방면이 있기 전엔 움직이기 어렵다고 했으니."

"그래, 저쪽도 지금 어쩔 수 없는 거지."

알렉시스는 냉정하게 말했다. 어차피 이번 내란에서 쇼하인은 움직이기 힘들 것이다. 뉘사나가 아무리 정신이 나갔더라도 쇼하인을 놓아줄 리가 없었다. 그랬다간 잠자코 숨죽이는 그들의 고삐를 풀어주게 될 테니까. 지금은 쇼하인을 경계하기 위해 조금이라도 뉘사나의 군사들이 분산되어 있다는 것만으로 만족해야 했다.

알렉시스가 정수리로 쏟아지는 늦가을의 뙤약볕을 피해 몸을 돌렸다. 임시로 쳐둔 야영장 막사 아래에서 햇살을 피하고 있던 지스카르가 탁자에 팔꿈치를 대고 턱을 괸 채 무너진 엘올라의 성벽을 응시하고 있었다.

"툭 치면 무너질 것 같군."

"꿈 깨라. 지금 네 쪽도 마음이 바쁘다는 거 아니까."

지스카르의 날 선 눈동자가 알렉시스를 향해 느릿느릿 미끄러졌다. 카르시타의 내란은 데바람의 내란보다 훨씬 심각했다. 그리고 알렉시스의 입장에 대해 그의 개인적인 감상을 더해 말하자면, 알렉시스에 겐 명분이 없었다. 데바람의 내란에서 지스카르는 명분을 가진 반란 분자였다. 그러나 카르시타에서의 명분은 카르시타의 수호자를 자처 한 적에게 있었다. 민심이 얼마나 중한 것인지 모를 리 없으니 알렉시 스는 지금 몹시 곤란한 상황이었다. 반쯤 걸쳐 내려와 작동을 멈춘 성 문이 다시 작동해 닫히기라도 한다면 장기전이 된다고 봐야 하리라.

장기전은 데바람의 입장에서도 불가능했다. 그런 와중에 모반자로 몰려 있는 알렉시스는 완전히 카르시타에서 배척당할 수도 있다. 또 어찌어찌 요행을 바라 무턱대고 뉘사나를 잡아 죽인다고 해도 문제는 있다. 백성들의 반감을 어찌 이겨낼 것인가.

알렉시스가 완전히 망해버렸으면 좋겠지만 그건 몹시도 큰 사감이 섞인 판단. 이러니저러니 해도 지스카르와 알렉시스는 한 배를 탄 상 태였다.

"왕비를 이용하는 건?"

"생각지 않은 것은 아니지만 왕비 전하를 엘올라로 데리고 들어간다 고 해도, 그들의 귀에 제대로 들리겠느냐 말이지."

지스카르는 부정하지 않았다. 사실이었다. 아르노만의 움직임에 잠 시 흔들렸던 민심이 다시 뉘사나에게로 완전히 기울어버렸다면, 두 가지 정도의 가능성밖에 없다.

"아르노만이 제 목숨 살자고 뉘사나를 배척하여 왕비와 왕자를 버렸 다고 생각하거나, 내가 왕비와 왕자의 목숨을 두고 아르노만을 위협 하고 있다고 생각하거나. 전자도 후자도 내겐 불행이다."

누군가 쌓이고 쌓인 오해와 모함을 걷어낼 수 있는 영향력 있는 자 가 나서준다면 좋겠지만 쓸 만한 패라고는 베다시아뿐인데, 알렉시스가 듣기로는 그는 이미 제피언과 함께 공멸했다고 했다.

"……이 상황에서 데바람의 원군이 온다고 해도 말이야, 네 위치가 더 위험해지는 게 아닌가? 무리하게라도 진압한다는 목적만이라면 상관없지만 동정을 금할 수가 없군."

"폐태자까지 되었던 네게 듣고 싶은 얘긴 아닌데."

알렉시스가 적대감을 애써 억누르며 느른하게 빈정거리자 지스카르도지지 않고 부러 놀리듯 자리에서 일어섰다.

"그래, 뭐 그럼 나는 제르를 찾으러 가봐야겠군."

"어이. 이봐."

"너는 네 상황이나 추스를 생각 해라. 나 또한 길게 너를 도울 수 있을 것 같지는 않으니. 방법이 전혀 없다면 미리 말하도록. 깨끗하게 물러날 수 있게."

저걸 정말 한 대 치면 안 되나. 알렉시스의 일그러진 표정을 비웃듯 설핏 웃은 지스카르가 냉랭히 자리를 떠났다.

그의 뒤통수를 노려보던 알렉시스는 흘러내린 머리칼을 쓸어 넘기며 중얼거렸다.

"아직 한 명이 남아 있긴 하지만 하필이면 그게 타라히엔…… 소젤가드라는 거지."

소젤가드라는 패가 남아 있다. 하지만 그는 뉘사나가 왕이 되어야 함을 믿어 의심치 않는 사내. 미치지 않고서야 나서서 이 사태 해결을 도와줄 리가 없다.

'일단 별수가 없나.'

산책을 핑계 대며 방을 벗어난 리안은 제 아비가 머물고 있다는 방에 이르러 멈춰 섰다. 반쯤 열린 문 안에서 누군가의 절박한 음성이 울렸다.

"자규께서 백성들을 학살하려는 것을 막아주시는 데에 도움을 주셨으면 합니다. 이 이상의 내란은 카르시타의 근간 자체를 뒤흔들 거란 걸 소겔가드 후께서도 잘 알고 계시지 않습니까."

"학살? 그것은 그대들이 하는 것이지, 자규가 하는 것이 아니지."

"엘올라의 전 백성을 사지로 내모는 것이 자규 왕입니다. 그걸 모르고 계신다고 하지는 않으시겠지요."

"미안하지만, 내 알 바 아니오."

소겔가드 후는 덤덤한 말투로 차를 홀짝이고 있었다. 그 역시 뉘사나가 백성들을 동원하는 강수를 썼다는 것은 전해 들어 알았다. 옳지 않았다. 하지만 이제 무엇이 옳은가, 그른가를 두고 평하기에는 늦었다. 뉘사나는 옳지 않았지만 현명하다. 에사렛타와 세드로가 적들의 손에 들어간 것이 확실시된 지금, 오히려 그는 뉘사나를 응원하고 싶은 마음이었다. 소겔가드 후는 뼛속까지 귀족. 평민 수천 수백의 목숨으로 뉘사나가 자리를 공고히 한다면 그건 나쁘지 않은 일이리라. 죽을 각오로 왕도로 숨어 들어와 막중한 책무를 다하기 위해 애쓰는 기사의 어깨가 축 늘어졌다.

"소겔가드는 나라를 위해 공로를 세우고 대대로 변경을 지켜 명맥을 이어온 이들이 아닙니까. 중앙 귀족이 되셨다고는 하지만 가훈을 잊으셨으리라 믿고 싶지 않습니다. 국왕 시해자를 옹호하고 무고한 올리비에 왕하에게 뒤집어씌운 것만으로도 자규 왕하는 이미 길을 크게 벗어나 있습니다."

"다시 말하지만, 백성들을 죽이는 것은 올리비에 왕하이지 자규 왕하가 아니잖나. 그리 백성들의 안위가 걱정된다면 지금이라도 군을 물리고 일을 마무리 하라 간언드리지 않고 예까지 와 무얼 하는 건가?"

"소겔가드 후께서는 반역자 무리와 함께 역사에 오명을 남기실 생각이십니까. 그리고 이미 자규 왕하께서는 소겔가드를 버리겠다는 의지를 명백히 하셨습니다. 이리 버티시는 건……."

"그 걱정은 내가 하지."

"성 밖에 계신 왕비 전하께서도 몹시 노여워하고 계십니다. 어떤 식으로 마무리가 되건 간에 자규 왕하는 몰락하게 되실 겁니다."

"외세를 끌어들인 이상 나는 올리비에 왕하 또한 인정할 수 없다."

"먼저 트란실을 끌어들여 아라산을 침공하게 한 것이 자규 왕하라 알고 있습니다. 소겔가드께서 더 잘 아시겠지요."

소겔가드 후는 그에 관해서는 더 할 말이 없다는 듯 입술을 굳게 다물었다. 침묵을 이기지 못하고 축 늘어진 어깨를 애써 곧게 세워 일어난 기사는 울분 섞인 음성으로 한마디를 더했다.

"소겔가드 또한 국왕 시해에 일조한 데에 용서를 구할 수 있는 유일한 방법입니다. 이마저 저버리시겠다면 그리 하십시오."

"이게 무슨 말입니까."

넋을 놓고 그들의 대화를 엿듣던 리안이 벌컥 문을 열어젖혔다. 소겔가드 후는 리안의 심상찮은 표정을 곁눈질한 후 긴 한숨을 내쉬었다.

"왜 그리 돌아다니고 있는 것이냐."

"지금 제가 들은 것이 무슨 말입니까."

"나가라. 네가 끼어들 일이 아니다."

리안은 창백한 얼굴로 소겔가드 후작과, 그 앞에서 그를 설득하던 기사를 바라보았다.

"뉘사나가 전 백성을 사지로 내몬다는 것이 무슨 말입니까. 국왕 시해……? 이게 무슨 말입니까."

"나가라 하였다."

"듣기 전엔 못 나갑니다."

사납게 받아치는 리안을 발견한 기사가 눈빛에 이채를 띠었다.

"민간인들을 강제 징집하신 자규께서 백성들을 선동하여 그들을 방패 삼아 학살당하도록 분위기를 조장하고 계십니다. 올리비에 왕하께서는 차마 그 백성들에게 검을 겨누지 못하여 잠정적으로 물러나 계신 상태입니다. 백성들은 전쟁과 연고가 없는 자들이기에 그들이 훈련받은 기사들과 병사들과 맞붙는다면 그것은 학살입니다. 그것을 막기 위해 도움을 요청하셨습니다. 지금은 수천의 사내들뿐이지만 시일이 지나면 전 엘올라의 백성들이 나서서 사지로 뛰어들게 될 가능성도 농후합니다."

"헌데…… 국왕 시해자가 왜 내 부군입니까? 아버지, 아니라고 하셔야지요."

리안의 떨리는 음성에 소겔가드 후는 말없이 찻잔만 내려다보았다. 애초에 리안이 알 일이 아니었다.

그녀가 휘청이며 벽을 짚고 서서 고개를 돌리자 기사가 설명을 이었다.

"국왕 전하를 시해한 금군 대장에게 작위를 내려주겠다 한 것은 자규 왕하이십니다. 에사렛타 왕비 전하와 세드로 저하를 북부 해협 규젤 만의 해적선에 팔아넘기려 하신 것 또한."

자신이 들은 이야기가 맞는 말인 것인가? 리안의 시선이 짓눌린 듯 바닥으로 떨어졌다. 짙은 갈색의 나무 바닥 위 붉은 카펫은 마치 핏빛처럼 일렁거렸다. 갑자기 속이 메스꺼워 입술을 가린 리안이 가까스로 말을 이었다.

아니었다. 그럴 리가 없었다.

"그럴 리가 없습니다. 그이는."

"사실입니다."

"리안, 나가라. 네가 알아야 할 이야기가 아니다. 데려가."

리안은 악 같은 고함을 내질렀다.

"그럴 리가 없잖습니까. 뉘사나는 제게 에사렛타 님께서 상심하시어 침거에 들어갔다 하였습니다! 어째서……!"

"허면 어째서 왕성에 계셔야 할 왕비 전하께서 지금 남쪽 성문 밖에 올리비에 왕하와 함께 계시는지 설명하실 수 있으십니까. 어째서 피노제의 대공 각하께서 그리도 분노하시어 올리비에 왕하를 도왔는지 설명하실 수 있으시겠습니까."

리안은 멍하니 입가로 가져갔던 손을 떨어뜨렸다. 아니라고 하십시오, 아버지. 아니라고요! 리안의 앙칼진 고함에 뒤늦게야 에드하인다의 기사들이 달려왔다. 그들 중엔 아넬라도 있었다.

아넬라는 소겔가드의 옷자락에 매달려 고함을 지르는 리안을 강제로 떼어낸 후 무작정 끌어안아 다독였다. 만삭이 코앞입니다. 이런 흥분은 좋지 않습니다. 뇌까리는 아넬라의 서글픈 목소리에 리안이 그대로 주저앉았다.

"거짓말이라고 해요. 이간질하려고 하는 거라고……."

"리안 님……."

이 모든 사태의 원인이 뉘사나에게 있다 인정하는 건, 그간의 모든 믿음을 부정해야 한다는 말과 상통했다.

소동을 들은 건지 느릿느릿 방에 이른 한 노쇠한 노인이 열린 문을 들으란 듯 똑똑 두드렸다.

"아버님, 어쩐 일로."

아넬라가 발갛게 충혈된 눈으로 에드하인다의 가장 웃어른을 향해 고개를 조아렸다.

"낮잠이나 좀 자려는데 저 아가씨가 떽떽 고함을 질러대는 통에 등이 간지러워 누워 있을 수가 있나."

팔자 주름이 깊게 패고 흰머리가 성성한 노인은 꿈쩍도 않고 앉아 찻잔만 내려다보는 소겔가드 후를 응시하며 턱짓했다.

"소겔가드, 내 며느리도 그렇지만 요즘은 계집 다루기가 참 쉽지가 않네그려. 나오시겠나? 이 코흘리개들이 다투고 있는 상황에 끼어들 생각은 없다만 얘기나 좀 나누지."

"설리번, 건강이 좋지 않다 들었네만."

설리번은 괴롭게 들리는 잔기침을 몇 번 하더니 느리게 몸을 돌렸다.

"그래도 네놈보다는 오래 살 테니 걱정 말게. 거기, 올리비에 왕하에게 가서 빨리 이 시끄러운 상황 좀 치워버리라 전해라. 원……."

주저앉은 리안을 스쳐 지난 소겔가드 후의 무거운 걸음이 옮겨졌다.

어찌 방으로 되돌아왔는지도 모르는 채 리안은 침대에 눕혀졌다. 아넬라가 옆에서 무어라 말하는 소리가 들렸지만 리안은 그녀의 말을 절반도 이해하지 못했다.

뉘사나는 알렉시스가 유스카리를 시해했다는 데에 진심으로 분노했다. 그게 전부였다. 그녀가 아는 건 사실 그것밖에 없었다. 나머지는 그저 무조건적인 믿음.

"안색이 좋지 않으시니 따뜻한 물 한 잔 내어오라 이르겠습니다."

그녀는 계속해서 떨어지는 눈물을 내려다보며 홀린 듯 중얼거렸다.

"들은 것은 잊으십시오. 태교에 좋지 않습니다."

뉘사나는 그런 사람이 아니었다. 국왕을 죽이고 왕비와 왕자를 해적들에게 팔아넘기는 그런 무도한 종자가 아니었다. 죄 없는 백성들을 인간 방패처럼 내세우려 하는 그런 자가 아니었다.

아넬라는 리안의 뺨에 흘러내리는 눈물을 손수건으로 찍어 닦으며 조곤조곤 말했다.

"리안 님, 이리 흥분하시면 안 됩니다. 자규 왕하께서 잘못된 선택을 하셨다는 건 사실이지만 그분이 나빠서가 아닙니다. 상황은 때때로 사람을 극단적으로 몰고 가니까요. 누구나 항상 선할 수는 없는 법입니다. 기로에 선 사람은…… 어떤 선택을 해도 이상하지 않은 거예요."

아넬라가 시종이 가져온 물 잔을 그녀에게 건네며 말했다.

"많은 이들이 죽겠지요. 이미 죽기도 했습니다. 그 상황에서 우리가 할 수 있는 건 몹시 적습니다. 지금 당장 손닿는 곳에 있는 이들을 지키는 것만으로도 벅차니까요. 리안 님께서는 소겔가드의 딸이십니다. 소겔가드는 늘 심지가 굳고 강강한 이들이라 했습니다. 태중 아이를 생각하시고 오늘 들은 이야기들은 잊으세요."

"아넬라, 당신에겐 이 일이 그리 가볍습니까."

리안의 충혈된 눈동자가 울분으로 넘쳐흘렀다.

"가볍지 않은 목숨들입니다. 하지만 자규께서 그리 하길 선택하셨고 올리비에 왕하께서 그리 선택하셨습니다. 또 두 분의 선택에 따른 것은 가신들과 백성들입니다. 누구의 잘못도 없습니다."

막 고함을 치려던 리안은 순간 배 속을 욱신 쑤시는 태동에 벌렸던 입술을 다물었다. 눈물이 주르르 떨어져 내렸다.

"그러면 아무도 잘못하지 않았는데 왜 일이 이 지경이 되었습니까."

"모든 선택의 합입니다. 우리 여자들은 믿고 기다리는 것 말고는 할 수 있는 게 없습니다."

흐느끼던 리안이 배를 감싸 몸을 웅크리며 간신히 뱉었다.

"아넬라, 당신이 보기엔 이 내란의 끝이 어찌 될 듯한가요."

"리안 님."

"솔직하게, 말해주세요. 전 지금 당신을 믿고 있습니다."

나쁘게 느껴지는 건 아니었지만 가뜩이나 동정심으로 가득 찬 아넬라에게는 충분히 교활하게 들리는 말이었다.

"……마음의 준비는 하셔야 할 듯합니다. 올리비에 왕하를 돕는 이들이 점차 모여들고 있습니다. 데바람에서도, 아라산에서도."

"지겠습니까."

"……"

"뉘사나가 패배하겠습니까."

"아마도. 저 역시 그러기를 바랍니다. 감히 송구하옵게도."

아넬라의 진솔한 대답에 리안이 눈꺼풀을 내려 닫았다.

그리고 닷새 후, 믿고 싶지 않았던 일은 결국 현실이 되어 그녀의 귓가에 다다랐다. 수많은 백성들의 부고와 엘올라 남부 수원에 독이 풀렸다는 이야기였다. 인형처럼 누워 천장을 올려다보던 리안이 헛웃음을 터뜨리며 울었다.

마지막으로 편히 잠들었던 때가 언제던가. 사실 그는 유스카리가 죽은 이후로 하루도 편히 잠들었던 적이 없었다. 죄책감 같은 싸구려 감정은 아니었다. 다만 언제 등줄기로 알렉시스의 칼이 날아들지 모른다는 사실, 그게 그를 심각한 불면증에 이르게 했다. 소겔가드를 점거당하고, 빼앗기고, 가장 두려워하던 루덴마저 코앞에 들이닥쳤다는 것을 알았을 때 그는 거의 잠을 포기했다. 베다시아가 사라지고, 제피언이 돌아오지 않고, 체자스 공이 죽었다. 스스로 소겔가드를 놓는 것조차 도구로 삼은 지금 그에게 남은 것이라고는 제일리 하나뿐이었다.

벌건 눈으로 누구도 없는 텅 빈 알현실의 옥좌에 앉은 뉘사나는 멍하니 고개를 젖혔다.

데바람까지 알렉시스의 뒤에 서 있었다. 원수국인 그놈들을 끌어들인 알렉시스의 선택은 비난받아 마땅할 일이었다. 하지만 지금 이 사태에 옳은가, 그른가를 판가름하며 정신력을 소모하는 건 몹시도 어리석은 짓이었다. 그는 한 걸음씩 멀어지는 왕위를 생각했다. 제 엉덩이 바로 아래 깔린 옥좌도 까마득히 먼 곳에 있는 것처럼 멀었다. 애초부터 닿은 적 없는 것처럼. 이상한 기분이었다.

하나씩 잃어버린 것과 남은 것을 세어보던 그의 입가에 섬뜩하리만치 차가운 웃음이 어렸다.

'형님은 왕재가 아닙니다.'

저주였다.

그러면 네놈은 왕재인 줄 아는가.

솔직하게 이제는 왕재가 무엇인지도 잘 모르겠다. 살아남은 자가 승리하는 세상이 아닌가. 대의명분이 무에 그리 중요할까. 백성들 몇 죽어 목적을 이룬다면 그것도 좋은 일이다. 그는 고개를 돌렸다. 텅 빈 왕비의 자리가 암암한 어둠에 잠긴 듯 보였다. 알렉시스의 손길이 닿을 만한 모든 곳을 다 뒤져보았지만 소겔가드와 리안은 발견되지 않았다. 마치 애초에 존재하지 않았던 것처럼.

이미 죽었나.

알렉시스는 충분히 그럴 만한 놈이었으므로 뉘사나는 자신의 망상을 그치지 않았다.

이제는 얻기 위한 싸움이 아닌, 잃지 않기 위한 싸움이 되었다.

솔직하게 그는 인정했다.

이건 미친 사람들이 제각각의 명분으로 그려낸 전란. 왕도를 무너뜨려서라도 저들을 죽이는 것만이 제 살아남을 길이라. 이용할 수 있는 건 모조리 이용해야 했다. 리안과 소겔가드마저 백성들의 여론을 끌어내는 도구로 전락시킨 치졸한 방편까지 쓴 이상, 더는 뒤돌아볼 것도 없었다. 죽더라도 함께였다. 알렉시스에게 빼앗기지는 않으리라. 그에게 중한 것은 이제 아무것도 없었다.

알렉시스는 뒤늦게야 레피스가 후방의 깊숙한 곳 의전병 막사에 개인 막사를 두고 치료를 받고 있다는 이야기를 들었다. 막사 안에 들어선 그의 낯빛이 잠시 밝아졌다가 이내 착잡하게 물들었다. 그는 레피스의 침상과 조금 떨어진 곳에 위치한 탁자에 걸터앉았다. 붕대로 감긴 레피스의 한 팔은 유독 짧아 보였다. 팔 한쪽을 잃고도 이 독종은 그대로 체자스 공의 흉부에 검을 박아 넣었다고 한다. 목숨을 부지했다는 것만으로도 크게 안심했지만, 이런 모습을 보니 죄의식이 밀려왔다. 위독한 상황은 벗어났다는 군의관의 말에 애써 표정을 풀고 레피스의 창백한 낯을 들여다보고 있으려니 속이 사포로 쓸린 듯 아려왔다. 레피스만 안타까운 건 아니었다. 애초에 목숨을 잃을 각오를 한 자들이 뒤엉키는 곳이 전장이 아닌가.

　차마 자리를 뜨지도 못하고 앉아 있으니 레피스의 눈꺼풀이 느리게 들렸다.

　"그 매 맞은 망아지 같은 낯짝은 뭡니까."

　퍼뜩 정신을 차린 알렉시스가 표정을 갈무리했다.

　"이거 참, 앓는 소리가 아니라 잔소리부터 하는군."

　레피스는 게슴츠레 뜬 눈으로 그를 바라보며 몸을 일으키려 했지만 알렉시스가 고갤 저으며 그를 눌렀다.

　"뭐 하러 일어나."

　"이제 알렉시스 님 호위 기사 노릇은 때려치우렵니다."

　"나야말로 사양이다. 팔 한쪽밖에 없는 놈을 뭘 믿고 내 호위를 맡겨."

그 말에 레피스가 픽 웃었다.

"그깟 팔 하나 없다고 해도 검 못 쥐는 것은 아닙니다만."

"나 참, 형님이 이리 만들었나?"

"자규께 달려들고도 목숨은 부지했으니 기뻐할 일이지요. 팔 하나랑 체자스 공의 목숨이랑 바꿨다고 생각하면 몹시 저는 기쁩니다."

레피스답긴 했지만 적어도 외팔이가 된 데에 울분이라도 토할 법했는데, 그는 평소와 다름없었다.

"상황은 어찌 되고 있습니까?"

"형님이 백성들을 선동해서, 그들을 방패 삼아 우리를 밀어내고 있다."

레피스가 그 말에 눈을 크게 떴다.

"……그게 무슨 말입니까? 민간 백성들까지 끌어들였다는 겁니까? 말도 안 됩니다. 학살입니다, 그건."

"뭐, 그래. 갈 데까지 간 거지. 그래서 우리도 지금 난감해 하고 있어. 그리고 지금 지스카르 헨솔이 이 진영에 있다."

레피스가 침음성을 흘렸다.

"그자는 왜 여기까지 데려왔습니까?"

"솔직하게 말해?"

"그럴듯하게 먼저 말해보시죠."

"어차피 데바람의 지원이 있을 거라면 그들을 더 효과적으로 즉각 운용할 수 있는……."

"지루합니다. 솔직하게는요."

레피스의 잠긴 음성에 떨떠름하게 웃던 알렉시스가 툭 뱉었다.

"제르를 데려가려 하잖아."

"……미쳤습니다. 다 미쳤어. 그냥 미친놈들투성이지. 내가 일어나면 네놈 뒤통수부터 갈길 겁니다. 뒷머리 씻고 기다리십시오."

레피스의 폭언에 가까운 사나운 음성에도 알렉시스는 언짢은 기색 없이 웃기만 했다. 한참 후에야 그가 사과했다.

"미안하다."

레피스가 막 무어라 대꾸하려던 찰나였다. 막사 밖이 소란스러워졌다. 알렉시스는 레피스에게 얌전히 있으라 지시한 후 느릿느릿 막사 밖으로 나갔다. 그때 이곳저곳을 헤매듯 고개를 빠르게 두리번거리며 "알렉시스는 어딨어!" 소리치던 제르의 모습이 보였다. 표정을 보니 좋은 의도로 찾는 게 아닌데도, 그녀가 자신을 찾는다는 생각에 괜스레 기분이 좋아진 알렉시스가 터벅터벅 걸어갔다.

"왜 그렇게 애타게 날 찾아?"

"당장 전 군사들에게 물을 마시지 말라고 해!"

"왜?"

제르는 가타부타 말없이 들고 있던 물그릇을 그의 코앞에 들이밀었다. 영문을 몰라 눈만 깜빡이고 있으니 제르가 답답하다는 듯 소리쳤다.

"모르겠나!"

"대체 뭐가."

"아무리 무감초가 무미무취의 독이라고는 하지만 풀 내음쯤은 너도 맡을 수 있을 것 아냐!"

제르는 거의 발작하는 사람처럼 소리쳤다. 그녀의 말을 듣고 보니 물에서 평소와는 다른 청량한 내음이 나는 것도 같았다. 하지만 알렉시스는 무감초, 푸링귀라고 단언하는 제르를 이해하지 못하고 잠깐 멈칫했다가 곧 깨달았다.

그녀는 푸링귀를 먹으면서 버텨온 여자라고 했다.

제르가 눈을 부릅뜨며 명령했다.

"내 말 들어라. 누구인지는 모르겠지만 독에 절었다, 이곳 물은."

알렉시스의 몸이 서서히 굳어졌다. 엘올라와 분리되어 있긴 하지만 이 근방의 물길은 엘올라를 휘두르는 하나의 수원에서 난 지하수를 우물로 퍼 올리고 있었다. 게다가 구하기도 힘든 무감초 독이 느닷없이 자연적으로 풀릴 리가 없었다.

일순간 알렉시스는 자신이 마지막으로 물을 마신 것이 언제인지 떠올렸다. 직후 온몸을 뒤덮는 소름에 소리쳤다.

"당장 우물을 막아. 성도 근처에 있는 병사들에게도 어제 오전 이후에 길어 올린 물들은 전부 내다 버리라고 해!"

그러나 제르의 제보로 최대한 빠르게 대처했다 생각했지만 피해자는 이미 속출한 후였다.

어느 누구도 갑자기 수원에 푸링귀라 불리는 마비초가 대량으로 풀린 이유를 알지 못했다. 수원에 풀린 독은 알렉시스가 주둔하던 남문 앞의 둔영에서는 미미한 피해로 그쳤지만 소식을 비교적 늦게 접한 피노제와 베이하크 등, 왕도 외곽 인근에 포진하고 있던 산하 사병들에게는 극심한 피해를 끼쳤다. 성 안에서도 마찬가지였다. 엘올라 북부 수원에서 물을 길어다 쓰는 이들을 제외한, 나머지 엘올라 서부와 남부 물길을 통해 식수를 공급받던 백성들이 하나둘씩 쓰러졌다. 그런 소문이 돌기 시작했다. 알렉시스 테피온이 성을 무방비 상태로 만들기 위해 독을 풀었다고. 그쯤 되자 이제 알렉시스의 입장에서는 기가 찰 따름이었다.

아무리 우매하다고는 하지만 제 군사들이 먹을 물에 독을 풀 수괴가 어디 있단 말인가. 그러나 한번 굳어진 민심은 그대로 알렉시스를 향한 분노로 되돌아왔다.

'형님의 짓이다.'

나흘째가 되고 나서야 알렉시스는 확신했다.

그전까지는 혹시나 했다. 아무리 정신이 나갔다고 해도 엘올라 백성 수만 명이 사용하는 물길에 독을 탈 리가 없다고. 하지만 뉘사나는 보란 듯이 왕성 북부의 우물을 전 엘올라의 백성들에게 제공해주었다고 했다. 백성들을 사랑하는 왕의 관대함으로 보일 만큼 침착하게.

군사들은 지난 며칠간 미리 비축해두었던 수통을 열어 버렸다. 몇몇 이들은 먼 곳까지 달려가 물을 길어 와 버렸다. 하지만 군의 두수가 수만에 이르는데 그들을 모두 충족시킬 만한 양의 물을 길어 오는 건 거의 불가능에 가까웠다. 근처에서 찾을 수 있는 수원이라고는 좁은 개울, 아니면 뉘사나의 영향력이 명백한 동부 장원 일대. 사태가 이쯤 심각해지자 혹시 모를 전투에 대비해 곳곳에 흩어져 있던 수뇌급 간부들이 죄 남문으로 모였다.

엉성하게 지어진 회의 막사는 곧 아르노만, 루덴 공, 베이하크의 대리인, 제르, 지스카르, 그리고 알렉시스와 몇몇 휘하 장수들로 꽉 찼다.

"……다행스럽게도 우리 진영에선 일찍 눈치 챈 덕에 큰 피해는 없었지만 아시다시피 수원이 차단되었습니다. 전투에 있어서 보급 물자 식량, 수원 등이 차단되면 얼마나 일이 커지는지 다들 아시겠지요. 지금까지는 남부에서 발견한 개울과 작은 샘에서 간간이 조달하고는 있지만 모든 수요를 채우기가 힘이 듭니다. 게다가 물을 얻어 오자고 군사들을 다수 차출하면 이쪽이 불리해집니다. 자규가 바라는 게 그것일지도 모릅니다."

바로 어제 새벽까지 근방의 영지를 주회하고 돌아와 쪽잠도 제대로 이루지 못했다는데도, 루덴 공은 피로한 기색 없이 정리했다. 알렉시스는 그가 너무 틀에 박힌 사람이라 생각해 좋아하지는 않았지만 이럴 때는 확실히 도움이 되었다. 미덥다고 하는 게 옳았다. 말없이 팔짱을 끼고 있는 아르노만에게 한 번 눈길을 준 알렉시스가 덧붙였다.

"물은 식량만큼이나 중해. 지금 이 상황에서 전투는 아예 불가능하다. 물이 자정 작용을 해서 언제 정화될지도 모른다던데. 인근에 커다란 수원을 두고 있는 곳이 몇 군데나 있지? 시일이 조금 지체된다고 해도 어쩔 수 없으니."

"시일이 지체되면 우린 떠나야 한다."

지스카르가 찬물 끼얹듯 하는 말에 알렉시스가 서늘히 표정을 굳혔다. 순식간에 분위기가 냉랭해지자 루덴 공이 둘 사이를 중재했다.

"이해합니다, 헨솔 님. 하지만 지금은 아직 그 정도의 상황은 아닙니다. 대책을 논의하는 자리라는 걸 잊지 말아주십시오. 우선 엘올라 북부의 니로령이 있지만 자규 왕하를 따르는 곳입니다. 더 남부로 닷새쯤 내려가면 체세이라 강의 중류가 나옵니다. 하지만 한 번 물을 길어 와 몇 만이 되는 군사들을 장기간 버티게 하려거든 상당한 병력이 필요할 것이고 넉넉잡아 보름은.”

“사병을 움직여 우리에게 물을 제공해줄 수 있을 만한 이들은?”

알렉시스의 물음에도 딱히 바로 생각나는 이가 없었던 터라 루덴이 입을 다물자 지스카르가 긴 한숨을 내쉬었다.

데바람에서 오는 군사들이 4만을 넘는다. 비전투원까지 셈하면 5만에 이를 것이다. 만일 적재적시에 식량과 식수를 제공받지 못한다면 지스카르는 지금 당장이라도 떠나야 했다. 아르노만이 말을 더했다.

“자금적인 문제도 있소이다. 부동 자산을 바로 옮기기엔 상황이 여의치 않소. 못해도 자산을 현금화하는 데 열흘, 물을 제공해줄 만한 이들을 찾고, 또 그들과 거래를 트는 데엔 얼마나 더 걸릴지 모르는 일 아니외까. 알렉시스 님이 국왕 시해자로 몰린 마당에 누가 선뜻 나서서 알렉시스 님을 위해 움직여줄지도 미지수라 봅니다.”

회의 막사는 끔찍할 정도로 적막한 고요에 빠졌다.

가만히 듣고 있던 알렉시스가 침묵 끝에 말했다.

“그래, 맞는 말이군. 군사 문제뿐만이 아니라 자금 문제도 있다는 거지. 릴카인, 마저 말해봐라. 강의 중류보다 더 가까운 영지는 없나?”

“듣기로는 동남부 일대로 조금 더 남하하면 제법 큰 수원이 있다 했습니다. 히나 백작령이 그곳을 점하고 있지요. 하지만 그곳은…….”

더 들을 것도 없었다. 알렉시스가 제 가문을 기둥째로 뽑아 갔다며 그에게 이를 가는 소블란의 영향권이었다.

침묵으로 그들을 착석하게 했던 제르가 싸늘하게 말했다.

“안 된다는 말밖에 못 하나. 물이 없으면 모두 죽는다.”

“푸링귀는 꽃이 해독한다고 하지 않았나? 차라리 인근 도시의 약재

상에 가서 푸링귀 꽃잎을 사다가 다시 수원에…….”

“그렇게는 효과가 작용하지 않아, 알렉시스.”

제르가 단언했다.

“……하지만 해독 효과가 있는 꽃잎이라면.”

“내 말을 믿는 게 좋을 거다. 차라리 물을 먹고 전신 마비가 되기 직전에 해독물을 처먹이는 게 더 낫겠지. 궁금하다면 해봐. 네 군사들의 목숨을 가지고.”

자리를 가리지 않는 신랄한 비아냥에도 불구하고 그녀는 가장 먼저 이 상황을 간파해낸 사람이었다. 독초에 관해서는 약초에 일가견이 있는 군 내부의 이들도 그녀에게 동의한 바였다.

“그래. 네 말이 옳다 믿는다. 그럼 깨끗한 물을 찾는 방안으로 초점을 맞춰보지.”

애써 괜찮은 체하지만 상황은 막막하기만 했다.

쇠칼이라도 씹은 양 눅눅하고도 비린 것이 입안을 맴도는 듯했다. 회의는 그 말을 마지막으로 교착 상태에 빠졌다. 누구도 묘안을 낼 수가 없었다. 이대로 가다간 데바람의 원군은 모조리 돌아갈 것이고, 알렉시스를 따르는 나머지 수만 군사들도 불안에 자멸해 무너지게 될 가능성이 컸다. 가장 기본적인 식량과 식수를 제공하지 못하면 필경 그리 된다.

그때 막사의 휘장이 걷히며 레피스가 모습을 드러냈다.

멀쩡한 팔로 들어 올린 휘장 너머로 왠지 모르게 평소보다 요란한 차림의 기사들이 언뜻 눈에 비쳤다. 쏟아지는 햇빛에 눈살을 찡그리던 알렉시스가 곧 레피스를 향해 타박했다.

“레피스, 회복될 때까지 너는 쉬고 있으라고 분명히 명을…….”

"나오셔야겠습니다."

"회의 중이야."

레피스는 침통한 얼굴로 착석한 이들을 쭉 훑더니 핏기 없는 얼굴로 설핏 입꼬리를 올렸다.

"답 없다는 얼굴 빤히 보입니다. 나오십시오. 보시면 알 겁니다."

레피스의 말대로였다.

밖으로 나온 알렉시스는 둔영 한가운데에 기사단을 이끌고 나타난 방문객을 발견하고 놀람을 감추지 못했다. 뒷짐을 진 채 연신 주위를 둘러보는 뚱땡이 너구리같은 남자. 익숙했다.

"아이고! 왕하아아, 그간 건강하셨습니까?"

그가 반기며 손목 장신구며 온통 휘황찬란한 것들로 무거워 보이는 투박한 손을 내밀었다. 그때까지도 이 상황이 뭔지 이해하지 못하고 어처구니없는 얼굴로 레피스를 돌아보던 알렉시스에게 레피스가 건방지게 한마디 한 후 돌아갔다.

"제가 들였습니다. 피곤하니 저는 들어가보지요."

헛웃음이 새어나왔다.

그들을 찾아온 건 소블란이었다. 알렉시스는 예상치 못한 상황에 몹시 놀랐지만 놀라지 않은 체 담담히 그의 손을 맞잡았다. 머리끝부터 발끝까지 온갖 비싼 물건들로 도배를 한 그는 여전히 능글맞았다.

"아이고, 여기 피노제의 각하도 계셨습니까. 루덴 각하도 계시고. 몰랐습니다. 다들 변고 없으신 걸 보니 이 마음이 얼마나 편해지는지 모르겠습니다.”

계산적인 늙은 너구리가 모르고 왔을 턱이 있나.

아마 이곳에 대해 누구보다도 열성적으로 조사한 후 걸음을 했을 것이 뻔했다. 조금 과장해 소블란이 이 둔영 일대에 개미 새끼가 몇 마리 있는지 안다 해도 누구도 대놓고 반박하지 못할 것이다.

“가을 햇살이 제법입니다? 어디 들어가 이야기할 수 없겠습니까?”

그렇잖아도 번쩍번쩍 눈이 부셔서 알렉시스 역시 불편하던 차였다.

막사 앞에 바로 서 있던 아르노만이 헛웃음을 지으며 몸을 돌려 회의 막사로 되돌아가는 모습에 알렉시스 역시 고개를 끄덕였다.

“아시지요? 제 딸아이가 좀 모자랍니다. 그래서 사고도 거하게 쳤고, 그런데 말입니다, 그래도 제 새끼라고 눈에 넣어도 아프지 않을 딸이란 말입니다? 그런데 제 딸애가 지난밤에 픽 쓰러지지 뭡니까? 의원을 불러보니 독을 마셨다고 하더란 말입니다. 이게 웬 말이랍니까. 엘올라에 독이라니.”

생각보다 훨씬 심각한 모양이었다. 귀족가의 사저까지 독을 탄 물이 흘러들어갈 정도라면.

“라니는 괜찮나?”

“염려해주신 덕에요. 뭐, 어찌 돌아가고 있는 상황인지 몰라 다른 분들은 괜찮은가 싶어 한 번 인사나 드리러 왔습니다.”

아르노만은 너무나도 넉살 좋은 소블란 후의 음성에 결국 소리 내어 웃기까지 했다.

루덴 공도 어처구니가 없다는 듯 소블란 후를 바라보았다. 라니의 친부라는 저 너구리 같은 남자가 이런저런 이유로 찾아왔다 늘어놓는 말은 하나같이 애매하게 한발 빠져 대화를 주도하는 화술이었다.

제르는 새삼스럽게 라니의 뻔뻔함이 하늘에서 떨어진 것이 아니라는 걸 깨달았다. 못해도 라니보다 구렁이 백 마리는 더 배 속에 숨겨놓고 있을 것 같은 남자였다.

"뭐, 백성들이 쓰러졌다는 얘기가 며칠 전부터 들리긴 했습니다만 요즘 상황이 영 그렇지 않았습니까? 저도 마찬가지로 신경 쓸 정신이 없었지요. 근데 이리 되고 나니 어찌…….."

라니까지 그렇게 되고 나자 소블란 후는 이 상황이 얼마나 지독하게 흘러가고 있는지 깨달았다. 하여 혼절의 원인을 규명하기 위해 몇몇 이들을 움직였는데, 반나절도 지나지 않아 그런 소문이 돌았다.

"알렉시스 님이 수원에 독을 탔다더군요."

"내가 그랬다? 그것을 믿는다면 나를 만나러 오진 않았겠지."

알렉시스가 욱하는 기분을 이기지 못하고 빈정거렸다. 소블란 후는 해맑게 웃으며 고개를 끄덕끄덕끄덕끄덕 주억거렸다.

"아하이고오오! 그렇지요. 제가 알렉시스 님을 한두 해 알아온 것도 아니고요."

인중부터 시작되어 둥글게 기른 거뭇한 수염에 그의 웃음이 더없이 너구리처럼 보였다. 제르는 상황에 맞지 않게 짧게 웃었다가 곧 헛기침으로 마무리했다. 이 심각한 자리에 저 귀족이 한 명 더해진 것뿐인데 분위기가 몹시 부드러워졌다.

그리고 소블란은 왕도에서 제일가는, 아니, 카르시타에서 제일가는 갑부 귀족이었다. 누군가는 상업에 치중되어 있는 그들의 부의 근원을 천하다 비웃기도 했지만 소블란은 돈이면 다 된다 믿는 이들.

"그래서? 에두르지 말고 이쯤 했으면 이곳까지 찾아온 이유를 확실히 말해주겠나?"

　아무런 속셈 없이 알렉시스를 찾아왔을 리는 없었다. 소블란은 새침하게 표정을 지운 후 괜히 무게를 잡았다. 사실 그는 뉘사나가 백성들을 강제 징집하기 시작했다는 소문이 돌던 그 시점부터 모든 계산을 끝마친 후였다. 왕실의 낡은 검을 들고 싸우는 백성이라니, 돈 앞에선 한없이 치졸해지는 소블란의 눈에도 뉘사나는 최악의 수를 내밀었다.

　소블란 후의 어휘를 빌어보자면, 뉘사나는 맛이 갔다.

　소블란 후의 귀여우리만치 큼직한 눈동자가 아닌 체 알렉시스와 아르노만을 번갈아 살폈다.

　"참괴하기만 합니다. 왕도에서 얘길 듣는데 얼마나 무서운지."

　사태가 이쯤 악화되었으니 줄을 서려면 더 늦지 않아야 했고, 결국 그는 고민에 고민을 거듭한 끝에, 미친 뉘사나보다는 알렉시스와 아르노만을 선택했다. 그러나 바로 움직이지 않은 것은 준비 시간이 필요했기 때문이다.

　또, 알렉시스와 아르노만 둘 중 어디에 붙어야 할지 정하지 못했기 때문이기도 했고. 소블란 후의 눈동자가 슬그머니 그의 왼편에 앉은 깡마르고 성질머리 더러워 보이는 여자에게 향했다.

　"헌데 이분이 제이하이 왕하이십니까?"

　제르는 눈을 살짝 치켜떴다가 다시 평소의 무덤덤한 낯으로 돌아왔다.

　'……호오.'

　직접 보고 나니 확실히 그럴듯해 보였다.

　사실 그의 빠른 결단에 가장 큰 영향을 끼친 건 라니였다. 하나뿐인 딸이 독을 마시고 실신한 것도 있지만, 그보다는 세드로에 관한 비화가 큰 도움을 주었다.

라니의 말에 의하면 알렉시스만이 이 왕가의 유일한 적통이며 세드로의 실각은 기정사실. 이 기회에 지난번 라니와의 파혼 이후 완전히 틀어진 사이를 개선하는 것도 나쁘지 않으리라.

"이제 우리 안부를 확인했으니 물러가시려는가."

웃음기를 지운 아르노만이 느릿하게 물었다. 소블란 후는 마치 못 들을 말을 듣기라도 한 사람처럼 몸을 흠칫 떨며 과장된 음성으로 말했다.

"아니, 이리 오랜만에 뵈는데 만나자마자 박대십니까?"

"상황이 대접하기 여의치 않군."

"뭐, 이해는 합니다. 헛헛헛."

배 속까지 간지러운 너구리의 웃음이었다.

"세상 각박하지. 왜 이리들 차가우십니까. 저는 겸사겸사 안부도 전할 겸, 우리 사이도 재조명할 겸……."

확실한 조력의 의미에 알렉시스의 얼굴에 비로소 안도와 조금 닮은 비웃음이 떠올랐다.

"대가 없이 돕겠다는 것은 아니겠지. 내가 그대를 알아온 게 몇 년인데."

소블란 후가 짜리몽땅한 손가락을 들어 짧은 턱수염을 당겨 튕기는 시늉을 했다.

"뭐…… 대가라기보다는 굳이 주시겠다면, 예이, 굳이 주시겠다면 예전 위자금으로 왕하께 드린 것들을 좀 돌려받았으면 하는 자그마한 소망이……."

라니가 다른 남자와 눈이 맞아 파혼한 후, 알렉시스에게 빼앗긴 건

농담으로라도 가벼운 것이 아니었다. 그때 빼앗겼던 어마어마한 자금이 아라산으로 흘러들어갔다는 것 또한 잘 알고 있었다. 시간이 꽤 지났으므로 얼마나 남았을지는 모르겠지만 남은 거라도 있으면 되찾고 싶다는 바람이 간절했다. 그러나 분명 그 일은 소블란이 딸을 제대로 단속하지 못한 데서 생긴 불상사. 막사 안에 모여 있던 이들은 모두 알렉시스의 노여움을 상상하며 침묵했다.

하지만 알렉시스는 삐딱하게 턱을 괴더니 이내 시원하게 답을 내놓았다.

"좋아. 원하는 대로 다 가져가."

그제야 언제고 발 뺄 준비를 하듯 교묘하게 이야기를 진행하던 소블란 후가 손뼉을 짝 치며 말했다.

"거래 성사군요. 왕하를 돕게 되어 기쁩니다."

알렉시스는 무표정하게 이 영문 모를 상황을 바라보는 지스카르에게 힐끗 시선을 준 후 개구지게 입꼬리를 끌어올렸다.

"하지만 아마도 자네가 분투해야 할 것이다. 지금 우리 군은 3만이 조금 안 되지만, 엘올라의 남은 백성들에게도 물을 공급해야 하고, 곧 도착할 데바람의 군대에도 맑은 물을 제공해야 한다."

흐익? 소블란 후는 뒤늦게야 지스카르를 발견하고 눈을 함지박만 하게 떴다.

"데, 데바람의 군대요?"

"지스카르 헨솔이다. 하지만 지금은 그다지 통성명이 중요치 않겠군. 데바람의 군대는 곧 이쪽으로 와 이자의 명령에 움직이게 되겠지만, 원군이다."

"흐익! 지스카르 헨솔? 아니, 아, 아니. 그보다 데바람 군사들이 국경을 넘어온단 말입니까?"

"그래. 설명할 시간 없으니 답부터 내놓아라. 수가 꽤 되니 온 일대의 물을 모조리 사들여도 오래 버티지 못할 거야. 소블란 후작, 그래도 할 수 있겠나?"

알렉시스가 도발하듯 물었다.

애초에 물을 사고파는 일은 거의 없으나, 약간만 값을 쳐준다 하면 그에게 판매하려는 이들이 줄을 설 것이다. 정치적으로는 반쯤 몰락한 상태지만 재정적으로는 누구보다 풍족한 소블란에게 줄을 대려는 상단이 널리고 널렸다.

다만 예상되는 군의 수가 상상을 초월했다.

이건 기둥뿌리가 뽑히는 정도가 아니라 온 집안이 흔들릴 만큼 거대한 액수가 오가는 이야기였다. 싼 값으로 얻어낼 수 있는 물이라지만 대체 얼마나 오랫동안 그들에게 물을 제공해야 할지도 확실하지 않은 상황. 바로 건너편에 앉아 있는 남자가 데바람의 '그' 지스카르 헨솔이라는 얘기에 놀란 듯 입술만 뻐끔거리던 소블란 후는 이윽고 뻐근한 턱을 꾹꾹 주무르며 의기양양한 얼굴을 했다.

"뭐, 다들 아시겠지만 돈에 관해서라면 피노제 각하도 울고 간다고 했습니다."

"누가 그런 소릴."

아르노만이 못마땅한 듯 핀잔을 놓았다. 그러건 말건 소블란 후는 싱글거리며 온갖 보석이 박힌 반지가 덕지덕지 빛나는 손가락을 들어 보였다.

"카르시타에서 가장 유동 자산이 많은 가문이 어디입니까? 수십 개의 상단이 벌어들이는 돈이 죄 흘러들어오는 곳이 어디랍니까? 팔라면 하늘도 잘라다 팔 수 있다고 하는 가문 말입니다. 자금 유통과 전국의 모든 유통로를 손금 보듯 꿰고 있는 가문이."

자화자찬이 지나치면 웃음도 나지 않는 법이라.

기가 질린다는 얼굴로 눈살을 찡그리는 이들 사이에서도 홀로 해맑게 웃는 건 나잇살 먹은 너구리 한 마리였다.

"바로 우리 소블란 가문이 아닙니까."

소블란의 갑작스러운 조력에 식수 문제는 눈 깜짝할 사이에 해결되었다. 그가 요구한 건 고작 닷새였다. 그 정도면 오히려 믿기지 않을 정도의 속도라 다들 손해 볼 것 없다는 마음에 그러마 했다. 또한 그들은 뉘사나가 독을 풀고 그들이 쓰러질 것을 기다리고 있을 거라는 판단 하에, 여유를 두지 않고 빠르게 움직이는 것이 더 좋다는 판단을 내렸다.

그들은 우선 왕도로 되돌아가기 위해 백성들의 원성을 가라앉힐 필요가 있다는 데에 이견을 두지 않고, 에사렛타에게 도움을 청했다.

지스카르에게 있어 저들의 긴장감은 지루하고 불안한 시간의 일부였다. 엉성하게 지어놓은 막사촌을 벗어나 반쯤 허물어진 엘올라의 유서 깊은 성벽을 올려다보며 새삼스러운 감정을 느끼지 않았다 하면 거짓이리라. 그 오랜 데바람과의 싸움에 있어서 단 한 번도 엘올라는 저렇게 참혹하게 무너진 적이 없었다. 사실 데바람 인들은 엘올라의 지근거리에도 이르러본 적이 없다는 말이 더 옳았다.

기묘한 욕구가 기저에 깔린 안개처럼 자욱하고 촘촘하게 그를 갉았다. 몇 시간이고 그리 서서 무너지는 적국의 성벽을 바라보던 지스카르는 아쉬움을 뒤로한 채 고개를 돌렸다. 그는 비로소 알렉시스가 제 뒤에 서 있다는 것을 깨달았다.

"실례."

간결하게 말한 후 그대로 몸을 돌리는 지스카르에게 길을 내어주며 알렉시스는 눈으로 그의 뒷모습을 쫓았다.

'너는 내게 필요하다.'

그 역시 잘 알고 있을 터. 하지만 그가 생각하는 의미의 필요와 제 계획 끝의 필요가 같은 의미일 거라곤 생각지 않는다. 알렉시스가 단 한 가지 확신하는 것은 그 또한 자신만큼이나 제르의 그림자에서 벗어나지 못하고 있다는 것뿐이다. 어떤 사연인지는 물을 생각도 없고 묻고 싶지도 않았다. 다만 그들의 사연이 제게 도움이 된다면 지금은 제르와 그가 한 진영에 있다 해도 참을 수 있었다.

알렉시스는 조금 전 지스카르가 보고 있던 무너져 내린 성벽으로 시선을 돌렸다.

얼마간 그리 보고 있는데 익숙한 목소리가 그의 상념을 일깨웠다.

"늦은 시간인데 예서 무얼 하고 계셨습니까? 왕하."

"루덴 공, 그대야말로 오늘 피노제의 군 제대를 대신 지휘해 성문 근처에서 대기하겠다지 않았나?"

"아직까지는 잠잠합니다. 여유 부릴 때는 아니지만 여유가 생겼습니다."

"듣던 중 반가운 소식이네."

알렉시스는 제 옆에 나란히 선 루덴 공을 불편한 듯 곁눈질했다. 솔직하게 알렉시스는 루덴 공이 피노제의 대공보다 더 꺼림칙했다. 예전부터 괴팍하다 소문이 나기도 했지만 속으로 무슨 생각을 하고 있을지, 데바람과 합작하여 카르시타를 흔들려는 건 아닌지 아직도 약간은 의심하고 있었으므로. 물론 그걸 입 밖에 낼 만큼 어리석지는 않다.

"왕비 전하께서는 기꺼이 백성들 앞에 나서서 사건의 진상을 규명하실 의사를 표하셨습니다."

"숙모님께도 다녀왔나? 여유가 꽤 넘치나 보군."

"공무로."

"뭐…… 숙모님께서 도와주신다면야 괜찮겠지만. 지금 귀가 열린 이들이 몇이나 될까. 게다가 숙모님을 형님의 영향권 한복판에서 노출시키게 되면 그 뒷일이 상상이 가질 않는데."

"그래서 저도 일단 재고하겠다고 말씀드렸습니다. 이 정도는 월권은 아니겠지요. 그러나 자규 왕하보다는 에사렛타 왕비 전하께서 위험해지시거나 자칫 우리 손 밖으로 벗어나시게 되었을 경우가 더."

"그러면 아르노만이 우릴 배반할 테니까."

주저 없는 대답에 루덴이 입술을 다물었다.

"어쩔 수 없어. 기필코 숙모님과 세드로는 지켜내야 한다. 숙모님은 진상을 제대로 아는 백성들을 납득시킬 수 있는 유일한 사람이다. 물론 지금 시점에서는 백성들에게 어떤 말을 한다 해도 믿음을 사기는 어려울 거야. 내가 세상에 둘도 없는 극악무도한 인간이 되었으니. 나라도 안 믿을 얘기니까."

"……왕하."

"흠, 극악무도하다…… 라. 딱히 틀린 말도 아니군."

알렉시스가 제법 마음에 든다는 듯 반복해 뇌까렸다.

그런 알렉시스를 향해 루덴 공이 무어라 입을 열려던 찰나, 알렉시스의 벼린 듯 날카로운 음성이 무딘 음조를 뒤집어쓰고 날아들었다.

"그러고 보니…… 멋대로 제르와 세드로를 데바람에 팔아넘긴다는 약조를 했다지?"

지스카르와 알렉시스가 함께 나타났다는 얘기를 들었을 때, 언제고 화두에 오르리라 여겼던 이야기였으므로 루덴 공은 당혹하지 않고 답했다.

"어차피 세드로 저하를 죽이지 않는 길은 그것뿐입니다. 또한 애초에 데바람 여자의 자식입니다. 데바람으로 돌아가는 것이 나쁜 일은 아니지요. 게다가 데바람을 움직이려면 방도가 없었습니다."

"나는 그녀를 내놓을 생각이 전혀 없는데."

"왕하, 사사로운 정은 버리셔야 합니다."

"그 사사로운 정을 버리고 나니 형님은 미치광이가 되어 저런 만행을 저지르고 있지 않나?"

"애초에 그분은 왕의 그릇이 아니셨던 것뿐입니다."

"그럼 나는?"

알렉시스가 조소했다.

"나는 나라를 담을 그릇으로 보이던가? 그대는 솔직하게, 나를 잘 모르잖아?"

늦가을 밤의 찬 공기에 섞여 사라지는 질타에 루덴 공은 묵묵히 고갤 조아렸다.

"사담은 이쯤 하지."

알렉시스가 잠시 생각을 정리하는 듯 침묵하다가 말했다.

"내일, 왕비 전하를 모시고 엘올라 안으로 들어가 진상을 만백성들에게 공포하는 과정에 차질이 없도록 만전을 기해라. 새벽, 동이 트고 바로 간다."

"예. 하지만…… 괜찮겠습니까?"

"이런 상황에서 도박은 하기 싫지만 급한 불을 끄는 게 우선이니까. 전부다 믿지는 않는다 해도 상관없어. 약간의 의심, 그거면 충분하다. 아르노만 역시 동의할 거야."

"당부 받잡아 만전에 만전을 기하도록 하겠습니다. 이제 성문을 수비하느라 지친 군사들이 교대할 시간이니 먼저 물러나겠습니다."

"그래."

알렉시스는 덤덤한 목소리로 답했다. 루덴이 다섯 걸음쯤 움직였을 때, 알렉시스가 돌연 그를 향해 물었다.

"그런데 릴카인, 만일 내가 형님 못지않게 정신 나간 짓을 한다고 하면 어쩔 텐가? 그때 가서 나 또한 재목이 아니었다며 칼을 들이댈 건가?"

루덴 공의 움직임이 멈췄다.

"무슨 말이십니까?"

"말 그대로. 공에 대한 소문은 익히 들어 알지. 핏줄에 그리도 연연한다지. 정작 제 가문의 핏줄은 그다지 신경 쓰는 것 같지 않지만 말이야. 어쨌든 알고 보니 내가 그런 사내였다면 어쩔 텐가?"

"그럴 리가 없습니다. 이 땅을 아끼는 왕이 되실 거라 믿습니다."

고민할 것도 없다는, 신뢰 가득한 대답이었다. 물론, 그 신뢰는 알렉시스에게 향한 것이 아닌 그의 혈통을 향한 신뢰였다.

"······그리고 설사, 그렇다고 해도······ 전 그저 카르시타의 평화를 위해 힘쓸 뿐입니다."

"그래, 그 정도면 나쁘지 않겠지."

하늘에 뜬 건 반달이었다. 알렉시스는 고개를 젖혀 시커먼 구름에 가려진 달을 눈에 담았다.

스스로가 혐오스러워 견딜 수가 없었다. 그대로 막사로 되돌아온 알렉시스는 무작정 술을 들이켰다. 이 상황에서 술이나 퍼 마시고 있을 수는 없다 잔소리할 레피스도 없으니 그야말로 자유로웠다. 그렇지만 자유를 한 모금씩 목구멍 안으로 흘려 넘길수록 그는 더욱더 갑갑한 사슬에 죄어드는 기분이었다. 무엇이 왕이냐. 무너진 뉘사나를 보기 전부터도 늘 생각했던 것이었다. 숙부. 그의 숙부는 참 좋은 왕이었다. 비록 제 자리를 빼앗아 간 자였지만 그는 분명 좋은 왕이었다. 저지르지도 않은 짓으로 수만 백성의 미움을 사게 된 지금, 그는 억울하기도 억울했다.

'멍청한 녀석들.'

잘 모르니 우자라. 그들을 탓할 일은 아니었다. 하지만 무턱대고 뉘사나를 맹신하는 그들이 한심하다는 생각은 그칠 수가 없었다.

얼마 후, 독이 든 줄 모르고 물을 마셨던 병사들 중 일부가 속속 깨어나기 시작했다는 보고가 들어왔다. 백성들도 곧 정신을 차릴 것이다. 하지만 그보다 알렉시스는 며칠 무기력하게 누워 시간을 보내는 것으로 무감초 독을 견뎌낸 제르가 더 안타까웠다. 모두의 목숨이 같은 저울 위에서 공평하게 수평을 이루고 있다고는 하지만, 사실 누구보다도 그녀가 안타까웠다. 그래서는 안 되는데.

알렉시스는 어느새 텅 비어버린 술병을 멀거니 응시하다가 신경질적으로 내동댕이쳤다.

'보고 싶다.'

취하고 나니 드는 생각일랑 온통 그것뿐이었다. 맨 정신일 때는 억누르기도 쉬웠던 그 감정이 곱절이 되어 취기에 섞여 솟구쳤다.

그대로 막사를 나선 알렉시스는 제르가 머무는 막사를 찾아 빠르게 걸었다.

"들어간다."

대답도 기다리지 않고 그녀의 거처에 발 디딘 알렉시스는 소박하고 단출한 침상 위에 앉아 낡은 책을 뒤적이는 제르에게 다가갔다. 놀란 그녀의 눈이 커졌다. 비뚤어진 마음에 그마저 썩 마음에 들어 그는 그대로 제르의 옆 침상에 엉덩이를 붙이고 벌러덩 쓰러져 누웠다.

제르는 눈치 빠르게 물었다.

"술 마셨나?"

"코도 좋아."

"지금 상황이 어느 때인데 네가 술독에 빠져 있어. 아랫것들의 보는 눈이 두렵지도 않나. 체면을 차리는 게 지금 네게 얼마나……."

알렉시스가 손을 들어 허공을 휘저어 그녀의 말문을 막았다.

"다 필요 없는 것들이지. 체면이니 지위니…….”

그는 그대로 팔을 뻗어 그녀의 허리를 감싸 안았다. 놀라 숨을 들이켜는 제르의 가느다란 허리에 한 뺨을 기대며 그는 중얼거렸다.

"너무 말랐어. 안는 맛이 안 나.”

"다, 닥치지 못해?”

제르가 벌떡 일어나려 했지만 알렉시스의 힘이 더 셌다. 그는 그대로 제르를 쓰러뜨려 눕힌 후 그녀의 배에 얼굴을 파묻었다. 이 미친놈! 취했으면 곱게 잠이나 처잘 것이지……! 그리 욕지거리를 내뱉는 소리가 바로 정수리 위를 떠돌았다.

알렉시스는 제르의 허리를 감은 팔에서 힘을 풀고 웃었다. 조금 전까지 그를 미치게 했던 수만 가지의 단상들이 그대로 사라지는 기분이었다. 애초에 아무것도 괴롭지 않았던 것처럼.

"외롭지 않아?”

막 그의 머리를 밀어내기 위해 손을 뻗었던 제르의 팔에서 힘이 빠졌다.

"너를 만나지 않았더라면 정말 좋았을 거야, 제르.”

느리게 오르내리는 그녀의 몸에 기댄 채로 알렉시스는 눈을 감았다. 싸하게 흐르는 향기는 언뜻 약초 냄새 같기도, 들판의 잡초 냄새 같기도 했다. 어떤 것이든 제르에게 어울리는 냄새였다. 푹 꺼진 배는 살 한 점 없는 것처럼 뻣뻣했다. 언젠가 세드로를 품었을 그녀의 배였다. 유스카리를 향한 질투가, 그보다 오래전에 죽은, 얼굴조차 모를 적국왕을 향한 악심이 스멀스멀 피어올랐다.

"나도 그리 생각해.”

제르가 드물게 수긍하며 몸에 힘을 풀었다. 알렉시스가 갑자기 달라

붙어 놀라긴 했지만 그런 느낌은 아니었다. 제게 어떤 목적을 두고 매달리는 이들이 보이는 집착적인 그런 느낌은 아니었다. 구태여 설명을 덧붙이려 한다면 커다란 곰 새끼가 꿀 발라놓은 나무에 매달려 대롱대롱 떨어지지 않는 것 같은 종류의 것이다. 알렉시스가 얕게 숨을 내쉴 때마다 제법 진한 술 내음이 올라왔다.

"얼마나 마셨나."

"잔 같은 거 세어보지 않아서 모르겠는데."

"네 그 하잘것없는 주량에 세어보지도 않고 대책 없이 퍼 마셨다는 말이군."

뿌루퉁하게 고개를 들던 알렉시스가 이내 상체를 들어 이마를 한 손으로 누르며 웃었다.

"야, 너랑 비교하지 말라고. 자존심 상하니까."

"……이 멍청이."

"너는 나한테 한 마디라도 곱게 해주면 어디 덧나냐."

"싫다."

"왜?"

손을 뻗어 제르의 손목 언저리를 손끝으로 지분거리던 알렉시스가 느릿이 물었다. 멀거니 누운 제르는 제게로 고스란히 쏟아지는 시선을 돌아보다가 짧게, 말했다.

"……희망을 품게 하는 건 못할 짓이니까."

힘없이 웃던 알렉시스의 고개가 버거운 듯 기울었다. 제르는 제 손목과 손등을 어루만지는 그의 손길을 조심스레 떼어낸 후 몸을 일으켰다.

"넌 힘들 거라고 생각한다. 네 마음을 이해한다는 건 아니지만, 한

두 가지 중한 것 말곤 죄 백안시하는 나와는 달리 너는 많은 이들을 책임져야 하니까. 알렉시스, 소블란의 영애가 했던 말을 기억하나."

"그 녀석이 워낙 시끄러워서."

"희망이란 포기할 수가 없어서 희망이라고."

"……."

"나는 네게 그런 희망을 주고 싶지가 않아. 희망이 얼마나 괴로운 말인지 나는 감히 세상 어느 누구보다 더 잘 알고 있다고 말할 수도 있다. 희망이란, 이루어지지 않아서 희망인 거다. 애초에 그럴 거라면 희망조차 없는 것이 더 행복한 거야. 도망치지 않는 네가 대견하다 생각해. 어떤 면에서는 너를 존경할 수도 있을 거라 여긴다. 하지만 너는 어리석기도 해. 지금도 어리석다. 구태여 내게 찾아와서 들쑤시고 가버리면 내 마음도 편치 않아."

알렉시스가 짊어지고 있는 짐은, 이기적인 그녀의 눈에도 보였다.

전에 없이 길게 말을 늘여 나름대로 이성적으로 그를 설득했다고 생각했는데, 한참 동안 침착하게 경청하던 알렉시스의 만면에 벌건 웃음이 떠올랐다.

'내가 주정뱅이에게 무슨 소리를.'

제르가 결국 한숨을 내쉬었다. 알렉시스는 그대로 그녀의 등을 끌어안고 딱딱한 침대 위로 몸을 기울였다. 그 바람에 제르의 머리가 목침에 세게 부딪칠 뻔했지만 다행스럽게도 알렉시스의 손이 더 빨랐다.

"지금은 아무 말도 못 해. 나도 내가 어찌 될지 모르니 아무 말도 못하지만 정말 네가 좋다는 말은 참을 수가 없어."

"너는 내 말을 죄 걸러 듣는 희한한 귀를 가졌어."

"너도 내 말 곧이곧대로 듣지 않잖아."

그는 한 마디도 지지 않고 반박하더니 곧 작게 웃기 시작했다.

바로 왼 가슴 편에서 울리는 웃음소리에 왠지 모르게 간질거리는 기분을 이기지 못한 제르가 몸을 돌리려는 순간, 그가 한숨처럼 깊은 어둠을 중얼거렸다.

"아마 이 난리통이 끝나면 난 세상에서 제일 바보 같은 놈이 될 거야."

"이미 넌 대륙 제일가는 천치야."

"응, 그래도 좋다. 아아, 그냥 내일 같은 거 오지 않았으면 좋겠다. 너랑 이렇게 돌이라도 되고 싶네."

"내 의사는?"

"어차피 거절이잖아."

"이럴 때만 똑똑하구나."

제르는 애써 차갑게, 만져질 듯 선명한 그의 바람을 모른 체했다. 비록 상황이 이리 되어 같은 적을 바라보고 있지만 그는 결국 적이었다. 그를 따르는 이들 또한 그녀를 명백히 적으로 알고 있을 것이었다. 그의 막무가내로 들러붙는 행동에 익숙해진 탓인가.

넋을 놓고 있던 제르는 돌연 제 쇄골께로 느껴지는 온기에 화들짝 놀라 몸을 굳혔다. 알렉시스의 손이 천천히 그녀의 손가락 사이로 파고들어, 그녀를 침상 위로 내리눌렀다.

짧게 떨어진 입술이 닿은 부분부터 소름 끼치는 열기가 번지기 시작했다.

조금 전까지만 해도 응석처럼 들러붙던 이의 분위기가 바뀌었다는 것을 깨달은 제르는 순간 엄습하는 어떤 두려움에 입술을 꾹 다물었다. 알렉시스는 그런 그녀의 경직된 손끝을 제 손끝으로 어루만지다가, 천천히 힘을 풀었다.

그녀가 벌떡 일어나 그를 밀어냈다.

알렉시스는 포기하지 못하고 손을 뻗어 등 돌린 그녀의 목을 조심스레 휘감았다.

"놀라게 할 생각은 아니었어."

"사람을 부를 거다."

"아무도 날 여기서 쫓아내지 못할걸. 지스카르라도."

뼈가시가 박힌 말이었다. 하지만 그의 말에 그른 것은 없었으므로 제르는 우선 숨을 골랐다. 놀랐다. 솔직하게 아직도 목덜미에 열꽃이 피어나는 듯했다. 처음 느껴보는 기묘한 감각이었다. 그녀가 목을 매만지며 눈을 내리까는데 스르륵 알렉시스의 팔이 그녀의 등 뒤에서 뻗어 나왔다. 움직이는 나무에 안긴 듯 딱딱하지만 더운 몸이었다.

그가 그녀의 뒷덜미에 이마를 기대며 말했다.

"네가 나를 선택했으면 좋겠어."

"……알렉시스."

"그거면 된다. 앞으로 내가 저지르려는 일들이 아무리 비난받을 짓이라 해도."

그가 하는 속삭임은 작기도 했지만 내용 하나 이해가 가지 않는 말들투성이였다.

"이 모든 게 끝났을 때 네가 나를 선택해준다면 돼. 그러니까, 이미 넌 그 자체로 내게 희망이야. 부정하지 마."

무슨 말인지 묻고 싶었으나 물을 수가 없었다. 제르는 경직했던 어깨에서 힘을 풀고 목을 감싼 알렉시스의 팔을 조심스레 쥐었다. 제르에게 이마를 기대고 있던 그가 고개를 비비적거리며 그녀를 안은 팔에 힘을 주었다. 술 내음은 끈질기게 그녀의 목덜미를 간질였다.

덩달아 취하는 기분이라. 이런 시국에도 미련 떼지 못하는 그와 달리 너무나도 쉬이 제 마음을 죽여 파묻어버리는 자신이 인간이 아닌 듯 느껴지기까지 했다.

내 일생, 단 하나면 된다 하였지만.

정녕 그러한가.

결국 제르는 내내 참고 참아온 덧없는 물음을 던졌다. 역겨운 악마에게 끝내 입술을 빌려준다.

"어느 정도로 나를 원하기에?"

쌕쌕 뒷덜미를 감싸던 숨소리가 잦아들었다.

"……날 위해서 네 삶을 송두리째 진창 바닥에 처박을 수 있나?"

놓지 않을 듯 그녀를 가두고 있던 단단한 그의 팔이 힘없이 떨어져 내렸다. 제르의 시선도 고요하게 추락했다. 부질없는 물음이었다는 걸 그녀 역시 잘 알았다. 사람의 마음을 두고서 농간질을 치는 자신의 추악한 일면에 몸서리가 쳐졌다. 그리고 꼭 그만큼 가슴 일그러지는 서글픔이 슬펐다.

무엇을 바랐던가.

"나는 네게 지금 아무런 약조도 할 수 없어."

알고 있었다. 세드로, 알렉시스, 둘 중 하나는 제 인생에서 지워지리라는 것을. 그리고 끝내 자신은 제 마지막 핏줄을 놓지 못하리라는 것을. 돌연 눈물이 날 것 같아 제르는 말없이 떨어진 알렉시스의 팔을 움켜쥐었다.

그가 나직이 위로했다.

"울지 마."

제르가 팔을 들어 입가를 꾹 누르듯 가렸다. 그가 제 나약함을 엿보고 그 속을 파고드는 것이 두려웠다. 이 어쩔 수 없는 세상에 내팽개쳐져 비로소 뒤늦게 깨달은 사랑의 존재를 뿌리부터 부정하지 않을 수 없는 심정에 구역질이 날 만큼 슬펐다.

"우는 것도 너는 예쁘겠지만."

소리 없는 눈물이 떨어져 그녀의 팔뚝을 뒤덮었다. 등 뒤에 기대어 있던 알렉시스가 손을 올려 그녀의 젖은 뺨을 엄지손가락으로 훔쳐냈다. 가리려 해도 가려지지 않아 그녀가 고개를 돌렸다.

"웃는 게 더 예뻐."

"나는 방금 네게 세드로 대신 죽겠느냐 물었어."

"……괜찮아. 마음에도 없는 그런 말에 상처 안 받아."

제르는 인정했다. 알렉시스가 왕위 전쟁에 출사표를 던진 후보자가 아니었더라면, 그랬다면 좋았을 것이라. 이리 가까이 있지만 실제로 그녀와 그의 사이를 가로막은 것은 웅대한 카르시타의 땅이었다. 사실 그녀는 이런 한결같은 구애를 받아본 적이 없었으므로, 그녀의 인생에서 이미 그는 특별한 사람이었다.

만일 이자를 조금 더 빨리 만났더라면, 쥬세를 알기 전에 이자를 알았더라면.

가만히 그녀의 뒷머리를 어루만지던 알렉시스의 손이 미끄러져 제르의 머리를 크게 감싸 쥐었다. 단단하고 거친 손가락이 머리칼 사이로 비집고 들어와, 그녀의 머리를 조심스레 돌려 당겼다.

정신을 차리고 보니 그의 얼굴이 코앞이었다.

"제르, 정말 네가 좋다."

"……."

"앞으로 어떻게 되든."

비스듬 기울어진 그의 입술이 그녀의 뺨에 닿았다. 가볍게 떨어져나
간 입술은 곧 다시 한 번 그녀의 입술 위로 부딪쳐왔다. 제르는 피하지
않고 그의 옷자락을 쥐었다. 지그시 내리누르던 그의 입술이 조심스
레 조금 더 노골적으로 그녀의 입술을 그러 물었다.

입술이 살짝 떨어졌다.

"난 지금 이 순간을 기억할 거야."

그의 손이 제르의 등뼈 언저리를 부드럽게 어루만졌다. 다문 입술
사이를 두드리는 그의 입맞춤에 정신을 차린 제르가 화들짝 물러나려
했다. 그러나 알렉시스의 품에서 벗어나는 건 무리였다. 맞대고 있던
입술을 벌린 알렉시스가 속삭이듯 뇌까렸다.

"그러니 너도 피하지 마."

끌어안는 그의 팔에 숨이 막혔다. 절박하게 매달리는 입술에 휩쓸려
그대로 정신을 놓아버릴 것만 같았다. 수줍음 많은 청년처럼 조심스
레 그녀의 입술 안쪽을 두드리던 청년은 갈증에 찌든 여행자처럼 거칠
어졌다. 뜨듯한 숨을 주고받는 내내, 제르는 말없이 손끝에 힘을 주어
침상을 움켜쥐었다. 그녀는 끝내 피하지 못하고 침상 위로 널브러져,
그의 아래에서 얼어붙었다.

그의 눈물이 뺨에 닿아 처연히 으스러져,

가슴 부서지는 듯했다.

지스카르는 살짝 들추었던 휘장을 내렸다. 막사 안의 두 사람은 이

세계와 유리된 듯 그의 인기척조차 알아차리지 못했다.

그는 조용히 몸을 돌려 자신의 막사로 향했다. 막 순찰을 돌던 피노제의 한 기사가 그에게 자중해줄 것을 요청했다. 평소라면 몹시 불쾌하게 받아들였을 일이 아무것도 아닌 것처럼 느껴졌다. 요제이는 시선 한 번 주지 않고 그대로 스쳐 지나가는 지스카르의 뒷모습을 바라보다가 순시를 재촉했다.

지스카르는 물 먹은 듯 무거워지는 걸음에 어디인지 모를 곳에 멈춰 섰다.

'저게 카르시타의 왕이 된다면 볼 만하겠군.'

그는 애써 사랑놀음에 방비를 벗어버리는 남자를 비웃었다. 하지만 속이 시원해지기는커녕 더 우울해지기만 했다.

무엇의 무게에 짓눌렸나. 책임의 무게는 아니었다. 그는 앞으로 제게 주어진 것들을 회피하지 않고 그러안을 자신이 있었으므로. 다만, 지금 그를 짓뭉개고 있는 감정에 구태여 닮은 이름을 붙이자면 그건 패배감이었다. 지나간 시간을 돌이킬 수 없다는 건 그 역시도 잘 알았다.

패배감. 인정하고 싶지 않은 패배감이 제 아비와 닮은 잔혹한 성정을 불러일으키는 건 이상한 일이 아니었다. 그에게는 지금 힘이 있었다. 데바람의 유일한 왕으로서 전부 얻어낼 수 있었다. 죄 갚음 또한 할 수 있었다. 유혹이 그에게 속삭였다. 제르를 데리고 돌아가라고. 결국 그녀는 그녀를 위한 것이었다는 걸 이해해줄 거라고. 주저하지 말라고.

'네 아비와 다를 게 없구나.'

지스카르는 울분 섞인 웃음을 터뜨렸다. 인과응보라고 했다. 그래,

오랜 시간 그녀에게서 도망쳤던 자신이었으므로, 이 정도 아픔은 감내해야 했다. 사실 그는 자신이 왜 아픈 건지도 알 수가 없었다. 이미 그녀에 대한 사랑은 바랜 그림처럼 흐려져 있었다. 그 위에 덧칠된 건 나약하던 자신에 대한 환멸과 그녀를 향한 죄책감뿐이었다. 그녀가 바라는 것이 이곳에 남는 거라면 그리 두는 것만으로도 충분한 건지도 모른다.

하지만…….

'나도 여전한가.'

신경질적으로 막사로 되돌아온 그는 막사 안을 지키고 있던 데바람의 기사 둘을 내보내고 침대 위로 드러누웠다. 얼마간 눈을 감고 누워 있던 그가 막혔던 숨을 후 뱉어냈다. 조급해 할 것 없었다. 어차피 종국에는 알렉시스 테피온 또한 제르를 저버리지 않을 수 없게 되리라. 기다리면 모든 것은 제자리로 돌아오게 된다.

제르는 제 곁으로, 알렉시스는 왕궁에 갇힌 위선자로.

이번엔 자신이 기다릴 차례였다.

에드하인다 저택의 넓은 정원을 떼 지어 순찰을 도는 군사들의 풍경은 이제 일상과 비일상 사이에 걸친 현상이 되었다.

군사들의 시선이 잘 닿지 않는 에드하인다의 별채 깊숙한 곳에서는 작은 소란이 일고 있었다. 백성들과 알렉시스의 군이 원인 불명의 이유로 쓰러졌다는 소식이 엘올라 전역에 퍼졌다는 것 때문이었다. 리안 역시 그 소식을 들었다.

'……독.'

믿고 싶지가 않았다. 에드하인다는 엘올라의 북부에서 물을 길어 왔기에 아슬아슬하게 피해를 피할 수 있었지만, 언제까지고 안전할지 모른다는 이야기에 다들 불안에 떨고 있었다. 피노제의 군대가 쓰러지고 백성들이 대로변에서 정신을 잃는 사건이 비일비재하다는 이야기는, 그 즉시 북부 수원이 있는 곳으로 남은 군사들을 밀집시켰다는 뉘사나의 소문은 명백한 사실임을 가리켰다.

"이것도 뉘사나의 짓이라고 제게 말하고 싶은 거겠지요."

"……상황을 알 만큼 현명하시다면, 굳이 이쪽에서 말하지 않아도 알고 계시리라 생각합니다."

백성들을 방패 삼아 살육전을 조장했다고 한 것의 충격이 아직 가시지 않았는데. 리안은 자신이 꿈을 꾸는 것은 아닐까 생각했다.

'왜…… 대체 왜 그렇게까지…….'

시녀들이 극구 말렸지만 그녀는 무거운 몸을 이끌고 당장에 그녀의 아버지를 찾아갔다.

"아버지, 이게 어찌 된 일인지 아십니까."

소겔가드 후는 마치 제 집에 머무는 것처럼 편안히 앉아 책을 읽고 있었다. 하필이면 그가 읽는 책명은 공교롭게도 '역대의 폭군'이었다. 얼마 지나지 않아 귀찮은 기색으로 책에서 시선을 뗀 소겔가드 후가 리안을 바라보았다.

"무엇이 말이냐?"

"아버지도 알고 계시지 않나요. 뉘사나가 그런 짓을 할 리가 없다는 거. 아버지도 알고 계시죠. 이건 그가…….

소겔가드 후작은 희게 센 수염을 만지작거리며 하얗게 질린 자신의 딸을 바라보았다.

"아니겠지. 맞다면 또 어떠냐. 어차피 우리의 목숨이 오가는 것도 아니고, 자규가 실각하면 우리는 어차피 죽은 목숨이니."

"아버지!"

"카르시타는 수십만 명의 백성들이 있다. 고작 엘올라에서 몇만 죽어나간다고 해도 나라의 근간이 흔들리는 것은 아니야. 네가 마음 쓸 이유 없다."

"고작 몇만이라니요!"

"대체 왜 네가 화를 내는지 모르겠구나. ……네 부군이 하는 일에 네가 반발할 이유가 없다."

소겔가드 후는 마치 남의 나라 일인 양 초연한 목소리로 말했다. 리안의 흔들리는 눈동자를 바라보던 소겔가드 후의 입술 사이로 얕은 한숨이 새어나왔다.

"리안, 몸이 무거운데 그리 서 있지 말고 앉거라."

"이건 잘못됐어요!"

"세상은 원래 어딘가 하나씩 잘못된 것을 바로잡겠다 달려드는 이들과 무언가 하나 결핍된 것을 채우겠다 과욕을 부리는 이들이 움직이는 법이다. 네 부군이 일을 밀어붙인다면, 우리 가문의 멸족을 피할 수 있을지도 모르겠다고 생각하면 우리에게도 나쁠 것은 없다. 온 백성이 다 죽어나간다고 해도 그들의 하찮은 목숨보다 우리 가문의 명맥을 잇는 것이 더 중요하니까."

리안은 섬뜩하게까지 들리는 잔혹한 이면의 욕망에 버티지 못하고 제 아비의 발치에 주저앉아 그 무릎을 쥐었다.

"왜…… 왜요? 아버지는 욕심 많은 분이 아니셨잖아요……."

“네가 그를 택하지 않았느냐.”

“……”

“왕이 되지 못하면 주위 사람들과 함께 죄 파멸할 것이 뻔한 운명의 남자와 혼인하겠다 한 것이 너였다, 딸아.”

그것이 가여워 그를 돕고 싶었다.

좋은 사람이 외로운 왕궁에서 힘겹게 분투하는 것이 가여워 그의 힘이 되어주고 싶었다. 하지만 이건 그녀가 바랐던 결과가 아니었다.

“이제 와 네 선택을 존중해 자규에게 가문을 전부 바친 이 애비를 비난하려거든 듣지 않을 테니 나가라.”

“아버지…… 아버지. 어떻게 그렇게 아무렇지도 않게.”

“얼마나 깨끗하리라 생각했느냐, 리안.”

“……”

“왕좌란 지존의 자리를 두고 탐욕이 아닌, 그럴 수밖에 없어 달려드는 사내들의 싸움이 얼마나 정정당당하리라 상상한 거냐. 알렉시스 테피온을 무시해선 안 된다는 것을 잘 알고 있지 않았느냐? 세드로는 만백성이 지지하는 서거하신 전하의 적자다. 그 둘을 제치고 왕이 되려는 자규가 가진 건 껍데기 같은 힘뿐이었다. 이 상황이 납득이 가지 않느냐? 왜 네 부군이 그런 미친 짓을 하는지 모르겠느냐? 그는 지금 제 살길을 도모하는 것뿐이다!”

소겔가드 후의 꾸짖는 듯한 호통에 리안은 넋을 놓고 그를 올려다보았다.

“그리고 만일 그것이 잘못된 것을 안다고 해도. 지금 여기서 우리가 뭘 할 수 있지? 내 분명 에사렛타 전하와 가까이 지낼 필요 없다 했을 터다. 유스카리 전하를 존경하되 사적인 동정은 금하라 하였을 터다.”

이미 그녀의 아비는 알고 있었다. 이 상황은 그럴 수밖에 없었던 수많은 사람들의 역사들이 우연처럼 쌓여 만들어진, 필연이었다.

하지만 그럼에도 리안은 끝까지 뉘사나를 믿었다. 믿고 싶었다. 그는 상냥하고 다정하고 정 많은 좋은 아버지였다. 제 아버지처럼.

돌연 벼락 맞은 것 같은 충격에 휩싸인 그녀가 몸을 떨기 시작했다.

"……제 탓이란 건가요?"

"어리석은 것은 죄가 아니다. 다만 그 어리석음으로 어쩔 수 없는 일을 붙들고 늘어지는 건 죄지. 이미 정의는 사라졌고, 더러운 진탕 속의 투쟁만 남았다. 네 부군이 결정한 일이다. 너는……."

사람들이 모두 미쳐가고 있는 것 같았다. 그녀는 이 더러운 진창 싸움 속에서 제 아비의 이면까지 샅샅이 훑어본 지금 이 순간을 후회했다. 리안의 눈에 소겔가드 후가 쥔 낡은 책등이 비쳤다.

「역대의 폭군들」.

얼마간 침묵하던 리안이 표정을 갈무리하고 배를 어루만졌다. 출산일이 다가오고 있어 태동이 잦았다.

"……다들 제정신이 아니에요."

결국 소겔가드 후는 더 견디기 힘들다는 듯 자리를 박차고 나갔다. 멍한 기분에 사로잡혀 제 아비가 떠난 자리를 물끄러미 응시하던 리안은 아비의 어지러워진 탁자를 바라보았다. 어찌 이런 상황에서도 한결같은 걸까. 적진의 한복판에서도 평소와 다름없이 지낼 수 있는 그의 저력을 이해할 수 없었다.

비틀거리며 어지러운 책상을 짚고 몸을 일으켜 세운 리안이 크게 숨을 몰아쉬었다. 조금 움직인 것만으로도 숨이 턱 끝까지 찬 기분이었다. 그녀는 이를 악물고, 책상을 원수 보듯 노려보았다. 그러던 그녀의 시선이 곧 나동그라진 소겔가드의 도장에 머물렀다. 그건 나동그라진 그들의 명예와도 같았다.

얼마 후, 밖으로 나온 리안은 지나가는 병사를 붙잡아 세웠다.

"……아넬라를 좀 불러주시겠어요?"

리안의 부름이 있었단 이야기에 고개를 갸웃하며 그녀를 찾아간 아넬라는 뒤바뀐 리안의 분위기에 조심스레 숨을 죽였다. 리안은 그녀를 등진 채로, 창가에 앉아 있었다. 삐걱삐걱. 흔들의자에 무거운 몸을 기댄 여자는 뒷모습만으로도 비장했다. 아넬라는 그리 느꼈다.

"찾으셨다 들었습니다, 리안 님."

무릎 위로 손을 얹은 채, 가만히 무언가를 바스락거리던 리안이 한참 후 혼잣말처럼 물었다.

"아넬라, 이 아기가 딸일까요. 아들일까요."

"글쎄요. 리안 님은 어떤 아이인 것 같으신지. 육친의 감이 맞는 경우가 왕왕 있으니까요."

"뉘사나가 질 거라 하셨지요."

아넬라가 조금은 당혹스러운 표정을 짓다 무겁게 입술을 뗐다.

"예. 감히. 아니라 말씀드리지 못하는 것을 용서하십시오."

"저를 납득시켜주시겠습니까."

"수호 가문의 베다시아 헨로 경이 자규 왕하를 배반하였다는 소식이 파다합니다. 또 금군 대장이었던 칼시단의 주인 역시 아버님께 전해지기로 죽었다 들었습니다. 솔직하게 데바람의 군사는 엘올라의 존폐를 위협할 만큼 많은 두수를 자랑하고 있고, 지금은 침묵하지만 쇼하인이 일어나게 된다면 여지가 없을 터입니다."

366 367

아넬라는 담백하게 답하며 조심스레 무릎을 굽혔다 폈다.

곧 리안의 어깨가 잘게 떨리기 시작했다. 가느다랗게 이어지는 흐느낌 사이로 간곡한 바람이 새어들었다.

"아넬라…… 아십니까. 제일리를 낳은 이후로 줄곧 저는 아들을 바랐습니다. 뉘사나를 닮은 아들을 낳고 싶었습니다. 아넬라, 당신도 그런 마음을 이해하실 테지요. 헌데…… 저는 이제 이 아이가 딸이었으면 합니다."

아넬라가 조용히 그녀의 등 뒤로 다가가 고개를 조아렸다. 리안이 조심스레 팔걸이를 짚어 무거운 몸을 일으켜 세웠다.

"부인, 저는 거래가 하고 싶습니다."

"……거래라 하심은."

"소겔가드를 두고 에드하인다 대백과 이야기를 나누어야겠습니다."

아넬라는 비로소 리안의 손에 있는 구겨진 종이가 무엇인지 알아차리고 입술을 벌렸다.

"안내해주세요."

"리안 님."

"어서."

"곧 사람을 보내겠습니다. 우선은 쉬고 계십시오. 안색이 좋지 않으시니 피로에 좋은 음식들을 내어오라 하겠습니다."

아넬라가 붉어진 시선을 슬그머니 돌리며 몸을 일으켰다. 마지막까지 한 치의 흐트러짐도 없는 아넬라를 바라보며 리안은 설움으로 입술을 그러 물었다. 그녀는 의자에 앉아 사선으로 나뉜 창틀 너머의 하늘을 올려다보았다.

이곳에 온 이후로 잊고 있던, 단 한 번도 의식해본 적 없는 하늘, 어쩐지 어제까지의 하늘과 다른 듯 유난히 푸른빛이었다.

해가 미처 뜨기도 전부터 왕도 앞에 군사들이 심상찮은 기세로 사열
했다. 지끈거리는 숙취를 억누르며 낡은 의자를 끌어다 앉은 알렉시
스가 무릎에 팔꿈치를 대고 턱을 괴었다. 간밤에 누군가의 말처럼 천
치처럼 술을 퍼마신 결과는 속 쓰림뿐이었다.

야외로 지도를 가지고 나온 루덴 공이 압정이 박힌 지도 몇몇 군데
를 가리키며 설명했다.

"왕비 전하를 무사히 엘올라의 광장으로 모시는 일에 가장 큰 걸림
돌은 백성들입니다. 그들을 뚫고 들어가기 위해 병사들은 무기를 버
리고, 방패 두 개를 착용시킬 겁니다. 전체적으로 종형으로 진을 펼쳐
서 사상자를 최소화하여 들어갑니다. 반발 세력은 아르노만 대공이
군대를 이용해 성도 안쪽으로 밀어낼 겁니다. 왕비 전하는 안전이 확
신시될 때까지 모습을 드러내지 않으실 겁니다. 지나치게 빠르게 소
문이 나 자규 왕하가 군사를 파견한다면 교전이 먼저 일어납니다. 백
성들은 뿔뿔이 흩어져 도망칠 테고, 우리에게 사실을 폭로할 기회는
사라지는 겁니다. 은밀히 움직인다 해도 눈치 빠른 이들은 알겠지만,
최대한 그들의 움직임을 늦추는 것이 중요합니다."

"아르노만은 지금 어디에 있나?"

알렉시스의 물음에 루덴 공이 빙긋 웃었다.

"에사렛타 전하와 세드로 저하와 함께 계십니다."

"요란하지 않게 해. 사상자가 나면 진짜로 이쪽이 폭도가 되니까."

"예. 하지만 지금 시점에서 왕비 전하보다 중요한 것은 없습니다."

어쩔 수 없었다. 백성들을 진정시키는 게 우선이긴 하지만 그보다 더 우선인 건 무사히 에사렛타가 광장까지 이르는 것이다.

가만히 턱을 괴던 알렉시스가 침묵 끝에 물었다.

"밀러는?"

"오늘 낮까지 쇼하인 공작의 방면이 없다면, 왕비 전하의 호위를 위해 움직이겠다 했습니다."

"중앙 광장에 혹시 모를 습격자를 대비해 그 근처 민가에 궁수들을 배치하고, 무슨 일이 있더라도 왕비의 목숨을 최우선으로 해. 그리고 세드로는……."

"예. 왕비 전하와 함께 움직이실 겁니다."

"왕비 혼자 덜렁 나타나면 또 협박이니 뭐니 하는 의심이 들 테니 말이야. 대공도 왕비의 곁에 있는 모습을 보이는 것이 가장 이상적이다."

루덴 공이 기합이 잔뜩 들어 굳어진 얼굴로 주먹을 쥐어 보였다.

"곧 데바람의 군사들도 지척에 이를 겁니다. 얼마 남지 않았습니다."

질 리가 없다. 그리 여기는 자신감 넘치는 태도에 알렉시스는 희미하게 웃었다.

"……그래, 이제 정말 얼마 남지 않았구나."

팔을 내린 알렉시스는 거만하게 등을 젖혀 의자에 몸을 기댔다. 낡은 의자가 느리게 삐걱이는 소리를 냈다.

제르는 에사렛타와 세드로가 군사들에 둘러싸여 떠나는 모습을 지켜보았다. 혹시라도 일이 잘못될까 싶은 두려움이 만면한 낯빛이었다. 지스카르가 다가와 그녀의 옆에 섰다.

"카르시타의 늙은이들은 제법 영악해. 네 생각 이상으로 이기적인 놈들이라고."

비난의 껍질을 뒤집어쓴 위로에 제르의 입가에 쓴웃음이 어렸다.

"가만히 있을 수밖에 없다는 게."

"가만히 있는 것이 아니라 그냥 믿고 기다리는 거지. 걱정 마라."

제르는 멀찍이 등 돌리고 앉아 있는 알렉시스의 불그스름한 뒤통수를 바라보았다. 여명의 빛으로 붉게 흘러내리는 머리칼은 유독 눈에 띄었다. 지난밤의 기억이 떠오르자 돌연 얼굴이 뜨끈거리는 듯한 기분에 제르는 저도 모르게 주먹을 쥐었다. 전부 다 놓아버린 것처럼 둘 다 꼭 같은 감정 속에 휩쓸려 들어갔던 간밤의 기억은, 이 늦가을 마지막 꿈 같은 일이었다. 모래성 위에 쌓아올린 자그마한 기억이었다.

얼마 지나지 않아 군사들의 함성이 울려 퍼졌다.

"제르, 나는 정말 네가 나와 함께 돌아갔으면 좋겠다. 상황이 어찌 풀리든 저자는 결국 너를 배신할 거다. 네가 지금 당장이라도 마음을 바꾼다면 네 핏줄 하나 데리고 이곳을 빠져나가는 건 어렵지 않다."

제르는 입술을 다물었다.

지스카르는 무언가 더 말하려던 찰나, 무너진 성벽 저편으로부터 솟아오르는 거무튀튀한 연기에 애써 표정을 갈무리했다. 진격을 알리는 북소리가 울리기 시작했다.

"……시작했나 보군."

병사들에 둘러싸인 에사렛타와 세드로는 두꺼운 모포를 뒤집어쓴 채 묵묵히 시위하는 백성들 사이를 지나쳤다. 온통 혼란과 악의로 점철된 엘올라의 공기가 그녀의 폐부를 찔렀다. 이 모든 것이 유스카리가 죽어버려 생긴 일이다. 든든한 바람막이가 되어주리라 약속했던 그 부군이 그리 힘없이 사라져 죽고, 백성들은 왕을 잃고 혼란에 빠졌다.

주위에서 들이치는 고함에 눈을 느리게 감았다 뜬 에사렛타는 앞만 보며 걸었다. 겁먹은 세드로를 끌어안은 채로, 그녀는 참혹한 현실을 받아들였다. 지금 당장 자신이 할 수 있는 건 이뿐이라.

한참을 백성들의 원성 사이를 가로지르며 걷던 에사렛타의 눈에 엘올라 중앙 광장의 단상이 비쳤다. 곳곳에서 자잘한 돌들이 날아들었다. 루덴의 병사들에게 쏟아부어지는 악의 섞인 돌팔매질은 간간이 에사렛타에게까지 이르렀다. 혹여 세드로가 다칠까 겁먹은 아이를 더욱 세게 끌어안은 에사렛타는 백성들의 원성을 하나하나 가슴에 품었다. 이 모두가 유스카리를 향한 저들의 애정이라. 두려움도 사라졌다. 인간은 사랑받으면 사랑을 되돌려주게 되는 법이었다. 그녀 역시 그의 사랑과 존경을 받은 이 나라의 어머니였다. 또한 그녀는 옳고 그름에 꺾이지 않는 신념을 가진 피노제의 딸이었다.

"왜 다들 화아 내?"

세드로는 귀청을 찢는 수백의 고함들 속에서 잔뜩 움츠러들어 물었다. 에사렛타는 눈물이 날 것 같은 기분을 참아 누르며 다독였다.

"네 아비가 성군이었기 때문입니다, 왕자. 다들 슬픔을 화내는 것으로 대신하는 겁니다."

지독한 놈들! 왕도를 이 꼴로 만들고도! 누군가 그리 고함을 쳤다. 세드로는 에사렛타의 허리에 달라붙어 불만스러운 기색을 보였다.

가까스로 단상 아래 이른 에사렛타는 걱정스러운 듯이 아르노만을 돌아보았다.

엘올라 곳곳에 숨어 있던 뉘사나의 간자들은 이른 새벽부터 움직이는 그들을 주시하고 있었다. 얼마 지나지 않아 엄중한 보호를 받으며 왕도 안으로 밀고 들어오는 군사들 사이의 한 여자와 어린아이에 대한 보고는 뉘사나에게까지 이르렀다. 뉘사나는 곧장 알아차렸다. 에사렛타와 세드로였다. 그리고 새삼 실감했다. 제피언은 실패한 것이다. 베다시아도 돌아오지 않으니 나란히 어딘가에 죽어 나자빠져 있을지 모를 일이었다. 그는 다급해졌다. 에사렛타가 이 상황에 끼어들게 된다면 필경 그에게 불리하게 작용하게 될 것이다.

"백성들이 지금 당장은 그들의 길을 막고 아우성치고 있습니다. 교전은 피하려는 듯 진행은 느립니다. 하지만 저쪽은 군대입니다. 피노제의 기사들을 따르는 백성들도 더러 있으니."

독까지 풀었는데 참 끈질기기도 했다. 독이 충분히 퍼져 전력이 쇠약해졌을 때 한꺼번에 총공세를 펼치려던 뉘사나로서는 황당하기만 했다. 왕성 안의 모든 독초란 독초는 다 털어 넣었는데 어째서 저들은 멀쩡한가. 무감초라는 이름의 푸링귀는 무미무색에 가까운 치명 독,

그것을 마시기 전에 눈치 챈다는 것은 무리일 터다. 만일 누군가가 쓰러져 마비되거나, 과음하여 죽었다고 해도 근원을 찾아내는 것엔 시일이 걸릴 터이니 그사이에 상당수가 전투 불능 상태가 되어야 맞았다.

백성들이 들고 일어난 순간부터 움직임을 멈춘 알렉시스의 세력이 썩 조용해져서 계획이 차곡차곡 이루어지고 있다 여겼는데.

"……어차피 물이 부족해지면 저들은 왕성으로 올라오겠지. 다들 전투 준비를 하고, 체자스 공작…… 아니, 아니…….."

무심코 죽은 이를 습관처럼 부른 뉘사나의 표정이 일그러졌다. 정신이 나간 게 틀림이 없었다.

"소겔가드는 먼저 출병하여 왕비를 잡으라고 해. 허튼짓을 하면 죽여도 상관없다. 레스터벤은 어디 있지?"

"곧 있을 교전을 준비하고 계십니다."

뉘사나가 고개를 끄덕인 후 턱짓하자 기사는 급한 걸음으로 물러났다. 그가 나가고도 뉘사나는 한참이나 옥좌에 앉아 침묵했다. 그가 가장 소중히 여기는 것마저 포기했으니 승리하지 않으면 안 된다는 강박이 그를 갉아먹었다. 어리석은 보상 심리라. 사실 그 또한 이미 알고 있었다. 그러나 누구나 그러지 않던가, 큰 것을 포기했다면 그만큼 큰 것이 돌아오길 바라는. 응당한 대가를 위해서라면 무엇이라도 할 수 있었다.

돌연 숨이 막혀 크게 숨을 몰아쉰 뉘사나가 팔걸이에 체중을 실어 몸을 바로 세웠다.

끝이 다가오고 있었다.

아우성치는 백성들이 기사들과 힘겨루기를 하는 동안 에사렛타는 단상 위로 조용히 걸어 올라갔다. 그녀는 광장으로 떠밀려 올라온 백성들 중 몇몇과 눈을 맞춘 후 천천히 몸을 감싸고 있던 모포를 벗었다. 소란스럽게 고함을 질러대던 이들이 하나둘씩 입을 다물기 시작했다. 놀란 백성들 사이를 비집고 단상에 오른 아르노만이 쩌렁쩌렁 고함을 쳤다.

"너희들이 그리 찾던 왕비 전하께서 여기 계시다!"

광장과 그 일대에 엄청난 소란이 일기 시작했다. 백성들은 갑자기 솟아난 에사렛타에게로 시선을 고정한 채 침묵하고 있었다. 이목을 끄는 건 성공이었다. 후미에서 상황을 살피던 루덴 공은 썩 만족스러운 상황에 주위를 주시했다. 멀지 않은 북쪽의 대로변에서 소켈가드의 군사들이 빠르게 밀고 내려오는 것이 보였다.

루덴이 소리쳤다.

"왕비 전하를 지켜라!"

에사렛타는 단상에 선 채로 한참을 침묵했다. 누군가가 외쳤다. 왕비 전하다! 아르노만이 움츠러든 에사렛타의 어깨를 조심스레 다독였다. 에사렛타가 길게 숨을 끈 후 또박또박하게 말했다.

"나는 무사합니다."

소란하던 백성들의 머리 위로 소리 삼킨 적막이 번져나갔다.

"나는 그대들의 분노에 몹시 고마워하고 있습니다. 또한, 상황을 이리 만든 자를 향한 분노를 감출 길이 없습니다."

기사들과 밀고 밀치며 적대감을 나누던 백성들은 순식간에 에사렛타가 있는 단상 아래로 몰려들었다. 일부는 단상 위로 기어 올라가 그녀를 구하겠다며 소리치다 기사에 의해 그대로 인파 속으로 나동그라지기도 했다. 에사렛타는 한 손을 들어 올려 그들의 혼란을 잠식시킨 후 말했다.

"이 모든 일의 원흉은 알렉시스 테피온이 아닙니다. 알렉시스 테피온은 나와 왕자를 보호해 이 자리에 이를 수 있도록 해준 자. 제 부군을 시해한 자 또한 알렉시스 테피온이 아닙니다."

단상 뒤로 부딪치는 군사들의 소음을 제외하고는 모두가 침묵했다.

'이게 무슨 말이지?'

백성들은 눈을 크게 뜨고 이해할 수 없다는 듯이 그녀를 바라보았다.

그가 우릴 전부 죽이려 했습니다! 드넓은 광장 어딘가에서 통탄에 젖은 절규가 터져 나왔다. 그에 잠시 멈칫하던 백성들이 눈을 벌겋게 뜨고 단상 쪽으로 밀려들기 시작했다. 스스로가 왕비의 편이라 소리치며 알렉시스를 타도하라 소리치는 이들이 넘쳐났다. 단상의 일부는 순식간에 백성들에게 점거되었고, 기사들은 에사렛타와 세드로, 그리고 아르노만을 에워싸고 그들을 견제하기에 급급했다.

"……최악이군."

몰래 성벽을 넘어와 광장이 보이는 낡은 건물의 지붕에 걸터앉은 알렉시스는 불쾌한 기색을 드러내는 대신 깊은 한숨을 내쉬었다. 루덴의 군사들은 북에서 내려온 소겔가드의 사병들과 싸우느라 시간을 낭비하고 있었고, 피노제의 군사들은 성난 백성들을 전부 가라앉힐 힘이 없었다. 에사렛타가 계속해서 무어라 소리치지만 백성들의 귀에는 들리지 않는 것처럼 보였다.

'이젠 어쩐다.'

알렉시스는 잇따라 빠르게 말을 타고 달려오는 익숙한 인영을 발견하고 선득한 살기를 흘렸다. 레피스를 불구로 만들고, 백성들을 방패 삼고, 그를 천하의 극악무도한 놈으로 매도한, 한때는 썩 좋아했던 뉘사나였다.

에사렛타를 빼앗으러 왔다면 기필코 그것만은 막아야 했다. 알렉시스가 막 가파른 지붕에서 중심을 잡아 일어나 몸을 돌리려다 멈췄다.

'……어?'

뉘사나의 반대편에서 눈에 익은 깃발을 단 마차가 인파를 뚫고 나타났다. 낯설지 않은 가문의 인장을 단 마차는 인파 사이에 조용히 멈춰 섰다. 곧 수십 기의 에드하인다 기사들이 마차를 에워싸고 자리를 냈다. 마차의 문이 열렸다. 알렉시스의 눈이 가늘어졌다. 시종의 부축을 받으며 마차에서 내린 여인은 만삭으로 거동조차 힘든 여인이었다.

알렉시스의 표정이 서서히 사라졌다. 그는 다시 그 자리에 쪼그리고 앉아 턱을 괴었다. 삐딱한 미소가 느릿느릿 입가를 파고들었다.

"뉘사나, 이제 그만해요."

그녀의 음성은 어느 때보다도 큰 여파를 일으켰다. 막 피노제의 기사에게 난폭한 검을 휘두르려던 뉘사나의 움직임이 얼어붙었다. 그는 단상 아래 에드하인다의 기사들 사이에 서 있는 리안을 돌아보았다. 귀신 보듯 뜨인 눈동자였다. 뉘사나의 바로 곁에 서 있던 바이민이 감격해 소리쳤다.

"아가씨!"

리안은 바이민을 향해 한 번 시선을 준 후 다시금 뉘사나에게 말했다.

"뉘사나, 이제 그만해요."

"에드하인다 놈들이 너를 가두고 있었구나! 내가 지금 당장 그들을 물리치고 너를 구해서…….'

뉘사나는 순식간에 그녀를 향해 몸을 돌려 금방이라도 에드하인다를 향해 달려들 듯 검을 고쳐 쥐었다.

리안이 고개를 저었다.

"나를 구할 필요 없어요. 당신이 구해야 하는 건 내가 아니라, 엘올라예요."

리안은 우매하게 몰려든 군중들을 바라보았다. 그들은 아무것도 모른 채 이용당하는 데에 익숙한 자들이었다. 하지만 저들은 그 자체로 카르시타이며, 엘올라였다. 저들이 하나하나 모여 이 거대한 왕국의 지지대가 된다. 제 아비의 말은 틀렸다. 수십 만의 백성 중 일부가 아니라 저들은 그 자체로 하나하나의 카르시타. 제가 지나치게 이상적인 여자라 손가락질해도 좋았다. 제 아이들도 카르시타였다.

"그만해요."

"리안…… 리안, 나는 네가 죽은 줄 알고……. 나는 다신 너를 찾지 못할 줄 알고 너를…….'

"……제일리는 잘 있나요?"

침착한 물음에 뉘사나의 표정이 도리어 일그러졌다. 매일 밤 제 어미를 찾아 우는 어린아이를 어찌 이루 다 형용할 수 있을까. 그는 고개를 끄덕이며 말했다.

"이리로 와, 리안."

"나는 안 가요."

뉘사나가 뒷머리를 얻어맞은 사람처럼 충격에 빠진 눈으로 리안을 응시했다.

"나, 거래, 했어. 소겔가드는 더 이상 당신을 따르지 않아."

"……뭐?"

그 말에 더 놀란 것은 소겔가드 후의 실종 후, 소겔가드 사병의 전권을 위임받아 뉘사나를 보좌하던 바이민이었다. 그는 어정쩡하게 들고 있던 검을 내리고 당혹스러운 눈으로 리안을 바라보고 있었다. 리안은 품 안에서 서신 하나를 꺼내어 던졌다. 바이민은 급히 단상 아래로 내려가 그 종이를 주워들었다. 지령서에는 명백한 소겔가드의 압인이 찍혀 있었다. 그러나 소겔가드 후의 필체는 아니었다.

"아가씨, 이것은."

"이제 그만두자, 뉘사나."

리안의 눈에 괴어 있던 눈물이 떨어져 내렸다. 어찌 보아도 뉘사나가 무사히 살아남을 길은 요원했다. 어차피 죗값을 치러야 한다면 그건 그들 선에서 끝내리라 마음먹었다. 뉘사나와 자신의 죗값을 제 새끼들이 치르지 않길 바랐다.

"네가 지금 왜 나를 배신…… 나는……."

리안은 단상 위에서 세드로를 안고 가까스로 버티고 선 에사렛타를 올려다보며 깊이 고개를 조아렸다.

"왕비 전하, 송구합니다. 이 모두 제가 부덕했던 탓입니다. 용서하소서."

서러운 눈물이 투둑 떨어져 내려 마른 땅을 적셨다. 얼빠진 듯 그녀를 바라보던 뉘사나가 노호했다.

"그런 헛소리는 그만하지 못해! 알렉시스 놈이 이간질을 한 거야!"

"당신이 백성들을 선동하고 차마 말 못 할 짓까지 했다는 거 알아. 그만둬."

그것은 뭉개진 절규에 가까웠다.

"왜…… 왜 네가아아!"

리안이 애써 차갑게 표정을 굳혔다.

"리안…… 아니야. 난……."

뉘사나는 멍하니 광장에 모인 백성들과, 가장자리에서 여전히 서로를 견제하는 기사들의 혈극을 바라보았다.

뉘사나의 얼굴이 벌겋게 달아오르기 시작했다.

"이미 돌이킬 수 없어! 뭘 바라는 거냐. 너는 지금 내게 뭘 바라는 거냐! 내가 포기하면 다 죽어!"

안다. 잘 알고 있었다. 리안은 가슴 미어지는 순간 속에서 눈을 더 크게 떴다. 눈물이 멈추지 않았다.

물러날 때를 조언하는 것 역시 아내의 역할이라면 그녀는 끝까지 그에게 반할 것이다. 한날, 한시. 그와 함께 죽는다면 그 또한 축복이리라.

"뉘사나, 당신이 얼마나 힘들게 살아남았는지, 내가 누구보다 잘 알아. 하지만…… 현명한 자는 물러날 때를 아는 자라고 했습니다. 내 가문의 사람들이 더 이상 이 혈극에 피를 더하는 걸 지켜보지 않을 겁니다. 왕하, 카르시탄, 부디 이제 그만둬주세요."

반쯤 무너져버린 뉘사나의 넋 나간 얼굴을 바라보던 바이민은 고개를 돌렸다. 광기에 찬 뉘사나의 고함에 놀란 백성들이 보였다. 그들은 저들끼리 수군거리며 사태를 관망하고 있었다.

"바이민 경은 나와 함께 갑니다."

"아가씨."

어쩔 줄 모르고 제 손에 들린 소켈가드의 도장을 내려다보던 바이민이 주먹을 꾹 쥐었다.

"바이민 경, 이리 오세요."

리안은 어릴 적부터 제 아비의 곁에서 그녀의 가문을 위해 일신을 바친 나이 든 기사를 향해 명했다.

"명령입니다."

"……하지만, 이 서신은 주군께서 쓰신 것이 아닌…….."

"당신은 소켈가드의 깃발 아래 충성한 기사입니다. 소켈가드는 더이상 백성들을 학살하는 데에 동조하지 않겠습니다. 소켈가드의 도장이 의심스럽다면 내 아버지께 나와 함께 찾아가 그 서신의 진위 여부를 가리도록 하죠. 그 밖의 선택지는 없습니다. 지금 당장 군사들을 물리십시오."

"리안!"

바이민은 당혹스러운 듯 뉘사나를 바라보다가 그를 향해 고개를 조아린 후 리안에게 걸어갔다.

눈물이 그렁그렁 어린 눈으로 마지막으로 뉘사나를 돌아본 리안이 힘겹게 웃었다.

"나는, 옳은 선택을 했어."

뉘사나는 그 자리에 허물어지듯 주저앉았다.

"왕하."

리안은 뒤도 돌아보지 않고 멀어졌다. 그녀가 마차에 오르자 에드하인다 기사들은 처음 그녀를 보필할 때 그랬듯이 그녀가 탄 마차를 에워싸며 멀어졌다. 주춤하던 소겔가드의 군사들은 잇단 명령에 무기를 내렸다.

뉘사나가 핏줄 터진 눈으로 그들을 노려보며 악을 질렀다.

"리안을 데리고 와! 데리고 오란 말이다! 막는 이들은 다 죽여서라도 당장 되찾아 오란 말이다!"

멀지 않은 곳에서 루덴과 대치 상태를 유지하던 레스터벤은 슬그머니 물러나는 소겔가드를 아연한 얼굴로 바라보다가, 슬금슬금 뉘사나에게로 다가왔다. 그의 얼굴에 난처한 빛이 떠올랐다. 백성들의 분위기가 사뭇 흉흉하게 그들을 향해 있었다.

"……그보다는…… 왕성으로 피하셔야 할 것 같습니다."

알렉시스는 자리를 털고 일어서며 쓴웃음을 지었다. 소겔가드의 세력을 강제로 회수한 리안은 뒤도 돌아보지 않고 뉘사나를 등졌다. 사태를 수습하기보다 그녀를 찾아 고함만 지르는 뉘사나가 불쌍할 정도였다.

'……대단한 여자야.'

이 자리에서 그녀가 나서준 것은 그에게는 천행이었으나, 뉘사나에게는 불행이다. 적절한 시기에 소겔가드를 움직인 에드하인다 가문의 이들도 수완이 참 대단한 이들이 아닌가.

"……형님은 끝이군."

그리고 반시간 후, 데바람의 군대가 왕도의 지척에 도착했다는 낭보가 전해졌다.

알렉시스를 따르는 이들이 왕도 안으로 들이닥친다는 소식에 왕궁 밖으로 대부분의 병력이 빠져나간 것은 밀러에겐 기회였다. 그는 즉시 왕궁을 향해 달려갔다. 알렉시스는 그가 에사렛타의 호위에 도움을 주길 바랐지만 아버지인 페닝이 붙잡힌 상황에서 쇼하인을 움직이기란 요원했다. 우선 페닝을 구해내기만 한다면 쇼하인도 자유로워진다.

페닝은 뉘사나에게 사로잡히기 전, 쇼하인의 군기사들에게 상황상 가장 합리적인 명령을 내려놓았고, 명에 따라 쇼하인의 기사들은 밀러의 충실한 심복으로서 움직였다.

밀러는 군사 전투에 박식한 이였으므로, 허둥대지 않고 상황을 잘 처리할 수 있었다. 그는 오히려 그를 믿지 못하고 에들렌이 남하한다는 소식이 더 속이 쓰렸다.

'그 녀석은…… 만나면 혼을 좀 내줘야겠군.'

하지만 크게 혼낼 수는 없을 것이다. 비록 외세에 땅 하나를 통째로 내어준 것은 비난받아 마땅하지만, 애초에 쇼하인은 알렉시스를 위한 군대였다. 영지야 다시 되찾으면 그만.

그들이 막 왕성의 문턱에 이른 순간, 먼 곳에서 함성과 고함, 온갖 소리가 뒤섞인 큰 소리가 울렸다. 잠깐 고개를 돌려 엘올라의 저편을 바라보던 밀러는 말을 재촉했다.

뉘사나가 돌아오기 전에.

그들의 군사들이 돌아오기 전에.

소문은 일파만파 퍼졌다. 혼란에 빠진 백성들은 외면했던 에사렛타의 외침을 비로소 다시 되새기게 되었다. 게다가 소겔가드의 딸은 뉘사나의 처였다. 누군가가 아주 조심스레 운을 뗐다. 왕비 전하의 말이 사실이야? 한 번 피어오르기 시작한 의심은 걷잡을 수 없이 커졌다. 누군가가 그럴 리 없다며 뉘사나를 옹호했다. 리안 님이 협박당한 것 아냐? 또 누군가가 그럴듯한 의문을 제기했다. 그러나 누군가가 의문에 반론을 내비쳤다. 협박당하신 게 아니라 우리가 속았던 거라면? 그들 사이로 가라앉았던 흥분이 열기를 올리기 시작했다.

누군가 소리쳤다.

"……자규께서 답해주실 것이다!"

이름 모를 이웃의 외침에 백성들은 일제히 수긍하며 왕성으로 달려가기 시작했다. 만일 왕비가 했던 말이 사실이라면 대가를 치르게 되리라. 배신감은 이루 말할 수 없을 것이다.

뉘사나는 멍하니 레스터벤에게 이끌려 왕성으로 강제로 끌려가다시피 했다. 그의 머릿속은 온통 리안이 했던 말들뿐이었다. 알렉시스가 어찌 그녀를 구워삶은 것인지, 어째서 그녀가 그럴 수 있었는지. 소겔가드가 침묵한 순간 그는 끝장이 났다 봐도 옳았다. 남은 것이 없었다. 아직 남아 그를 따르는 금군과 사라진 베다시아로 인해 침묵하는 수호 가문의 군사들을 움직일 수도 있지만 미덥지 못했다. 뉘사나는 등줄기를 뒤덮은 식은땀을 이기지 못하고 휘청여 낙마할 뻔했다. 레스터벤이 그의 어깨를 잡아주지 않았다면 분명 그랬을 터다.

"……왕하, 정신을 추스르셔야 합니다."

레스터벤이 입술을 깨물었다. 뉘사나가 오늘 보였어야 할 모습은 그런 것이 아니었다. 만일 철저히 백성들을 속이고자 했다면, 그는 그 자리에서 리안이 알렉시스의 볼모가 되었었음을, 그리고 소겔가드를 점거하여 적들이 그들을 위협했음을 부각해 리안의 말을 죄 거짓이라 믿게 만들어야 했다.

"곧 각지에서 증원이 올 것입니다. 그때까지만 왕성을 본거지로 하여 버티면……."

뉘사나는 판가름할 힘을 잃은 게 분명한 얼굴이었다. 사실, 괜찮다 그를 위로하지만 레스터벤 역시 이제 와 제 주군의 희생은 사실 헛된 것이 아니었나 의심하지 않을 수 없었다. 체자스 공은 끝까지 뉘사나를 믿었다. 하지만 그가 살아 지금 뉘사나의 모습을 보았더라면 무어라 했을까. 고인이 된 자의 뜻 따위 알 수 있을 길이 있을 리가.

리안은 뉘사나보다 현명한 여자였다. 뉘사나는 리안을 버리지 못해 지지부진한 시간을 끌다 이리 다 잃어버렸는데, 그녀는 쉽게 그를 등졌다. 배신을 옹호할 수는 없지만 그녀의 결단력은 분명 감복할 만한 것이다. 어찌 보면 뉘사나보다는 리안이 더 왕의 재목에 가까운 여자일지도 모른다.

결국 뉘사나는 카르시타에서 가장 훌륭한 여자를 부인으로 두었다는 운과 불운을 동시에 안은 남자였다.

왕성의 근처까지 다다른 레스터벤은 멈칫하며, 그들을 따르던 병사들을 멈춰 세웠다. 뉘사나 또한 멍하니 멈춰 섰다. 왕성 앞은 시체로 산을 이루고 있었다. 뜯겨 나간 대문과 피로 뒤덮인 대로의 길목. 죽은 이들은 남아 왕성을 지키던 금군들이었다. 간간이 눈에 익은 문양의 망토를 두른 기사들의 시체도 눈에 띄었다. 분명 그들이 왕성을 빠져나올 때는 없었던 광경.

"쇼하인……."

피로 물든 왕성 앞에 멈춘 뉘사나가 고요히 뇌까렸다. 붉게 흘러내리는 것의 냄새가 코를 찌르고, 눈을 아프게 할 따름이었다. 여전히 귓가를 떠나지 않는 리안의 싸늘한 말들. 그건 애처로운 절규였다.

무엇이 잘못되었나.

그는 피에 젖은 왕궁을 올려다보며 자문했다.

내가 무엇을 잘못했나.

제 사람들의 기대에 부응하기 위해, 살리기 위해, 살아남기 위해서였다. 시작은 그랬다. 뉘사나는 말고삐를 쥔 손을 천천히 내려놓았다.

패배라. 패배의 그림자가 어느새 등 뒤로 바짝 따라붙은 것을 외면했다. 그리 버티고 버텼더니, 남은 것은 아무것도 없었다.

"자규 왕하!"

등 뒤에서 한 병사가 비틀거리며 그들을 향해 달려왔다. 뉘사나는 자문했다.

무엇이 잘못되었나?

세드로를 죽여버릴 걸 그랬다. 아무리 그 어린것이 가여웠다 한들 제 새끼들보다 가여울 리가 없는데.

이미 늦은 추회였다.

"뒤쪽에서, 백성들이 몰려오고 있습니다."

뉘사나는 동요하는 기색 없이 고개를 돌렸다. 머리 없는 짐승처럼 잘도 제 뒤를 따라오던 이들이 생각이란 걸 하기 시작한 모양이었다. 하지만 중요치 않았다. 중요한 건 리안을 구하고, 이 상황을 해결하고, 왕성을 박살낼 기세로 들이닥친 쇼하인을 잡아 죽이고…….

"왕하!"

또 누군가가 부른다. 부질없는 생각이 떠올랐다. 자신은 '왕하'였다. 왕자가 아니라. 단 한 번도 왕자로 불려본 적이 없는, 자격 없는 사내였다. 누구라도 왕이 될 수 있지 않겠느냐 제게 속삭였던 리안마저 등 돌린 지금 그는 아무것도 아닌 남자였다.

"……말해라."

"데바람의 군이, 곧 당도한다는 소식입니다."

데바람의 군사들. 아직 버티고 있는 루덴의 군사들을 처리하지도 못했는데 그들까지 합세한다.

데바람의 군. 성문에 당도한다.

보고는 이명 속으로 섞여들었다.

"하…… 하하. 하하하!"

한참을 웃던 뉘사나가 제 얼굴을 감쌌다.

참으로 바보 같고 어리석은 이유였다. 간사한 어미에게 버려져, 이 아름다운 땅에서 진탕에 구를 아이를 보고 있자니 동정심이 샘솟았다. 굳이 그를 죽이지 않아도 왕이 될 수 있을 거라고 생각했다. 어차피 적통이 되지 못하니, 주적은 제누바시스의 아들인 알렉시스일 뿐이라. 카르시타의 땅을 밟은 그 아이의 출생의 진상이 낱낱이 까발려지면 어린아이의 피는 묻히지 않아도 된다.

그러나 그건 결국 물러 터진 생각일 뿐이었다.

'⋯⋯.'

비정해질 것이라면 처음부터 비정했어야 했다.

'형님은 왕재가 아닙니다.'

들러붙은 저주가 귓가를 끈적하게 옭아매는 기분이었다. 뉘사나가 피 묻은 손으로 얼굴을 덮으며 어깨를 들썩였다. 웃음소리가 잦아들 자, 나뭇가지처럼 벌어진 손가락 사이로 눈물이 따라 내렸다.

레스터벤은 절박한 얼굴로 뉘사나의 명을 기다렸다. 데바람의 군사 들이 들이닥치고, 왕성엔 쇼하인이 버티고 있고, 백성들은 그들에게 의문을 품는 순간은 몹시도 끔찍했다.

"왕하, 명령을⋯⋯."

석상처럼 멈춰 선 뉘사나를 어찌하지 못하고 주위만 서성대며 경계 를 바짝 세운 레스터벤은 곧 왕성에서 줄지어 달려 나오는 쇼하인의 기사들을 발견하고 말을 멈추었다. 수십, 아니, 수백의 행렬이었다. 밀러를 선봉에 두고 차봉으로는 초췌한 몰골의 쇼하인 공과 몬테인 공 이 따르고 있었다.

그들은 성문 앞에서 대기 중인 뉘사나와 그의 뒤로 따르는 체자스가 의 군사들을 발견하고 황급히 멈춰 섰다. 뉘사나는 말없이 자조했다. 등 뒤로는 백성들의 원성이 가까워지고 있었다.

'무엇이 잘못되었나?'

자신이 답하지 못하는 그 질문에, 익히 아는 누군가는 이리 대답할 것이다.

'왕이 되려 한 것이 잘못입니다.'

쉽게 선동당하는 우매한 백성들이라 자신이 욕하였나?

생각해보니 자신 또한, 주위 분자들의 선동질에 왕이 되고자 하는 꿈을 키우지 않았나. 자격 미달의 사내에게 바람을 불어 넣은 것은 귀족들이었고, 뉘사나는 못 이긴 체 그들의 등쌀에 떠밀려 한평생을 이리 살았다. 그러면 긴 세월 잠 못 들던 밤은 어찌 보상받아야 하나.

　뉘사나가 검을 들어 올리자 멀찍이 서서 그들을 경계하던 밀러 역시 피투성이 검을 고쳐 쥐었다. 그러나 뉘사나는 팔을 오른쪽으로 쭉 뻗어, 검자루를 쥔 손에 힘을 풀었다. 고철 덩어리가 나동그라지는 소리가 적적하게 울렸다. 놀란 레스터벤이 무어라 말하기 위해 입을 벌리는 순간 뉘사나가 담담히 뒤돌아보지 않고 말했다.

　"내버려둬."

　"······왕하?"

　"필요 없다."

　검을 버린 뉘사나를 바라보던 밀러는 터벅터벅 왕성 안으로 걸어 들어갔다. 레스터벤이 그를 막기 위해 붙잡으려 했지만 뉘사나는 가볍게 그의 손을 밀어냈다.

　"왕하!"

　뉘사나는 밀러를 선두로 긴장한 쇼하인의 기사들을 비웃듯 바라보며 그들을 향해 똑바로 말을 몰았다.

　다그닥다그닥.

　긴장한 쇼하인의 기사들과는 다르게, 뉘사나는 덤덤한 얼굴로 평온한 인사를 건넸다.

　"오랜만에 빛을 보시니 기쁘시겠군."

　쇼하인 공, 페닌은 잔뜩 야위어 움푹 들어간 눈으로 뉘사나를 노려보았다. 거즘 몇 달 왕궁의 지하 감옥에서 고초를 겪은 사람답지 않게 형형한 눈빛이었다. 밀러가 앞으로 나서서 그에게 검 끝을 겨누었다. 그러나 뉘사나는 무심히 그의 검 끝을 손으로 밀어내며 그를 스쳐 지 났다.

"경계할 것 없어, 헤센 경. 알렉시스에게 나를 찾아오라 일러라."

아무렇지도 않게 쇼하인의 기사들을 헤치고 지나가는 뉘사나의 뒷모습을 바라보던 밀러가 검을 내렸다.

"이 지긋지긋한 진흙탕 싸움, 그만 끝내자고."

배반당했다는 사실에 일그러졌던 뉘사나의 표정은 눈꺼풀 안에 박힌 듯 떨어질 줄 몰랐다. 부서지는 얼굴, 갈라진 고함, 찢긴 믿음에 어찌하지 못하고 악을 쓰는 뉘사나를 돌아볼 수 없어 뒤도 보지 않고 떠났다. 리안이 벌건 눈으로 아넬라의 손을 움켜잡았다.

"약조하셨습니다. 내 아이는 살려주기로."

아들이 아니라 딸이라면. 그 조건은 구태여 입에 담지 않았다.

그녀는 빌고 또 빌었다. 제발 계집아이여라. 제발 계집이어라. 이 어미의 마지막 소원이다. 아가, 제발, 제발, 제발. 너는 제발 계집아이 여야 한다.

그리고 얼마 지나지 않아, 데바람의 군사들이 도착했다는 소식이 들려왔다.

힘겹게 입꼬리를 올린 리안의 눈가에 괴어 있던 눈물이 그대로 흘러내려 입매를 적시고 떨어졌다.

"약조, 약조하셨습니다. 지켜주기로. 에드하인다의 명예를 걸고."

아들이 아니라 딸이라면. 두 사람 다 암묵적으로 목 안으로 숨긴 조건이었다.

"예, 리안 님, 예…… 최선을 다할 겁니다. 제 명예를 걸고. 에드하인다의 안주인으로서, 반드시."

절박하게 매달리는 리안을 안아 다독이던 아넬라는 문득 자신의 치맛단이 무겁게 처지는 것을 느꼈다. 기묘하게 축축한 느낌에 조심스레 리안을 밀어내고 아래를 내려다본 아넬라는 붉게 피 묻은 제 치마의 윗부분을 발견하고 눈을 크게 떴다. 아넬라의 시선을 따라 리안의 충혈된 눈동자가 아래로 향했다.

피 냄새가 확 풍겨왔다.

놀란 아넬라가 황급히 소리쳤다.

"당장, 의원을 불러와라! 어서! 어서!"

가까스로 버티고 섰던 리안이 천천히 주저앉으며 배를 감싸 안았다. 하혈이 시작되고 있었다.

뉘사나의 살아남은 모든 군대는 데바람의 군이 왕도에 도착했다는 소식이 전해짐과 함께 침묵하기 시작했다. 마지막 발악이라도 할 것이라 생각했는데 그는 지나치게 조용했다. 쇼하인을 구하기 위해 왕성을 쳐들어갔던 밀러를 눈앞에서 그대로 놓아주기까지 했다지.

이튿날 알렉시스는 그의 요청대로 왕성으로 향했다. 왕성 앞은 수백의 백성들이 모여 아우성치는 소리로 북새통이었다. 뉘사나의 군사들은 땅으로 꺼졌나 하늘로 솟았나. 코빼기도 비치지 않았다. 루덴 공과 요제이를 이끌고 유유히 왕성 안으로 들어선 그는, 레스터벤의 안내를 받아 왕성의 가장 꼭대기에 있는 널찍한 방에 들어섰다. 방의 한복판에는 기다란 테이블이 놓여 있었고 그 위에는 각종 음식과 술과 음료들이 가득했다. 때맞지 않게 호화로운 식사였다.

가만히 문 앞에 서서 방 안을 살피던 알렉시스는 그의 건너편에 위치한 의자를 끼이익 소리가 나게 뺀 후, 엉덩이를 붙이고 앉아 팔짱을 꼈다.

"최후의 만찬이라도 즐기자는 겁니까?"

뉘사나는 입술로 진귀한 보석이 박힌 잔을 가져다 대며 받아쳤다.

"네게 즐길 배짱이 있다면."

"독이라도 타셨습니까?"

"글쎄. 한번 먹고 확인해봐. 혼자 왔나?"

"일단은."

"겁대가리 없긴."

"전의 꺾인 놈들 몇 달려들어도."

무표정하게 알렉시스를 노려보던 뉘사나의 입가에 자조가 어렸다. 하기야, 지금 당장 알렉시스를 사로잡으라 한다고 해도 왕성이 쇼하인의 군사들과 알렉시스의 세력들로 점거된 상황. 이 성은 이젠 더 이상 그를 위한 요새가 아니었다. 알렉시스는 곧 들어와 그의 잔에 술을 따르는 시종을 무시한 채 의자 등받이 위로 팔을 삐딱하게 걸치며 거만하게 미소 지었다.

"데바람을 끌어들인 것은 네 독단이냐? 그 젊은 놈이랑 제법 죽이 잘 맞나 보지?"

"그런 오해 불쾌합니다. 전 지스카르 헨솔을 싫어합니다. 사정이 희한하게 그리 꼬였을 뿐입니다. 하지만 형님 또한 트란실 인들을 종용하셨으니, 저를 비난할 자격은 없으십니다. 데바람이야 그렇다 치더라도 트란실은 뒷수습이 어려울지도 모릅니다. 야만인들이라니 대체 무슨 생각이십니까. 어찌 그 대책 없는 놈들을 꾀어냈답니까? 수완도 좋지."

"그놈들 중에서 야망 있는 선출자 몇을 꾀어내는 건 어렵지 않았지. 왕정이 얼마나 대단한지, 제 핏줄이 대대손손 그 땅을 다스리게 된다는 것이 어떤 의미인지."

"형님은 얼마나 대단하다 여기시기에?"

뉘사나는 대답 대신 쓰게 웃으며 반쯤 빈 잔을 단박에 들이켰다.

"너와 이리 마주 앉은 것이 얼마 만이지?"

뉘사나가 화두를 돌렸다.

"그래도 한 해에 한두 번 정도는 다 같이 식사를 했으니, 오래지도 않았습니다."

"그렇군. 근데 까마득하게 멀게 느껴져."

끝나지 않을 것 같던 싸움이었다.

"우린 서로 싫어하지는 않았는데 말입니다."

"난 너 싫었다."

"거짓말은. 왜 제 주변에는 좋으면서 싫다 하는 이들이 이리 많은지."

너스레를 떠는 그를 향해 설핏 웃어 보인 뉘사나는 시종에게 손짓해 새 술을 잔에 채우며 물었다.

"내가 패배한 거라 생각하나?"

"애초에 성문을 지키지 못하셨으니, 끝은 필연적인 겁니다. 형님의 증원이 찾아오기도 전에 제가 죄 쓸어버릴 테니까. 마지막 발악이라 도 해보시겠습니까?"

그의 빈정거림에 뉘사나는 잔을 쥔 손에 힘을 주며 씹어 뱉듯 말했 다. 물러날 곳 없어 무너진 그가 할 수 있는 유일한 저주였다.

"너 또한 현명한 왕이 되지 못할 거다. 네 것밖에 챙기지 못하는 네 놈은 결국 나와 같은 말로를 맞게 될 거다. 네놈이나 나나 같아. 결국 글러먹은 종자들이었어."

"그래서 일찍이 소겔가드를 포기하지 않은 것을 후회하십니까?'

"같았을 거다. 후회하지 않아. 어차피 시간을 되돌려도 나는 그랬을 테니까. 이런 잡담은 걷어치우지. 너랑 사이좋게 속마음이나 터놓자 고 부른 게 아니니. 더 이상의 유혈 사태를 피하고 싶나, 알렉시스?"

알렉시스가 빙그레 웃었다.

"예, 형님. 저 또한 형님과 같은 마음입니다. 되겠습니까?"

뉘사나가 낮게 웃으며 잔을 내려놓고 거만하게 턱을 치켜들었다.

"책임을 져야 하는 측근들은 내 직접 참하겠다. 너는 남은 이들에게 죄를 묻지 말 것이며, 리안과 제일리의 목숨을 보전해라."

"형님의 목숨은?"

"애초에 너도 나도 각오한 죽음이 아니었나."

"저는 아닌데요. 제가 미쳤다고 제 목을 내놓을 각오를 했겠습니 까."

능청스러운 알렉시스의 대꾸에 뉘사나가 어처구니없다는 듯 웃었 다. 배 속에 구렁이 천 마리는 삼킨 것처럼 뻔뻔하기가 한이 없다.

"대답은?"

"살려줄까요?"

알렉시스가 술잔에 손을 뻗으며 물었다.

"엘올라를 파괴하는 것에 일조한 귀족들은 응당 처벌받아야겠지만, 형님이 포기하시는 조건이라면 죄질을 조금 가볍게 해줄 수는 있겠지요."

"소겔가드는."

술잔의 술을 마시는 대신 가볍게 잡고 흔들던 알렉시스가 질린다는 표정을 지었다.

"형수님은 에드하인다 대백과 직접 담판을 지었습니다. 에드하인다의 명예를 건 약속이라 하니 그걸 강제로 깨려 하면 제게도 미운털이 박히겠지요. 그래서 이쪽도 지금 영 머리가 아픕니다."

뉘사나가 텅 빈 배 속이 간지러운 듯이 헛헛한 웃음을 지었다.

"형수님이 참 계산이 빠른 분이시더군요. 종국엔 승리가 이쪽의 것이란 걸 아셨던 거지요."

"……자신감이 넘치는군."

뉘사나는 담담히 답하며 무의식적으로 떨리는 제 손을 바라보았다. 몇 번이나 잔을 쥐려다가, 추하게 떨리는 모습을 들킬까 팔을 내렸다. 목이 바짝 말라왔다. 이 진절머리 나는 삶 어찌 그리 아등바등 살아남았는지, 이제사 돌아보니 우습기도 했다.

"저는 아직 에드하인다를 존중하긴 합니다만 형님의 핏줄 문제에 있어서만큼은 그다지 보호해주고 싶은 생각이 들지 않습니다. 또 제가 아니라도 소겔가드라면 이를 갈 만한 이들이 차고 넘칠 테지요. 반역자의 부인과 그 자식들이라니."

"미끼를 던져라. 뭐든 물어줄 테니."

알렉시스의 속을 읽어낸 뉘사나가 픽 웃자 알렉시스 역시 기분 좋게 마주 웃으며 턱을 괴었다.

"아직까지 백성들은 저를 믿지 못합니다. 누구 덕분에 신뢰도가 바닥을 치는 상황이라서."

뉘사나가 웃음을 터뜨렸다.

"네놈이 평소 행실이 오죽이나 방탕했으면 한 치의 의심도 없이 그것을 믿었겠느냐? 허구한 날 이리저리 쏘다니고, 왕성에 붙어 있지도 않고, 백성들 앞에 모습을 드러내지도 않고, 나 몰라라 하고 살았으니 신뢰도가 그 꼴이지."

"그게 누구 때문입니까? 왕도에 붙어 있으면 죽자고 달려든 건 형님이 아닙니까. 싸우기 싫어 피한 것뿐입니다."

"내 핑계 대지 마. 나 역시 너와 다를 것 없는 삶을 살았다. 하지만 난 싸움을 피하고자 도망친 적이 단 한 번도 없다. 매사를 대충 넘기려는 건 네 천성이야."

"형님이 죽으면 조금은 슬퍼지겠습니다. 이리 저를 잘 알아주는 분인데."

"시끄럽고. 요점."

"요는, 형님은 여드레 뒤에 있을 선언식에 참석해주셔야겠다는 겁니다. 그 자리에서 진상을 밝히고 스스로의 죄를 실토해 백성들에게 진실을 알려주셔야겠습니다. 그리 한다면 제일리와 형수님의 목숨은 보장하겠습니다."

알렉시스는 반쯤 비뚤게 몸을 기대어 앉은 채로 긴 식탁의 어딘가를 바라보며 입술을 열었다.

"……악당으로서 말로를 맞으라는 거군."

"화려하게 퇴장하시죠. 이왕이면 오래도록 기억에 남게."

뉘사나가 느리게 눈을 감았다 떴다.

"뭐, 어려울 것 없지……. 그렇다면 한 가지 답해줄 수 있겠나? 어떻게 해서 아르노만을 움직였지?"

알렉시스는 나른하게 고개를 좌우로 뻐근한 듯 움직이며 대수롭잖다는 투로 말했다.

"세 가지를 다 잃는 것과 두 가지를 잃는 것, 그리고 한 가지만 잃는 것 중 어떤 것을 선택하겠냐고 물었습니다. 욕심을 버리지 못한 늙은 공작은 쉽게 승낙했지요."

셋과 둘과 하나. 가만히 알렉시스의 말을 곱씹던 뉘사나가 곧 어이가 없다는 얼굴로 입술 끝을 씰룩였다.

"내 생각이 맞나. 설마 네가 그 약조를 지키진 않겠지."

알렉시스가 대답 대신 왜 다들 이렇게 저를 못 믿는지 모르겠습니다, 하고 너스레를 떨어댔다. 그러자 뉘사나는 이내 미친 사람처럼 폭소를 터뜨리기 시작했다. 한참을 웃던 그는 광인 보듯 알렉시스를 노려보았다.

"너야말로 최악이다. 역대 최고의 사기극이군. 미친놈, 미친놈!"

경멸로 그를 노려보는 뉘사나와 한참이나 눈을 마주하던 알렉시스가 느릿느릿 일어섰다.

"저도 압니다."

미친놈! 울분을 토해내는 뉘사나의 고함이 뒷덜미로 따라붙었다. 방을 벗어나는 것으로 그를 외면한 알렉시스는 몇 걸음 걷다 말고 복도의 창으로 보이는 그의 백성들을 굽어보았다.

일부 여력이 있는 군대는 백성들을 진정시키는 데에 안간힘을 썼다. 루덴 공 역시 마찬가지였다. 왕성을 에워싼 백성들은 난폭하게 분노하며 밝히라며 소리쳤다. 한번 피어난 부정적인 의심은 금세 전 엘올라로 퍼져나갔다. 시간이 지날수록 군중의 수가 기하급수적으로 늘어나는 듯했다.

결국 초기 진압에 완전히 실패한 기사들은 최소한의 병력만 남기고 전후 처리로 눈을 돌렸다. 다행이라 해야 하나, 지스카르의 혈기 넘치는 군이 합류한 이유로 일손은 부족할 일 없이 풍족했다. 루덴은 조금 전 알렉시스가 제게 했던 말을 곰곰이 생각했다. 엘올라 외부 영지에서 뒤늦게 소식을 들은 뉘사나의 세력이 또 다른 봉기를 하기 전, 화근의 싹을 잘라버려야 하는 건 당연하다. 하여 선언식에서 뉘사나를 공개 처형한다는 데에는 찬성이었지만, 문제는 데바람의 지스카르를 붙잡아두라는 말이었다. 그는 기필코 데바람의 지스카르가 제 즉위식에 참석하기를 바랐다.

하지만 데바람의 지스카르는 뉘사나의 죽음이 확실시되면 더 이상 남아 있을 이유가 없었다. 오히려 데바람의 대군이 빠르게 떠나는 것이 백성들을 안정시킬 길이었다. 루덴 공은 합리적인 판단을 역설했지만 알렉시스는 한 마디로 일축했다.

"그가 필요하다."

루덴 공으로서는 이유를 알 수가 없었다.

얼마간 고민에 잠겨 걸음을 옮기던 그는 광장의 복구 작업이 한창인 곳에 앉아 있는 지스카르를 발견했다.

"헨솔 님."

"오랜만이군, 나의 벗."

지스카르는 반갑게 루덴 공과 인사를 나누었다. 지스카르가 번잡한 광장 저편으로 시선을 미끄러뜨리며 말했다.

"너희도 이곳을 복구하려면 시일이 꽤나 필요하겠군."

사상자를 최소화하겠다는 방침으로 움직였음에도 죽은 자나 부서진 잔해의 수가 헤아리기 어려울 정도였다.

"적장은 침묵한다고? 포기했다던가?"

"그렇다고 합니다. 성문을 지키지 못한 시점에서 그는 이미 패잔병일 뿐이지요. 데바람의 지원 소식을 듣자마자 물러나겠다고 했다 합니다."

썩 만족스러운 표정으로 지스카르가 고갤 끄덕였다.

"이리 네 고향과 내 고향을 오가며 눈에 담는군."

"……."

"하지만 솔개 공, 애초에 내가 너를 돕겠다 했을 때 나는 제르와 세드로라는 그 꼬맹이를 데리고 돌아가는 걸 조건으로 했었다."

"예. 기억하고 있습……."

루덴 공의 조아려진 정수리 위로 지스카르의 평이한 음성이 닿았다.

"허면 이제 그대가 나를 좀 도왔으면 하는데."

"난처하군요."

"내 몸에 흐르는 아비의 반절의 피는 어쩔 수 없는 거지."

"강제로 데리고 가신다 해도 저는 막지 않을 겁니다."

"내 아비와 같은 취급을 당하고 싶지 않다."

루덴 공, 릴카인이 그와 교우한 세월은 제법 길었다. 때문에 그 역시도 지스카르에게 있어 쥬세가 어떤 의미인지, 제르가 어떤 의미인지 잘 이해했다. 그들의 말 못 할 사연 또한 카르시타의 누구보다 잘 알고 있었다.

"하지만…… 그 여자도 마음을 바꾸지 않을 수 없을 겁니다. 솔직히, 알렉시스 님이 즉위하시면 제가 앞장서서 세드로 저하의 사형을 청해 모든 화근의 싹을 잘라낼 거니까요."

"냉정하군."

"그 여자와 모종의 관계라는 소문이 있긴 하지만, 올리비에 왕하께서도 충분히 이해하실 겁니다. 그분은 불명확한 후계 문제로 인한 유혈극과 음해를 증오하는 분, 출신을 폭로하면 에사렛타 왕비 전하도 동시에 끌어내려져 피노제와 함께 무너질 것이고, 폭로하지 않더라도 왕자 저하를 따를 세력을 견제하기 위해 손을 쓰실 테니…… 결국 어떤 이유에서든 세드로 저하는 살아남기 어려우실 겁니다."

눈 가린 장님도 이해할 만한 명백한 사실이 도리어 답답해 지스카르는 얕은 한숨을 내켰다. 그의 기색을 살피던 루덴 공이 내키지 않는 사람처럼 머뭇거리다 말했다.

"말이 난 김에……. 헨솔 님, 본국의 일로 마음이 바쁘실 와중에 죄송스러운 말씀이나, 이번 카르시타의 대관식에 참석해주시겠습니까? 그리 해주신다면 화합의 증거로서 매우 영광스러운 일이 될 겁니다."

"알렉시스 테피온의?"

"예."

"왜?"

알렉시스가 그것을 원했다. 그리 솔직하게 말하기는 면구했던 터라, 루덴 공은 말없이 미소만 지어 보였다. 단칼에 거절할 듯했던 지스카르는 작게 입술을 벌린 채로 까슬하게 수염 난 턱을 만지작거렸다.

'대관식…… 이라.'

알렉시스가 왕이 되어 세드로가 자동 실각하게 되면 그녀 역시 현실을 깨닫게 될 것이다. 피노제의 대공이 아무것도 해주지 않으리라는 걸, 에사렛타 왕비에겐 아무 힘도 없다는 걸. 그리고 알렉시스 테피온이 위선자라는 것을.

그렇다면 나쁠 것 없었다.

레피스는 뉘사나가 패배를 인정했다는 소식에 반색하며 일어섰다.

이제 이 지긋지긋한 싸움이 끝이 난 것이다. 그가 막사 밖으로 나가려는 찰나, 알렉시스가 휘장을 걷고 그의 막사 안으로 들어왔다.

표정 하나 없이 차가운 얼굴이었다. 축하를 위해 막 운을 떼려던 그는 별안간 자신을 당겨 꽉 안는 알렉시스의 모습에 놀라 눈만 깜빡거렸다. 알렉시스 님? 허전한 팔 대신 멀쩡한 팔로 그의 등을 툭툭 치며 그가 떨떠름하게 말했다. 왜 이리 낯간지럽게 구십니까. 축하드립니다. 알렉시스는 말없이 그의 뒷머리를 끌어당겼다.

얼마 후, 웃음기 가득한 얼굴로 농을 걸던 레피스의 팔이 느리게 아래로 떨어졌다.

남은 것은 에사렛타와 함께 피노제의 비호 아래로 돌아간 세드로의 처우뿐이었다. 그러나 어느 정도 위치에 있는 이들은 모두가 바빠서 제르는 누구에게도 물을 수가 없었다. 염치 불구한 기분으로 앞으로 어찌 될 것인지, 어찌할 것인지를 묻고자 피노제의 대공작을 만나길 청했지만 아르노만 역시 바쁘기는 마찬가지였다.

에드하인다의 저택에 머물며 귀를 세우고 있으니 대충 소식은 들렸다. 상황은 완전히 알렉시스에게로 기울어 있었다. 뉘사나와 담판을 지은 것도 알렉시스였으므로 당연한 일이었다. 세드로는? 누구도 그녀에게 세드로의 이야기를 꺼내지 않았다. 많은 이들이 세드로를 잊은 사람처럼 알렉시스에 대한 이야기만 떠들어대고 있었다.

믿을 것은 에사렛타의 친부인 아르노만뿐이었다. 아르노만이 아무 생각 없이 알렉시스를 도왔을 거라 여기지는 않았다. 이미 일이 이리 된 것, 드러내놓고 묻고 싶었는데 만날 수가 없으니 그녀 역시 답답하기만 할 뿐이었다. 그런 와중 페이랑이 퀸시오로 소식을 전할 사람을 보내도 되겠냐 했지만 제르는 흘려들었다. 페이랑이 알아서 하리라 믿었다기보다는 다른 생각을 할 여력이 없었다.

전에 없이 평화로운 에드하인다의 사저로 흘러드는 소문만 귀담는 건 어리석은 짓이라.

에드하인다의 안주인인 아넬라가 전해주는 것만으로는 한계가 있다. 그녀는 수많은 가능성을 계산했다. 하지만 그 가능성 중 행복한 결말이란 없었다.

그렇다면 어찌해야 하나.

모두가 몸이 열 개라도 부족할 만큼 바쁜 시국에 그녀 역시 아르노만만 믿고 있을 수만은 없었다.

그녀는 아넬라를 찾아갔다. 아넬라는 평소보다 근심 어린 얼굴로 테르테오의 머리장식을 손보아주고 있었다.

"왕하."

아넬라가 그녀를 발견하고 일어서는 것과 동시에 테르테오가 후다닥 일어나 쑥스러운 미소를 지어 보였다. 보조개가 쏙 들어간 통통한 뺨이 귀여운 얼굴이었다. 평소와는 달리 도망치지 않는 아이의 시선에 제르가 도리어 고개를 갸우뚱했다.

"……안녕, 하세요, 왕하."

수줍은 음성이 인사를 건넸다.

테르테오는 못 본 새 부쩍 자라 있었다. 욜랑을 보며 생각했지만 아이는 참 금방 자라는구나 싶었다. 욜랑은 어찌 지내고 있을까. 그 아이는 얼마나 더 컸을까. 정이 든 건지 간간이 생각이 났다.

"그래."

제르는 간결히 인사에 답한 후 테르테오에게서 시선을 뗐다. 그러나 테르테오는 마치 신기한 것을 보는 사람처럼 빤히 제르를 올려다보기만 할 뿐이었다. 예전이라면 상상도 할 수 없는 일이었다. 아이가 엄마의 치맛자락을 슥슥 끌어당겼다. 아넬라가 허릴 숙여 눈높이를 맞추니 테르테오가 발꿈치를 들어 아넬라의 귓가에 무어라 소곤거렸다. 곧 아넬라의 낯에 우아한 미소가 번졌다.

"그런 말은 함부로 하는 게 아니란다, 아가."

그리 말한 아넬라가 몸을 바로 세우며 무뚝뚝하게 두 모녀를 바라보는 제르와 시선을 맞추었다.

"무섭게 보였던 왕하의 눈이 지금은 참 신기하고 아름답다 합니다."

"……갑자기."

제르는 순간 허를 찔린 사람처럼 작게 입술을 벌렸다. 여태까지의 제 얼굴이 어찌 보였기에? 그녀는 당황스러워 제 얼굴을 매만졌다.

아넬라가 곧 다정하게 미소 지으며 테르테오의 어깨를 밀었다. 테르테오는 두어 바퀴 제르의 주위를 빙글 돌더니 야무지게 인사하고 도망쳤다. 얼떨떨한 기분이었다. 도망치듯 사라진 테르테오가 닫고 나간 문을 한참이나 바라보던 제르는 소기의 목적을 떠올렸다. 어찌 되어 가는지 조금 더 구체적인 소식이 알고 싶었다. 아르노만과 만날 수 있는 길이 있을지에 관해서도. 그때, 한 하인이 엉덩이에 불이라도 붙은 사람처럼 떨리는 목소리로 아뢨다.

"주인마님, 지금 그, 그분께서 다시 상태가 안 좋아지셨습니다……!"

'그분?'

제르가 고개를 갸웃하며 돌아보니 아넬라의 낯빛은 더없이 어둡게 가라앉아 있었다. 아넬라가 제르의 시선을 깨닫고 설명했다.

"아시겠지만 자규 왕하의 부인이신 리안 님이 이곳에 계십니다. 헌데 만삭의 몸으로 요 며칠 일들이 많아 많이 무리가 된 듯합니다."

며칠 전 하혈했던 리안은 가까스로 유산을 피했다. 그러나 의원은 조산의 기미가 있으므로 안정만이 길이라 몇 차례나 그들에게 위협적으로 당부했다.

"리안……소겔가드의 그."

제르는 소겔가드의 딸에 대해 들었던 소문을 떠올리고 작게 입술을 벌렸다. 모두가 그녀가 계산적이었다 비난했지만 제르는 외려 그녀를 동정했다. 제 자식을 살려달라는 조건으로 뉘사나를 배반하고 소겔가드의 문서를 위조했다 했던가.

"몸이 안 좋다는 건."

"가까스로 유산을 피하셨지만 아직 위중하십니다."

아넬라의 침통한 음성이 울렸다. 그럴 수밖에 없다. 아무리 강한 여자라도 이런 일을 겪고도 멀쩡할 수는 없을 터다.

"……그렇군."

'뉘사나의 아이라…….'

제르는 문득 제 지난 시간을 떠올렸다. 언젠가 빼앗길 아이를 불안으로 기다렸던 시간들.

나흘쯤 지나자 상황은 얼추 정리가 되었다. 시위에 지친 백성들은 선언식 때 공식적인 설명이 있을 거란 이야기에 하나둘씩 자리를 정리했다. 왕성에서 침묵하는 뉘사나를 뒤로한 채 떠나는 이들의 얼굴엔 분노가 가득했다.

독으로 오염된 수원을 정화하기 전까지 소블란이 공수해 온 물을 배급하는 일은 순조로웠다. 그리고 약초학과 지질학 전문가들이 급히 초빙되어 수원 언저리를 시시각각 점검하는 일이 일상처럼 자리 잡았다. 대부분의 시체는 왕도 밖의 전답 일대에서 바람이 불지 않는 시간을 골라 불태웠다. 시체 타는 냄새가 왕도를 뒤덮었지만 누구도 불평할 수는 없었다. 우는 사람의 소리도 왕왕 시체 냄새와 함께 흘러들었다.

사람을 보내어 반드시 만나고 싶다 청했지만 잠깐의 짬도 내주지 않는 아르노만으로 인해 제르는 극도로 예민해졌다. 뉘사나의 처형이 나흘 앞으로 다가왔다는 이야기까지 더해지자 그녀는 거의 정신을 차리지 못하는 정도에 이르렀다. 일이 지나치게 빠르게 진행되고 있었다.

제르는 안절부절못하며 방 안을 서성였다.

만일 아르노만이 이대로 끝까지 외면한다면, 그건 세드로를 애초에 포기했다는 것과 맥을 같이한다. 만약 그렇다면 에사렛타는? 에사렛타는 진심으로 세드로를 지키고 싶어 했다. 그녀가 그리 둘 리가 없다. 하지만 결정권은 피 섞이지 않은 이들에게 있었다.

'도망이라도 쳐야 하는 건가.'

그녀는 비로소 지스카르가 떠나지 않고 이곳에 머물고 있는 이유를 알아차렸다.

하지만 꼭 그만큼 드는 반감에 제르는 입술만 짓씹었다. 데바람은 싫다. 그냥 싫었다. 그곳은 끔찍한 땅. 그런 기억뿐이었으므로.

막 생각이 주체하지 못하고 막 자라난 덩굴처럼 뻗어나가는 찰나, 뜻밖의 희보가 들어왔다. 아르노만이 에드하인다 저택을 방문했다는 이야기였다. 더 잴 것도 없이 제르는 옷매무새를 가다듬었다. 그러나 그녀가 준비를 마치고 나가기도 전에, 아르노만이 먼저 그녀에게 사람을 보내어 왔다.

잠시 만남을 가질 수 있겠습니까.

그건 그녀 역시 바라던 바였다.

노쇠한 공작은 피로로 만면한 낯빛이었다. 그럼에도 눈빛만큼은 젊은 기개의 호랑이처럼 형형해, 제르는 순식간에 흥분을 가라앉힐 수 있었다.

"왕하, 공사가 다망해 일찍 찾아뵙지 못했습니다."

마주앉은 아르노만을 바라보며 단도직입적으로 물었다.

"피차 시간이 귀하니 인사치레는 받지 않겠습니다. 제가 왜 만남을 청했는지 짐작하고 계실 겁니다."

"왕자 저하의 처우에 관한 이야기이겠지요. 대공께서 알렉시스를 도운 것엔 그만한 이유가 있을 거라 생각합니다."

"자세한 것은 논하기 어렵습니다. 다만 왕하께서 세드로 저하를 포기하신다 하셨던 것을 잊지는 않으셨을 겁니다. 연연하지 마십시오. 이는 카르시타의 일입니다."

뜻밖의 차가운 대꾸에 제르의 얼굴이 굳어졌다.

"그건 세드로의 안전을 담보로 한 약조였습니다. 세드로를 지키지 못한다면 계약 위반입니다."

"계약 위반이라 하셨습니까. 허면 다시 데려가시려고요?"

"……."

"구태여 다시 데려가시겠다고 하신다면, 기꺼이 돌려드리지요. 하지만 그 순간 세드로 저하는 여지없이 실각하고, 저희는 더 이상 그분을 지키기 위해 움직이지 않을 겁니다. 제 딸아이와 가문은 명예가 조금 실추될지언정 손해 보는 것은 없습니다."

제르는 뻔뻔하기까지 한 그의 계산적인 태도에 당혹을 감추지 못하고 짓씹듯 말했다.

"이제 이용할 만큼 이용했으니, 손을 놓겠단 겁니까."

"올리비에 왕하께선 제이하이 왕하의 의견을 우선으로 두겠다 하셨습니다. 선택에 따른 결과는 왕하께서 책임지실 문제입니다."

선택에 따른 책임. 그것은 이미 각오하고 있다. 제르는 가까스로 정신을 가다듬었다.

"피노제는 카르시타 유일의 대공작가로 추앙받는 가문입니다. 다시 데려가지 않는다면 지켜내실 수 있다는 말씀이십니까?"

아르노만은 모호하게 중얼거렸다.

"확답은 드리지 않겠습니다."

제르는 그의 불분명한 태도에 분노까지 느꼈다. 그러나 그렇다고 그 자리에서 화를 내는 짓은 않았다. 애초에 이런 자들이었다. 거기까지 생각이 미치자 오히려 머릿속이 차가워졌다. 아르노만은 쐐기 박듯 한 마디를 덧붙였다.

"제 손주로 있는 한 피노제는 가능한 한 세드로 저하를 보호할 겁니다. 결과를 장담드릴 수는 없지만 노력을 보장할 수는 있습니다. 하지만 지금 칼자루를 쥔 것이 올리비에 왕이라는 걸 잊지 마십시오."

칼자루를 쥔 것은 알렉시스라. 그건 썩 절망적인 답이었다. 그가 죽지 않으면 세드로가 온전할 수 없을 거라 말한 것이 알렉시스였다. 르니아가 있었다면 이럴 때 무어라고 했을까. 배 속이 까끌거리는 것처럼 엷은 통증을 호소해서, 그녀는 숨소리도 내지 못하고 주먹만 움켜쥐었다.

얼마나 걸릴까. 알렉시스가 왕위에 오르고, 세드로를 완전히 파멸로 끌어내기까지.

얼마만큼의 여유가 남은 것일까.

복잡한 머릿속을 정리하기 위해 분투하던 제르는 아넬라에게 부탁해 낡은 사금을 하나 받아 왔다. 불규칙하게 손끝을 놀리는 것과 함께 그녀의 결심도 차차 굳어졌다. 뉘사나를 죽이고 알렉시스가 그 자리에 오른다면 알렉시스의 세력들은 최대한 빠르게 세드로를 제거할 것이다. 지금 그들의 계획이 어디까지 진행되었는지 하는 것들은 그녀의 손 밖이었다.

피노제가 최대한 세드로를 보호한다 했다. 그 최대한이 어디까지인가. 아무것도 확실한 게 없었다. 에사렛타가 세드로를 끝내 지켜내지 못한다면, 세드로를 데리고 도망치는 것이 최선이리라. 데바람은 싫으니 다른 곳으로. 그래, 락혼의 일도 잘 마무리 되었으니 만리타향에 있는 트란실로 가는 것도 나쁘지 않겠다. 그러나 퀸시오가 마음에 걸렸다.

'누군가는 주군께서 돌아오실 땅을 지켜야지요.'

아스난이 그리 말했다. 그녀는 신뢰로서 그를 믿었다.

또다시 다 버리고 세드로만 데리고 도망친다는 건 그들을 완전히 배반하는 행위였다.

넋을 놓은 사람처럼 초점 없는 눈으로, 정원의 풍경 속에 스며들어 줄만 어루만지고 있으려니 돌연 익숙한 음성이 귓등을 간질였다.

"일광욕이라도 하고 계신가?"

그들이 왕도에 입성한 후 내리 머리털 하나 보이지 않던 남자였다. 알렉시스. 그가 제르의 건너편에 가부좌를 틀고 앉아 턱을 괴었다.

"……아."

"뭐, 그리 귀신이라도 본 것 같은 얼굴이야?"

"네가 왜 여기에."

"못 올 데 온 건 아닌데. 반응이 시원찮네."

제르는 적주홍의 눈동자를 빤히 바라보다 스르르 시선을 내렸다. 어찌 보면 당연한 일이었지만, 아르노만의 음성은 여전히 그녀의 귓가에 매달려 웅웅대고 있었다. 칼자루를 쥔 것은 알렉시스다.

무슨 생각을 하는 건지 알 수 없어 더 부담스러웠다. 문득 그의 마른 입술을 바라보던 제르의 뇌리에 지난 기억이 떠올랐다. 믿어라. 알렉시스는 분명 그리 말했다. 사금 줄 위에 얹었던 손을 뗀 제르가 어물쩍거리듯 입술을 입 안쪽으로 끌어 물었다.

"바쁘지 않나."

"바빠."

"……."

"바쁜데 그래도 좀 쉬어야 할 것 같아서."

"그럼 가서 쉬어라."

"여기서 쉴래."

알렉시스는 그대로 그녀의 옆자리에 드러누웠다. 어찌 이리도 긴장감이 없을 수가 있는 걸까. 넉살 좋게 웃고 있는 걸 보니 마치, 걱정하는 것은 자신뿐인 것만 같아 배알이 뒤틀렸다.

괜스레 그를 쏘아보고 있으려니, 뜬금없는 물음이 날아들었다.

"제르, 왕비가 될래?"

뭐? 순간 제르는 말문이 막혀 작게 입술을 벌렸다. 그녀의 낯빛이 굳어지는 것을 곁눈질로 본 알렉시스의 눈꼬리가 달처럼 휘어졌다.

"한 번 걷어찬 자리라고 했었지. 하지만 한번 해보는 것도 나쁘지 않을 것 같지 않아? 그리고…… 왕비가 되어서 네가 세드로를 지켜주면 되잖아. 나를 이용해보는 것도 나쁘지 않을 거고."

"세상이 그리 녹록지 않다는 걸 너도 나도 잘 알지 않나."

"······."

"내가 네 마음 하나 바꾸어놓는다고 다른 이들도 죄 따라줄 리가 없다는 걸 잘 안다."

"하긴 그렇지."

가벼운 수긍에 제르는 차분히 시선을 내렸다. 이리 도란도란 이야기나 나누고 있을 때가 아닌데, 알렉시스의 앞에선 스스로가 조금 이상해진다는 걸 인정하지 않을 수 없었다.

몸을 옆으로 돌려 팔베개를 하고 그녀를 올려다보던 알렉시스가 피곤하게 웃었다.

"너는 그러면 어떻게 할 건데? 숙모님은 세드로를 잃어도 살 거야. 비참해지겠지만 그래도 살겠지. 너는?"

"······."

제르는 차마 한 마디도 더할 수 없어 숨만 얕게 내켰다.

"이미 세드로는 어쩔 수 없는 상황이잖아. 아무것도 모른 채 죽는 게 나을지도 몰라, 라는 건 역시 네 귀에 들리지 않겠지만."

"······더 이상 피를 보지 않고서는 끝낼 수가 없는 건가?"

"모두가 사랑하는 내 숙부의 아들이니까."

잔인한 대답이었다. 제르는 일그러지려는 표정을 애써 감추며 사금의 줄을 뜯을 듯 쥐었다 놓길 반복했다. 가만히 눈동자를 미끄러뜨려 그녀의 핏줄 도드라진 손목을 바라보던 알렉시스가 한숨을 내쉬듯 웃으며 팔을 뻗어 그녀의 손목을 조심스레 감쌌다.

"베일라."

"······."

제르는 그가 어째서 저렇듯 평온한 건지 이해할 수가 없었다. 지금 당장이라도 울음이 터질 것 같은 자신과 달리 그는 모든 것을 내려놓은 사람처럼 편안한 투였다.

"제르, 들어봐. 나는 선왕의 아들이었어. 내가 너무 어려 왕위에 오르지 못해 숙부가 대신 자리를 이었지. 유명한 사실이니 너도 알 거야. 나는 선왕의 아들이라는 이유만으로 수십 번 이용당하고 배신당하기를 반복했다. 살아남기 위해 바닥의 바닥 아래 숨어 견뎠어. 왕성에 붙어 있으면 누군가가 꼭 날 음해하려 해서 떠돌기 시작한 게 제법 체질에 맞아 늘 이리저리 돌아다녔지. 그러다 너를 만난 거고."

문득 제르는 비현실적이었던 그와의 인연을 떠올렸다. 그러고 보니 퍽 이상한 만남이 쌓인 결과였다. 드넓은 카르시타에서 그녀와 그가 우연히 마주치고, 마주치길 수차례. 이제 보니 그건 조금 더 혹독한 시련을 주기 위한 누군가의 안배였을지도 모른다는 생각이 들었다.

"어쨌든…… 그게 살아남은 세드로가 겪을 일이야."

"……."

"짜증 나는 일도 참 많고 그랬는데, 지금만큼 어려웠던 적은 없던 것 같아. 늘 명확했거든. 흑인가 백인가. 내 편인가 아닌가. 여태까지 그렇게 살았어. 그러기 위해 살아남았다고 해도 과언이 아니지."

살짝 엿본 듯한 간략한 일생이었다. 그 역시 순탄치 않았으리라는 건 알았지만 막상 귀로 들으니 아무 말도 할 수 없었다. 세상천지 자신만큼 불행한 이 또 있으랴 늘 그리 주지했지만 불행이란 상대적인 것. 받아들이는 사람의 차이라는 것을 이제는 어렴풋이 알고 있었다.

알렉시스는 거기까지 말한 후 몸을 바로 눕히더니 편안한 자세로 눈을 감았다. 노곤한 음성이 이어졌다.

"아아, 눈 좀 붙일게. 너 일어날 때 깨워줘."

제르는 말없이 그를 내려다보았다. 악심이 일어났다. 무방비하게 제 옆에 누운 알렉시스의 목덜미가 눈에 들었다.

'이자를 죽이면.'

그를 죽이면 남는 것은 세드로뿐이다. 그렇다면 그녀는 더 이상 고민할 필요가 없었다. 퀸시오를 버리지 않아도 되었다.

사금의 딱딱한 겉면을 손톱을 세워 움키고 있던 제르가 돌연 몸서리치며 사금을 내동댕이쳤다.

퉁, 소리와 함께 속이 텅 빈 악기가 잔디 위로 떨어지는 둔탁한 소리가 났다.

스스로가 끔찍해 더 알렉시스를 바라볼 수도 없었다. 아무리 악독하다 한들, 제 손으로 사람을 죽이려 한 적은 단 한 번뿐이었다. 제르가 무릎을 끌어당겨 몸을 옹송그렸다. 멍청한 년. 멍청한 년!

알렉시스를 죽이고 나면 만족하겠나. 그러면 행복해지리라 믿었나. 이 멍청한 년. 알렉시스를 잃고 나면 슬퍼 무너질 마음 또한 제 것이었다. 제 손으로 죽이고 남은 생에 또 지워지지 않을 후회를 더하려는가. 상실은 하나도 잊지 않고 가슴에 담아두었다. 어릴 적 정원에서 키우던 커다란 강아지의 죽음을, 이웃 영지 영주님의 장례식을, 아버지의 부고를, 어머니의 타계를, 체렌시와의 사형을, 엘지의 사형을, 엔사의 마지막 모습을.

그리 잊지 못하면서.

또 그 위에 하나를 더하려 했다. 생각만으로도 끔찍함에 진절머리가 나는 그 상실을.

두 손으로 얼굴을 덮은 제르가 파르르 떨리는 숨을 갈앉히며 중얼거렸다.

"⋯⋯내가 평범한 아낙이었더라면 좋았을 것이다."

진정.

늘 그러길 바랐다. 부귀영화 따위 바란 적 없었다.

"그랬다면 우린 이리 되지 않았을 테니까."

그를 거부해야 하기에 거부하는 것 이전에, 그와 자신은 만나지 않았을 테니까. 불가능한 상황에서 몸부림치는 것보다 그저 같은 하늘을 이고 살다 가는 것도 좋았을 것이다. 그는 그의 길을, 자신은 자신의 길을.

하지만 바람은 끝내 바람으로 끝났다. 다가오는 겨울이 지나면 어쩌면 그와 자신은 철천지원수가 되어 있을 수도, 아니면 그저 남이 될 수도 있을 터다. 오지 않은, 곧 다가올 미래였다.

돌연 제르의 귓가로 잠든 줄 알았던 그의 음성이 울렸다.

"내가 필부(匹夫)였더라도 나쁘지는 않았겠다."

썩 잠긴 목소리였다.

"여행 좋아해?"

"⋯⋯."

"나는 좋아하는데. 언젠가 같이 물 좋고 산 좋은 데 구경이나 갈 수 있었으면 좋겠다."

"⋯⋯."

"그리고 네 하얀 목, 눈부셔."

알렉시스가 팔을 들어 눈가를 가리는 시늉을 하더니 곧 팔을 뻗어 옆 잔디를 톡톡 쳤다.

"옆에 누워봐. 좋은 게 보여."

가만히 그를 바라보던 제르가 그의 옆에 나란히 누워 곁눈질했다.

"좋은 거?"

좋은 게 보인다는 사람치고 알렉시스는 여전히 눈을 감은 채였다. 눈꺼풀 속에 숨어 있던 불그스름한 눈동자가 느릿하게 팔 차양 아래로 뜨이더니, 옆에 누운 제르에게로 미끄러졌다. 그의 손끝이 하늘을 가리켰다. 저거. 제르가 고개를 돌렸다. 하늘은 드높았다. 문득 제르는 서늘한 가을바람이 머리칼을 흐트러뜨리며 여정을 이어가고 있다는 걸 깨달았다.

알렉시스가 다정한 호선을 그리며 미소 지었다. 어리석은 남자였다. 조금 전 제가 했던 생각은 상상도 하지 못할 터다. 아무것도 모르고 그리도 기분 좋게 웃나. 죄책감이 덧씌워지는 기분에 제르는 그의 시선을 피해 허공을 올려다보았다.

그의 속삭임처럼 자그마한 목소리에 귓가가 간지러웠다.

"내가, 내 꿈을 뭐라고 했는지 기억해?"

"세상에서 가장 바보 같은 꿈이었지. 하고 싶은 것 다 하고, 먹고 싶은 것 다 먹고 대책 없이 살다 죽겠다는 성의 없는 목표."

"애 하나에 인생을 송두리째 버리는 너보단 낫다."

"……그런가?"

"어쨌든 지금은 마음이 바뀌었어."

"듣기 싫다. 또 허무맹랑한 소릴 하겠지."

구름이 눈이 부셨다. 추하게 떨어진 자신과 달리 순수한 백색의 뭉게구름이었다. 느리게 눈을 감았다 뜬 제르가 입술만 움직여 말했다.

"알렉시스."

"응."

"……나는 방금 나쁜 생각을 했다. 지독하고, 혐오스러운 생각이었어."

"괜찮아."

"나는…….".

"괜찮아. 말하지 않아도 알아. 살아남은 게 운은 아니었다니까."

너무나도 담담한 반응에 도리어 제르가 말을 잃을 정도였다. 그는 반쯤 감긴 눈으로 피곤한 듯 눈꺼풀을 깜빡이더니, 손을 뻗어 제르의 손을 쥐었다.

"내가 들어줄 수 없는 생각은 그만하고 느껴봐. 날은 화창하고, 구름은 아름답고, 가을바람이 불고, 나는 네 옆에 있고, 너는 내 옆에 있고…… 이렇게 보내고 나면 다시는 돌아오지 않을 시간이잖아."

다시는 돌아오지 않을 시간.

제르는 차마 눈이 부셔 하늘을 올려다보지 못하고 눈꺼풀을 닫았다.

"나는 오랜 시간 갇혀 지냈어. 산나의 왕성에서 가끔 쥬세의 기분을 거스르면 빛조차 제대로 들지 않는 방에 벌로 갇히기도 했지."

그래, 바람이 살갑게 스치는 느낌이 제법 좋았다. 덤덤히 말하는 목소리도 썩 그럴듯하다고 생각한다.

"가끔 그리 창문조차 제대로 나지 않은 방에 갇혀 있다 미칠 것 같을 때면, 모자란 키로 발뒤꿈치를 들어서, 자그마한 창턱에 눈을 걸쳤다."

화창한 날의 햇살이 선명히 젖은 속눈썹 사이로 새어들었다.

"……매번 내가 본 건 자유롭게 흐르는 구름들이 나는 결코 닿지 못할 곳에서 나를 내려다보고 있는 거였다."

어린 소녀에게 그것은 아름다운 갈망이었다. 제 것이 아니기에 더욱

그렸다.

"그리고 너는…… 내게 그때의 구름 같은 남자다."

이런 것이 인연이라면 참으로 지독하다. 닿지도 않을 것을 어찌 이리 이어 붙여놓은 것인가. 언젠가 그는 흘러가 사라지고 자신은 땅에 갇혀, 까치발을 들어 쫓아도 돌아오지 않을 이 순간을 그리게 될 것이다. 하지만, 시간을 되돌린다 할지라도 자신과 그의 선택이 같으리라는 것을 알기에 갈등은 없었다.

"……구름이라. 참 좋네."

알렉시스의 손끝이 제르의 손등 위를 배회하듯 떠돌다가, 조심스레 그녀의 손등 위에서 깍지를 꼈다.

"너에게 닿으려면, 내가 비가 되어야겠구나."

서글픈 음성이 가슴을 짓뭉개도 좋았다. 다시는 돌아오지 않을 이 시간이.

일상이 비일상이 되고, 비일상이 일상이 되었던 두 달여의 격변.

아침의 도시라 불렸던 엘올라에서는 예전 같은 활기를 찾아볼 수 없었다. 백성들은 하루에 몇 번씩 절망했다가 안도하고, 다시 마음을 다잡기를 반복했다. 개중 낙관적인 이들은 데바람의 군사들이 간간이 왕도를 배회하고 다니는 것을 신기한 듯 따라다니기도 했다. 나라의 큰 행사가 아니면 보기 어려웠던 타국 기사들이 쓰러진 목조 건물들을 다시 고쳐 세우고 해체하는 광경은 그들의 눈엔 몹시 괴괴했다.

수만 명이 동시에 재건 작업에 이르니, 왕도는 하루가 다르게 깨끗해졌다. 물론 완벽한 원형을 찾으려면 멀었지만 전후 작업을 보채는 이들보다는 지금의 평화에 감사하는 이들이 더 많았다. 아직 해소되지 않은 의문 속에서 뉘사나의 실각에 대한 소문이 기정사실이 되어 떠돌았다. 그가 대 엘올라 선언을 하겠다고 했던 바로 그날, 그가 처형될 것이라는 소식도. 백성들은 여전히 알렉시스에 대한 의심을 거두지 않았지만 뉘사나에 대한 배반감과 에사렛타에 대한 신뢰는 의심보다 컸다.

그리고 선언식, 뉘사나의 처형일 당일. 사람들은 애어른 할 것 없이 광장으로 몰려들었다.

"진통이 시작되셨습니다."

아넬라는 산파의 말에 착잡한 얼굴을 했다. 조산기가 있다는 말에 극도로 위태롭던 리안은 결국 예정보다 보름이나 빠르게 진통을 시작했다. 하필이면 그건 뉘사나의 처형이 있을 오늘이었다. 일부러 리안의 방 근처에 입방아를 떨길 좋아하는 시녀들을 얼씬도 못 하게 하고, 최대한 그녀에게 숨기려 노력했는데.

아넬라의 건너편에 앉아 있던 제르가 대신 물었다.

"진통이라면…… 출산을 한단 말이냐?"

"예. 이젠 아이를 받아내야 할 것 같습니다."

아무리 미루고 미루려 해도 산모인 리안의 몸이 따라주지 않는다면 어쩔 수 없었다. 수건을 팔에 끼고 있던 산파는 고개를 조아리며 물러났다. 제르와 착잡한 시선을 맞추던 아넬라가 조용히 찻잔을 내려놓고 일어섰다. 아넬라는 저 아이가 영영 태어나길 바라지 않기라도 하는 사람처럼 어두운 얼굴이었다. 사내아이라면 죽을 것이고, 계집아이라면 살아남으리라 했다. 그것만큼은 아넬라로서도 어쩔 수 없는 일이었다. 묘한 기분에 잠겨 그녀의 동선을 쫓던 제르도 따라 일어섰다.

그들이 리안의 방에 이르렀을 때, 리안은 땀에 절어 입술을 짓씹으면서 애먼 산파 노인을 붙잡고 악을 쓰고 있었다.

"약조를…… 지켜, 약조를 지켜야 한다!"

"약조는 지켜라."

뉘사나는 광장 일대에 진을 치고 있는 군사들을 무심한 눈으로 바라보았다. 목소리는 최대한 평정을 가장했지만 이마에 맺힌 식은땀까지 숨길 수는 없었다. 그의 등 뒤로 알렉시스와 아르노만, 릴카인이 나란히 서자 병사 둘이 그를 강제로 꿇어 앉혔다. 지금까지 있었던 일의 진위 여부를 가린다는 이야기에 모인 이들 중, 사실 진위를 진정 궁금해하는 이들은 드물었다. 그들은 탓할 누군가를 찾아서 그를 향해 고함을 지르는 게 대부분이었다.

뉘사나는 제 몸이 떨리고 있다는 것을 깨닫고 입술을 잘근 씹었다. 배 속이 간지러운 웃음이 났다.

전부 각오했다고 생각했는데.

"네가 답할 때까지 나는 한 마디도 하지 않을 거다."

뉘사나가 가까스로 말을 뱉었다. 알렉시스가 고개를 끄덕였다.

"한 말은 지킵니다."

"……마지막이나마 리안을 한 번 보고 싶다면."

"안 됩니다."

"끝까지 정 떨어지는 새끼 같으니라고."

하지만 그는 외려 알렉시스의 단호한 태도에 마음 놓은 사람처럼 흐리게 미소 지었다.

그의 어둡게 회탁한 눈동자가 단상의 바로 아래부터 지평선처럼 먼 끝까지 꽉 들어찬 백성들을 바라보았다. 사실 별것 아닌 의자 하나보다 제 목숨이 더 중했을 텐데도 왜 그리 죽자고 달려왔는지 알 수 없는 일이었다. 솔직하게 바닥에 닿은 무릎이 얼어붙은 것처럼 차게 굳어져 등줄기로 소름이 돋았다. 몸은 떨렸고, 애써 웃어보지만 얼굴이 무너져 내리는 것 같아 표정을 관리할 수가 없었다.

고작 몇천 명이 모여 던지는 악의가 온 세상의 비난처럼 그를 찔러 왔다. 목이 꺾일 것 같은 기분을 참아 누르며 애써 턱을 치켜든 뉘사나는 제가 태어난 곳의 마지막 풍경을 눈에 담았다. 죽음 앞에서는 저들마저 보잘것없었다.

뉘사나는 눈가가 뜨거워지는 것을 느끼며 이를 꽉 물었다. 그의 시선이 마지막으로 알렉시스에게, 그리고 아르노만에게 머물렀다.

저주하리라.

"피노제…… 네가 택한 길도 올바르다고 자신하지 마라. 너희들의 과욕으로 인해 카르시타는 다시 한 번 언제 터질지 모를 화약을 떠안게 되는 것이니까."

아르노만의 시선이 알렉시스의 옆얼굴에 머물렀다. 알렉시스는 무표정하게 그런 뉘사나를 내려다볼 따름이었다. 아르노만은 마지막까지 물러나지 않는 뉘사나를 향해 정중하게 예를 갖추며 고갤 숙였다. 광장 저편에선 끓어 터질 듯한 반감의 열기가 선명했다.

뉘사나는 엘올라의 유례없는 악마로서 끝을 맞았다. 겨울 초입의, 따가운 햇살이 칼날처럼 쏟아져 내려 단상 위를 비추었다.

얼마 지나지 않아, 백성들의 울음인지 웃음인지 알 수 없는 함성 소리가 전 엘올라에 울려 퍼지기 시작했다.

리안은 아침부터 시작된 산통에 두 번이나 기절했다가 정신을 차렸다. 이미 야윌 대로 야윈 산모의 다리를 붙잡고 제 소임을 다하기 위해 애쓰던 산파의 얼굴에 어둔 그림자가 드리워졌다. 리안의 방에는 이 저택의 가장 높은 이들이 수두룩하게 모여 있었지만 평소라면 숨소리조차 크게 내지 못했을 산파는 온갖 신경질을 부리며 보좌 시녀들에게 고함을 치는 것도 삼가지 않았다.

방 한구석에서 리안을 바라보는 제르의 낯빛에 담담함을 가장한 동정이 어렸다. 적진의 한가운데에서 아이를 낳는 기분을 그녀 역시 잘 알고 있었다. 기절했다 정신을 차릴 때마다 아넬라의 손을 쥐고 눈물을 뚝뚝 흘리며 낳지도 않은 것이 아들인지 딸인지 묻는 리안은 그만큼 비참했다. 에르크에서 아이를 낳을 적, 제르는 간절히 아이가 아들이길 바랐다. 그러나 리안은 반대였다. 제발 계집이어라. 산고를 이기지 못한 악 받친 비명 소리에 귓가가 찢겨나가는 듯했다. 속이 메스꺼웠다.

제르는 애써 숨을 고르며 그녀의 세 걸음 남짓 앞에 서서 자리를 지키는 밀러의 뒷모습을 바라보았다. 리안의 출산은 지금 모두의 관심사였지만 밀러에게는 다른 의미로 무거운 짐일 터였다. 또, 아이를 훔쳐 가려 하는가. 그의 굳어진 뒷모습을 바라보는 제르의 속에 기묘한 기시감과 더불어 분노가 싹텄다. 시간을 되돌려 그때로 돌아간 기분이었다. 그녀의 시선을 깨닫고 비스듬 고개를 돌렸던 밀러가 다소 노골적으로 제르의 시선을 피해 완전히 그녀를 등졌다.

"조금, 더! 하나, 둘, 셋. 힘주시고!"

"으…… 으아아악! 으으으!"

이 자리에 있는 여자들 중, 그녀를 이해하지 못할 이는 없었다. 적진에 머물면서도 단 한 번도 큰 소리 내지 않았던 여자가 살 찢기는 통증에 비명을 지르고 혀를 깨물까 입 속에 처박아두었던 수건을 비명과 함께 토하는 광경은 제르에게도, 아넬라에게도, 산파에게도 몹시 익숙한 것이었다.

사람은 그렇게 만들어진 모양이었다. 열 달을 넘게 배 속에 품고, 죽음과 삶의 경계를 넘나드는 끔찍한 고통을 이기고 새로운 생명을 위해 길을 열기 위해 노력한다. 그러니 사랑할 수밖에.

리안이 할퀴어 손등에 벌건 상처가 잔뜩 난 아넬라는 아픈 내색 없이 그녀에게 쉴 새 없이 말을 건넸다. 힘을 내시라고. 조금만 더 힘을 내시라고. 제르는 아무것도 할 수가 없었다.

얼마 후, 함성이 울려 퍼졌다. 저택을 뒤흔들 듯 천둥처럼 울리는 정체 모를 함성에 리안의 비명이 잠깐 묻혔다가 이내 더 소리를 높였다.

곧 텅 빈 한 팔에 붕대를 감아 가린 레피스가 비명과 피 냄새로 자욱한 방 안으로 들어섰다. 그는 금방이라도 숨이 끊어질 듯 고통스럽게 몸부림치는 리안을 얼어붙은 듯 바라보다가 밀러에게로 다가갔다. 제르는 레피스가 밀러에게 무언가를 속삭이는 광경을 망연히 바라보았다. 밀러는 힘 풀렸던 주먹을 꽉 그러쥐며 리안을 바라보다가 고개를 비껴 돌렸다.

제르는 직감적으로 알았다.

그자가 떠났구나.

리안을 향해 고개를 돌리던 제르는 제 안에서 움터 오른 대상 없는 원망에 울음이 날 것 같은 기분을 참았다.

아비가 죽은 날 세상에 나겠다 저리 어미의 살을 찢는 아이를 어떤 눈으로 봐야 할지 모르겠다. 제르는 그녀도 모르게 뇌까렸다. 계집이어라. 너는 계집이어야 한다. 이 모진 세상, 그래도 계집이라면 살 수 있다. 계집이어라. 의식하지 못한 사이 차오른 부연 눈물이 툭 떨어져 내리고 나서야 제르는 자신의 몸이 떨리고 있다는 것을 알아차렸다.

백성들의 함성이 끊길 듯 이어졌다. 그사이를 가르며 귀청을 뒤흔드는 여자의 울음 섞인 비명에 귀를 막고 싶었다. 이상한 기류 속에서 아넬라는 마치 제 살 찢기는 사람처럼 울며 리안의 머리를 끌어안았다. 리안의 아이를 빼앗기 위해 서 있는 밀러가 있고, 생판 모르는 그녀를 바라보며 자리를 떠나지 못하는 자신이 있었고, 그녀에게 일생 무거운 책임이 될 약속을 한 아넬라가 있었지만 저 여자가 사랑하는 사람은 이미 세상에 없었다.

제르는 숨이 절로 떨리는 것을 깨닫고 입술을 가렸다.

"아아악!"

계집이어라. 아이야.

"리안 님! 리안 님!"

제르는 차마 메스꺼운 속을 감당하지 못해 허리를 앞으로 수그렸다. 밀러가 놀라 다가왔지만 제르는 손을 들어 그를 멈췄다.

"으으…… 으으으!"

"머리가 보입니다!"

산파가 외쳤다. 그러나 이미 리안은 반쯤 정신을 놓은 상태였다. 비명도 잦아들었다. 눈빛엔 생기조차 없었다.

"조금만, 조금만 더 힘을 주세요!"

"흐으으…… 아아…… 아…….'"

"정신을, 정신을 차리셔야 합니다!"

그녀가 또다시 기절할 듯 허연 눈을 드러내자 아넬라가 황급히 리안의 뺨을 때렸다. 제르는 부들부들 떨리는 몸을 감당치 못하고 벽 가장자리까지 기어가듯 다가가 몸을 기댔다. 이제 곧이었다. 이제 곧이다. 그러나 리안은 결국 다시 혼절했다. 산파와 수발을 들던 시종들이 난리법석을 피우기 시작했다.

"리안 님!"

이제 곧이다. 곧인데, 이대로 멈춰버리면 산모도, 아이도 건강치 못한 상황에 다 죽을 것이다.

"리안 님, 조금만, 제발 조금만 더 힘을 내세요, 리안 님."

아넬라가 애원하듯 그녀의 뺨을 때렸다. 땀에 범벅되어 창백하게 늘어져 있던 리안이 힘겹게 눈꺼풀을 들어 올렸다. 그녀는 더 이상 고통도, 무엇도 느끼지 못하는 사람처럼 넋 놓은 얼굴로 가느다란 신음만 쌕쌕거릴 뿐이었다. 망창하니 서서 그녀를 바라보던 제르가 힘겹게 걸음을 뗐다. 아넬라의 건너편에 앉은 제르는 경련을 일으키며 떨리는 리안의 뺨을 조심스레 힘주어 쥔 후, 제 눈을 마주 보게 했다.

"계집이다."

리안의 눈에 괴어 있던 눈물이 주르륵 관자놀이를 타고 흘러내렸다.

"나를 믿어라. 계집아이다. 포기하지 마."

"어허헝, 흐아아아, 왕하, 왕…….'"

리안의 입술이 일그러지더니 어린아이처럼 절박한 울음이 터졌다.

고통보다 두려운 것이 무엇인지 제르는 아주 잘 알았다. 제르가 침착하게 미소 지었다.

"빼앗아 가지 않을 거야. 그러니 포기하지 마."

그녀 역시 마찬가지였다. 차라리 죽는 게 낫지 않을까 싶을 만큼 고통스러웠던 순간에도 그녀가 듣고 싶었던 건 단 한 마디였다. 빼앗아 가지 않겠습니다. 결국 그건 바람일 뿐이었고, 그녀는 제가 낳은 핏덩이의 얼굴 한 번 보지 못한 채 떠나보냈지만. 리안이 이를 악물고 고개를 끄덕였다.

리안은 다시 정신을 차렸지만 출산은 순조롭지 못했다. 이미 몸이 약해질 대로 약해진 터라, 그녀는 정신을 붙들고 있는 것만으로도 한계였는지 계속 끙끙대다가 끝내 정신을 잃었다. 아넬라는 그녀의 손이며 팔을 쉴 새 없이 주무르며 계속해서 애정 어린 말을 속삭였지만 아무 소용도 없었다.

산파의 얼굴이 파랗게 질렸다. 발을 동동 구르는 시종들이 몇 번이고 젖은 수건으로 얼굴을 닦아주며 리안을 깨우기 위해 노력했지만 이미 누가 보아도 그녀는 한계였다.

아넬라가 눈을 부릅뜨며 산파를 향해 소리쳤다.

"아기는!"

"지금은 아기뿐만 아니라 산모까지 둘 다 위험합니다."

못 볼 광경 속에서 꿋꿋하게 자리를 지키고 있던 밀러가 물었다. 피로에 전 음성이었다.

"사내인지, 계집인지는 지금 알 수 없나?"

그는 당장이라도 그 사실을 확인하고 이 자리를 떠나고 싶다는 기색이었다. 제르가 사납게 그를 노려보았다.

"지금 네게는 그것만 중요한가. 산파, 아기를 강제로 꺼낼 순 없겠소?"

산파가 그에 난감한 표정을 지었다.

"조심히 힘을 주어 꺼내면 아이는 무사히 나올 테지만, 산모의 출혈이 만만찮을 겁니다."

얼마간 정신을 잃은 리안의 몸을 주무르던 아넬라가, 차분함을 가장한 꽉 잠긴 목소리로 말했다.

"아이를 조금 무리해서라도 꺼내세요, 산파. 피를 많이 흘리게 되어도 위험하겠지만, 이대로 두어도 산모는 죽습니다."

산파가 혼란스러운 표정을 지으며 눈을 떨구었다.

얼마 후, 유달리 작아 보이는 아기가 벌건 피 구덩이 속에서 빠져나와 산파의 양손에 들렸다. 모두의 시선이 산파의 입술을 쫓았다. 산파는 거의 속삭임에 가까운 목소리로 말했다.

"……사내아이입니다."

산파 역시 사내아이라면 죽으리라는 이야기를 들어 알았으므로, 그건 사형 선고였다. 하지만 산파는 물러서지 않고 전문가답게 능숙한 손길로 탯줄을 잘라내고 아이를 그대로 거꾸로 들어 엉덩이를 찰싹찰싹 때렸다. 숨소리도 내지 않고 시체처럼 산파의 손에 들려 있던 아이가 돌연 우렁차게 커다란 울음을 토해냈다. 정적으로 휩싸인 방 안이 갓 태어난 생명의 울음으로 가득 찼다.

아기의 울음소리에 정신을 차린 리안이 멍하니 아기를 올려다보는 아넬라의 손을 당겨 물었다.

"딸…… 이에요?"

아넬라가 입술을 입 안쪽으로 그러 물며 애써 그녀를 향해 웃어 보였다. 밀러의 고개가 숙여지는 것과 동시에, 그때까지도 나가지 못하고 있던 레피스가 도망치듯 자리를 벗어났다. 아넬라가 더없이 아름다운 미소를 지으며 리안의 이마에 제 이마를 맞대며 속삭였다.

"……예, 리안 님, 딸…… 딸입니다. 그러니 안심하셔도 괜찮습니다."

리안의 죽어가는, 빛을 잃은 눈동자가 미끄러져 제르의 검은 눈동자를 향해 게슴츠레 움직였다.

"다행입니다……. 다행입니다. 고맙습니다. 고마워. 고마워……."

그녀의 눈동자는 이내 애초부터 그리 평온했던 듯, 영원의 안식 속에 잠겼다.

리안의 눈꺼풀을 감겨주는 아넬라를 바라보던 밀러는 전에 없이 굳은 얼굴로 산파에게 명했다.

"사내아이인 걸 직접 확인하겠다. 내게 다오."

산파는 벌건 눈으로 아이와 죽은 산모를 바라보다가, 아이를 조심스레 씻겨 깨끗한 포에 싼 후 밀러에게 다가갔다. 그러나 밀러는 아기의 얼굴조차 제대로 볼 수 없었다. 내내 멍하니 서서 허공만 내려다보던 제르가 돌연 다가와 산파에게서 아기를 빼앗아 든 것이다.

"이리 다오."

제르는 산파가 무어라 하기도 전에 아기를 제 품에 꽉 끌어안았다. 너무 작아서 무게조차 제대로 느껴지지 않았다. 살아생전 이런 작은 것을 안아본 적이 없었다. 이런 것이 새 생명이라. 이런 것이었구나. 북받치는 형언하기 어려운 감정에 아기를 안은 채로 밀러를 등졌다. 밀러는 난처한 얼굴로 제르에게 손을 뻗었다가 내렸다.

"주십시오, 왕하. 그러시면…… 안 됩니다."

제르는 밀러의 말을 못 들은 체했다. 그녀는 계속해서 흐르는 눈물을 어찌하지도 못하고 아기를 안은 팔에만 힘을 주었다. 막 호흡을 고르고 다시 한 번 제르에게 강하게 말하려던 밀러는 돌연 문 열리는 소리에 몸을 비켜 세웠다. 알렉시스가 방 안으로 들어섰다.

"사내새끼라고?"

알렉시스는 밀러를 등진 제르의 팔에 안겨 있는 천 꾸러미, 그녀를 향해 뻗은 손, 그들을 불안하게 바라보는 아넬라와 산파를 차례로 훑어본 후 나직이 한숨을 내쉬었다.

"……그러면 안 돼, 제르."

경고조라기에는 잔뜩 지친 음성이었다. 간간이 울음 같은 소릴 터뜨리며 손가락을 꼬물대는 아기를 내려다보며 제르는 목젖이 꽉 막힌 기분에 꼼짝도 않고 섰다. 결국 밀러가 그녀에게 다가가 섰다.

"왕하, 그 아기를 제게 주십시오."

"또 빼앗아 가보려느냐."

그녀가 사납게 눈을 부라리며 쏘아붙이자 밀러가 말문이 막힌 사람처럼 작게 입술을 벌렸다. 그의 낯빛 위로 떠오르는 진한 죄의식에 제르는 입술을 그러 물었다.

"이 아기가 무슨 죄가 있느냐."

"……사내아이는 살려둘 수 없습니다. 아시지 않습니까."

제르가 알렉시스를 향해 간절한 음성으로 말했다.

"알렉시스, 이것은 죄가 없다. 죽기에는 너무나도 무고한 생명이다."

알렉시스는 대답 대신 침묵으로 제르의 품에 안긴 벌건 살의 아기를 바라보았다. 하필이면 사내아이인가. 2분지 1의 확률을 가진 도박에 패한 것은 뉘사나였다. 밀러가 다가가면 다가갈수록, 제르는 겁에 질린 사람처럼 뒷걸음질쳤다.

알렉시스가 밀러의 어깨를 잡아 멈춘 후, 제르에게 대신 다가갔다. 그는 최대한 다정하게 목소리를 냈다.

"제르, 정말 이러지 마라. 날 때부터 화근인 이상 그건 죄야. 형님을 따르는 잔당들은 엘올라 바깥에 여전히 많다. 그들이 형님의 아들이 살아 있다는 걸 알게 되면 어찌할지 너도 잘 알잖아."

마치 제 목숨을 위협이라도 당한 사람처럼 획획 고개를 돌려 제게 향한 시선들을 돌아본 제르는 이내 힘없이 고개를 떨구었다.

"당장…… 당장 그러지 않아도 되잖아. 당장, 이 어린것의 피를 봐야 하는 건 아니잖아."

"왕하, 고집 부리지 마십……."

밀러가 힘겹게 입술을 떼는데, 알렉시스가 고개를 저어 그를 멈추었다. 얼마간 제르와 아기를 번갈아 바라보던 알렉시스가 얕은 한숨을 내쉬며 말했다.

"밀러, 지금은 내버려둬라. 일단 지금 급한 것은 저게 아니니까."

"……."

"제르가 빼돌리거나 하지 못하게 감시하는 것은 잊지 마. 처분은 후에라도 할 수 있다."

마지막까지 의지를 꺾지 않고 잠시 처분을 유보한 알렉시스가 먼저 밖으로 나갔다. 밀러는 제르와 시선을 마주치지 못하고 그녀의 발끝만 내려다보다가 정중히 예를 갖추고 따라 나갔다.

아넬라가 제르에게 다가와 그녀의 품에 안긴 아기를 내려다보며 웃었다. 접힌 눈꼬리를 따라 반짝이는 것이 흘러내렸다.

"예쁘기도 해라……."

제르는 리안의 곁에 아기를 조심스레 내려놓았다. 제 부모가 다 죽어버린 날 태어난 아기의 숨을 이렇게라도 이어놓는 것이 옳은가.

지스카르는 소젤가드의 저택에 자리를 잡고 있었다. 데바람의 군사들을 일부라도 수용할 수 있을 만한 공간은 그곳뿐이었다. 그마저도 몇 천 명뿐이라 온 저택 안이 박작거려 정신 산만하기 그지없었다. 뉘사나의 죽음으로 엘올라의 혼란이 완전히 불식되었다는 소식은 그 역시도 일찌감치 보고를 들은 후였다.

타인의 흔적이 그득한 방에 이방인처럼 앉아 있는 건 제법 신경을 불편하게 하는 일이었다. 그는 나른하게 구름 낀 듯 우울한 하늘을 올려다보았다. 알렉시스가 무례하게 문을 열어젖히고 들어온 건 막 그가 군사 시찰을 돌기 위해 나갈 준비를 하던 무렵이었다.

애초에 그 역시도 다른 누군가의 방에 들어앉은 외인이었지만 알렉시스의 등장은 그를 퍽 불쾌하게 했다. 알렉시스를 돌아보며 얼굴을 찡그리던 지스카르의 낯이 이내 다른 의미로 구겨졌다.

"데바람의 전하를 뵙습니다."

알렉시스가 정중히 고개를 숙였다. 지스카르는 그의 뜻밖의 예의 바른 태도에도 놀랐지만 그보다는 그의 몰골에 더 놀랐다.

"꼴이 그게 뭐냐?"

"별것 아닙니다."

마치 알렉시스는 흠씬 두드려 맞은 사람처럼 보였다. 턱과 목 언저리에 난 상처도, 터진 입술도 바로 그제 그를 보았을 땐 없던 것이었다. 알렉시스 역시 제 몰골을 의식한 듯 어설픈 미소를 지어 보이더니 느리게 눈을 내리깔았다. 지스카르는 알렉시스의 얌전하기까지 한 태도에서 기묘한 위화감을 느끼며 다시 자리에 앉았다. 알렉시스는 살짝 부어오른 입가를 매만지며 그의 건너편에 앉았다.

지스카르는 애써 의아한 기색을 지우며 무심한 투로 물었다.

"대관을 앞둔 너를 그 꼴로 만든 정신 나간 놈이 누구냐? 멍청이처럼 혼자 나자빠진 것도 아닐 테고."

"잠시, 시간 되십니까."

화두를 돌리는 알렉시스를 바라보는 지스카르의 눈이 가늘어졌다.

"이미 거래는 충분히 이행된 걸로 아는데, 너와 내가 그 이상의 나눌 이야기가 있던 사이였나? 군사에 관한 건 릴카인이 중재하고 있고 나는 이미 충분히 너희 도시의 재건을 돕고 있다."

"모레 오전 대관식이 있을 겁니다."

"들었다. 꽤 서두르는구나."

곧 카르시타의 왕이 될 사내가 저리 저자세로 나오는 걸 이해할 수가 없었던지라 지스카르는 의심을 지우지 않고 날을 세웠다. 저놈이 선량하기만 한 놈이 아니란 걸 직감적으로 알아 더욱 불안했다.

"서두르지 않으면 당신이 떠날 테니까요."

"……내가 네 대관식에 참석하길 바란 건 네 뜻이었나?"

"예. 참석해주시겠다 하신 것 들었습니다. 몹시 영광일 겁니다."

저놈은 제 등에 칼을 들이대고도 뻔뻔하던 놈이었다. 제가 베제스를 끌어내리고 왕위에 오른 걸 알고도 대놓고 이를 드러내며 빈정거렸던 녀석이었다.

"너를 위해서는 아니지. 지금 제르가 저리 고집을 부리고 있긴 하지만 결국 제르는 네게서 도망치기 위해 내게 올 거란 걸 알아 시간을 둔 것뿐이다."

알렉시스의 눈매에 순간 선득한 기색이 떠올랐지만 아주 찰나였다. 알렉시스는 담담히 고개 들어 그를 향해 말했다.

"지금 저는 당신과 여자 하나를 두고 싸우러 온 것이 아닙니다만."

"내가 지금 남아 있는 목적은 오직 제르 하나다."

"제르를 위해서입니까? 아니면 당신을 위해서입니까?"

"제르를 위해서다."

알렉시스가 설핏 비웃음 비슷한 미소를 짓더니 깍지 낀 손을 제 무릎 위로 올렸다.

"그렇다면 저를 도우십시오."

"이미 나는 도울 만큼 도왔다고 했을 텐데."

"루덴 공이 아니라 저를 도우란 말입니다."

"릴카인이 너를 따르는데 너는 릴카인의 등에 칼이라도 꽂을 생각인가? 이상하군. 무슨 헛소리를 하고 있는 건지 모르겠지만 들어는 보겠다."

알렉시스는 마른 입술을 끌어당겼다 바로 하며 정중히 말했다.

"나는 데바람이 앞으로 수년간 있을지 모를 혼란의 방파제가 되기를 바랍니다."

지스카르는 의중 모를 알렉시스의 눈을 들여다보았다.

대관식이 이틀 후였다. 제르는 대관일이 가까워질수록 불안해지는 마음을 어찌하지 못하고 오매불망 아르노만과 에사렛타의 움직임을 기다렸다. 한시도 가만히 있을 수 없어 아넬라에게 몇 번이나 피노제와 알렉시스의 소식을 묻는 것이 이젠 일과가 되었다. 그러나 에사렛타로서도 자세한 내막까진 알아낼 수 없었던 터라, 결국 그녀는 남은 시간을 불안과 부정적인 상상과 리안이 남긴 아이를 돌보는 데에 쏟아부었다.

아르노만이 최대한 그를 지킨다 했다. 그녀는 동앗줄마냥 그것을 쥐고 있었다. 알렉시스가 즉위 후에 세드로의 출생을 폭로할 것인지, 아니면 죽이려 들 것인지, 그것이라도 알았더라면 지금보다 선택의 폭이 넓었을 것이다. 아마도 처우는 대관식이 끝난 후에 결정이 될 테니 아직은 시간이 있지만.

잠에서 깬 아기가 울기 시작했다. 제르는 어쩔 줄 몰라 하며 아기를 더 크게 흔들었다.

"아가, 아가. 울지 마라, 아가."

귀청에 떨어져나갈 것처럼 우렁찬 울음소리였다. 사내아이라더니 목청 한 번 좋구나. 제르는 어쩔 줄 몰라 하는 와중에도 그리 감탄하며 좌우로도 흔들어보고 위아래로도 가볍게 흔들어보았다. 하지만 어설프기만 한 보살핌에 아기의 울음이 그칠 리 만무했다.

아넬라가 다가와 아기를 살핀 후 말했다.

"배가 고픈 모양입니다. 젖어미를 데려오겠습니다."

아, 그렇구나. 제르는 그제야 쏙 들어간 아기의 배를 발견하고 눈을 깜빡였다. 모든 것이 새로웠다. 그래도 젖어미가 들어오기 전까지 이 아이를 어떻게든 달래야 할 것 같아 아이를 안고 일어서서 방 안을 서성거리고 있으려니, 문이 열렸다.

도저히 울음을 그치지 않는 난감한 상황에 덩달아 울고 싶은 기분이 되었던 제르는 별안간 벌컥 열린 문에 반색하며 고개를 돌렸다. 흐에에에엥! 으애애앵!

"아넬라, 어서 와서⋯⋯."

당연히 젖어미와 아넬라를 생각했던 제르는 예상치 못한 낯짝이 저를 노려보는 풍경에 순간 입을 멈추었다. 금발에 새파란 눈동자를 한, 눈에 익은 사내가 죽일 듯이 그녀를 노려보고 있었다. 저런 살의는 처음이었다. 아니, 평소에도 신경질적인 남자라는 건 알았지만 저렇게.

헐렁한 옷소매를 펄럭이며 성큼성큼 그녀에게 다가온 레피스가 반대편 손으로 제르의 멱을 그대로 들어 올렸다. 놀란 제르는 제가 위협당한 것보다도 레피스와 자신 사이에 끼인 아기에게 해가 갈까 물러서려 했지만 그의 힘이 너무 셌다.

"당신 때문에."

곧 젖어미와 함께 찾아온 아넬라가 활짝 열린 문 안의 풍경을 발견하고 비명 같은 고함으로 달려왔다.

"이게 무슨 짓입니까, 베이하크!"

제르는 어안이 벙벙했다. 아넬라가 뜯어 말려도 레피스는 손에서 힘을 풀 줄 몰랐다. 제르는 가까스로 가늘게 호흡을 가다듬고 그를 올려다보며 말했다.

"아넬라, 아이를 잠깐."

아넬라는 어쩔 줄 몰라 하며 레피스를 노려보다가 제르와 그사이에 끼어 있던 자그마한 아이를 건네어 받은 후 그대로 젖어미에게 건네 젖을 물리게 했다. 젖어미는 상황을 겁에 질린 눈으로 흘깃거린 후 눈치 빠르게 자리를 피했다. 제르가 침착하게 물었다.

"무고한 것 살리라 한 것이 그리 화가 나던가."

"베이하크 백, 당장 그 손 놓지 못하겠습니까. 경비를 불러 끌어내기 전에 무례를 사과하시고 물러나십시오."

아넬라가 무서우리만치 단호하게 말했지만 레피스의 눈은 이미 반쯤 살기로 미친 사람처럼 빛나고 있었다.

"아주 대단해. 하는 꼴이 청승맞기 짝이 없기에 요부니 뭐니 하는 소문은 믿지 않았는데, 과연 아니 땐 굴뚝에 연기 날 리 없다고."

"느닷없이 들이닥쳐서는 지금 무슨 말을 하는 건지 모르겠다."

"몰라? 네가 지금 몰라 그리 지껄이나, 왕하?"

그는 이성을 놓은 사람처럼 보였다. 제르는 치마 속에서 후들거리는 다리에 애써 힘을 주었다. 아넬라가 경비를 부르기 위해 방 밖으로 얼굴을 내미는 것이 곁눈에 비쳤다. 데바람에 머물 적에도 이리 찢어 죽일 듯한 적의를 코앞에서 받은 기억이 드물었던지라 정신을 가다듬으려 애쓰는 데도 쉽지 않았다.

그러나 다행스럽게도 밀러가 나타나 레피스를 제르로부터 뜯어내었다.

결국 내동댕이쳐지듯 물러선 제르가 탁자에 골반을 부딪치고 신음하며 허리를 숙였다. 수그린 귓가에 레피스를 달래는 밀러의 목소리가 울렸다.

"화풀이 마라, 레피스. 이래봐야 바뀌는 건 없어."

"헤센 경, 말리지 마십시오. 저걸 죽여야 직성이 풀리겠습니다."

"왕족 모독 발언은 삼가라. 네가 지금 제이하이 왕하께 검을 뽑는다면 내가 너를 막아서야 할 테니까. 나가자, 레피스."

제르는 도대체 왜 제가 저자에게 이유 없는 증오를 받아야 하는 건지 알 수가 없었다. 잊었던 지난 억울한 기억들이 하나씩 뇌리를 스치고 지나며 그녀의 눈에도 표독스러운 빛이 떠올랐다.

레피스는 노여움을 참지 못한 사람처럼 발을 쾅 구르며 이번엔 밀러의 멱살을 잡고 소리쳤다.

"내가, 내가 지금 그런 것 가리게 생겼습니까. 저게 일을 다 망쳐놨는데 화가 나지 않겠느냔 말입니다! 깨끗하게 끝날 수 있는 일이었습니다. 그런데 저 계집이……!"

"이미 우리 소관을 떠났다."

밀러는 제르와 레피스의 사이를 단단하게 가로막아 서며 단호하게 말했다.

"내가 이 자리에서 목이 달아나도……!"

"입, 닫으라고 했다. 지금 네 속만 속이 아닌 게 아니니까. 송구합니다, 왕하. 부디 오늘의 무례는 잊어주십시오."

"헤센 경!"

제르는 멍하니 이명처럼 울리는 그들의 대화를 귀에 담았다. 가만히 듣고 있으니 밀러의 어투에도 노기가 배어 있었다. 제르는 어처구니없는 얼굴로 아넬라를 바라보았지만 아넬라 역시 상황이 이해 안 가긴 마찬가지였다. 아넬라는 밀러와 레피스를 번갈아 바라보다가 안주인으로서의 소임을 상기했다.

"둘 다 나가십시오. 아버님께서는 저택 내의 소란을 달가워하지 않으실 겁니다."

빌어먹을! 레피스는 밀러에게 등을 떠밀려 가면서도 끝까지 제르를 노려보았다. 그 시선이 조금은 아픈 듯도 했다.

왕비궁에서 철통같은 피노제의 기사들에게 보호받고 있던 에사렛타는 대관식 전날 그녀를 찾아온 아르노만을 반갑게 맞았다. 한시도 세드로를 떼어놓지 않았던 그녀지만 아르노만과의 독대에서만큼은 세드로를 유모의 손에 맡겨야 했다. 눈에 띄게 불안해 하는 에사렛타를 향해 정중히 예우를 표한 후 아르노만은 성큼성큼 걸어가 널찍한 소파에 앉았다. 에사렛타가 황급히 그의 옆자리에 따라 앉으며 투박한 아비의 손을 움켜쥐었다.

"어찌 될 것 같습니까."

평소보다 다부지게 굳어진 그의 입술은 열릴 줄 몰랐다. 에사렛타가 몇 번이나 채근을 한 끝에야 아르노만이 느리게 말을 뱉었다. 정말, 간신히 뱉는 것처럼 뭉친 음성이었다.

"나도 모릅니다, 비전하."

"……대공, 아니. 아버지, 솔직하게 말해주세요."

"저 또한 모든 걸 알고 있는 건 아닙니다."

아르노만은 다시 한 번 반복했다. 에사렛타의 얼굴이 눈에 띄게 불안으로 일그러졌다. 하지만 진실로 그는 당장 할 수 있는 말이 없었다. 어리석게 알렉시스의 말을 맹목적으로 믿어 일을 그르칠 수도 없었을뿐더러, 괜한 말 몇 마디를 더했다가 후일 에사렛타를 더 큰 절망에 빠뜨리고 싶지도 않았다.

아르노만은 제 딸의 어느덧 늙어버린 얼굴을 지그시 바라보다가 눈을 내리깔며 강하게 속삭였다.

"순리대로 흐를 것이니, 전하께서는 살아남는 것만 생각하시면 됩니다."

"그 무슨 말입니까. 왜 그리 불안한 말을 하십니까."

"세드로 저하의 일은 이미 우리의 손을 떠났습니다. 물론 아직 우린 세드로 저하를 놓지 않고 있지만 끝까지 잡고 있을 필요도 없습니다."

에사렛타의 표정이 충격으로 일그러졌다. 아르노만은 말을 더하지 않고 그녀의 시선을 외면했다. 에사렛타의 손이 바들바들 떨리기 시작하자 아르노만은 조심스레 제 손을 쥔 에사렛타의 손을 떼어냈다.

그를 노려보던 에사렛타의 낯빛 위로 이내 처연하고 비탄에 가까운 절망이 스며들었다. 그녀는 유스카리의 왕비였다. 그녀의 아버지는 카르시타 유일의 대가문의 수장이었다. 그런데도 아무것도 할 수가 없다니.

아르노만의 암시에서 제멋대로 읽어낸 부정적인 결과에 숨이 가빠졌다. 에사렛타는 등 뒤를 묶고 있던 끈들을 허겁지겁 끌러내며 가까스로 호흡을 골랐다. 흘러내려온 머리칼을 귀 뒤로 쓸어 올린 에사렛타가 말했다.

"……기억하십니까. 아버님이 기르셨던 기사 말입니다."

"우리 가문의 기사는 한둘이 아닙니다, 비전하."

"에드난의 등에 흉을 낸 그 아이 말입니다."

제 큰아들의 등에 칼질을 했던 그 젖먹이를 잊었으랴. 아르노만은 에사렛타가 테일런을 정확히 거론하는 데에 묘한 표정으로 그녀를 바라보았다. 테일런, 마니랄프의 거리를 떠돌던 거렁뱅이를 그가 주워다 키웠다. 제법 싹수가 괜찮아 종국에는 훌륭한 기사가 되어 제 둥지를 떠나 찬 땅에 터를 잡았다.

"……해적선에 억류되어 있을 적, 그자를 만났습니다. 저와 왕자와 제이하이를 구하는 데 주저 없이 목숨을 내놓더군요. 주워 오셨다 하셨지요, 출신이 천한 그런 이들 또한 은혜라는 것을 아는데."

목숨을 내놓았다. 순간 귀에 아프게 박히는 말에 아르노만이 짧게 주먹을 쥐었다 폈다.

"……그 아이를 만나셨습니까."

"그런 자들도 은혜를 아는데, 우리가 이럴 수는 없는 법입니다."

"왕도로 함께 왔습니까? 보지 못한 것 같은데."

"그 얘길 하고 싶은 게 아닙니다. 우리가 이리 아무것도 하지 않고 있을 수는 없는 법이라고요!"

에사렛타가 바라는 것이 무엇인지 그 또한 잘 알았다. 그러나 아르노만은 그녀가 바라는 답을 되돌리는 대신 얕은 한숨을 내쉬며 소파에 등을 기댔다.

"아버님이 그리 보잘것없다 말하며 주워다 길렀던 기사도 은혜 갚음을 당연히 여기고 있었습니다. 우리가 세드로를 들이고 얼마나 큰 은혜를 입었습니까. 우리가 그 아이로부터 얼마나 큰 평온을 구제받았습니까. 제 새끼가 아니라고요. 그래서 끝까지 잡고 있을 필요가 없다고요. 하지만 대공, 유스카리의 아이입니다. 유스카리의 아이고, 내 배로 낳지 않았어도 내 아이란 말입니다!"

절규에 가깝게 소리치며 매달리는 에사렛타를 짠한 눈으로 응시하던 아르노만은 끝까지 차갑게 일갈했다.

"지금은 더 이상 은혜가 아닙니다. 우리의 목숨 줄을 끊어놓을 애물

단지지."

에사렛타가 황망하게 그를 바라보았다. 에사렛타의 눈시울에 위태롭게 걸쳐 있던 눈물이 툭 떨어져 내렸다.

내일이었다. 내일이 오면 다시는 오늘과 같아질 수 없으리라.

내일이었다. 알렉시스는 차분히 앞으로 다가올 미래를 하나씩 하나씩 계획 속으로 끼워 넣었다. 대관식이 끝나면 뉘사나의 아들을 처리해야 했다. 그리고 뉘사나를 끝까지 따를 것이 확실한 잔당들을 색출해내어 정리해야 한다.

알렉시스는 쓰린 입술을 매만지며 여직 귀에 달라붙어 있는 그들의 애원을 상기했다. 일평생의 짐이었다. 빚이었다. 레피스는 약조를 반드시 지킬 필요 없다고 열변을 토했더라. 구두로 마무리 지은 약조 따위 비정하게 외면하면 그만이었다. 무정하게 등 돌리면 모든 것이 그의 것이 될 것이다. 어려울 것이 없는 왕위, 두려울 것 없는 책임.

'원래, 내 것이었다.'

알렉시스는 어린 시절 올려다보았던 알현실 단상 위의 눈 아프게 화려하던 의자를 떠올렸다. 제 아비가 앉아 있는 것을 제 눈으로 본 적은 없었다. 그러나 초상화 속 아비가 앉아 있었다 상상하면 가슴이 따뜻해지면서 화가 나곤 했다. 유스카리를 좋아했고, 그가 좋은 사람이라고 생각했지만 그것과는 별개로 무언가를 빼앗겼다는 생각에 불안하기 그지없었다. 원래 내 것이었다. 늘 그리 생각해왔다. 지금도 그리 생각했다. 이 모든 과정은 그가 왕위를 얻는 것이 아닌, 잃었던 것을 다시 되찾는 흐름일 뿐이었다. 왕위는 이제 손 뻗으면 닿을 듯 가까운 곳에 있었다. 그리고 내일, 그는 그를 미치게 하는 어떠한 일과도 결착을 짓게 될 것이다. 내일이 되면 모든 것이 돌이킬 수 없어지리라. 내일의 해가 그대로 꺼져 죽었으면 하는 우스운 바람이 그의 손끝 발끝부터 갉아들어왔다.

배신자는 자신이었다. 믿으라고 속삭이고, 보여주겠다 자신했으면서. 알렉시스가 팔뚝을 들어 눈가를 가렸다. 입가로 설핏한 웃음이 배어들었다.

"왕하, 쇼하인 각하와 루덴 각하께서 찾아오셨습니다."

이 시간에? 무심코 그리 생각했던 알렉시스는 자신이 그들을 불러들였다는 것을 상기해냈다. 표정을 갈무리한 알렉시스가 몸을 바로 일으켰다.

"들어오라고 해."

하지만 목소리까지 갈무리할 순 없었다. 물기 젖은 듯 떨리는 음성이 있은 지 얼마 지나지 않아 눈에 익은 이들이 방 안으로 들어섰다. 그들은 피곤에도 불구하고 혈기로 반짝이는 눈을 하고 있었다.

자리에서 일어난 알렉시스는 그들을 자리로 안내한 후, 직접 문을 닫아걸었다. 그의 심상찮은 분위기에 쇼하인 공과 루덴 공의 눈빛이 의아하게 변했다.

"왕하, 부르셨습니까."

그의 잠들지 못하는 밤은 오늘로 마지막이 될 것이다. 초생달이 뜬 종야의 밤이었다.

겨울이 성큼 다가온 탓인지 해가 유난히 게을렀다. 아침의 백성들은 해가 뜨자마자 집 밖으로 달려 나와 왕성 위로 장엄하게 휘날리는 대관식의 깃발을 올려다보며 낮게 부복했다. 뉘사나가 제가 저지른 만행들을 실토하고 처형당한 후로 백성들의 민심은 퍽 알렉시스에게로 기울어졌다. 그런 와중에 성대한 과시를 포기하고 약소하게 즉위하겠다는 대관 소식은 알렉시스를 선왕 유스카리만큼이나 자애로운 사람처럼 보이게 했다. 다소 급한 감이 있는 것도 같았지만 백성들은 아무도 그에 이견을 덧대지 않았다. 해가 온전히 성벽 위로 올라앉자 광장에 모인 백성들이 알렉시스의 이름을 외쳤다.

물론 그들 중에는 세드로를 기억하는 이들도 있었다. 그렇지만 그들은 더 이상의 분란을 원치 않았으므로 나이 어린 왕보다는 이미 온전히 장성한 선왕의 아들이 왕이 되어 이 슬픔과 혼란을 불식시켜주길 바랐다.

구금되어 있었거나 아무것도 하지 않고 숨어 중립만 표방하던 이들, 뒤늦게 지원을 하겠다 나서 숟가락을 얹어보려던 이들, 엘올라와 인근에 위치한 영지의 영주들 모두 초대를 받고 대관식 홀로 모여들어, 왕성 앞은 각양각색의 마차와 끊임없이 덜그럭덜그럭 들어오는 보물 수레들로 문전성시를 이루었다.

오늘은 알렉시스 테피온이 태어난 이후로 줄곧 이어지던, 묘하게 불편하던 알력다툼이 완전히 끝맺어진 것을 공포하는 날이었다. 하늘 높은 줄 모르고 까마득한 대관식의 천장과 넓디넓은 홀의 황금과 백금으로 도색된 벽 사이에 갇힌 귀족들은 제각각의 이유로 희열에 잠겼다. 홀을 가로지르는 거대한 붉은 융단을 디디지 않도록 애써 좌우로 선 귀족들의 시선은 약속이나 한 듯이 끝내는 융단 저편의 단상 위에 놓인 황금 독수리의 왕좌로 향했다. 분명 그들 중 일부는 눈에 익던 이들 중 몇이 사라졌다는 걸, 몇은 부상을 당했다는 걸, 몇은 더 의기양양하게 살아남아 턱을 치켜들고 있다는 걸 알아차린 이도 있었다. 하지만 그럼에도 불구하고 그들은 흥분과 기대라는 그물 아래 사로잡힌 짐승처럼 기묘하게 뒤엉켜 어우러졌다.

그들은 곧 밖에서부터 울리기 시작하는 웅장한 나팔 소리에 배 속을 떨었다. 그들은 일제히 노골적으로 요란한 경첩 소리를 내며 열리는 거대한 문을 향해 고개를 돌렸다. 문이 열리는 것이 시작이었다. 홀의 거대한 문이 그들을 아가리 속에 가두고 닫힌 순간부터 흩어진 엘올라의 역사도, 파괴된 성벽도 중요하지 않은 것이 될 것이다. 그 순간이 역사가 될 테니.

지스카르와 함께 대관식장을 찾은 제르는 붉게 홀을 가른 귀한 융단의 왼편에 서 있었다. 대관의 날이 되고도 실감이 나지 않아 속이 무딘 무언가로 뭉개지는 기분이었다. 알렉시스가 왕이 되는 날이다.
'왜 내가 여기 서 있나.'
스스로에게 물어보았다. 멀거니 덧없이 빛나는 주인 잃은 황금 옥좌를 올려다보던 제르는 나팔 소리와 함께 고개를 돌렸다. 그러다 건너편 어귀, 세드로와 함께 서 있는 에사렛타를 발견하고 작게 입술을 벌렸다. 그러나 무언가 소리를 내려 했지만 온 홀을 난타하는 거대한 나팔 고동 소리에 작은 목소리는 죄 먹혔다.

"알렉시스 테피온 펜 올리비에 카르시탄께서 드십니다."

곧 기사들의 발맞춘 걸음 소리가 자박자박 울려 퍼지는가 싶더니, 귀족들이 일제히 고개를 숙였다. 제르도 반 박자 늦게 비스듬 고개를 수그리고 눈을 내리까는 것으로 인사를 대신했다. 지스카르는 빳빳하게 몸을 편 채였지만 그를 지적하는 이는 아무도 없었다. 지스카르의 시선에 적막한 붉은 융단을 가로질러 걸어오는 헌칠한 남자가 들었다.

평소 대충 흐트러뜨리고 다니던 것과는 달리 멀끔히 쓸어 넘긴 붉은 머리칼로 인해 이마가 시원스레 드러났다. 그 덕에 이목구비가 더 또렷해 보여 미더워 보였다. 팔짱을 끼고 그를 가는 눈으로 흘기던 지스카르의 입매가 삐뚤게 찡그려졌다. 화려한 아이보리빛 정복은 그를 썩, 아니, 솔직히 많이 돋보이게 했다. 차림은 과연 이 자리의 누구보다도 화려했다. 목부터 허리 아래까지 촘촘히 박힌 사파이어 단추들, 양어깨로는 금실로 엮어 땋은 술들이 늘어져 있었고, 그의 어깨 뒤로는 조금은 짧아 보이는 붉은 망토가 걸려 있었다. 은빛과 백금빛으로 다채롭게 무늬를 그린 화려한 검집이 알렉시스의 단정한 정복 옆 허리에 걸려 있었는데 대관식을 위해 만들었다 해도 이상하지 않을 정도였다.

백 명이 넘게 모여 있다는 것이 거짓인 것처럼 홀 안은 순식간에 침묵 속으로 침몰했다. 저벅, 저벅, 울리던 걸음 소리조차 융단의 고운 실타래 속으로 스며들어 사라졌다. 오만한 걸음걸이로 그들 사이를 헤치는 알렉시스의 보속은 늦어지지도, 빨라지지도 않고 융단을 따라 이어졌다.

제르는 곧 고개를 바로 세워 그를 쫓았다. 저런 것이 어울리는 사내였던가. 분명 그가 카르시탄이라는 것을 잘 알고 있었음에도 불구하고. 그녀는 여태까지 제가 알던 사내와 저 사내를 쉬이 합치시킬 수가 없었다. 그냥, 아주 귀한 사람처럼 보였다. 표정 하나 없이 차갑게 다물린 입술이 냉정해 보였고, 웃음기 사라진 눈빛이 고귀한 오만함으로 빛났다. 그 순간 제르는 자신의 또 다른 착각을 깨닫고 헛헛한 자조를 삭였다.

'알고 있었는데.'

유스카리가 죽어 사라진 후부터 왕위 싸움은 알렉시스와 뉘사나 둘의 전쟁이라는 거, 잘 알고 있었는데. 막상 저렇듯 완벽한 모습을 보고 나니 오히려 인정하고 싶지가 않았다.

제르는 절망적인 눈빛으로 에사렛타를 바라보았다. 에사렛타 역시 무릎 사이에 세드로를 감추듯 끌어당긴 채로 알렉시스를 착잡히 바라보고만 있었다.

알렉시스의 두 걸음 남짓 뒤로는 루덴 공과 아르노만이 마찬가지로 성장을 갖춘 채 뒤따르고 있었다. 그들은 조용히 가까워졌다. 제르는 덜덜 떨리려는 입술을 그러 물었다. 심장이 미친 듯이 두방망이질 쳤다. 알렉시스가 잠깐 그녀와 눈을 맞춘 후 차갑게 옥좌를 올려다보았다. 긴장을 감출 수 없었던 제르가 늘어뜨렸던 손을 감싸 쥐었다.

말없이 긴 융단의 끝에 이르러 왕좌로 이어진 낮은 계단 앞에 멈춰 선 알렉시스가 몸을 돌렸다. 아르노만과 루덴 공은 말없이 약속이나 한 사람들처럼 그의 등 뒤로 양 날개처럼 멈춰 섰다.

누군가가 대관식의 막을 열었다.

"지금부터 대관식이 거행되겠습니다."

엄숙한 선언에 귀족들은 일제히 고개를 숙였다.

444　　445

알렉시스가 입술을 뗐다.

"그동안의 불미스러운 일에도 불구하고, 카르시타의 안녕을 위해 힘써준 귀공들의 노고에 감사한다. 긴 시간 동안 카르시타는 내 숙부이자 28년간 카르시타를 견고히 지켜주었던 전 유스카리 퉁가라 전하의 은혜로 건재했다. 현명한 나의 숙부는 수만 백성들의 신망을 산 위대한 왕이었다. 외침도 두려워하지 않았고 모든 귀족들의 경외를 받았던 그는 나의 사촌이었던 자규에 의해 비극적으로 우리의 곁을 떠났다."

제르에게 그의 고요한 말마디들은 천 리 밖에서부터 울리는 것처럼 아득하게만 느껴졌다.

알렉시스는 침묵 속에서 고인을 기리는 이들을 바라보며 나직이 말을 이었다.

"그리고 스물여덟 해 만에 카르시타의 왕좌는 주인을 잃었다. 매우 유감스러운 일이 아닐 수 없다. 나는 하루 빨리 본국이 적합한 왕의 깃발 아래 안정을 되찾기를 바라는 바, 하여 제대로 격식을 차리지 못한 즉위를 택했다."

전하, 전하. 여기저기서 경탄에 찬 음성이 소음처럼 섞여들었다 사그라졌다. 그들 중 일부는 알렉시스의 오른쪽에 말없이 선 에사렛타와 세드로를 곁눈질하기도 했다. 알렉시스 역시 그들의 시선을 알아차렸다. 사실 당연한 일이었다. 유스카리의 적자가 있는 상황에서 알렉시스가 왕위에 오른다는 것은 또 다른 불씨가 될지 모른다는 암시였으므로. 누군가는 알렉시스가 제 자리를 되찾아 간 것이라 떠들었지만 누군가는 유스카리의 아들이 왕이 되는 것이 옳다 믿었다. 그럼에도 그들이 나서지 못하는 건 세드로가 너무나도 어렸기 때문이다. 알렉시스를 대신해 유스카리가 왕이 되었을 적 그랬던 것처럼.

아르노만과 루덴 공이 차례차례 식순에 따라 그의 등 뒤에서 한쪽 무릎을 꿇었다.

"카르시타의 모든 귀족을 대표해 맹세합니다. 선왕 제누바시스 타칸 펜 델라부르트 카르시탄과 선 왕비 전하이셨던 데이니 올리비아 엘 유벤 카르시탄의 아들이시며, 카르시타를 위해 일생 헌신해오신 위대한 올리비에 왕하, 카르시탄. 전 카르시타의 귀족들은 당신의 뜻을 따를 것입니다."

"왕하의 뜻은 카르시타의 가장 높은 뜻. 모두의 뜻이 될 것을…… 맹세합니다."

아르노만의 맹세에 더한 루덴 공의 맹세에, 에사렛타가 끝내 그들을 외면하고 세드로의 귀를 손바닥으로 가렸다.

맹세합니다. 잇따른 귀족들의 경외의 음성이 홀 내를 들썩이게 했다. 알렉시스는 그들을 담담히 둘러보았다. 그의 시선은 이내 초점 잃고 제게 향한 제르의 검은 눈동자에 머물렀다. 그와 눈을 마주친 제르는 그녀도 모르게 지스카르의 소맷자락을 움켜쥐었다.

"하지만 공교롭게도, 이 자리엔 내 숙부의 아들인 세드로 마르티사 3세가 함께 있다. 또 다른 혼란의 불씨가 될 수 있다는 것은 모두가 알고 있을 터다. 우리는 그것을 경계해야 함이다."

불길한 것은 늘 빗나가는 법이 없었다. 느닷없이 울리는 말이 천둥처럼 그녀를 덮쳤다. 무수한 이들의 제각각의 빛을 띤 눈동자가 물끄러미 에사렛타에게 안긴 세드로에게로 향했다.

"우리는 지난 십수 년간 거듭해온 무의미한 싸움을 마무리 짓는다. 새로운 카르시타의 주인이 옹립되는 이 자리에 적당한 카르시탄은 한 명뿐이다. 헤센 경, 데려오도록."

제가 지금 무슨 말을 들은 건가?

왜?

왜 지금 이 자리에 세드로를 끌어다 댄단 말인가? 단상의 오른편 가장자리에 마찬가지로 성장을 갖추고 사열해 있던 밀러가 군사들과 함께 귀족들을 헤치고 들어갔다. 그는 곧 놀라 굳어 있는 에사렛타로부터 세드로를 강제로 떼어내어 알렉시스의 앞으로 끌고 갔다. 갑작스레 다가온 군사들에 의해 겁먹은 세드로가 사슴처럼 커다란 눈망울을 깜빡이며 알렉시스의 뒤에 선 제 조부를 올려다보았다.

가장 먼저 정신을 차린 건 에사렛타였다. 에사렛타가 떨리는 목소리로 물었다.

"왕하, 예정에 없었습니다. 이게 무슨 일입니까."

제르 역시 지금 이 상황을 이해하지 못했다. 세드로의 처우는 필시 그가 왕이 된 이후에 결정될 거라고 생각했다. 알렉시스의 차갑게 굳어진 얼굴을 보는 순간, 제르는 그녀가 할 수 있는 최악의 상상에 사로잡혀 절규 같은 고함을 토해냈다.

"알렉시스!"

쩌렁쩌렁 울리는 제르의 음성에 알렉시스는 그녀를 끌어내려는 병사들을 손을 들어 막은 후, 씁쓸하게 웃으며 세드로를 내려다보았다.

이건 아니었다. 무슨 짓을 하려고 하건 간에 이건 아니었다. 처결이든 폭로든 그는 이 자리에서 모든 걸 끝낼 생각인 것이 분명했다. 그렇다면 아이를 데리고 도망칠 시간도 없었다. 기회조차 주지 않는 비정한 처사였다.

'……네가 내게…… 이럴 수는 없다. 네가.'

제르는 세드로를 내려다보는 알렉시스의 눈에 떠오른 증오와 원망을 읽어냈다. 모를 수가 있을까. 제게 가장 익숙한 것이 그런 것이다. 그리고 저 역시 마찬가지 표정을 짓고 있으리라.

알렉시스는 한참이나 침묵으로 일대가 고요해지길 기다렸다.

극단적이기까지 한 상황에 놀란 것은 에사렛타와 제르뿐만이 아니었다. 알렉시스가 장식일 게 뻔하다 생각했던 검을 검집에서 쇠 긁는 소릴 내며 뽑아 들었을 때, 지스카르 역시 어깨를 움찔하지 않을 수 없었다.

에사렛타가 그 자리에 무릎 꿇고 애원했다.

"이게, 이게 무슨 짓입니까. 아버님, 말려주십시오. 대관식은 숭고한 예식입니다. 이 위대한 홀은 이리 함부로 피를 봐도 좋은 곳이 아닙니다! 올리비에 왕하!"

영문을 몰라 하던 세드로는 커다란 눈을 깜빡이며 주저앉아 소리치는 에사렛타를 향해 고개를 갸우뚱 하더니 알렉시스를 올려다보았다. 아르노만은 주먹을 꾹 쥔 채로 알렉시스의 뒷모습을 노려보았다.

에사렛타의 절규 같은 목소리가 온 홀 안을 매섭게 할퀴었다. 알렉시스가 세드로에게 한 걸음 다가갔다. 세드로의 몸이 움츠러들었다. 제르는 피가 머리끝까지 솟구치는 것 같은 기분을 이기지 못하고 악처럼 소리쳤다.

"어찌 네가아아!"

아르노만은 끝끝내 침묵했다. 제르는 지독한 배신감에 휩싸여 그를 노려보았다. 믿을 수가 없었다. 결국 제르가 융단 위로 뛰쳐 올라가려는 찰나 지스카르가 그녀의 어깨를 쥐었다.

"기다려라."

그는 자신이 지금 이런 말을 하는 것을 후회하게 되지 않길 간절히 바랐다. 무슨 짓을 하려는 건지 짐작도 되지 않는 건 그 역시 마찬가지였다.

그러나 제르의 귀에 그의 말이 제대로 들릴 리가 만무했다.

"네놈이…… 어찌!"

두 여자의 울부짖음에 융단의 좌우로 사열해 있던 귀족들이 기묘하게 돌아가는 상황에 촉각을 곤두세웠다. 알렉시스는 제 손에 들린 은빛 날이 눈 시린 검면을 내려다보다가 서늘하게 웃었다. 그건 자조처럼 처연해 보이기도 했다.

세드로의 앞에 멈춰 선 알렉시스는 제 허벅지에도 닿지 않는 어린 살덩이를 맹렬히 빛나는 눈으로 내려다보았다. 무엇이라도 베어낼 수 있을 것처럼 빛나는 검이 세드로의 얼굴 바로 앞으로 수직으로 섰다.

에사렛타는 무릎을 꿇은 채로 그 자리에 엎드려 눈물로 애원했다.

"차라리 나를 죽이십시오, 왕하, 왕하, 부디 지난 정을 보아 자비를 베풀어주소서, 왕하, 왕하. 제발. 지난 정을 보아 그만둬주십시오, 알렉시스."

에사렛타의 눈물 섞인 애원에 귀족들은 사태의 심각성을 깨닫고 일제히 그들을 외면했다. 막 비명 같은 욕지거리를 내뱉으려는 찰나 지스카르의 손이 뻗쳐와 제르의 입을 막았다. 그에게서 벗어나기 위해 발버둥치려던 제르는 돌연 빤히 자신을 바라보는 알렉시스와 시선을 맞추고는 그대로 무릎을 꿇고 허물어졌다. 현기증이 일어 눈앞이 노랗게 하얗게 번뜩거렸다. 잊었던 내장이 뒤틀리는 통증보다 더 아픈 눈동자였다.

그의 배반은, 너무나도 아팠다.

그녀는 고개조차 들지 못하고 애처롭게 빌었다. 그만은 그러지 않길 바랐다.

"제발…… 제발…… 그러지 마라…… 제발. 제발……. 이리 부탁한다……."

알렉시스는 말없이 지스카르와 눈을 맞춘 후, 얕은 한숨을 내쉬며 웃었다. 제르의 눈에서 눈물이 툭 떨어졌다.

붉은 융단 위에 단단히 서 있던 그의 몸이 서서히 낮아졌다. 그의 한쪽 무릎이 붉은 융단에 이르렀다. 서슬 퍼런 날을 번뜩이는 검끝으로 바닥을 짚은 그대로 알렉시스는 세드로와 눈높이를 맞추었다.

무슨 일이 벌어지고 있나.

수직으로 서 있던 대관의 검은 곧 알렉시스의 손에 들려 붉은 융단과 수평을 이루었다. 세드로는 제 눈앞에 가로로 누운 검을 보랏빛 눈을 깜빡이며 바라보았다. 부드러운 옷자락이 땅을 스치는 소리, 망토가 사각거리는 소리, 충격에 빠진 귀족들이 숨 들이켜는 소리가 여기저기서 터져 나왔다. 눈을 내리깔고 있던 아르노만의 눈꺼풀이 느릿하게 들렸다.

알렉시스는 모두가 침묵한 순간을 지배했다.

"소신 알렉시스 테피온, 전하의 앞길을 막은 모든 반역 세력을 처단하고 이곳에 섰습니다. 세드로 마르티사 펜 엘올라 카르시탄, 저의 충정을 담은 충성 맹세를 받아주시겠습니까?"

무슨 일이 벌어지고 있나.

그의 음성이 뭉개진 듯 귓가를 꽉 메웠다. 제르는 넋을 놓은 눈으로 알렉시스의 낮아진 옆모습을 바라보았다. 에사렛타 역시 멍하니 알렉시스와 제르를 번갈아 보았다.

무슨 일이 벌어지고 있나. 그가 지금 세드로를 어찌 불렀는지, 제 귀를 의심하고 있는 수많은 귀족들 속에서 오직 아르노만의 입가에만이 진한 미소가 어렸다.

"이제 당신이 왕좌에 오르실 시간입니다, 전하."

알렉시스의 주저 없이 나직한 목소리가,

쐐기를 박았다.

루덴 공의 자괴 어린 시선이 떨어지는 것과 동시에, 만족스레 눈을 뜨고 양양하게 고개를 든 아르노만의 희비가 교차했다.

아르노만은 애써 웃음을 삭인 근엄함으로 주먹을 꽉 쥐었다. 그는 세드로의 앞에 무릎 꿇은 알렉시스의 뒷모습에 지난 기억을 상기했다.

'셋 전부를 잃으시겠습니까. 둘을 잃으시겠습니까. 하나만 잃으시겠습니까.'

'셋 전부라 함은, 가문과 내 딸아이와 그 손주를 말하는 것입니까.'

'셋 전부라 함은, 이미 잃은 숙부와 왕비 전하와 그 아이를 말하는 것입니다.'

알렉시스는 그리 말했다.

'하나를 잃는단 것은……'

'제 입으로 이야기하지 않아도, 충분히 짐작하리라 생각합니다.'

'왕자 저하와 왕비 전하가 살아남을 길이 있다는 말입니까.'

'길은 내가 알아서 찾습니다. 결정하십시오. 어차피 형님이 왕이 되면 자

연히 셋 전부를 잃게 될 것이라는 것은 모르지 않을 테니.'

'제가 생각하는 그런 것이 맞습니까.'

'맞을 겁니다.'

'다른 이들 또한 알고 있는 것입니까.'

'저 혼자만의 배신입니다.'

'미쳤군. 그 말을 내게 믿으라고 지껄이는 건가.'

'믿느냐 마느냐. 당신에게 걸었습니다.'

처음엔 이해가 되지 않았다. 사실 순리대로 상황이 흐른다면 결코 일어날 수 없는, 불가능한 가능성이었다.

'믿고 싶지 않다면 이대로 형님에게 전부 다 잃어보시지요. 희망조차 없는 진탕 속에서 당신의 대를 마지막으로 피노제가 파멸하는 걸 뜬눈으로 지켜보셔야 할 겁니다.'

그리고 그는 약조를 지켰다.

사실은, 이 순간에 이를 때까지만 해도 반신반의하고 있었다. 아니, 조금 더 깊은 사실, 반도 믿지 않았다고 하는 것이 진심이었다. 그럼에도 불구하고 그를 전심전력을 다해 도운 건, 알렉시스가 약조를 어긴다 할지라도 가문과 에사렛타는 건사할 수 있을 거라는 이기심 때문이었다. 베이하크가 이 자리에 참석하지 않을 것을 안 순간부터 그는 분명히 기대하고 있었다. 그리고 기대가 눈앞에서 이루어졌을 때, 그는 알렉시스의 발치에 엎드려 그의 발등에 입 맞추고 싶을 만큼의 경외심을 느꼈다.

그는 자신을 위해 고군분투한 이들의 모든 기대를 저버리고, 카르시타의 가장 높은 이가 될 기회를 스스로 내버렸다. 그의 배신은 피노제와 에사렛타에게는 요행이라. 아르노만은 놀라 눈도 깜빡이지 않고 알렉시스를 바라보는 에사렛타를 흘깃 내려다보았다.

세드로가 눈을 깜빡이며 물었다.

"……내가?"

왕좌를 지척에 두고 스스로 등 돌린, 세상에서 가장 어리석은 남자의 목소리는 모든 홀 안의 귀들에 일렸다.

"예, 그리고 허락해주신다면 제가 감히 당신을 대신하여 이 모든 일이 정리될 때까지 섭정의 자리에 올라, 전하의 나라를 잠시 다스려 전하의 길을 닦고 싶습니다. 윤허하여 주시겠습니까. 전하께서 조금만 더 장성하신 후 저는 감히 한낱 필부가 되어 스스로 왕명을 자처하지 않을 것이며."

스스로의 혈통을 내버린다는 의미였다.

"전하에게 위협이 되는 어떠한 행동도 하지 않을 것을 이 보잘것없는 명예를 걸어 맹세합니다."

제르만큼이나 지스카르 역시 상황이 납득되지 않긴 마찬가지였다.

지금 당장 일어서서 왕관을 쓰면 그가 왕이 되고 모든 것이 끝이 난다. 다 이루어놓은 것을 고작 저 핏덩이 같은 어린아이에게 내던져주는 미친놈을 어떤 눈으로 바라보아야 하는 건가. 이건 그가 폐태자가 되어 데바람을 버렸던 것과는 차원이 다른 이야기였다.

"대답해주십시오, 전하. 허락한다고 답해주시면 됩니다."

세드로는 어안이 벙벙한 사람처럼 제 앞에 누운 검을 한 번, 알렉시스의 다정하게 붉은 눈동자를 한 번 바라보았다.

"허락…… 해? 으응."

검을 내려놓은 알렉시스가 목 뒤에 두르고 있던 붉은 망토를 풀어 세드로의 등에 걸쳤다. 그에게는 어딘지 짧아 보였던 그의 망토는 세드로의 자그마한 키엔 딱 맞았다.

망토 수여식까지 끝이 나자, 알렉시스는 세드로를 그대로 안아 올려 황금 독수리가 찬연히 빛나는 옥좌에 앉혔다. 그리고 세드로의 머리 위로, 카르시타의 가장 높은 이에게 주어지는 금관이 얹혔다.

"즉위를 경하드립니다, 전하."

알렉시스의 음성이 정적에 삼켜진 대관식 홀을 울렸다. 그제야 상황을 멍청하니 바라보던 귀족들이 혼란함을 이기지 못하고 들썩거렸다. 여태까지 꿀 먹은 벙어리처럼 입을 다물고 있던 이들이 아침 새처럼 떠들어대기 시작했다.

"왕하, 이건 말도 안 됩니다! 세드로 저하는 분명 위대한 카르시탄 중 한 분이시지만 이 상황에서 세드로 저하를 옹립하시는 것은 말도 안 됩니다!"

"아직 너무 어리십니다. 섭정이란 위에 머무시겠다고 했지만, 왕하…… 생각해보십시오. 왕하께서 처음 왕좌를 잃으셨던 이유가."

"지금 이 선택은 왕도의 혼란만 가중시킬 겁니다. 왕하, 부디 통촉하여주십시오! 왕하야말로 유일 적법한 카르시타의 왕재이십니다!"

곳곳에서 터져 나오는 항변에 알렉시스는 느릿느릿 몸을 돌려 그들을 돌아보았다.

"내가 왕위를 잃었던 건 나의 출생의 비극이었다. 그리고 혈통으로 논하자면 나를 부족하다 제치고 숙부를 옹립했던 그대들이 그리 말하는 건 좀 재미있군. 숙부야말로 진정 왕이라며 바로 얼마 전까지 떠받들었던 것을 잊었나? 이미 수십 년 전에 왕좌에서 물러난 왕의 아들인 내가 아닌, 바로 얼마 전까지 카르시타를 건재하게 지켰던 '그대들의 왕'의 혈통을 이 자리에서 박살 내겠다?"

귀족들이 입을 다물었다. 제르는 넋을 놓은 채로 단박에 수백 명의 입을 다물게 한 알렉시스의 대처에 작게 입술을 벌렸다. 그가 하는 말 한 마디, 한 마디가 그를 바닥으로 끌어내리는 것들이었다. 그녀의 몸은 여태까지와는 다른 의미로 덜덜 떨렸다. 필부가 되어 왕명을 자처하지 않겠다. 그리 선택했고, 자신보다 세드로가 혈통의 우위에 있음을 명백히 했다. 이 상황이 그에게 어떤 의미일지 짐작하지 못하는 바 아니었다.

그러나 상황은 그리 쉽게 마무리되지 않았다.

"적통이 어찌 둘입니까!"

썩 고요해진 홀 안이 마음에 든다는 듯 씁쓸히 웃으며 몸을 돌리려던 알렉시스가 귀에 익은 목소리에 시선을 조금 높게 들었다. 곧 융단의 왼편 중간 열이 갈라지더니 눈에 익은 땅딸막하니 귀엽사리 볼을 부풀린 남자가 더 큰 소리로 그를 향해 외쳤다.

"세드로 왕자 저하가 적통이 아니라 들었습니다만!"

소블란 후였다. 턱을 한껏 앞으로 내밀고 한층 더 진해진 너구리 수염을 매만지는 소블란 후의 표정은 경악으로 결연했다.

그는 조금 전까지만 해도 알렉시스를 도와 이 내란의 진압에 큰 도움을 준 소블란이 큰 공신의 반열에 오르는 것은 물론이거니와, 알렉시스의 측근이 되어 정치적 세를 불릴 수 있게 될 찬란한 미래를 그려 의심치 않았다. 그러나 고작 몇 분 사이에 사태는 완전히 뒤바뀌었다. 알렉시스가 이대로 물러나게 되면 온전한 보상을 받지 못할 것이 자명했다. 지금도 수많은 자본이 알렉시스를 지지한다는 명목으로 줄줄이 새어나가고 있는 판인데, 느닷없는 양보라니.

사실 반신반의하고 있던 세드로의 출생에 관한 것은 당장 증거가 없으므로 입에 담을 수 없다 생각했지만, 조금 전 에사렛타와, 라니가 말했던 제이하이 카르시탄이 미친 사람들처럼 애걸하는 걸 듣고 마음이 기울었다. 세드로는 저 까만 머리 여자의 자식일 수도 있다.

소매의 흐트러진 커프스단추를 매만지며 알렉시스는 당황한 내색 없이 편안히 물었다.

"금시초문인데. 그게 왕가에 굉장히 모욕적인 말이라는 걸 소블란 후께서 모를 리 없다 여기는데."

"기억하십니까? 퀸시오에서 제이하이 왕하와 올리비에 왕하께서 제 여식과 마차를 함께 타고 긴 시간 여행을 하셨다지요. 그때 똑똑히 들었다고 합니다. 하여 저도 나름 백방 수소문해보기도 하였지요. 제이하이 카르시탄이 이 자리에서 확실히 말해주실 수도 있겠군요!"

아. 미친 라니. 알렉시스는 입가를 일그러뜨리며 애써 당혹을 숨겼다. 두 부녀의 대중없는 입방정은 정말 질릴 정도였다. 설상가상 소블란 후의 말에 일부 귀족들이 슬그머니 지지를 더했다.

"사실 세드로 저하의 보라색 눈에 의문을 품은 이들은 여럿 있었습니다. 예로부터 카르시타 왕실에는 저런 눈을 한 카르시탄이 존재했던 전례가 전무하다는 걸 모르는 이들이 없었습니다. 그리고 듣기로 체자스 각하께서 언뜻……"

"이 자리에서 반역자의 이름을 논하는 것은 누구냐."

루덴 공이 나서 싸늘하게 터진 대로 지껄이는 누군가의 말허리를 잘랐다. 알렉시스의 날 선 서늘함에 귀족들은 슬그머니 눈동자를 돌려 제르와 에사렛타를 돌아보았다. 사실 믿고 싶은 것도 아니고, 그다지 믿기는 것도 아니지만, 조금 전 악을 쓰며 알렉시스를 향해 소리쳤던

두 여자를 생각하면 소블란 후의 발언에 힘이 실리는 것도 사실이었
다.

"······제이하이 왕하 카르시탄께서 카르시타로 돌아오신 계기 또한
궁금합니다. 사정을 잘 아는 이가 없던데요. 제 여식이 말하기를 세드
로 저하가 제이하이 왕하와 깊은 관계가······."

소블란 후의 한 마디에 일은 순식간에 껄끄러워졌다. 설상가상 소블
란 후의 용기에 감동이라도 한 건지, 내내 눈치만 보고 있던 이들이 떠
들어대기 시작했다.

하지만 알렉시스는 동요하는 기색 없이 아르노만을 향해 눈짓했다.
아르노만이 숨을 크게 들이쉬며 나섰다.

"······제이하이 카르시탄, 묻겠습니다. 세드로 저하와 당신 사이에
어떤 관계가 있습니까?"

시선이 제르에게로 쏠린 것은 불가피했다. 굳은 사람처럼 알렉시스
에 초점이 맺혀 있던 눈동자를 힘주어 뜨던 제르가 아르노만을 창백한
얼굴로 바라보았다.

"제이하이 카르시탄."

제르는 갑작스레 제게 집중된 이들의 관심 속에서 굳은 입술을 벌렸
다가 다물었다. 알렉시스의 겸허한 눈동자가 제게 그대로 꿰여 박혔
다. 추한 속 알맹이까지 샅샅이 훑어지는 기분에 제르의 어깨에 힘이
들어갔다.

아무것도 모르는 세드로, 그리고 제 벌어진 입술을 두려워하는 에사
렛타, 그리고 스스로 물러난 알렉시스. 인생의 전반이 왕이 되기 위한
투쟁이었다 한 남자였다. 그가 놓아버린 건 작은 것이 아니었다. 그것
은 그녀가 아는 유일한 그의 길이었다.

얼어붙은 입술을 떼지 못하는 그녀를 바라보는 알렉시스의 눈빛이 처연하게 잠겼다.

'네가 나를 선택했으면 좋겠어.'

'그거면 된다. 앞으로 내가 저지르려는 일들이 아무리 비난받을 짓이라 해도.'

'이 모든 게 끝났을 때 네가 나를 선택해준다면 돼. 그러니까, 이미 넌 그 자체로 내게 희망이야. 부정하지 마.'

이제야 이해했다. 그가 어떤 심정으로 저 자리를 등졌는지.

'너에게로 닿으려면, 내가 비가 되어야 되겠구나.'

그래서, 너는 지금 비가 되려나.

제르는 툭 떨어져 옷자락에 스민 눈물을 바라보았다. 그는 가장 높은 하늘 끝에서 내려와 지상을 적시는 비가 되겠다고 했다. 실없지만 말 한 마디 허투루 하는 법이 없는 남자라는 걸 인정하지 않을 수가 없었다. 하기야 그는 침묵할지언정 거짓말하지 않았다. 늘 그랬다. 그렇기 때문에 그는 어쩔 수 없이 그녀에게는 유일함이었다.

"이 자리에서 추호의 거짓도 없는 사실을 밝혀주십시오."

이해하고 나니 가슴이 터질 것 같았다. 절대적인 신뢰가 가슴 어딘가에 견고히 세워져 있던 벽을 허물었다. 그는 그의 생에 가장 커다란 것을 포기했으므로. 미련조차 두지 않고 놓아버리는 것이 자신이 할 수 있는 보답이라는 것을 잘 알았다.

이제, 되돌려줄 때.

제르의 삽시간에 가라앉은 눈빛이 소블란 후를 향해 돌았다.

제 것 아닌 듯한 음성이 소름이 끼칠 정도로 냉정히 흘러나왔다.

"무슨 말인지 모르겠군."

소블란 후는 외려 당황한 기색이었다.

제르는 떨리는 손끝에 힘을 주며 가장된 담담함을 소리 냈다.

"아무 관계 없습니다."

아무 관계 없다. 거짓 같은 혀끝으로 뇌까렸다. 모두의 앞에서 다시 한 번 그리 말함으로써 그녀는 끈적하게 남아 있던 미련을 떨어뜨렸다.

두 번째로 버리는 것이다. 그 의미는 양안의 이편과 저편을 나누는 강물처럼 명확했다. 다시는 되돌아보지 않을 것이다. 한평생의 굴레를 흐르는 물가에 풀어 던졌다.

"몹시 무례하고 불쾌한 이야깁니다. 사랑으로 키워 헌신하시는 왕비 전하께서 계신 이곳에서 어찌 그런 말을 함부로 할 수 있단 말입니까?"

진실이었다. 한 번도 품어본 적 없는 제 새끼는 이미 자신의 아들이 아니었다. 자신이 못다 준 사랑을 극진히 쏟아부어준 건 에사렛타가 아니었나. 족했다. 감사했다. 그녀는 여태까지 그랬듯이, 앞으로도 세드로가 무탈히 살아만 준다면 모든 것을 흘려보낼 각오가 되어 있었다.

그러므로 이리 또다시 놓아버리는 자신이 아닌, 놓지 못해 무릎 꿇은 간절한 여자가 어미였다.

"두 눈 멀쩡히 뜬 어미가 저기 있는데, 누굴 모욕하는 겁니까."

"세드로는 나의, 나와 유스카리의 아이다! 감히 어떤 미친 종자가 그따위 헛소문을 내고 다니는 거냐!"

순식간에 독기를 품은 에사렛타의 눈빛이 혼란한 귀족들을 휩쓸었다. 그에 아르노만의 못마땅한 듯 혀 차는 소리까지 더해지자, 산발적으로 입을 열었던 귀족들은 슬그머니 꼬리를 내렸다.

삐딱하게 웃으며 고개를 기울이고 있던 알렉시스가 소블란 후를 향해 말했다.

"다들 들었겠지? 더 말을 늘리고 싶다면 단순한 심증이 아닌 눈에 보이는 증좌를 가져와라. 증좌 없는 헛소리는, 더 묻지 않고 왕족 모독으로 처형하겠다."

소블란 후가 크게 볼을 부풀리며 제르를 노려보더니 슥 자리로 돌아갔다.

분위기는 소강상태에 접어든 듯했지만 기실 세드로의 혈통에 제기된 의문과는 별개로 다른 우려로 반대의 의사를 꺾지 못한 이들이 많았다. 세드로가 당장 왕이 되었다 가정할 때, 소년왕이 카르시타를 온전히 지켜낼 수 있을 리가 없었다.

바로 옆에는 대국인 데바람이 있고 오른쪽에는 트란실이 버티고 있었다. 또, 알렉시스의 의지와는 상관없이 그가 내건 섭정이란 대안은 몹시 위태로웠다. 알렉시스의 치세가 이어지는 동안 누군가는 세드로를 없애고 알렉시스를 유일한 왕으로 보전하려 뒷공작을 부릴 가능성도 무시할 수 없었다.

"왕하, 그건 또 언젠가 피바람을 불러일으킬 겁니다. 감히 말씀드리건대 세드로 저하께서는 아직 외세로부터 카르시타를 지켜낼 만큼……."

그러자 기다렸다는 듯 알렉시스의 시선이 지스카르에게로 미끄러졌다.

그때, 지스카르는 진득한 패배감에 휩싸여 있었다. 말 몇 마디로 제긴 기다림을 모조리 수포로 만든 알렉시스에게 감탄했음을 부정하지는 않으리라. 얼마간 노골적이리만치 빤히 시선을 주고받던 지스카르는 돌연 알렉시스가 제게 바란 것이 무엇이었는지 깨닫고 표정을 굳혔다.

'정말이지…….'

뒷골이 당길 만큼 자존심이 으스러지는 기분이었다.

'처음부터, 이럴 속셈이었다?'

처음 제게 엘올라로 함께 가자 했을 때부터 이럴 속셈이었던 것이다. 알렉시스의 손아귀에서 놀아나고 있었다는 것을 깨닫고 나니 기분이 퍽 상했지만, 이게 마지막 속죄의 기회가 된다면 기꺼이 장단 맞출 도량은 있었다. 게다가 벗이었던 푸른 솔개, 루덴 공과 술잔을 기울이며 나누었던 이상 또한 양국의 우호 관계였으므로 이번 기회를 역이용해 의지를 확고히 하는 것도 나쁘지 않았다.

썩 개운치 않은 한숨을 내킨 지스카르가 제르를 지나쳐 융단 위로 걸어 나왔다.

대관식의 융단을 디딜 수 있는 것은 허락을 받은 이들과 보좌관들뿐이었던지라, 불쑥 나타난 타국의 청년을 보고 기함하는 이들이 수두룩했다. 제게 집중해 쏟아진 놀란 시선에도 주눅 든 기색 없이 똑바로 선 지스카르는 조용히 손을 들어 올렸다. 어딘지 모르게 시선을 끄는 명쾌하고 나른한 동작이었다.

그는 완전한 패배를 인정했다. 그녀는 이제 영원히 제 손을 떠날 것이다. 목 안이 괜스레 깔깔한 기분이었다.

"나 지스카르 헨솔, 먼저 내가 누군지 모르는 이에게 알리자면 나는 얼마 전 베제스를 끌어내리고 새로이……."

거기까지 말한 지스카르는 잠깐 말을 끊고 여유롭게 턱 끝을 매만지며 중얼거렸다.

"아니, 그대들에겐 데바람의 폐태자로 더 유명하겠군."

순간 귀족들이 놀란 신음을 터뜨렸다. 지스카르는 썩 마음에 들었는지 삐딱하게 웃으며 말을 이었다.

"지금은 내가 데바람의 차기 왕이다. 이 자리가 가볍지 않은 자리라는 것을 알지만 이번 대관식을 축하하는 의미로 참석한 일국의 차기 왕으로서 발언권을 요청해도 되겠나? 차기 섭정?"

"데바람의 명예를 존중하여, 경청하겠습니다."

알렉시스는 주저 없이 고개를 조아리며 말했다. 그의 슬그머니 끌어올려진 입꼬리에 지스카르는 당장이라도 삐딱선을 타고 싶은 기분을 참아 누르며 다소 거친 투로 말을 덧붙였다.

"데바람은 카르시타와의 우호 관계를 원하고 있다. 또한 이 자리에 있는 릴카인은 나의 오랜 벗으로 협력을 약조하였고 나 또한 마찬가지의 맹세를 했다. 그러니 데바람은 소년왕이 즉위한다 해도 아무 이유 없이 카르시타를 침략하는 일은 없을 거다."

수많은 이들 사이에 숨은, 누군가가 소리쳤다.

"그리 말하고서, 우리를 침략하려는 계략은 아닙니까! 데바람을 어찌 믿는단 말입니까!"

"그리고, 데바람의 왕이 어째서 카르시타의 왕위 문제에 끼어든단 말입니까."

지스카르는 그 요란한 은닉 속에서 조금 전 지껄인 이들을 귀신처럼 찾아 노려보았다. 알렉시스는 이 상황을 즐기기라도 하는 건지 아닌 체 웃고 있었다. 그건 지스카르의 배알을 뒤틀리게 하기 충분했다.

지스카르는 저벅저벅 걸어가 조금 전 데바람을 불신한다 외쳤던 흰

머리 성성한 배불뚝이 사내의 앞에 멈춰 섰다.

"뭐…… 정 못 믿겠다면 말을 달리 하지. 저 소년과 저 소년의 핏줄이 카르시타의 왕가에 이어지는 동안 데바람은 카르시타의 든든한 우방이 될 것을 명예를 걸고 이 자리에서 약조한다. 뿐만 아니라 데바람은 전폭적으로 저 소년의 즉위를 지지한다. 내가 지금 한 말은 토씨 하나 틀리지 않고 서면으로 남겨져 귀국의 외교부로 보내질 것이다."

제르는 반쯤 넋이 나간 사람처럼 작게 입술을 벌려 신음했다. 이 모든 게 꿈 같았다. 지스카르가 세드로를 도왔다. 세드로와 자신을 강제로 데려가겠다고 하지 않았던가.

게다가 애초에 데바람과 카르시타는 전쟁이 끊이지 않았던 원수국. 전쟁통에 조실부모하고 세파에 내던져진 그녀야말로 두 국가가 지닌 원한의 산 증인이었다.

한결 조용해졌지만 납득한 기색은 아니었다. 무언가 말을 하고 싶은 듯 입술을 벌렸다가 닫았다가 눈을 데굴데굴 굴리다가를 반복하던 이들은 이어진 지스카르의 마지막 한 마디에 합죽이가 되었다.

"끝까지 불만이 있는 자는 나와라."

귀족들은 재빠르게 머릴 굴리기 시작했다.

"없나?"

데바람의 군대는 바로 지척에 있었다. 아득바득 대들어봐야 진짜 왕이 되어야 할 알렉시스가 왕좌를 버린 상황에서, 그들이 선택할 수 있는 길은 많지 않았다. 게다가 세드로가 왕으로 있는 한 데바람이 우방이 된다는 건, 바꿔 말하면 그 말은 세드로가 아닌 다른 사람이 왕이 된다면 우호는 없다는 말과 맥을 같이했다.

데바람 또한 혼란한 시기이니 당장이야 문제가 될 리 없겠지만……

무엇보다도 가장 높은 계급의 인사들이 한 마디도 하지 않고 침묵하는 와중에 계속 해봤자 먹히지도 않을 말을 떠들어댈 수는 없었다.

"없다는군. 실례했다. 진행해."

지스카르는 피식 웃으며 자리로 되돌아갔다. 알렉시스가 몸을 돌려 주위만 연신 둘러보는 세드로의 손등에 의례적인 입맞춤을 했다.

"이것으로 카르시타의 새로운 독존은 공식적으로 전하 당신이 되셨습니다. 경하드립니다, 전하."

누구도 그를 막지 못했다.

제르는 그의 모습을 하나도 빠짐없이 눈에 새겼다. 그는 이제 온전히 그녀에게 집중하고 있었다. 그녀가 무의식적으로 뒷걸음질하자, 그는 꼭 그만큼 다가와 거리를 좁혔다. 제르의 곁에 섰던 이들이 슬금슬금 물러났다.

결국 두 사람은 세계에서 벗어나 마주쳤다.

알렉시스는 마지막 한 걸음을 내디뎠다. 붉은 융단을 건너 그녀의 앞에 서기까지의 그 짧은 시간이, 그녀에겐 몹시도 아득하게 느껴졌다.

제르는 부러 눈에 힘을 주어 그를 바라보았다.

"제르."

제 것 아닌 듯한 이름이 귓가로 진득하니 스며들었다. 제르는 느리게 눈을 감았다 떴다.

알렉시스는 홀가분한 얼굴로 빙그레 미소 지었다.

"이제."

"……."

"나에게 남은 건 이제 아무것도 없어."

그래. 내 눈에도 그리 보인다. 정말 네가 가진 것 없는 필부가 되길 자처했다는 것, 보인다. 그는 주위 시선에도 아랑곳 않고 잘 정리해 넘겼던 머리칼을 머쓱하게 헝클더니 설레는 눈동자로 물었다.

"이제 걸리적거리는 건 없는 거 같은데, 네가 싫지 않다면 계속 좋아 해도 되나?"

그가 손을 내밀었다. 그 모양새는 악수를 청하는 것처럼 정중했다. 고개 숙인 제르의 눈물이 무게를 이기지 못하고 그의 손 위로 떨어졌다. 그는 여전히 웃고 있었다. 그래서 그녀는 이해할 수가 없었다. 어찌 제게 웃을 수가 있는지.

적막한 공기가 폐부를 뭉근하게 덥혔다. 넋 놓은 귀족들이 어리둥절 그들을 바라보았다.

고개를 기울인 제르는 제 왼 뺨에 느껴지는 지스카르의 시선을 고스란히 느꼈다. 그리고 자신을 똑바로 바라보고 있는 알렉시스의 시선도. 그의 손은 바로 제 앞에 있었다. 손 뻗으면 닿을 가까운 거리에.

여전히.

언제나처럼.

그는 자신에겐 과분한 남자였다. 저 같은 졸렬한 여자가 붙잡기에는 그는 너무나도 빛나는 사람이었다.

"이제, 나한테도 기회를 줄래?"

무안해진 손을 내려다보던 알렉시스가 손을 거두지 않고 물었다. 제르는 떨리는 입술을 제 손등으로 한 번 꾹 눌러 치미는 울음을 같이 눌렀다.

"나, 나…… 나는 성격이…… 좋은 사람이 아닙니다."

"그걸 모르는 사람이 어디 있어."

자신이 그의 삶을 송두리째 부정하게 할 만큼 가치 있는 사람이던 가.

떠도는 의문 속에서 제르는 힘겹게 말을 이었다.

"나는…… 그만한 가치가 있는 사람이."

"네가 얼마나 가치 있는지 셈할 수는 없겠지만 확실한 건."

"……."

"내게 있어서 넌 저런 왕관 같은 것보다 귀해."

카르시타의 가장 높은 상징보다 귀하다. 왼편 뒤에 서 있던 지스카르가 혼잣말하는 소리가 들렸다. 사탕발림이 따로 없군. 그러나 한심타 여기는 기색은 아니었다. 제르는 알렉시스의 거둬지지 않은 손을 내려다보았다.

그가 자신을 선택함으로써 잃어버릴 것들, 헤아릴 수 없을 만치 많았다.

"나는."

"……."

"더 이상 아이를 낳을 수 없을지도 모릅니다."

"괜찮아. 나 원래 애 안 좋아해."

"……나는…… 이미 한 번 혼인했던 몸입니다."

"알고 있어."

한 치의 주저도 없는 확신에 찬 음성이 가슴의 빗장을 열어젖히고 밀려들어왔다.

제르는 그의 손을 조심스레 양손으로 맞잡았다. 그리고 그의 앞에 천천히 무릎을 꿇고, 끌어내린 그의 손등에 이마를 묻었다.

"나는, 나는……."

하고 싶은 말은 나오지 않고 눈물만 쉴 새 없이 흘러나왔다.

알렉시스가 주저앉은 그녀의 앞에 무릎을 꿇어 낮은 눈높이를 맞추었다.

"아무것도 남지 않은 사내의 부인이 되는 것은 어떻게 생각해?"

세 번째 청혼이었다.

'카르시타 왕위 후보의 안사람이 되는 것은 어떻게 생각해?'

오래 전,

'왕비가 될래?'

모른 체 외면했던 그의 진심.

그리고.

'아무것도 남지 않은 사내의 부인이 되는 것은 어떻게 생각해?'

그건 여태까지 들었던 말 중 가장 보잘것없는 청혼이었다. 그러나 그 보잘 것 없음의 무게는 지난 어느 청혼보다도 묵직이 그녀의 가슴을 파고들었다.

제르는 그의 손을 끌어안았다. 초라한 평생, 비참했던 지난 시간은 지났다.

그의 손이 그녀의 손을 꽉 맞잡았다.

무릎을 땅에 댄 그녀가 느리게, 허물어지듯 그의 발치로 엎드렸다.

"……당신에게 한평생 갚아도 갚지 못할 은혜를 입었습니다."

눈물로 목이 메어, 가까스로 소리내는 것이 전부였지만.

"한평생……."

슬픔이 머물던 자리로 스며든 건 가슴 벅찬 설렘이었다.

"당신의 곁을 지키게 해주신다면."

그가 가르쳐준 것은,

"그보다 더한 은혜는 없을 겁니다."

그녀가 일생 배워본 적 없는 삶이었다.

루덴 공, 릴카인은 간밤의 일을 떠올렸다.

그는 더없이 만족스럽게 카르시타의 미래를 걱정하고 있었다. 남은 것은 대관식뿐. 자신이 선택한 이가 왕이 된다. 그건 꽤나 매력적인 일이었다. 결실을 맺는 내일은 영광스러운 역사의 시작으로 새겨질 것이라. 그런 믿음으로 즐거웠다.

대관 전야, 알렉시스의 부름에도 아무 의심 없이 향했다. 쇼하인 공과 함께 그를 불렀다는 말에 적당히 마지막을 기리는 축사라도 하려나 싶었다. 그러나 알렉시스는 전혀 예상하지 못한 이야기를 아무 주저 없이 뱉었다.

'나는 왕이 되지 않겠습니다.'

저 사내가 지금 뭐라 하였나.

루덴 공이 제 귀를 의심하며 쇼하인 공을 돌아보았다. 쇼하인 공 역시 마찬가지의 얼굴이었다.

'전하?'

'아니, 그리 부르지 말아주십시오. 앞으로도 저를 그리 부를 일은 없을 겁니다.'

이해가 가지 않는데도 불구하고 불안감이 짙어졌다. 루덴 공이 가까스로 물었다.

'무슨 말씀이신지.'

'그대들이 지금까지 나를 도운 것은 나를 왕으로 옹립하기 위함이란 걸 잘 알아 굉장히 꺼내기 어려운 말이지만.'

'……'

"나는 그대들이 바라는 것처럼 왕위에 앉아 카르시타를 보전하고 싶지 않습니다."

루덴 공과 쇼하인 공의 얼굴은 꼭 쌍둥이처럼 파랗게 질렸다. 먼저 정신을 차린 루덴 공이 험악하게 인상을 찡그렸다.

'갑자기 무슨 말씀이십니까. 당최 이해가 가지 않습니다.'

'그대들이 충성하기에 내가 적절하다고 생각하십니까?'

'카르시타의 유일한 순혈은 왕하이십니다. 적절한가 부적절한가를 논하는 건 어불성설입니다.'

알렉시스가 차를 권했지만 루덴 공과 쇼하인 공은 약속이나 한 듯 거절했다. 사실 그들은 알렉시스가 무얼 권했는지도 신경 쓸 겨를이 없다 해야 옳았다.

긴장한 듯 마른 입술로 찻잔을 가져간 알렉시스가 지옥 같은 침묵 끝에 입술을 뗐다.

'먼저 들어주십시오.'

이제 와 그의 정중함마저 불안이었다. 평소와는 너무나도 다른 알렉시스의 공손함에 루덴 공은 땅이 꺼지는 듯한 아찔함마저 느꼈다.

'나와 함께 이 오랜 길을 함께해주고 달려와준 그대들의 공로를 잊지 않았습니다. 나를 믿고 목숨을 걸었던 당신들을 배반하게 된 건 나의 모자람 탓입니다.'

쇼하인 공은 화도 내지 못하고 입만 붕어처럼 벙긋거렸다. 청천벽력 같은 말에 금방이라도 실신할 듯했다. 바로 내일이었다. 내일 대관식에서 비어 있던 왕좌에 앉는 것으로 이 모든 것은 끝이 날 것이다.

'배반이라니요.'

'말 그대로입니다. 나는 피노제의 대공에게 그리 약조했습니다. 하나를 잃겠느냐, 둘을 잃겠느냐, 셋을 잃겠느냐 물었습니다. 그는 대답하지 못했고 나는 하나만 잃고 모든 것을 마무리하게 해주겠다 약조했지요.'

하나? 둘? 셋? 영문 모를 말이었다.

'이해가.'

'하나는 내 숙부를 말하는 겁니다.'

쇼하인 공이 괴기한 신음을 냈다.

'굳이 지키셔도 되지 않을……'

'지킬 겁니다.'

'말도 안 되는 소리!'

루덴 공은 당장이라도 탁자를 뒤엎을 듯 노호했다. 감히 그를 노려보는 것은 무례였지만 따질 여력이 없었다. 놀란 쇼하인 공이 몸을 화들짝 뒤로 피하는 게 느껴졌다. 알렉시스는 예상했다는 듯 씁쓸히 웃으며 진심을 담아 말했다.

'미안합니다.'

그의 눈가가 붉었다.

이게 현실인지, 꿈인지도 구분이 가지 않았다. 루덴 공은 가까스로 정신줄을 부여잡고 쏘아붙였다.

'대관식이 내일입니다. 그렇다면 왕위는 어찌 된단 말입니까? 겨우 정리가 되었습니다. 그런데 이제 와 갑자기 내팽개치시겠다니. 다시 한 번 이

470   471

번 같은 재앙이 닥치길 바라시는 겁니까?'

'재앙 같은 건 없습니다. 내가 물러나고 나면 남은 건 세드로뿐이니까.'

'이제 겨우 네 살을 바라보는 분입니다!'

'네 살짜리가 나보다 더 낫다 말씀드리는 겁니다. 알다시피 나는 한곳에 오래 머물지 못하는 성미이기도 하고, 경들이 과거에도 걱정하였던 것처럼 행동거지가 바르지도 않습니다. 잔정을 잘라낼 만큼 굳세지도 못하니 형님이 그랬듯 쉬이 사사로움을 버리지 못합니다. 난 그릇이 아닙니다. 나는 세드로에게 온전히 왕위를 물려주고 세드로를 지지하겠습니다. 어느 누구도 그에게 해를 끼치지 못하도록 최선의 노력을 다할 생각입니다.'

'설마…… 그 여자 때문입니까.'

내내 얼빠진 얼굴로 알렉시스를 바라보던 쇼하인 공이 씹어뱉듯 물었다. 알렉시스는 긍정도 부정도 않고 답했다. 죄인의 족쇄처럼 무거운 목소리였다.

'나는 그다지 이곳에 정이 없습니다.'

'……'

'카르시타를 위해 나를 희생하고 싶지가 않습니다.'

'……'

'그러니 나보다 공정한 이가 이곳을 다스리길 바랍니다. 그런 후에야 그대들이 염원하는 태평성대도 이루어질 겁니다. 분명 내 숙부는 성왕의 자질을 갖춘 자였고 세드로는 그의 유일한 아들입니다. 쇼하인 공은 아시겠지요. 제가 얼마나 이 밑도 끝도 없는 왕위 다툼을 경멸했는지.'

'왜…… 모르겠습니까.'

'그냥 살고 싶어 버텼습니다. 그리 버티다 보니 그게 목적이 되었고 당연한 줄 알았습니다. 잠깐 놓친 가벼운 내 것이라고.'

'……하지만 왕하, 도저히.'

'그대들에게는 미리 허락을 구하는 것이 도리일 듯해 용기를 내서 말하는 겁니다. 그러니.'

'무슨 이 말도 안 되는 이야기를 하시는 겁니까!'

루덴 공이 씩씩거리며 그의 말허리를 잘랐다. 지난 시간 어느 누구도 그의 심중을 짐작한 이가 없었다. 내색조차 않았는데 누가 알았으랴. 그들이 듣기에 이건 아닌 밤중의 미친 소리에 불과했다. 알렉시스가 왕좌를 위해 일생을 고군분투했다는 건, 뒤늦게 그에게 합류한 루덴 공도 잘 아는 사실이었다.

'나는 더 이상 형제 친척간에 피를 보고 싶지 않습니다.'

루덴 공이 입을 작게 벌렸다. 충격에 휩싸인 음성이 덜덜 떨렸다.

'설마, 설마 진정 그 여자 때문입니까.'

'…….'

'세드로 저하는 데바람의 왕에게 보내면 됩니다. 그 여자와 세드로 저하를 데바람의 왕에게 맡기면 그는 필경 그들을 잘 돌봐주고…….'

알렉시스가 너털웃음 지었다. 그의 말투가 살짝 반항적으로 바뀌었다.

'아직도 모르겠나, 루덴 공.'

'왕하!'

'난 그게 싫어.'

'…….'

'제르가 어쩔 수 없이 카르시타를 떠나게 하고 싶지가 않아.'

'그 여자는 애초에 데바람 사람입니다!'

루덴 공이 무릎을 움켜쥐며 목에 핏대를 세웠다.

'이제, 내가 왜 안 되는지 알겠습니까. 얼마나 모자란지.'

알렉시스는 번복할 기색이 없었다. 쇼하인 공은 거의 졸도 직전에 이른 사람처럼 숨만 쌕쌕거리고 있었다.

'왕위에 오르신 후에 가지십시오. 세드로 저하는 어쩔 수 없지만 그 여자는 왕이 된 후에도 충분히 가지실 수 있습니다.'

'그리 가지면 무엇이 남나?'

지독한 적막이 흘렀다.

'힘으로 다 찍어 누르고 나면 아무것도 남는 게 없어. 다 부서져. 나는 지금 내 사랑놀음에 대한 조언을 구한 게 아니다. 부디 쇼하인 공 그대가 이제껏 그랬듯 세드로의 지붕이 되어주길 바란다. 루덴 공 그대가 세드로의 방패가 되어주길 바란다.'

뭐라 할 말이 없었다. 미친 소리. 어찌 왕재가 할 소리인가! 그리 외치고 싶었지만 무용지물이었다. 이미 알렉시스는 스스로의 그릇이 왕재에 미치지 않는다는 것을 인정했으므로.

알렉시스가 끝끝내 납득하지 않을 것처럼 표정을 구긴 두 남자를 바라보다가 천천히 일어섰다. 그는 의자 옆으로 걸어가더니, 그들을 향해 절하듯 엎드렸다.

'와, 왕하, 일어나십…….'

'용서하란 말은 않겠습니다. 세드로가 자라나 카르시타를 돌볼 수 있을 때까지 나는 섭정을 자처하여 그대들의 믿음에 보답하겠습니다. 간청합니다. 세드로에게 나라를 소중히 하는 법을 가르쳐주십시오. 사람을 사랑하는 법을 알려주고, 현명하고 공정하게 시비를 가리는 법을 가르쳐주십시오. 새 왕을 당신들의 손으로 다듬어 언젠가 세드로의 자비와 인자가 전 카르시타를 울릴 수 있도록 그대들이 앞장서주십시오.'

엉거주춤 일어났던 쇼하인 공이 무릎에 힘이 풀린 사람처럼 털썩 주저앉

앉다. 알렉시스가 제이하이에게 그답지 않은 큰 호의를 가졌다는 건 알고 있었다. 하지만 세드로가 제이하이의 아들이라는 것을 알린 후 한동안 잠잠하기에 마음을 정리했다 여겼다.

지난 세월이 삽시간에 모래성처럼 무너져 내리는 중이었다.

'왕하…… 제발 거두어주십시오.'

애원조로 말했지만 알렉시스는 잠깐 쓸쓸히 웃는 게 전부였다. 루덴 공은 본능적으로 그의 마음을 되돌릴 수 없다는 것을 알았다. 그러나 알고도 물었다. 어쩔 수 없이 인간이 가지는 미련과 희망이었다.

'후회하지 않으시겠습니까.'

짧은 침묵이 휘돌았다.

알렉시스는 평소와 다름없이 편안한 미소를 지으며 말했다.

'아마도 후회할 거라 생각합니다.'

'허면.'

'하지만 이 선택을 하지 않는다면 나는 아마도가 아니라 확실히, 후회할 겁니다. 후회하지 않을 가능성을 두고 구태여 후회가 당연한 선택을 하고 싶지는 않습니다.'

루덴 공은 몇 분 전까지만 해도 더할 나위 없이 만족스러운 기분에 취해 있었다. 그러나 몇 분 만에 그는 세상에서 더없이 불만족한 사람이 되었다. 쇼하인 공이 이마를 짚으며 우는 사람처럼 신음했다.

루덴 공은 귀를 막고 싶은 충동을 참아 누르며 간신히 말했다.

'지금은 그러지 않을 거라 믿으시겠지만, 시간이 조금 더 지나면 그 여자를 얻지 못한 후회보다 왕위를 얻지 못한 후회가 더 클 겁니다. 말씀 거두십시오. 당장.'

'오지 않은 후회에 크기를 매길 수는 없습니다. 아쉬울지도 모르겠지요.

474   475

아마 아쉽다 여길 때도 있을 겁니다. 하지만 나는 선택에 후회하는 것보다 그때그때 아쉬움을 떨쳐내며 살아가는 게 더 익숙한 사람입니다. 염려 고 맙습니다.'

어찌 말해도 들리지 않을 것이다. 들끓던 속은 알렉시스의 흔들림 없는 마지막 말마디에 삽시간에 가라앉았다.

'새로운 시대가 찾아왔습니다. 새로운 시대의 첫 번째 왕을 올바르게 길러내주십시오.'

내용이 아니라, 그의 목소리가 눈물에 젖어 있어 분노가 꺼졌다.

한평생을 왕위 후보로서 살아왔던 남자였다. 원했건 원하지 않았건 치열하게 살아남아야 했던 그가 성취의 목전에서 저렇듯, 그에 비하면 미천한 혈통의 두 남자 앞에 무릎 꿇었을 때는 그만한 각오가 되어 있다는 말일 터였다. 아마 이 결단을 내리고 입 밖에 내기까지 그는 수많은 만감을 견뎌내야 했을 것이다.

희망과 희열로 충만했던 대관식은 충격과 혼란으로서 끝을 맺었다. 그러나 이미 벌어진 일은 벌어진 것, 일은 일이라. 수많은 귀족들은 혼이 빠져 돌아갔다. 지스카르는 대관식의 홀이 텅 빌 때까지 가만히 제각각의 계산으로 돌아가는 이들을 바라보다가, 붙박이처럼 옥좌의 왼편 아래에 선 루덴 공을 향해 다가갔다.

"그대는 미리 알고 있었나?"

퍼뜩 기억에서 깨어난 루덴 공이 씁쓰레한 웃음을 지었다. 몰랐다면 아마 그가 가장 먼저 이 자리에서 고함을 질렀을 터다. 마지막으로 시종들과 기사들에게 둘러싸여 떠나는 세드로의 자그마한 뒤통수를 바라보던 루덴 공이 깊숙이 한숨을 내쉬었다.

'새로운 시대라……'

하기야, 이걸 납득해야 하나. 카르시타의 왕은 순수한 카르시타 인이어야 한다. 적통이 아닌 것도 인정하기 어려운데 하물며 반절 데바람 사람이라니. 누구에게도 섣불리 하기 어려운 하소연이었다. 알렉시스가 왕의 재목으로 적절했느냐 하는 건 사실 그의 치세를 보고 난후에야 판단해볼 일이었다. 한 가지 확실한 건, 그는 스스로를 희생할만한 그릇은 아니었다는 것뿐. 그가 희생한 왕위가 그에게 그토록 하잘것없었다면 어쩔 수 없는 일일지 모른다. 그래서 포기했다. 사실 선택권조차도 없었다 말하는 게 옳았지만.

"언질은 들었습니다만. 어째서 일이 이리 되었는지는 아직도 모르겠습니다."

결국 그는 유스카리를 배반한 것이 아닌, 그의 유지를 이어 큰 공을 세우게 된 셈이었다. 전혀 상상도 하지 못했던 결과였던지라 허탈함이 몹시 컸다. 애초에 그가 유스카리에게 왕위를 내어주었던 건, 그가 왕이 될 운명이 아니었기 때문일지도 모르겠다. 루덴 공은 생전 믿지도 않던 운명론까지 떠올리는 스스로를 자조했다. 그러나 스스로가 의지가 없는 자를 구태여 왕으로 만들 이유도 없다. 지금 카르시타에 필요한 건 강하고 현명하게 그들을 규합할 수 있는 적절한 기둥이었으므로.

루덴 공은 애써 상념을 떨쳐냈다.

"이리 나서주실 줄은 몰랐습니다. 헨솔께서도."

"우리가 바란 것 역시 이런 형태로 지켜질 수도 있는 거지. 좀 걷겠나?"

지스카르가 먼저 발길을 돌리며 턱짓했다.

대관식 홀의 수십 개의 계단 아래로 뿔뿔이 흩어지는 귀족들을 내려다보던 루덴 공은 지스카르를 따라 계단을 내려갔다.

"아직도 믿기지가 않습니다. 그 여자가 대체 무슨 짓을 한 건지."

"제르는 늘, 아무것도 하지 않았어."

"……하지만."

"제르는 늘 열심히 버텼을 뿐이지."

제르가 이 모든 사달의 원흉처럼 여겨질 것이 못내 가슴이 아렸다. 그녀는 그저 이런 세상에서 치열하게 살아남은 것뿐이었다. 많은 이들의 탐욕과 압제 속에서 버티고 버티고 버텨. 그리 살아온 것이 전부였다. 또 이번 일이 전례에 없는 일이라 할지라도 어떻게 흐를지 모를 세상, 언젠간 벌어졌을지 모를 일이었다.

강 하나에서 시작된 일이었다. 나라를 잘 꾸려보고자 노예들을 착취했던 한 왕의 결정에서 시작되어, 살기 위해 몸부림친 노예들이 이주했고, 제르는 땅을 잃었고, 데바람의 총비가 되어 우연찮게 유스카리의 핏줄을 가졌다. 그녀는 살기 위해 제 아들을 카르시타 왕에게 바치고, 알렉시스 테피온을 만났고, 알렉시스 테피온은 사랑에 빠졌다. 그리고 알렉시스 테피온은 나라를 통째로 내던질 만큼 과감한 남자였다.

가만 생각하면 몹시 희한하게 얽힌 이야기였다.

이미 흘러가 잊힌 물길이 틔운 싹이 자라, 나무가 되어 두 나라 위로 드리워지는 것은 꿈처럼 실감하기가 어렵기도 했다.

"돌려주려고 했는데……."

그 강은 지금 생각해도 썩 아름다운 곳이라 기필코 그녀에게 돌려주고 싶었다. 이 믿기지 않는 역사의 시작을 그려낸 붉은 강을 꼭 보여주고 싶었다. 마지막으로 남은 아쉬움이었다.

"하지만 만일 헨솔께서 돕지 않으셨다면……."

"내가 돕지 않길 바랐겠지만 내가 보기에 그놈은 무슨 수를 써서라도 옥좌 따위 걷어차고 도망쳤을 것 같은데. 그리고 그 건방진 애송이가 나와 같은 위치에서 으름장을 놓는 꼴을 보느니, 이게 낫군."

마지막 계단에서 내려온 지스카르는 고개를 젖혀 엘올라의 하늘을 올려다보았다. 카르시타의 하늘은 조금 더 비열하고 음습할거라 믿어왔었다.

그는 구름 한 조각 없이 푸르른 하늘을 바라보며 중얼거렸다.

"돌아가야겠군."

결국 알렉시스에게 이용당해 놀아난 셈이었지만 생각보다 마음이 편했다.

"일이 더 정신없어지기는 했지만 가시기 전에 제대로 된 접대라도."

"괜찮다. 이미 시일이 많이 지체되었으니까."

지스카르는 알렉시스와 달리 일생 돌보아야 할 이들이 많았다. 너무 늦게 깨달아 그만큼 무겁게 짊어진 일생의 짐이었다. 이젠 그를 필요로 하는 이를 외면하지 않을 테니까. 사사로움은 과거의 자흔으로 남겨두고, 간혹 떠오르는 날 그 흔적을 쫓아 곱씹어보는 것으로도 충분할 것이다.

그거면 되었다.

알렉시스가 의도한 것은 아니었지만 그가 유스카리의 유지에 따라 세드로를 옹립했다는 소식은 백성들의 신뢰도를 바닥에서 하늘 끝으로 끌어올린 결과를 낳았다. 백성들은 골목골목에서, 광장에서 두셋씩 모일 때마다 마치 당연하다는 듯 알렉시스와 세드로를 향한 찬사를 아끼지 않았다. 아직도 충격에서 벗어나지 못한 귀족들은 대부분 제 저택으로 돌아가 상황만 살피고 있었다. 그러나 결국 시간이 전부 해결해줄 일이었다.

그리고 이틀 후, 알렉시스는 울상으로 제르에게 사정했다.

"진짜 안 돼."

"……."

"진짜, 진짜 그건 말도 안 되는 소리야."

"……."

정원에 앉아 나무 그늘 아래에서 티타임을 가지고 있던 제르는 알렉시스의 말을 귓등으로도 듣지 않는 것처럼 제 팔에 안긴 아기에게 집중하고 있었다.

"진짜. 지금이야 괜찮지만 얘가 조금만 더 크면 어마어마한 문제덩어리가 될 거라고."

알렉시스는 이러지도 저러지도 못하고 탁자에 팔꿈치를 대고 그녀를 향해 몸을 기울인 채로 계속해서 설득했다. 제르는 가만히 듣고 있더니 이내 시무룩한 표정으로 알렉시스를 멀뚱멀뚱 바라보았다.

"그렇게 봐도 안 돼. 아, 안 돼. 그렇게 귀엽게 봐도."

"귀엽지."

제르가 포에 둘둘 말린 아기를 슬그머니 알렉시스 쪽으로 내밀어 보였다. 알렉시스는 뽀얀 살덩이 같은 아기에게 잠깐 시선을 주었다가 간격을 두고 고개를 저었다.

"그거 말고, 네가 더."

"더 자라면 나보다 귀여워질 거다."

"어? 뭐야. 부정하지 않는 거야, 이제?"

"뭘?"

제르가 뚱하게 되물었다. 진짜 무슨 말인지 모르겠다는 표정이라 핀잔을 놓는 게 더 이상해 알렉시스는 입만 뻐끔거리다가 말았다.

그가 곧 퍼뜩 생각난 사람처럼 말했다.

"너 그렇게 말 돌릴 거야?"

"왜……. 이 무정한 남자야."

"나중에 세드로한테 위협이 될 수도 있어."

"내 알 바 아냐."

칼처럼 돌아온 대답은 도리어 알렉시스를 당황하게 할 정도였다. 진심이 아닐 테지만 어찌 저리 손바닥 뒤집듯이 태도를 바꾸나. 그건 그만큼 그녀가 결심을 굳혔다는 의미이기도 해서 만족스러운 한편 곤란했다. 알렉시스가 아무 말도 못 하고 진지하게 아기를 노려보자 제르가 슬그머니 아기를 안은 팔을 비껴 돌리며 입술을 살짝 내밀었다.

"……너무 예뻐서 그런다, 이 죄 없는 것이."

"죽는 게 더 행복할 수도 있어."

"살아보니 죽는 것보다는 역시 사는 것이 더 낫더라."

제르가 빙그레 웃자 알렉시스는 잠깐 얼빠진 사람처럼 그녀의 얼굴을 바라보다가 마음을 조금 누그러뜨렸다. 그녀가 아기를 안고 있는 모습은 어딘지 어설프지만 그만큼 정성스러워 보기 좋았다. 어린 꽃송이를 껴안듯 살살 보듬는 손길이 참 눈에 달았다. 저게 뉘사나와 리안의 아들만 아니었더라면 더할 나위 없이 좋았을 것이다.

알렉시스는 돌연 뒤통수가 따가운 것을 느끼고 힐끔 고개를 돌렸다.

저는 못 합니다. 제르 님에게서 아이를 빼앗아 오는 건 이제 알렉시스 님의 몫입니다, 하고 쐐기를 박은 밀러가 멀지 않은 곳에 서서 그를 시큰둥히 바라보고 있었다. '그럴 줄 알았지.' 딱 그리 말하는 눈빛이었다.

제르가 난감하기 그지없는 알렉시스를 향해 몹시 조심스레 말했다.

"잘 키우면 돼. 그 아비는 어땠는지 모르겠지만, 어미는 대단한 사람이었다……. 분명 이 아기도 우리가 잘 키우면."

'우리가?'

알렉시스는 때맞지 않게 하늘로 승천하려는 입꼬리를 꾹 잡아 누르며 애써 엄한 표정을 지었다. 그러나 이미 들킨 모양인지 제르가 피식 비웃었다가 금세 가련한 표정을 지어 보였다. 목석 같은 여자이기만 한 줄 알았는데 저리 사람 주무르는 법도 안다. 앞길이 깜깜했다.

"……뭐, 하지만…… 제르."

"대외적으로 죽었다고 하고 내가 몰래 데려가면."

꼬물거리는 아기의 손이 천 밖으로 쑥 올라와 제르의 긴 머리칼을 그러쥐었다. 결국 뒤에 서 있던 밀러가 그답지 않게 큰 소리로 투덜거렸다. 알렉시스 님, 포기하십시오. 그에 제르가 살짝 미소 지으며 한 손을 들어 보였다. 도와줘서 고맙네. 얄미울 정도의 뻔뻔함이었다. 곧 상황을 전해 들은 아넬라가 슬그머니 밀러의 옆에 서서 두 사람을 엿보는 것이 보였다. 아넬라의 눈빛 공세까지 더해지니 알렉시스는 뒤통수가 닳아 남지 않는 기분이었다.

"사내아이는 정말, 어쩔 수 없어. 나도 그 아기에게 죄가 있다 생각하지는 않지만, 제르, 정말……. 그건 말야, 정말로……."

말을 하면서도 이건 아닌데…… 이건 아닌데…… 추임새를 넣은 알렉시스가 결국 말을 멈추고 머릴 마구 헝클었다.

그를 빤히 바라보던 제르가 허리를 바로 펴더니 그에게 담담히 물었다.

"사내아이라서 안되는 게 이유라면 고추를 떼면."

"……."

"그럼 되겠네."

내가 지금 뭘 들은 건가. 알렉시스는 얼빠진 표정으로 굳어져 입만 벌렸다. 뒤에서 그들의 말을 엿듣고 있던 아넬라와 밀러 역시 놀란 사람처럼 경직되어 눈만 끔뻑였다.

"그, 그게 중요한 게 아니라…… 아니, 대체 그런 잔인한 말은 어디서……."

상상만으로도 끔찍한 말이었다. 그리고 보니 제르는 그 미친 시종과 함께 살았던 여자였다. 알렉시스는 지금은 비어 있는 제르의 옆자리를 무심코 바라보았다. 그 여자가 로마탄 그레온의 딸이라고 했으니 아마 그 여자한테서 배웠는가 싶었다. 하지만 진짜 그건 끔찍했다. 진짜로. 하얗게 질리는 얼굴에 제르가 뒤늦게야 설핏 웃으며 말했다.

"농이다. 어찌, 전혀 안 되겠나. 응? 알렉시스. 응?"

솔직하게 제르가 끝까지 내어놓지 않는다면 그녀에게서 저 아이를 빼앗아 갈 수 있는 이는 거의 없다 봐도 옳았다. 소문을 들은 아르노만은 시큰둥히 나중에 문제가 되면 내 직접 치워버리리다, 하고 말았고, 레피스는 아예 뿔이 나서 알 게 뭡니까 하고 최근 며칠 그를 상종조차 하지 않았다. 앓아누운 쇼하인 공을 대신해 수습을 돕고 있는 밀러 역시 그녀에게서 강제로 빼앗는 일은 하지 않겠다 쐐기를 박았다.

그리고 알렉시스는 제르와의 마찰에서 이겨본 적이 없었다.

제르의 말도 전혀 그른 것은 아니라, 굳이 죽이는 것만이 능사는 아니지 싶다. 사실 저런 아기 하나 빼돌리는 것쯤이야 어려울 일은 아니었다. 이 아기가 어떻게 자라나 어떤 사랑과 꿈을 품고 이 땅에서 살아나가게 될지는 모르겠지만.

"불씨가 전부 사람 죽이는 불길이 되는 건 아니다, 알렉시스."

제르가 따스한 눈길로 아기의 볼을 보듬으며 말했다. 알렉시스가 긴 한숨을 내쉬며 물었다.

"……책임질 수 있어?"

화색을 띤 그녀가 고개를 마구 주억거렸다. 그녀답지 않게 어린아이 같은 반응에 알렉시스가 픽 웃고 말았다. 하지만 상황을 지켜보던 밀러는 들리게 탄식했다. 올 것이 왔군요. 에드하인다 백작 부인, 좋으시겠습니다. 밀러가 못마땅하게 코웃음 치는 소리가 들렸다. 그러나 일견 웃음기가 밴 듯도 했다. 아넬라는 입술을 가리고 웃으며 아직은 백작 부인이 아닌걸요, 하고 다른 말을 했다. 부군은 언제쯤 작위를 승계하십니까? 글쎄요.

알렉시스는 왠지 모르게 민망한 기분으로 일어서서 밀러에게 손짓했다.

밀러가 반항심 가득한 걸음걸이로 다가왔다.

"……밀러, 뭐……."

"말 않으셔도 압니다."

"그런 거다."

알렉시스가 겸연쩍은 사람처럼 뒷목을 매만지며 얼버무리자 밀러는 곧 슬며시 입꼬리를 올리며 제르를 바라보았다. 제르는 더할 나위 없이 행복한 얼굴로 아기와 눈을 맞추고 어깨너머로 배운 장난을 치고 있었다. 해묵은 죄의식이 씻겨 내려가는 기분이라 나쁘지 않았다. 하지만 알렉시스가 그녀에게 저리 물러 터진 건 분명 비난할 만했다.

"악의 없이 한 마디만 하겠습니다. 앞으로 저는 세드로 전하를 전폭 지지하겠습니다."

"갑자기 무슨 소리야."

"제르 님의 치마폭에서 한동안 정신 못 차리실 게 뻔해 보이니까요."

알렉시스가 억울한 사람처럼 제르를 돌아보았지만 제르는 마냥 기분 좋은 얼굴이었다.

슬그머니 밀러를 따라 다가온 아넬라가 치켜세워주지 않았다면 정말 우울해졌을 것이다.

"섭정 각하의 관대한 처우가 존경스러울 따름입니다."

"그렇지. 그런 거지. 에드하인다의 안주인은 좀 아는군. 그나저나 그 첫째는? 그 아이를 맡겠다 했다 들었는데."

"제일리 양은 저희가 돌보기로 했습니다. 일단은 제 자식처럼 성심성의껏 키워보려 합니다."

알렉시스는 쓸쓸히 웃으며 고개를 끄덕였다. 제일리는 이미 머리가 커서, 그 아이의 거취를 정하는 것이 가장 까다로웠다. 후일 제 부모의 진상을 알게 된 후엔 어찌 될까. 에드하인다가 짊어지겠다 한 짐은 결코 가벼운 것이 아니었다.

그때 낯익은 목소리가 깃털처럼 가볍게 날아들었다.

"형니임, 알렉시스 니이임! 데바람 왕이 떠난다고 합니다."

에들렌이었다. 몸을 돌린 밀러는 눈 주위에 시퍼런 멍이 든 에들렌을 바라보며 지난날을 회상했다.

에들렌은 대관식이 끝난 직후 도착했는데, 오자마자 막 요양을 하고 있던 쇼하인 공에게 공개적으로 몰매를 맞았다. 가뜩이나 알렉시스 때문에 앓고 있던 쇼하인 공은 이놈! 걸렸다! 하는 사람처럼 우악스럽게 에들렌을 혼냈다.

'아라산을 버려? 네가 미쳤구나! 거긴 국경이야!'

'아버지가 잡혔다잖아요! 어떻게 가만히 있냐고!'

오랜 시간 그들을 보좌했던 혼테 역시 함께 내려와 소란에 일조했다.

'아이고오오오! 각하아앙, 무사하셨군요오오. 이 혼테 감격하여 눈물이 이!'

'이놈이나 저놈이나 생각이 없어! 혼테 자네라도 말렸어야지!'

'형님도 에르크 국경 버리고 올라왔잖아요! 왜 나한테만 그래!'

'데바람의 왕이 왕도에 있었다, 이놈아! 그 야만족들이랑 데바람이랑 같냐!'

'아이고오오, 우리 각하 그저어어 무사하신 것만 보아도 기뻐서…… 흑흑흑!'

'아이고는 내가 아이고다! 하이고오오, 내 팔자야. 네놈이 정말!'

'아, 몰라. 배 째요! 배 쨉시다, 아버지! 제 배를 째시든가!'

'배 째라고? 그래, 이놈아! 가뜩이나 열불이 터지는데, 째라면 못 쨀 줄 아나. 검! 검 가져와!'

결국 에들렌은 진짜 칼을 들고 쫓아오는 쇼하인 공을 피해 왕도를 뛰어다녀야 했다. 침울한 분위기 속에서 왕도를 재건하느라 바빴던 백성이나 군사나 너나 할 것 없이 그 광경에 깔깔 웃었다. 버선발로 에들렌을 쫓아 달리는 쇼하인 공과 그 뒤를 신발을 들고 쫓아가는 혼테의 모습은 우스꽝스럽기 그지없었다.

결국 뒤늦게 소식을 듣고 달려온 밀러가 혈압이 올라 쓰러지기 직전의 쇼하인 공을 납치하듯 다시 사저로 데리고 가는 것으로 일단락되었지만 왕도의 분위기를 순식간에 풀어헤친 그 사건은 '공작자와 공작과 집사의 나 잡아봐라.'라 두고두고 회자되었다.

회상에서 깨어난 밀러는 무의식적으로 고개를 주억거렸다.

이제 데바람이 떠날 때도 되었다. 많은 데바람의 군사들이 기꺼이 엘올라 복구에 도움을 주긴 했지만 심리적으로 카르시타의 기사들과 백성들에게 끼치는 영향은 사실 그보다는 부정적인 면이 많았던 탓이다. 처음에야 손 하나 아쉬워 도움을 받았지만 이제 왕도는 일손으로 넘쳐났다. 기존에 있던 지친 군사들을 대신해 근질거리는 몸을 억누르던 쇼하인의 사병들이 드디어 빛을 보기 시작한 것이었다.

"생각보다 빠른데."

알렉시스가 양위한 사건 이후로 더 큰일이 벌어질 거라 생각했는데 흐름은 순조로웠다. 물론 아직 트란실이 문젯거리로 남아 있긴 했지만 듣자하니 그 또한 어렵지 않게 해결될 것 같았다. 지스카르가 베제스의 머리를 들고 달려갔다는 새로운 차르의 역량을 낙관적으로 평했고, 그건 꽤 신빙성이 있었다. 또 왕도에서 벌어진 난리에 군대를 모으던 뉘사나의 잔당 세력 대부분은 뉘사나의 부고 소식에 흩어져 영지에 숨어 몸을 사리는 중이라. 그것에 대한 숙청 역시 엘올라 복귀가 끝나면 차례대로 이루어질 것이다.

"전송하러 가야겠군."

의자에 걸쳐놓았던 외투를 걸치며 일어선 알렉시스가 시퍼런 멍을 달고 다니는 에들렌과 눈을 마주치곤 쯧, 하고 혀를 찼다. 그때 또 다른 익숙하니 앙칼진 목소리가 울렸다.

"테피온! 너, 너, 너!"

라니였다. 라니는 전력질주 하듯이 알렉시스를 향해 달려오다가 제르와 눈을 마주치고 휘청거렸다. 하지만 라니는 금세 몸을 바로 세우더니 코 평수를 늘리며 씩씩거렸다. 알렉시스는 라니를 보자마자 골머리가 아픈 기분이었다.

"이게 무슨 소리야? 테피온! 내가 들은 게 맞는 거야? 양위라니! 아니, 대체 그게 무슨 소리야? 그런데 어머, 제이하이 왕도 여기 계셨네요. 어머. 쇼하인 공자들도, 에드하인다의 안주인도 계셨군요. 다들 평온하셨나요?…… 가 아니라, 아니, 그 아기는 뭐, 뭐죠? 설마 테피온 너어어!"

정신 산만하게 이리저리 인사를 하던 라니가 제르의 품에 안긴 아기를 발견하고 두 손을 들어 입술을 가리며 충격에 빠진 표정을 지어 보였다.

"너 벌써 왕하께……!"

알렉시스가 넉살 좋게 웃으며 어깨를 으쓱했다. 그건 라니의 망상만 더 키워주는 결과를 낳았다. 세상에! 세상에! 너 벌써! 아니, 제이하이 왕하. 어째서……! 왕하가 더 아까워요! 제르가 끝까지 라니를 놀리는 알렉시스를 한심하단 듯 바라보았다. 알렉시스는 모른 체 손을 들어 느릿느릿 흔들었다.

"데바람 왕을 전송하러 갈 건데, 너도 갈래?"

"아니, 내가 왜! 나도 바쁜 사람이야!"

"근데 왜 찾아왔어? 바쁜 몸이."

"야 야, 야, 야, 약속은 언제쯤 지킬 건가 해…… 서! 어떻게 된 건진 모르겠지만 그, 그, 그래도 계약은 계약이잖아!"

라니가 살짝 상기된 볼로 더듬대며 말하자 알렉시스가 뚱한 표정을 짓다가 손뼉을 탁 쳤다.

"아, 까먹었네."

"아? 아라고? 계약서까지 쓴 거 잊지 마!"

에들렌이 눈을 깜박였다. 무슨 계약 말입니까? 귀찮은 기색으로 주위를 휙휙 둘러보던 알렉시스가 밀러를 한 번, 에들렌을 한 번 번갈아 본 후 피식 웃었다.

"에들렌. 연애할래, 너? 썩 좋다, 그거?"

"엥? 갑자기 그건 무슨 소리랍니까. 웬 연애요? 그리고 지금 알렉시스 님은 연애가 아니라 조련되고 있는 것처럼 보이는데요."

라니의 시선이 뚱하게 팔짱을 끼는 에들렌을 향해 미끄러졌다. 영문을 모르겠다는 듯 고갤 갸웃하던 에들렌은 라니와 눈이 마주치자 얼굴에 든 멍이 민망했던지 뒤늦게 고개를 비껴 돌렸다. 그의 발그레한 뺨을 빤히 바라보던 라니가 붙임성 좋게 인사했다.

"인사가 늦었습니다. 두 번째 뵙지요? 쇼하인의 두 자제분이 함께 계신 건 처음 보네요. 라니 로웰이에요."

"에들렌…… 입니다. 지금 얼굴이 말이 아니라, 음……."

"어머, 괜찮아요. 이미 소문 다 났는걸요."

"아, 아니. 아휴, 그게 말입니다, 영애. 제가 잘못한 게 아니라……."

"어머, 알아요. 저는 공자의 결단이 참 멋있다고 생각했는걸요."

에들렌의 뺨이 붉어졌다. 알렉시스는 될 대로 되란 듯 웃으며 제르를 향해 손을 내밀었다. 내켜하지 않는 기색으로 머뭇대던 제르가 아넬라에게 아기를 건넨 후 그의 손을 잡았다. 그들은 라니와 에들렌이 쑥스럽게 이야기를 나누는 모습을 뒤로한 채 에드하인다 사저를 빠져나왔다.

바람 좋은 날이었다.

데바람의 군사들은 이른 아침 먼저 엘올라를 떠났다. 뒷마무리 후후발 병사들과 함께 이동하기로 한 지스카르 역시 정오 무렵 준비를 끝마쳤다. 어느 정도 보수가 진행 중인 성문 앞에 선 지스카르는 그를 전송하기 위해 나온 이들과 간결하게 인사를 마무리했다. 그들 중에는 알렉시스와 제르도 있었다.

"피차 바쁘니 멀리는 전송치 않겠습니다."

알렉시스의 말에 지스카르가 눈썹을 꿈틀거렸다. 얼굴을 마주하는 것만으로도 영 배알이 꼴리는 기색이었다.

"왕좌에서 내려오는 순간부터, 내게 아주 깍듯이 대해야 할 거다."

"얼굴 볼 일이나 있겠습니까?"

먼저 나와 있던 루덴 공은 불편한 얼굴로 제르와 지스카르를 번갈아 바라보았다. 제르도, 지스카르도 의식적으로 서로를 바라보지 않는 기색이었다. 막 말에 오르기 위해 발판 위로 껑충 오르던 지스카르가 멈췄다.

"뭐, 그리고…… 섭정, 내가 했던 말은."

"비밀 유지라면 기꺼이 하겠습니다. 저도 바라던 바였으니까요. 추후 정리가 된 후에 마저 이야기를 나눠보지요."

"기다리고 있지."

어딘지 의미심장하게 이야기를 주고받는 그들의 태도에 제르의 미간이 살짝 찡그려졌다. 알렉시스는 못 본 척 그 특유의 자신만만한 미소를 지으며 말했다.

"말 바꾸기 없습니다."

"너야말로."

알렉시스에게 코웃음 친 후 가뿐히 말 위에 오른 지스카르는 마지막으로 제르를 바라보았다. 제르는 여전히 미동 없이 시선을 내린 채였다. 얼마간 그녀로부터 외면받은 지스카르가 느리게 고삐를 쥐며 말을 재촉했다.

"그러면, 먼 길을 가야 하니 서둘러야겠군."

"귀로가 평안하길 바라겠습니다."

"그리 말하지 않아도 그럴 거다."

알렉시스와 지스카르는 두 마디 이상을 곱게 주고받는 법이 없었다. 지스카르를 전송하기 위해 나온 카르시타 인들은 아닌 듯 팽팽한 신경전에 눈치만 보며 눈을 굴렸다. 그들이 오늘 한자리에 있는 저 두 사람을 보고 깨달은 건, 알렉시스가 왕이 되었다면 화친은커녕 언제고 저 둘의 자존심으로 인해 골이 더 깊어지리란 것이었다.

"그럼."

지스카르가 말 머리를 돌려 그들을 등졌다. 그가 탄 말의 발굽 소리가 타박타박 울려 퍼졌다. 고개 숙인 제르를 곁눈질한 알렉시스가 말없이 제르의 손을 감싸 쥐었다. 불현듯 느껴진 온기에 제르가 고개를 들어 알렉시스를 응시했다. 알렉시스는 그저 뜻 모를 미소만 짓고 있었다.

"이제 돌아갈까?"

제르가 고개를 돌려 멀어지는 지스카르의 뒷모습을 바라보았다. 사해의 기적처럼 갈라진 병사들 사이를 가로질러 멀어지는 남자는 데바람에 있을 적처럼 멀어지고 있었다.

오랫동안 그를 원망했다. 마음껏 미워할 사람이 필요해 그를 원망해왔다. 하염없이 부질없는 악심이었다.

이젠 알았다.

지스카르가 멀어진 방향으로 달려 나간 제르가 가까스로 입을 열었다.

"지스카르 님."

지스카르는 못 들은 사람처럼 몇 걸음 더 간 후 멈췄다. 제르는 제 뒤통수며 옆얼굴로 쏟아지는 수십 쌍의 시선을 무시했다. 중한 것은, 그에게 말하는 것이었다.

"······당신을 용서하겠습니다."

이미 지난 추억은 성한 데 하나 없이 온통 더럽혀졌지만, 이젠 해묵은 먼지를 털어내야 할 때였다. 별것 아닌 말이라고 몇 번이나 스스로에게 뇌까려왔는데도 막상은 어려웠다.

"그러니 당신도······ 제 어리석음을 용서해주십시오. 저를 용서하십시오."

지스카르는 뒤돌아보지 않고 그녀의 떨리는 음성을 귀에 새겼다.

당신을 용서하겠습니다.

순간 눈가가 뜨거워질 만큼의 열기가 솟구쳤다. 용서하겠다는 말,

정말 별것 아닌 말이라 생각하면서도 어째서인지 가슴이 후벼지는 기분이었다. 세상 어느 말보다도 듣기 좋은 한 마디였다. 그는 문득 아련한 기억을 떠올리며 웃었다. 뒤도는 순간 참을 수가 없을 것 같아, 그는 긴 한숨을 내쉬며 고개를 숙였다. 시큰한 눈가를 매만지는 그의 손놀림이 평소와는 달리 어설펐다.

제르는 대답 없는 그를 향해 다시 한 번 소리 냈다.

"저는…… 당신을…….."

"다음에, 데바람을 방문해줬으면 좋겠다. 알렉시스 테피온이 섭정의 직위에서 내려와 자유로운 몸이 된다면 그와 함께 와도 좋다. 그때는 진짜 추억 팔이라도 하며 이야기나 나누어보자."

"……."

"된다면 네 악기도 다시 들어보고 싶고."

제르는 그의 초청에 응하는 대신 마지막 한 마디를 더했다.

"……데바람의 왕께, 다시 한 번 경하드립니다. 평화로운 치세를 이어가소서."

등 돌린 지스카르에게 고개를 조아린 그녀가 몸을 돌렸다. 알렉시스는 못마땅하게 지스카르를 쳐다보고 있다가 그녀와 눈이 마주치자 다정하게 웃으며 손을 내밀었다.

말굽 소리가 멀어질수록, 꼭 그만큼 행복이 크기를 더했다. 강물처럼 흐르는 시간에 안겨 멀어지는 과거의 발소리가 경쾌했다. 이제 슬퍼할 것도, 두려워할 것도 없어진 지금 그녀는 어느 때보다도 평온한 사람이었다.

왕도의 일꾼을 자처해주었던 데바람의 군사들이 한 명도 빼놓지 않고 사라진 왕도의 문턱은 한산해졌다.

마차를 타고 뒤따라온 아넬라가 이미 떠난 데바람의 군사들을 응시했다. 제르는 아넬라의 품에 안긴 아기를 건네받았다. 그녀는 고개 숙여 아기의 보들보들한 뺨에 이마를 댔다. 가슴이 벅차올랐다. 살 내음을 맡는 것만으로도 코끝이 찡해졌다. 아기 특유의 냄새가 좋아 미동 없이 얼굴을 숙이고 있으니, 전송 행렬을 대강 해산시킨 알렉시스가 다가왔다.

"그리도 좋으냐?"

"응."

"나보다 좋으면 곤란한데."

제르의 애정 서린 목소리에 알렉시스가 머릴 긁적이며 아기의 방긋방긋 웃는 얼굴을 내려다보았다.

"이거…… 그러고 보니 이름이 없구나."

아, 제르가 뒤늦게 알아차린 사람처럼 짧게 신음했다. 경황이 없어 생각지 못한 탓이었다. 세상에 나는 순간 육친을 모두 잃은 아이에게 이름을 지어주려 한 이는 없었다. 사실 아이가 태어난 순간, 누구도 이 아이가 살아남으리라 여기지 않았기에.

어찌 불러야 하나 막막했다. 태명이라도 알았더라면 더 쉬웠을 터인데.

"이거 저거라고 하기도 좀 그러니까 이름이 필요하겠는데. 뭐라고 지어야 하지? 작명가를 부를까?"

제르는 말없이 아기와 눈을 맞추었다. 촉촉한 눈동자가 밤에 뜬 별처럼 반짝였다. 까르륵 웃으니 반달처럼 접히는 어여쁜 갈색 눈이 가슴 간지럽게 어여뻤다.

벙어리처럼 침묵하던 제르가 꽉 잠긴 음성으로 속삭였다.

"……내가 지어도 될까."

두렵기도 하지만 할 수 있을 것 같았다. 어설프지만 해낼 수 있을 것 같았다. 에사렛타가 세드로를 사랑한 것처럼 그녀 역시 이 아기를 사랑할 수 있으리라.

"생각한 이름이 있어? 상관이야 없지만."

그의 물음에 제르는 저도 모르게 미소 지으며 중얼거렸다.

"뤼민느."

눈물이 아니라 웃음이 났다. 그녀는 아기를 더욱 꼭 끌어안아 뺨을 비볐다.

이제야.

"뤼민느?"

이제 난 남은 이들을 위해서, 너마저도 떠나보낼 것이다.

"너무 데바람식인데?"

"뤼민느."

"꼭 그거여야 해?"

고개를 든 제르가 알렉시스를 바라보았다. 촉촉하게 빛나는 두 눈 위로 더없이 해사한 가을볕이 쏟아져 내렸다.

"응, 뤼민느. 뤼민느로 하자."

썩 내키지 않는 얼굴이었지만 알렉시스는 그러마 했다. 두 번째 이름은 그가 지어주겠다는 조건으로.

그는 아기에게서 눈을 떼지 못하는 제르를 따뜻한 눈으로 바라보다가, 볼멘소릴 냈다.

"뤼민느, 복 받은 녀석. 네가 부러워지려고 한다."

그 말에 주위를 떠나지 않고 있던 이들이 내심 혀를 찼다. 제르는 드묽게 소리 내어 웃으며 고개를 저었다.

　아무러면 어떠랴.

　구름이 아름다운 가을날, 그녀는 그의 옆에 있었고, 그는 그녀의 옆
에 있었다.

　언제나처럼 흘러가 다시는 돌아오지 않을 시간.

　이 순간이 아름다웠다.

최종장

당신에게 감사합니다

트란실의 야만인들은 기어코 퀸시오의 목전까지 쳐들어왔다. 아라산을 지키던 쇼하인 군이 떠났으니 어찌 보면 당연한 결과였다. 다행스러운 것은 엘올라에 가지 않고 남은 쇼하인의 2,000여 기사가 퀸시오의 수비에 합류한 것이다. 워낙 트란실이 험악한 기세로 달려들었던 터라 성벽을 지켜내는 건 버거웠지만 가까스로 버티기는 가능했다.

하지만 언제까지 버틸 수 있을까. 두려워하지 않는 이가 없었다.

그러나 채 달을 채우기도 전에 퀸시오의 걱정은 씻은 듯 사라졌다.

"……저게 뭐랍니까?"

"낸들 안답니까. 헥터 경도 모르십니까?"

렐딘은 뚱하니 미간을 좁혔다. 알 턱이 없다.

"후안 경은 아나?"

"몰라."

성벽 위에 올라 전황을 지켜보던 퀸시오의 기사들의 표정은 한결같았다. 서로를 마주본 셀파와 렐딘은 눈만 깜빡거렸다.

동쪽 성벽이 무너져 주민들을 모두 대피시키는 소동이 일어나 이제 정말 끝장인가 절망한 게 바로 어제였다.

그런데 오늘 구세주라 해야 할지, 무어라 해야 할지, 느닷없이 나타난 한 트란실 여자를 중심으로 사태가 순식간에 전복되었다.

『리이사아아! 당장 나와!』

"리이사?"

뭐가 뭔지 알 턱이 있나. 저들이 큰 소리로 떠드는 말도 알아듣지를 못하는데.

성벽 저 반대편에는 이쪽 편에 붙은 트란실 인들이 옹기종기 모여 있었는데 저쪽에 가서 물어야 하나 싶었다.

『사호다. 락혼도 있어!』

퀸시오로 돌아와 불안하게 상황을 주시하던 또 다른 트란실 인, 로도의 전사들이 가장 먼저 그녀를 알아보고 눈을 휘둥그레 떴다. 그녀의 등 뒤에는 락혼도 있었고, 처음 보는 동족도 있었다.

신이 난 아란이 깡충깡충 뛰었다. 론희는 대담무쌍하게 야만족들 사이를 헤치고 지나가 가장 깊숙한 곳에 서 있던 애꾸눈 남자의 머리채를 휘어잡았다. 큰 난리가 날 거라 생각했는데, 뜻밖에도 사내는 그녀의 손속에 응수하긴커녕 꼼짝도 못 하고 얼어붙었다.

그는 분명 바로 어제까지 미친 듯이 카르시타의 기사들을 도륙했던 남자였다.

"대체…….."

론희는 남자의 머리채를 잡는 것으로도 모자라 흔들어 땅바닥에 쾅쾅 처박았다. 그리고 남자가 항복이라도 하려는 듯 손을 들어 보이자 론희의 분노는 주위로 분산되었다.

『이 정신 나간 것들!』

얼마 후, 락혼이 성벽에 올라왔다. 갑자기 나타난 여자의 존재감이 지대했던지라 그들은 조금 늦게 알아차렸다.

『락혼! 락혼!』

『고생했다. 사호를 찾아 왔구나.』

『내가 고생은 뭘. 너희야말로 고생했다.』

곧 소식을 들은 아스난도 성벽 위로 한달음에 뛰어 올라왔다. 락혼은 썩 기분 좋은 사람처럼 낮게 웃었다.

"차르가 바뀌었다. 대륙에 대신 사과하겠다."

"바뀌다니?"

그때 아래에서 쩌렁쩌렁한 소리가 울렸다.

『그만 때려, 이 코끼리 같은 게!』

적들의 수괴로 알려진 애꾸눈 남자는 전에 없이 비참한 꼴로 내팽개쳐져 있었다. 론희는 남자의 뒷머리채를 확 잡아끌어 그대로 이마를 들이받았다. 바락바락 악을 쓰는 소리가 울렸다.

『누가 애 좀 잡아!』

악 받친 적륜의 명령에 트란실 전사들이 그녀를 막기 위해 다가갔다.

『잡긴 누굴 잡아?』

남자를 내팽개친 론희는 타고 왔던 말의 허리에 달아두었던 너저분한 짐 꾸러미를 열더니 무언가를 꺼내 하늘을 향해 치켜들었다. 둥글고 지저분한, 어쩐지 기묘하게 위화감이 드는 물건이었다. 내리쬐이는 햇볕을 받아 지저분하게 뭉친 머리칼이 검붉게 번들거렸다.

그 광경을 실눈을 뜨고 살피던 아스난의 입이 크게 벌어졌다.

그녀의 손에 들린 건 사람의 머리였다.

론희가 쩌렁쩌렁 외쳤다.

『봐라! 머리 사냥꾼이 돌아왔다! 이 순간부터 차르는 나다!』

머리 사냥꾼.

아스난은 제 지식 속에 얼마 없는 트란실 어휘들을 더듬으며 숨을 멈췄다. 머리 사냥꾼? 그건 아마도, 트란실의 부족 전쟁을 마무리 짓기 위해 세 번째 방법을 택한 자들을 부르는 말이었다. 그렇다면 저 머리가 누구의 머리란 말인가?

성벽 위에서 먼저 상황을 지켜보고 있던 아란과 다우람, 새다함의 반응은 더했다. 그들은 거의 미쳐 날뛰기라도 할 것처럼 크게 소리를 질렀다.

그녀를 에워싸고 있던 트란실의 전사들이 놀라 입을 벌렸다.

『론희, 지금 내 머리라도 좀 놓고 해!』

애꾸눈 청년이 뜻밖에도 고분고분하게 우는소리를 외쳤다. 하지만 여자에겐 그다지 효과가 없었다.

『이 개자식아, 내가 너랑 싸우고 싶지 않아서 대륙 밖을 미친 듯이 뛰어다니는 동안 너는 동족 학살에 일조해? 너희들 지금 당장 귀국이다. 이번 정신 나간 일에 발가락 하나라도 얹은 놈들은 전부 뼈저리게 후회하게 만들어줄 테니!』

아스난이 상황도 잊고 멍하니 그들을 바라보았다. 반도 알아듣지 못하는 말이었지만, 대충 상황이 어찌 돌아가는지는 짐작할 만했다.

하지만 묻지 않을 수는 없었다.

"설마, 저거……."

"데바람 왕의 목을 잘라 왔다."

락혼이 가벼운 어투로 답했다. 경악하지 않은 이가 없었다. 역사상 두 번째, 잘린 대륙 왕의 머리가 트란실 인의 손아귀에 들어간 것이다.

이상한 일은 끊이지 않았다. 도저히 반항하기 어렵게 우악스러운 여자의 고함이 성벽 위까지 요란할 정도였다. 그리도 제멋대로 날뛰던 트란실 인들은 제 수괴가 패대기쳐지자마자 우왕좌왕하기 시작했고, 그들은 곧 꼬리를 내렸다.

『반항할 놈은 반항해라. 내가 곱게 죽여주진 않을 것이다! 이 시간부터 차르는 내가 되었으니, 감히 내게 대들어보거라! 적륜 네놈은 그 머리털을 다 뜯어버릴 것이야!』

『차, 차, 창운! 애 좀 떼어내봐!』

『적륜, 네 죄가 크다. 자업자득이니 네가 알아서 해라.』

반대편 성벽에서 꼭 같은 광경을 셀파와 나누어 지켜보고 있던 렐딘은 떨떠름한 목소리로 말했다.

"……후안 경, 미안하지만, 르니아 양을 보는 기분인걸."

셀파가 발끈했다.

"르니아는 저리 머리채를 잡고 휘두르는 천박한 짓은 안 하오."

그러나 그 시각, 르니아는 망망대해의 홀 호 한복판에서 해적들의 머리채를 잡아 흔들고 있었다. 손속 없이 위아래로 휘두르는 그녀의 손아귀를 벗어나지 못한 선원은 한둘이 아니었다.

"잘못했습니다! 잘못했어요!"

"이 한심한 자식들이 돛 줄을 끊어먹으면 어쩌자는 거야? 그리고 너! 바람이 거꾸로 돌잖아! 반대로 돌려야지! 눈깔 똑바로 못 떠!"

으악! 르니아에게 언어맞은 선원이 갑판 저 끝으로 데굴데굴 굴러가는 것을 바라보는 선원들의 얼굴은 공포에 질려 있었다. 헐렁한 바지 위에 짧은 천을 덧대어 두른 치마를 휙 털어낸 르니아가 손바닥을 탁탁 털며 엄하게 소리쳤다.

"다시 움직여!"

홀 호의 선원들은 마치 발바닥에 가시라도 돋친 사람들처럼 재빠르게 흩어지기 시작했다. 그들이 멀어지는 것을 쭉 바라보던 르니아는 여직 분이 풀리지 않은 사람처럼 가죽으로 만든 얇은 조끼 안주머니에서 천을 꺼내어 두건처럼 머리를 당겨 묶어 흘러내린 머리칼을 고정시켰다.

늘 생기발랄하고 유쾌하기만 했던 그녀는 홀 호의 부함장 자리에 올라앉은 순간부터 선원들의 악몽이 되었다. 홀 호의 군기대장이라 해도 옳아서 퀴네도사이의 까탈스러움에 시달려 우는소릴 하던 시모레 호의 선원들마저 그들을 동정할 정도였다.

한 선원이 퀭한 눈으로 말했다.

"이제 내기를 하나 하자. 반펠트 님한테 맞아 죽는 게 더 빠를까. 아니면 우리가 자살하는 게 더 빠를까?"

"지랄. 무서운 소리 하지 좀 마."

그러나 말은 이렇게 했다 해도, 갑판 한구석에 쪼그리고 모인 선원들은 모두 한마음이었다.

"케퍼…… 응? 이러다 진짜 우리 말라 죽는 거 아냐?"

선원 중 한 명이 난간 기둥에 등을 대고 앉은 케퍼에게 물었다. 쥐어짜는 듯한 목소리였다. 규젤 만 사태 이후 난파되어 배를 잃은 선원들을 재배치하는 과정에서 케퍼는 시모레 호가 아닌 홀 호로 옮겨 탄 상태였다. 그는 새로 홀 호로 배정받은 순간부터 자신이 악마의 배에 탔다는 것을 알고 있었다. 케퍼가 르니아와 나름의 친분이 있다는 걸 아는 해적들은 케퍼에게로 모여들었다.

"우리가 잘하면 돼."

"어이."

"……는 역시, 무리겠고. 버텨라, 인마들아."

"케퍼, 그냥…… 다른 배로 옮겨달라고 하면 안 될까?"

"쉿! 포기해……. 포기해. 포기하면 편해……."

무서운 얘기라도 들은 사람처럼 표정을 험악하게 하던 케퍼가 휙휙 고개를 돌렸다. 아니나 다를까, 귀 밝은 르니아가 그들의 대화를 멀찍이서 엿듣고 눈을 부라리고 있었다. 케퍼는 그 자리에서 벌떡 일어나 마치 바쁜 일이 생긴 사람처럼 줄행랑을 놓았다. 그때까지도 르니아를 발견하지 못했던 선원들은 갑자기 도망치는 케퍼를 바라보다가, 곧 제 머리 위로 드리워지는 그림자에 눈동자를 내렸다. 등줄기로 오싹한 소름이 돋았다.

"내 방식에 불만이면 내 앞에서 지껄여. 서해의 망령으로 만들어줄 테니까."

끄으으으으으. 끄으으으. 대답 대신 이상한 신음만 새어나왔다. 엉거주춤 일어난 선원들이 일제히 소리치며 줄행랑을 놓았다.

"죄, 죄, 죄송합니드아아!"

홀 호의 선장이었던 카페벤은 조타실 바깥 난간에서 그 광경을 바라보며 한숨만 푹푹 내쉬었다. 바짝 군기가 든 제 배 안의 규율을 흡족하게 여기면서도 우울했다. 이상한 말이지만 진심이다.

사실 오늘의 이 난장판은 예사였다. 심할 때는 실수에 대한 치죄로 밧줄에 꽁꽁 묶어 선수 아래로 매달아 걸어놓지를 않나. 간간이 있는 선원들 사이의 다툼에 나타나 중재랍시고 선원들을 두드려 패지를 않나. 뭐 그래, 여기까진 좋다. 하지만 퀴네도사이와 마주치기만 하면 싸움질에 배를 부숴먹는 일도 여상한 일이었고 시모레 호에 그녀가 발 디디는 날은 그야말로 사달이 일어나는 날이었다. 그래도 선원들 간의 일에서는 조금이나마 공정함을 찾을 수가 있었지만 퀴네도사이와 얽히기만 하면 그녀는 앞뒤 재지 않고 달려들었다.

그들은 북해를 포기한 이후 데바람의 영해로 완전히 영역을 옮겼다. 서해만으로는 좁은 감이 적잖이 있어서 일부 의견을 수용해 그들은 남해로 시선을 돌렸다. 하여 갖가지 정보를 모으기 위해 그들은 인근 해협에 정박하는 일이 잦았다. 그날도 로마탄 그레온의 종주 함선들은 해협의 작은 섬 언저리에 배를 대고 대륙으로 보낸 정찰원들이 돌아오길 기다리고 있었다. 시모레 호가 가장 바깥쪽에 멈추고, 그 안쪽으로 다른 배들이 차례차례 정박했다. 홀 호는 시모레 호의 바로 옆에 닻을 내렸다.

서로 시모레 호와 홀 호의 난간을 짚고서 가는 틈을 사이에 두고 마주본 르니아와 퀴네도사이는 서로를 비웃기에 바빴다.

"린, 여전히 혈기가 넘친다고?"

"넌 아예 그냥 꽃밭에 파묻혀 살아야겠구나. 이참에 시모레 호도 그냥 나 주고, 너는 어디 시골 촌구석에나 가서 농사나 지어."

"농담도."

"어머, 진심인데."

퀴네도사이와 르니아가 만나면 늘 재앙이 따른다.

그날 밤 성질이 돋을 대로 돋은 르니아의 고함을 이기지 못한 홀 호의 선원들은 처음에는 카페벤에게 달려갔다가, 아무래도 좋다는 듯 허허허허 웃기만 하는 그들의 선장을 뒤로하고 시모레 호로 달려갔다. 가끔 저렇게 아무 이유 없이 난동을 피울 때가 있는데 그럴 때는 피신이 상책이었다. 평소에는 갑판 아래 선실이나 조타실, 선장실 근처의 빈 선실에 숨었지만 오늘은 아니었다. 홀 호에 남아 그녀의 분노를 온몸으로 받아내야 할 다른 선원들을 위해서라도 할 말은 해야 했다.

때마침 퀴네도사이는 갑판의 선상 정원에 있었다.

"선장!"

"얘기 좀 들어주십시오! 우리는 말입니다. 선장, 진짜로 말입……!"

홀 호의 선원 예닐곱 명이 우르르 갑판을 가로질러 그를 향해 달려가다 멈췄다.

"……."

"……어."

화살대를 메기로 각오를 다지고 왔지만, 그들은 생존 본능이 강한 자들이었다.

'망했다.'

퀴네도사이는 뒤도 돌아보지 않고 뿌리 뽑힌 잔디가 즐비한 선상 정원의 한가운데에서 지팡이를 딱, 딱, 부딪치고 있었다. 시모레 호뿐만이 아니라 홀 호의 선원들도 퀴네도사이의 특이한 취미를 잘 알았다. 집착적인 취미라고 해야 더 옳았지만 어쨌든. 한 선원이 꺽 소리와 함께 정적을 깼다.

"누…… 누가 또……."

정원을 이렇게 개판으로 만들고 사라질 수 있는 담 큰 사람은 한 명뿐이었다. 퀴네도사이의 어깨가 뻣뻣하게 굳어지는 것을 바라보던 선원들이 슬금슬금 뒷걸음질했다. 퀴네도사이의 침묵이 분위기를 한결 더 사납게 만들었다. 그들은 서로에게 눈짓하며 도망칠 것을 결의했다. 시모레 호도 오늘 안에 한 번 뒤집어질 것이다. 르니아 반펠트와 퀴네도사이 에스펠라가 한 해적단에 있는 한 안전지대란 없었다.

막 소리 죽여 도망치려는데, 퀴네도사이가 입술을 뗐다.

서늘한 명령이었다.

"서."

흐이이익.

우리가 왜 여길 왔을까. 해적들은 자신들의 괜한 정의감을 저주하며 멈춰 섰다. 뒤늦게 상황을 알아차린 시모레 호의 원래 선원들이 겁에 질린 얼굴로 엉망이 된 선상 정원을 바라보고 있었다.

퀴네도사이가 느리게 몸을 돌려 그들을 바라보며 삐딱하게 웃었다. 한쪽 입가가 바들바들 떨리고 있는 모양새가 금방이라도 폭발할 거란 암시였다.

"너희가 진짜, 뭐?"

"아, 아니…… 아닙니다. 우린 진짜 선장이 좋다고…….."

"너희 홀 호의 녀석들이지."

"……그, 그, 그렇…….."

"그리고 이건 나의 사랑스러운 린이 표현한 애정일 거고…….."

지팡이 끝으로 뿌리 뽑힌 꽃줄기며 잔디를 스윽 밀어내던 퀴네도사이가 속 알기 어려운 눈동자로 망쳐진 정원을 다시 한 번 바라보았다. 그리고 결국 그의 시선이 정원을 한 바퀴 돌기도 전, 뚜둑 하고 인내심이 끊어지는 소리가 들렸다.

"홀 호의 선원이 저지른 일은 연대 책임이다."

으아아아. 반펠트 니이이임! 애꿎은 선원들의 절규 같은 비명이 선상 위로 드리워진 하늘을 애처롭게 울리다 사라졌다.

멀리 홀 호의 선미에 앉아 망원경을 눈에 대고 있던 르니아가 깔깔

거리며 자지러졌다. 자신을 이르겠다고 퀴네도사이에게 달려간 선원들에게는 조금 미안하기도 했지만 딱 조금, 그 정도였다. 자신을 강제로 태웠으니 이 정도 각오는 했어야 했다. 누구 좋으라고 쉽게 고분고분해질까. 상황이 어쩔 수 없었던 데다가 테일런까지 있어 승선을 하기로 마음먹긴 했지만 퀴네도사이가 자신을 다루려면 백 년은 일렀다.

얼마간 그리 갑판 위에 드러누워 깔깔거리던 르니아의 표정이 차분하게 가라앉았다. 고개를 돌려 세로로 누운 뭍의 항만을 눈에 담던 르니아가 희미하게 웃었다. 저 멀리 어딘가 데바람을 지나쳐 국경을 넘으면 엘올라가 있을 것이고 퀸시오가 있을 것이다. 추억이 되기엔 여직 신선한 기억들이 그녀의 뇌리를 스쳐 지났다. 해적들은 저편의 땅을 잠깐 들르는 정거장처럼 여기지만 그녀에게는 아니었다.

'집.'

그녀의 집이었다. 제르가 있는 곳은 그녀의 집이다. 저도 모르게 가슴이 따뜻해지는 보금자리를 생각하니 웃음이 나왔다. 그녀는 곧 발딱 일어나 선미의 난간 아래로 뛰어내렸다. 까마득하게 높았지만 한 치의 주저도 없었다. 그녀는 선미 아래로 늘어진 밧줄과 튀어나온 돌기들을 층층이 붙잡고 내려와 섬을 디뎠다. 흙바닥이 기분 좋게 맨발에 감겨들었다.

지스카르가 제르를 무사히 데리고 왔는지, 어떤지에 관해서는 아직 전해 들은 바가 없었다. 하지만 믿었다. 어떤 결과가 되었든 제르는 현명한 선택을 했으리라. 괜찮을 거라고. 그녀가 이곳에서 버틸 수 있는 유일한 희망이었다.

'퀸시오의 식구들은 다 잘 지내려나.'

셀파도 왕왕 생각이 났다. 별 사이가 아닌데도 괜스레 떠오르는 게 생각보다 그를 많이 좋아했던 모양이다. 손을 탁탁 털며 느리게 섬의 해안가를 주회하면서 르니아는 나른한 고양이처럼 기지개를 켰다. 우울해 하는 건 시간 낭비. 언젠가는 만날 수 있을 것이다. 지금이 때가 아닐 뿐. 아득하게만 느껴지는 기억들이 다시 현실이 되어 그녀를 행복하게 해주리란 걸 의심하지 않았다. 가만 감상에 잠겨 있던 그녀는 몸을 빙글 돌리다가, 여직 고함과 비명으로 요란한 시모레 호를 향해 혀를 날름 내밀었다.

"……반펠트 님!"

얼마간 그리 산책하다 홀 호로 되돌아가려는데, 배 아래를 돌아다니는 선원들을 헤치고 헐레벌떡 달려오는 선원이 있었다.

"반펠트 니이이임!"

"……이스케?"

선의 이스케가 당장이라도 숨넘어갈 듯이 소리쳤다.

"그분이……!"

이스케의 얼굴에 만면한 기쁨에 르니아가 얼어붙은 듯 서 있다가 반색하며 더없이 크게 입을 벌려 웃었다. 더 들을 필요도 없었다.

그래, 이렇게 하나씩 하나씩 해결하면 되는 거였다. 르니아는 날 듯이 달려갔다.

그리고 이튿날 오후 대륙에서 정찰을 마치고 돌아온 정찰원들이 더 좋은 소식을 알렸다. 카르시타의 소년왕 세드로 마르티사의 즉위에 관한 소문이었다.

"그 미친놈이 저질렀구나!"

해적선 위에 행복한 웃음소리가 열흘 밤낮을 가리지 않고 넘쳐흘렀다.

그동안은 홀 호의 선원들도 행복했다.

거줌 넉 달 만에 퀸시오로 돌아온 제르는 못 본 사이에 반토막이 난 아스난의 초췌한 얼굴에 고마움의 미소를 지어 보였다.

"수고했구나. 경이 고생이 많았나 보군."

"응당 해야 할 일을 했을 뿐입니다. 저뿐만이 아니라 모두가."

퀸시오의 성은 그녀가 떠날 때와는 별반 다를 것 없는 풍경이었다. 트란실 인들이 퀸시오까지 침략하려 들었다기에 혹 큰 문제라도 생겼을까 걱정스러웠는데 그건 아니었다. 일단 환의하고 마저 이야기를 나누자는 제르의 의사에도 불구하고 아스난은 졸졸 강아지처럼 따라왔다. 그가 얼마나 노심초사했는지가 빤히 느껴져 귀찮은 내색도 할 수 없었다.

"소식은 들었습니다. 주군, 어찌 된 겁니까?"

세드로의 즉위에 관한 소문은 일파만파 퍼졌다. 어찌나 여파가 컸던지 바다 건너의 이한에서 허둥지둥 그들에게 온갖 공물들을 보내 축의라는 명목으로 엘올라에 싣고 들어오는 것까지 보고 온 참이었다. 세드로의 즉위를 축하한다는 의미라고는 하지만 규젤 만에서 벌어졌던 일을 떠올리면 그건 이제 대비가 된 에사렛타의 마음을 누그러뜨리기 위한 것이었다.

하지만 제르가 느끼기에 이한이 그리 쉬이 용서를 받을 수 있을 것 같지는 않았다. 아마 모르긴 해도 일부 인사들 사이에서 규젤 만에서 있었던 사건이 퍼지고 있으니 이한은 마음 편히 교역하기는 힘들어질 것이다.

"일이 그리 되었다."

"그리 된 게 뭡니까?"

"그리 궁금했으면 너도 따라오지 그랬나?"

제르가 픽 웃으며 답하자 아스난은 마음의 여유가 없는 사람처럼 답지 않게 툴툴거렸다.

"주군, 어찌 된 일인지 정도는 알 자격이 있다고, 저 또한⋯⋯."

"그래, 그걸 경시하려는 건 아니야. 하지만 순서가 바뀐 것 같은데⋯⋯."

아스난이 눈에 힘을 주었다가 퍼뜩 알아차린 사람처럼 살짝 고개를 숙였다.

"무사하셔서 다행입니다."

"그거 말고, 우선 내가 먼저 보고를 듣는 게 우선이 아닌가? 트란실이 예까지 내려왔다 들었는데 그들은 어찌 되었지? 락혼이 먼저 이곳으로 향했는데."

"트란실은 저들의 차르라 주장하는 여자가 나타나 저들의 땅으로 이끌고 돌아갔습니다. 아무래도 머리 사냥에 성공했다는 것 같은데, 그게."

시간이 꽤 지나긴 했지만 지금에 와서 생각해도 그 일은 꿈 같았다. 그전까지만 해도 대책 없이 밀어붙이던 트란실의 전사들이 그 여자가 나타난 지 일주일 만에 돌아간 것이다. 한마음으로 퀸시오를 공격하던 이들이 저들끼리 싸우는 풍경도 보았다. 먼저 퀸시오에 발붙이고 있던 트란실 인들이 설명하기를, 끝까지 리이사를 따르는 이들과 새 차르를 섬기는 전통을 고수해야 한다 주장하는 이들 사이의 잔인한 동족상잔이었다.

대륙인의 눈에는 체계 없이 이랬다저랬다 하는 트란실 인들이 몹시 이상했고, 또 타국의 땅을 침략하다 말고 저들끼리 싸우는 광경이 퍽 괴괴했지만 트란실 인들에겐 저런 게 일상이라고 했다. 어쨌건, 몇 번 그리 사납게 서로 이를 드러내고 물어뜯더니 외눈박이의 리이사라 불리는 젊은 청년이 그 여자에게 얻어맞아 질질 끌려가는 것으로 그들의 횡포는 막을 내렸다. 아마도 조만간 전 차르의 부고와 함께 그곳에도 새로운 바람이 불고 있다는 소식이 들릴 것이다.

"베제스의 머리가 대륙을 가로질렀구나."

제르가 더할 나위 없이 해사하게 웃으며 긍정했다. 아스난은 꽤 끔찍한 말을 저렇게 밝게 하는 제르를 이상하단 눈으로 바라보았지만 생각해보니 그녀는 데바람 왕가에 호의를 품고 있지 않았으므로 이해했다.

"그래서 말들이 많습니다."

제르는 이렇다 할 대답 대신 빙그레 웃으며 걸음을 멈추고 아스난을 돌아보았다.

"정말로 이곳을 지켜주어 고맙다. 아넬라도 잘 지내고 있어. 안부 전해달라더군. 서신도 있다."

"감사합니다. 그리고 다시 말씀드리지만 저는 그저 할 일을……."

"그냥 곧이곧대로 들어라. 토 달지 말고."

아스난이 머쓱하게 말끝을 흐렸다.

"……주군께서 돌아오실 곳은 있어야 하지 않겠습니까."

날이 추워 입김이 나는 것이 결코 빈말로라도 따스하다 말할 수 없었지만 이상하게 성 안은 따뜻했다. 제르는 곧 뒤따라 올라온 시종들을 바라보며 설핏 웃었다.

등 뒤로 울리는 걸음 소리에 무심코 몸을 돌린 아스난의 표정이 요 상하게 구겨졌다. 제르가 손을 뻗자 시종은 말없이 제르에게 자그마 한 아기를 안겨주었다. 얼마나 똘똘 싸맸는지 코와 입만 겨우 나온 정 도였지만 분명 아기였다.

"……어?"

아스난이 그도 모르게 바보 같은 소릴 냈다가 입술을 가렸다. 제르 는 이젠 썩 자연스럽게 아기를 안아 보듬게 되었다.

"주, 주, 주군? 그 아기는."

"내 아들."

제르가 살짝 천을 들추어 아기의 얼굴을 보여주며 자랑하듯 말했다. 아스난은 입을 벌린 채 침묵했다. 말도 안 된다. 그녀가 이곳을 떠난 지 겨우 넉 달 정도밖에 되지 않았으므로 그녀의 아이가 아니라는 건 확실하다.

그의 당황이 고스란히 느껴지는 게 민망했던지 제르는 웃음으로 무 마했다.

"뤼민느라고 한다."

"아니, 갑자기……."

"그리 되었어."

"누구의……."

"밖에서 할 만한 이야기는 아니구나. 그보다 오랜 시간 마차를 타고 와 뤼민느도 피곤할 거야. 뤼민느를 따뜻한 방으로 데려가렴."

제르는 다시 시종에게 아기를 내어준 후 빙그레 웃었다.

확실히 찬기가 흘러넘치는 복도 한가운데에 서서 이야기를 나누는 건 좋은 생각이 아니었던지라, 아스난은 뻣뻣하게 제르를 따랐다.

얼마 후 그들은 집무실에서 마주 앉았다.

"교전에 조실부모한 어린 아기였다. 어린것이 가여워 내가 거두겠다 했어. 그래서 이름도 지어주었고."

제르는 길게 설명할 생각 없다는 듯 짧게 말을 맺었다. 아스난은 더 캐물어야 소용없다는 걸 지난 경험으로 깨닫고 눈을 게슴츠레 떴다.

"한동안 바쁠 테지만 뤼민느를 돌보는 것도 중하니, 우선 사람을 시켜 젖어미를 하나 알아봐. 왕도에서 함께 온 젖어미는 다시 돌아가야 할 테니까."

"……이제 제가 보모까지 구해야 하는 겁니까."

"응. 가능하다면 내가 돌보려 하겠지만 일을 소홀히 한다면 그대가 경을 치겠지."

"아시니 다행입니다."

아스난은 얕은 한숨을 내키며 화두를 돌렸다.

"……헌데, 페이랑과 클로이스 경은 왜 함께 대동하지 않으셨습니까? 르니아 양도."

"테일런은 내가 긴 임무를 보냈고, 르니아도 테일런과 함께 있으니 걱정할 것 없어."

어딘지 쎄한 느낌이었지만 아스난은 착잡하게 갈앉은 그녀의 낯빛에 더 묻지 못하고 입을 다물었다. 제르는 희미하게 웃으며 말을 덧이었다.

"페이랑은 에드하인다의 일을 마무리하고 왕도 복구 후에 올라올 것이다. 봄쯤 돌아오겠다고 하더군. 아, 또 에드하인다 백작의 건강이 좋지 않은 것 같더군. 그대도 슬슬 떠날 준비를 해야 할 거야."

아스난은 떠날 준비를 하라는 그녀의 명에 당혹한 사람처럼 눈길을 내렸다.

"괜찮아, 경. 나는 그대들을 떠나보내는 것이 아니니까. 어디에 있건 상관없을 거야. 그만큼 믿는다. 또 나도 한동안 뤼민느를 돌보는 것만으로도 바쁠 거다. 물론 이 아이뿐만 아니라 테일런이 거두어들였던 아이들도 대신 돌보아야겠지. 그래, 그대들을 믿는다. 그리고 난 이 아이를 키우는 것만으로도, 한동안 바쁠 거야. 이 아이뿐만이 아니라 이 찬 땅의 아이들도 내가 거두어야 하는 아이들이니까."

"헌데…… 섭정께서는?"

알렉시스가 거론되자 제르는 새삼 기묘한 기분이 들었다. 같이 지내는 것이 썩 즐거운 남자였다. 사실 엘올라를 떠나며 한동안 만나지 못할 거라 우는소리 하는 그의 마음과 공감하기도 했다. 물론 말은 않았지만. 주위에서 온갖 욕을 다 얻어먹고도 헤실헤실 웃던 알렉시스는 결국 어느 정도 상황을 받아들인 레피스에게 뒤통수를 아주 세게 한 대 얻어맞았다.

"잘 지내겠지. 아마 간간이 서신이 오갈 거다. 그 정도만 알고 있어."

아스난은 제르의 양 볼이 살짝 상기되는 것을 멀뚱히 바라보다가 이내 쓰게 웃었다. 그의 시선은 곧 제르의 비어버린 양옆과 등 뒤로 머물렀다. 큰 폭풍이 지나간 후 그녀의 곁에는 아무도 없었다. 대체 어디서 나타난 건지 모를 영문 모를 아기를 빼고는.

아스난의 기색을 알아차린 제르가 되레 그를 다독였다.

"그들은 돌아올 거야."

언젠간 다시 만나리라 믿는다. 믿음. 그 얼마나 정다운 단어인가. 누군가를 믿고 의지할 수 있다는 건 이토록 기분 좋은 일이었다. 하지만 역시 마음 한편이 횅한 것은 어쩔 수 없어서 그녀는 멀거니 그를 바라보다 툭 뱉었다.

"술 한잔 할래?"

아스난은 역시나 표정부터 구겼다.

"공사가 다망한 와중입니다."

"경은 역시 내 벗 삼기에는 부족해. 인생 그리 재미없게 살아라."

새침한 악담에 아스난은 표정을 풀고 고개를 저으며 "명령대로 살겠습니다." 하고 얄밉게 덧붙였다.

노크 소리가 났다.

막 무언가 더 말하려던 아스난이 입을 다물고 문을 향해 고개를 돌렸다.

"들어와."

하명이 떨어지기 무섭게 벌컥 문을 열어젖힌 건, 제르의 귀환 소식에 한달음에 달려온 셀파였다. 그는 순찰을 하다 말고 달려온 건지 외출복 차림이었다. 제르는 아닌 체 숨을 헐떡거리며 그녀를, 그리고 이상하단 듯 집무실 안을 돌아보는 셀파를 반갑게 바라보았다.

"어…… 주군, 돌아오셔서 기쁩니다. 헌데."

아스난은 그답지 않게 더듬거리는 셀파를 말없이 바라보았다.

"헌데?"

"르니아 양은……, 아, 그리고 세닉 경도."

셀파의 얼굴에 발갛게 열이 올랐다. 제르는 고개를 절레절레 저으며 일어서 그에게 다가갔다. 그리고는 시어머니 같은 표정으로 말했다.

"역시, 리니가 돌아오면 네가 책임져야겠다, 후안 경."

제르의 귀환 소식은 금방 퍼져나갔다. 매해 찾아오는 혹한을 이기기 위한 동절기 준비를 하고 있던 이들은 영주의 귀환을 몹시 기뻐했다. 축제 아닌 축제였다. 첫날은 여독을 풀기 위해 방에서 뤼민느와 함께 쉬었고, 둘째 날은 밀린 서류라며 아스난이 들이민 요망한 것들 덕에 골치를 앓았다. 주로 트란실 인들이 부딪쳐왔던 교전으로 인해 무너진 성벽을 재건하는 것이 가장 큰 안건이었고, 예상치 못한 트란실과의 접전으로 급히 차출해냈던 예산안에 관한 재배치가 두 번째 안건이었다. 대체적으로 그녀 또한 긴급 사안이라 동의하는 것들이었던지라 그녀는 뤼민느도 몇 번 안아주지 못하고 죽은 사람처럼 일만 했다.

여유가 생긴 건 나흘째부터였다. 그리고 귀환한 지 닷새째 되는 날 아침, 제르는 모처럼의 평온을 찾았다. 나름의 평화로운 시간이었다.

벽난로의 따스한 열기를 쪼이며 얼마간 허한 마음을 달래던 그녀는 책이라도 읽을까 하는 생각에 몸을 일으켰다. 이 시간을 나름 유익하게 보내고 싶었던 탓이다. 그러던 중 그녀는 톡 톡 톡 하고 자신 없이 울리는 노크 소리에 고개를 갸웃했다.

들어오라 하는 대신 직접 문을 연 제르는 문 앞에 서 있는 남루한 차림의 어설픈 병사를 바라보았다. 눈에 익은 얼굴에 잠깐 눈을 깜빡이던 그녀는 소년이 누구인지 상기했다.

제르는 잠깐 눈살을 찌푸렸다가 애써 아무렇지도 않게 입꼬리를 올렸다. 코끝이 얼어 벌건 에노디가 제르와 눈이 마주치자 놀란 듯 황급히 발끝을 내려다보았다. 제르가 몸을 비켜 섰다.

"들어오려무나."

제르는 벽난로 앞에 의자를 하나 더 끌어둔 후 자리에 앉았다. 앉으라 권했지만 에노디는 뻣뻣하게 얼어 고개만 저었다. 그녀는 재차 권하지 않고 물었다.

"무슨 일이냐?"

"아, 우, 우, 우선! 무, 무사히 돌아오셔서 다행입니다."

"고맙다."

그에 에노디가 살짝 멋쩍은 표정을 지으며 고갤 끄덕였다.

"예. 그런데……."

에노디는 무언가 하고 싶은 말이 있는 듯 입술을 벙긋거렸다. 그러나 끝내는 말 대신 손끝만 꿈지럭거릴 뿐이었다. 한참을 쑥 자라난 소년을 바라보던 제르가 물었다.

"테일런을 찾아왔구나."

"예?"

"클로이스 경 말이다."

그녀가 돌아온 지 벌써 닷새였다. 테일런은 어디에도 없었다. 하여 에노디는 걱정을 하지 않을 수가 없었다.

에노디는 기가 죽어 고개를 끄덕였다.

"단장님은…… 언제쯤 오세요?"

제르가 천천히 아이에게 손짓했다. 에노디는 그녀의 가느다란 손길에 이끌리듯 주춤거리며 그녀에게 다가가 섰다. 그리고 몹시 황송하다는 듯 목을 푹 꺾었다. 제르는 아이의 지저분한 더벅머리를 거리낌 없이 쓰다듬어준 후 소곤거리듯 말했다.

"그는 지금, 먼 길을 떠났단다."

에노디는 제르의 음성에 밴 기묘한 불안을 읽어내고 입술을 꽉 물었다. 왕도에서 벌어진 참사에 대해서는 이미 모르는 이가 없었으므로, 가중된 불안에 어쩔 줄 몰라 하는 기색이 역력했다.

제르는 불안에 빠진 소년의 양 뺨을 쥐어 저를 바라보게 했다.

"하지만 그가 자릴 비웠더라도, 너희들은 다투지 말고 잘 자라주면 된다. 언제 돌아올지는 모르겠지만 돌아올 거다."

"……단장님은."

"믿어보려무나."

코끝이 찡해 그녀는 부러 환히 미소 지었다.

"내가 가장 신뢰하는 아이가 함께하고 있으니, 믿어보자."

믿어보자.

제르는 얼마간 에노디와 사소한 이야기를 나누었다. 요즘 불편한 것은 없는지. 너희의 동절기 계획은 어찌 되는지. 재미있는 소식은 없었는지. 에노디는 기꺼이 소년병들이 바로 얼마 전까지 아스난을 도와 퀸시오의 치안을 위해 불철주야 뛰어다녔던 것을 자랑스레 이야기했다. 아마도 테일런에게 칭찬을 받고 싶었던 모양이었던지라 제르는 대신 공치사를 해주었다.

"대단하구나."

에노디는 쑥스러운 기색을 숨기지 않고 부끄럽게 고개를 숙이다가, 도망치듯 그녀의 집무실 밖으로 빠져나갔다.

반쯤 열린 문 너머로 멀어지는 소년을 바라보던 제르는 집무 탁자로 돌아가 펜을 쥐었다. 하지만 에노디를 생각하니 일이 손에 잡히지 않았다. 그녀는 고개를 돌려 턱을 괴었다.

여직 가슴이 휑한 것은 빈자리라는 것을 느끼기 때문이었다.

'테일런, 자네가 그랬지. 내가 고독하여 평생 홀로 살면 어찌하느냐

고.'

흘러야 하는 시간을 붙잡고 스스로를 비틀었던 인생이었다. 하지만 사람은 하나만으로는 살 수 없었다.

그러니 테일런이 틀렸다. 만일 그녀가 언제까지고 고독에 빠져 있었더라면 이런 기분 따위 느끼지 못했을 터였다.

강이 마른 자국처럼, 그녀의 마음속에도 무언가가 남았다. 하지만 구태여 그것을 들여다보고 싶지 않은 건 지금 그녀가 평온하기 때문이리라.

최악의 시간은 지나갔고, 이젠 다시는 돌아오지 않으리라.

제르는 커튼 새로 새어드는 빛에 이끌리듯 창가로 다가갔다. 찬바람을 막기 위해 쳐둔 두꺼운 커튼을 걷어내고, 그녀는 창문을 열었다.

햇살과 함께 차가운 겨울 땅의 활기가 밀려들었다. 코트의 목 언저리를 여미며 창틀을 짚고 몸을 기울인 그녀는 창 밖의 유난히 하얀 세상을 바라보았다. 지난밤에 눈이 왔구나.

얕게 쌓인 첫눈의 내음이 밀려온다. 아름다워서, 알렉시스도 이 풍경을 볼 수 있었으면 싶었다. 그를 떠올리자 그리움이 몰캉몰캉 솟아올랐다. 제르는 괜스레 더워지는 기분에 한 손으로 제 이마를 덮으며 웃었다.

아마도 알렉시스를 다시 만나기까지는 시일이 걸릴 터이니, 아쉬운 대로 서신이나 주고받으며 적적함을 달래야 할 것이다.

그리 생각하고 있는데 한 병사가 열려 있는 문 저편에서 아뢨다.

"영주님, 왕도에서 서신이 왔습니다."

제르는 재빠르게 고개를 돌렸다가, 자신이 너무 조급해 보였다는 것을 깨닫고 목청을 가다듬었다.

520　　521

'알렉시스로부터 온 건가? 왕도를 떠난 지 얼마 되지도 않았는데.'

"누가 보낸 것이냐."

"……대비 전하께서 보내신 겁니다."

"두고 가라."

제르의 명에 병사는 그녀의 탁자 위에 서신 한 통을 내려놓고 물러 갔다.

대비라면, 에사렛타였다.

약간은 실망스러웠다.

하지만 왕도라는 이야기에 알렉시스부터 떠올린 자신에게도 문제 가 있다. 제르는 애써 자조를 삭이며 병사가 두고 간 고급스러운 봉투 의 밀랍을 조심스레 뜯어냈다. 또 다른 의미로 가슴이 두근거렸다.

그녀는 최대한 조심스레 봉투에서 서신을 꺼내어 들었다. 곱게 접힌 서신을 드는 순간 갑자기 손끝 무거운 기분이 들어 망설임이 찾아왔 다. 에사렛타가 그녀에게 서신을 보낼 이유가 있던가. 그녀는 바로 서 신을 펼치는 대신 이런저런 상상을 하다가, 침착하게 호흡을 고른 후 서신을 펼쳤다.

서신에는 짧은 한 문장이 그림처럼 유려하게 그려져 있었다.

[드리고 싶은 말은 많지만 원하지 않으시리라 여기기에,
다만 꽃 한 송이를 당신께 보내드립니다.]

서신의 접힌 부분에 곱게 끼워진 달리아 한 송이가 물씬 향을 풍겼다.

아마 왕실에서 곱게 키워온 귀한 물건일 터였다. 먼 길을 달려오느 라 이리저리 모양이 상했지만 그래도 아름다운 꽃이라.

수줍어 바스러지는 연한 주홍빛 꽃잎이 괜스레 아쉬워 제르는 서신을 덮었다.

이 꽃을 받은 당신에게 감사합니다. 정겨운 꽃말이었다.

서신을 쥔 채로 다시 한 번 눈이 얕게 쌓인 설경 속의 분주한 평화를 돌아보던 제르가 빙그레 웃으며 중얼거렸다.

"이리도 아름다운 것이었군요."

인연도 악연도 뒤엉켜 고단했던 삶이었다. 그러나 이제는 안다. 지난 시간 층층이 쌓인 것들이 모여 이 순간 이 시간에도 숨 쉬고 있다는 것을. 그러나 끝내는 층층이 쌓인 것들이 모여 이 순간 이 시간에 숨쉬고 있었다. 긴 시간 함께한 이들에게 '이 찬란한 삶에 함께해준 모두에게 감사합니다.' 하는 한마디를 전하지 못한 것이 못내 아쉬움이라.

기억할 것이다.

지금 이 순간 또한 다시는 돌아오지 않을 소중한 작금이라는 것을.

그녀는 청명한 하늘 저편에 속삭였다.

동생들아.

이 누이는 아직도 너희가 떠난 세상 속에 살아 있다. 너희가 나를 남기고 떠나, 남은 이들의 마음을 너무나도 잘 알아, 조금 더 이기적이게 버텨보려 한다. 너희는 나를 살리고자 목숨을 버렸으니 나 또한 나를 위해 사는 이들을 위해 살아보겠다. 세상에는 아직 많은 좋은 것들이 있다는 걸 너무 늦게야 알았다. 언젠가 시간이 흘러서 내가 너희 곁으로 가게 되는 날, 너희에게 이야기를 풀어주리라. 너희가 남겨주고 간 삶을. 너희 덕분에 살아남은 내가 어떻게 행복해졌는지. 얼마나 좋은 사람들을 만났는지. 세상에서 가장 바보 같은 사내의 이야기도 들려주겠다. 너희의 조카들의 이야기도 들러주겠다.

날 보며 가슴이 아파 그리 안아줬을 나의 동생들아.

내게 주어져 있던 이 삶은,

사실은 너무나도 찬란한 것이었다.

어느 날, 목이 말라 강가에 엎드린 여자는 흐르는 강물을 두 손 모아 떠 담았다.

오목하게 꺼진 손바닥에 갇힌 물 안에는, 멀리서는 보이지 않았던 것들이 그득했다.

나는 여전히 너희가 그립다.

'언니가 행복했으면 좋겠어.'

여전히 사무치게 너희가 그립구나.

'사랑합니다, 누님.'

나도 너희를 사랑했고, 지금도 사랑한단다, 동생들아.

언젠가 웃으며 만나자.

− fin

작가

후기

긴 이야기에 쉼표를 찍습니다.

지금까지 이 '물의 자흔을 쫓는다'를 읽어주신 여러분들께 드리는 감사하다는 말씀을 시작으로 후기를 남겨봅니다.

책으로 여러분들과 만날 즈음이면 아마 겨울의 문턱이겠지만, 이 후기를 쓰고 있는 저는 지금 뙤약볕 아래 북한강가에 고즈넉하게 위치한 카페에 앉아 있습니다.

날도 좋고, 바람도 좋고, 오랜 시간 씨름해왔던 '물의 자흔을 쫓는다'를 떠나보내기 좋은 날이에요.

아시는 분들은 아시겠지만 '물의 자흔을 쫓는다'는 2013년 완결작으로 아주 오랜 시간 써내려갔던 저의 첫 이야기였습니다.

저에게 글에 대한 진지한 생각을 하게 해준 작품이기도 합니다. 지금도 문득 그때의 추억이 떠오르기도 합니다.

긴 연재 중에도 꾸준히 기다려주시고 응원해주셨던 분들, 뒤늦게 제 이야기에 합류해 같이 울며 웃으며 작품의 성장을 함께해주셨던 분들.

벌써 몇 년이나 된 과거지만 여전히 감사한 마음입니다.

사실 아직까지도 제가 이 글에 다시 손을 뻗게 되었다는 게 믿기지가 않습니다. 마무리한 지금도요.

분량도 분량이고, 마무리한 지 오래전이었던지라 개정을 결심하기까지는 많은 고민과 각오가 필요했습니다.

하지만 개정을 마무리하고 난 지금은 작품을 떠나 뿌듯하고 보람이 있네요. 완벽한 이야기는 아닐지 몰라도 조금 더 정리된 글을 보여드릴 수 있다는 게 몹시 기쁩니다.

부족한 걸 알면서도 '이미 출간이 되어버려서…….' '너무 길어서…….' '시간이 없어서…….' 등의 이유로 외면하고 있던 첫 아이를 다시 다듬어 낼 수 있었다는 사실만으로도 2015년 한 해가 알차게 마무리 된 기분이에요(그 바람에 먼저 작업 중인 아이를 잠깐 쉬어야 했지만 후회는 없습니다).

개인적인 감상도 감상이지만, 작중에서 하지 못했던 소설에 대한 코멘터리도 이 자리를 빌려 몇 마디 하자면, 아직도 제목의 의미를 짐작하지 못하신 분이 있지는 않을까 합니다.

연재 때도 마지막에야 알아차리신 분도 계시고, 끝나고도 알아차리지 못하신 분도 계시고, 그랬던 기억이 나네요.

나비효과에 관해 모르시는 분은 없겠지만 그 효과가 얼마나 강력한지에 대해서는 실제로 체감하지 못하시는 분들도 있다고 생각합니다.

이 글의 발단은 나비의 날갯짓처럼 몹시 미미한 사건이었습니다.

작중에는 구체적으로 표현하지 않았지만 제르가 태어나기도 전부터 계획되던, 한 나라의 왕이 국익을 위해 강의 토목 공사를 하겠다는 계획을 세상에 꺼내놓는 순간부터 이야기는 시작되고 있었습니다.

물길은 사람을 살게도 하지만 죽게도 하는 그런 작중의 장치였습니다. 가장 아름다운 자연과 그 틈새로 비집고 들어온 인간들의 욕망을 고스란히 껴안은 강입니다.

물의 자흔을 쫓는다. 스며들고 고여 썩을지언정 물에 흔적 따위가 있을 리가 없다고 생각하는 제가 저런 제목을 택했다는 게 아이러니하지만 그래서 더 작품에 어울리지 않나 생각해봅니다.

물길의 흔적은 사라졌지만, 시간마저 덧없이 사라지지 않는다는 그런 의미에서 이 글은 얽히고설킨 많은 이들의 변화된 삶을 그려낸 판타지라고 해도 좋을 것 같습니다.

이 글의 주인공은 제르임과 동시에 제르를 둘러싼 모든 사람들입니다. 초기 시작부터 단순히 로맨스만을 위한 글이 되지 않길 바랐고, 마무리까지 지은 지금 어느 정도 목표를 이룬 것 같아 이제 만족스럽게 떠나 보내줄 수 있을 것 같습니다.

늘 응원해주시는 사랑하는 부모님 감사하고요, 항상 건강하셨으면 좋겠습니다. 또 지칠 때마다 응원을 아끼지 않아준 작가 공방 '피어나' 식구들에게 감사합니다. 가끔 뚱딴지같은 소리를 하며 글에 대해 혼자 떠드는 제 이야기를 잘 들어주는 친구들도 모두 고맙습니다.

그리고 '물의 자흔을 쫓는다' 개정판을 작업하면서, 정말 마지막에 폭풍처럼 몰아쳐 힘들기도 했지만 즐거웠습니다. 이런 행복한 기회를 주신 도서출판 가하 식구분들에게도 다시 한 번 감사의 말씀 드립니다. 다음에는 좀 짧은 원고로 찾아뵙겠습니다. (웃음)

마지막으로 '물의 자흔을 쫓는다'의 마지막 페이지까지 함께해주신 독자 여러분들께도 가슴 깊은 감사를 남깁니다.

'물의 자흔을 쫓는다'의 마지막 페이지까지 함께해주신 독자 여러분들께도 가슴 깊은 감사를 남깁니다.

어느 더운 여름의 북한강에서,

신여리 올림